David und die 7 Träume

Roman

David Adams

1. Auflage Mai 2012

ISBN 978-3-9811772-8-2

WTA Verlagshaus
Im Wohnpark 2

50127 Bergheim/ Germany

Typografie & Umschlagsgestaltung:
stilus-design.de

Printed in Germany

Vorwort

Dieses Stück meines Lebens möchte ich jedem widmen, der den Wert des Lebens kennt, und weiß oder wissen will, warum ein Mensch ein Mensch ist. Mit jedem Wort, das ich auf den folgenden Seiten schrieb, schrieb ich einen Teil meiner Person nieder.

Das Leben ist nicht mehr als eine ewige Suche! Um einen Job zu finden, muss man einen Job suchen. Um einen Lebenspartner zu finden, muss man einen Lebenspartner suchen. Um die Glückseligkeit zu finden, muss man die Glückseligkeit suchen. Und um sich selbst zu finden, muss man sich selbst suchen. Dieses Geheimnis kennen viele nicht. Man glaubt, sich selbst zu kennen, jedoch kennen sich in der Tat nur jene, die sich andauernd suchen.

Aus diesem Grunde war dieser Roman für mich ein Teil der ewigen Suche nach dem Selbst. Ich versuchte dabei immer ehrlich zu sein, und bin voller Hoffnung, dass dieses Werk jedem ehrlichen Sucher bei seiner ganz persönlichen Suche hilfreich sein kann. Ich bin fest davon überzeugt, dass nur ehrliche Sucher Erfolg haben können.

David Adams

Inhalt

Vorwort	3
München	7
Eine Reise ins Ungewisse	25
Im Dschungel des Todes	39
Zweiter Dschungeltag	53
Dritter Dschungeltag	65
Ein seltsamer Gast	73
Abschied	89
Aufenthalt in São Paulo	93
Wieder zu Hause	97
Student auf Zeit	105
Anna	111
Sinn des Lebens	117
Ein Pausengespräch	123

Die monotheistischen Religionen 125
Warum erschuf Gott den Menschen? 128
Die Erschaffung des Menschen 129
Die Botschaft Gottes ist ganz einfach! 130
Die Party 135
Leben, Tod und Leid im Diesseits und Jenseits 139
Nach der Pause 146
Aussprache 151
Der Allmächtige Gott und Seine Religionen 162
Abraham 171
Moses 172
Jesus 172
Muhammad 178
Der Imam 181
Ein Bündnis 189
California Dreams 235
Die Debatte 259

Buddhismus in Chinatown	305
Die zweite Runde	321
Lisas Geschichte	359
Abschied auf Zeit	373
Zerreißprobe	377
Verbannung	395
Mut und Rückkehr	399
Annas Rettung	423
Ein neues Leben	439
David und die sieben Träume/die Lehre	447

München

Endlich Sommerferien, dachte der siebzehnjährige David ausgelassen und lief mit seinem Freund Peter in Richtung Stadtzentrum, um ein paar Freunde zu treffen. Er dachte an gestern Abend. Beglückt vom Ferienbeginn, hatte er mit ein paar Freunden und seinem Bruder Markus Fußball gespielt. Seit Markus zur Uni ging, hatten sie selten Gelegenheit dazu. Früher waren sie unzertrennlich und verbrachten fast ihre gesamte Freizeit gemeinsam. Sein neuer Handyklingelton brachte ihn zurück. David schreckte auf, griff zum Handy und zögerte. Das Klingeln war schrill und drohend. Schlagartig war seine Ferienstimmung verflogen. Auf dem Display erschien die Nummer seiner Mutter. Er konnte sich später nicht mehr erinnern, warum, aber seine Hände zitterten, und sein Puls ging schneller, als er das Handy an sein Ohr hielt. Seine Mutter schluchzte heiser ins Telefon.

»Beruhige dich doch erst einmal, Mama! Ich verstehe kein Wort! Was ist passiert?«, fragte er ungeduldig.

»Dein Bruder hatte einen Unfall. Er liegt im Klinikum Schwabing auf der Intensivstation. Du musst sofort herkommen! Beeil dich!« David ließ die Hand sinken und starrte seinen Freund an.

»Was ist denn passiert? Was hast du?«, rief Peter laut und holte David aus seiner Schockstarre.

»Ich muss sofort nach Schwabing. Mein Bruder hatte einen Unfall«. Peter lief auf die Straße und winkte ein vorbeifahrendes Taxi heran.

»Los, komm schon, fahr hin und ruf mich an, wenn du Hilfe brauchst«. David setzte sich neben den Fahrer und nickte seinem Freund gedankenverloren zu. Die Fahrt dauerte länger als sonst. Schneller, beeil dich doch, dachte er ängstlich und warf einen Seitenblick auf den Fahrer. Panik befiel ihn und er atmete schneller, bis ihm schwindelig wurde. Was, wenn er zu spät käme? Nein, daran wollte er jetzt nicht denken. Markus war neunzehn; noch viel zu jung zum Sterben. Nach einer endlosen Viertelstunde hielt das Taxi endlich vor dem Krankenhaus. David zahlte und stürzte aus dem Taxi, ohne auf sein Wechselgeld zu warten.

Die Hinweisschilder am Empfang wiesen ihm den Weg. Er rannte atemlos die engen Gänge entlang. Vor der Intensivstation stand eine wartende Gruppe. Seine Eltern und seine Großeltern blickten ihm mit leeren Augen entgegen. Großmutter weinte und seine Mutter war bleich und zitterte.

»Was ist mit ihm? Warum steht ihr hier rum? Lasst uns doch reingehen!« Vater nahm ihn in den Arm und führte ihn zu ein paar Plastikstühlen.

»Vater, sag doch was!? Geht es ihm besser?« Vater schüttelte nur stumm den Kopf. David hatte keine Worte für den Schrecken, der sich auf ihn legte und seine Hoffnung erstickte. Wieder Warten und Schweigen. David wollte nicht warten und sprang ungeduldig auf. Gab es nicht irgendetwas, das er tun konnte, während sein Bruder da drinnen um sein Leben kämpfte?

Als er es kaum noch aushalten konnte, sprang die automatische Tür zur Intensivstation auf und ein Arzt trat mit ernstem Gesicht heraus. Seine Miene verriet nichts Gutes.
Vater war hinter David getreten und legte die Hand auf die Schulter seines Sohnes. Er starrte den Arzt mit unbewegtem Gesicht an.
»Was ist mit meinem Bruder?« schrie er dem Arzt entgegen.
»Dein Bruder hatte einen schweren Unfall, bei dem er sich lebensgefährliche Verletzungen zugezogen hat. Er hat viele Knochenbrüche und einen Herzmuskelriss. Was uns die meisten Sorgen macht, sind die Schädelverletzungen. Er hat starke Hirnblutungen und wir vermuten, dass sein Gehirn bereits stark geschädigt ist. Er liegt im Koma«. Der Arzt sah den Vater hilflos an.
»Es tut mir leid, dass ich Ihnen keine besseren Nachrichten geben kann. Wir rechnen nicht damit, dass er wieder aufwacht«.
David hörte die Stimme des Arztes kaum noch. Plötzlich wurde alles um ihn schwarz und er verlor das Bewusstsein. Jemand schüttelte ihn heftig und tätschelte ihm die Wange.
»Hallo, kannst du mich hören?«, rief der Arzt laut. David spürte, dass jemand seine Beine hochhielt. Er öffnete vorsichtig die Augen. Mutter beugte sich besorgt über ihn und eine Krankenschwester stand mit einem Becher Wasser hinter dem Arzt. David versuchte sich aufzusetzen und spürte rasende Kopfschmerzen.
»Trink einen Schluck Wasser und bleib noch einen Moment liegen. Du warst ohnmächtig«.

»Ich möchte Markus sehen. Bitte bringen Sie mich zu meinem Bruder!« Der Arzt zögerte. Vater half seinem Sohn auf.
»Er hat recht. Während wir hier reden, lebt unser Junge vielleicht nicht mehr. Lassen Sie uns endlich zu ihm«.
»Gut, kommen sie mit. Aber es dürfen höchstens drei Personen auf einmal hinein«.
»Geht nur, wir können ja später nach ihm sehen!«, sagte Großvater mit gebrochener Stimme und schob seine Schwiegertochter nach vorn.
Die Krankenschwester zeigte ihnen den Eingang zur Besucherschleuse. Grüne Kittel und Plastiküberschuhe lagen bereit. Mutters Hände zitterten, sie schaffte es nicht, das Befestigungsband am Nacken zu binden. David stellte sich hinter sie. Sie sah so zerbrechlich aus. War sie immer schon so zart gewesen?
»Lass mich das machen, Mama«, sagte er mit gebrochener Stimme und verknotete das Band ihres Kittels. Ängstlich betraten sie den Flur der Intensivstation. Der Arzt wartete schon auf sie und lief voraus zu einem Zimmer, das direkt vor dem Schwesternzimmer lag.
»Sie können ihn durch die Scheibe sehen. Leider kann ich Sie jetzt nicht ins Zimmer lassen. Sie sehen ja, er wird gerade untersucht. Wenn Sie etwas brauchen, sagen Sie Bescheid. Ich bin gleich nebenan im Dienstzimmer«.
David starrte auf die reglose Gestalt vor sich. Der Kopf und der Brustkorb waren verbunden. Am Bettgitter hingen zwei mit Blut gefüllte Flaschen, in die durch Schläuche Blut tropfte. Sein Blut! Das Blut seines Bruders, der noch heute Morgen beim Frühstück mit ihm gescherzt hatte. Markus, der immer

in allem der Beste gewesen war. Markus, auf den er so oft eifersüchtig gewesen war, weil er immer das bessere Zeugnis nach Hause brachte und einfach alle ihn mochten. Markus, der Perfekte. David hatte immer in seinem Schatten gestanden. Wie albern kam ihm diese Eifersucht jetzt vor. Sein Bruder war der selbstloseste Mensch, den er kannte. Markus war immer für ihn da gewesen. Jetzt brauchte er Hilfe, vielleicht zum ersten Mal in seinem Leben, und David wollte ihm helfen.

»Wach auf, Markus! Ich brauch dich doch. Du darfst nicht sterben«, flüsterte er. Die Eltern hielten sich umarmt. »Ich habe einen Freund, der ist Spezialist für Schädelverletzungen. Vielleicht kann er uns helfen«, sagte Vater plötzlich und verließ die Intensivstation, um zu telefonieren. Nach einer Weile kam Vater mit seinem Freund zurück. Sie sprachen lange mit den behandelnden Ärzten und schauten auf Befunde und Röntgenbilder. Vater wurde immer stiller und hörte dem Gespräch der Ärzte zu. David sah mit jedem Wort die Hoffnung aus seinen Augen schwinden. Er wirkte müde und alt.

Er spürte wie Wut seine Trauer durchzog. Da standen sie nun! Ärzte, die sonst alles zu wissen schienen, und gaben seinen Bruder einfach auf. Er würde Markus nicht aufgeben. Niemals! David wehrte sich gegen all die Hoffnungslosigkeit um ihn herum.

»Die Medizin ist so fortgeschritten. Lasst ihn in eine andere Klinik bringen. Er braucht Spezialisten. Wenn diese Ärzte nicht weiter wissen, dann vielleicht andere. Bitte Papa, Mama, ihr könnt doch nicht tatenlos zusehen, wie er stirbt«.

Er hielt den Stationsarzt am Arm fest.
»Ich will Ihren Chefarzt sprechen. Wo ist er?«
Vater hielt David umarmt. „Lass ihn los, mein Sohn. Wir haben bereits den besten Schädelchirurgen Münchens eingeschaltet. Er kann nicht operiert werden. Du musst dich damit abfinden. Wir alle müssen es begreifen. Ich weiß, wie schwer es für dich ist. Komm, wir gehen eine Weile nach draußen«.
David packte die Patientenakte seines Bruders und stürmte nach draußen. Wie in Trance rannte er von Arzt zu Arzt. Doch überall bekam er dieselbe Antwort: Markus kann nicht gerettet werden. Verärgert warf er die Akte auf den Boden und stürmte aus dem Krankenhaus.

Spät abends kam er deprimiert nach Hause.
»Wo warst du?«, fragte sein Vater. Wortlos und trotzig vor Schmerz öffnete David die Tür seines Zimmers und sperrte ab. Sobald das Telefon klingelte, erstarrten alle vor Angst. Vater wimmelte die besorgten Anrufe von Markus‘ zahlreichen Freunden ab. Langsam schlich die Nacht heran. Manchmal half sie, zu vergessen. Heute jedoch legte sich die Stille bleischwer auf David. Seine Erinnerungen hielten ihn wach. Mit tauben Fingern nahm er das Fotoalbum in die Hand. Sie hatten wirklich immer viel Spaß gehabt. Markus gehörte einfach zu ihm.
»Bitte komm zurück, Markus, lass mich nicht allein! Ich vermisse dich!«, flüsterte er verzweifelt und spürte die Tränen, die er den ganzen Tag unterdrücken musste. David hatte sich noch nie so einsam gefühlt. Fast wäre er eingeschlafen, als er plötzlich hochschreckte. Hatte ihn gerade jemand gerufen?

»David, hilf mir bitte!«, rief sein Bruder leise.
»Markus, wo bist du? Was machst du hier?«, stammelte er verängstigt.
»Warum weinst du, Bruder?«, fragte Markus und lächelte.
»Ich muss auf eine lange Reise gehen und mir bleiben nur drei Wochen Zeit für die Vorbereitungen. Ich habe mein Gepäck bei dir vergessen. Kannst du es mir bringen?« David hielt ihn fest.
»Nein, du darfst jetzt nicht verreisen. Alle machen sich schreckliche Sorgen um dich. Komm, wir wecken Mama und Papa«. Markus schüttelte den Kopf.
»Ich muss diese Reise antreten, hilf mir bitte!« David spürte die Sehnsucht seines Bruders und bekam Angst.
»Was für eine Reise ist das, Markus?«, fragte er heiser.
»Es ist eine Reise, die ich nur alleine antreten kann. Eine Reise, von der es keine Rückkehr gibt«.
»Oh!«, sagte er verständnislos. „Welches Gepäck hast du bei mir vergessen?«, wunderte sich David.
»Das Gepäck, das jeder bei dieser Reise braucht. Kennst du es nicht? Bitte, hilf mir!«
So plötzlich, wie er aufgetaucht war, verschwand Markus wieder.
»Nein, bleib doch hier. Markus, wo gehst du hin?«, schrie David weinend. Er verspürte zum ersten Mal in seinem Leben so große Angst, dass er glaubte, sein Herz müsse zerreißen. Was meinte er nur mit dieser Reise? War er eingeschlafen, ohne es zu merken? Sein Traum war so real. War es überhaupt ein Traum? Oder war Markus wirklich bei ihm gewesen?
Am Morgen erzählte er den Eltern von seinem Erlebnis.

»Ich begreife nicht, was es zu bedeuten hat. Was hat er mit dieser Reise gemeint?«, fragte er besorgt und sah seine Eltern an.
»Ich glaube nicht, dass dieser Traum eine Bedeutung haben muss. Da hat dir deine Angst bestimmt etwas vorgegaukelt“, antwortete der Vater und klopfte ihm beruhigend auf die Schulter.
»Lasst uns etwas frühstücken, dann gehen wir zusammen ins Krankenhaus«.
»Ich kann jetzt nichts essen und ich will meinen Bruder sofort sehen«. David nahm seine Jacke, schlüpfte in die Schuhe und stürmte aus dem Haus. Vor dem Haus stand noch sein Fahrrad. Er nahm es und raste in Richtung Klinik. Der kühle Fahrtwind beruhigte ihn etwas. Auf der Intensivstation war heute ein anderer Arzt. David ging auf ihn zu und fragte nach seinem Bruder.
»Es geht ihm zumindest nicht schlechter«, sagte der Arzt vorsichtig.
»Bekommt er sein Bewusstsein zurück?« Der Arzt sah ihn mitleidig an.
»Nein, er wird nicht aufwachen. Sein Gehirn ist zu stark geschädigt«, antwortet der Arzt beklommen.
David warf noch einen Blick auf die stumme Gestalt im Bett hinter der Scheibe. Dann verließ er das Krankenhaus. Wie ein Mantra wiederholte er Markus‘ Worte. Wer konnte ihm darauf eine Antwort geben? Natürlich, er würde Großvater fragen. Er war ein gläubiger Mensch, vielleicht verstand er die seltsame Botschaft. Großvater hörte ihm zu und strich seinem Enkel liebevoll übers Haar.

»Ich glaube, dass diese Reise, von der dein Bruder gesprochen hat, das Sterben ist. Dorthin kann man kein Gepäck mitnehmen, außer dem Glauben an Gott und seine Taten«. David sah den Großvater lange an.
»Was kann ich denn für ihn tun?«, sagte er verzweifelt.
»Markus braucht anscheinend deine Hilfe bei der Suche nach dem Glauben«, fügte sein Großvater noch hinzu.
David war sehr aufgeregt; noch nie hat er sich mit diesem Thema beschäftigt. Seine Eltern waren nicht besonders gläubig und zu Hause wurde nie über dieses Thema gesprochen.
»Der Glaube«, flüsterte er leise. Wie sollte er den so schnell finden? Ist er wirklich das Gepäck für die andere Welt? Was ist diese andere Welt? Existiert sie überhaupt? Und warum macht sich Markus Sorgen? Er war doch ein guter Mensch. Er war so hilfsbereit und freundlich. Einen besseren Menschen als ihn konnte es gar nicht geben! Warum brauchte er dieses Gepäck? David konzentrierte sich auf den Auftrag des Bruders. Er würde sein Bestes geben, um ihm zu helfen. Drei Wochen! So wenig Zeit für diese schwere Aufgabe.
David wusste, dass es zu schwer werden würde, alles alleine zu erforschen. Deshalb musste er Rat suchen. Fest entschlossen machte er sich auf die Suche. Wo sollte er anfangen? Die Geheimnisse der Seele? Die Suche nach dem wahren Gott? Wer konnte ihm diese Fragen beantworten? Großvater wollte ihm bei der Suche helfen. Jede Minute bedeutete viel für seinen Bruder, deshalb wollte er keine Zeit verlieren.
»Was empfiehlst du mir, Großvater?“, fragte er mit fester Stimme.

»Die Suche nach dem Sinn des Lebens beginnt da, wo alles seinen Anfang nimmt. Geh in die unberührte Natur, dorthin, wo du zur Ruhe kommst und nichts deine Suche ablenkst. In die Wüste oder irgendeinen Dschungel. Fang damit an, die Welt zu verstehen! Reise in die Welt, lerne und begreife, bis du die Wahrheit findest. Wenn du sie gefunden hast, wirst du es wissen!« David blickte ihn erstaunt an. Er überlegte einen Moment. Markus bedeutete ihm alles. Für ihn würde er sein Leben hergeben. Ohne mit der Wimper zu zucken, nahm er den Ratschlag an.

»Ich danke dir, Opa. Auf Wiedersehen. Ich muss schnell ins Reisebüro«.

»Warte Junge, renn nicht gleich los. Ich werde die Reise für dich buchen. Du bist noch minderjährig. Niemand wird dir eine Reise verkaufen. Ich begleite dich ins Reisebüro«.

»Danke, Opa. Komm, wir dürfen keine Zeit verlieren«. Aufgeregt rannte David, gefolgt von seinem Großvater, aus dem Haus. Nach ein paar Minuten erreichten sie ein Reisebüro. Opa sah seinen Enkel an.

»Lass mich reden, vertrau mir, mein Junge«. Wortlos nickte David und setzte sich neben den Großvater. »Wir möchten eine Dschungelreise buchen. Vielleicht nach Indien oder in die tropischen Wälder Südamerikas. Irgendwo fernab vom üblichen Trubel. Können Sie mir da etwas Passendes empfehlen?« Die Kundenberaterin im Reisebüro sah ihn neugierig an.

»Da muss ich einen Moment suchen. Solche Reisen sind nicht besonders oft im Angebot«.

»Sie müssen nicht nach Angeboten suchen. Geld spielt keine Rolle«, sagte Großvater bestimmt.

»Wenn das so ist, lässt sich bestimmt etwas finden«. Die Mitarbeiterin drehte ihren Computermonitor so, dass David und der Großvater etwas sehen konnten.

»Die beliebtesten Reiseziele mit Dschungeltouren sind in Süd- und Mittelamerika. Haben Sie besondere Wünsche?«, fragte sie freundlich.

»Buchen Sie den nächsten Flug, den Sie finden können«.

»Gibt es heute etwas?«, schaltete sich David ein.

»Meinst Du nicht, dass wir ein ruhiges Plätzchen in Deutschland finden?«, flüsterte er seinem Großvater ins Ohr.

»In Deutschland gibt es solche unberührten Landschaften längst nicht mehr«, antwortete er leise.

»Dann bleibe ich bei den tropischen Wäldern«. Ungeduldig sah er die Frau hinter dem Schreibtisch an.

»Wo kann man am schnellsten hinreisen?« »Da ist ein gutes Angebot nach Südamerika. Eine Reise für fünf Tage nach Brasilien, zu einer Dschungel-Lodge. Von dort gibt es tägliche Touren in den Dschungel. Der zwölfstündige Flug geht heute Abend um 20:00 Uhr von München nach São Paulo, danach müssen Sie nochmals zwei Stunden bis Manaus fliegen. Am fünften Tag fliegen sie wieder zurück. Ich lese Ihnen den Werbetext vor«. Sie setzte ihre Lesebrille auf und las den Werbetext des Reiseveranstalters ab. „Manaus ist eine Stadt im Herzen des brasilianischen Regenwalds und die Hauptstadt des brasilianischen Bundesstaates Amazonas. Sie liegt am großen Nebenfluss Rio Negro, in unmittelbarer Nähe seiner Mündung in den Amazonas. Mit ihren mehr als anderthalb

Millionen Einwohnern ist Manaus die achtgrößte Stadt Brasiliens. Manaus gilt heute als touristischer Ausgangspunkt in die artenreichsten Urwälder der Welt«. Die Kundenbetreuerin sah ihn begeistert an.

»Das klingt interessant, ich glaube, das ist genau, was Sie suchen!“ David dachte kurz nach und stimmte dann der Buchung zu.

»Gut, buchen Sie für eine Person«.

Sie zögerte. »Sind sie überhaupt schon volljährig?«, fragte die Reisebüroangestellte plötzlich.

»Ich werde in ein paar Monaten achtzehn«, antwortete David. Daran hatte er noch gar nicht gedacht. Würden seine Eltern der Reise zustimmen?

»Sie brauchen eine ins Portugiesische übersetzte notariell beglaubigte Einverständniserklärung beider Eltern. Ohne die können Sie nicht einchecken und der Reisepass muss noch sechs Monate gültig sein«.

»Das ist kein Problem, buchen Sie bitte!“, sagte der Großvater und schaute seinen Enkel an. „Dein Pass ist doch gültig, oder?«, fragte er augenzwinkernd.

»Klar, ich hab kürzlich erst reingeschaut«, antwortete er schnell. Großvater zückte seine Kreditkarte und bezahlte die Reise.

»Das Ticket finden Sie heute Abend am Ticketschalter. Hier ist ihre Buchungsbestätigung. Ich wünsche Ihnen eine gute Reise«. Als sie rausgingen, wurde David blass. Wie sollte er das alles in acht Stunden schaffen?

»Mach dir keine Sorgen, Junge. Mein Freund Emil aus dem Schachklub ist Notar. Du redest mit deinen Eltern und packst.

Ich rufe meinen Freund an und suche einen Übersetzer«.
Zum ersten Mal in seinem Leben hatte David eine so wichtige Entscheidung alleine getroffen, ohne sich mit seinen Eltern zu beraten. Vor dem Reisebüro zückte Großvater noch mal sein Portemonnaie und schob seinem Enkel einen 500-Euro-Schein in die Hand. »Hier, Junge, das ist mein Beitrag für deine Suche«.
»Danke Opa, ich weiß gar nicht, was ich sagen soll«. Opa lächelte und tätschelte Davids Wange.
»Worauf wartest du noch? Ich kümmere mich um Notar und Übersetzer und komme danach zu euch«.
»Tschüss, und nochmals vielen Dank für deine Hilfe!« Zum ersten Mal seit Tagen spürte er ein kleines bisschen Freude. Schnell sprang er auf sein Fahrrad und eilte nach Hause.
Seine Eltern blickten ihn vorwurfsvoll an.
»Bei allem Verständnis für deinen Kummer, du kannst nicht einfach weglaufen und uns hier mit Angst und Sorgen zurücklassen. Wir sind noch immer eine Familie. Sag doch wenigstens Bescheid, wo du hingehst und lass dein Handy an, damit wir dich anrufen können«, schimpfte seine Mutter.
»Ich war mit Opa im Reisebüro und habe eine Reise nach Brasilien gebucht. Könnt ihr mir bitte euer Einverständnis geben, sonst darf ich nicht fliegen«.
»Niemals! Wie kannst du nur daran denken zu verreisen, jetzt wo dein Bruder im Sterben liegt. Ich bin nicht einverstanden. Wir brauchen dich hier«, schrie Mutter und weinte.
»Ich begreife nicht, was du in Brasilien machen willst? «, fragte Vater und schaute seinen Sohn an. »Sag nicht, es hat etwas mit deinem Traum zu tun, den du uns heute Morgen

erzählt hast. Bist du verrückt geworden, was willst du in Brasilien finden, was du hier nicht finden kannst? «David nahm die Hand seines Vaters und drückte sie ganz fest. »Bitte, Vater lass mich gehen. Ich habe nur drei Wochen Zeit für meine Suche. Markus hat mich darum gebeten. Das ist das Einzige, was ich noch für ihn tun kann. Bitte, Vater, rede mit Mama«. Der Vater sah seinen Sohn zärtlich an.

»Gut, mein, Sohn, ich werde mit ihr reden, wenn du mir sagen kannst, was du dort zu finden glaubst«. David suchte nach den richtigen Worten.

»Ich mache mich auf die Suche nach Gott. Wenn ich einen Hinweis finden sollte, dann dort, wo die Natur noch unberührt ist und kaum Menschen leben«. Vater sah verärgert aus.

»Ich verstehe nicht, wer dir diesen Blödsinn eingeredet hat?« David musste seinen Großvater einschalten, alleine kam er hier nicht weiter.

»Opa hat mir gesagt, dass man nach Gott am besten in der Natur suchen soll! Wir haben zusammen die Reise gebucht«. Vater schaute ihn ungläubig an.

»Stimmt das? Ich rufe ihn jetzt an, und wenn er das verneint, dann muss ich dich für diese Lüge bestrafen«.

»Frag ihn doch, nimm mein Handy, und rufe ihn an!«, antwortete er ruhig. Vater griff nach dem Handy und wählte die Nummer seines Vaters. David sah ihn aufgeregt herumlaufen. Sein Vater hörte angestrengt den Erklärungen des Großvaters zu und antwortete kurz und verärgert. Nach zehn Minuten schien er sich zu beruhigen und verabschiedete sich von seinem Vater.

»Sag schon, hast du es dir noch mal überlegt?«, drängte David. »Bitte, Vater, hilf mir!« Vater schaute seinen jüngeren Sohn verwundert an.
»Du tust es für deinen Bruder. Auch wenn ich nicht so richtig von deiner Mission überzeugt bin, lasse ich dich gehen. Du hast im letzten Jahr sehr gute Noten bekommen. Du hast es wirklich verdient, dass wir dir einen Wunsch erfüllen«. David sprang vor Freude auf.
»Vielen Dank, Vater, es sind doch nur fünf Tage. Dann bin ich wieder da«. Gemeinsam überzeugten sie die Mutter. Die Eltern riefen noch mal im Reisebüro an und erkundigte sich, ob die Dschungeltouren sicher seinen und ob die Gäste dort verpflegt würden. Dass er gar nicht vorhatte, an diesen Touren teilzunehmen, verschwieg er lieber. David schüttelte lächelnd den Kopf und ging in sein Zimmer, um zu packen.
»Oh, David«, schluchzte Mutter plötzlich auf. „Ich kann es kaum ertragen, dich gehen zu lassen, ruf uns täglich an!« David nickte und versuchte ihr Sicherheit zu geben, wo er selbst keine sah.
»Ich glaube nicht, dass man mitten im Dschungel Empfang hat, ich melde mich aber vom Flughafen und wenn sich sonst noch eine Gelegenheit ergibt«. David umarmte seine Mutter zärtlich.
»Ich hab‘ dich lieb Mama, mach dir keine Sorgen. Mir wird schon nichts passieren«. Sie küsste ihn auf die Wange und ließ ihren jüngeren Sohn schweren Herzens gehen, während der ältere im Krankenhaus lag und nicht mehr aufwachen würde. Vater nahm den großen Campingrucksack und fuhr zuerst bei einem Fachgeschäft für Campingbedarf und dann

bei einer Apotheke vorbei. Als er zurückkam, drückte er David eine Erste-Hilfe-Tasche in die Hand.

»Ich hab' Dir noch ein Schmerzmittel, Mückenschutz, etwas gegen Durchfall und ein Breitbandantibiotikum hineingepackt, falls du irgendeine Infektion bekommst, nimmst du es vorsichtshalber. Versprich es mir. Im Rucksack findest du eine Dschungelausrüstung: eine Hängematte mit Moskitonetz, ein Taschenmesser, tropentaugliche Baumwollkleidung und eine Taschenlampe mit Dynamo, die funktioniert ohne Batterien. Du musst nur an einer Kurbel drehen und hast dann für einige Minuten Licht. Du kannst im Dschungel nicht auf dem Boden schlafen, wegen der Insekten und anderer Schädlinge. Ich habe auch Reinigungstabletten für verschmutztes Wasser und Energieriegel gekauft. Versprich mir, dass du vorsichtig bist!«. Vater redete hektisch und laut.

»Danke, Papa. Ich weiß, dass du dir Sorgen machst. Deine Ausrüstung ist wirklich super«. David umarmte seinen Vater und klopfte ihm auf die Schulter.

»Jetzt aber los, ich will mein Flugzeug nicht verpassen«.

»Bleib ganz ruhig. Es ist noch genug Zeit. Wir treffen Opa beim Übersetzer. Sein Freund, der Notar, kommt auch dorthin. Dann können wir noch im Krankenhaus vorbeischauen und sind immer noch pünktlich am Flughafen«. David blieb im Auto, während sein Vater mit dem Großvater alle Formalitäten regelte. Nach einer weiteren Stunde waren sie endlich im Krankenhaus angekommen. Als er vor seinem Bruder stand, nahm er seine Hand. »Ich werde mich jetzt auf die Suche begeben. Ich werde mein Bestes geben, damit ich dein Gepäck finde. Versprich mir, zu warten. Ich bin in ein paar

Tagen zurück«.
»Komm, mein Sohn, wir müssen gehen, sonst verpasst du deinen Flug«. Der Abschied von Markus fiel ihm schwer. Er konnte die Tränen, die ihm die Kehle zuschnürten, nicht mehr zurückhalten. Vater zog ihn sanft aus dem Zimmer und führte ihn nach draußen. Vertrauensvoll ließ sich David von seinem Vater begleiten und begann seine Suche. Er hatte noch nie so sehr wie jetzt gespürt, was sein Bruder ihm bedeutete. Diese tiefe Liebe, die ihn sein ganzes Leben begleitet hatte, ohne dass er sie zuvor erkannt hatte, sollte ihn nun leiten.

Eine Reise ins Ungewisse

Ungeduld umgab David; sie steigerte sich mit jeder Minute, die er warten musste. Vater hatte sich verabschiedet, als David nach dem Check-In durch die Schleuse des Securitybereiches gelotst wurde. Die Einverständniserklärung der Eltern wurde eingehend geprüft und für gut befunden. Ein letzter Schulterblick zum Vater offenbarte dessen Gefühle. Die Furcht um seinen jüngeren Sohn, die der Vater den ganzen Tag verborgen gehalten hatte, lag jetzt in seinen Augen und schien ihn zurückzurufen. Bleib, mein Sohn! Verlass mich nicht auch noch! David drehte sich um, als der Sicherheitsbeamte ihn ansprach.

»Bitte schön, hier sind Ihre Reisedokumente. Legen Sie bitte Ihre Jacke, den Gürtel und das Handgepäck auf das Transportband«. David schreckte hoch.

»Entschuldigen Sie bitte! Ich bin wohl etwas müde«, sagte er flüchtig und packte seine Sachen auf das Kontrollband. Noch 40 Minuten bis zum Boarding. Er wollte nicht mehr warten. Die Reise war eine Zerreißprobe. Angst und Hoffnung begleiteten ihn abwechselnd. Als David sich im Flugzeug auf den Fensterplatz setzte, war er froh, dass der Platz neben ihm frei blieb. Er wollte jetzt keine Unterhaltung. Die ersten Stunden lenkte er sich damit ab, eine topografische Landkarte zu zeichnen und die Orte, die sie überflogen, miteinander zu verbinden. Deutschland, Frankreich, Spanien, nur leuchtende Punkte und Flecken, durchtrennt von wenigen dunklen Flächen. Europa war hell, selbst von oben. Kein Wunder, dass man so selten die Sterne sieht, dachte er, bevor er einschlief. David erwachte und zitterte vor Kälte. Die Reisedecke, mit der eine freundliche Stewardess ihn in der Nacht zugedeckt haben musste, lag auf dem Boden. Schnell zog er sie hoch und wickelte sich wieder ein. Außer dem gleichmäßigen Summen der Turbinen hörte er kein Geräusch. Wie still es nachts in einem Flugzeug sein konnte! Still und einsam. Ein Blick aus dem Fenster bannte ihn. Ein paar atemberaubende Minuten voller Lichtspiele; der Sonnenaufgang über den Wolken erfüllte ihn mit tiefer Freude. Ein Meer von Farbstreifen durchzog den Himmel. Unten schwarz und oben blau. Dazwischen eingelassen zarte rosa, gelbe und leuchtend orangefarbene Bänder. »Haben Sie gut geschlafen?«, fragte ihn die Stewardess der brasilianischen Airline auf Deutsch mit ihrem starken Akzent.

»Ja, danke. Ich hab schon seit Tagen nicht mehr so lange geschlafen«. Genau genommen seit drei Tagen, seitdem die Zeit für ihn aus dem Rhythmus geraten war. Seit Markus ... Sie lächelte ihr professionelles Stewardessenlächeln und holte ihn aus seinen Gedanken. »Möchten Sie frühstücken?«, fragte sie charmant und goss Kaffee in einen Pappbecher. »Milch und Zucker?«, fragte sie. David nickte und war dankbar für den warmen Becher, der die Kälte für einen Moment vertrieb. Nach 10 Minuten würgte er das Continental-Frühstück herunter, das sie ihm geschäftsmäßig servierte. Er musste sich zum Essen zwingen, sonst würde er die anstrengende Reise nicht durchstehen. Nach einer weiteren Stunde sah er endlich die Küste Brasiliens. Der Himmel über Brasilien war so unwahrscheinlich blau. In Deutschland gab es selten satte Farben. Hier schien alles bunt und grell zu sein. Das Meer, die Berge und der Regenwald. Leuchtend blau, türkis, grün in allen Variationen und ein kräftiges Braun. Geblendet kniff er die Augen zusammen und drehte sich weg. Schon diese Blicke aus dem Flugzeugfenster verhießen Heilung. Seine Angst, die ihn bis gestern noch erfüllt hatte, schrumpfte, und die Hoffnung, dass er das, wonach er suchte, hier finden würde, gewann die Oberhand.

»Guarulhos!« David schmeckte dieses Wort auf der Zunge. Ein Wort der Versuchung. Der Flughafen in São Paulo lockte ihn hinaus. Komm, Junge, riskier einen Blick, wage einen Schritt. Brasiliens Metropole pulsierte. Sambaklänge hämmerten aus einem alten Kofferradio, die Luft roch nach Kerosin und süßlich faulenden Früchten. Er widerstand dem Drang, sich zu zerstreuen und alles zu vergessen, was ihm seit Tagen das Gemüt beschwerte.

»Manaus«, stotterte er und ging mit einer Handvoll Abenteurer in die Wartehalle für den Flug nach Manaus. Ich habe einen Auftrag, dachte er trotzig und wartete ungeduldig darauf, dass der Flug ausgerufen würde. Ich bin aufgebrochen, um Gott zu suchen und die Wahrheit zu ergründen. Schon jetzt bin ich schwach, dachte er bekümmert. Schwäche und Zerstreuung konnte er sich jetzt nicht leisten. Er hatte nur 5 Tage Zeit.

In Manaus wartete bereits ein in Tarnfarben gekleideter Reiseleiter auf die kleine Gruppe Wagemutiger. Mit einem gelb und weiß gestrichenen Minibus fuhren sie über eine Schotterpiste, die eine Schneise in den wuchernden Urwald schnitt. Es war laut. David lauschte dem Konzert des Dschungels, hin- und hergeworfen flog er bei jedem Schlagloch von seinem Sitz.

»Noch eine halbe Stunde, dann sind wir am Fluss und reisen mit dem Schnellboot weiter«, brüllte der Reiseleiter durch die Geräuschkulisse hindurch. David freute sich auf die Bootsfahrt und kletterte schwankend aus dem Bus, als sie endlich an einem Bootssteg hielten. Eine Dschungelfarm an einem Nebenarm des Rio Negro sollte in den nächsten 5 Tagen die einzige Verbindung sein. Von dort aus wollte er seine Suche beginnen.

Nach einer rasanten Fahrt Richtung Süden sahen sie bald die Zweistromlandschaft des Amazonasdeltas.

»Hier treffen sich die beiden Flüsse Rio Negro und Amazonas. Der Rio Negro führt schwarzes nährstoffarmes Wasser, während der Amazonas mit Sedimenten angereichert ist und hellbraunes Wasser führt. Sie können hier gut erkennen, dass sich beide Flüsse nicht vermischen, sondern nebeneinander herlaufen. Eine Flussseite führt schwarzes, die andere braunes Wasser«. Der Reiseleiter leierte die Informationen gelangweilt herunter. Nach ein paar Stunden erreichten sie die Lodge. Die Gastgeber empfingen die Gäste mit einem sehr herzlichen Lächeln und begrüßten jeden in seiner Muttersprache. David hörte deutsche, englische und französische Worte und schaute gebannt auf den Fluss.

»Herzlich willkommen. Schön, dass du hier bist«. Eine kleine mütterliche Frau, die Ähnlichkeit mit den einheimischen

Indianern hatte, hielt ihm ihre ausgestreckte Hand entgegen und lächelte gewinnend.
»Mein Name ist Fernanda und das ist mein Sohn Raul. Er wird dich auf dein Zimmer bringen«. Ein quirliger Junge, vielleicht zwei oder drei Jahre jünger als David, lachte ihm strahlend entgegen.
»Olá! Como vai você?«
»Wir duzen uns hier draußen, ich hoffe, das ist dir recht«, sagte sie bestimmt und nahm David seine Befangenheit.
»Du bist alleine in einer Hütte, ich hoffe, es macht dir nichts aus. Die anderen Gäste sind Gruppen. Es ist ungewöhnlich, dass jemand alleine herkommt."
»Nein, ganz im Gegenteil«, erwiderte er erfreut. „Ich brauche Zeit zum Nachdenken«. Fernanda sah ihn verwundert an.
»Wir schlafen in Pfahlhütten, um vor den Überschwemmungen in der Regenzeit sicher zu sein. Unten ist ein Duschhaus mit Toiletten. Gegessen wird im Gemeinschaftshaus gleich hinter den letzten Gästehäusern. Deine Hütte ist die letzte. Sie steht mitten im Dschungel, leider hast du keinen Blick auf den See. Wenn du an einer unserer geführten Dschungeltouren teilnehmen möchtest, kannst du dich abends in eine Liste eintragen. Heute Abend machen wir noch eine Kanutour, die solltest du dir nicht entgehen lassen«.
David lehnte höflich ab und ließ sich von Raul zu seiner Hütte bringen.
»Möchtest du schwimmen? Ich kann dir einen entlegenen Platz zeigen, an dem Delfine leben. Komm schon, es ist heiß!«, lockte ihn Raul.

»Ja, du hast recht«, sagte David lächelnd und griff sich ein Handtuch und seine Badesachen aus dem Koffer. Unten am Fluss saß Raul schon in einem Kanu und winkte ihm zu. David kletterte in das wackelige Boot und nahm das zweite Paddel entgegen. Sanft glitten sie durch das Wasser. Schon nach 100 Metern hatte der Dschungel die Geräusche der kargen Zivilisation verschluckt. Raul paddelte ein paar Minuten den See entlang, als David die Flussmündung erblickte. Sie fuhren ein Stück flussaufwärts und legten an einer kleinen Bucht an. Raul band das Kanu an einen Baum und sprang ins Wasser.
»Los!«, rief er ausgelassen. »Das Wasser ist herrlich«. David nahm Anlauf und machte einen Kopfsprung ins trübe Flusswasser. Er erschrak, als plötzlich ein rosafarbener Körper an ihm vorbei glitt, sorgsam bedacht, ihn nicht zu berühren. Amazonasdelfine, dachte er noch und unterdrückte seine Furcht vor den unbekannten Gefahren, die das trübe Wasser bergen konnte. Vorsichtig streckte er die Hand aus und berührte sanft die glatte, schimmernde Haut des Delfins. Dieses Tier strahlte eine tiefe Ruhe aus, die sich auf ihn übertrug und ihn für ein paar kostbare Momente alles andere vergessen ließ.
»Wo sind deine Eltern?«, fragte Raul nach einer Weile.
»Sie sind zu Hause bei meinem kranken Bruder geblieben. Ich bin hergekommen, um etwas zu suchen«, erklärte David schnell. »Wie still es hier ist!«
»Wenn du die Einsamkeit suchst, musst du in den Dschungel des Todes gehen«, sagte Raul geheimnisvoll.
»Der Dschungel des Todes?«, fragte David schmunzelnd.

Das klang zu sehr nach der Abenteuerfantasie eines Vierzehnjährigen.
»Das ist ein Ort am nördlichen Ufer des Rio Negro, ungefähr 9 Kilometer entfernt von hier in Richtung Osten. Altes Goldgräbergebiet. Vor einigen Jahren sind einige Touristen zu diesem Ort gewandert und nie wiedergekehrt. Gringos verirren sich überall«, schnaubte der Junge verächtlich. »Ich wollte schon immer mal dorthin, aber meine Eltern lassen mich nicht. Jeder, der diesen Ort betritt, verschwindet. Es ist schwer, die Verschwundenen zu suchen. Mit Hubschraubern kann man wegen der dichten Bäume nichts sehen. Das ist der Grund, warum dieser Ort Dschungel des Todes heißt. Keiner hier weiß, welches Geheimnis dahinter steckt, und was mit den Menschen dort passiert. Die Indios glauben, dass der Geist des Todes dort haust«.
Der Geist des Todes. David sah Raul zweifelnd an. »Was für ein Unsinn«, spottete er.
»Die einheimischen Stämme, die hier leben, glauben, dass dieser Geist für den Tod aller Menschen verantwortlich ist«. Rauls Augen leuchteten.
»Aha, das ist sehr interessant. Können wir diese Stämme besuchen? Ich möchte gern mehr darüber erfahren«.
»Ja sicher, die Tucanos-Indianer könnten wir besuchen. Ansonsten ist für Touristen der Kontakt zu Indianern verboten. Du weißt schon, wegen Krankheiten und so«.
Daran hatte David gar nicht gedacht. Vielleicht sollte er dort beginnen! Möglicherweise war der Schlüssel zur Wahrheit ja dort verborgen!

Am Abend fragte David, ob es möglich sei, nach Deutschland zu telefonieren. Er folgte Fernanda in das kleine Büro und staunte über den Internetanschluss.

»Wir haben eine Satellitenleitung. Du kannst über Skype nach Deutschland anrufen. Haben deine Eltern einen Internetanschluss?«, fragte sie freundlich.

»Ja, schon. Ich kann eine SMS an das Handy meiner Mutter senden und sie bitten, den Computer in meinem Zimmer anzuschalten. Das Geld würde ich euch natürlich zurückzahlen«, antwortete er verlegen.

»Kein Problem. Das brauchst du nicht. Du kannst dich an meinen Schreibtisch setzen. Wenn du Fragen hast, ich warte draußen«. Fernanda zwinkerte ihm zu und schloss die Tür der Bürohütte.

Es dauerte 15 Minuten, dann hatte er eine Verbindung nach Deutschland hergestellt und das nervös lächelnde Gesicht seiner Mutter erschien auf dem Monitor.

»Hallo, Mama, wie geht es Markus?« Eigentlich wollte er nicht gleich nach seinem Bruder fragen. Er hatte nicht nachgedacht.

»Es ist unverändert«, sagte sie traurig. »Wo bist du? Geht es dir gut? Ich hab mir solche Sorgen gemacht!«, sagte sie schluchzend.

»Beruhige dich, Mama. Mir geht es gut. Ich bin in einer Lodge an einem Seitenfluss des Rio Negro, ungefähr 100 km von Manaus entfernt. Ich werde morgen eine Dschungeltour machen und dann nicht erreichbar sein. Wenn ich zurückkomme, ruf ich euch an. Ich hab euch lieb. Grüß Papa von mir und sag Markus, dass ich mich auf die Suche mache. Bis bald. Ich muss jetzt Schluss machen. Ich kann die Büroleitung nicht so lange blockieren«. Schnell beendete er das Gespräch. Er konnte die Trauer der Eltern nur schwer ertragen. Sie hatte so etwas Endgültiges, als warteten sie stündlich auf Markus' Tod. Gedankenverloren trat er vor die Tür und sah Fernanda auf einem Korbstuhl sitzen.

»Entschuldige, dass ich solange dein Büro blockiert habe«. Fernanda stand auf und legte ihm die Hand auf den Arm.

»Was ist mit dir, mein Junge? Du bist so ruhelos. Ich habe noch keinen Siebzehnjährigen erlebt, der so verzweifelt ist. Wenn du reden möchtest, höre ich dir gerne zu«.

David sah sie erstaunt an. Fast hätte er ihr Angebot angenommen, als plötzlich Raul aus dem Schatten eines Baumes trat und das Gespräch unterbrach.

»Danke für dein Angebot. Vielleicht komme ich noch mal darauf zurück«. Sie lächelte so warm und tröstlich. Schon spürte er, wie seine Augen feucht wurden. Schnell drehte er sich weg und folgte Raul an den Fluss.

»Heute Abend, während die Kanutour läuft, können wir gehen. Dann sind alle beschäftigt und keiner wird uns so schnell vermissen«.

David sah ihn abschätzend an. Sollte er dem Urteil eines Vierzehnjährigen vertrauen? Du hast keine andere Wahl, dachte er und beschloss, Raul zu folgen. Als sie am Abend in das Kanu kletterten, mit Wasserflaschen, Proviant und Taschenlampen ausgestattet, spürte David, dass er sich seinem Ziel näherte. Raul legte eine Machete in das Boot.

»Ohne die kommen wir nicht durch den Dschungel«, rief er grinsend und paddelte flussaufwärts. »Wir statten meinen

Freunden, den Tucanos, noch einen Besuch ab. Es gibt dort einen Schamanen, der ab und zu im Dschungel des Todes nach besonderen Wurzeln für Heilmittel gräbt«.

Sie paddelten schweigend und lauschten dem Geschrei der Aras und Brüllaffen. Die riesenhaften Wasserlilien sahen aus wie schwimmende Inseln. David sah gebannt zur Uferböschung. Wenn es raschelte, suchte er die Geräuschquelle und fand eine Gruppe Pekaris oder einen Tapir. Als es ganz dunkel war, sah er die Augen eines Jaguars leuchten. Er konnte noch gerade die Umrisse der Katze erahnen. Das gleichmäßige Paddeln brachte sie nach zwei Stunden an ihr Ziel. Sie legten am Ufer einer kleinen Indianersiedlung an.

»In dieser Gegend darfst du nicht schwimmen», sagte Raul wichtigtuerisch. »Kaimane und Zitteraale sind viel gefährlicher als Piranhas».

»Ich hatte auch nicht vor, hier ins Wasser zu gehen. Sag mal, was sagt denn deine Mutter dazu, wenn du einfach für ein paar Tage verschwindest?“, fragte David und bekam ein schlechtes Gewissen. Fernanda war so freundlich zu ihm und er missbrauchte schamlos ihr Vertrauen.

»Mach dir keine Gedanken. Ich habe Fernanda eine Nachricht hinterlassen, dass wir zu den Tucanos fahren. Ich bin öfters dort«.

Als sie ans Ufer kletterten, erschien wie aus dem Nichts ein kleiner Mann mit einem Speer. David hätte schwören können, dass er gerade noch nicht da gewesen war.

Raul blieb einen Meter vor ihm stehen und grüßte ihn in seiner Indiosprache. Nach einer Weile zeigte er auf David und zog seinen neuen Freund am Arm mit ins Dorf. Das Feuer in der Mitte des Dorfplatzes beleuchtete das Dorf nur wenig und ließ die kreisförmige Anordnung der Hütten erkennen. Das gesamte Dorf war von Baumkronen bedeckt und so herrschte wahrscheinlich auch am Tag nur trübes Licht. Ein Leben in ständiger Dämmerung. David konnte sich nicht vorstellen, ohne Licht zu leben. An diesem Abend saßen sie mit dem Schamanen am Feuer und aßen gegrillten Tapir. Das Fleisch schmeckte etwas verkohlt, aber eigentlich ganz gut. David bat Raul, seine Fragen zu übersetzen.

»Ich möchte zum Dschungel des Todes, um dort etwas zu suchen. Mein Bruder wird bald sterben. Er ist mir erschienen und hat mich gebeten, etwas für ihn zu finden. Ich glaube, ich muss das Rätsel um Leben und Tod lösen. Wie sonst kann ich ihm helfen? Kannst du mir den Weg beschreiben? Ich habe nur ein paar Tage Zeit, sonst ist es zu spät«.

Der Schamane legte ihm einen Finger auf die Stirn und schaute ihm in die Augen. Er schien gefunden zu haben, wonach er suchte und antwortete David in einem melodischen Singsang. Raul übersetzte langsam und sah den Schamanen dabei gebannt an.

»Er ist bereit, dir den Weg zu weisen, wenn du alleine gehst. Der Junge -er meint mich- soll solange hier auf dich warten. Du kannst auf diese Reise nur alleine gehen. Ob du findest, wonach du suchst, kann er dir nicht sagen«.

Der Schamane nahm einen Stock und zeichnete eine Karte auf den weichen Waldboden.

»Wenn du dem Flusslauf folgst, erreichst du nach ein paar Meilen einen sehr großen liegenden Baum, der dir den Durchgang versperrt und bis in die Tiefe des Flusses reicht.

Hinter diesem Baum beginnt das Gebiet des undurchdringlichen Dschungels. Du musst über den Baum steigen. Es gibt keinen anderen Weg. Von dort wendest du dich nach Westen und folgst den Fährten der Pekaris. Es ist ein leichter Pfad, nur wahrnehmbar, wenn man danach sucht. Er kann dich auf deiner Suche nicht begleiten. Es werden dir große Gefahren begegnen, aber dein größter Feind bist du selbst. Wenn du deine eigenen Widerstände überwindest, kann deine Suche erfolgreich sein. Geh jetzt!«, übersetzte Raul weiter. Er sah David mit weit aufgerissenen Augen an.

»Mensch, David, ich weiß nicht, ob das so eine gute Idee ist und meine Mutter wäre ganz bestimmt nicht einverstanden«.

»Ich habe keine Wahl. Mein Bruder hat mir einen Auftrag erteilt und ich kann nicht ohne Antworten zurückkehren«. David war fest entschlossen zu gehen.

»Warte wenigstens bis zum Tagesanbruch. Die meisten Raubtiere sind nachtaktiv und im Dunkeln kannst du den Weg nicht finden«, bat Raul mit zittriger Stimme.

»Na gut, das klingt vernünftig«, gab David zu. War eigentlich noch irgendetwas vernünftig, was er hier tat? Mit Vernunft kam er diesmal nicht weiter. Diese Prüfung erforderte andere Fähigkeiten. Welche, würde er noch früh genug erfahren. David kroch in seinen Schlafsack und schloss die Augen. Ein letztes Mal Schlafen im Schutz des Feuers und anderer Menschen.

»Was ist, wenn du nicht zurückkehrst?«, flüsterte Raul, als sich David bei Tagesanbruch auf den Weg machen wollte.

»Wenn ich nicht zurückkehre, ist es nicht deine Schuld. Du kannst mich nicht umstimmen. Ich danke dir für deine Hilfe.

Und danke auch Fernanda von mir«.
David ging los, ohne sich noch einmal umzudrehen.
»Hast du dein Messer dabei und die Machete?«, rief Raul ängstlich, »Warte, David, du sollst noch ein Geschenk bekommen!«, schrie er ihm hinterher.
David kehrte um und sah, wie einer der Tucanoskrieger seinen Köcher mit Pfeilen und einen Langbogen von einem Lederband löste.
»Ich danke euch. Das ist wirklich ein sehr großzügiges Geschenk«, sagte er verlegen.
»Sei vorsichtig damit! Die Pfeilspitzen sind mit Curare präpariert. Du kannst damit jagen oder dich verteidigen. Leb' wohl, David. Até Logo!«
David schnallte sich den Lederköcher und den Bogen um die Schulter und machte den ersten Schritt in die Einsamkeit.

Im Dschungel des Todes

Der Weg war genauso, wie ihn der Schamane beschrieben hatte. Er lief weiter flussaufwärts, das schwarze Wasser des Rio Negro auf seiner Seite; das braune, lehmige Amazonaswasser auf der anderen war nur zu erahnen. Es war unheimlich, dieses dunkle Wasser. Trotz seiner Farbe war es klar und ließ erahnen, dass in seinen Tiefen Geschöpfe verborgen waren, denen er lieber nicht begegnen wollte. Trugbilder, David! Denk' an die Worte des Schamanen. Du selbst wirst dein größter Feind sein.

Er war auf dem besten Weg, die Prophezeiung wahr zu machen. Langsam kamen Zweifel in ihm auf, ob er der Wegbeschreibung des Schamanen folgen sollte. Das dichte Blätterdach des Dschungels ließ nur gedämpftes Licht bis zum Waldboden durch und tauchte alles in mattes Grün. Es war laut; Vögel zwitscherten und Papageien kreischten, Insekten surrten und Affen schrien. Ein ewiges Konzert, niemals Stille. »Konzentrier' dich auf den Weg, bleib ruhig!«, sprach er leise und folgte dem Pfad bis zu dem umgekippten Baum. Es war ein uralter Riese, der sich zum Sterben ausgestreckt hatte und so zur Lebensquelle für Millionen anderer Lebewesen wurde. Der Stamm war etwa 5 Meter dick. Es war unmöglich, ihn ohne Hilfe zu überwinden. Langsam schritt David den Stamm ab, bis er zu einem Ast kam, der zwei Meter über dem

Boden hing und stabil genug schien, um sich daran hochzuziehen. David versuchte den Ast zu packen, glitt aber jedes Mal ab. Die moosbewachsene Oberfläche war rutschig. Nach ein paar vergeblichen Versuchen rieb er seine Hände mit Erde ein. Warum hatte er bloß seine Fahrradhandschuhe zu Hause gelassen? Die könnte er beim Klettern gut gebrauchen. Nach ein paar Versuchen gelang es ihm, sich hochzuziehen. Endlich, dachte er und suchte nach dem Pfad der Pekaris, den der Schamane beschrieben hatte. Selbst von hier oben konnte er nur ein paar Meter in den Dschungel hinein blicken. Der Urwald war viel dichter als auf der anderen Seite des Baumes und die Geräusche kamen ihm hier gefährlicher vor.

Du musst dich schützen, erinnerte sich David und rieb sich mit Insektenschutzmittel ein, das in der Erste-Hilfe-Tasche steckte. Vorsichtig trank er einen Schluck aus seiner Wasserflasche. Er musste sich das Trinkwasser gut einteilen. Wenn die Flasche leer war, musste er jeden Schluck vorher abkochen und durch den Filter pressen. Das würde viel Zeit in Anspruch nehmen. David konnte den Pfad von hier oben nicht finden und beschloss, unten weiterzusuchen. Er stellte den Fuß in eine Vertiefung und sprang ab. Am Boden wischte er seine Hände ab und sah die feinen Risse und Schrammen. Die würden sich vermutlich entzünden, und er dachte noch daran, sie zu desinfizieren.

»Ach was, keine Zeit!«, murmelte er. Wenn man alleine ist, beginnt man Selbstgespräche zu führen, dachte er und musste grinsen. Früher hatte er über solche Leute gelacht.

Sollte er nun diesen Dschungel betreten oder nicht? Noch konnte er umkehren und allen Gefahren den Rücken kehren.

Ein Schritt hinein und der Dschungel könnte David vielleicht für immer verschlucken. Die Tiere waren höchstwahrscheinlich nicht das größte Hindernis. Was war mit den Legenden um den Geist des Todes? Aber war er nicht gerade deshalb hierhergekommen? Um sein Rätsel zu entschlüsseln und nach Wahrheiten zu suchen? Seine Gedanken schwankten zwischen der Angst vor dem Unbekannten und dem Verlangen, der Wahrheit näherzukommen. Er hatte das Gefühl in einen Strudel gezogen zu werden und suchte verzweifelt nach Halt. Plötzlich musste er an Markus denken und hielt sich an der Erinnerung an seinen Bruder fest. Es schien ihm fast, als könnte er ihn in der Dunkelheit sehen.

»Ich bin bereit, alles für dich zu tun, egal, was mit mir passiert!«, rief er leise. Wagemutig schloss er die Augen und machte den ersten Schritt. Die Dunkelheit verschluckte ihn und die Geräusche wurden immer bedrohlicher. Such' den Pfad, dachte er und zog seine mechanische Taschenlampe aus dem Rucksack. Sein Herz klopfte wie ein Wecker aus den 50er Jahren. Das Brüllen und Kreischen um ihn herum schwoll zu einer Mauer aus Lärm an.

Warum war es plötzlich so laut? Ist das vielleicht der Geist des Todes? Wird er nun kommen und mich töten, weil ich sein Gebiet betreten habe?, dachte David und konnte die Panik nicht bremsen. Er nahm die Taschenlampe und suchte den Boden nach Spuren ab. Nichts. David konnte den Pfad nicht finden. Am besten bleibe ich am Ufer, dachte er ängstlich. Da kann ich wenigstens etwas sehen. Ob er den Geist mit den Waffen der Indianer in Schach halten konnte? Er lief noch ein paar Stunden, bis es dämmerte, und suchte sich dann ei-

nen Lagerplatz, wo er die Hängematte befestigen konnte. Als David den Reißverschluss des Moskitonetzes zu zog, hörte er leise tapsende Pfoten, die sich langsam näherten. Vorsichtig drehte er sich um und sah in zwei leuchtende Katzenaugen, die ihn anstarrten. Ohne nachzudenken, stolperte er los.
Lauf!, schrie sein Herz. Bleib‘ stehen und benutze die Pfeile, rief sein Verstand. Sein Herz war lauter. Er rannte über den Waldboden und hörte, wie die Raubkatze ihm folgte. Davids Beine waren zentnerschwer, aber er zwang sich, weiterzulaufen. Die Luftwurzeln und Schlingpflanzen rissen Löcher in seine Kleider und peitschten ihn ins Gesicht. Gleichzeitig schaute er nach hinten und lief nach vorn. Davids Fuß blieb an einer Wurzel hängen und er stolperte. Beim Sturz verlor er seine Ausrüstung und ein stechender Schmerz hämmerte in seinem rechten Bein.
Die leuchtenden Augen kamen immer näher. Schon erkannte er die Umrisse eines riesigen schwarzen Jaguars. Es blieb keine Zeit mehr, das Messer zu zücken und für die Pfeile war der Abstand zwischen ihm und dem Tier zu gering. Affengeschrei ließ ihn hochschrecken und lenkte den Jaguar ab. Nur einen Moment, aber es reichte, um ans Ufer des schwarzen Flusses zu kommen. Ich habe keine Wahl! Ich muss ins Wasser, dachte er und rannte los. Der Jaguar blieb mit einem wütenden Fauchen am Ufer stehen. Aufgeregt wartete er, dass sein Opfer zurück an Land kam. Nun saß der Junge in der Falle. Er musste zurück ans Ufer und seine Ausrüstung holen.
Hinter sich spürte er schon die Kraft des reißenden Stromes. David konnte sich kaum aufrecht halten. Soll ich es riskieren und bis zum anderen Ufer schwimmen, fragte sich David, als

er plötzlich die Stimme eines Mannes auf der anderen Seite hörte. Er war schwarzgekleidet und hatte einen langen grauen Bart.

»Come on, boy. Swim to the other side. You have no chance to return«, schrie er und gestikulierte wild mit den Armen. Vor ihm schimmerte eine große schwimmende Insel. Dort hin, dachte David und schwamm auf die Insel zu.

»No, not that way. It´s dangerous. Stop, boy«.

Er beschloss, nicht auf den Alten zu hören, hielt auf die Insel zu und klammerte sich an den Wasserlilien fest, da spürt er schon, wie ein Stromschlag seinen Körper durchfuhr. Verflixt, die Zitteraale, vor denen mich Raul gewarnt hatte!

»Follow the black river«, brüllte der Mann. David musste dem Fremden trauen, schlimmer konnte es kaum kommen. Schon wurde er vom Strom erfasst und mitgezogen.

»Good boy, swim another 500 meters«. Der Mann am anderen Ufer rannte mit ihm mit. »Okay now, come to the middle and wait for Boto«. David durchquerte den Fluss. Immer wieder riss ihn die Strömung in die Tiefe. Er kam keuchend und hustend zurück an die Oberfläche. Was sollte das sein, Boto?

»Take care and don´t get in touch with the brown water before Boto comes«.

Wer oder was ist Boto, und wieso sollte er warten?

»I don´t know what Boto is«, schrie er verzweifelt.

»The river dolphin“, rief der Mann. „Boto is a river dolphin. When he appears hold onto his back. He will bring you to the other side«. Das ist der absolute Wahnsinn. Wieso sollte er einem völlig Fremden vertrauen? Vielleicht erschien der Geist des Todes in der Gestalt dieses Mannes. David dachte einen

Moment daran, dass er besser wieder zurück ans schwarze Ufer schwimmen sollte. Ein Blick zur Seite zeigte ihm, dass der Jaguar noch immer wartete. Ich habe keine Kraft mehr zu warten, dachte er und beschloss, alleine zum braunen Wasser zu schwimmen. Als er die Grenze zwischen den beiden Flussläufen erreichte, bemerkte er zu spät, dass sie mit unterschiedlicher Geschwindigkeit flossen. Langsam rotierte das Wasser und zog ihn in einen Strudel. Das ist das Ende. Deine Suche endet, bevor sie angefangen hat, dachte er noch und verlor das Bewusstsein, bevor der Wirbel ihn in die Tiefe zerrte.

Bei Sonnenaufgang drang ein Lichtstrahl durch das Dickicht und fiel auf Davids Gesicht. Er öffnete die Augen und wunderte sich über die trockenen Kleider. Er lag in seiner Hängematte und sein Rucksack hing neben ihm in einem Ast.
»Mein Gott! Ich lebe noch! Ich lebe!«, flüsterte David heiser und erschrak vor seiner eigenen Stimme. Es war bloß ein Albtraum gewesen. Noch nie zuvor hatte er so lebendig geträumt.
Er tastete alles ab und schaute in seinen Rucksack. Zum Glück war das nur ein Traum gewesen. Seine Angst und die Legenden um den Geist des Todes hatten die Fantasie beflügelt und ihm einen bösen Streich gespielt. Unglaublich, wie sehr die Seele auch unabhängig vom Körper leiden konnte. War Träumen nicht ein bisschen wie Sterben? Vielleicht empfanden die Sterbenden Schmerz und Leid. Vielleicht war der Mann im Traum doch der Geist des Todes und wollte mir eine Lehre erteilen, dachte der Junge aufgeregt. Es war ein furchtbares

Gefühl, im Traum zu sterben. Er musste an Markus denken und wünschte sich, dass er nicht leiden musste. Jedenfalls würde er alles dafür tun, was in seiner Macht stand, um das zu verhindern.

Der Dschungel erwachte und die Geschöpfe der Nacht ruhten. David lauschte und suchte in den Bäumen nach den Quellen der Klänge und Stimmen. Er fand Vögel mit schillernden Federn, die er noch nie gesehen hatte. Blau-gelbe, tiefrote und türkisfarbene Papageien bevölkerten die Baumkronen. Tukane mit riesigen Schnäbeln und grellbunten Federn im sonst schwarz glänzenden Federkleid machten einen ohrenbetäubenden Lärm. Winzige Kolibris, nicht größer als Libellen, wurden von riesigen roten und orangen Blütenkelchen angezogen und saugten gierig den lebenspendenden Nektar. Heerscharen unterschiedlicher Ameisenarten bevölkerten den Waldboden und glänzende Käfer in den seltsamsten Gestalten brummten in der Luft.

Wo Licht durch das Dickicht drang, war Leben. Blüten öffneten ihre Kelche, unten am Boden und oben in den Bäumen. Bromelien beherbergten leuchtend rote, blaue und gelbe Baumsteigerfrösche. In den Ästen einer Baumkrone hing ein grün schimmerndes Faultier und verschlief den Tag. David konnte sich nicht sattsehen an den seltsamen Dschungelbewohnern. Wenn er den Blick schweifen ließ, offenbarten sich ihm immer neue Geschöpfe. Affen hangelten sich akrobatisch durch die Äste und warfen verschwenderisch die angebissenen Früchte auf den Boden. Eine Welt im Überfluss. Das ohrenbetäubende Geschrei der Brüllaffen steigerte sich und wurde nur unterbrochen vom hohen Trillern der Weibchen.

David lief und folgte den Lauten, bis er eine kleine Lichtung am Flussufer erreichte. Er beschloss, eine Weile zu bleiben und hängte seine Sachen in die Bäume.

Sein Magen knurrte. Seit gestern Mittag hatte David nichts mehr gegessen. Er dachte an die Verhaltensregeln, die sein Vater ihm eingeschärft hatte und holte sein Taschenmesser heraus, um die reifen Früchte, die er vom Waldboden aufgesammelt hatte, zu schälen. Die Pão de Queijo aus Käse und Maniokmehl, die er als einzigen Proviant eingesteckt hatte, machten ihn durstig. Wenn er sich nicht nur von Früchten und Energieriegeln ernähren wollte, musste er fischen. In seinem Rucksack waren eine Rolle Angelschnur und ein paar Haken, die Raul ihm gegeben hatte. Er band die Angelschnur an einen dünnen Ast und verknotete den Haken. In einem morschen Baumstumpf fand er Maden, die er mit angewidertem Gesicht am Angelhaken befestigte. David warf die Angelschnur ins Wasser und setzte sich ans Ufer. Er verkeilte die Angel an einem Baum und suchte Steine und Holz für ein Feuer. Nach ein paar Minuten knisterte ein kleines Feuer und gab ihm ein Gefühl trügerischer Sicherheit. Mit einem Feuer am Lagerplatz wäre er in der Nacht vor neugierigen Jägern geschützt. Plötzlich verharrte David.

In den Ästen über ihm raschelte etwas! David schaute den Baum hinauf, aber alles, was er sehen konnte, waren die Schwanzfedern eines Tukans, der den Kopf in eine Baumhöhle steckte. Vielleicht konnte er an einem der Nachbarbäume ein Stück den Stamm hinaufklettern. Es ging besser, als er dachte. Er schaffte es bis zur Höhe der Baumhöhle und sah dort einen Tukan über ein paar Eiern sitzen, aus denen es leise fiepste. Die Vogelmutter wendete die Eier vorsichtig, und als die erste Schale aufbrach, befreite sie das Küken von den weiß glänzenden Eierschalen. Nach einer Stunde lagen vier nackte Küken in der Höhle. Die Küken sperrten die Schnäbel weit auf und piepsten so lange, bis einer der beiden Altvögel sie fütterte. Alles war perfekt aufeinander abgestimmt. Das Schreien der Jungtiere löste bei den Eltern einen Fütterinstinkt aus und so wurden die Küken versorgt.

Aus einer befruchteten Eizelle entwickelte sich ein komplettes Lebewesen, bestens ausgestattet mit Instinkten und angepasst an seinen Lebensraum.

Hier pulsierte das Leben. Es gab kaum einen Winkel, der nicht von einer Art bevölkert wurde. Zum ersten Mal dachte David darüber nach, dass diese Artenvielfalt unmöglich aus sich selbst heraus entstanden sein konnte.

Gab es einen Schöpfer, der all dies erst ermöglichte? Wenn alles nur durch Zufälle entstanden sein sollte, wie kam es, dass alles zueinander passte? Warum konnten Menschen kein Leben schaffen? Irgendjemand musste das Ganze doch steuern?

Ein lautes Spektakel schreckte ihn aus seinen Gedanken. In der Nähe der Baumhöhle mit den Küken wand sich eine schwarz-gelbe Baumschlange um einen Ast. Die Tukanmutter kreischte laut und rief den Vater zurück. Beide Vögel attackierten die Schlange und versuchten, sie vom Baum zu stoßen. Sie schaffte es trotzdem bis zur Baumhöhle, griff sich eines der Küken und suchte sich einen ruhigeren Ort zum Fressen. Das Schlangengift hatte das Küken gelähmt. Es wurde kopfüber verspeist und war nach ein paar Minuten als kleiner Klumpen im Schlangenleib zu sehen.

Wie seltsam, dass die Schlange andere Tiere mit dem Gift lähmen und töten konnte, ohne selbst Schaden zu nehmen. Die Grausamkeit dieses Augenblicks schockierte David zutiefst. Fressen und Gefressenwerden. Töten, um zu leben. Die Gesetze des Überlebens waren hart.
Ist eine solche Ungerechtigkeit kein Widerspruch zu der Existenz Gottes? Konnte die Natur, die gleichzeitig auf Konkurrenz und Abhängigkeit aufgebaut war, sich alleine entwickelt haben? Wenn die Natur einem geschlossenen, sehr genau abgestimmten Lebenskreis folgte, der bei einem Ungleichgewicht zusammenbrechen konnte, dann müsste es eine übernatürliche Kontrolle geben, die den Kreislauf des Lebens aufrecht hielt!

David dachte an die vielen Umweltkatastrophen, die unbedachte Menschen in den letzten 100 Jahren verursacht hatten. Die globale Erderwärmung, das Ozonloch! Was für Folgen hatten die Rodung des Regenwaldes und die ständige Verschmutzung der Luft und der Meere für das ökologische Gleichgewicht? Wäre die Natur aus sich selbst heraus entstanden, dann hätte sie sich schon längst selbst zerstört. Es musste eine Macht geben, ein großes Geheimnis, das alles erhält! Versunken kletterte David den Baum hinunter und setzte sich neben seine Angel an den Fluss.
Sein knurrender Magen erinnerte ihn daran, dass er dringend etwas essen musste. In der Nähe stand ein Baum, der grüne Früchte trug, die einen zitrusartigen Duft verströmten. Er sammelte ein paar und schälte sie. Sie schmeckten bitter und völlig anders als erwartet. Nach kurzer Zeit krampfte sich

sein Magen zusammen und er erbrach sich. Kalter Schweiß lief seinen Rücken hinunter, er atmete heftig und lehnte sich an einen Baumstamm. Sein Hals brannte, als habe er seit Tagen nichts getrunken. Gierig nahm David die Wasserflasche und trank sie bis auf den letzten Tropfen leer. Entkräftet kroch er zum Ufer und zog die Schnur aus dem Wasser. Das Wasser war hier in der Bucht fast still und hatte sich schon mit dem lehmfarbenen Amazonaswasser vermischt.

Am Haken zappelte ein Piranha mit goldschimmernden Schuppen. David nahm den Fisch und schlug ihn auf einen Stein, um ihn zu töten. Er schälte mit dem Messer einen Stock, nahm den Fisch aus und steckte ihn auf den Stock. Begeistert betrachtete er die messerscharfen Zähne des Tieres. Das Feuer war inzwischen groß genug, um den Fisch zu braten. Nach einer halben Stunde duftete es köstlich. Er schälte die verkohlte Haut ab und aß. Noch nie hatte ihm etwas so gut geschmeckt, wie dieser Fisch ohne Salz und Gewürze.

David wunderte sich darüber, mit wie wenig er auskommen konnte. Zu Hause hätte er einen ungewürzten verkohlten Fisch nicht mal angerührt. Bevor es dunkel wurde, legte er noch mehr Holz nach, damit das Feuer in der Nacht nicht ausging. Mit einem ungewohnten Glücksgefühl suchte sich David einen Platz für seine Hängematte und vergrub die Essensreste, um keine Tiere anzulocken. Er war erschöpft und müde, obwohl er kaum etwas gemacht hatte. Als er die Augen schloss, dachte er an all die wundersamen Dinge, die sich ihm gezeigt hatten. Es waren heftige, wilde und bunte Bilder.

Das Leben hier war rasant. Auf einmal drängte sich ihm die Erinnerung an seinen Traum auf. Er merkte, wie sich hier die

Ebenen zwischen Traum und Wirklichkeit verschoben. Was war real, was war eine Ausgeburt seiner durch die Sinnlichkeit seiner Umwelt angeregten Fantasie? Nur in seinem Kopf? Sein Körper reagierte mit Hunger, Durst und Müdigkeit und forderte Versorgung. Aber es gab auch einen Teil, der völlig losgelöst von seinem Körper existierte. Seine Fantasie, seine Gefühle, seine Gedanken. In seinen Träumen erlebte er etwas, an dem sein Körper keinen Anteil hatte. Gestern Nacht hatte er geschlafen und seine Seele war auf eine Reise gegangen. Es war ihm schwergefallen, zwischen Traum und Realität zu unterscheiden. Wie war es nach dem Tod? Ging die Seele auf eine ewige Reise? Verließ sie den Körper, wie im Traum? Existierte das Denken und Fühlen auch über den Tod hinaus? David dachte an den Vorfall mit den Küken. Konnte es möglich sein, dass das Küken nun nicht mehr in einer sogenannten Traumwelt wäre, sondern das eigentliche Leben jetzt erst begann? Dies würde die Ungerechtigkeit ausgleichen. Nur so könne man von einer Gerechtigkeit sprechen! Wenn das Küken kein anderes Dasein hätte, wo es sein Recht bekäme, dann wäre die Welt ungerecht. Nur durch ein zweites Leben, wo jeder für seine Handlungen zur Verantwortung gezogen wurde, konnte Gerechtigkeit herrschen. Nun trugen ihn seine Gedanken zu Markus. Vielleicht war es das, was sein Bruder mit seinem seltsamen Auftrag meinte. Vielleicht war es diese Reise, von der Markus sprach! Eine Reise in eine bessere, eine gerechtere Welt. Das hieße ja, dass Markus Leben nicht wirklich mit dem Tod beendet wäre, sondern dass er auf eine andere Art weiterleben würde. Warum brauchte er dazu Gepäck, wenn er doch ein guter Mensch war? Wer wür-

de dort über ihn richten und wie konnte David ihm helfen? So viele Fragen standen offen. David hatte nur noch zwei Tage Zeit, es herauszufinden. Vielleicht konnte er hier im Urwald die Antworten auf seine Fragen finden.
Die Geräusche der Nacht waren unheimlich. Was war das Geheimnis, das sich in diesem seltsamen Dschungel verbarg? Warum waren die Menschen von hier nicht zurückgekehrt? Er war einfach viel zu müde, um weiter darüber nachzudenken und schlief ein.

Zweiter Dschungeltag

Am nächsten Morgen erwachte David vom Spektakel der Vögel. Es begann zunächst ganz sanft, wie ein leises Flüstern, das ihn zart aus seinen Träumen rief. Er räkelte sich gemütlich in seiner Hängematte und schlief weiter. Erst als die Sonne die Dämmerung durchbrach, gesellten sich immer mehr Vögel zu ihren frühen Gefährten und stimmten in das Rufen ein. David öffnete ungehalten die Augen und gab auf. »Na schön, ihr Sänger, ich steh' schon auf«, murmelte er und schüttelte den Schlaf ab. Sein Magenknurren war fast so laut wie das Vogelkonzert. Er musste besser auf sich achtgeben und Vorräte anlegen. Entkräftet kramte er in seinem Rucksack nach einem Energieriegel und verschlang ihn gierig. Heute musste er weiterziehen. Markus erwartete eine Antwort und davon war er noch meilenweit entfernt. David schulterte seinen Rucksack und schlüpfte in seine Wanderstiefel. Ein stechender Schmerz durchzuckte ihn. Irgendetwas war in seinen Schuh gekrochen und hatte ihn gebissen. Vorsichtig zog David den Schuh wieder aus und betrachtete sein Bein. An seinem Knöchel war eine rote Bisswunde, die in rasantem Tempo anschwoll. Er suchte in der Erste-Hilfe-Tasche nach der Salbe gegen Insektenstiche und legte einen Verband an. Hektisch schüttelte er den Stiefel. Ein paar Ameisen fielen auf den Waldboden und krabbelten eilig fort. Mit dem Fuß würde er in keinen Stiefel mehr passen. Mit Sandalen läuft es sich eh besser, dachte David und band die Stiefel an den Rucksack. Ich muss das Geheimnis entschlüsseln, das an diesem Ort verborgen liegt, dachte er und kämpfte sich mit der Machete des Schamanen durch das Dickicht. Jetzt musste David besonders vorsichtig sein, damit er nicht auf giftige Spinnen und Ameisen trat, oder sich eine Giftschlange auf seine ungeschützten Füße stürzte.

Nach einer halben Stunde erreichte er eine Lichtung, in deren Mitte sich ein riesiger Felsen befand. Eine dunkle Öffnung tat sich darin auf und verbarg in ihrem Inneren eine Höhle. »Seltsam! Ein Felsen mitten im Urwald«, rief David leise und folgte dem Weg vorsichtig. Vielleicht war die Höhle ja bewohnt. Er musste vorsichtiger sein. »Hallo! Ist jemand da?«, rief er laut und bekam sofort eine Antwort. Ein lautes Knurren erklang aus dem dunklen Loch. Hastig löste er den Verschluss des Lederköchers und zog einen Pfeil heraus. Er hatte gerade genug Zeit ihn anzulegen, als ein schwarzer Jaguar aus der Höhle trat und laut brüllend sein Revier verteidigte. Was ist das für ein prächtiges Tier, dachte er bewundernd und schaute wie gebannt auf die riesigen Pranken und das glänzende Fell. Vorsichtig bewegte sich David rückwärts und versuchte keine Geräusche zu machen. Vergebens! Das faulende Laub und die kleinen Äste unter seinen Füssen raschelten und zogen die Aufmerksamkeit der Raubkatze auf David. Sein Herz klopfte bis zum Hals. Ein paar Bäume verbargen ihn noch vor dem Tier. Die Katze witterte seine Fährte und schlich auf leisen Pfoten näher. Mit zitternden Händen hielt David den Bogen gespannt, bereit sich zu verteidigen.

»Oh Gott, hilf mir!«, formten seine Lippen. »Lass diesen Jaguar in eine andere Richtung gehen!« David betete in seiner Not und rief einen Gott an, den er gerade erst zu entdecken begann. Wen sonst sollte er in dieser Wildnis um Hilfe bitten? Wenn es diesen Schöpfer gab, dann würde er ihn auch hören. Er zählte die Sekunden und nahm Abschied von seinem Leben. Verzeih mir, Markus! Ich habe deine Antwort nicht gefunden, dachte er. Als der Jaguar nur noch ein paar Meter entfernt war, zielte David auf das Tier und schoss den Pfeil ab.

In diesem Moment kreischten ein paar Affen, die sich auf einem Baum am Rand der Lichtung stritten. Der Jaguar schoss herum und entkam nur knapp dem tödlichen Pfeil. Gebannt von diesem Schauspiel verharrte David hinter seinem Baum und sah, wie der Jaguar versuchte, den anderen Baum hochzuklettern. Die Affen sprangen von Ast zu Ast und schienen ihn mit ihrem Geschrei zu verhöhnen. Die Raubkatze fauchte wütend und starrte den Baum hinauf. Nun bewarfen die Affen sie mit Früchten. Jedes Wesen hat Stärken und Schwächen und es ist nicht immer sicher, dass der Stärkere gewinnt! Hier im Dschungel war alles in einem Gleichgewicht und alles hatte seine Funktion. Es war gut, dass die Raubtiere die kranken und schwachen Tiere erlegten. So konnten sich immer nur die Starken fortpflanzen und das Überleben ihrer Art sichern.

Wie perfekt alles zueinanderpasst, dachte David wieder und vergaß völlig zu fliehen. Erst als der Jaguar witternd seine Fährte wieder aufnahm, schlich David vorsichtig rückwärts. Zu spät, die Katze hatte ihn bereits entdeckt und beschleunigte ihre Schritte. Zum Fluss, schnell!, riefen seine Instinkte. Lauf!

Er rannte so schnell er konnte, aber der Jaguar holte auf. Nur noch ein paar Meter, dann hast du es geschafft, dachte er und streifte im Laufen seinen Rucksack und die Waffen ab. Der Jaguar blieb einen Moment stehen und beschnupperte das Gepäck, das von Davids Geruch durchtränkt war. Zeit genug für den Jungen, ins Wasser zu laufen. Das Wasser spritzte und seine Kleider saugten sich voll und machten das Schwimmen schwer. Sein Albtraum holte ihn ein. Es war genauso wie in seinem Traum. Der Jaguar schritt das Ufer auf und ab. Er lauerte darauf, dass sein Opfer herauskommen würde. Die reißende Strömung des Flusses erinnerte David an die Gefahren, die in den Tiefen des Amazonas verborgen waren. Strudel, Untiefen und Strömungen, Zitteraale und Kaimane, eine unüberbrückbare Distanz zwischen den beiden Ufern. David entschied sich für den Fluss. Er wollte lieber ertrinken, als von einem Raubtier zerrissen zu werden.

Auf halber Strecke zum anderen Ufer entdeckte David eine Insel. »Ich schwimme hin und ruhe mich dort aus, bevor ich weiter schwimme!«, flüsterte er und schien alles vergessen zu haben. Er war von seiner Flucht so erschöpft, dass er kaum noch klar denken konnte. Die Arme und Beine wurden immer schwerer. Wie eine Maschine durchpflügte er das Wasser und begann zu zählen, wie der Schlagmann bei einem Ruderachter. Gerade noch rechtzeitig konnte er einem langen Aal ausweichen, der zwischen den Wasserlilien am Rand der schwimmenden Insel lebte. Mühevoll kämpfte er sich weiter. Die Strömung erfasst ihn und zog ihn gefährlich nah an einen

Strudel heran. Halt suchend ergriff er einen Baumstamm, der an ihm vorbei trieb. Um weiter zu kommen, musste er den Stamm loslassen. Plötzlich erinnerte er sich an den Mann aus seinem Traum.

»Du musst dich 500 Meter flussab treiben lassen und auf Boto warten«, hatte er gesagt. Es wäre leicht, sich einfach treiben zu lassen. So ein Unsinn, dachte er verzweifelt. Er konnte doch nicht den Anweisungen irgendeiner Traumgestalt folgen. Was war die Alternative? Ertrinken oder von einem hungrigen Jaguar zerfleischt werden. Er könnte es zumindest mal versuchen. Es war eine Chance. »Boto, wo bist du, Boto?«, schrie David und suchte das Wasser nach dem rosa Flussdelfin ab. Ich habe meine Lektion über den Dschungel des Todes gelernt, dachte er müde. Niemand kann in diesem Dschungel überleben. »Der Geist des Todes hat ein leichtes Spiel mit mir«, keuchte David und spuckte das brackige Flusswasser aus. »Er lauert in seinem Versteck und wartet nur darauf, dass ich ihm in die Arme laufe!«, flüsterte er und kapitulierte vor seinem unsichtbaren Feind. Ich werde noch vor Markus sterben, dachte er traurig. Vielleicht gibt es einen Ort, an dem wir uns wiedersehen. Er hatte keine Kraft mehr, um das andere Ufer zu erreichen und ließ den Stamm los, bereit in den Fluten zu versinken. Während er sank, lief sein ganzes Leben wie ein Film vor ihm ab. Er hatte ein schönes Leben gehabt, dachte er und schämte sich, weil er sich nie bei seinen Eltern bedankt hatte. David sah sich als Kleinkind, wie er die ersten wackligen Schritte in ein unbekanntes Leben machte. Seine Mutter klatschte in die Hände, hob ihn hoch und drehte sich vor Freude wirbelnd im Kreis. Dann sein erster Schultag und die Furcht vor dem Unbekannten, das ihn in eine neue Welt begleitete. Er sah die Freunde, mit denen er sein Pausenbrot getauscht hatte, und fühlte den Schmerz, als er beim Klettern von einem Baum gefallen war und mit einer Gehirnerschütterung im Krankenhaus wieder aufwachte. David erinnerte sich an die vielen Turniere, die er mit seinem Bruder Markus gewann und das taumelnde Glücksgefühl, wenn die Zuschauer jubelten und sein Vater so stolz war und die Jungen danach zum Eisessen einlud. Seine Eltern und Großeltern hatten ihr Bestes gegeben. Was war mit ihm? Was sollte er jetzt noch tun, um ihnen zu zeigen, wie sehr er sie liebte, und was war mit Markus? Reue war alles, was er noch spürte.

»Verzeiht mir!«, dachte er, als seine Bilder immer blasser wurden und sich alles, was ihm vertraut war, von ihm zu entfernen schien. Das Letzte, was er sah, war die Dunkelheit des trüben Flusswassers, in dem er im Begriff war zu ertrinken. Im allerletzten Moment spürte er, wie ihn etwas an die Oberfläche brachte. Er atmete ein und nahm mit jedem Atemzug neues Leben in sich auf.

»Ich lebe noch!«, flüsterte er und spürte die glatte Haut seines Retters unter seinen Händen. Boto! Wer sollte seinen Retter geschickt haben, wenn nicht der Schöpfer, der alle Schicksale bestimmte?

»Danke! Ich danke dir, dass du mich gehört hast«, rief er leise und hielt sich an den Flossen des Delfins fest. Mühelos durchquerte sein Retter die Grenze zwischen den beiden Wassern. Das braune Wasser ist drei Mal so schnell wie das Schwarze. Seltsam, dass sich die beiden nicht vermischen, als ob es zwischen ihnen eine Barriere gibt, dachte er fasziniert. Der

Delfin glitt durch das Wasser und wich geschickt den Strudeln aus. Ein Mensch könnte niemals durch diese Strömung schwimmen, ohne weggerissen zu werden. Nach einem endlosen Moment erreichte David endlich das rettende Ufer. Er strich sanft über die glatte Haut seines Retters und ließ sich erschöpft auf das Ufer rollen.

»Ich danke dir, mein Freund. Du hast mich gerettet!«, sagte er zu dem Tier und sah zu, wie es langsam weiterzog.

»Ich danke Dir, Gott», flüsterte er befangen. Noch nie hatte er sich mit Gott unterhalten. Gerade erst war er sich überhaupt bewusst geworden, dass es einen Schöpfer aller Dinge gab.

»Ich suche Dich für meinen Bruder«, rief er zaghaft. Und für mich, fügte er in Gedanken an.

»Hilf mir, Dich zu finden, bevor Markus stirbt«. Tränen rannen ihm aus den Augenwinkeln und hinterließen Spuren auf seinen Wangen. Er hatte ein neues Leben geschenkt bekommen. Gott hatte die Handlungen der Tiere gelenkt. Zuerst die Affen, die den Jaguar von ihm abgelenkt hatten. Dann hatte er diesen Traum gehabt, der ihm genau zeigte, wie er sich verhalten musste. Und dann der Delfin, der im letzten Augenblick gekommen war. Gerade noch rechtzeitig um sein Leben zu retten, aber auch nicht zu früh, denn sonst hätte er vielleicht nie diese tiefe Liebe zum Leben entdeckt und seine Dankbarkeit gegenüber seinem Helfer gefunden. Erschöpft schloss David die Augen und fiel in einen tiefen Schlaf.

Nach ein paar Stunden weckte ihn sein leerer Magen und seine Kehle schmerzte vor Durst. Er kroch zum Fluss und trank angewidert das braune Wasser. David erhob sich und ging ein paar Schritte und sah an sich herab. Die Sandalen und das offene Hemd hatte die Strömung weggerissen. Sein T-Shirt hing in Fetzen und an einem Hosenbein klaffte ein langer Riss. Er ging zaghaft in den Dschungel und suchte die Bäume und den Boden nach etwas Essbaren ab. Hier schien der Dschungel lichter zu sein und ein paar Sonnenstrahlen schienen bis auf den Waldboden. Es dauerte nicht lange, bis er einen großen Paranussbaum fand. Mit einem Stein brach er die harten Schalen auf und aß bedächtig die Nüsse. Alles, was der Dschungel hergab, schmeckte so intensiv und köstlich. Er stillte den ersten Hunger und begab sich auf die Suche nach Früchten.

Unter dem Paranussbaum verlief eine Ameisenstraße. Die kleinen Soldaten liefen in Reihen und verschwanden ein paar Meter weiter in einem kleinen Loch im Boden. Jede Ameise trug ein abgerissenes Blatt in ihre unterirdische Stadt. Wie kann es sein, dass Tausende winziger Geschöpfe einen eigenen Staat bilden konnten? Sie taten alles, um ihr Volk zu schützen. Das einzelne Wesen zählte weniger als der ganze Staat. Wie konnten solche schwachen Geschöpfe derart organisiert sein? Es war unglaublich, wie schwach der Mensch im Vergleich mit diesen Geschöpfen war. Sie trugen Lasten, die fast so schwer waren wie ihr eigenes Körpergewicht und ihre Instinkte funktionierten perfekt. Die beste menschliche Gesellschaft würde mit dieser Organisation nicht mithalten können. Sie folgten alle einem System, arbeiteten emsig und beherrschten ein Ökosystem, das ihn fast umgebracht hätte. Was passte sie so perfekt an ihren Lebensraum an? Waren sie ein Ergebnis der Evolution oder lenkte sie der Schöpfer aller

Dinge? Kann das ein Ergebnis der Entwicklung sein, oder ist das eher eine Schöpfung? David musste an die Urknalltheorie denken, die sie neulich in der Schule besprochen hatten. Alles Leben nahm dort seinen Ursprung und differenzierte sich zu allen möglichen Lebensformen.

Jedes Wesen war eins mit seiner Umgebung. Der Jaguar mit seinen feinen Sinnen, seiner Schnelligkeit und seiner Fähigkeit, sich lautlos zu bewegen, war ein perfekter Räuber. Die Affen waren mit ihrer Geschicklichkeit und ihren Kletterkünsten an ein Leben in den Baumkronen der Urwaldriesen angepasst und Boto, der Flussdelfin konnte sich mühelos in dem reißenden Fluss bewegen. Der Mensch hatte stumpfe Instinkte und konnte in der wilden Natur ohne technische Hilfsmittel nicht lange überleben. Dafür war er in der Lage, seine Umgebung zu verändern, sie durch eigene Schöpfungen zu bereichern oder zu zerstören. Sein Verstand war dem der Tiere überlegen. Das war die Stärke des Menschen.

Wenn die Natur aus sich selbst erschaffen wäre, wie hätte sich alles dann so entwickeln können? Warum war nur der Mensch mit einem schöpferischen Verstand ausgestattet? Alles lief scheinbar nach einem Gesetz, und dieses Gesetz musste einen Gesetzgeber haben. Vielleicht war der Mensch die Spitze der Entwicklung, deshalb findet man unter den anderen Wesen keine, die sich soweit entwickeln konnten?, dachte David angestrengt. Aber wie konnte er die Spitze der Entwicklung sein, wenn er in der Natur nur schwer überleben konnte?

Die Gedanken ermüdeten ihn. David flocht sich aus langen Gräsern dicke Seile, mit denen er Äste zusammenband und breite Palmen- und Bananenblätter um sein Lager spannte. So lag er wenigstens etwas erhöht und vor am Boden kriechenden Insekten und Skorpionen sicher. Der Mond schien über dem Fluss und Tausende funkelnder Sterne leuchteten am Himmel.

Der Schöpfer dieser Wunder musste groß sein, einzig und allmächtig. Er hatte aus den winzigen atomaren Bestandteilen, aus denen die ganze Materie zusammengesetzt war, das ganze Universum geschaffen. Können diese weit entfernten Sterne zusammenstoßen?, dachte David. Ein komplexes System unsichtbarer Kräfte hielt sie in ihrer Bahn. Er hatte das Gefühl, dem Geheimnis des Lebens langsam näher zu kommen. Wer war in der Lage, Leben und Lebensräume zu schaffen? War es Zufall, dass nur die Erde einen Lebensraum bot, in dem Leben überhaupt möglich war? Oder war dieser Planet extra erschaffen worden, um Leben zu ermöglichen? Wäre die Erde nur einen Bruchteil näher an der Sonne oder weiter entfernt gewesen als ihre eigentliche Position, hätte das Leben nicht existieren können. Der Mond zum Beispiel ist der Erde sehr nah, dennoch ist er er ein lebensfeindlicher Ort. Wäre das Leben aus sich selbst heraus entstanden, dann müsste man folglich woanders auch Leben finden, wo dieselbe Natur am Werk war. Es gab sicherlich eine größere Macht, die dieses Universum erschaffen hat, und ihm all diese Gesetze und Eigenschaften gegeben hat. Um all das zu erschaffen, bedarf es einer unfassbaren Intelligenz und Macht, dachte David erschöpft und verwirrt. Dieser Schöpfer musste über der Schöpfung stehen und nicht den Regeln der Natur unterliegen. David hatte an zwei Tagen im Regenwald von Amazonien mehr begriffen, als in den 17 Jahren zuvor. Dankbar für diese Erkenntnis, die ihn seinem Ziel näher brachte, schlief er ein.

Dritter Dschungeltag

Ein heftiger, krampfartiger Schmerz holte David aus seinen wirren Träumen. Kalter Schweiß ließ ihn trotz der feuchten Hitze zittern. Als er versuchte aufzustehen, drehte sich alles und er fiel auf den Boden. David krümmte sich vor Schmerzen und bekam heftigen Durchfall.
»Das Wasser war verunreinigt! Warum hab' ich es bloß getrunken!?«, schimpfte er. Nach einer Weile stieg das Fieber. David sehnte sich so sehr wie noch nie zuvor nach seinen Eltern. Seine Mutter wüsste, was jetzt zu tun ist. Weit entfernt sah er ihre einsame Gestalt. Tränen rannen über seine Wangen.
»Es tut mir so leid, Mama! Es war wirklich eine bescheuerte Idee, alleine in den Dschungel zu gehen. Es tut mir so leid, dass ich dir Kummer bereite«, flüsterte er. Sie lief mit stolpernden Schritten auf ihn zu, konnte ihn aber nicht erreichen. Mit jedem Schritt, den sie machte, vergrößerte sich der Abstand zu ihrem Sohn. Die Bilder wechselten in wirre Fieberträume. Er hörte Stimmen. Zwei seltsame Wesen unterhielten sich mit fiepsenden Stimmen. Sie schienen zu streiten. Das durchdringende Geräusch, wie bei einer Tonstörung im Fernsehprogramm, bereitete ihm hämmernde Kopfschmerzen.
»Hilfe! Kann mich jemand hören?«, rief er mit schwacher Stimme. »Du hast mir schon mal geholfen, Gott. Steh mir

jetzt wieder bei! Du hast doch alles geschaffen und kannst alles tun, was Du willst. Du hast so etwas Gewaltiges geschaffen, wie die Sterne und die Planeten. Du schaffst es, dass alles hier in diesem Urwald im Gleichgewicht bleibt. Du hast mir geholfen, so vieles zu lernen. Hilf mir! Ich kann nicht mehr!«, stammelte er weinend.

Dann meldeten sich Zweifel. Mach dich doch nicht lächerlich, Junge. Schau dich an, wie du hier liegst und herumstammelst! Was soll jetzt passieren? Die passende Medizin fällt vom Himmel und du bist wieder gesund? Du glaubst an etwas, das es nicht gibt, verhöhnte ihn kichernd eine Stimme in ihm.

»Lass mich in Ruhe! Nimm mir doch nicht das letzte bisschen Hoffnung!«, heulte David. In der Not kommt man Gott näher, dachte er und fiel in einen fieberheißen Schlaf.

Die fiepsenden Sprecher meldeten sich zurück. Sie sahen aus wie kleine Bakterien, die gemeinsam mit den Blutbestandteilen umhertrudelten.

»Es gibt keinen Menschen oder hast du hier schon mal einen gesehen?«, sagte die eine Stimme.

»Natürlich gibt es ihn. Er ist unser Lebensraum. Ohne ihn können wir nicht existieren! Wir müssen unseren Lebensraum schützen, sonst wird er zerstört. Und wir mit ihm!«, antwortete die andere Stimme.

»Was für ein Unsinn! Es gibt keinen Menschen! Das, was uns widerfährt, sind Naturkatastrophen. Wir hätten doch bemerkt, wenn es so etwas wie einen Menschen gäbe!«, schrie die erste Stimme jetzt.

»Aber wir sehen doch seine Zellen, die uns bekämpfen! Wir dürfen ihn nicht leugnen, und müssen seine Gesetze respektieren, auch wenn wir ihn nicht sehen können. Das Immunsystem ist so gut organisiert, dass es zu einem einzigen System gehört. Dieses System ist ein menschliches Wesen«, flehte die zweite Stimme.

Es war zu spät. Eine grüne Flüssigkeit schwappte mit einer Welle näher, erfasste die Krankheitserreger und löste sie auf. Keuchend erwachte David und sah mit panikweiten Augen in den Dschungel. Das Laubdach über ihm ließ ein paar Sonnenstrahlen durch. Er folgte dem wundersamen Lichtspiel und sah die grünlichen Früchte, die ihm vor zwei Tagen solche Bauchschmerzen bereitet hatten, an einem Strauch hängen. Ohne nachzudenken, kroch er hin und riss ein paar von den dünnen Ästen. Er konnte sich noch gut an den grünlichen, bitter schmeckenden Saft erinnern. Was, wenn sie giftig sind?, dachte er in einem weit entfernten Gedanken. Zaghaft biss er hinein und presste sich den Saft in den Mund.

Während er auf die Wirkung der Frucht wartete, kamen die seltsamen Traumbilder zurück. Der Mensch im Universum ist noch viel kleiner, als die Bakterien in einem menschlichen Körper.

Wenn die Bakterien an die Existenz des Menschen glauben sollen, auch ohne ihn gesehen zu haben, wieso soll der Mensch nicht auch an die Existenz Gottes glauben, ohne ihn gesehen zu haben? Was denke ich hier eigentlich, fuhr es dem Jungen durch den Kopf und er schlug sich mit der flachen Hand an die Stirn.

Es ist unlogisch, dass ein großer, allmächtiger Gott höchstpersönlich zu einem kleinen schwachen Menschen herabsteigt, um ihn davon zu überzeugen, dass Er existiert. Es sollte reichen, Seine Zeichen und Seine Schöpfung zu sehen, um an Ihn zu glauben, dachte der Junge und schämte sich für seine Zweifel, die ihn eben noch verhöhnten. David schloss die Augen. Langsam glitt er in einen traumlosen Schlaf.

Als er aufwachte, fühlte er sich frisch und ausgeruht. Er stand auf und lief den Fluss entlang, in die Richtung, aus der er gekommen war. Er wollte versuchen, auf die Höhe der Indio-Siedlung zu kommen. Vielleicht gab es eine Möglichkeit, auf sich aufmerksam zu machen. Beim Laufen fiel ihm ein, dass er sich noch gar nicht bedankt hatte.

»Ich danke Dir! Auch wenn ich nicht genau weiß, wer Du bist. Hilf mir, es herauszufinden«, flüsterte er leise und lächelte in sich hinein.

David musste sich beeilen. Es blieb ihm nicht mehr viel Zeit. Morgen würde sein Flugzeug zurückfliegen. Er schritt mit neuer Kraft voran und hatte bis zum Mittag sein Ziel erreicht. Am anderen Ufer fischten ein paar Tucanos in einer Bucht. David schrie und winkte aufgeregt. »Olá!«, schrie er aufgeregt.

Da fiel ihm plötzlich ein, dass an seinem Taschenmesser, das er immer noch in seiner Hosentasche hatte, ein zusammenklappbarer Spiegel war. »Einen Versuch ist es wert!«, sagte er leise und klappte das Messer auf. Nach ein paar Versuchen schaffte er es, einen Lichtstrahl einzufangen und auf die andere Seite zu spiegeln. Die Fischer hielten geblendet die Hände vor ihre Augen und sprangen erschrocken ans Ufer. »Nein!«, brüllte David. »Bleibt hier!» Es dauerte nur ein paar Minuten, da konnte David die schlaksige Gestalt von Raul erkennen. Er winkte zurück und stieg mit einem der Tucanos in ein Kanu. Eine endlose Weile später waren sie endlich in Rufweite.

»Mensch, David, ich habe schon gedacht, wir sehen dich nie wieder. Wie kommst du denn auf die andere Seite?«, schrie Raul. Er war so aufgeregt, dass sich seine Stimme fast überschlug. David lief ins Wasser und eilte dem Kanu entgegen. Endlich in Sicherheit, dachte er. Diese Tage im Dschungel hatten ihn verändert. Er hatte es geschafft zu überleben und zurückzukommen. Raul zog seinen Freund ins Boot und schaute ihn mit großen Augen an. »Du siehst mitgenommen aus. Was hast du erlebt?«, sprudelte es aus ihm heraus. Der Tucanoindianer stupste Raul an und hielt ihm den Finger an den Mund. »Na, klar. Du bist bestimmt total fertig. Du kannst ja auch noch später alles erzählen. Jetzt musst du dich erst mal ausruhen!«, rief er über das Rauschen des Flusses hinweg.

Am anderen Ufer wartete bereits das halbe Dorf. Die Krieger klopften David auf die Schulter und führten ihn zum Dorfplatz. Der alte Schamane reichte David einen Becher mit einer dampfenden Flüssigkeit. David trank bedächtig und spürte sofort, wie sich sein schmerzender Magen beruhigte und sein Durst gestillt war. In den Augen des Heilers war ein wissender Ausdruck. Es kam dem Jungen vor, als schaute der Schamane ihm direkt in die Seele. Ohne es zu steuern, ließ er seine Erlebnisse der letzten Tage Revue passieren. Nach ein paar Minuten brach die Verbindung ab. Der Schamane legte ihm einen Finger auf die Stirn und sprach monotone Worte, die David nicht verstand. Aber es war, als nehme der Alte die Angst und den Schrecken, die den Jungen quälten, mit seinen

Worten fort. Die Indianer hatten ihr ganz eigenes Wissen. Sie lebten im Einklang mit der Natur und waren mit sich im Gleichgewicht.
In der Zwischenzeit hatte Raul sein Kanu ins Wasser geschoben. »Wie ist es, David? Hast Du vor, morgen früh zurückzureisen oder willst du deinen Aufenthalt verlängern?«, scherzte er und sprang in das Boot. »Nein, natürlich nicht, ich komme schon!«, erwiderte David. Er sprach wie einer, der gerade aus einem tiefen Traum gerissen worden war. Der Schamane hatte dafür gesorgt, dass David nur gute Spuren in seinem Gedächtnis behalten würde und alles Schlechte vergessen würde. Nach zwei Stunden erreichten sie Fernandas Lodge. Sie schien bereits Bescheid zu wissen. Jedenfalls wirkte sie nur leicht beunruhigt. Kein Vergleich zu Davids Mutter. Sie wäre vor Angst wahrscheinlich durchgedreht und hätte ihren Sohn zur Begrüßung erst geohrfeigt und dann weinend umarmt.
»Da bist du ja, Junge, Gott sei Dank! Ich hab mir Sorgen gemacht. Deine Eltern haben bereits zehn Mal angerufen. Ich hab versucht, sie zu beruhigen, aber du solltest besser sofort anrufen«. David sah betreten zu Boden.
»Es tut mir leid, Fernanda! Ich wollte nicht, dass du dich um mich sorgen musst. Ich hatte einfach keine andere Wahl. Ich musste alleine in den Dschungel. Mein Bruder liegt im Sterben und hat mir einen Auftrag erteilt«, sagte er leise.
»Ist schon gut, David. Dein Vater hat mir erzählt, weshalb du hier bist. Geh jetzt und ruf deine Eltern an«. David umarmte Fernanda und ließ sich von ihrer unaufdringlichen Mütterlichkeit trösten. »Danke!«, flüsterte er leise und ließ sie

wieder los. Raul grinste verlegen. „Was gibt es da zu grinsen, mein Sohn? Geh schon, hast du nichts Besseres zu tun, als hier rumzustehen?«, sagte sie ruppig und wuschelte dem Jungen durch die Haare. »Lass das, Mama!«, rief er lachend und schleppte das Kanu an den Liegeplatz neben die anderen Boote.

Nach ein paar Minuten hatte David die Verbindung nach Deutschland hergestellt. Er brauchte gar keine Nachricht zu schicken. Seine Mutter war sowieso online. Er konnte sich gut vorstellen, wie sie den ganzen Tag ängstlich auf den Monitor starrte, und schämte sich.

»Ich habe mir solche Sorgen um dich gemacht, Junge!«, schrie sie ihm entgegen. »Ich bin so froh, dass du lebst. Bist du gesund?«

»Beruhig' dich, Anne!«, hörte David den Vater aus dem Hintergrund rufen.

»Entschuldigt bitte. Es tut mir so leid, dass ich euch solchen Ängsten ausgesetzt habe«, stotterte David verlegen.

»Hast du gefunden, wonach du gesucht hast, mein Sohn?«, fragte der Vater.

»Ich bin der Antwort ein großes Stück näher gekommen«, sagte David sofort. »Ich fahre in ein paar Stunden mit einer Reisegruppe, die hier zu Gast ist, zurück nach Manaus und fliege heut' Nacht zurück nach São Paulo. Morgen Abend bin ich wieder in München. Ich freu mich darauf euch zu sehen. Gibt es was Neues von Markus?«, fragte er vorsichtig. »Nein, Junge!«, erwiderte der Vater traurig. »Alles ist so geblieben. Er scheint wirklich auf dich zu warten«.

»Das ist gut! Dann war meine Reise nicht umsonst«, flüsterte er nur für sich.

»Bis morgen. Ich hab Euch lieb!«, fügte er noch an und überlegte, wie lange er das seinen Eltern nicht mehr gesagt hatte. Es mussten Jahre sein!

Ein seltsamer Gast

David stand in seinem Zimmer und schaute sehnsüchtig in den Urwald. Er schien ihn zu rufen, mit all seinen tönenden, klingenden Stimmen. Verwirrt packte er sein Handtuch und ging duschen. Das lauwarme Wasser erfrischte ihn und klärte seine wirren Gedanken. Nach einer halben Stunde sah er wieder halbwegs zivilisiert aus und konnte unter Menschen. Der Lunch war bereit. Eigentlich hatte er keine große Lust, sich unter die Urlaubergruppe zu mischen, aber der Hunger trieb ihn zu den anderen. Fernanda lächelte ihm aufmunternd zu. David sah sich um. Die aufgekratzte Stimmung der Gäste schreckte ihn ab.

In einem dunklen Winkel, ganz am Rand der großen Plattform, die den Speiseraum begrenzte, saß nur eine alte Dame. Sie trug ein Cocktailkleid und war auffällig geschminkt. An ihren knotigen Fingern funkelten schwere altertümliche Ringe. Von der Urlaubergruppe hörte er Gelächter. David drehte sich um und sah, wie sie ihn belustigt anstarrten. Schnell schritt er auf die alte Dame zu.

»Darf ich mich zu Ihnen setzen?«, fragte er schüchtern.

»Natürlich, mein Junge, setz dich«, antwortete sie krächzend, wie jemand, der seine Stimme selten benutzte. Fernanda ging auf ihn zu und lächelte verlegen.

»Achte nicht auf das dumme Gerede dieser Leute, David. Es tut mir wirklich leid«, sagte sie leise.
»Wir haben hier ein kleines Buffet. Soll ich dir etwas zusammenstellen?«, fragte sie mitfühlend.
»Das wäre wirklich fantastisch. Danke, Fernanda!«, antwortete David dankbar. Die alte Dame musterte ihn neugierig.
»Mit wem habe ich das Vergnügen?«, fragte sie hüstelnd.
»Entschuldigen Sie bitte, ich habe mich ja gar nicht vorgestellt. Mein Name ist David Becker. Ich komme aus München«. Er wägte seine Worte sorgsam ab.
»Ich habe ein paar Tage bei den Tucanos-Indianern verbracht und bin erst vor zwei Stunden zurückgekommen«.
»Sehr erfreut, mein Sohn. Ich heiße Claire Erdmann«. Sie hatte einen ganz leichten französischen Akzent. Kaum wahrnehmbar. Claire Erdmann gab ihm die kalte Hand. Die dünne Haut war faltig, wie bei Menschen, die zu wenig trinken. Von ihr ging ein dezenter Geruch nach alten Damen aus. Er roch eine Spur Seife, Mottenpulver und Kölnischwasser. Ihre Augen blickten bekümmert. Sie erinnerte ihn an einen alten Mops, mit ihrem aufgedunsenen, faltigen Gesicht und den hängenden Augenlidern.
Fernanda kam zurück und brachte ihm ein Tablett mit verschiedenen kleinen Tellern. Es duftete verführerisch.
»Lass es dir schmecken, mein Junge«. David hielt ihren Arm fest.
»Ich danke dir für alles, Fernanda«, sagte er flüsternd.
»Keine Ursache, mein Sohn. Schade, dass du nicht noch ein wenig länger bleiben kannst«, antwortete sie gerührt. Raul war nirgendwo zu sehen. Scheinbar aßen die Gastgeber in

ihren eigenen Räumen. Er probiert einen Bohneneintopf mit Fleisch.
»Das ist Feijoada, das brasilianische Nationalgericht«, sagte die Alte in einem Reiseleiterton. »Probier mal dieses geröstete Maniokmehl dazu. Es heißt Farofa und wird gerne zu den Bohnen gegessen. Es sieht nicht besonders appetitlich aus, aber es schmeckt gut, findest du nicht?«
David sah sie verwundert an.
»Darf ich fragen, was Sie dazu treibt, in einer brasilianischen Urwaldlodge Urlaub zu machen?«, fragte er schüchtern. »Eigentlich geht es mich ja gar nichts an. Entschuldigen Sie meine Frage", fügte er schnell hinzu.
»Du musst dich nicht schämen, mein Sohn. Ich bin 78 Jahre alt und habe schon fast jeden Winkel der Welt gesehen. Hotels und Badestrände haben für mich ihren Reiz verloren«, sagte sie gelangweilt. »In meiner Jugend war ich ein ruheloser spaßsüchtiger Mensch. Das Geld meines reichen Vaters ermöglichte mir ein sorgloses Leben in Luxus und Gesellschaft oberflächlicher Begleiter, die nie lange blieben. Ich war immer auf der Suche nach dem großen Glück, aber kein Ort und kein Begleiter haben mir dazu verholfen. Ich bin eine einsame, deprimierte alte Tante geworden. Die alten Bekannten sterben langsam aus und in der neuen Welt finde ich mich kaum noch zurecht«, beendete sie ihre Rede und starrte in die Dunkelheit.
David schwieg. Wie sollte er so viel Trostlosigkeit begegnen.
»Aber genug von mir. Was hast du bei den Tucanos gelernt, mein Junge?«, fragte sie so eilig als bereue sie ihre Worte. David lächelte.

»Ich bin für ein paar Tage in den Dschungel gegangen«. Ihre Offenheit beeindruckte ihn. Er wollte die Dame nicht anlügen.
»Mein Bruder hatte einen Unfall. Er liegt seit einer Woche im Koma. Sein Gehirn ist so stark geschädigt, dass er nicht mehr aufwachen wird. Die Ärzte geben ihm keine Chance«, sagte er leise.
»Das tut mir sehr leid«, warf sie aufrichtig ein. Er unterbrach ihre Worte. Jetzt, da er einmal begonnen hatte, wollte er nicht unterbrochen werden.
»Ich hatte eine Vision. Ich sah ihn, wie er auf mich zulief. Er flehte mich an, etwas für ihn zu suchen. Ich kann Ihnen nicht sagen warum, aber nachdem ich mich mit meinem Großvater beraten hatte, kam uns die Idee, dass ich vielleicht hier in der unberührten wilden Natur meine Suche beginnen sollte«. Frau Erdmann lächelte schief. Vielleicht hatte sie eine Lähmung. Ihr Mundwinkel und das rechte Augenlid hingen kraftlos herab. »Und, David! Hast du gefunden, wonach du gesucht hast? Ich suche schon solange nach Antworten. Ich bin in einem Alter, wo der Gedanke an das Sterben einen selten loslässt. Was kommt danach? Ich bin katholisch erzogen worden, aber der tiefe Glaube an Gott und ein Leben nach dem Tod im Garten Eden ist brüchig«.
»Ich verstehe ihre Trauer nicht so ganz. Sie hatten doch ein erfülltes Leben. Haben die ganze Welt gesehen, sind interessanten Menschen begegnet. Viele würden sicher gern mit ihnen tauschen«, erwiderte er, ohne nachzudenken.
»Ich habe keine Antworten gefunden, auf die Fragen, die mich am meisten quälen. Woher komme ich und wo gehe ich hin? Und was ist der Sinn meines Lebens? Wieso hat Gott

mich erschaffen. Ich weiß es immer noch nicht«. David sah sie verständnislos an.

»Du bist so jung und bist diesen Antworten, nach denen ich schon mein ganzes Leben lang suche, in ein paar Tagen näher gekommen als ich in all den Jahren. Das macht mich nachdenklich«, sagte sie bekümmert. »Ich habe scheinbar Jahrzehnte damit verschwendet, einer Illusion von Glück hinterherzuhetzen und alles, was mir geblieben ist, sind Erinnerungen, die mir langsam schwinden. Jetzt bin ich alt und fürchte mich vor dem Tod«, sagte Frau Erdmann bedauernd.

David schwieg. Er hatte auch keine Antwort. Gab es Trost für einen Menschen, der den Glauben verloren hatte?

»Ich wollte dich nicht betrüben, mein Junge. Verzeih' einer alten Frau ihre Geschwätzigkeit. Es kommt nur noch selten vor, dass sich jemand zu mir setzt«. Sie kniff ihm in die Wange. David musste lachen. Seine Großmutter hatte das auch immer gemacht, als er noch ein Kind war.

»Sie haben nach meinen Dschungelerlebnissen gefragt«, beantwortete er ihre Frage, die er fast schon vergessen hatte.

»Ich habe staunen gelernt. Die Natur ist ein guter Lehrer. Ich bin zu dem Schluss gekommen, dass all diese Wunder und Schrecken, die ich in den letzten Tagen erlebt habe, nicht von alleine entstanden sein können. Es muss einen Schöpfer geben, der über alles wacht und alles sieht. Ich bin ein paar Mal in lebensbedrohliche Situationen geraten. Einmal hat mich ein Jaguar angegriffen. Ich habe zum ersten Mal in meinem Leben gebetet und ganz unerwartet Hilfe bekommen. Ein paar Affen haben die Raubkatze von mir abgelenkt, ich konnte mich zurückziehen. Als mich der Jaguar verfolgte, habe ich es bis zum Fluss geschafft. Die reißende Strömung hat mich erfasst. Ich wurde nach unten gezerrt, aber ein Flussdelfin hat mich gerettet.

Später hatte ich Fieber und Durchfall, weil ich vor lauter Durst das verschmutzte Flusswasser getrunken habe. In einem Traum sah ich Früchte mit einem grünen Saft. Ich habe sie ganz in der Nähe meines Lagerplatzes gefunden und sie haben mich geheilt.

Mit meinem Herzen glaube ich bereits, aber mein Verstand sucht Beweise. Können Sie das verstehen?« Frau Erdmann nickte.

»Was sagen die Wissenschaften? Gibt es einen wissenschaftlichen Beweis für die Existenz Gottes?«

»Sind die Wunder, die du im Dschungel gesehen hast, nicht Beweis genug?«, fragte die alte Dame sanft. »Das Universum ist durch ein einzigartiges Ereignis entstanden. Das sagt auch die Urknalltheorie. Es kann doch kaum sein, dass so viele Zufälle zusammenspielen und ein harmonisches Ganzes ergeben. Es muss also einen Schöpfer geben, der das Universum mit einer bestimmten Absicht erschaffen hat. Die Frage ist nur mit welcher? Das Universum, die Erde, jeder Mensch würde dann nach einem Plan funktionieren, so ähnlich wie ein Elektrogerät oder ein Computerprogramm«.

Frau Erdmann hatte leuchtende Augen bekommen, so als hätte David sie mit seinen Erlebnissen wiederbelebt.

»Viele Menschen glauben an die Zufallstheorie. Sie fürchten sich vor der Vorstellung, dass sie von einem Schöpfer geschaffen sind, der ihr Leben bereits im Voraus erdacht hat. Was wäre dann mit ihrem freien Willen. Ich glaube, das ist

das eigentliche Problem!«, sagte sie begeistert.
»Vielleicht haben Sie recht«, antwortete der Junge. »Wie kann man an den Zufall glauben, aber nicht an Gott. Beide sind unsichtbar. Auch das Zufällige sieht man nicht«, murmelte David.
»Die Wissenschaft bestätigt, dass nichts im Universum zufällig geschieht. Jede Sache hat einen Ursprung und einen Verursacher. Die Kausalität ist ein wissenschaftlich bestätigtes Naturgesetz. Materie kann ohne einen Verursacher nicht zustande kommen. Daraus ergibt sich für mich die Frage, warum die Entstehung des Universums keinen Schöpfer brauchen soll, wenn sogar viel kleinere und unbedeutendere Ereignisse einen Verursacher haben? Für mich klingt das unlogisch«, meinte Frau Erdmann. »Mein Vater war Physiker. Ich habe in meiner Jugend oft dabei gesessen, wenn er mit seinen Freunden über Naturgesetze gesprochen hat«.
David dachte darüber nach. Schöpfung und Kausalität schienen sich nicht zu widersprechen.
»Glauben Sie daran, dass Zufälle in der Natur vorkommen? Könnten sie ein Faktor bei der Entstehung einer Naturkatastrophe sein?«, fragte David aufgeregt.
»Ein Erdbeben kann nicht zufällig entstehen; eine Erdplattenbewegung löst es aus. Auch eine Erdplattenbewegung kann nicht zufällig sein, die Erdbewegung bedingt sie. Die Erdbewegung und deren Instabilität kann ebenfalls kein Zufall sein, da sie von anderen Planeten und Sternen abhängig sind.
Wo findet man also den Zufall in unserer Welt? Kann eine Frau ohne Mann ein Kind bekommen? Die Zufallstheorie

scheitert bereits daran, einen einzigen Menschen ohne Eltern zu erschaffen - wie ist es dann möglich zu glauben, dass die ganze Menschheit durch zufällige Evolution entstanden ist? Bei irgendeiner wissenschaftlichen Arbeit haben die Statistiker die Aufgabe, die sicheren Ergebnisse von den zufälligen zu unterscheiden. Wissenschaftlich korrekt können deshalb nur Aussagen sein, die in sich keinen Zufall zulassen. Wenn alles im Universum rein spontan und zufällig entstanden wäre, würde unser Wissen überhaupt keinen Sinn haben, denn dann könnten sich die Gesetze des Universums von einem Tag auf den anderen auch spontan verändern. Können wir uns vorstellen, dass sich die Erde von heute auf morgen nicht mehr dreht, oder dass sich die Geschwindigkeit des Lichtes stark reduziert?«, sagte Frau Erdmann begeistert. »Weißt du, David, ich habe schon solange nicht mehr über diese Dinge nachgedacht. Fast hätte ich sie vergessen. Ich danke dir, dass du meiner Erinnerung auf die Sprünge hilfst«. Die alte Dame lächelte ihn an. Auf einmal wirkte sie fast schön. David errötete und schaute auf den Tisch.

»Was denken Sie über die Evolutionstheorie, Frau Erdmann?«, fragte David.

»Hier wird die Entstehung des Lebens durch ein sehr komplexes, kontinuierliches Entwicklungssystem erklärt. Doch auch diese Theorie ist nicht in der Lage, den Ursprung allen Lebens zu entschlüsseln. Eine riesige Anzahl von Zufällen müsste allein bei der Entwicklung einer einzelnen Zelle aufeinandertreffen, und diese Zufälle müssten so gut miteinander harmonieren, dass die Zelle beispielsweise die Bedingungen der Umgebung überleben, sich ernähren, entwickeln und teilen kann. Die ewige Entwicklung des Universums kann die Existenz eines Schöpfers keinesfalls ausschließen. Im Gegenteil, das System, nach dem sich das Universum entwickelt, lässt einen intelligenten Schöpfer vermuten«, antwortete Frau Erdmann.

»Es ist offensichtlich, dass dem Universum eine bestimmte Ordnung innewohnt. Diese Ordnung haben die Menschen zum Teil entdeckt und erforscht. Naturgesetze wie die Lichtgeschwindigkeit oder die genetische Vererbung folgen festen Regeln, die vieles in unserem Leben bestimmen und der Materie ihr Verhalten vorschreiben. Die Komplexität des Weltalls und seiner Gesetze lassen keinen Zweifel daran, dass es eine Macht gibt, die die Rolle eines Gesetzgebers spielt. Wer könnte aber eine solche gesetzgebende Rolle spielen?

Am wahrscheinlichsten ist, dass der Verursacher der Gesamtheit - der Schöpfer - diese Rolle einnimmt«, führte Frau Erdmann aus. »Mein Vater hat sein halbes Leben damit verbracht, diese Beweise wissenschaftlich zu widerlegen. Es ist ihm nicht gelungen. Er starb als ein gebrochener Mann«. Die alte Dame schaute nachdenklich in die dunklen Baumschatten, die bis an die Plattform, auf der sie saßen, heranreichte.

»Du hast mich mit deinen Gedanken wieder näher zu Gott gebracht. Ich danke dir, mein Junge«, flüsterte sie in den Wald.

David hatte sich noch nie so angeregt unterhalten. Seine Freunde beschäftigten sich hauptsächlich damit, Spaß zu haben. Wenige in seinem Alter dachten bereits über ihr zukünftiges Leben nach. Seine Eltern hatten selten Zeit für tiefgründige Gespräche und die meisten Lehrer zogen ihren Unterrichtsstoff trocken durch, ohne die Schüler zu erreichen.

»Viele Menschen glauben an eine höhere Macht, die alles bewirkt, aber verweigern den Glauben an einen Gott«, sagte David. »Die Religionen erzählen seit dem Anfang der Menschheit von einem allmächtigen Gott - obwohl viele der Naturgesetze zu der Zeit noch nicht entdeckt waren, und der Weltraum noch niemals bereist wurde. Wie kann es sein, dass die alten Religionen von einem Gott als Gesetzgeber des Universums sprachen, wenn sie doch Naturgesetze noch gar nicht kannten? Würde man annehmen, dass der Hersteller der Welt kein Gott im religiösen Sinne wäre, sondern eine große geheimnisvolle Macht, dann müsste man nach dieser Macht forschen. Welche Eigenschaften müsste sie haben, um in der Lage zu sein, das Universum zu erschaffen?«, sagte David. Er war trotz seines Schlafmangels voller Energie. In ein paar Stunden würden sie abreisen und er hatte noch viele Fragen. Frau Erdmann winkte Fernanda an den Tisch und bestellte einen Krug Mangosaft. Fernanda strich David über den Kopf und goss eisgekühlten Saft in die Gläser.

»Da der Schöpfer Geschöpfe erschaffen hat, die Verstand und Logik besitzen, muss Er selbst über eine herausragende Intelligenz verfügen. Der Schöpfungsakt bedingt einen intelligenten Schöpfer! Würden wir zum Beispiel jemandem glauben, wenn er uns erzählen würde, dass ein zweijähriges Kind zufällig ein dreidimensionales Computerspiel programmiert hat? Jeder würde sofort entdecken, dass diese Geschichte eine reine Lüge ist. Und wie jeder Programmierer, der die Ergebnisse seiner Programme bei einer bestimmten Anwendung kennt, sollte der Schöpfer des Universums ebenfalls wissen, was mit Seiner Schöpfung in der Zukunft passiert. Dieser Schöpfer muss allwissend und allmächtig sein. Ist eine intelligente, allwissende und allmächtige Macht, die hinter der Entstehung des Menschen steht, in der Lage, seine Sprachen zu verstehen, und mit ihm zu kommunizieren? Anders gefragt: Kann ein Techniker mit seinem Gerät über das entsprechende Programm kommunizieren, welches er selbst geschrieben hat? Die meisten Elektrogeräte `verstehen´ uns durch entsprechende Programme, obwohl die Geräte nicht `begreifen´, dass sie von einem Hersteller entwickelt wurden. Somit ist es einleuchtend, dass der `Hersteller´ der Menschen ebenfalls mit uns sprechen kann, auch wenn wir Ihn mit unserem eigenen Verstand nicht umfassen können«.

»Sie meinen, wir können uns mit Gott unterhalten?«, fragte David irritiert.

»Du hast es doch schon selbst getan, als du Gott um Hilfe gebeten hast!«, erwiderte Frau Erdmann und nahm Davids Hand.

»Ich kann nicht akzeptieren, dass Leben eine rein natürliche Entwicklung aus sich selbst heraus sein soll. Entwicklung ist eine Eigenschaft eines lebendigen Wesens, während sich nicht lebendige Gegenstände ohne Entwickler gar nicht erst entwickeln können. Würde sich eine Stahluhr zum Beispiel über Millionen Jahre entwickeln, oder würde sie eher verrosten, und ihre guten Eigenschaften verlieren? Ein Stück Holz verrottet im Laufe der Zeit. Das Leben bedingt eine übernatürliche Macht und eine außerordentliche Schöpfung«, sagte David.

»Alleine die Eigenschaften, die wir in unserem Gespräch als Voraussetzungen dieser Schöpfungsmacht analysiert haben, stimmen mit der Beschreibung Gottes in den Büchern monotheistischer Religionen überein. Warum sollten wir uns gegen die Vorstellung eines allwissenden, allmächtigen Gottes wehren, Der uns Entscheidungsfreiheit gibt und mit uns kommuniziert? Was erwartet dieser Schöpfer von seinen Geschöpfen? Was meinst du?«, fragte Frau Erdmann und sah den Jungen durchdringend an. David konnte ihrem Blick nicht ausweichen. Sie hielt ihn fest.

»Vielleicht ist es Gehorsamkeit!«, erwiderte er unsicher.

»Ja, das glaube ich auch. Gehorsamkeit und Anbetung oder Gottesdienst, wie die Christen es ausdrücken würden», sagte sie schmunzelnd.

»Wenn der Schöpfer schon alles vorherbestimmt hat, kann man den Menschen für seine Taten dann überhaupt verantwortlich machen? Es ist doch alles, was geschieht, gottgewollt!«, unterbrach er die alte Dame.

»An diesem Thema scheiden sich die Geister, mein Junge. Sind wir verantwortlich für unsere Taten oder nicht? Hast du schon einmal einen Waschzettel in einer Medikamentenpackung durchgelesen?«

»Natürlich. Es wäre sehr leichtsinnig, Medikamente einfach so zu nehmen. Dort gibt es immer Hinweise, dass ein falscher Umgang mit dem Medikament zu Nebenwirkungen führen kann“, antwortete David.

»Gott, so wie die monotheistischen Religionen an Ihn glauben, warnt den Menschen und gibt ihm klare Handlungsanweisungen. Bei einem Medikament ist jeder darauf bedacht, die Anweisungen einzuhalten. Bei den Anweisungen Gottes sieht es anders aus. Soll man den Schöpfer dafür zur Verantwortung ziehen, dass Seine Geschöpfe die Gebote und Verbote nicht einhalten? Jedes Geschöpf mit einem freien Willen trägt selbst die Verantwortung für seine Taten«, sagte Frau Erdmann. Sie wischte sich den Schweiß mit einem geblümten Taschentuch von der Stirn und trank ihr Glas in einem Zug leer.

»Es gibt eine Frage, die mir schon früher durch den Kopf gegangen ist. Wenn alles Materielle einen Schöpfer hat, wer hat Ihn erschaffen? Wir haben gesagt, dass alles einen Schöpfer hat. Wie kann es dann sein, dass der Schöpfer von allein entstanden sein soll oder immer schon da war? Das ist für mich ein Widerspruch, den ich nicht überbrücken kann. Bedeutet es vielleicht sogar, dass Gott gar nicht existieren kann?«, fragte David aufgeregt. Seine Gedanken fuhren Karussell. Irgendwo gab es immer eine Grenze, wo alles Denkbare aufhörte. Diese Grenze schien er jetzt erreicht zu haben.

»Der Mensch hat bisher innerhalb der fassbaren Materie geforscht. Das Nicht-Fassbare, Nicht-Materielle bleibt ein Geheimnis, welches die Wissenschaft nicht überwinden kann. Es gibt bisher keine einzige schlüssige Theorie, die die Phase vor dem Urknall befriedigend erklärt - oder die Phase des Anfangs eines Anfangs aufzeigt«, antwortete Frau Erdmann lächelnd. »Du bist nicht der Erste, der an diese Grenze stößt. Einige Fragen bleiben offen«.

»Die Menschheit kann nicht ausschließen, dass es irgendeine Form der Nichtmaterie ohne Anfang und Ende gibt. Würde Gott aus Materie bestehen, bräuchte Er sicherlich einen Hersteller. Religionen erklären jedoch, dass die Existenz Gottes einzigartig ist; sie muss weder Anfang noch Ende haben, da

sie den Gesetzen der Materie nicht unterliegt«, sagte David.
»Hast du schon einmal über den Anfang der Zeit nachgedacht?«, fragte Frau Erdmann. David schüttelte den Kopf.
»Wann hat die Zeit begonnen?«, fragte die alte Dame auffordernd.
«Ich weiß es nicht“, sagte er vorsichtig.
«Es ist so ähnlich, wie die Frage nach der Existenz oder Nichtexistenz Gottes. Die Existenz Gottes ist die Achse der Existenz von allen Dingen. Ohne Seine Existenz hätte nichts existieren können. Die Zeit ist für uns eine messbare Dimension der Existenz. Der Mensch hat an ihre Existenz geglaubt, ohne ihren Ursprung zu verstehen, warum sollte man die Existenz Gottes nicht genau so behandeln?«, fragte Frau Erdmann und stand auf.
»Ich glaube, es ist Zeit für dich zu gehen. Du hast einer alten Frau eine große Freude bereitet. Ich wünsche dir viel Kraft für die nächste Zeit. Versprich mir, dass du nicht aufgeben wirst, mein Sohn«.
David erhob sich und schüttelte den wirren Kopf.
»Ich verspreche es ihnen, Frau Erdmann. Vielen Dank für das Gespräch. Ich habe viel von Ihnen gelernt«.
Raul kam auf sie zu und zog David am Ärmel zum Steg. »Willst du dein Flugzeug verpassen? Meine Mutter hat deine Sachen bereits ins Boot bringen lassen«, rief er laut. David drehte sich um und winkte Frau Erdmann noch einmal zu.
»Ich würde Ihnen gerne schreiben, wenn ich darf. Geben Sie mir Ihre Adresse?«
»Natürlich, mein Sohn, gerne«. Sie riss einen Zettel aus ihrem Notizblock und schrieb ihre Adresse in einer schön ge-

schwungenen Schrift. Fernanda nahm den Zettel entgegen und brachte ihn David.

»Ich wünsche dir eine gute Heimreise. Du bist uns jederzeit willkommen«, sagte sie aufrichtig. Fernanda hatte so eine unbekümmerte positive Ausstrahlung. David fühlte sich in ihrer Nähe einfach gut. Er würde sie und Raul vermissen.

Abschied

Manaus war schwül im Sommer. Die Wärme legte sich wie feuchter Nebel auf die Atemwege und beschwerte jeden Schritt. Der Rucksack auf Davids Rücken wog Zentner. Die Anstrengungen der letzten Tage hatten ihn geschwächt. Genervt wartete er am Check-In Schalter auf die Abfertigung. Um sich herum hörte er ein opulentes Sprachgemenge. Natürlich Portugiesisch und Spanisch; aber auch Deutsch, Niederländisch, Englisch und viele Sprachfetzen, die er nicht zuordnen konnte. So mussten sich die Menschen gefühlt haben, als Gott sie nach dem Turmbau zu Babel mit Sprachverwirrung bestraft hatte.
David hatte hämmernde Kopfschmerzen. Als er nach einer Stunde endlich im Flugzeug saß, schloss er die Augen und schlief sofort ein. Er sank tief. Es war ein Gefühl wie Schweben. Nach einer Weile befand er sich auf einer weiten, flachen Ebene. Vor ihm war eine Webgabelung. Beide Wege liefen fluchtpunktartig unendlich in die Ferne. David setzte sich verwirrt in den Staub. Welchen Weg sollte er nehmen? Er schloss die Augen und schüttelte verwirrt den Kopf. Als er sie wieder öffnete, hatte sich die Ebene verändert. Der linke Weg war bunt und einladend. Leise Musik und Wohlgerüche lockten ihn. David stand auf und folgte dem fernen Klang. Nach einer Weile sah er einen Mann am Wegesrand liegen.

»Was machst du hier? Brauchst du Hilfe?«, fragte der Junge und beugte sich nieder, um dem Fremden aufzuhelfen. Dessen Gesicht war eine entstellte Maske aus Habgier, Hass und Überdruss. Erschrocken sprang er zurück und lief weiter, bis er zu einer umgestürzten Steinskulptur kam, die den Weg versperrte. David kletterte hinüber, um weiterzukommen. Doch als er sie erklommen hatte, war es, als ob er sich zwischen zwei Spiegeln befände. Wohin er auch blickte: überall standen Statuen und Tempelanlagen. Manche von ihnen waren umgekippt, andere brannten. Zwischen den Götzen liefen zerstreute Gruppen verwirrter Leute umher. Plötzlich spürte er einen sanften Druck auf der Schulter. Verwundert sah er auf und erkannte die alte Dame wieder, mit der er sich am Nachmittag unterhalten hatte. »Dies ist der Irrweg, mein Sohn«, sagte sie freundlich.

»Du hättest den anderen nehmen sollen!« David sah sie erschrocken an.

»Was ist hier passiert?«, flüsterte er.

»Können zwei Könige ein Land regieren?«, fragte die alte Dame.

»Ich habe noch nie davon gehört«, antwortete David.

»So ist es auch mit den Göttern! Viele Schöpfer können keine Harmonie erschaffen. Alles gerät aus den Fugen!«, sagte sie bestimmt und nahm Davids Hand.

»Komm, Junge, wir wollen umkehren!«

»Frau Erdmann?«, sprach David. »Wie finden wir den wahren Gott? Wie kann man den wahren Gott von einem falschen unterscheiden?«, fragte der Junge verwirrt.

»Ich weiß es auch nicht!«, antwortete Frau Erdmann.

»Lass uns den unbequemen Weg gehen. Wir werden sehen, was uns dort erwartet.« »Welche Eigenschaften muss Gott besitzen? Haben Sie schon einmal drüber nachgedacht?«, fragte David.

»Er muss allmächtig sein, der Schöpfer aller Dinge und Wesen, die je existiert haben und noch existieren werden. Er ist jenseits jeder Zeit. Ein wahrer Gott kann nur Der sein, Welcher die Göttlichkeit als ewige Eigenschaft innehat - und nicht einer, dem die Göttlichkeit zu einem bestimmten Zeitpunkt gegeben wurde. Wer sollte Ihn denn geschaffen haben? Menschen, ein weiterer Gott, noch ein Schöpfer? Und Er hat Sich den Menschen als Gott offenbart, durch das Wunder seiner Schöpfung. Ich glaube, Er muss auch die Fähigkeit haben, jeden Nutzen zu bringen und Seine Diener vor Schaden zu schützen. Wie sonst könnte Er ihre Bitten erfüllen? Ein Gott, der weder Nutzen noch Schaden bringen kann, hat nicht die Fähigkeit, seine Diener zu belohnen, zu schützen oder von einer Qual zu erretten. Ebenso ist ein Gott, der den Menschen nicht helfen kann, nicht anbetungswürdig. Warum sollte man einen schwachen Gott anbeten, wenn es einen besseren und stärkeren gibt, den man in Not finden kann? Anbetung ist Kommunikation. Gott hat sich uns offenbart und Er erhört unsere Gebete«. David hatte das Gefühl, dass er auf dem richtigen Weg war. Eine Annäherung erst, ohne zu wissen, wo es hinging.

»Es ist unmöglich, Gott zu erfassen!«, sagte David verwirrt.

»Ja, das stimmt, mein Junge. Aber Er hat uns Seine Zeichen hinterlassen. Wir müssen sie nur richtig lesen. Die Wunder der Natur! Die Offenbarungsschriften!« Frau Erdmann lä-

chelte. »Bist du bereit, David? Sollen wir den rechten Weg gehen?«, fragte sie ihn. »Was können wir schon verlieren, wenn wir es versuchen?«, antwortete der Junge.
David blinzelte. Im Flugzeug wurde alles für die Landung in São Paulo vorbereitet. Das Anschnallzeichen leuchtete, die Stewardessen gingen durch die Reihen und weckten die schlafenden Fluggäste. Mechanisch schnallte er den Gurt fest und klappte den Tisch vor sich hoch. »Good morning, Sir«, sagte die Stewardess lächelnd und ging weiter. David schüttelte den Schlaf ab. Er dachte an seinen Bruder. Für ihn würde er weitergehen, auch wenn der Weg noch viele Fragen aufwarf und ein Ende nicht zu sehen war.

Aufenthalt in São Paulo

Noch einmal warten. David hatte den Service im Flugzeug verschlafen. Seine Kehle war so ausgetrocknet, dass er ständig husten musste. Suchend sah er sich nach einem Getränkestand um. Das Treiben in der Wartehalle war laut und bunt. Aus dem Kofferradio einer Putzfrau schepperten Sambaklänge. Eine Prozession weiß gekleideter Schwestern, mit Turbanen und schweren Muschelketten, zog an ihm vorbei. Vor sich eine Standarte mit dem Abbild einer Heiligen. Auf einer Werbetafel leuchtete in grellen Lettern: »Deus é brasileiro«, las er. Gott ist Brasilianer? David lachte laut auf. Die Menschen hatten seltsame Vorstellungen. Gott sollte ein Mensch sein? Ein menschlicher Gott müsste, wie alle Menschen, durch geschlechtliche Zeugung und Beseelung des Embryos entstanden sein und ein begrenztes Leben führen, das mit dem Tod enden würde. Dies widersprach Seiner Eigenschaft der ewigen Existenz ohne Anfang und Ende. Er kann nicht materiellen Gesetzmäßigkeiten unterliegen und würde keine materielle Gestalt annehmen, wie Seine Geschöpfe. Ein in den monotheistischen Religionen beschriebener anfangsloser Gott kann nicht erschaffen worden sein. Könnte Er geteilt sein, wie die Christen es glauben? Vater, Sohn und Heiliger Geist?

Jesus, der Sohn Gottes. Ein Mensch aus Fleisch und Blut, gezeugt von einem nichtmenschlichen Vater. Würde das nicht Gottes Eigenschaft der Anfangslosigkeit widersprechen, wenn ein Teil Gottes erschaffen war? Kein Mensch kann göttlich und allmächtig sein. Millionen von Menschen glaubten daran. Konnten sie alle irren? Mit halbem Ohr hörte David, wie sein Flug nach München ausgerufen wurde. Er kaufte sich eine Limonade und trank sie in einem Zug leer. Schnell folgte er den deutschen Touristen, die sich vor der Transferhalle der Lufthansa versammelt hatten, und stieg in das Flugzeug. Vor ihm saß ein katholischer Priester, der eine kleine zerlesene Bibel hervorholte, und ein gewichtiger Geschäftsmann. Dieser baute eine Barriere aus Büchern, Laptop und Notizblöcken auf, als müsse er sich vor dem Priester schützen. Geschäftig schlug er die Financial Times auf und würdigte seinen Nachbarn keines Blickes. Neben David saß eine Mutter mit ihrer kleinen Tochter, die aufgeregt auf dem Sitz herumzappelte.

»Guten Morgen«, sagte David höflich.

»Hallo«, antwortete die Kleine. »Ich bin Emma. Und wie heißt du?« David lächelte. Kinder waren so unkompliziert.

»David!«, sagte er gut gelaunt. »Hast du in Brasilien Urlaub gemacht? «, fragte er sie. Die Mutter zog ihre Tochter zurück, die über den Sitz zu David rübergeklettert war.

»Es tut mir leid«, entschuldigte sich die Mutter. »Emma ist etwas aufgeregt. Sie besucht zum ersten Mal ihre Großeltern in Deutschland«.

»Es macht gar nichts!«, erwiderte David.

»Ich finde Ihre Tochter nett«. David konnte durch die Spalte zwischen den Sitzlehnen die Süddeutsche Zeitung erkennen. Es war bestimmt ziemlich unhöflich, einfach einen fremden Text mitzulesen, aber seine Neugierde war geweckt. Ein Artikel, dessen Anfang auf der Vorderseite stehen musste, beschäftigte sich mit Glauben und Wissenschaft. »Eine neue Generation von Wissenschaftlern will die Welt vom Glauben befreien«, las er mit. Welch ein sinnloses Unterfangen, dachte David.

»Bei ihnen wird die Gottesfrage zu einer Frage der Wissenschaft. Ihr bekanntester Vertreter, der Evolutionsbiologe Richard Dawkins, kommt in seinem Buch `Der Gotteswahn´ zu dem Schluss: `Gott existiert mit ziemlicher Sicherheit nicht´. Jeglicher Glaube sei irrational, behauptet Dawkins, und die gesellschaftlichen Auswirkungen von Religionen seien schwerwiegend, schlussfolgert der Biologe. So, wie sich ein Kind aus der Phase der Begleitung durch einen `imaginären Freund´ löse, und eine eigenständige und verantwortungsvolle erwachsene Person werde, sollte sich der denkende und wissende Mensch von einer ihn `ständig beobachtenden höheren Macht´ freimachen können, fordert der Wissenschaftler in seinem Schlusskapitel«. David schaute auf.

Bedeutete der Glaube an Gott wirklich, dass man an etwas Unwissenschaftliches glaubte oder sich etwas vormachte, wie der Wissenschaftler in dem Artikel behauptete? Steht der Glaube tatsächlich auf der Gegenseite des Wissens? Weiß man, wenn man materielle Beweise hat - und glaubt man, wenn man keinerlei Beweis für seine Wahrnehmung findet? Für David stand eindeutig fest, dass es keinen Zweifel an Gottes Existenz gab. Einen Gott, Den man zwar nicht sehen, aber

Dessen Wirken man beobachten konnte, wenn man genau hinsah. Einen gerechten Gott, Der die Ungerechtigkeit der Welt ausglich, indem Er Seine Geschöpfe für Ihren Glauben belohnte. Seine Zeichen waren besonders deutlich dort wahrzunehmen, wo die Schöpfung noch unberührt war.
Im Dschungel hatte er den Glauben gefunden. Und das war ja auch der Grund seiner Reise gewesen. Er hatte sich Gedanken gemacht über die Eigenschaften Gottes und die Schöpfung des Universums. Im Gespräch mit Frau Erdmann schien alles ganz logisch. Glauben konnte nicht blinder Gehorsam sein. Wissen und Denken musste ein Glaubensbestandteil sein, sonst wäre er nicht durch Nachdenken soweit gekommen. Er hatte in ein paar Tagen mehr über Religion gelernt, als in elf Jahren Religionsunterricht.

Wieder zu Hause

Mit gemischten Gefühlen verließ David das Flugzeug. Seine Zeit in Brasilien war vorbei. Noch nie zuvor hatte er so intensiv und komprimiert gelebt. Er schien älter geworden zu sein auf seiner Reise, reifer, stiller und verantwortungsvoller. Was würde ihn zu Hause und im Krankenhaus erwarten? Wo sollte er suchen, um seine Antworten zu finden? So viele offene Fragen waren noch zu beantworten und gerade jetzt, in diesem Moment, sah er den Weg, der ihn dorthin bringen sollte, noch nicht.

Als er mit seinem Rucksack den Aufgang zur Wartehalle nahm, sah er schon die Eltern und Großeltern hinter der Absperrung stehen. Sein Vater sah nervös aus und die Mutter erleichtert und abgekämpft. Die Großmutter schaute verträumt wie immer in die Luft. Meistens lebte sie in ihren ganz eigenen zeitlichen und räumlichen Dimensionen. Mal war David der Enkel, ein anderes Mal sein Vater in dessen jungen Jahren. Der Großvater zwinkerte ihm verschwörerisch zu. Er liebte sie alle, seine Familie, und er merkte erst jetzt, wie sehr er sie vermisst hatte. Mit einem schmerzvollen Lächeln, das ihm nicht so recht gelang, umarmte er seine Mutter. Sie klammerte sich an ihm fest wie an einem Anker und weinte bittere Tränen in seine Jacke.

»Ist doch gut, Mama. Ich bin ja wieder da. Mir ist nichts passiert. Ich habe dich lieb«, versuchte er sie zu beruhigen. Vater klopfte David etwas zu hart auf die Schulter und nahm seinen Rucksack auf den Rücken.
»Gut, dass du zurück bist, mein Sohn. Ich habe Angst um dich gehabt!«, sagte er mit kratziger Stimme. Vater neigte nicht zu Gefühlsausbrüchen und für seine Verhältnisse war dieses Eingeständnis sehr emotional.
»Ich freue mich auch, euch wiederzusehen. Wie geht es dir, Großmutter?«, fragte David und musste schmunzeln, als er ihren verklärten Blick sah. Sie hatte das sanfteste und freundlichste Wesen, das er je bei einem Menschen kennengelernt hatte und er liebte sie sehr dafür. Andere Alzheimerkranke hatten Wutanfälle und kämpften in ihrer Verwirrung gegen ihre Angehörigen an. Seine Großmutter war anders.
»Was machen wir hier, mein Sohn und wer sind diese Leute?« Sie zeigte mit dem Finger auf Davids Eltern und ihren Mann.
»Das sind Verwandte, Mama. Mach dir keine Gedanken. Sie gehören zu uns« sagte David und küsste sie auf die Wange. In ein paar Minuten würde sie alles wieder vergessen haben. Der Großvater sah ihn nur liebevoll und verständig an. Wenn er sich zu jemandem in seiner Familie besonders hingezogen fühlte, dann zu seinem Großvater. Sie waren sich sehr ähnlich und brauchten nicht viele Worte, um sich zu verstehen.
»Ich dachte mir, du willst zuerst deinen Bruder sehen. Aber wenn du erst nach Hause fahren möchtest, um dich auszuruhen, fahren wir später ins Krankenhaus«, schlug der Vater vor. »Ich möchte lieber erst ins Krankenhaus und dann nach Hause fahren. Ihr könnt mich vor dem Krankenhaus abset-

zen. Seid ihr mir böse, wenn ich erst mal alleine zu Markus gehe?", fragte David und schaute von einem zum anderen.

»Nein, mein Schatz, geh nur. Wir können auch später gehen«, beeilte sich die Mutter und konnte nur mühsam ihre Trauer unterdrücken.

Vor dem Krankenhaus stieg er aus und ging hinein. Der Gang zum Zimmer seines Bruders war schwer. Seine Beine fühlten sich an, als würde er Bleigewichte hinter sich herschleifen. Er betrat die Schleuse der Intensivstation und kleidete sich mit Kittel, Mundschutz und Überschuhen ein. Dann drückte er den Besucherknopf und wartete. Nach ein paar Minuten öffnete ihm ein Pfleger, der ihn noch von seinen ersten Besuchen kannte.

»Ah, Sie sind der Bruder von Markus Becker. Sie können durchgehen. Ihr Bruder liegt immer noch am selben Platz«, informierte ihn der Pfleger und verschwand in einem Geräteraum. David sah Markus durch die Glasscheibe. Er schien zu schlafen. So, als würde er bald einfach die Augen öffnen und seinem Bruder entgegenblicken.

»Was mach' ich denn hier, Kleiner, wo sind wir?«, würde er fragen, oder so etwas in der Art. David nahm seine Hand und drückte sie sanft.

»Ich bin zurückgekommen. Fast hätte ich es nicht geschafft. Einmal wäre ich fast ertrunken und ein anderes Mal wurde ich sehr krank, weil ich verdorbenes Wasser getrunken hatte. In diesen Momenten habe ich gelernt zu beten und ich habe ganz deutlich gespürt, dass es Gott gibt! Er hat mein Flehen erhört und mir Hilfe geschickt. Es war wie ein Wunder. Nichts, was ich je erfahren habe, ist vergleichbar mit diesen

Erfahrungen. Ich habe Gott in Seinem Wirken und in Seiner Schöpfung gesehen. Ich weiß noch nicht, welche Art der Anbetung, welche Religion die richtige für uns ist, aber ich werde sie finden. Das verspreche ich dir! Halt durch, Markus, und warte auf mich«. Langsam beugte er sich über seinen Bruder und küsste ihn auf die Stirn.

»Du fehlst mir so sehr, Markus. Ich wünschte, du könntest zurückkehren«.

David beschloss, erst einmal bei seinen Großeltern vorbeizusehen. Er musste unbedingt mit seinem Großvater alleine reden, ohne die Eltern. Sie wohnten nicht weit vom Krankenhaus entfernt. Nach zwanzig Minuten klingelte er an der Tür.

»Da bist du ja. Ich habe schon auf dich gewartet. Deine Oma hat Tee gekocht und einen Kuchen gebacken. Möchtest du ein Stück?«

»Nein, danke! Ich will gleich zur Sache kommen«.

»Beruhige dich, mein Sohn, Zeit für einen warmen Tee haben wir schon noch. Meinst du nicht?«, antwortete der Großvater und goss Tee aus einer altmodischen, bauchigen Teekanne in eine zarte Tasse mit Blümchenmuster und Goldrand. David nahm die Tasse und setzte sich zu seinem Großvater an den Küchentisch. Die Küche seiner Großeltern versetzte ihn in eine andere Zeit. Hier war alles noch wie in den 50er Jahren. Die vergilbte Tapete, die Art-Déco-Lampen, die dreieckigen Tische und der klobige Kühlschrank in Lindgrün, der so laut summte wie bei anderen Leuten die Waschmaschine, alles war nie erneuert worden. Die Großmutter liebte diese Sachen. Sie gaben ihr ein Gefühl von Heimat in ihrer sprunghaften Welt einer Alzheimerkranken.

»Ich habe viel gesehen und bin bis oben angefüllt mit fantastischen Eindrücken. Es war eine gute Idee, in den Dschungel zu fahren. Dort ist man Gottes Schöpfung ganz nah. Ich habe mich zum ersten Mal als Teil der Schöpfung erlebt und stell dir vor, Großvater, ich habe sogar gebetet! -Weißt du, Opa, ich bin mir absolut sicher, dass es Gott gibt. Ich glaube an Seine Allmacht und daran, dass Er keinen Teilhaber haben kann. Nur Er ist der einzige Schöpfer des Universums. Es ist zu harmonisch, um mehrere Schöpfer zu haben. Er ist ein gütiger Gott, Der unsere Gebete erhört und Gerechtigkeit schafft. Soviel habe ich herausgefunden. Aber wo soll ich jetzt weitersuchen? Wo, bei welcher Religion kann ich Ihn finden? Hilf mir noch einmal, Großvater. Du hast bestimmt einen Einfall«. David hatte schnell und hektisch geredet, so, als liefe ihm die Zeit davon. Seine Wangen glühten und die Tasse in seiner Hand zitterte.

Der Großvater dachte kurz nach. »Ich habe einen Freund, der an der Universität in Bonn eine Professur für Vergleichende Religionswissenschaften hat. Er heißt Professor Schneider. Vor ein paar Tagen hat er mir erzählt, dass die Universität eine Woche lang ihre Türen für neue Studenten und Interessenten öffnet, damit diese die unterschiedlichen Fakultäten kennenlernen können. Es wäre vielleicht keine schlechte Idee, wenn du eine Woche in Bonn verbringst. Vielleicht bringt dich das ja weiter. Du könntest dir unterschiedliche Vorlesungen verschiedener Fachbereiche anhören und Professoren kennenlernen, die dir vielleicht helfen können, deine Fragen zu beantworten«, sagte er begeistert. Seine Augen lachten verschmitzt. David strahlte.

»Mensch, Großvater, das ist wirklich eine sehr gute Idee. Aber wo soll ich in dieser Zeit wohnen?“, fragte David. Der Großvater zerstreute seine Bedenken und rief seinen Freund an. Nach ein paar Minuten kam er gut gelaunt zurück.

»Mein Freund Philipp freut sich schon auf dich und du kannst ein Zimmer im Studentenwohnheim haben. Der Schlüssel liegt beim Pförtner. Ich habe dir die Adresse der Uni und des Wohnheimes aufgeschrieben«. Er legte seinen Arm um Davids Schultern und reichte ihm den Zettel.

»Und jetzt raus mit dir, sonst machen sich deine Eltern Sorgen. Deine Mutter hat bestimmt schon im Krankenhaus angerufen und gefragt, ob du noch da bist«. David umarmte ihn.

»Ich hab dich sehr lieb, Opa, weißt du das?« Der Großvater lächelte nachsichtig.

»Ja, das weiß ich. Aber es ist schön, es von dir zu hören«, antwortete er gerührt. »Du kannst schon mal zum Auto gehen. Ich hole deine Großmutter und bin in 5 Minuten unten«.

Zu Hause war die Atmosphäre angespannt. Die Eltern wirkten zugleich erleichtert und verärgert. Beim Mittagessen konnte sich Davids Vater schließlich nicht mehr zurückhalten.

»Was hast du nun auf deiner Dschungeltour gelernt, mein Sohn?« David versuchte, die Stimmung seines Vaters einzuschätzen. Sein sorgsam gepflegter Panzer, der sonst keine allzu großen Gefühle durchließ, schien Risse bekommen zu haben. Der Vater war gereizt und seine Worte klangen schärfer als üblich.

»Ich habe dort viel gefunden. Ich bin Gott begegnet. In Seiner perfekten Schöpfung und in der Hilfe, die ich dort bekommen habe, immer dann, wenn ich überhaupt nicht damit gerechnet habe. Ich bin absolut sicher, dass es einen allmächtigen Schöpfer des Universums gibt«, erzählte er verhalten.

»Hat das irgendeinen Nutzen für deinen Bruder? Er wird sterben und das kannst du nicht verhindern, auch wenn du meinst, jetzt deinen Glauben entdeckt zu haben«, sagte der Vater erregt.

»Genau aus diesem Grund, weil Markus im Sterben liegt, muss ich für ihn diesen Weg weitergehen, damit er in Frieden gehen kann. Er wartet auf meine Antwort, Vater!« Der Vater lachte laut auf. Zorn sprach aus seinen Augen, den klopfenden Fingern auf dem Tisch und dem Farbenspiel in seinem Gesicht. »Es gibt kein zweites Leben. Wenn Markus tot ist, dann ist er tot. Was soll er jetzt noch mit einem Glauben anfangen, den er gar nicht kennt?«

David fürchtete einen Wutausbruch seines Vaters, aber er musste weiterreden.

»Du bist Arzt und hast viel Wissen. Wie würdest du die Existenz des Menschen auf dieser Welt begründen, wenn alle Menschen nach ihrem Leben bloß Abbauprodukte für die Umwelt wären?«, fragte er leise und sah dem Vater in die Augen.

Der Vater antwortet aufgeregt: »Du redest wirres Zeug ohne jede Grundlage. Die Existenz des Menschen muss nicht begründet sein. Sie ist einfach so, wie sie ist«.

Die angespannte Stimmung des Vaters schlug in Spott um.

»Und wie kann man seine Existenz bitte begründen?«, brüllte der Vater.

»Darauf habe ich noch keine Antwort. Das möchte ich auch gerne wissen. Ich weiß nur, dass es einen Sinn in unserem Leben geben muss, der unser ganzes Leben begründen soll, und den muss ich unbedingt herausfinden. Für Markus und für mich«, antwortete David leise und klar. Der Vater steigerte sich immer mehr in seine Wut und David versuchte vergeblich, sich zu rechtfertigen. Irgendwann unterbrach der Großvater den Streit.

»Ich habe David vorgeschlagen, an einer Schnupperwoche der Universität Bonn teilzunehmen. Mein Freund Philipp hat dort eine Professur. Du erinnerst dich bestimmt an ihn, Thomas«.

»Ja, ja, Vater. Aber das bringt uns auch nicht weiter!«, sagte der Vater aufgebracht.

»Ich glaube, wie David, an einen Schöpfer. Ich würde mich freuen, wenn mein Enkel Antworten findet, die ich selbst noch nicht kenne. Er kann dort eine Woche im Studentenheim wohnen. Wir haben schon nachgefragt«, sagte der Großvater beruhigend und sah seinen Sohn erwartungsvoll an.

»Was sagst du dazu, Vater? Bist du einverstanden?« David sah ihn zweifelnd an.

»Solange du dafür nicht in irgendeinen Dschungel fliegen musst, habe ich kein Problem damit. Du musst sowieso früher oder später eine Universität für dich finden, also fahr‘ hin und finde, was du finden musst«.

»Hilfst du mir, etwas Passendes zusammenzupacken, Mama? Dann haben wir noch etwas Zeit für uns«, sagte er schnell, als er das sorgenvolle Gesicht seiner Mutter sah. Der Großvater strahlte ihn begeistert an und zwinkerte ihm zu. Gut gemacht!, sagten seine Augen. Das wird sie beruhigen.

Schon am nächsten Tag begann seine Woche in Bonn.

Student auf Zeit

Der Abschied von den Eltern war getrübt von dem Unverständnis, mit dem sie ihrem Sohn begegneten. Es schmerzte David, dass seine Eltern ihn nicht verstanden. Der Großvater tröstete ihn und begleitete seinen Enkel zum Bahnhof.

»Du wirst erwachsen, Junge. Es fällt den meisten Eltern schwer, zu begreifen, dass ihre Kinder eigene Wege gehen«, sagte er fröhlich und klopfte David aufmunternd auf die Schulter.

»Ruf mich an, wenn du dich eingelebt hast«. Großvater gab David eine neue Guthabenkarte für sein Handy und schob ihn zum Zug.

»Geh jetzt! Ich bin zu alt für lange Abschiede. Du bringst mich noch zum Heulen, was sollen denn die Leute denken«, scherzte er, drehte sich um und ging. David hatte einen Kloß im Hals, der ihm die Stimme nahm. Er warf seine Tasche über die Schulter und suchte sich einen freien Sitzplatz auf einem Klappsitz im Gang. Hier würde er sich nicht unterhalten müssen. Am Bonner Hauptbahnhof empfing ihn Opas Freund Professor Schneider.

»Guten Tag, Professor Scheider. Ich soll Ihnen ganz herzliche Grüße von meinem Großvater bestellen.“ David überreichte dem Professor ein Paket, das ihm der Großvater für seinen Freund mitgegeben hatte.

»Vielen Dank, David«. Er nahm das Geschenk und wandte sich zum Parkplatz.

»Kommst du? Wir müssen uns beeilen. Der Pförtner des Gästehauses macht in einer halben Stunde Feierabend und bis dahin musst du dich angemeldet haben«. David folgte ihm. Sie blieben vor einem schicken BMW stehen und verstauten die Reisetasche im Kofferraum. David stieg ein und schwieg betreten. Er wusste nicht so recht, was er mit Herrn Schneider reden sollte.

»Paul hat gesagt, dass du gerade aus Brasilien zurückgekommen bist. Hat es dir dort gefallen? «, fragte Herr Schneider höflich und unterbrach Davids Gedanken.

»Ja, sehr. Ich habe allerdings nicht so viel von Brasilien gesehen. Ich war nur für ein paar Tage dort«, antwortete David. Er wusste nicht, ob er sich dem Professor anvertrauen sollte.

»Es ist ungewöhnlich, dass ein Siebzehnjähriger alleine nach Südamerika reist. Was war der Grund für deine Reise?«, fragte Herr Schneider. »Hat Ihnen mein Großvater von dem Unfall meines Bruders erzählt?«, fragte David.

»Ja, das hat er. Es tut mir sehr leid, dass ein so junger Mensch so plötzlich aus dem Leben gerissen wird. Paul meinte, dass du dich für deinen Bruder auf die Suche nach dem Sinn des Lebens machst. Ich bewundere deinen Mut, aber ich weiß nicht, ob wir dir mit unseren Vorträgen da helfen können. Mit dieser Frage beschäftigen sich Wissenschaftler und Theologen seit Jahrtausenden. Wie willst du in einer Woche eine Antwort finden?« Herr Schneider sah David abschätzend an.

»Ich bin nach Amazonien gereist, weil ich alleine sein wollte, um in der Natur nach Antworten zu suchen«, sagte der Junge

vorsichtig.
»Das ist ein guter Gedanke«, sagte Herr Schneider anerkennend.
»Und? Bist du fündig geworden?«, fragte er neugierig.
»Ja und nein. Ich habe in der Schöpfung ihren allmächtigen Schöpfer und Gesetzgeber erkannt und ich habe gelernt, dass ich mich an Ihn wenden muss, um Hilfe zu bekommen. Er ist der Einzige, Der uns wirklich helfen kann. Und ich glaube jetzt daran, dass es ein Leben nach dem Tod gibt, in dem uns Gerechtigkeit widerfährt. Gott ist jenseits aller Zeitlichkeit und existiert in einer für uns unfassbaren Dimension«, sagte David erhitzt.
»Dann teilst du das Gottesbild mit den drei großen monotheistischen Religionen, die sich auf den Propheten Abraham berufen«, antwortete der Professor.
»Hast du eine konkretere Vorstellung von deinem Gottesbild?«, fragte er interessiert. »Nein, deshalb bin ich ja hier«, sagte David schüchtern.
»Da hast du dir ja was vorgenommen. Aber sei vorsichtig mit dem, was du erzählst. Die meisten meiner Kollegen sind Atheisten. Denkst du nicht, dass es gut ist, wenn die Menschen aus der Vielfalt der Religionen die passende für sich auswählen können? Was ist zum Beispiel mit dem Buddhismus oder mit dem Hinduismus? Es sind Weltreligionen mit Millionen Gläubigen in ihrer Gemeinschaft. Schließt du diese Religionen für dich und deinen Bruder aus?«, fragte er ein wenig provokativ.
»Ich glaube nicht, dass uns eine Religion weiterhelfen kann, die mehrere miteinander streitende Mächte anbetet. Wenn man den einen anspricht, richtet man sich doch automatisch

gegen den anderen. Wie kann ich da Hilfe erwarten? Das Universum ist so perfekt und harmonisch. Es kann nur einen allmächtigen Schöpfer haben. Die Frage ist, auf welche Weise wir diesen Gott anbeten sollen und wo wir Ihn finden!«, antwortete David und war sich seiner Sache ganz sicher. »Es gibt so viele Religionen auf der Welt. Ich hoffe, dass ich die Richtige finden werde«.

»Der Buddhismus ist ein sehr friedlicher Weg. Frieden zwischen den Menschen und Frieden zwischen Schöpfung und Geschöpfen«, erklärte der Professor.

»Ich tendiere in diese Richtung. Wenn ich mich festlegen müsste, würde ich wahrscheinlich diesen Weg gehen«, sagte er.

»Und was ist mit dem Frieden zwischen dem Schöpfer und den Menschen? Das ist es, was ich suche. Wie kann ich einem Gott dienen, an Den ich mich nicht wenden kann? Wenn ich etwas für Markus tun kann, dann muss ich mich doch an einen helfenden Schöpfer wenden! « David dachte einen Moment nach. »Ich glaube, die Grundlage des Friedens ist diese persönliche Beziehung zu Gott. Nur hier liegt die Rettung für den Menschen nach dem Tod«, sagte er und sah den Professor an. Herr Schneider lachte auf. »Aha, du bist so jung, und weißt schon alles darüber, wozu brauchst du noch Professoren?«, erwiderte er.

»Es gibt so viele offenen Fragen. Ich möchte so gerne etwas darüber hören, warum wir erschaffen wurden. Was für einen Sinn hat unser Leben?« Der Professor schaute David verwundert an.

»Du bist ein seltsamer Junge! Ich habe solche Fragen noch nie mit einem Jugendlichen diskutiert und auch die meisten Studenten tasten sich nur theoretisch an solche Fragen heran«. Er schüttelte den Kopf und sah David bewundernd an.
»Können Sie mir bei der Auswahl der Vorlesungen behilflich sein? Ich spare viel Zeit, wenn sie mir sagen könnten, welche geeignet sind und welche nicht!«
»Gern, David! Ich denke mal in Ruhe darüber nach und streiche dir die geeigneten im Vorlesungsverzeichnis an. Auf meinem Weg nach Hause komme ich vorbei und reiche es dir rein«.
»Vielen Dank! Es ist wirklich sehr freundlich, dass Sie sich solche Mühe machen«, antwortete David und stieg vor dem Studentenwohnheim aus dem Auto.

Anna

Als David das große Portal des Gästebereiches betrat, wartete der Pförtner bereits auf ihn. David musste sich in eine Liste eintragen und eine Kaution für den Schlüssel hinterlegen. Sein Zimmer lag im 16. Stock. Es war spärlich mit einem Bett, einem Schrank und einem Schreibtisch möbliert. Dafür hatte er eine atemberaubende Aussicht auf den Rhein und die Stadt. David packte seine Tasche aus, öffnete das Fenster und atmete tief durch. Nach einer kurzen Verschnaufpause nahm er seine Jacke und ging hinaus, um noch ein paar Lebensmittel einzukaufen. Morgen würde er bestimmt keine Zeit dafür haben. Der Pförtner hatte ihm gesagt, dass es in der Küche abschließbare Fächer für Lebensmittel gäbe und einen großen Kühlschrank. In der Küche war ein Mädchen, das sich gerade etwas zu essen kochte und mit Kopfhörern auf den Ohren leise vor sich hin sang. David grinste belustigt, trat ein und machte sich bemerkbar. Vor Schreck fiel ihr ein Ei aus der Hand und zerschlug auf den Fliesen.

»Entschuldige, ich hab dich nicht kommen hören!«, sagte sie ertappt. »Ich bin Anna«. Sie schaute David interessiert an. David mochte diesen Blick, mit dem ihn die meisten Mädchen anschauten, nicht besonders. Er war ein auffallend hübscher Junge. Die meisten Mädchen in seiner Klasse waren alberne Gänse, die sich hauptsächlich über Jungs, Partys und Mode unterhielten. Anna trocknete sich ab und reichte ihm die Hand. »Kommst du zur offenen Uni?«, fragte sie neugierig.

»Ja, und du? « Anna lächelte.

»Bonn ist eine tolle Stadt. Wenn ich zum Studieren herkommen sollte, möchte ich mich gleich heimisch fühlen. Ich werde auf jeden Fall das Nachtleben erkunden. Möchtest du dich anschließen?«

»Vielleicht ein anderes Mal«, sagte er ausweichend. »Morgen früh beginnen die Vorlesungen, da möchte ich ausgeruht sein«. Anna ging zurück zum Herd und rührte in ihren Töpfen.

»Möchtest du mitessen? Ich habe genug für zwei gekocht. Du bist herzlich eingeladen«, sagte sie begeistert.

»Komm schon, dann kannst du mir gleich erzählen, warum du hierhergekommen bist«. David sah seltsame Lebensmittelpackungen in einer fremden Schrift.

»Was ist das für eine Sprache? Sind das arabische Schriftzeichen?«, fragte er neugierig. »Nein! Das ist Hebräisch. Ich bin Jüdin und wir haben besondere Speisegebote, die wir einhalten müssen. Da ist es leichter, wenn man sich sein Essen selbst mitbringt. Ich weiß noch nicht, wo ich hier koscher einkaufen kann, wobei: so ganz genau nehme ich es mit der Koscher-Ernährung auch nicht«.

»Das klingt ja spannend. Ich esse gern mit dir zu Mittag, wenn du mir ein wenig über deine Religion verrätst«, sagte er interessiert und half ihr, die Schüsseln zum Tisch zu tragen. Anna wusch sich vor dem Essen die Hände, sprach ein Gebet und brach dann das Brot.

»Was hast du gerade gebetet?«, fragte David.

»Ich habe den Segen über das Brot gesprochen«, antwortete Anna lachend.

»Ich habe nicht darüber nachgedacht, dass du dabei bist.“

»Wo kommst du eigentlich her?«, fragte Anna.

»Aus München. Und du?«, antwortete David.

»Ich komme aus Berlin. Wie kommst du auf die Idee, nach Bonn zu fahren? In Süddeutschland sind so viele große Universitäten!«, sagte sie verwundert. »Mein Großvater hat einen Freund, der hier eine Professur für Vergleichende Religionswissenschaften hat. Ich interessiere mich für diesen Fachbereich«. David dachte an den Rat des Professors und überlegte, ob er Anna erzählen sollte, warum er nach Bonn gekommen war. Sie war Jüdin. Es war ziemlich unwahrscheinlich, dass sie sich über ihn lustig machen würde.

»Ich bin auf der Suche nach religiösen Antworten. Mein Bruder hatte vor kurzem einen schrecklichen Unfall und liegt seitdem im Koma. Die Ärzte geben ihm keine Chance mehr«, sagte er stockend.

»Das tut mir sehr leid, David. Es muss schlimm für dich sein«.

»Ja, es ist sehr schlimm. Es klingt vielleicht seltsam, aber mein Bruder ist mir im Traum begegnet. Eigentlich war es kein richtiger Traum. Ich war allein in meinem Zimmer und wollte mit niemandem reden. Da stand er plötzlich neben mir und bat mich darum, etwas für ihn zu tun, damit er in Frieden gehen kann«. Es war ganz still geworden. Anna hatte aufgehört zu essen und sah ihn mit aufgerissenen Augen an.

»Ich sollte mich auf die Suche nach dem Sinn des Lebens machen. Er scheint keine Ruhe zu finden, bevor er diese Frage geklärt hat. Es scheint so, als klammere er sich an dieses Le-

ben und warte darauf, dass ich ihm Antworten bringe«.
David sah Anna an. Sie war so gebannt von seiner Erzählung, dass sie sich nicht mehr bewegte. »Ich bin für ein paar Tage in den brasilianischen Regenwald gefahren, um in der Natur nach Gott zu suchen. Dort habe ich Antworten gefunden, aber es gibt noch so viele Fragen, die ich mir stelle. Deshalb bin ich hierhergekommen«. Anna hatte sich immer noch nicht gefangen.
»Erzähl' mir etwas über das Judentum! Ich weiß nicht besonders viel«, meinte er begeistert. Anna erwachte aus ihrer Starre und lächelte verlegen.
»Na ja, ich weiß nicht, ob ich da die beste Quelle bin«, sagte sie lässig. »Das Judentum ist, wie du bestimmt schon weißt, eine monotheistische Religion, die sich auf die Überlieferungen des Volkes Israel beruft. Es gibt schriftliche Überlieferungen, die in der Thora stehen und mündliche Überlieferungen, die im Talmud, der Quelle der mündlichen Offenbarung, enthalten sind. Es handelt sich um die Worte, die Gott Moses am Berg Sinai offenbart hat. Aus ihnen leiten die Rabbiner, unsere Gelehrten, die Halacha, das jüdische Gesetz, ab. Nach diesen Geboten versuchen wir zu leben. Meine Familie ist allerdings nicht orthodox. Du weißt schon, das sind die mit den schwarzen Hüten und den Seitenlocken. Die sind sehr strikt in der Befolgung religiöser Gebote. Meine Familie ist nicht so altmodisch«, sagte sie locker. »Trotzdem sind sie sehr traditionell in manchen Dingen. Eine Ehe mit einem Andersgläubigen käme für mich nicht in Frage, wenn es nach meinem Vater ginge. Aber da lass ich mir nicht hineinreden!«, sagte Anna. David konnte sich auch nicht vorstellen, dass seine

Eltern besonders begeistert wären, wenn er mit einem jüdischen Mädchen nach Hause käme.
»Wie unterscheidet ihr euch von den Christen?«, fragte David und probierte das jüdische Brot.
»Wir glauben nicht an die Dreifaltigkeit und nicht daran, dass Jesus ein Prophet Gottes war«, antwortete sie.
»Ich glaube, das sind die markantesten Unterscheidungen«.
»Warum lehnt ihr Jesus als Propheten ab? Er war doch Jude?«, sagte David und wunderte sich über Annas Unbehagen.
»Du stellst vielleicht Fragen! Er wollte die Religion Gottes verändern, deshalb lehnen wir ihn ab«, sagte Anna gereizt.
»Wie kannst du dir da so sicher sein? Vielleicht hatte er ja recht. Soviel ich weiß, hat er Wunder vollbracht, wie die anderen Propheten auch. Das beweist doch seine Prophetenschaft«, sagte David.
»Ach, ich weiß auch nicht. Ich habe noch nie darüber nachgedacht. Das ist unsere Religion, und so glauben wir halt«, erwiderte sie hilflos.
»Machst du dir manchmal Gedanken, ob deine Religion stimmt oder nicht?«, fragte David und merkte zu spät, dass er wahrscheinlich etwas zu weit gegangen war.
»Nein, das mache ich nicht, sie stimmt, warum sollte sie denn nicht stimmen? Die Juden sind das auserwählte Volk, ich möchte gerne dazugehören!« antwortete Anna genervt. »Warum sollten die Juden auserwählt sein? Nur weil sie Juden sind? Du glaubst doch an den Schöpfer des Alls. Wie kann es sein, dass Gott alles erschafft, und dann aus Seinen Geschöpfen einen Stamm auserwählt? Er soll doch gerecht sein, und nicht das eine Volk über das andere stellen!« David konnte

nicht aufhören, obwohl er spürte, dass Anna nicht weiterreden wollte. Sie schüttelte den Kopf und wehrte ihn mit der Hand ab. »Sei so nett und lass uns über etwas anderes reden, ich mag solche Themen nicht«. »Entschuldige, ich wollte dich nicht ärgern. Sollen wir nicht zusammen was trinken gehen? In der Studentenkneipe da unten gibt es Kölsch. Das wollte ich schon immer mal probieren«. David lachte.

»Ich gehe nicht in Kneipen und Bier ist auch nicht mein Fall. Aber gegen einen Kaffee hätte ich nichts einzuwenden«, antwortete er. Anna hakte sich bei ihm unter und führte ihn in ein Café, das direkt am Rhein lag. Nach einer Stunde verabschiedete sich David, um seine Einkäufe zu machen. Als er zurückkam, hatte Professor Schneider das markierte Vorlesungsverzeichnis vor seine Zimmertür gelegt. David legte sich aufs Bett und blätterte die Seiten durch. Gleich Montag früh gab es eine Vorlesung über den Sinn des Lebens.

David war angespannt. Es ging einfach alles viel zu schnell. Er hatte das Gefühl, dass sich sein Leben in rasantem Tempo einem Abgrund näherte und er wusste noch nicht genau, wie man die Notbremse zieht. Andererseits war er schon sehr neugierig auf die erste Vorlesung. Vielleicht würde diese Woche seine Suche beenden! Hoffentlich ist es so, dachte er. Ich habe keine Kraft mehr.

Erschöpft von den überstürzten Ereignissen der letzten Tage und dem Jetlag, den er noch von seiner Reise hatte, schlief er ein.

Sinn des Lebens

Am nächsten Morgen war David einer der Ersten im Hörsaal. Es war nicht besonders voll. Die Gelassenheit der übrigen Studenten verunsicherte ihn. Er setzte sich auf einen Platz ganz am Rand in die erste Reihe. Professor Müller war bereits da und ordnete seine Unterlagen. Er sah so aus, wie David sich einen Professor für Philosophie immer vorgestellt hatte. Liebenswert und etwas schmuddelig. Seine Haare waren wirr und die Lesebrille auf dem Tisch hatte auch schon bessere Zeiten gesehen. Obwohl er sich den Studenten noch nicht zugewandt hatte, waren alle Augen auf ihn gerichtet. Keiner unterhielt sich oder blätterte in seinen Unterlagen. Er hatte eine so charismatische Ausstrahlung, dass ihm die Aufmerksamkeit seiner Zuhörer sicher war.

»Welchen Sinn hat unser Leben? Warum existieren wir? Was sagt die Philosophie und die Theologie dazu?«, begann der Professor seine Vorlesung.

»Die Philosophie hat zum Verständnis sozialer Gemeinschaften große Beiträge geleistet. Sie hilft uns, ethische Prinzipien aufzustellen. In diesem Zusammenhang interessiert uns die Philosophie. Ohne die Theologie mit einzubeziehen, ist es der Philosophie nicht gelungen, zufriedenstellende Aussagen über den Sinn des Lebens zu machen. Diese Problematik hat mich dazu gebracht, die Philosophie mit der Theologie

zu verbinden, um mich mit diesen wichtigen Fragen auseinanderzusetzen. Deshalb nenne ich mein Fachgebiet die `philosophische Theologie´ oder auch die `theologische Philosophie´. In meinem Fachgebiet benutze ich die Philosophie, um die Theologie zu verstehen. Das hat den Effekt, dass man die Theologie als Wissenschaft zur Gotteserkenntnis, als eine Erklärung der Fragen, die sonst weder wissenschaftlich noch philosophisch zu klären sind, betrachten kann. Laut Tiedermann ist der Sinn des Lebens `die Deutung des Verhältnisses zwischen dem Menschen und seiner Welt´. Die alten Philosophen haben den Sinn des Lebens als die Erlangung von Glückseligkeit verstanden, wobei sie die Glückseligkeit unterschiedlich betrachteten. Manche Denker, wie Aristoteles, sahen die Glückseligkeit als eine `Betätigung der Seele mit dem Philosophieren und Forschen nach Wissenschaft´. Philosophen wie Immanuel Kant sahen die Glückseligkeit darin, dass sich der Mensch freiwillig den Gesetzen der Moral unterwirft. Dadurch könne ein selbstbestimmtes, vernünftiges Leben geführt werden, in dem sich immerhin Zufriedenheit erreichen ließe. Nietzsches Konzept erklärt uns, dass die Menschen sich entwickeln sollen, um die Phase des `Übermenschen´ zu erreichen. Die nicht-theologische Philosophie versucht bis heute, eine tragfähige Erklärung zum Sinn des Lebens zu finden, die dazu führt, dass der Mensch sich der `Glückseligkeit´ annähert. Bislang vergeblich!
Die drohende Auslöschung der Menschheit durch globale Kriege, das mögliche Ende des Fortschritts, die zunehmend sichtbar werdende Zerstörung der Umwelt, die warnende Prophezeiung vom Ende des Wachstums und der Wegfall der

Wertesysteme in der westlichen Hemisphäre haben im Verlauf der zweiten Hälfte des 20. Jahrhunderts zu einem gesellschaftlichen Phänomen geführt, das häufig als `allgemeine Sinnkrise´ bezeichnet wurde.
Deshalb gehen moderne Philosophen wie Émile M. Cioran von einer existentiellen Skepsis, einem `Dasein ohne Endergebnis´, aus«.
Der Professor stoppte seinen Vortrag und sah einen nach dem anderen an. »Wer von euch weiß, warum er heute hier ist?«, fragte er plötzlich. Betretene Stille erfüllte den Hörsaal. David kämpfte mit sich. Er sprach nicht so gern vor Fremden. In der Schule war er eher der schriftliche Typ und hielt sich aus Diskussionen meistens heraus. Es kostete ihn viel Mut, sich zu melden. Zaghaft hob er seine Hand und hoffte, der Professor würde ihn übersehen. Professor Müller richtete seinen scharfen Blick auf David und nickte ihm auffordernd zu.
»Wir sind hier, um genau auf diese Frage eine Antwort zu bekommen«, sagte David leise. Wäre es nicht so still gewesen, hätte ihn vermutlich keiner verstanden. Alle Studenten lachten! Der Professor ignorierte das Gelächter.
»Wer stimmt ihm zu?« Viele erhoben die Hand.
»Das war eine kluge Antwort, mein Junge. Wir sind hier, um zu erfahren, warum wir hier sind! Wäre es anders, könnte ich mir den Sinn unserer Veranstaltung nicht erklären, und ich könnte mir meinen Vortrag sparen. Ohne Ziel gäbe es keinen Weg. Wenn unser Leben ein Weg ist, den man freiwillig oder unfreiwillig gehen soll, dann sind Ziel und Sinn notwendig, um uns zu bewegen. Wer sollte sich schon die Mühe machen, einem sinnlosen Weg zu folgen, der kein Ziel hat? Wenn weder

Philosophie noch die Natur- und Gesellschaftswissenschaften uns erklären konnten, warum wir hier sind, dann sollten wir unser Leben nicht damit verschwenden, die Antworten nur in diesen Fachgebieten zu suchen, sondern uns der Theologie zuwenden, um den Sinn des Lebens zu erforschen«.

Ein Student, der weiter hinten im Hörsaal saß, hob seine Hand. »Heißt das nun, dass wir die Wissenschaft und die Philosophie verlassen, um eine Antwort zu finden? Dass unsere Suche sozusagen unter Ausschluss der Wissenschaften stattfindet?«, fragte er herausfordernd. Der Professor überging die Provokation.

»Absolut nicht! Die Wissenschaft und die Philosophie sind Mittel, die uns beim Überleben sehr gut helfen können, sie sind aber alleine nicht in der Lage, unsere Existenz zu begründen. Ich stelle euch eine kleine Frage:

Wenn wir forschen, um ein Auto zu entwickeln, ist dann dieses Wissen in sich eine Glückseligkeit für uns? Ohne Auto können wir ja nicht fahren. Deshalb hat die Existenz des Autos keinen Sinn für uns und für sich selbst, wenn sie ihre Aufgabe nicht erfüllt, und das Auto uns fährt. Das Wissen, das uns bei der Herstellung des Autos helfen soll, hat auch keinen Sinn, wenn wir kein Auto herstellen. Wissen und die Entwicklung sind ein Weg zur Glückseligkeit und nicht die Glückseligkeit selbst«.

Professor Müller schaut seine Studenten auffordernd an. Eine farblose blonde Studentin mit langen, dünnen Haaren meldete sich.

»Meinen Sie damit, dass wir die Lebensentwicklung nicht als Lebensziel nehmen sollen?«, fragte sie verwundert.

»Die Antwort auf diese Frage kann man aus der Frage selbst entnehmen. Sie sprechen vom `Lebensziel´ und `Lebensentwicklung´. Beide beziehen sich auf das Wort Leben, das heißt, ohne Leben wäre es gar nicht notwendig, das Leben zu entwickeln. Das bringt uns wieder zur Ausgangsfrage zurück. Leben wir, um unser Leben zu entwickeln oder entwickeln wir unser Leben, um zu leben? Das Geheimnis des Lebens ist, dass unser Leben in drei Phasen geteilt ist: Vergangenheit, Gegenwart und Zukunft. Wir sind uns einig, dass man aus der Vergangenheit nur noch die Erinnerung und die Erfahrung hat. Also kann man diese Vergangenheit nicht genießen. Die Zukunft ist eine Hoffnung, die man nur in seinen Träumen genießen kann. Wohingegen die Gegenwart das Einzige ist, was man genießen kann. Wenn wir uns fragen, wie lang diese Phasen sind, so sind die Antworten unterschiedlich. Die Vergangenheit ist für die Jugendlichen kurz und für die Älteren lang; dagegen ist die Zukunft für die Jugendlichen lang und für die Älteren kurz und die Gegenwart ist für alle Menschen kurz, denn sie ist nur das Erlebnis des aktuellen Moments. Das ist auch die Antwort auf die Frage, warum die Menschen unterschiedlich lang leben. Die Menschen haben eine unterschiedliche Wahrnehmung von Zeit. Es hängt unter anderem damit zusammen, welche Erinnerungen und wie viele Hoffnungen wir haben. Erinnerungen und Hoffnungen können Menschen willentlich beeinflussen.

Ein Optimist kann zum Beispiel in zwei Tagen mehr Hoffnung und schöne zukünftige Träume bauen und genießen als ein Pessimist in zehn Jahren. Die Erinnerung an einen sehr schönen Tag kann stärker und einprägsamer sein, als die Er-

innerung an zehn normale, ereignisarme Jahre. Der Mensch vergisst. Das heißt, unser Leben ist nur ein Moment, den wir entweder genießen, oder in dem wir leiden müssen. Die Glückseligkeit ist dementsprechend auch nur ein Moment. Kann es logisch sein, dass wir innerhalb von 70 durchschnittlichen Lebensjahren nur einen Moment zu genießen? Wir bekommen die 70 Jahre von Dem, Der uns erschaffen hat, um einen einzigen Moment entweder umsonst zu genießen, oder mit einem Sinn auszustatten.
Atheisten teilen diese Meinung nicht. Sie haben aber auch keine Alternative zu bieten. Deshalb ist es `sinnvoll´, die Theologie in der Sinnfrage zu Rate zu ziehen. Es gibt keine Alternative«. Der Professor schaute auf die Uhr. »Unglaublich, wie schnell die Zeit vergeht, sie ist wahrlich nur ein Moment! Wir müssen unser Gespräch hier unterbrechen. Wir sehen uns dann am Nachmittag wieder, um uns der Sinnfrage anzunähern. Bis später!« David packte seine Unterlagen zusammen und ging noch vor den anderen Studenten aus dem Hörsaal. Die Vorlesung hatte ihn in eine euphorische Stimmung versetzt.

Ein Pausengespräch

David hatte am Morgen vor lauter Aufregung kaum etwas gegessen. Sein Magen zog sich schmerzhaft zusammen. Er folgte der Beschilderung in Richtung Mensa und sah an einem Tisch Professor Schneider, den Freund seines Großvaters, sitzen. Als dieser den Jungen erkannte, winkte er ihn zu sich. »Hattest du einen guten Einstieg?«, fragte er interessiert. »Ich habe mir die Vorlesung von Professor Müller angehört. Es war beeindruckend. Danke für den Tipp!«, sagte David. »Der Kollege Müller ist schon ein besonderer Mensch. Ich finde seine Verknüpfung von Theologie und Philosophie sehr spannend«, sagte Philipp Schneider und biss in einen Apfel. »Ich muss mich entschuldigen. Meine Pause ist schon wieder vorbei. Wenn du Fragen hast, komm doch in mein Büro«. Er verabschiedete sich und stand auf. David stellte sich in die Warteschlange und entschied sich für ein Nudelgericht. Nach dem Essen wollte er schnell noch seine Eltern anrufen. Hoffentlich ging es Markus nicht schlechter. Plötzlich erfasste ihn Unruhe. Was wäre, wenn ihm nicht mehr genug Zeit blieb, um seine Antworten zu finden? Nervös wählte er die Nummern.

Die monotheistischen Religionen

In der zweiten Vorlesung von Professor Müller war die Anzahl der Studenten etwas höher. Scheinbar hatte sich der Unterhaltungswert der Veranstaltung herumgesprochen. Als Professor Müller den Hörsaal betrat, verstummte das Gemurmel sofort. Er stürmte herein, warf seine Tasche achtlos auf das Pult und sah die Studenten erwartungsvoll an.

»Wir müssen etwas Gas geben, sonst kommen wir mit diesem Riesenthema nicht sehr weit. Einige von euch wollen ja am Ende dieser Woche einen Überblick bekommen. Ich bitte Sie um Ruhe und Konzentration. Fragen können Sie am Ende der Vorlesung stellen.
Wir beschäftigen uns nicht mit der Existenz Gottes, sondern bauen darauf auf, dass Gott existiert. Wer sich noch nicht damit beschäftigt hat, ob Gott existiert oder davon überzeugt ist, dass Er nicht existiert, der ist hier in der falschen Vorlesung und nutzt seine Zeit besser für den Besuch einer anderen Veranstaltung«. Ein paar verstreute Studenten erhoben sich und verließen den Hörsaal.
»So, jetzt können wir arbeiten!«, sagte Professor Müller und ging vor dem Pult auf und ab. »Ich baue meine Vorlesung auf den Glaubenslehren der monotheistischen Weltreligionen auf, die von einem übernatürlichen, allmächtigen Schöpfer

sprechen. Ich setzte voraus, dass ich Ihnen nicht erläutern muss, um welche es sich dabei handelt. Andere Religionen spielen in diesem Themenkomplex keine Rolle. Ich ordne sie nicht als Religionen, sondern eher als Philosophien ein. Nur diese drei Weltreligionen entnehmen den Sinn des Lebens aus übernatürlicher, nichtmaterieller Gottheit, die meiner Meinung nach sehr wichtig ist, um die Existenz der Menschheit durch die Definition des Sinns ihres Lebens rechtfertigen zu können. Betrachten wir doch einmal das Problem der Umweltzerstörung:

Was hält den Menschen davon ab, die Umwelt zu zerstören? Die Vernunft oder der Schöpfer? Wozu werden wir angehalten? Wie sollen wir mit der Schöpfung umgehen? Die Antworten auf diese Fragen finden wir, wie Sie noch sehen werden, wenn wir uns mit den Quellen des Christentums, des Judentums und des Islams beschäftigen. Hoch entwickelte Wissenschaften halten uns nicht auf, wenn wir unsere Umgebung zerstören, sie tragen vielmehr noch dazu bei, den Prozess zu beschleunigen. Obgleich wir es besser wissen, zerstören wir unseren Lebensraum, obwohl wir bereits absehen können, dass wir schon jetzt Konsequenzen tragen müssen, die uns selbst massiv schädigen. Wir tragen zu unserer eigenen Vernichtung bei. Ein Lebenssinn, der von den Menschen selbst definiert wird, hält uns davon nicht ab. Wir sind unfähig, eine positive Entwicklung im Einklang mit unserer Umwelt zu vollziehen.

Wenn wir uns darauf einigen, dass man kein Auto ohne die Genehmigung dessen Besitzers fahren darf, dann müssen wir uns auch darauf einigen, dass man die Natur ohne die

Genehmigung ihres Schöpfers nicht missbrauchen darf. Der Schöpfer gibt uns in Seinen Offenbarungen Anweisungen, wie wir mit Seiner Schöpfung umzugehen haben. Wir haben die Wahl, die Gebrauchsanleitung zu befolgen oder riskieren die Zerstörung unserer Lebensgrundlage«, sagte Professor Müller sehr leise und schaute in die Runde.

David machte sich seitenweise Notizen und ergänzte sie mit seinen eigenen Gedanken und Ideen.

»Warum schuf Gott das Universum?« Der Professor erwartete keine Antwort und doch hoben einige eifrig die Hände. »Gott schuf das Universum mit dem Ziel, dass Seine gesamte Schöpfung Ihm dient - mit all Seinen Galaxien, Planeten und Sternen. Dann bevölkerte Er die Himmel und die Erde mit Seinen Geschöpfen. Alle Dinge und Wesen: Menschen, Tiere, Engel und andere Wesen, bekamen eine für sie ganz spezielle Art des Gottesdienstes. Die Erde soll die Sonne in einer festgelegten Bahn umkreisen. Auch die Sonne folgt am Himmel einem bestimmten Lauf. Das Licht unterliegt Regeln, ebenso wie das Wasser, der Himmel, die Strahlen, die Atome und die Sterne. Der Vollzug der Naturgesetze entspricht dem Gottesdienst. Die Menschen versuchen, diese Gesetze naturwissenschaftlich zu entschlüsseln; mit wachsender Technologie wird immer wieder Verblüffendes entdeckt. Je mehr das komplexe System der Erde und des gesamten Universums entschlüsselt wird, desto stärker wird der Glaube an die Weisheit und die Macht eines Schöpfers«.

Warum erschuf Gott den Menschen?

»Gott erschuf nichts ohne Sinn. Einige Gründe wurden von Gott überliefert: So ist eines der Ziele der Schöpfung des Menschen, den unfreiwilligen Dienern (Engeln, Erde, Planeten) zu zeigen, dass dem vollkommenen Gott nicht nur unfreiwillig, sondern auch freiwillig gedient wird. Was ist nun der Unterschied?
Die freiwilligen Diener sollen den unfreiwilligen Dienern beweisen, dass Gott dieses Dienstes würdig ist. Der beste König ist jener, den das Volk liebt, und dem auch aus Liebe gefolgt wird, und nicht nur aus Angst. Aufgrund dieses freiwilligen Dienstes bevorzugt Gott den Menschen - trotz seiner Fehlerhaftigkeit und seiner Sünden – vor anderen Geschöpfen, wie zum Beispiel den Engeln, obwohl diese frei von Sünde sind. Die Engel haben keine Wahl. Sie sind perfekt in ihrem Gottesdienst und doch zieht Gott den Menschen vor! Wir haben die Wahl, uns für den Glauben und für den Gottesdienst zu entscheiden oder diesen abzulehnen. Deshalb nimmt der gläubige Mensch bei Gott eine höhere Stellung ein als die anderen Geschöpfe. Dieses Ziel der Schöpfung erklärt die wichtigste Frage, mit der sich viele Menschen bis heute beschäftigen, ohne eine Antwort zu finden. Warum können wir Gottes Existenz nicht auf materielle Weise belegen? Wieso zeigt Er sich uns nicht? Dann wäre die Sache klar und keiner würde daran zweifeln. Wären wir dann aber noch Diener, die sich aus freien Stücken für den Gottesdienst entscheiden? Damit würden wir auch unsere herausragende Stellung verlieren und die Belohnung in Seinem Versprechen an Seine gläubigen Diener

würde bestimmt geringer ausfallen«.

Die Erschaffung des Menschen

»Gottes Schriften erzählen, dass Er eines Tages einen Menschen aus Erde schuf; Er erweckte seinen Leib jedoch nicht sofort zum Leben. In der ersten Phase formte Er einen Körper ohne Seele. Ihren Ursprung hat die geheimnisvolle Seele von Gott: Der menschliche Körper besaß sie erst, als Gott Adam Seinen Geist einhauchte. Manche Menschen verwechseln diesen Geist, welcher die Eigenschaft hat, etwas Totes zum Leben zu erwecken, mit Gott selbst. Hätte aber dieser Geist göttliche Eigenschaften gehabt, wäre kein Mensch krank, arm oder müde; denn ein Wesen, das einen göttlichen Teil innehat, muss die Eigenschaften dieses Teils wiedergeben. Ein Mensch, der im Besitz dieses Geistes ist, kann trotzdem leiden und gequält werden«.
Der Professor ließ seinen Blick über die aufmerksame Zuhörerschaft schweifen. Nur in wenigen Gesichtern zeigte sich eine Spur leisen Unmuts.
»Nach islamischer Fassung befahl Gott den Engeln und dem Satan, sich vor Adam niederzuwerfen, nachdem Er diesen zum Leben erweckt hatte«, schloss er an.
»Die Engel folgten dem Geheiß ihres Herrn, der Satan aber weigerte sich, den Befehl auszuführen. Gott fragte den Satan nach dem Grund für seinen Ungehorsam, und der Satan antwortete: `Oh Gott! Ich bin besser als dieser Mensch! Ich bin aus Feuer erschaffen worden und er nur aus Erde!´ Sein Hochmut besiegelte, dass er von nun an aus Gottes Barmherzigkeit

ausgeschlossen sein sollte und die Hölle auf ewig sein Aufenthaltsort wurde. Der Satan bat um eine Verzögerung der Strafe bis zum Jüngsten Tag; er versprach Gott, Adam und seine Kinder von Gott abzulenken, um zu beweisen, dass nicht nur er die Hölle verdient, sondern auch die Menschen, die von Gott so bevorzugt wurden. Gott verschob daraufhin die Strafe und versprach, all diejenigen, die dem Satan folgten, mit ihm in die Hölle zu schicken. Adam und Eva waren frei von Sünde und Gott warnte sie vor den Schlichen des Satans. Um sie zu prüfen, verbat Er ihnen den Verzehr der Früchte eines bestimmten Apfelbaumes und -wie Sie sicherlich wissen- wurden die beiden durch Satan verführt, davon zu kosten. In der Bibel wird die Geschichte ähnlich beschrieben. Der Satan erscheint in der christlichen Quelle als Schlange, die Eva verführt, vom Baum des Wissens zu essen. Daraufhin wurde Gott zornig und verbannte das Paar aus dem Paradies. Wegen ihres Ungehorsames sollten sie und ihre Nachkommenschaft Prüfungen bestehen, um wieder ins Paradies zurückkehren zu können«.

Die Botschaft Gottes ist ganz einfach!

»Folgt ihr Gott und Seinen Gesandten, dann werdet ihr belohnt! Folgt ihr jedoch dem Satan, so werdet ihr bestraft!
In der Geschichte von Adam und Eva mussten die beiden wegen ihrer Sünde aus dem Paradies ausziehen. Wir müssen uns die Frage stellen, warum Gott diese Geschichte in all Seinen Schriften erwähnt hat? Wollte Gott uns einfach Märchen erzählen? Das ist unwahrscheinlich. Vielmehr sollen wir et-

was daraus lernen. Wozu aber brauchen wir die Geschichte Adams? Welche Lehre können wir daraus ziehen?« Professor Müller schaute in die aufgeschreckten Gesichter.
David hatte im Religionsunterricht schon viele Male die Geschichte vom Sündenfall gehört und bis jetzt hatte sie ihn nicht sonderlich interessiert. Professor Müller sprach ihm direkt ins Herz. Alles erschien ihm nun völlig klar. Wie konnte er nur jemals daran zweifeln? Der Sinn des Lebens besteht darin, die Prüfungen zu bestehen, die Gott uns gestellt hat, um danach Seine Belohnung zu bekommen. Belohnung für Gehorsam und Gottesdienst.
»Denken Sie bis zur nächsten Vorlesung darüber nach. Ich freue mich schon auf Ihre Beiträge«, sagte der Professor. »Wenn Sie noch Fragen haben, dann haben Sie jetzt Gelegenheit, sie loszuwerden«.
Fast jeder im Raum hob die Hand. Hinter David saß eine kleine bebrillte Studentin, die ihn ein wenig an eine Pastorentochter erinnerte.
»Sie haben gesagt, dass unser Leben eine Prüfungsphase ist, um gute Taten für das Leben nach dem Tod zu sammeln. Ich als Christin habe ein Problem damit, diese Aussage mit meinem Glauben zu vereinbaren. Mir ist bereits durch das Opfer Jesu vergeben worden. Ich meine damit, dass die Christen nach dem Opfer durch Jesus Christus nicht mehr geprüft werden«. Sie schaute ihn mit einem etwas altklugen, überlegenen Blick an.
»Danke für ihre Frage. Sie ist einer der Gründe dafür, warum ich lieber ein freier Theologe geblieben bin, der das Christentum als Teil der Wahrheit einer großen Wahrheit sieht.

Ich gebe Ihnen recht, dass der Glaube an die Opferung Jesu ein Problem darstellt, was den Sinn des Lebens betrifft. Denn es ist unglaublich, dass Gott einen sündigen Menschen erschafft, ihm bestimmt, Sünden zu begehen und dann seinen einzigen Sohn auf die Erde schickt, um ihn für die Sünden zu opfern, die Gott selber bestimmt hat!
Was hat sich für uns nach der Opferung geändert? Die Menschen sollen nach wie vor glauben und gut sein, um belohnt zu werden. Das heißt, die Opferung war umsonst gewesen.
Ich glaube weiterhin, dass Gott allwissend ist. Er müsste im Voraus gewusst haben, dass die Nachkommen Adams und Evas ohne Opferung nicht zu retten seien. Das heißt: Hätte Gott die Menschen durch Jesus erretten wollen - warum konnte Er das dann nicht mit Adam und Eva tun? War Gott wegen ihrer Sünde so erzürnt, dass Er das Opfern vergaß? Und warum war Er nicht zornig, als Er entschied, Jesus hinzugeben - obwohl die menschlichen Vergehen von Adams Nachkommen schwerwiegender waren, als die von Adam und Eva? Wenn Jesus Gottes Sohn wäre, warum hat er seinen Vater von der Strafe der Verbannung Adams und Evas aus dem Paradies nicht abgehalten? Er hätte sich, und auch uns, die Mühsal in diesem Leben erspart. Ich würde Ihnen raten, mit einem christlichen Theologen diesen Punkt zu diskutieren. Für mich sind nur die Gemeinsamkeiten der drei Gottesreligionen ausschlaggebend. Was das Christentum vom Judentum und Islam unterscheidet, ist für mich keine Basis, auf der man sein Leben aufbauen soll. Unsere Zeit ist leider schon vorbei. Die anderen können ihre Fragen notieren. Ich bin gerne bereit, zu meinen Sprechzeiten mit Ihnen weiter zu diskutieren«.

Als David den Hörsaal verließ, überkam ihn die Unruhe wieder, als habe sie vor der Tür gewartet wie ein Haustier. Er atmete tief durch und versuchte sich zu beruhigen. In seinem Zimmer wählte er die Nummer der Mutter. Es dauerte nur ein paar Sekunden, bis er ihre gebrochene Stimme vernahm. Vor dem Unfall hatte sie eine schöne Stimme gehabt. Melodisch und klar!

»Ich habe schon heute Mittag versucht, dich zu erreichen, Mama. Geht es euch gut?«

»Es hat sich nichts verändert«, flüsterte sie leise, so als starb ihre Hoffnung mit der Lautstärke ihrer Stimme.

»Komm bald nach Hause, David, wir brauchen dich hier. -Es ist so still hier ohne euch«. David ahnte, dass seine Mutter weinte und er spürte ein tiefes Schuldgefühl, weil er es war, der ihren Kummer verstärkte.

»Du weißt doch, weshalb ich hier bin! Sobald ich mein Ziel erreicht habe, komme ich zurück. Es tut mir leid, wenn du dir meinetwegen Sorgen machst. Es ist alles in Ordnung, Mama. Ich bin hier gut versorgt und Opas Freund kümmert sich um mich. Sag Papa, Oma und Opa, dass ich sie vermisse«.

»Wie du willst!«, erwiderte sie enttäuscht und beendete das Gespräch, ohne sich zu verabschieden.

Nachdenklich drückte er die Türklinke der Zimmertür herunter, um sich in der Küche ein Sandwich zumachen, als er fast mit Anna zusammenprallte.

»Hi David! Ich wollte gerade zu dir!«, sagte sie verlegen. »Sag bloß, du hast bis jetzt Vorlesungen besucht! Ich warte schon eine ganze Weile auf dich.

Stell dir vor, heute steigt auf dem Campus eine Party und alle Studenten auf Zeit sind eingeladen. Ist das nicht toll! Ich dachte, wir könnten zusammen hingehen. Begleitest du mich? Sogar die Getränke sind frei«. Ihre Augen leuchteten vor Begeisterung.

»Wie kommst du denn darauf, dass ich mitgehen möchte? Mir ist wirklich nicht nach Feiern zumute. Außerdem trinke ich keinen Alkohol«.

»Wenn du nicht gehst, dann werde ich auch nicht gehen. Ich kenne doch niemanden außer dir!« Annas Euphorie brach in sich zusammen, wie ein Kartenhaus. Sie drehte sich weg und ging mit hängenden Schultern zu ihrem Zimmer.

»Anna, warte doch mal!«, rief David ihr hinterher. »Ich möchte nicht, dass du traurig bist, du warst eben noch so fröhlich. Lachst du wieder, wenn ich dich begleite?«, fragte er und strich ihr über die Schulter wie einem Kind, das sich beim Spielen das Knie aufgeschlagen hatte. Ihr Gesicht hellte sich sofort auf und ein kleines Lächeln wuchs in ihren Mundwinkeln.

»Aber wenn du nicht magst, dann brauchst du nicht mitzukommen! Wenn du keinen Spaß hast, bleiben wir hier!«, sagte sie zaghaft.

»Ich sehe doch, wie gerne du gehen möchtest. Komm schon, worauf wartest du noch, lass uns gehen«, sagte David und nahm ihre Hand.

Die Party

Anna zog David über den Campus. Sie war beschwingt und tänzelte fast. Es dauerte nicht lange, da dröhnte ihnen laute Technomusik entgegen. Einige Leute drehten sich weg, als sie sie erblicken, so als wären die beiden Zeugen von etwas geworden, was nicht für ihre Augen bestimmt war.
»Was sind das für seltsame Leute, kannst du dir erklären, warum sie sich so benehmen?«, fragte David leise und ging rasch an der Gruppe vorbei.
»Vermutlich verkaufen sie Drogen«, antwortete Anna in einem Ton, als sei das für sie eine Normalität. David wäre am liebsten umgekehrt. Worauf hatte er sich hier nur eingelassen?
Im Partyraum hämmerten die Beats so laut, dass er Annas Worte nicht mehr verstehen konnte. Sie zog ihn zur Bar und bestellte sich einen Cocktail. Nach einiger Zeit bekam er ein Wasser. Der Barkeeper ignorierte seine Bestellung zunächst und knallte ein Bier auf den Tresen. Anna kippte den Cocktail hinunter und zog David zur Tanzfläche. Tanzen hatte ihn schon früher überfordert. Aber jetzt, wo alle teilnahmslos herumwippten, wie Zombies mit leeren Augen, völlig isoliert voneinander, konnte er es nicht ertragen. Er suchte sich einen Platz, der so weit wie möglich von den Tanzenden entfernt war und hoffte, dass sich Anna bald loseisen konnte. Lange

würde er das nicht ertragen. Die ganze Stimmung machte ihn schwermütig. Anna verschwand aus seinem Blickfeld. Als er nach ihr suchte, kam er an ein paar Jungen vorbei, die einen anderen Jungen in eine dunkle Ecke drängten. Er hatte schwarze Klamotten an und passte irgendwie nicht hierher. David ging weiter, um mitzubekommen, worum es in dem Streit ging.

»Verschwinde, Satanisten wollen wir hier nicht haben. Geh zurück auf den Friedhof und feier mit deinen Gruftifreunden Gräberparties«, rief einer von ihnen verächtlich.

»Los, zieh deine Kutte aus, du siehst ja aus wie ein Bettelmönch«. Der Junge zog an dem langen Mantel.

»Hier, bitte, du kannst ihn gerne haben, willst du auch noch meine Hose?«, fragte der schwarzgekleidete Junge.

»Das findest du wohl witzig, du Komiker. Gleich vergeht dir das Lachen«.

Der Sprecher schlug auf den Gothic-Jungen ein. Er wehrte sich nicht und flog gegen die harte Steinwand. Noch ein Schlag, und der Junge sackte zu Boden. Einer aus der Gruppe redete auf den Schläger ein und versuchte ihn wegzuzerren.

»Lass ihn doch, Philipp, er ist doch schon völlig fertig. Den sehen wir hier nicht wieder«, rief er. Aber der Schläger hörte nicht auf. Wie im Rausch trat er auf den am Boden liegenden Jungen ein.

David stürzte sich auf den Täter und zog ihn von seinem Opfer weg. Er drehte dem Jungen den Arm hinter den Rücken und schob ihn zur Seite. Das jahrelange Kampfsporttraining machte ihn angstfrei und sicher.

»Bist du verrückt geworden, willst du ihn töten?«, schrie er dem Schläger entgegen. »Verschwinde, oder ich rufe die Polizei!«. Die Gruppe rempelte David zur Seite und führte den Freund nach draußen. David ging zu dem blutenden Jungen. Er rührte sich nicht. Sein weiß geschminktes Gesicht mit den dunklen Augenrändern gab ihm das Aussehen eines Toten. David nahm sein Handy und rief einen Notarztwagen. Nach 10 endlosen Minuten wurden ein Arzt mit einem Notfallkoffer und zwei Sanitäter mit einer Trage von ein paar Ordnern durch den überfüllten Raum geleitet.

David trat zur Seite und sah die Szene wie durch einen Schleier. Was machte er eigentlich hier? Das war wohl kaum der richtige Ort, um Antworten zu finden. Antworten für Markus, Markus ...

Einer der Sanitäter legte ihm den Arm um die Schulter und zog ihn zur Seite.

»Du gehst wohl nicht so oft auf solche Partys?«, fragte er lächelnd.

»Nein!«, murmelte David, »das war meine erste und letzte, das können Sie mir glauben!“ Er schaute ängstlich auf das Geschehen vor sich.

»Brauchen Sie mich noch hier oder kann ich gehen?«, fragte er müde.

»Geh‘ nur, Junge. Danke, dass du so aufmerksam warst«, erwiderte der Sanitäter und klopfte ihm auf die Schulter.

David sah sich wieder nach Anna um. Sie hing betrunken mit ein paar anderen Mädchen im Eingangsbereich herum und kicherte laut. David nahm ihre Hand und zog sie mit.

»Komm schon, ich glaub, du hast jetzt genug! Ich möchte gehen!«
»Dann geh‘ doch, du Langweiler. Wenn ich gewusst hätte, dass du so eine Spaßbremse bist, wäre ich allein gegangen«.
Wütend verließ er die Party.
David spürte, wie ihn Ekel überkam. Er taumelte in die Büsche und übergab sich. Nach einer Weile schaffte er es, sich aufzuraffen und zurück zu seinem Zimmer zu finden. Gegen drei Uhr in der Früh fand er endlich Ruhe.
Als David am nächsten Morgen erwachte, hatte er hämmernde Kopfschmerzen und sein Zimmer stank nach dem abgestandenen Rauch, der noch in seiner Kleidung hing. Angewidert nahm er die Sachen und steckte sie in die Waschmaschine des Wohnheimes. Auf dem Weg zurück klopfte er an Annas Zimmertür. Sie schien noch zu schlafen. Er beschloss später noch einmal vorbeizugehen, um mit ihr über die Party zu reden.
Nach einer halben Stunde war er bereit für die nächste Vorlesung. Professor Schneider hatte ihm einen Vortrag über Leben und Tod im Diesseits und im Jenseits angestrichen. In Gedanken versunken ging er zur Uni. Anna hatte ihn erschüttert. Normalerweise war er nicht so zimperlich, aber in ihrem Fall war es anders. Sie schien ihm wirklich etwas zu bedeuten.

Leben, Tod und Leid im Diesseits und Jenseits

»Es gibt in dieser Welt kein Wesen, das nicht leidet!«, begann Professor Hansen seine Vorlesung. »Seit 20 Jahren halte ich Semester für Semester diese Einführung und immer noch fällt es mir schwer, an all das Leid zu denken. Und damit meine ich nicht nur uns Menschen. Manche meiner Kollegen führen das Leid als Beweis an, dass Gott nicht existieren kann. Ich suche seit 25 Jahren nach einer Antwort, was der Sinn des Leidens ist und bin endlich fündig geworden. Ich glaube ganz fest daran, dass die Gottesreligionen die einzig schlüssige Erklärung für den Leidensweg der Lebewesen geben können. Betrachten wir Gottes Eigenschaften. Er ist allmächtig, allwissend, der Allerbarmer, der Allvergebende und noch vieles mehr. Wir könnten diese Liste endlos fortsetzten, denn niemand ist Ihm gleich oder kann Ihn in Seinen Eigenschaften überragen. Wir bedürfen Seiner Gnade, Seiner Vergebung, Seiner Hilfe. Aus diesem Grund lässt sich das Leid in unserem Leben keineswegs als Beweis gegen die Existenz Gottes darstellen, sondern eher als ein Teil des Sinns unseres Lebens, als eine Prüfung. Nein, ehrlich, Leute, wenn man sieht, dass alles leidet, sowohl bei der Geburt als auch beim Sterben, sowohl Arm als auch Reich, Gesunde wie Kranke, dann stellen sich viele Fragen ... Wo ist die Glückseligkeit? Und wo ist die Gerechtigkeit auf dieser Welt? Vielleicht hat jemand unter euch darauf eine Antwort?«. Die Studenten schwiegen betreten.

»Na ja, davon mal ganz abgesehen, hättet ihr auf all diese Fragen eine Antwort, wäre ich jetzt sicherlich arbeitslos!« Verhaltenes Gelächter erfüllte den Saal.

»In meiner Jugend, ich muss damals ungefähr so alt gewesen sein wie ihr jetzt, wurde meine Mutter sehr krank. Sie hatte Krebs und es war für mich kaum zu ertragen, ihr Leid täglich mitanzusehen. Das waren schlimme Zeiten, aber durch diese Erfahrungen kam ich dazu, Fragen zu stellen und Antworten zu suchen«.

»Und jetzt, nach 25 Jahren, habe ich die Antwort gefunden. Das Interessante ist nicht, wie ich auf die Antwort kam, sondern wo! Keine Angst, ich stelle euch diese Frage nicht, denn es ist mir schon klar, dass ihr es nicht wisst«. Professor Hansen sah seine Zuhörer an. Die meisten sahen zur Seite, um bloß nicht nach ihrer Meinung befragt zu werden.

»Die Antwort auf meine Frage fand ich an einem Ort, der den Abschluss jedes Leidens bildet, auf einem Friedhof. Ich möchte euch nicht erschrecken oder irgendeine spannende Geschichte erzählen, um euch zu unterhalten. Es ist eine kleine Alltagsgeschichte, wie sie jeden Tag Tausende trauernder Angehöriger erleben. Fünfundzwanzig Jahre habe ich meine Mutter jährlich nach ihrem Tod besucht. Kein einziges Mal habe ich daran gedacht, dass all das Leid in diesem Leben deshalb geschieht, weil es sich um einen begrenzten Zeitabschnitt handelt, der auf das ewige Leben vorbereitet. Dieses Leben ist wie ein Haus, in dem alle leiden müssen. Darauf folgt das Haus, in dem jeder für seine Mühe belohnt wird und

in welchem die Gerechtigkeit alles erobert.
Nachdem ich diese Erkenntnis endlich gewonnen hatte, bin ich gläubig geworden, denn der Glaube bietet Antworten auf all meine Fragen. Die Atheisten haben das Rätsel noch nicht gelöst, sie werden vergeblich nach Antworten forschen. Denn das Leiden ist eine Eigenschaft unseres Lebens, ohne die das Leben nicht weitergehen kann.
Wer von euch isst gerne Fleisch?« Die meisten meldeten sich.
»Und gibt es unter euch Vegetarier?« Ein Mädchen ganz vorn und zwei Jungen in den hinteren Reihen hoben die Hände.
»Was, wenn ich fragen darf, ist der Grund für eure Entscheidung, kein Fleisch zu essen? Schmeckt es euch nicht?« Er zeigte auf das Mädchen und sah sie erwartungsvoll an.
»Ich kann es mit meinem Gewissen nicht vereinbaren, dass Tiere sterben müssen, nur damit ich meinen Hunger stille, obwohl es so viele Alternativen gibt. Und dann das ganze Leid, welches die Tiere in der Fleischproduktion erdulden müssen, Kühe, die noch nie eine Wiese gesehen haben, Hühner in Legebatterien, Schweine, die sich beim Transport zu den Schlachthöfen gegenseitig totquetschen, bevor ihre Artgenossen auf grausame Weise abgeschlachtet werden. All das möchte ich nicht verantworten«.
»Du hast absolut recht«, entgegnete Professor Hansen »wie können wir all das Leid der Tiere verantworten?
Wenn wir auf das Hähnchenfleisch verzichten würden -und ich versichere euch, dass mir dieser Verzicht sehr schwer fallen würde-, wäre es besser für die Hähnchen. Obwohl ich nicht sicher bin, ob sie sich wirklich darüber freuen würden, denn ihre Leidenszeit in diesem Leben würde sich dadurch

nur verlängern.
Wir können es drehen und wenden, wie wir wollen, es gibt keine absolute Glückseligkeit in diesem Leben. Das Glück des einen birgt meist schon das Unglück für ein anderes Lebewesen. Der einzige Ausweg aus diesem Kreislauf der Natur liegt im Glauben.
Was ist nun Glaube? Was geschieht mit uns im Jenseits?
Wir werden für jede einzelne unserer Taten zur Verantwortung gezogen. Ihr müsst euch das vorstellen wie bei einem Bankkonto. Auf der einen Seite steht das Soll, das sind die schlechten Taten. Auf der Habenseite werden die guten Taten verrechnet. Am Ende wird Bilanz gezogen. Die Abrechnung geschieht allerdings erst im zweiten Leben.«
Ein Student hob seine Hand und fragte: »Bedeutet das etwa, dass alle Menschen nach dem Tode in den Himmel kommen, weil sie bereits im Diesseits gelitten haben? Die Religionen besagen ja, dass Gott die Menschen liebt!«
»Das ist eine sehr gute Frage, auf die ich noch eingehen wollte. Wir wollen, müssen und sollen sogar an die absolute Gerechtigkeit auf dieser Welt glauben, denn ohne diese Gerechtigkeit kann unser Leid nicht belohnt werden, und unsere Welt würde ein Dschungel werden, in dem sicherlich keiner von uns leben möchte. Wenn wir also an ein Leben nach dem Tode glauben, dann können wir diesen Glauben nur mit dem Glauben an Gott verbinden, weil man nur mit dem Willen Gottes lebt. Die absolute Gerechtigkeit ohne eine Allmacht wäre nicht durchsetzbar, denn sonst würde es immer Wesen geben, die über dem Gesetz stehen. Demzufolge können wir ohne Gott nicht von einer Gerechtigkeit sprechen, denn eine

Gerechtigkeit ohne die Gesetze, die ein Gesetzgeber erteilt, kann weder bestimmt werden noch funktionieren.

Dieser Gesetzgeber soll die Macht haben, seine Gesetze auf alle Wesen gleichermaßen anzuwenden. Und wer ist der allmächtige Gesetzgeber?

Ich kann es euch sagen, es handelt sich dabei um den Schöpfer aller Dinge. Nun schweifen wir etwas ab und kommen zu der Frage nach dem Sinn des Lebens. Gestern gab es zwei Vorlesungen vom Professor Müller zu diesem Thema, ich hoffe, ihr hattet Gelegenheit, sie euch anzuhören«.

Fast alle anwesenden Studenten nickten bestätigend.

»Das Leid kann nur durch das Gesetz des Richters, der die Gerechtigkeit definiert und durchsetzt, zur ewigen Glückseligkeit führen.

Wenn wir einen Rechtsanwalt oder einen Richter nach der Gerechtigkeit fragen, dann wird er uns sagen, die Gerechtigkeit läge darin, alle Menschen nach den gleichen Gesetzen zu behandeln. Ob das Gesetz von allen als gerecht empfunden wird, danach wird nicht gefragt. Fragt mal den Dieb, ob er es gerecht findet, dass man ihn vor dem Gesetz zur Rechenschaft zieht. Alle Bürger werden durch die Gesetze und die Rechtsprechung dazu gezwungen, sich an bestimmte vereinbarte Regeln zu halten. Wenn wir diesen Rechtsanwalt ärgern wollen, fragen wir ihn, wer denn das Recht hat, Gesetze zu verfassen. Vermutlich wird er auf den Gesetzgeber verweisen und uns für seine Antworten ein Honorar in Rechnung stellen. Wenn wir zahlen und ihn daraufhin nach dem Gesetzgeber fragen, wird er uns vermutlich auf die Demokratie und die gewählten Volksvertreter verweisen. In einem Kö-

nigreich sieht die Sache ganz anders aus.
Nun stellt sich die Frage, ob das Weltall demokratisch ist oder eher wie ein Königreich? Weiß es jemand?«
Eine Studentin meldete sich. »Das Weltall ist einem demokratischen Land ähnlicher, denn wir sehen keinen König, sondern nur das Volk!«
»Glauben Sie wirklich, dass irgendein Volk sich freiwillig in demokratischer Abstimmung entscheiden könnte, zu leiden? Ich glaube daran, dass wir uns in einem großen Königreich befinden, dass mit den Monarchien, wie wir sie kennen, nichts gemeinsam hat. Wir unterliegen den Gesetzen des allmächtigen Gesetzgebers. Damit wir unser Leid im Diesseits zur ewigen Glückseligkeit im Jenseits umwandeln können, müssen wir diese Gesetze respektieren, sonst ist es nur ein Teil der Gerechtigkeit, dass wir weiter leiden müssen.
Ich gebe euch ein kleines Beispiel: Ein Dieb stiehlt mitten in der Nacht ein nagelneues Auto, fährt es sehr schnell, und baut damit einen Unfall. Nun steht er vor dem Richter und möchte ihm weismachen, dass er ja schon durch sein Leid genug bestraft wurde. Der Unfall sei mit lebenslänglichen Schmerzen und Beeinträchtigungen verbunden. Das sei schon Strafe genug, führt er an. Wenn er schon so viel leiden musste, warum soll er nun durch die Gerechtigkeit weiterleiden?«
»Sie haben recht, wenn man das Gesetz bricht, dann sollte man die Konsequenzen tragen, auch wenn man dafür weiterleiden muss«, erwiderte die Studentin.
»Genau! Gott hat die Menschen erschaffen, sie über all die anderen Lebewesen erhoben und mit Verstand ausgestattet. Daher ist es Sein gutes und natürliches Recht, die Brecher Sei-

ner Gesetze leiden zu lassen. Natürlich liebt Er uns sehr. Aber es ist falsch, wenn man daran glaubt, dass die Liebe Gottes zu Seinen Geschöpfen Ihn davon abhält, sie zu bestrafen. Die Aussage, dass Gott alle Menschen bedingungslos liebt, klingt, als ob man den Allmächtigen zu etwas zwingen könnte: nämlich dazu, auf Seine Gerechtigkeit zu verzichten, wenn es sich um die Menschen handelt. Wer könnte den Schöpfer des Alls davon abhalten, etwa wir?

Die christlichen Theologen gehen davon aus, dass Gott die Menschen mit dem Paradies belohnt. Warum jedoch hat Er die Qual und das Leid zugelassen? Warum spricht Er in Seinen Offenbarungen von einer Hölle, wenn Er Seine Feinde wie Seine Diener belohnen möchte?

Würde ein Mensch seine Angestellten für eine schlechte Leistung belohnen? - Nein! – Warum also erwarten wir Belohnung für schlechte Taten? Ist Gott unfähig, zu strafen?

Die Antwort finden wir, wenn wir mit offenen Augen die Natur und die Menschen beobachten. Warum erwarten wir, nach dem Tode sofort in den Himmel aufzusteigen? Wenn wir das Leid im Diesseits sehen, warum schließen wir es im Jenseits aus?

Alle Lebewesen im Diesseits leiden. Menschen, Tiere und Pflanzen. Das Leid dieser Wesen ist wichtig, um den Kreislauf des Lebens zu erhalten. Alle Wesen werden nach dem Tod mit der absoluten Gerechtigkeit Gottes behandelt. Der Mensch wird geprüft, ob er freiwillig glaubt, und den Sinn seines Lebens erfüllt, oder ob er vom Weg Gottes abweicht.

Ein armer Mensch wird zum Beispiel durch seine Armut geprüft: Stiehlt er oder bleibt er gottesfürchtig? Ein Reicher

durch seinen Reichtum: Ist er geizig oder teilt er seinen Besitz? Der Mensch wird durch das Leiden an seine eigene Schwäche erinnert: Er soll seinen Herrn nicht vergessen und Ihn um Seine Unterstützung bitten. Auf diese Art beweist Gott uns, dass Er der einzige Helfer der Menschheit ist. Gäbe es auf der Erde ein Leben ohne Leid, wie im Paradies, dann wären die Menschen undankbar«.
Viele der Zuhörer sahen so aus, als könnten sie eine Pause gebrauchen. Einige hatten bereits den Hörsaal verlassen.
»Wir machen hier eine Pause«, sagte Professor Hansen schmunzelnd. »Wir sehen uns in 10 Minuten wieder«.

Nach der Pause

»Wir wollen uns nun über den Tod unterhalten und ob es nach dem Tod wirklich eine Gerechtigkeit geben kann.
Gott setzte den Menschen aus zwei Komponenten zusammen: Körper und Geist. Er entschied, dass der Körper von der Erde gespeist werden solle; die Nahrung der Seele jedoch solle von Gott selbst stammen.
Daher wächst alles, was unser Körper zum Leben braucht, auf der Erde. Die Nahrung, nach der unsere Seele verlangt, hat Gott vom Himmel gesandt. Gottes Botschafter waren Propheten, die uns den Weg zu Ihm und zum Himmel zeigen sollten. Ihre Aufgabe war es, uns zu zeigen, was unsere Seele benötigt, um Frieden und Glück zu empfinden. Sie brachten Gesetze und Handlungsanweisungen, die unser Leben und unser soziales Miteinander organisieren sollten.
Wie können wir mithilfe der Logik darauf kommen, dass der

Mensch aus Körper und Seele besteht? Was bedeutet der Körper für die Seele - und umgekehrt?
Es gibt verschiedene Definitionen des Begriffs `Seele´; meistens ist damit der Teil des Menschen gemeint, der für Gefühl und Geist verantwortlich ist. Und welche Rolle spielt nun der menschliche Körper? Er ist ein Ort, den die Seele unfreiwillig bewohnt. Mit anderen Worten: Der Kern des Menschen besteht nicht aus Materie, sondern auch aus Gefühl und Verstand – eben der Seele.
Kritiker dieser Theorie behaupten, der Mensch bestehe nur aus einem materiellen Körper. Manche sagen, Seele und Körper seien unzertrennbar. Folgende Beispiele legen aber nahe, dass unabhängig vom Leib eine Art von Leben existiert: Amputiert man einem Menschen die Hand oder den Fuß, verändern sich weder Gefühle noch Geist. Obwohl man einen Teil seines Körpers verlor, werden die Emotionen nicht weniger. Dasselbe gilt für die sich ständig erneuernden Zellen in unserem Körper, sie sind ein weiterer Hinweis auf die Trennung zwischen Leib und Seele; denn die Seele bleibt immer gleich. Wäre sie mit der Materie fest verbunden, müsste sie sich mit der körperlichen Veränderung analog dazu verändern. Aber der Austausch der Zellen bedingt keinen Austausch der Seele«.
Professor Hansen hielt inne und suchte nach einem treffenden Vergleich.
»Wie ist es mit Träumen?
Ein Traum lässt den Geist des Träumenden in ganz andere Bewusstseinsebenen eintauchen. Es ist ein körperloses Seelenerlebnis, welches uns beweist, dass ein Mensch ohne die

Hilfe seines Körpers ansprechbar und reich an Gefühlen ist. Träume können wunderschön sein, sodass man voller Freude aufsteht. Oder aber sie sind beängstigend, und wir erleben Schreckliches. Gott hat uns in diesem Leben Zeichen gegeben, damit wir an Ihn glauben; das Träumen ist eines dieser Zeichen: Es enthüllt, dass es mehr als das gewöhnliche Leben gibt«.

David dachte an seine Vision von Markus. Ja, es gab andere Bewusstseinsebenen und man musste noch nicht mal schlafen, um sie zu erleben. Seine Zweifel, ob diese Begegnung real war oder ob er sich alles nur eingebildet hatte, schwanden. Eine tiefe Gewissheit erfüllte ihn und er fühlte sich seinem Bruder verbundener als je zuvor. Professor Hansen riss ihn aus seinen Gedanken. Er starrte ihn plötzlich an. Als David sich umsah, bemerkte er, dass auch alle anderen Blicke auf ihn gerichtet waren. Hatte er laut gedacht? Er errötete heftig und schluckte.

»Die Seele nimmt die Welt über unsere Nerven und Sinnesorgane wahr; auch ohne äußeren Einfluss kann sie Schmerzen empfinden«, fuhr Professor Hansen fort.
»Gott hat uns dies als Zeichen für unseren Glauben gegeben. Der nicht körperlich basierte Schmerz wird in der Psychologie unterschiedlich bezeichnet. Solche seelischen und geistigen Krankheiten sind häufig. Ein starker Verbund besteht zwischen Leib und Seele, solange diese im Körper ist; jedes Teil beeinflusst das andere, bis ein harmonisches Miteinander entstanden ist. Stirbt der Mensch, verlässt die Seele den

Körper. Dieser Punkt bedeutet für den Menschen das Ende des Lebens in der von uns wahrnehmbaren Dimension des Lebens. Ein neues Kapitel beginnt. Unabhängig von seinem Leib steigt der Mensch als Seele zurück in den Himmel: Je nachdem, welche Taten er im Leben begangen hat, wird er entweder belohnt oder bestraft. Wenn er stirbt, kann der Mensch also keine Änderungen mehr vornehmen; stattdessen beeinflusst sein Schöpfer ihn in dieser Phase. Als Toter wird der Mensch ein unfreiwilliges Wesen und besitzt keine Entscheidung mehr über sein Leben.

Die Seele ist das Organ der Gefühle, es muss daher nicht sein, dass die Seele eines Toten gefühllos ist, oder dass ein toter Mensch nicht leidet. Unser menschliches Leben endet nicht mit dem Tode. Es nimmt vielmehr eine andere, ebenfalls gefühlvolle Form an, und ist von uns ab diesem Zeitpunkt nicht mehr beeinflussbar. Hier kommen die Taten aus dem ersten Leben ins Spiel: Die Seelen, die dem Schöpfer freiwillig gedient haben, werden mit dem Paradies belohnt. Diejenigen, die schlecht gehandelt haben, werden mit der Hölle gestraft.

Skeptiker äußern häufig den Vorwand: Gott muss durch Seine Allwissenheit im Voraus wissen, was der Mensch tut. Es sei ein Widerspruch, dass Gott Dinge straft, die Er selbst bestimmt hat. Hier sollte zwischen den Begriffen `Wissen´ und `Bestimmen´ unterschieden werden. Nur weil Gott unsere Taten bereits im Voraus kennt, heißt das nicht, dass Er sie vorbestimmt hat.

Ein Lehrer kennt seine Schüler; er weiß, welche von ihnen das Jahr über aufgepasst haben. Der Lehrer kann daher im Voraus erkennen, welche von ihnen am Ende des Jahres bestehen werden. Ein Schüler fällt jedoch nicht durch, weil der Lehrer dies so vorherbestimmt hat, sondern weil er schlicht die Ergebnisse für seine Leistungen erhält. Genauso ist es im Leben. Gott weiß, was wir tun werden - Er zwingt uns jedoch nicht dazu. Die Verantwortung für seine Sünden trägt daher jeder selbst. Nun stellt sich die Frage, warum man an die Vorherbestimmung der Taten glaubt, aber das Schicksal ausschließt. Wer weiß, dass ihm Gott schlechte Taten vorherbestimmt hat, der kann auch erwarten, dass Gott ein fürchterliches Schicksal für ihn vorgesehen hat!«

Schon wieder war die Vorlesung wie im Flug vergangen. David war froh, dass sein Großvater und Professor Schneider ihm diese Chance ermöglicht hatten. Er hatte das Gefühl, ganz kurz vor einer entscheidenden Erkenntnis zu stehen.

Aussprache

David hatte es eilig, zum Wohnheim zu kommen. Anna und ihr Absturz bei der Studentenparty gestern Nacht war sofort wieder präsent und trieb ihn an.

Plötzlich hielt er inne. Vielleicht sollte er vorher anrufen und seinen Besuch ankündigen.

»Anna? Bist du auf deinem Zimmer? Ich muss dich sehen, jetzt sofort«.

»Der Engel höchstpersönlich. Welche Ehre!«

»Hör bitte auf, mich so zu nennen! Wo bist du? Können wir uns treffen?"

»Ich bin gerade auf dem Rückweg zum Wohnheim. Ich hab' mich so einsam gefühlt und musste dringend unter Leute. Da bin ich shoppen gegangen. Immer noch besser, als die ganze Zeit im Zimmer rumzuhängen«.

»Wo kann man denn hier in der Nähe essen gehen? Ich möchte mich ungestört mit dir unterhalten, hast du eine Idee?«

»Ich kenne ein nettes Café am Rhein, dort ist es nicht so laut und man kann gemütlich sitzen«.

»Ich warte am Wohnheim auf dich. Holst du mich ab?«

»Gern, ich bin in einer halben Stunde da. Geh' doch solange hoch. Ich muss erst noch meine Einkäufe ins Zimmer bringen und mich umziehen, dann können wir gehen«.

»Alles klar, bis gleich!«

David betrat das Wohnheim. Seltsam, er hatte sich zuvor noch nie für ein Mädchen so sehr interessiert wie jetzt für Anna.
In der Küche machte er sich einen Tee, nahm sich einen Stuhl und setzte sich auf den Balkon. Nach ein paar Minuten sah er Anna, die gerade aus einem Bus ausstieg. Sie sah blass aus und hatte dunkle Schatten unter den Augen. Sie war beladen mit Tüten und stürmte übereilt zur Tür des Wohnheims.
David erhob sich und wartete am Aufzug auf sie. Die Tür öffnete sich und Anna kam heraus. Ruckartig blieb sie stehen und starrte ihn an.
»Es tut mir so leid, ich weiß gar nicht mehr, was ich alles gesagt habe gestern Nacht, ich glaube, ich habe dich verletzt, es tut mir so leid, wirklich David, verzeih mir bitte, du bedeutest mir so viel«. Die Worte stürzten holprig heraus und Tränen schossen in Annas Augen. Sie drehte sich von ihm weg.
David ging auf sie zu und nahm ihr die Tüten aus der Hand. Er strich ihr unbeholfen über das Haar und tätschelte ihr etwas zu fest die Wange.
»Komm, lass uns gehen!«, sagte er und schluckte heiser.
Sie ließ sich mit hängenden Schultern zu ihrem Zimmer führen und schloss auf, warf die Tüten auf ihr Bett und ging wortlos ins Bad, um sich wieder herzurichten.
David war verwirrt. So tiefe Gefühle brachten ihn durcheinander. Nach kurzer Zeit stand Anna wieder vor ihm. Sie schien sich gefangen zu haben und hatte ein langes weißes Sommerkleid übergezogen. Es stand ihr gut, sie hatte sich abgeschminkt und sah jetzt viel schöner aus als mit der Maskerade. Ein ganz anderes Mädchen als gestern Abend. Viel mehr Anna.

Im Café suchen sie sich einen schönen Tisch auf der Terrasse, direkt am Rhein. Die Stimmung war wunderschön. Die untergehende Sonne färbte den Himmel in sanfte Pastelltöne und durch die Nähe des Wassers vertrieb eine kühle Brise die Hitze des Tages.
Sie bestellten etwas. Bevor sie dem Kellner ihren Getränkewunsch sagte, sah Anna David kurz an, lächelte und bestellte dann eine Cola.
Sie aßen schweigend, jeder in seine eigenen Gedanken versunken. David dachte darüber nach, wie er das Gespräch am besten auf die Party bringen konnte, ohne Anna zu verletzen. Irgendwann hielt er die Spannung, die ihn erfasste nicht mehr aus und die Worte brachen aus ihm heraus:
»Weißt du, Anna, du bist ein ganz besonderes Mädchen! Hübsch, sympathisch, intelligent, sehr mitfühlend. Es macht mich traurig, mit anzusehen, wie du mit dir umgehst«. David erschrak über seine Worte. Er hatte nicht nachgedacht.
»Warum sagst du so etwas? Ich bin einfach nur wie alle anderen und ich lebe auch genau wie sie. Ich möchte mein Leben genießen, Spaß haben, keine Zeit verlieren. Was ist daran so außergewöhnlich?«, fragte sie verärgert.
»Natürlich hast du ein Recht darauf, dein Leben zu genießen. Bitte, Anna, nimm es mir nicht übel, aber das, was ich gestern Abend mit ansehen musste, sah nicht so aus, als habe es dir wirklich Spaß gemacht«, sagte er sanft und nahm ihre Hand.
Sie sah ihn an, ihre Wut wich einer Verwunderung.
»Ich muss dir etwas sagen. Du weißt, weshalb ich nach Bonn gekommen bin. Eigentlich geht es mich ja auch nichts an, aber du bedeutest mir etwas, Anna. Ich glaube nicht, dass

es dir gut tut, wenn du dich bis zur Besinnungslosigkeit betrinkst und es kann für einen gläubigen Menschen nicht richtig sein, wenn der Genuss nicht mit den Gesetzen Gottes zu vereinbaren ist«.

Sie sah ihn erschrocken an. »War es in deinen Augen so schlimm, was ich getan habe?«, fragte sie leise.

»Anna, du hast dich so betrunken, dass du mit angesehen hast, wie ein Junge fast totgeschlagen wurde und hast darüber gelacht. Es hat dich gar nicht berührt und alles nur, weil dein Verstand durch den Alkohol ausgeschaltet war!«

»Das habe ich getan? Ich kann mich an nichts mehr erinnern«, sagte sie erschüttert. »Glaubst du, Gott würde es gut heißen, wenn wir unseren Verstand verlieren, den Er uns gegeben hat, damit wir ihn benutzen, um zwischen Recht und Unrecht zu unterscheiden?", sagte er sanft und strich ihr zart über die Finger.

»Du bist doch eine gläubige Jüdin. Wenn du davon überzeugt bist, dass deine Religion der richtige Weg ist, dann musst du auch Gottes Gebote befolgen und nicht abweichen, nur weil du Lust verspürst, dich zu amüsieren. Das geht nicht auf Kosten anderer.

Alle Offenbarungstexte sprechen darüber, dass Völker von Gott bestraft worden sind, weil sie sich gegen Seine Gebote gewandt haben. Das schließt die Juden nicht aus, auch wenn sie das auserwählte Volk sind«.

Anna zog ihre Hand zurück und sah ihn überheblich an.

»Es wundert mich, so etwas von einem Christen zu hören, der an Jesus als Erlöser der Menschen glaubt. Sind nicht die Sünden wegen Jesus bereits vergeben? Das ist doch dein Glaube!«

»Ich würde mich nicht als praktizierenden Christen bezeichnen. Ich bin auf der Suche, Anna. Einige Gewissheiten habe ich bereits gefunden. Ich bin mir absolut sicher, dass es einen allmächtigen Schöpfer gibt. Ich bin hier, weil ich mir von den Vorlesungen verspreche, dass sie mir bei meiner Suche weiterhelfen können. Ich habe schon einiges erfahren. Die Offenbarungstexte der monotheistischen Religionen weisen viele Gemeinsamkeiten auf. Ich habe von meinem Großvater einmal gehört, dass in der Bibel deutlich ausgesprochen wird, dass Alkohol verboten ist. Ich kann es dir sogar beweisen! Warte kurz, ich schau mal nach«. Er nahm sein Handy und suchte eine Weile herum. Anna sah ihn verwundert an. Er war der seltsamste Junge, den sie je gesehen hatte, aber gerade das machte ihn interessant.
»Da ist die Stelle!«, rief er begeistert. »Da steht es, im Alten Testament, Levitikus 10:9: `Du (Aaron) und deine Söhne, ihr sollt weder Wein noch starke Getränke trinken, wenn ihr in die Stiftshütte geht, damit ihr nicht sterbt. Das ist eine ewige Anordnung für alle eure Nachkommen´. Da ist noch eine Stelle im neuen Testament, Lukas 1:15, wo Zacharias von dem Engel angesprochen wird: `Aber der Engel sprach zu ihm: Fürchte dich nicht, Zacharias, denn dein Gebet ist erhört, und deine Frau Elisabeth wird dir einen Sohn gebären, und du sollst ihm den Namen Johannes geben [...] Denn er wird groß sein vor dem Herrn; Wein und starkes Getränk wird er nicht trinken und wird schon von Mutterleib an erfüllt werden mit dem Heiligen Geist´.
Das heißt, Alkohol ist von Gott zumindest nicht erwünscht, falls er überhaupt erlaubt ist«.

»Das mag vielleicht für euch Christen gelten, aber ich gehöre dem auserwählten Volk«, erwiderte sie herablassend. »Da brauch ich mir nicht allzu viele Sorgen machen«.
»Und warum, glaubst du, bist du auf der Erde, wenn deine Sünden vergeben werden?“, fragte David eindringlich.
»Ich bin auf der Erde, um zu glauben und das Leben zu genießen«, antwortete sie störrisch.
»Aber haben das unsere Ureltern Adam und Eva nicht bereits getan? Sie haben geglaubt und das Paradies genossen. Sie haben nur einen Fehler begangen und wurden aus dem Paradies verbannt.
Die Christen glauben daran, dass durch das Opfer Jesu die Sünden der Menschen bereits verziehen sind. Woran glauben die Juden?«
»Wir glauben daran, dass man im Leben die Gebote und Verbote Gottes beachten soll, um in den Himmel wieder aufsteigen zu können. Die Opferung hat bei uns keinen Sinn!«, antwortete Anna.
»Du glaubst nicht an die Opferung und trotzdem glaubst du, du wärst bereits errettet, obwohl du die Gebote Gottes brichst?« David blickte ihr in die Augen und rechnete schon mit ihrer Wut. Stattdessen sah sie ihn liebevoll an.
»Ich finde es süß, dass du dich um mich sorgst, David«. Anna lächelte ihn zaghaft an. Er wandte sich ab. Ihre Blicke rissen ihn aus seinen Gedanken.
»Weißt du, mir fällt dazu eine Frage ein, die eher mit dem Christentum zu tun hat! Die Christen glauben daran, dass Jesus ein Jude war, aber ich kann nicht verstehen, wie er gleichzeitig Gottes Sohn und Jude sein kann. Das würde ja bedingen,

dass Gott ebenfalls jüdisch sein muss, damit sein Sohn Jude wird. Hast du eine Antwort darauf?«, fragte er neugierig.

Anna lachte leise. »Da ist das Christentum wohl auf dem falschen Pfad. Gott ist kein Jude. Die Juden sind die Kinder Israels, also somit erst nachträglich entstanden. Der christliche Glaube an den Sohn Gottes ist für mich unverständlich. Deshalb sind wir Juden keine Christen geworden!«

»Ich habe einmal gehört, dass die Religion der Mutter bei den Juden für die Religionszugehörigkeit der Kinder entscheidend ist. Stimmt das?«

»Ja, das stimmt! Bei uns wird man Jude, wenn die Mutter bei der Empfängnis Jüdin war, unabhängig davon, ob oder wie man die jüdischen Glaubensvorschriften befolgt«.

»Das ist also eine Art Vererbung! Aber die Religion ist etwas Spirituelles. Ein Glaube und kein Erbe, das man einfach so weiter gibt. Aber anscheinend ist die Religion für euch nicht nur Glauben und Folgen, sondern eher eine Vererbung von einer Summe von Werten und Denkweisen, die man im Ganzen als Judentum bezeichnen kann.

Wäre das Judentum wirklich Glaube und Gottesdienst, dann würde es keine Rolle spielen, welche Religion die Mutter bei der Empfängnis hat. Mir ist immer noch nicht klar, wie die Kinder Israels Juden sein können, wenn ihr daran glaubt, dass das Judentum über die Mutter vererbt wird. Wenn der erste Jude ein Mann beziehungsweise ein Prophet war, wer war dann die erste Frau, von der die Juden abstammen? Das heißt, die direkten Kinder Israels können nicht Juden sein, weil ihre Mutter und die anderen Vorfahren der mütterlichen Linie keine Jüdinnen waren«.

David war erregt. Das Christentum war nicht der Weg, nach dem er suchte. Aber auch im Judentum schien es Widersprüche zu geben.
»Darüber habe ich noch nie nachgedacht«, sagte Anna verwirrt.
»Lauter Widersprüche!«, rief David aus. »Wie kann es sein, dass Jesus den Stamm seiner Mutter bekommt, wenn er doch Gottes Sohn ist? Warum wird Jesus zumindest in der Bibel nicht ohne Abstammung beschrieben? Die göttliche Abstammung sollte stärker sein als die menschliche, findest du nicht?«
Anna sah ihn irritiert an: »Hör mal, David, erstens bin ich keine Christin, ich glaube nicht daran, dass Jesus ohne menschlichen Vater geboren wurde, und erst recht nicht als Gottes Sohn. Zweitens bin ich keine Theologin, sondern nur eine normale Jugendliche. Ich habe keine Antworten auf deine Fragen. Ich bin die falsche Ansprechpartnerin, aber langsam verstehe ich, warum du hier bist. Aber du kannst es auch einfacher haben. Mach es einfach so wie ich. Such dir einen Geistlichen, einen Priester oder Rabbi und glaub' ihm, was er dir erzählt!« Sie sah so aus, als zweifelte sie selbst an der Aufrichtigkeit ihrer Worte. David schien etwas losgetreten zu haben und sie fühlte sich entwurzelt.
»Ich besuche theologische Vorlesungen, um mich für einen Weg zu entscheiden, von dem ich überzeugt bin. Ich folge niemandem blind. Ich verstehe nicht, wie du deine Religion annehmen kannst, ohne sie und die anderen vorher vernünftig zu überprüfen. Wenn wir unseren Verstand nicht benutzen, um den Glauben zu erfassen, dann können wir schnell an

irgendetwas glauben, das nicht der Wahrheit entspricht, und wer weiß, ob Gott uns dann als Gläubige annimmt. Früher habe ich mir darüber keine Gedanken gemacht. Der Unfall meines Bruders hat alles verändert. Er hat meine ganze Welt aus den Fugen gerissen. Nichts ist mehr so, wie gewohnt, aber das ist gut so. Vielleicht habe ich diese Erfahrung gebraucht, um aufzuwachen«. David spürte einen heftigen Schmerz. Sein Kopf hämmerte. Er presste seine Hand gegen die Stirn und stöhnte leise auf.

»Was ist mit dir?«, flüsterte Anna besorgt.

»Ich habe rasende Kopfschmerzen«, stieß er hervor. Anna rief den Kellner und fragte, ob sie ein paar Eiswürfel bekommen könnten. Nach ein paar Minuten brachte der Kellner grinsend einen Plastikbeutel mit Eis. »Hier, bitte, möchten Sie eine Kopfschmerztablette?«, fragte er dienstbeflissen. »Nein, danke!“, antwortete David. »Es geht schon wieder«. Der Kellner ging an einen anderen Tisch, um eine Bestellung aufzunehmen.

»Danke, Anna!«, flüsterte David.

Sie lächelte ihn kurz an und bekam dann einen missmutigen Ausdruck.

»Obwohl es im Judentum heißt, dass wir das auserwählte Volk sind, glaube ich dennoch, dass alle Religionen mehr oder weniger zu Gott führen. Mach dir keine Sorgen!«

»Ich wünschte, ich hätte zu einer Zeit gelebt, in der einer der großen Propheten die Offenbarungen Gottes bekommen hat. Dann hätte ich alles mit eigenen Augen gesehen. Ich hätte gehört, was Jesus gesagt hat, und gesehen, welche Wunder er bewirkt hat. Ich hätte dann genauer gewusst, was er von uns verlangt. Ich bin mir sicher, dass es sehr wichtig ist, woran man glaubt, sonst hätte Gott uns niemals so viele Propheten gesandt. Du weißt doch besser als ich, wie viele jüdische Propheten es gab!«

Anna spürte seinen Wunsch nach Klarheit und seine Furcht, sie nicht rechtzeitig zu finden, und hatte das Bedürfnis ihn zu trösten.

»Folge der Bibel, und du bist errettet!«

»Welcher Bibel kann ich folgen? Die Bibel wurde so oft verändert. Es gibt so viele Unstimmigkeiten. Außerdem bereitet es mir auch Angst, dass die Bibel von Menschen wie uns geschrieben wurde. Ich habe mich immer gefragt, warum Gott auf der einen Seite Seinen Sohn zu uns schickt, um ihn zu opfern, aber auf der anderen Seite uns kein einzigartiges Buch offenbart, das Seine Worte wiedergibt.

Von Jesus haben nur die Jünger gelernt und wir sollen nun den Schriften der Jünger folgen. Warum hat weder Gott noch Jesus uns eine einzigartige Schrift gegeben, über die sich alle Christen einigen können?

Wie sollen die Menschen zum Glauben finden bei so vielen Widersprüchen? «

»Du solltest nicht vergessen, dass die Atheisten nicht glauben wollen, deshalb ist es unwichtig, welche Schrift sie bekommen, sie werden ihr nicht folgen!«, erwiderte Anna.

»Du hast recht. Aber das wäre für die Gläubigen eine Sicherheit gewesen und würde Klarheit verschaffen. Es ist doch etwas anderes, ob du an etwas glaubst oder die Beweise gesehen hast. Ihr als Juden glaubt nicht an Jesus, als Gottes Sohn und Erretter der Menschheit. Da frage ich mich, welche von bei-

den Religionen die richtige ist. Vielleicht keine von beiden«.
»Sei nicht so streng zu dir, David. Solange du glaubst, wirst du errettet«, sagte Anna hilflos.
»Wenn es so ist, wie du sagst, dann wäre unser Leben sinnlos! Wie kann man Gottes Gesetzen folgen, wenn es ein Nebeneinander von Geboten gibt? Welchen soll man folgen? Man kann nicht mehr von einer Prüfung sprechen, wenn alle Antworten richtig sind. Es wäre auch unfair, die guten und die schlechten Menschen gleich zu stellen und in den Himmel aufsteigen zu lassen!«
Anna sah auf die Uhr. »Es ist spät geworden, lass uns zurückgehen. Weißt du, David, ich habe viel von dir gelernt. Morgen werde ich Vorlesungen besuchen, anstatt meine Zeit mit Belanglosigkeiten zu verbringen«.
David lächelte. »Es ist einfach schön, meine Gedanken mit dir zu teilen«.
Anna nahm zaghaft seine Hand. Er legte seinen Arm um ihre Schultern und sie gingen die Rheinpromenade hinauf. Für einen Moment fiel alles, was ihn seit Wochen beschwerte, von ihm ab und ließ Platz für Träume.
Zurück im Wohnheim, richtete David seine ganze Aufmerksamkeit wieder auf die Vorlesung am nächsten Tag. Er kramte das verknickte Vorlesungsverzeichnis hervor und stieß nach kurzem Suchen auf eine weitere Vorlesung von Dr. Hansen: »Der allmächtige Gott und Seine Religionen«. Das Thema klang gut. Er war neugierig und erhoffte sich vor allem eins: den alles erhellenden Geistesblitz, das Ende allen Suchens. Er war müde, so unendlich müde. Langsam sickerte er in einen tiefen Dämmerzustand.

Der Allmächtige Gott und Seine Religionen

Das Schrillen des Weckers riss David aus dem Tiefschlaf. Er hatte so real geträumt, dass er sich verwirrt umsah, verwundert, sich an diesem Ort wiederzufinden und nicht mit Anna am Amazonas. David schüttelte den Kopf und stand auf. Sein T-Shirt klebte. Nach einer Dusche spürte er, wie er langsam wieder in seinen Körper zurückfand. Eine halbe Stunde später saß er im Hörsaal und klappte seine fast vollgekritzelte Kladde auf. Nach ein paar Minuten waren fast alle Plätze belegt. Professor Hansen kam herein und schaute sich um.
»Ich freue mich, euch wiederzusehen. Ich sehe, dass der Hörsaal voll ist. Wahrscheinlich gibt es keinen Platz für mich. Dann komme ich besser morgen wieder!« Er drehte sich um, und schritt zur Tür. Ein paar Studenten erhoben sich protestierend und sprachen laut durcheinander. »Wenn es Ihnen zu voll ist, sollten besser ein paar von uns gehen!«, sagte ein Junge in der ersten Reihe. Da drehte sich der Professor um und sah die Studenten an. »So leichtgläubig seid ihr! Ich gebe keine Vorlesung für Leichtgläubige!« Als er die Tür erreicht hatte, kehrte er um, als sei nichts gewesen und setzte sich an das Pult. Vereinzeltes Lachen raunte durch die Menge, er war bekannt für seinen schrulligen Humor und das trug dazu bei, dass seine Vorlesungen gut besucht waren.

»Nun gut! Lasst uns etwas ernster werden, und mit der Vorlesung anfangen. Wie ihr sicherlich gelesen habt, geht es heute um unterschiedliche Religionen des allmächtigen Gottes. Gemeint sind jene Religionen, die ihre Gläubigen dazu aufrufen, dem allmächtigen Gott zu gehorchen. Ich werde nicht auf die einzelnen Details der Religionen eingehen, dann wäre die Vorlesung nach einem Jahr noch nicht am Ende angelangt. Damit wir verstehen, warum es unterschiedliche Religionen gibt, werde ich eine kleine Geschichte erzählen. Obwohl die drei großen Weltreligionen allesamt behaupten, vom Allmächtigen entsandt worden zu sein, was sie ja auch sind, weisen sie bestimmte Unterschiede auf.

Ich werde versuchen, von den Gemeinsamkeiten der Religionen auszugehen, um meine These auf möglichst stabiler Basis aufzubauen. Denn wenn die Basis instabil ist, dann bricht das Gebäude zusammen.

Unsere Geschichte beginnt mit der Erschaffung des Menschen.

Die göttlichen Religionen beschreiben die Geschichte ähnlich:

Adam und Eva durften nach ihrer Schöpfung im himmlischen Garten leben. Ihr Gottesdienst bestand damals lediglich darin, von einem bestimmten Baum nicht zu essen, ansonsten war ihnen alles andere erlaubt. Könnt ihr euch eine solche Prüfung vorstellen?

Ihr bekommt einen paradiesischen Garten als Lebensraum und dürft dort alles, mit einer Ausnahme. Nur von diesem einen Baum dürft ihr nicht essen. Wahnsinn, ich glaube, jeder von uns würde eine solche Prüfung bestehen, meint ihr

nicht? Was sind schon Äpfel, wenn man alle anderen Früchte kosten darf. Was also hat die beiden dazu bewogen, dieses eine Gebot zu missachten, diese Winzigkeit?
Was bewegt uns dazu, Gebote zu überschreiten, auch wenn wir wissen, wie wichtig es ist, sich daran zu halten?
So einfach ist es eben nicht. Im Inneren des Menschen gibt es zwei Kräfte, die sich gegenüberstehen: die eine Kraft zieht uns zum Guten und bewirkt, dass wir gottgefällig handeln, die andere aber bewirkt das Gegenteil. Sie ist die Verführende, die uns lockt und dazu bewegt, uns von Gott zu entfernen; Seine Gebote zu missachten. Adam und Eva haben am Anfang die Gebote erfüllt und somit das Böse in sich besiegen können. Doch wie er es versprochen hatte, wollte der Satan die Diener Gottes verführen und vom Weg des Glaubens weglocken. Adam und Eva erschien er als Schlange oder in welcher Form auch immer –darüber gibt es in den Offenbarungen unterschiedliche Aussagen– und schaffte es, die beiden zu überzeugen, vom verbotenen Baum zu kosten.«

»Im Christentum hat der Satan gegen Gott rebelliert, und wurde dann von Ihm verbannt. Der genaue Grund bleibt für mich zumindest unklar. Im Islam wird jedoch erklärt, dass es der Satan aus Arroganz ablehnte, sich vor Adam niederzuwerfen, obwohl Gott es ihm befahl. Deshalb wurde er verbannt. Er hat daraufhin von Gott eine Frist verlangt, um zu beweisen, dass er besser als die Menschen sei. Gott gewährte ihm die Frist bis zum Jüngsten Tag. Erst dann sollte er mit der Hölle seine Strafe erhalten und mit ihm alle, die ihm Glauben schenkten, so sagt es der Islam.

Gott gab den ersten Menschen das Paradies. Um ihren Glauben zu prüfen, verbot Er ihnen den besagten Baum. Die beiden haben die Prüfung dank des Satans leider nicht bestanden, wie wir alle wissen, und wurden mit ihren Nachkommen dazu verurteilt, ihr Leben auf der Erde zu fristen, um sich die Rückkehr in den Garten zu verdienen. Diese Prüfung war keine Prüfung, wie unsere Klausuren am Ende des Jahres. Es handelt sich um eine göttliche Prüfung, die Einhaltung von Geboten und Verboten. Ein Teil dieser Prüfung ist auch, dass wir hier zusammensitzen, und nach der Wahrheit suchen. Ich hoffe sehr, dass das der einzige Grund ist, warum sie hier sitzen.«

»Laut Bibel ist der Satan zu Eva in Gestalt einer Schlange gekommen, er hat sie überredet, von den Früchten zu kosten. Eva - wir wissen ja alle, wozu die Frauen imstande sind ...« - Gelächter und Protestrufe erfüllten den Hörsaal - »Eva also verführte -so will es uns die Bibel weismachen- Adam dazu, das Verbot zu brechen. Warum ging der Satan zu Eva und nicht zu Adam?
Und warum nur Eva in der Bibel für die Sünde verantwortlich gemacht worden ist, obwohl beide vom Baum gegessen haben, ist in einer Welt, welche die Gleichberechtigung zwischen den Geschlechtern anstrebt, schwer erklärbar. Aber vielleicht muss unsere arme Mutter Eva die ganze Schuld nicht alleine tragen und vielleicht sind unsere beiden Elternteile gleichzeitig vom Satan betrogen worden, wie es im Islam erzählt wird.
Mit der Prüfung am paradiesischen Baum endet das schöne

Kapitel für Eva und Adam und auch für uns. Es beginnt ein neues schwieriges Kapitel. Die Prüfung! In diesem Teil der Geschichte kommen die Religionen Gottes ins Spiel. Ich finde es unglaublich, dass sich die Philosophen seit 1000 Jahren über die Definition der Religion streiten. Wenn wir uns die Glückseligkeit als Ziel setzen und an Gott glauben, dann müssen wir die Religion anhand der beiden Parameter Ziel und Weg deutlich definieren können. Das Problem besteht darin, dass diese Philosophen ungläubig waren, deshalb konnten sie weder den Sinn des Lebens noch die Religion definieren. Die Religion ist für jeden Gläubigen der Weg, der zu Gott führt. Alle anderen Wege sind Irrwege, leere Versprechungen. Jeder, der glaubt, dass Adam und Eva wegen einer Sünde aus dem Paradies verbannt worden sind, sollte auch Angst haben, aufgrund einer Sünde nicht in den Himmel gelangen zu dürfen. Daher sollte er selbstverständlich versuchen, die Prüfung zu bestehen. Jedes Mal, wenn ich mir all die unterschiedlichen Religionen anschaue, die es auf der Welt gibt - und ich bin mir sicher, dass es noch viele gibt, von denen ich noch nichts gehört habe - mache ich mir Sorgen: um mich und um die Menschheit. Denn wer hier den falschen Weg einschlägt, der gleicht jemandem, der in einer Mathematikprüfung sitzt, und einen Englischaufsatz abliefert. Ob er wohl besteht?

Wir fragen uns an dieser Stelle: Wenn es nur einen einzigen Gott gibt, warum offenbart Er uns dann unterschiedliche Religionen? Und warum erhält jedes Volk andere Vorschriften? Die Basis aller göttlichen Religionen ist der Glaube an den Schöpfer; daher sind alle monotheistischen Religionen in dieser Hinsicht gleich. Ein Teil der göttlichen Prüfung ist es,

Gott zu gehorchen, auch wenn Er jeder Generation und jedem Volk andere Vorschriften gibt. Es muss erwähnt werden, dass Gott keinen Gewinn an unserem Gottesdienst hat; die Menschen allein sind die Gewinner. Hingabe ist Gott wichtiger als die Form des Dienstes.

Besitzt beispielsweise der Angestellte einer Firma das Recht, dem Besitzer zu verbieten, in einem Jahr 1000 Euro für die Werbung auszugeben, und im nächsten Jahr 2000 Euro? Nein, denn der Besitzer ist verantwortlich für den Erfolg seiner Firma. Die Angestellten haben daher nicht die Aufgabe, dem Besitzer zu sagen, was er tun soll. Sie sollen sich jedes Jahr seinen neuen Gesetzen anpassen. Analog dazu haben auch die Menschen kein Recht, die verschiedenen Formen von Gottes Gesetzen abzulehnen. Wer sie ablehnt, gleicht dem Satan, und muss fürchten, die gleiche Strafe zu bekommen.

Seit Adam sind viele Propheten gesandt worden: Im Alten und Neuen Testament sowie im Quran wird von denselben Propheten erzählt. Da ist die Frage berechtigt, wieso so viele Propheten entsandt wurden, und diese Propheten innerhalb dieser Prophetenkette jeweils das Erscheinen des Nächsten voraussagten?

Gott wollte uns also zu allen Zeiten eine Botschaft zukommen lassen. Denn ohne Wegweiser ist es nicht möglich, den richtigen Weg zu erkennen. Einige Propheten bekamen Offenbarungsschriften. Diese Schriften wiesen den Weg zu Gott. Sie waren Handlungsanweisungen für die Völker, zu denen sie entsandt wurden, sie sollten gewährleisten, dass auch nach dem Ableben ihrer Propheten die Menschen den Weg zu Gott weiterverfolgten. Beim Verständnis der Gottes-Schriften unterscheiden sich die Muslime von den Juden und den Christen. Während Gottes Schrift oder auch Gottes Wort für die Letzteren das Aufschreiben von dem ist, was sie von den Propheten gehört oder gesehen haben, so glauben die Muslime, dass Gottes Wort nur seiner Offenbarung entstammen kann. Dies schließt jede menschliche Erweiterung, Veränderung oder Bearbeitung aus. In der Bibel findet man zum Beispiel Aussagen unterschiedlichen Ursprungs. Die Muslime dagegen glauben an den Quran als das direkte Wort Gottes an die Menschheit, welches dem Propheten über den Engel Gabriel gegeben wurde. Sie trennen dabei zwischen den Aussagen Gottes und den Aussagen ihres Propheten Muhammad. Was Muhammad erzählt, wird bei ihnen als Hadith oder auch Sunna bezeichnet, was Gott jedoch sagt, ist der Quran. Deshalb glauben sie, dass der Quran die einzige und heilig gebliebene Schrift Gottes ist. Unser Thema ist es hier aber nicht, einen Vergleich zwischen den beiden Offenbarungsschriften zu ziehen.

Nun wenden wir uns wieder der Frage zu, wie es dazu gekommen ist, dass Gott mehrere Religionen, oder besser gesagt, mehrere Schriften über verschiedene Gesandte an die Menschheit übermittelt hat, die zwar alle vom selben Gott sprechen, aber sich doch mehr oder weniger unterscheiden?«

»Wir haben nun zwei Kräfte. Das Gute, Göttliche und das Böse, personifiziert durch den Satan, die auf uns wirken. Alles, was zu Gott führt, ist gut, weil Er uns zu unserer ewigen Glückseligkeit leitet, und alles, was uns von Gott abbringt, ist schlecht, weil es dazu führt, dass wir in unseren Prüfungen

durchfallen. Folgen wir diesem falschen Weg, erreichen wir die ewige Glückseligkeit nie. Nur auf diese Weise kann man das Gute und das Böse definieren! In diesem Kampf zwischen dem Guten und dem Bösen kam es immer zu Phasen, wo das Böse mehr Einfluss hatte, und die Religionen Gottes sowie Seine Schriften verändert wurden oder in Vergessenheit gerieten. Die Behauptung, dass Gottes Bücher nicht verändert werden können oder verschwinden können, ist dadurch widerlegt, dass die Bücher Gottes, die schon vor dem Erscheinen des Propheten Moses offenbart wurden, verschwunden sind! Die Schriften von Moses und den Propheten, die auf ihn folgten, wurden erst viel später in unterschiedlichen Versionen gesammelt und aufgeschrieben. Die Religionen, einschließlich der Schriften, wurden über die tatsächliche Geschichte hinaus von Menschen verändert. Deshalb war eine Erneuerung beziehungsweise eine Aktualisierung durch Gott sinnvoll und notwendig.
Das passiert auch in unserem Alltag, wenn wir zum Beispiel die Betriebssysteme unseres Computers updaten oder neu installieren, um aufgetretene Systemfehler zu beheben. Diese menschlichen Veränderungen der Religion sind solche Systemfehler«.

Ein Student hob die Hand und stellte folgende Frage: „Wie kann der Satan dazu beitragen, die Religionen Gottes zu verändern? Ist der Satan nicht viel mehr nur eine Metapher für das Böse?«
»Der Satan nährt die Kraft, die den Widerstand gegen Gott in uns bewegt. Wir Menschen tragen in uns Elemente des Guten

und des Bösen. Die guten Elemente sind durch die Schöpfung dominanter als die Bösen. Die Bösen jedoch werden durch den Satan verstärkt. Deshalb müssen wir immer gegen das Böse und den Satan in uns kämpfen. Der Einfluss des Satans kommt in Form von Gedanken, die dazu führen, Gottes Gesetze und Religion zu verändern. Wer diesen Gedanken freiwillig folgt, der hat denselben Fehler gemacht wie Adam und Eva. Unklar ist, ob und wie Gott ihn für seinen Ungehorsam bestrafen wird. Der Satan spielt mit uns. Er benutzt uns und unsere Mitmenschen auf vielerlei Wegen. Es gelingt ihm immer wieder, uns abzulenken, zu verführen, uns dazu zu bewegen, dass wir ihm bereitwillig folgen.

Der Satan lehrt zum Beispiel, dass es überhaupt keinen Gott gibt oder geben kann, da er unsichtbar ist. Er könnte auch lehren, dass die Religionen Gottes verändert werden müssen, oder nur teilweise angenommen werden sollten, oder dass sich der Mensch von den Offenbarungstexten fernhalten soll, da sie veraltet sind. Sein Weg könnte vielleicht der sein, dass man Gott besser dient, indem man ein menschliches Symbol als Verbindung zu Ihm nimmt, oder gar an Seine Stelle setzt oder dass manche Teile der Heiligen Schrift nicht akzeptabel sind.

Deshalb war es für alle Propheten schwierig, die Botschaft Gottes zu übermitteln und die heiligen Schriften bei ihren Völkern langfristig aufzubewahren. Gott unterstützte jeden von ihnen mit Wundern, die sie vollbrachten; dennoch wurden die meisten Propheten gefoltert und für Lügner gehalten. Anhand einiger Folien werde ich euch die bedeutendsten Propheten vorstellen. Um den Menschen eine kontinuierliche Rechtleitung zu garantieren, war es notwendig, Gottes Gesandte zu entsenden. Für unsere heutige Geschichte sind nun folgende Propheten relevant:

Abraham

Abraham war einer der wichtigsten Propheten Gottes und wird auch Vater der Propheten genannt. Er hatte zwei Frauen, Sarah und Hagar. Die Bibel beschreibt Hagar als Sarahs Sklavin. Abraham heiratete sie, weil Sarah zuvor keine Kinder bekommen hatte. Nach dieser Heirat gebar Hagar Ismael, und danach Sarah Isaak. Gott schickte aus den Nachkommen Sarahs viele Propheten, so zum Beispiel Moses, Jakob (Israel), Joseph und Jesus. Von den Kindern Ismaels wird nach islamischer Sicht Muhammad als Prophet gezählt. Obwohl die Juden und Christen keine materiellen Beweise für das Leben Abrahams haben, glauben die Muslime, dass die Kaaba in Mekka, welche auch die vom Quran vorgeschriebene Gebetsrichtung für alle Muslime auf der Welt ist, von Abraham und seinen Sohn Ismael erbaut wurde. Es gibt dort einen Fußabdruck, der von Abraham stammen soll sowie eine Wasserquelle namens Zamzam, die nach islamischen Quellen den Grund der Entstehung der heutigen Stadt Mekkas darstellt, und durch Gott entsprungen ist, um Ismael und seine Mutter zu retten und ihnen einen Lebensraum in dem damals wasserlosen Wüstental zu schaffen.

Moses

Moses war eines der Kinder Israels, also ein Jude. Er gilt bei den Juden als Retter und Stifter des Judentums. Die Juden enttäuschten ihn bereits zu seinen Lebzeiten, indem sie einen Götzen aus Gold schufen, und diesem neben Gott dienten. Dieser biblische Bericht zeigt, wie stark das damalige jüdische Volk dazu neigte, vom wahren Glauben an den Schöpfer abzuweichen - sogar vor Moses´ Tod. Gott setzte das Volk daraufhin Strafen aus. Moses hat viele Kriege geführt und Gottes Gesetze gebracht, die von den heutigen Christen als gewalttätig angesehen werden, wie zum Beispiel die Steinigung. Deshalb wird sein Lebensabschnitt von vielen Christen als ungültig bezeichnet, mit der Begründung, dass Jesus einen neuen Bund in Matthäus 26:26 geschlossen hat. Interessanterweise fehlen in der Bibel deutliche Hinweise darauf, dass Jesus die Gesetze Moses‘ abgesetzt hat. Nach einem langen kämpferischen Leben stirbt Moses. Manche Historiker, Theologen und Forscher wie Ernst Sellin, Sigmund Freud und René Girard vertreten die Theorie, dass Moses von den Juden ermordet worden ist. Das Grab Moses‘ ist auch nicht lokalisiert.

Jesus

Jesus war einer der wichtigsten Gesandten Gottes. Durch seine Person werden die drei Himmelsreligionen Judentum, Christentum und Islam voneinander getrennt.

Als Jesus kam, haben ihn die Juden nicht als Gesandten Gottes anerkannt. Sie hielten ihn damals für einen Lügner und das hat sich bis heute nicht geändert. Er wurde wie alle anderen Propheten verfolgt. Die Juden können nicht eindeutig begründen, warum Jesus kein Gesandter Gottes im Sinne eines Propheten sein kann, obwohl er genau wie seine Vorfahren Wunder bewirkt hat, und schon allein dadurch die Anerkennung verdient hat. Sie begründen die Ablehnung Jesu als Gottes Sohn damit, dass Gott weder einen Sohn haben noch eine menschliche Form annehmen kann. Aber wie gesagt, man tut manchmal Dinge, die man nicht begründen kann.

Jesus wurde also verfolgt und deshalb versteckte er sich im Garten Gethsmane. Durch Verrat eines jüdischen Mannes an die Römer wurde er entdeckt. Die Juden und Christen glauben, dass die Römer Jesus gefangen und gekreuzigt haben. Die Muslime jedoch glauben, dass nicht Jesus gekreuzigt wurde, sondern dass Gott seinem Verräter Ähnlichkeit mit Jesus gegeben hat, sodass die Römer ihn für Jesus hielten, und den Verräter anstelle von Jesus kreuzigten. Jesus wurde dann von Gott in den Himmel emporgehoben.

Die Geschichte Jesu wird jetzt interessanter. Einige Tage nach der Kreuzigung erschien Jesus seinen Jüngern. Diese Erscheinung Jesus wird von den Christen als Auferstehung vom Tode und von den Muslimen als Beweis für die Nichtkreuzigung betrachtet. Interessant aber ist, wie er auf die Frage antwortete, ob er in Form eines Geistes erschienen sei, wie wir aus Bibelzitaten wissen. Jesus gab an, aus Fleisch und Blut zu sein. Die Muslime sehen in diesem Zitat die Bestätigung, dass Jesus damals ein normaler Mensch war. Ob Jesus gekreuzigt wurde oder nicht und ob er auferweckt wurde oder nicht ist ein sehr entscheidender Trennpunkt in den beiden Religionen.

Laut dem Christentum sollte Jesus durch die Kreuzigung die Sünden der Menschheit auf sich nehmen und die Menschen durch diese Tat von der `Erbsünde´ befreien, damit sie zu Gott gelangen können. Folgen wir der islamischen Perspektive, dann war es nicht die Aufgabe Jesu für die Sünden der Menschen zu sterben, sondern – und das war die Aufgabe aller Propheten - die Menschheit zu Gott zu führen. Weil Gott Jesus liebte, ließ er ihn von seinen Feinden, und somit auch den Feinden Gottes, nicht kreuzigen. Deshalb wurde sein Verräter bestraft und gekreuzigt«.

Der Professor sah auf. Sein Blick wanderte durch die Reihen, bis er zu David kam. Dort verharrte er und sah den Jungen eindringlich an.

»Seit Langem beschäftigt mich die Frage, warum Jesus als Sohn Gottes das Opfer für die menschlichen Sünden werden sollte? Unter euch sind sicherlich auch Christen. Wer kann mir diese Frage beantworten?«

David spürte den Blick des Älteren immer noch auf sich. Er hätte so viel zu sagen, doch nicht hier, vor all den anderen.

»Bist du Christ?«, fragte Professor Hansen.

»Na ja, ursprünglich schon, aber ich kenne mich nicht so gut aus, deshalb bin ich hier! Ich bin hier, weil ich noch auf der Suche bin. Ich kann diese Frage nicht überzeugend beantworten, es ist bloß ein Gedanke. Nichts, von dem ich wirklich überzeugt wäre. «

»Nur zu, ich bin gespannt!«, erwiderte Professor Hansen und schaute ihn erwartungsvoll an.

»Gott liebt die Menschen. Er hat das Paradies als Aufenthaltsort für uns bestimmt. Durch die Tatsache, dass wir sündigen, können wir nicht allein dorthin finden. Der Weg ist uns sozusagen versperrt. Also hat Gott beschlossen uns zu helfen, indem er seinen Sohn auf die Welt zusendet, um durch sein Opfer die Sünden der Menschheit zu sühnen.« David atmet tief durch. Er war es nicht gewohnt, vor so vielen Menschen zu sprechen.

»Wie könnte man dann glauben, dass Gott, der perfekte Schöpfer, der die Menschen fehlerfrei erschaffen kann, Menschen erschafft, um Seinen Sohn für sie zu opfern? Wenn es Sein Ziel wäre, Seinen Sohn zu opfern, dann hätte Er weder Seinen Sohn noch uns erschaffen müssen, dann bräuchten wir weder zu sündigen noch müsste Sein Sohn geopfert werden. Und wenn Er uns fehlerfrei haben wollte, dann hätte Er uns fehlerfrei erschaffen. Die Geschichte der Opferung gleicht einem Mann, der in einem geschlossenen Raum sitzt und auf die Idee kommt, einen Brand im Raum zu zünden. Nach dem Brand sucht er einen Weg, um aus dem Raum zu flüchten! Wie bezeichnet man so etwas? Das ist Selbstmord und kein normales Verhalten. Möchte man dann durch diesen Glauben dem allmächtigen, anfangs- und endlosen Gott einen Selbstmord zuschreiben?«
Ein Student meldet sich lautstark.
»Bitte sehr, bereichern Sie unsere Diskussion!“, sagte Professor Hansen und erteilte ihm das Wort. „Gott wollte, dass wir Ihm freiwillig dienen; Er hat uns deshalb nicht fehlerfrei erschaffen«.
»Das stimmt zu hundert Prozent und gerade deswegen hat Er uns so erschaffen, damit wir sündigen und bereuen, und Er

uns somit verzeiht. Jedoch sollen wir nicht absichtlich sündigen, denn das würde bedeuten, dass wir Gott damit herausfordern oder wir uns Seiner Vergebung auf jeden Fall sicher sein könnten. So würden wir nur Seinen Zorn auf uns laden. Aber gerade deswegen ist es für Gott wichtig, Jesus nicht zu opfern, weil sonst die Opferung bedeuten würde, dass uns vergeben worden ist, und unsere Prüfung im Leben keinen Sinn mehr macht.

Es ist Sein Wunsch, dass wir den ewigen Aufenthaltsort, den Er uns zugedacht hat, erreichen. Aber die Fortsetzung unserer Prüfung bedeutet nicht mehr, als dass uns noch nicht vergeben wurde.

Ein perfekter Gott braucht keine Umwege, um den Menschen zu verzeihen.

Was sind eigentlich Sünden? Sünden sind all die Dinge, die Gott uns durch Seine Offenbarungen verbietet. Wenn er Seinen Sohn nun für die Sünden geopfert hat, dann heißt es doch schlichtweg, dass diese Taten nicht mehr existieren?

Die Sünden existieren aber nach wie vor. Interessant ist folgende Frage: Was haben Gott, Jesus und die Menschen von der Opferung? Gott wird davon weder allmächtiger, allwissender, noch gerechter, und verliert dabei noch Seinen Sohn. Und Jesus ist als Opfer sowieso im Nachteil. Wenn man es so betrachtet, sind die Menschen die einzigen Gewinner in der ganzen Geschichte, denn so können sie wieder ins Paradies gelangen! Mit anderen Worten: Im Kampf zwischen Gott und den Sünden haben Gott und Sein Sohn laut dem christlichen Glauben verloren, und die Menschen haben gewonnen!

Können wir das so stehen lassen?

Wie kann man glauben, dass Jesus bei der Kreuzigung geopfert wurde, und nicht schon bei der Geburt! Denn wenn Jesus seit der Ewigkeit existiert hätte und die menschliche Form nur durch seine Geburt eingenommen hätte, dann wäre er bei der Kreuzigung wieder der geistliche Gott geworden.
Da stellt sich mir die Frage, welche These eigentlich die schlimmere ist: Wir machen den Sohn Gottes zu einem schwachen Menschen, dessen Aufgabe es ist zu leiden und die Sünden der Menschheit auf sich zu laden oder wir erheben einen Menschen zu einem Gott?
Wenn wir uns für die erste Variante entscheiden, dann können wir wirklich von einer Opferung Jesu sprechen, weil er von seiner menschlichen Form in seine geistliche Form zurückgebracht worden ist. Dann sagen wir jedoch auch, dass der Mensch besser als Gott wäre, das ist wiederum ein Widerspruch mit allen Religionen Gottes! Erinnern wir uns, die einzigen Gewinner bei dieser Variante sind die Menschen.
Wenn wir die geistliche, allmächtige Form Gottes für besser erachten, dann wäre das Opfer bereits durch die Geburt Jesu vollbracht, denn er hat ja seine \`Göttlichkeit´ eingebüßt. Von einer solchen Opferung hat Jesus aber nie gesprochen, obwohl er der erste wäre, der davon erfahren hätte.
Übrigens, die Trinität in der Form, wie sie viele Christen als Tatsache behaupten, war zu Jesu Zeiten unbekannt. Weshalb hat Jesus den Menschen die Dreifaltigkeit nicht gleich selbst erklärt? Stattdessen stritten sich die Christen Jahrhunderte lang darüber. Seit rund 2000 Jahren sind die christlichen Theologen damit beschäftigt, das Verhältnis Vater, Sohn und Heiliger Geist zu bestimmen. Im Christentum definiert sich

Gott nicht selbst durch die Dreifaltigkeit; vielmehr stützen sich die Christen auf die `Autoren´ der Bibel. Weshalb hat Jesus aber den Kern des Glaubens nicht deutlich gemacht, wenn es doch seine Aufgabe war, die Menschen zu Gott zu bringen? Kommen wir zum nächsten Propheten.

Muhammad

Nicht lange, nachdem die Christen Gott in drei unterschiedlichen Persönlichkeiten teilten, wurde der Prophet Muhammad entsandt. Er verkündete folgende Botschaft: Gott ist nur Einer, Jesus war ein Prophet, der zum Gottesdienst aufrief, genau wie Moses und alle anderen Propheten vor ihm. Mit dieser Botschaft wurde Muhammad weder von den Juden noch von den Christen anerkannt, genauso wie Jesus zuvor von den Juden nicht anerkannt worden war. Vergleichen wir Muhammad mit Moses, finden wir viele Parallelen. Muhammad bekam den Quran als Gottes Schrift für die gesamte Menschheit, obwohl die alten Schriften mehr oder weniger an die Kinder Israels gerichtet waren. Der Islam erkennt alle Propheten und ihre Schriften an. Er erklärt jedoch, dass die Schriften verändert wurden, und dass die Thora und das Evangelium nicht mehr in ihrer Originalform existieren. Weiterhin erklärt der Islam, dass die Bibel sowohl im Alten als auch im Neuen Testament nicht mehr als eine Mischung der Reste der heiligen Schriften ist. Die Erzählungen der Propheten sind ebenso vermischt mit den Erzählungen der Bibelautoren. Der Islam lehnt die Trinität und die Opferung Jesu ab und erklärt seinen Glauben als den einzigen, unveränderten

Weg der Errettung. Der richtige Glaube für die Muslime beinhaltet die Anerkennung aller Propheten Gottes einschließlich Moses, Jesus und Muhammad. Wer einen Propheten ablehnt, der gilt als ungläubig, und wird nicht errettet. Da Muhammad der letzte Prophet sein soll, werden seine Gesetze als die letzte Version der Religion Gottes bezeichnet. Die Muslime glauben an die Echtheit sowie Unverfälschbarkeit des Qurans, weil Gott sich selbst dazu verpflichtet hat, ihn vor Verfälschungen zu schützen. Der Quran ist ein Buch, welches den islamischen Glauben sehr klar und deutlich erklärt. Es gibt keinen Gott außer Allah, Muhammad ist Sein Gesandter. Einige der anderen Propheten, wie Jesus, Abraham und Moses, haben ebenfalls eine Sendung Gottes an die Menschheit erhalten. Alle Propheten, auch die, welche keine Schrift erhielten, hatten die Aufgabe, die Menschen zu Gott führen. Jede Seele trägt ihre Last selber. Es gibt keine Erbsünde in der islamischen Vorstellung. Wer Gutes tut, der wird mit Gutem belohnt, und wer Schlechtes tut, der wird bestraft. Alle Menschen sind vor Gott gleich. Die Auserwählung gilt nur für die Propheten und die guten Diener Gottes. Es gibt keinen Rassismus. Arm oder reich, schwarz oder weiß: Solche Kategorien haben vor Gott keinen Wert. Die besten Menschen sind die Gottesfürchtigsten.

Egal, welche weltliche Position man innehat: Staatsoberhaupt oder Bürger, vor Gott sind wir alle gleich. Es gibt keinen unfehlbaren Papst, der die Sünden vergibt, denn die Sünden werden direkt von Gott vergeben. Dieses einfache und verständliche Glaubensprinzip der Muslime hat zur Verbreitung dieser Religion geführt. Die Menschen glauben gerne an das, was sie auch selbst verstehen, was sie aber nicht verstehen, bleibt für sie ein Rätsel. Ich persönlich würde niemals einen Glauben vertreten, den ich nicht verstehen und erklären kann. Der Grund dafür ist, dass der Glaube an das Unverständliche kein richtiger Glaube sein kann. Denn der Glaube muss immer aus Überzeugung kommen. Wie kann man von etwas überzeugt sein, das man nicht versteht?

Unsere Zeit ist leider schon wieder vorbei. Ich wünsche mir für Sie alle, dass Sie den rechten Weg zu Gottes Barmherzigkeit finden werden«.

Professor Hansen nahm seine Tasche und verließ den Hörsaal. David hatte viele neue Denkanstöße bekommen. Er hatte in dieser Vorlesung verstanden, warum mehrere Religionen entstanden sind, und dass es nicht der Sinn dieser Religionen ist, die Menschen zu entzweien, sondern dass sie eine Prüfung sind, ob die Menschen die Religionen Gottes unverändert annehmen und durchführen. Und ob diese Menschen die unterschiedlichen Propheten Gottes anerkennen.

Der Imam

Die Sonne strahlte und lockte David hinaus. Er merkte, dass die Ideen, Theorien und Gedanken völlig ungeordnet in seinem Kopf umherschwirrten und dringend sortiert werden mussten. Ohne darüber nachzudenken, lenkte er seine Schritte zum Rhein. Das Wasser beruhigte ihn und nahm etwas von der Anspannung mit sich, die David seit dem Unfall seines Bruders nicht ablegen konnte. Nach einer Weile setzte er sich in ein Café und schaute aufs Wasser.

Die Behauptung, dass Jesus nicht Gottessohn ist, ging ihm nicht mehr aus dem Sinn. »Was, wenn Jesus ein normaler Mensch gewesen war, wie alle anderen Propheten auch, außergewöhnlich mit besonderen Charaktereigenschaften ausgestattet, aber ein Prophet in der Reihe der anderen Propheten, kein Gottessohn? Das hieße ja, dass viele Millionen Menschen seit Jahrhunderten einem Irrtum aufgesessen waren. Aber anderseits gibt es auch genauso viele Menschen, für die Jesus ein Prophet ist! Ist er ein Prophet oder ein Gott? Aber wie sind die Christen darauf gekommen, dass Jesus Gottes Sohn ist, wenn er es angeblich doch nicht ist? Hat er sich wirklich für uns geopfert?«

David merkte nicht, dass er begonnen hatte, laut zu denken. Ein junger, dunkelblonder Kellner schaute ihn neugierig an.

»Darf ich?«, fragte der Kellner und deutete auf den Stuhl ge-

genüber. »Ich möchte nicht aufdringlich sein, aber ich habe einen Teil deiner Gedanken unfreiwillig mitbekommen. Ich bin Karim!«, sagte er lächelnd und hielt David seine Hand hin.
»Du störst nicht, setz‘ dich doch!«, erwiderte David, schüttelte Karims Hand und lächelte etwas beschämt.
»Ich habe mir all diese Fragen auch schon gestellt. Damals war ich genauso verwirrt, wie du es jetzt zu sein scheinst. Ich habe damals jemanden kennengelernt, der mir geholfen hat, Klarheit in meine Gedanken zu bekommen. Ich würde ihn dir gerne vorstellen«, sagte er freundlich.
»Ich suche dringend nach jemandem, der mir hilft, mich wieder zu ordnen. Um wen handelt es sich? Ist er hier?“, fragte David und schaute sich suchend im Café um.
»Er ist der Vorbeter in unserer Moschee«.
»Moschee?«, platzte David heraus. »Du bist Muslim?«
»Ja, ich bin vor 5 Jahren zum Islam konvertiert. Unser Imam hat mir damals sehr geholfen. Er ist sehr belesen und kennt sich im Christen- und im Judentum ebenso gut aus wie in seiner eigenen Religion. Sein Name ist Joseph«.
»Ich weiß nicht, ob er mir da helfen kann, ich brauche eher einen Priester«.
»Unser Imam war ein christlicher Theologe und ist zum Islam konvertiert, deshalb kennt er sich mit beiden Religionen gut aus!«
»Ehrlich gesagt hatte ich früher große Vorbehalte gegenüber Muslimen. Ich wär nie auf die Idee gekommen, eine Moschee zu betreten«, sagte David. »Aber jetzt ist sowieso nichts mehr so wie früher. Kannst du mir sagen, wo ich diesen Joseph finde? Ich muss ihn bald treffen, mir bleibt nicht viel Zeit,

nur ein paar Tage«, flüsterte er mehr zu sich. »Gern, wenn du magst, können wir morgen gemeinsam in die Moschee gehen«.

»Ich bin David«. David hielt Karim die Hand hin und verabschiedete sich von ihm. Auf dem Weg zu seinem Zimmer traf er Anna und verabredete sich für den Abend zum Essen. Es drängte ihn danach, allein zu sein. Er wollte zu Hause anrufen, wissen ob Markus noch lebte. Voller Angst, zu spät zu kommen, wählte er die Nummer seiner Mutter. Nach wenigen Sekunden hörte er ihre Stimme, eine einzige Anklage, verständnislos und distanziert. Es schmerzte ihn, dieser Vorwurf, sie und den Vater allein zu lassen. »Mama!«, rief er viel zu laut, die Angst ließ seine Stimme schrill klingen. »Wie geht es Markus?«, fragte er.

»Es geht ihm schlecht, mein Sohn, sehr schlecht. Sie rechnen nicht damit, dass er die Nacht überlebt«, krächzte sie weinend. Würde die Zeit reichen? Was, wenn all seine Anstrengungen ganz umsonst waren? Wenn Markus keine Zeit mehr blieb? Er musste sich abhärten, sein Herz verschließen. Er legte sich auf sein Bett und schloss die Augen, nur einen Moment ausruhen, nur ein paar Minuten die Welt vergessen.

Am Abend traf er Anna in einem orientalischen Restaurant, das er vorgeschlagen hatte, weil er es auf seinem Rückweg am Nachmittag gesehen hatte. Anna hatte verquollene Augen. Sie schien geweint zu haben. »Was ist passiert?«, fragte er mitfühlend und nahm ihre Hand. Sie antwortete nicht und sah ihn an. »Du siehst so traurig aus. Was ist passiert?«, fragte sie ihn. »Meine kleinen Sorgen sind jetzt unwichtig. Möchtest du mir erzählen, was dich so betrübt?«, fragte sie zärtlich und strich über seine Hand, ganz sanft, kaum wahrnehmbar. »Ich habe mit meiner Mutter telefoniert. Meinem Bruder geht es sehr schlecht. Sie glauben nicht, dass er die Nacht überlebt. Ich habe Angst, zu spät zu kommen. Obwohl ich eigentlich daran glaube, dass Gott ihm seinen letzten Wunsch erfüllen wird«.

»Hab keine Angst, David, Gott wird dich nie enttäuschen, weil du so sehnlich nach Ihm suchst. «

»Das wäre dann mein zweites Problem. Ich weiß nicht, ich habe ein schlechtes Gefühl, was das Christentum anbelangt. Was mir Angst macht ist, dass sich die Christen selbst nicht einig sind, ob Jesus ein Gott ist oder nicht. Ich kann mir nicht vorstellen, dass die Christen, die eigentlich an die Bibel glauben, sich bezüglich der größten Glaubenssäulen nicht einig sein können. Die Unterschiede zwischen Katholiken, Protestanten und Orthodoxen sind so groß, dass man fast schon von unterschiedlichen Religionen sprechen kann, obwohl alle behaupten, Jesus zu folgen, und mehr oder weniger an die Bibel glauben! Es verwirrt mich, ich weiß nicht mehr, woran ich noch glauben kann«.

»Folg‘ doch dem Judentum. Da hast du viel klarere, eindeutigere Glaubensregeln«.

»Ich will dich nicht verärgern, Anna, aber ich kann mir nicht vorstellen, dass das Judentum der richtige Weg für mich ist. Wie kann ich einen von Gottes Propheten anerkennen, aber die anderen, die nach ihm kamen ignorieren, obwohl sie doch offensichtlich auch Offenbarungen erhielten. Was ist mit Jesus oder Mohammed, auch er scheint ein Prophet zu sein. Sie alle haben dazu aufgerufen, demselben Gott zu dienen. Und

warum soll das Volk Israel über den anderen Völkern stehen? Mit welchem Recht? Ich habe keinen jüdischen Stamm vorzuweisen. Wär' ich dann ein Jude zweiter Klasse?
Darf ich dich was fragen, Anna?«
»Natürlich, David!«, antwortete sie sofort. »Du kannst mich alles fragen«.
»Warum hinterfragst du nicht, woran du glaubst? Wie kann es sein, dass du Moses anerkennst, aber dich weigerst, Jesus und Mohammed anzuerkennen?«
»Mohammed war ein Araber. Wir vertrauen keinem Araber!«, sagte sie hastig und angewidert. »Sind die Araber nicht die Brüder der Juden? Stammen sie nicht beide von Abraham ab? Ist die arabische Sprache nicht die Schwestersprache des Hebräischen? Ich finde das Judentum für mich nicht passend. Ich komme damit nicht klar, eine Religion auf einer Rasse aufzubauen. Sie muss doch für alle Menschen da sein und jeden aufnehmen, der sich auf die Suche nach Gott begibt. Ist es meine Schuld, dass ich keine jüdische Mutter habe? Ist es gerecht, dass du auserwählt bist, obwohl du keine praktizierende Jüdin bist? Das scheint mir unlogisch. Moses hat euch niemals verboten, einem nicht-jüdischen Propheten zu folgen! Wäre das Judentum die endgültige Religion gewesen, hätte Moses keinen weiteren Propheten vorausgesagt!«
»Aus dem Judentum entstammen alle Propheten. Willst du nun die Religion aller Propheten ablehnen?«
»Das stimmt doch gar nicht«, rief David aufgebracht. »Was ist denn mit Abraham und Noah, und alle denen, die vor Moses schon da waren. Willst du sie leugnen? Und noch eins, wie kannst du wissen, dass du vom Volk Israel abstammst?«, rief

er erregt.
»Natürlich stamme ich vom Volk Israel ab, von wem sonst?«, schimpfte Anna.
»Wie könnt ihr die Kinder Israels sein, wenn Israel ein Mann war und ihr eure Religion auf die Abstammung der Mutter begründet? Das ist doch ein Widerspruch!« Anna schwieg. Entgeistert schaute sie David an.
»Bist du gekommen, um mich zu beleidigen? Ich dachte, wir sind Freunde!“ David nahm wieder ihre Hand und klopfte sie unbeholfen.
»Entschuldige, ich wollte dich nicht verletzen. Du bist so ein netter Mensch, Anna, ich mag dich gern. Aber du solltest schon tiefgründiger über deine Religion nachdenken. Nach deinem Tod ist es zu spät, sich Gedanken zu machen. Jetzt kannst du es noch ändern«, fügte er an.
»Aber wie kann ich unterscheiden, was richtig und was falsch ist? Du siehst doch selber, wie schwer es ist!«, erwiderte sie.
»Für mich stellt sich nur die Frage, ob ich bereit bin, jeden Weg zu gehen, der sich mir auf meiner Suche nach der Wahrheit bietet. Der Unterschied zwischen mir und dir ist, dass ich meine Religion unabhängig von meinen Eltern suche, während du deiner Mutter folgst, ohne zu hinterfragen«.
»Es ist alles so neu für mich. Seit ich dich zum ersten Mal gesehen habe, sind erst ein paar Tage vergangen und du hast es in der kurzen Zeit geschafft, meine bequeme Welt durcheinanderzubringen«. Sie war durcheinander und weinte.
»Mein bisheriges Leben scheint mir jetzt sinnlos. Die ganzen Exzesse, die Partys, die Jungs. Ich weiß nicht mehr, was richtig für mich ist und das alles wegen dir«.

»Es tut mir so leid, Anna.« »Ich weiß nicht, warum ich mir solche Gedanken nicht gemacht habe, und woran ich noch glauben soll; ich weiß nicht mal mehr, warum ich Jüdin bin«. »Wenn dir gesagt wird, dass du auserwählt bist, und wenn mir gesagt wird, dass ich durch Jesus errettet werde, welches Motiv bleibt dann, um sich Gedanken über unsere Religion zu machen?«

Anna hatte sich wieder gefangen. Sie hatte die Beine hochgezogen und legte ihr Kinn auf die Knie.

»Weißt du, wenn ich zwischen uns vergleiche, dann sehe ich einen reifen nachdenklichen Jungen und ein albernes selbstverliebtes Mädchen. Du versuchst alles, um deinem Bruder zu helfen. Und ich betrüge meine Eltern, indem ich ihnen vorspiele, mich für ein Studium zu interessieren. Ich gebe dabei kein besonders gutes Bild ab. Es schmerzt, sich ins Gesicht sehen zu müssen und dabei dieses Bild zu sehen. Ich weiß nicht mal, ob ich es verdient habe zu leben, wenn ich damit nichts Sinnvolles anfangen kann. Vielleicht wäre es besser, wenn es mich gar nicht gäbe«, weinte sie erschüttert. »Nein, Anna. Ich will nicht, dass du so über dich denkst. Du bist ein wunderbarer Mensch«. Er zog seinen Stuhl neben sie und legte seinen Arm um ihre Schultern.

»Anna, nein, hör bitte auf«, flüsterte er. »Warum denn, findest du mich nicht attraktiv?«, brach es aus ihr heraus.

»Anna, du bist wunderschön, natürlich finde ich dich attraktiv. Das ist es nicht. Es ist einfach der falsche Zeitpunkt, um mich zu verlieben. Du weißt, was in den nächsten Tagen vor mir liegt. Ich brauche einen klaren Kopf«.

Sie richtete sich wieder auf und sah ihn Hilfe suchend an.

»Ich bereue jede Minute, in der ich fern von Gott war. Dank dir bekommt mein Leben einen Sinn. Ich möchte mit dir nach der Wahrheit suchen! Ich möchte mit dir zusammen sein, David! Lass mich nicht alleine!« David war zerrissen. Sie ist die Richtige!, sagte sein Herz. Aber nicht jetzt!, rief sein Verstand.

»Glaub' mir, Anna. Ich teile deine Gefühle. Aber jetzt ist es nicht richtig, auf die Gefühle zu hören, ich muss noch so vieles erfahren, die richtigen Entscheidungen treffen. Ich würde es mir niemals verzeihen, wenn Markus stirbt, bevor ich eine Antwort gefunden habe«.

»Ich möchte dich zu nichts drängen, ich kann warten. Erlaub mir nur, dass ich dich bei deiner Suche unterstütze. Gemeinsam mit dir nach der Wahrheit suche. Wir suchen gemeinsam. Zwei sind besser als einer«.

»Ich möchte es so gerne zulassen, aber ich habe Angst, abgelenkt zu werden. Eine Ablenkung kann ich mir nicht leisten. Ich kann mit dir jetzt nicht zusammen sein!«, sagte David.

»Ich habe noch keinen Plan. Die Zeit vergeht so schnell und ich weiß immer noch nicht, welches Gepäck für Markus das Richtige ist. Ich hoffe, du verstehst mich!«, antwortete er aufgewühlt. »Hör mal, ich verspreche dir, dich in Ruhe zu lassen. Lass mich nur mitkommen, ich begleite dich, egal wohin«. Kommentarlos beendete David die Diskussion mit Anna.

Ein Bündnis

David erwachte mit einem Gefühl der Leichtigkeit. In Windeseile bereitete er ein Frühstück für Zwei und klopfte an Annas Tür. Nach ein paar Minuten öffnete eine sehr unausgeschlafene Anna und versprach, in 10 Minuten zum Frühstücken auf der Dachterrasse zu sein. Sie setzte sich schließlich verwundert auf einen Stuhl und schaute erwartungsvoll zu David, der sich gestern Abend noch Distanz erbeten hatte.

»Ich habe noch einmal nachgedacht. Hast du Lust, mich zu begleiten, wenn ich weiter nach meinem Weg suche? Ich weiß, ich war gestern Abend sehr schnell dabei, dich abzuweisen. Ich habe wohl etwas überreagiert«.

»Was kannst du zahlen?«, scherzte sie und konnte ihre Freude nicht besonders lang verbergen.

»Was hältst du von null Euro, für den Anfang?«

»Nein, das ist viel zu viel, ich würde sogar für viel weniger mitreisen!«, antwortete sie glücklich.

»Abgemacht, dann sind wir jetzt ein Team«.

»Abgemacht«, lachte Anna.

Besser verschwieg sie ihm, wie groß ihre Freude war, sonst würde er wieder nach hinten rudern und alles rückgängig machen. Mit ihm musste sie behutsam vorgehen.

»Wie ist dein Plan?“, fragte Anna und biss in eine Brötchenhälfte.

»Heute bin ich mit dem Kellner, den ich gestern getroffen habe, in einer Moschee verabredet. Möchtest du mitkommen?«

»Das klingt interessant. Ich war noch nie in einer Moschee«, rief sie etwas bekümmert.

»Was betrübt dich?«, fragte David.

»Na ja, Juden und Muslime sind nicht gerade die besten Freunde«, stotterte sie.

»Wir sind hier in Deutschland und nicht in Israel, was soll dir passieren?“, entgegnete er und zog sie von ihrem Stuhl hoch. Lachend folgte sie ihm nach draußen.

»Außerdem sieht man dir nicht von außen an, welcher Religion du angehörst«, lachte David und nahm ihre Hand.

Nach kurzer Zeit standen sie vor dem verschlossenen Eingang der Moschee. Aber dort war niemand: kein Imam und kein Kellner. Anna wollte David schon überreden, wieder zurückzugehen, als sich die Tür öffnete und ein alter Mann vor ihnen stand. Er hatte tausend Lachfältchen im Gesicht und wirkte so zufrieden und ausgeglichen, wie David es noch niemals bei jemandem gesehen hatte.

»Wir wollten den Imam dieser Moschee treffen, ist er hier?«, fragte David und reichte dem Alten die Hand.

»Kommt nur, ihr seid uns willkommen«, rief er. Gleich am Eingang stand ein Schuhregal. David zog seine Schuhe aus und stellte sie in ein Fach. Anna folgte ihm und sah sich ängstlich um.

Neben dem Eingang waren Waschräume. Mit feuchtem Haar und seinem verschmitzten Zwinkern in den Augen kam Karim heraus und umarmte David.

»Schön, dass ihr da seid. Imam Joseph kommt bald, um das Gebet zu leiten«. Es sah zu Anna und öffnete die Tür eines Raumes in der Nähe.
»Wir haben Besuch, Schwester Amina! Hast du Zeit, dich um eine Besucherin zu kümmern?«
Eine junge Frau mit Jeans und Kopftuch trat aus dem kleinen Büro und schritt auf Anna zu.
»Herzlich willkommen! Ich bin Amina. Darf ich dir die Moschee zeigen?«, fragte sie. Anna sah fragend zu David. Eigentlich wollte sie bei ihm bleiben, aber hier schienen ja Frauen und Männer getrennt zu sein. Andererseits war der Umgang zwischen Amina und Karim ganz locker und ungezwungen.
»Geh nur mit!«, forderte sie David auf. »Keine Angst!«, flüsterte er ihr zu. »Wir sehen uns bestimmt gleich wieder«.
Anna folgte der jungen Schwester in den Frauenbereich. «Warum habt ihr getrennte Räume für Frauen und Männer? Ist es verboten, dass Frauen und Männer zusammen sind?«
»Nein, natürlich nicht!«, antwortete Amina. »Es ist für die Gottesdienste getrennt. Ansonsten machen wir manchmal Aktivitäten gemeinsam. Wir achten nur darauf, dass Frauen und Männer nicht alleine in einem Raum sind«, sagte sie und führte Anna in einen großen hellen Raum, in dem viele Frauen saßen. Die meisten von ihnen hatten ein Kopftuch auf, andere kramten eins aus der Tasche, einige hatten gar keins.
»Gibt es einen Grund für die Geschlechtertrennung?«, fragte Anna schüchtern und hielt sich hinter Amina.
»Ja, sicher«, erwiderte Amina leise und sah Anna aufmerksam an. »Die Frauen beten hinter den Männern und sind bei den Gottesdiensten von ihnen getrennt, damit wir uns nicht

gegenseitig vom Gebet ablenken und uns ganz auf unseren Schöpfer konzentrieren. Stell dir vor, du stehst im Gebet neben deinem jungen Freund, den du so gern magst. Worauf würdest du dich beim Gebet ausrichten?«

»Du hast recht. Ich wäre vermutlich ziemlich abgelenkt«, kicherte Anna.

»Es gibt einen Ausspruch, der besagt, dass bei einem Treffen zwischen einem Mann und einer Frau der Shaitan, der Teufel, der Dritte im Bunde ist. Die Versuchung steht zwischen ihnen. Eine Beziehung zwischen einer Frau und einem Mann kann im Islam nur nach einer Absicherung der Rechte für beide Seiten stattfinden. Diese Sicherung ist bei uns der Ehevertrag. Ohne einen Ehevertrag sind die Konsequenzen einer solchen Beziehung enorm. Allein schon gemeinsame Kinder: wenn sich die beiden trennen wollen oder auch, wenn einer der beiden sterben sollte, könnten endlose Probleme folgen. Die Ehe stärkt die Familie und sichert beiden Partnern Rechte; sie verpflichtet sie andererseits aber auch, dem anderen seine Rechte zu gewähren. Deshalb besteht dieses Verbot der außerehelichen Beziehung im Islam und die damit verbundene Trennung zwischen den beiden Geschlechtern, um beide, Mann und Frau, dazu zu zwingen, ihre Bedürfnisse so einzusetzen, eine gute Familie zu gründen, und dadurch dazu beizutragen, eine stabile Gesellschaft zu bilden«.

»Ich habe sogar einmal von meinem Großvater gehört, dass es im Judentum und im Christentum auch so war, dass die früheren Juden und Christen keine außerehelichen Beziehungen haben durften, allerdings ist es schon lange nicht

mehr so«, mischte sich eine andere Frau in das Gespräch ein.
»Heißt das, dass der Islam eine Wiederbelebung der alten biblischen Regelungen für den gesellschaftlichen Umgang zwischen Frauen und Männern bedeutet, die von den Juden und den Christen nicht mehr beachtet werden beziehungsweise abgesetzt wurden?«
»Ja, so ähnlich könnte es sein!«, antwortete die andere lächelnd. Ich bin übrigens Zainab. Herzlich willkommen! Wie heißt du?«
»Ich bin Anna. Danke für eure Gastfreundschaft!«
Plötzlich erklang durch die Moschee ein Ruf. Die Frauen verstummten und konzentrierten sich auf die Stimme und die arabischen Worte.
Nachdem der Ruf verklungen war, sah Anna fragend zu Amina und Zainab.
»Das war der Gebetsruf, der Adhan. Dadurch wissen die Gläubigen, dass sie sich zum Gebet begeben sollen und sich spätestens jetzt durch die Gebetswaschung vorbereiten müssen«.
»Darf ich zusehen, wenn ihr betet?«, fragte Anna neugierig.
»Gern! Komm nur, wir gehen jetzt rüber in die Moschee«, sagte Zainab.
Anna folgte den Frauen. Plötzlich fiel ihr etwas ein.
»Amina!«, flüsterte sie. »Hast du ein Kopftuch für mich?«, fragte Anna leise.
»Du brauchst kein Kopftuch anzuziehen! Du bist keine Muslima«.
»Ich würde mich aber besser fühlen, wenn ich nicht so auffalle!«, sagte Anna und nahm das Kopftuch entgegen, das Zainab für sie geholt hatte.

»Warte!«, sagte sie lächelnd »Ich helfe dir«. Gekonnt zog sie das Tuch über Annas Haar und hatte es in einer Minute befestigt.
»Masha Allah!«, rief Amina. »Du hast ein richtiges Kopftuchgesicht. Es sieht toll aus«.
Anna grinste und wurde rot, als sie die beiden Frauen an die Hand nahmen und ihr einen Platz in der Moschee zeigten, von wo aus sie das Gebet beobachten konnte, ohne die Betenden zu stören. Zwischen den Männern und den Frauen standen ein paar Kinder. Vorne die Jungen, dahinter die Mädchen.
Interessiert schaut sie sich um. Vorne in der Mitte des Raumes stand eine Kanzel, in die Wand war eine Gebetsnische eingelassen. Dort stand der Imam und wartete darauf, dass seine Gemeinde bereit war für das gemeinsame Gebet. An der anderen Seite, dort, wo die Männer standen, erblickte sie David. Ihre Blicke kreuzten sich. Er lächelte, als er sie sah, und hielt seinen Daumen nach oben.
Ein weiterer Gebetsruf erfüllte die Moschee. Der Mann, der ihn rief, hatte eine schöne Stimme. Sehr weich und melodisch. Sie trug seine Worte weit durch den Raum. Anna schloss die Augen und nahm die fremden Worte in sich auf. Es half, ihre Unsicherheit zu vergessen. Interessiert verfolgte sie den Gebetsritus, das Beugen, Stehen und Niederwerfen der andächtigen Menschen. Anna fiel auf, dass die Gruppe sehr gemischt war. Es gab verschiedene Hautfarben und Altersgruppen. Manche der Betenden waren ganz einfach gekleidet und andere sehr prunkvoll. Im Gebet standen sie alle nebeneinander und schienen keine Klassenschranken zu haben. Kein Unterschied schien zwischen ihnen zu stehen, wie

sie sich da gemeinsam vor ihrem Schöpfer niederwarfen.
Nach dem Gebet winkte der Imam Anna und David zu sich.
»Ich habe schon gehört, dass wir heute Besuch haben. Herzlich willkommen in unserer Gemeinde. Ich bin Joseph, der Imam in dieser Moschee.“
»Ich heiße David und bin gebürtiger Christ und meine Freundin Anna ist Jüdin. Ich habe gestern einen jungen Mann aus eurer Gemeinde kennengelernt, Karim. Er hat uns eingeladen«.
»Ich würde euch gerne zum Mittagessen einladen. Meine Frau Hafsa ist eine sehr gute Köchin. Ihr könnt euch selbst davon überzeugen, wenn ihr die Einladung annehmt!«
David vergewisserte sich mit einem Blick, dass Anna einverstanden war.
»Vielen Dank! Wir nehmen Ihre Einladung gerne an!«, sagte er schnell.
»Ihr braucht mich nicht zu siezen! Ich bin ein normaler Mensch, und alle Menschen sind vor Allah gleich. Es gibt keinen Unterschied zwischen dir und mir, außer den Glauben. Ihr seid heute meine Gäste«, sagte der Imam ganz selbstverständlich.
Der Imam nahm sie mit in sein Büro. Dort rief er zu Hause an und kündigte die Besucher an.
»Du erinnerst mich an meine Tochter Marie, Anna. Würde sie noch leben, dann wäre sie jetzt in deinem Alter. Du siehst ihr sehr ähnlich!«
»Sie lebt nicht mehr? Das tut mir leid«.
»Marie starb vor 10 Jahren bei einem Flugzeugabsturz. Sie befand sich auf einer Reise zwischen Los Angeles und Miami,

als das Flugzeug abstürzte. Es sind über hundert Menschen dabei umgekommen, sie war eines der Opfer. Ich war damals noch Christ. Das Unglück hat mich völlig aus der Bahn geworfen. Ich habe mich damals zum ersten Mal in meinem Leben wirklich mit dem Christentum auseinandergesetzt. So bin ich schließlich beim Islam angekommen und ich habe es nie bereut«. Er machte einen lebendigen, dynamischen und lebensfrohen Eindruck. Trotz des schweren Schicksalsschlags, den er und seine Familie hatten erdulden müssen. Er schien seinen Frieden mit sich und seinem Schöpfer gemacht zu haben.
»Weißt du, Anna, das Kopftuch steht dir wirklich gut!«
»Das finde ich auch!«, warf David ein und grinste breit.
»Ich habe mich noch gar nicht gesehen«.
»Na, da musst du unbedingt in einen Spiegel schauen, bevor wir gehen«.
»Es war wirklich sehr nett von den Schwestern, dass sie es mir geschenkt haben. Ich habe noch nie etwas von Fremden geschenkt bekommen oder selber Leuten etwas geschenkt, die ich nicht kenne. Es ist eine schöne Sitte, man fühlt sich gleich angenommen.
Die Schwestern haben erzählt, dass das Kopftuch früher auch bei Christinnen und Jüdinnen üblich war«, sagte Anna.
»Es ist nicht das Einzige, was diese drei Religionen miteinander verbindet«, antwortete der Imam. »Selbst das Schweinefleischverbot, das Alkoholverbot, die Geschlechtertrennung, sogar das Zinsverbot finden sich spurenweise in der Bibel wieder. Als ich Christ war, hatte ich mich nur mit den Teilen in der Bibel beschäftigt, die ich für meine kirchliche Berufung brauchte. Ich war nie interessiert, eine andere Wahrheit

in der Bibel zu suchen, als das, was uns die Kirche predigte. Die Kirche war für mich die Wissensquelle, nicht die Offenbarungsschrift. Bei meiner Suche in den heiligen Schriften habe ich entdeckt, dass die meisten Juden und Christen ihre Gottesbücher lesen, um ihren Glauben zu bestätigen. Eine Woche nach dem Unglück meiner Tochter hatte ich mich entschieden, zum ersten Mal die Bibel zu lesen, um daraus die Wahrheit zu entnehmen, und nicht, um nach Beweisen für meinen Glauben zu suchen. Ich war überrascht, dass sich so viele Unstimmigkeiten zwischen den Offenbarungstexten und der kirchlichen Praxis fanden. Das hat mich zutiefst schockiert. Alles, was ich vorher ungefragt als gewiss angenommen hatte, stürzte in sich zusammen. Wenn Gott uns doch eine heilige Schrift mit vielen Gesetzen gegeben hat, warum sieht dann unser Alltag anders aus, als in der Bibel vorgeschrieben? Somit fing bei mir eine langjährige Suche nach Antworten auf die vielen Fragen, die sich mir plötzlich stellten, an. Die Kirche konnte meinen Verstand nicht befriedigen. Als ich mich mit dem Islam beschäftigte, hat sich bei mir einiges geändert!«

»Kennen Sie, ich meine, kennst du dich auch mit dem Judentum aus? Sollten Jüdinnen ursprünglich auch das Kopftuch tragen?«

»Eigentlich sollte sich jeder Christ mit dem Judentum auskennen, denn Jesus, Friede mit ihm, war ein Jude, und die Christen sind aufgerufen, seinem Beispiel zu folgen. Er hat seine Mitmenschen niemals aufgefordert, einer anderen Religion zu folgen, als der von Moses, Friede sei mit ihm. Dass wir heute Juden und Christen haben, ist nicht mehr als ein Hinweis

auf die jüdische Ablehnung der Prophetenschaft von Jesus, und das christliche Bestreben, eine neue Religion zu bilden. Wären die damaligen Christen echte Anhänger Jesu gewesen, dann wären sie seiner Religion gefolgt, die aus alttestamentarischen Gesetzen und Geboten Gottes, wie den Zehn Geboten, besteht. Wären die Juden echte Anhänger Moses', Friede mit ihm, gewesen, dann hätten sie das Neue Testament anerkannt. Diese Trennung zwischen den beiden Religionen ist ein Hinweis auf eine Phase, wo vieles in der Religion verändert wurde. Mir stellte sich damals die Frage, was unsere heutigen Religionen noch mit den Propheten, auf die sie sich berufen, zu tun haben. Wann können wir behaupten, dass wir echte Anhänger Moses' und Jesu sind?« David schüttelte den Kopf. „Oh Mann, das ist eine sehr schwierige Frage, woher sollen wir das denn wissen?«
»Wenn unsere Religionen hundertprozentig mit den heiligen Schriften übereinstimmen, wenn wir wirklich den Geboten Gottes folgen und wenn unsere Schriften wirklich die fehlerfreien göttlichen Schriften sind, erst dann können wir uns als Anhänger dieser Propheten bezeichnen. Ansonsten müssen wir uns fragen, wem wir folgen? Moses und Jesus (Friede sei mit ihnen), oder der Kirche?«
»Wie kann man all das überhaupt noch prüfen? So viele Jahrhunderte nach den Propheten?«, fragte Anna zweifelnd.
»Ganz einfach, indem man die Bibel überprüft. Die Menschen glauben daran, dass die Bibel beziehungsweise die Thora das Wort Gottes ist. Wenn man die Gottesgesetze, die in den heiligen Schriften vorzufinden sind, im Alltag der Gläubigen nicht sieht, dann müsste man von einer Veränderung der Religion

ausgehen, oder? Und wenn sich die islamischen Gesetze Gottes in der Bibel finden lassen, dann müsste man davon ausgehen, dass die Muslime auch den Propheten Moses und Jesus (Friede sei mit ihnen) folgen, und dass der Quran die Bibel mit seinen Gottesgesetzen bestätigt, oder? Ich bin sicher, dass ihr beide gerne wissen wollt, was die Bibel und die Geistlichen des Juden- und des Christentums zu den islamischen Geboten sagen? Lasst uns mal mit dem Kopftuch anfangen.
Weißt du eigentlich, Anna, dass die Jüdinnen auch ihre Haare bedecken sollten, genau wie die muslimischen Frauen?«. Imam Joseph holte ein zerlesenes Taschenbuch heraus und blätterte darin. »Ein Rabbi, Dr. Menachem M. Brayer, er ist Professor für Bibelkunde an der Yeshiva University, schreibt in seinem Buch `The Jewish woman in Rabbinic literature‘, dass es üblich war, dass die jüdischen Frauen in der Öffentlichkeit mit Kopfbedeckung herumliefen. Sie sollten sogar das Gesicht bedecken, sodass manchmal nur ein Auge zu sehen war. Der Autor zitiert sogar Folgendes von alten Rabbinern: `Es ziemt sich nicht für die Töchter Israels, ohne Kopfbedeckung auszugehen´, und an anderer Stelle sagt er: `Verflucht sei der Mann, der das Haar seiner Frau den Blicken anderer aussetzt ... eine Frau, welche ihr Haar aus Lust zur Schönheit sehen lässt, bringt Armut´. Das Gesetz der Rabbiner verbot die Rezitation von Segenswünschen oder Gebeten in der Gegenwart einer barhäuptigen, verheirateten Frau. Im Alten Testament steht, dass das Entblößen des Kopfes einer Frau eine große Schande darstellt, und dies ist auch der Grund, warum einer unter Verdacht stehenden Ehebrecherin vom Priester während ihres Prozesses der Kopf entblößt werden

musste, als Bestrafung für sie.
In der Thora Numeri Vers 5:16-18 stand der Schleier für die Selbstachtung und den sozialen Status der Frau. Die Frauen niederer sozialer Stände trugen den Schleier, um einen höheren sozialen Stand vorzutäuschen. Zum Beispiel haben die Prostituierten, denen es verboten war, einen Schleier zu tragen, das Kopftuch getragen, um einen höheren sozialen Status zu vermitteln. Jüdische Frauen trugen in Europa bis vor circa 100 Jahren noch den Schleier. Die orthodoxen Jüdinnen bedecken noch heute ihre Haare, entweder mit einem Kopftuch oder mit einer Perücke.«
Der Imam legte das Buch auf den Schreibtisch und nahm eine Bibel aus seinem Bücherregal. Es war bis zum Bersten mit Büchern gefüllt. In einigen Fächern standen die Bücher in mehreren Reihen. Die Bibelausgabe, die er in der Hand hielt, sah kostbar aus.
»Im Neuen Testament im ersten Brief an die Korinther 11:3-10 steht Folgendes: ` Ihr sollt aber wissen, dass Christus das Haupt des Mannes ist, der Mann das Haupt der Frau und Gott das Haupt Christi. Wenn ein Mann betet oder prophetisch redet und dabei sein Haupt bedeckt hat, entehrt er sein Haupt. Eine Frau aber entehrt ihr Haupt, wenn sie betet oder prophetisch redet und dabei ihr Haupt nicht verhüllt. Sie unterscheidet sich dann in keiner Weise von einer Geschorenen. Wenn eine Frau kein Kopftuch trägt, soll sie sich doch gleich die Haare abschneiden lassen. Ist es aber für eine Frau eine Schande, sich die Haare abschneiden oder sich kahl scheren zu lassen, dann soll sie sich auch verhüllen. Der Mann darf sein Haupt nicht verhüllen, weil er Abbild und Abglanz Gottes

ist; die Frau aber ist der Abglanz des Mannes. Denn der Mann stammt nicht von der Frau, sondern die Frau vom Mann. Der Mann wurde auch nicht für die Frau geschaffen, sondern die Frau für den Mann. Deswegen soll die Frau mit Rücksicht auf die Engel das Zeichen ihrer Vollmacht auf dem Kopf tragen.'
Der Schleier war also keine muslimische Tradition, wie die heutigen Juden und Christen erzählen, sondern ein Gottesdienst.

Darüber hinaus ist dieser Abschnitt bestens dazu geeignet, mal über die Rolle der Frau in den heiligen Schriften zu reden. Im Quran findet ihr eine solche Herabsetzung der Frau unter den Mann nicht. Die Qualität des Glaubens ist entscheidend, nicht das Geschlecht, aber das können wir gern ein andermal ausführlicher besprechen.

Wenn nun die heiligen Schriften der Juden und der Christen die Frauen auffordern, ein Kopftuch zu tragen, dann müssten folglich alle gläubigen Jüdinnen und Christinnen ein Kopftuch tragen.

Es ist ein Gottesgebot, welches kollektiv ignoriert wird.

Haben sie die Geschichte mit Adam und Eva vergessen? Nur ein einziges Gesetz; nur eine einzige Prüfung! Was war die Konsequenz? Hätten wir heute mehr Zeit, dann könnte ich euch viele Beispiele nennen. Wisst ihr zum Beispiel, dass die Mehrehe in der Bibel erlaubt ist? Abraham, Friede sei mit ihm, hatte 2 Frauen, der Prophet und König Salomon, Friede sei mit ihm, gar 700 Ehefrauen und 300 Konkubinen. Der Prophet David, Friede sei mit ihm, hatte auch mehrere Ehefrauen. Obwohl diese Mehrehen zu seiner Zeit praktiziert wurden, hat sich Jesus, Friede sei mit ihm, in keiner Stelle im

Neuen Testament dagegen geäußert. Diese Tatsache bestätigt sogar Pater Hillman in seinem Buch `Mehrehe wieder in Betracht gezogen´.
Nehmt nur mal das Schweinefleischverbot! Im 3. Buch Mose 11:7-8 steht: `Ihr sollt für unrein halten das Wildschwein, weil es zwar gespaltene Klauen hat und Paarzeher ist, aber nicht wiederkäut. Ihr dürft von ihrem Fleisch nicht essen und ihr Aas nicht berühren; ihr sollt sie für unrein halten.´
Das Zinsverbot findet ihr im 3. Buch Mose 25:36-37: `Nimm von ihm keinen Zins und Wucher! Fürchte deinen Gott und dein Bruder soll neben dir leben können. Du sollst ihm weder dein Geld noch deine Nahrung gegen Zins und Wucher geben.´
Alkohol ist auch in der Bibel, im Alten sowie im Neuen Testament, verboten. Es geht natürlich so weiter mit den biblischen Gesetzen, die von den Christen einfach abgesetzt wurden. Wenn ich euch die Frage stellen würde, wer auf dieser ganzen Erde dem einen Gott dient, seine Gesandten einschließlich Moses und Jesus (Friede sei mit ihnen) anerkennt, auf das Schweinefleisch und den Alkohol verzichtet, und wessen Frauen ein Kopftuch tragen - welche Antwort bekomme ich dann?«
»Die Muslime!«, antwortet David.
»Und wenn dies die Gesetze Moses‘ und Jesu, Friede mit ihnen, sind, und das wahre Judentum und das wahre Christentum in ihnen abgebildet sind, wer sind dann die wahren Anhänger der Propheten Moses und Jesus, Friede sei mit ihnen?«
David schluckte. Er war sprachlos und konnte sich der Logik des Imams nicht entziehen.

»Ist es der Papst, der diese Gesetze nicht mehr anerkennt, oder sind es die Rabbiner, die den Propheten Jesus, Friede mit ihm, nicht anerkennen?«
»Weder der eine noch die anderen! Die Anhänger von Moses und Jesus sind diejenigen, die ihrem Glauben und ihren Gesetzen folgen, und nicht jene, die ihren Glauben und ihre Gesetze verändern!«
»Ich weiß: mit dem Islambild, das du in deinem Kopf trägst, fällt dir die Antwort schwer. Wir wissen alle drei, was die einzige Antwort sein kann!«
»Ich weiß es nicht. Ich habe mich bis heute nicht mit dem Islam beschäftigt. Du bist der erste islamische Gelehrte, dem ich in meinem Leben begegnet bin. So schnell werde ich sicherlich keine Antwort geben können. Ich bin sehr vorsichtig damit, irgendwelche Aussagen von mir zu geben, solange ich nicht über das nötige Wissen verfüge«. David fühlt sich unwohl, so als müsse er seine Sonnenbrille abnehmen und auf einmal in die Sonne sehen. Irgendwie geblendet.
»Du verhältst dich richtig! Man soll, und darf niemals etwas ohne Wissen aussprechen. Du bist noch jung und wirst noch viel erleben. Leichtgläubig darfst du niemals sein. Nehme nur den fehlerfreien Glauben an, denn nur ein fehlerfreier Glaube führt zum fehlerfreien Gott. Ein Glaube, der sich widerspricht, kann nicht richtig sein«.
Der Imam legte David den Arm um die Schultern. »Lasst uns losgehen, sonst ist Hafsa enttäuscht, weil sie solange auf uns warten muss. Wir können mit meinem Auto fahren, das ist das Einfachste. Hafsa freut sich schon darauf, euch kennenzulernen«.

Das Haus von Joseph und seiner Familie lag in einem ruhigen Vorort. An der Gartenpforte war ein Schild mit einer kunstvoll geschwungenen Kalligrafie angebracht. Das Haus sah aus wie viele andere. Doch es war etwas Besonderes wahrzunehmen. David konnte es nicht beschreiben, es war mehr atmosphärisch als wirklich klar fassbar. Der Garten hatte etwas Wild-Romantisches. Er war weitgehend naturbelassen. Wiesenblumen leuchteten zwischen dem knöchelhohen Gras. Vor dem Haus wand sich eine duftende Kräuterspirale, und eine mit Wicken bewachsene Pergola spendete Schatten. Zwischen zwei riesigen Birken spannte sich eine Hängematte und am Zaun war ein verwunschen wirkender Teich, von dem man den Eindruck hatte, der Froschkönig mit seiner goldenen Krone könnte ihm höchstpersönlich entsteigen. David verlor sich in seinen Gedanken. Anna schüttelte sanft seinen Arm. »Wach auf, David. Da kommt Hafsa, um uns zu begrüßen«.

David blinzelte und sah, wie eine Frau in einem fließenden, kornblumenblauen langen Kleid und einem weißen Kopftuch ihnen entgegenkam. Ihm war sofort klar, dass sie es war, die dem Garten seinen Zauber verliehen hatte. Ihre Augen sprühten vor Neugier und sie hieß Anna und David herzlich willkommen.

»Wie schön, Euch zu sehen. Ich bin Hafsa! Kommt doch rein, oder möchtet ihr lieber im Garten sitzen?«

»Assalamu alaikum, Hafsa! Hattest du einen schönen Tag?«, fragte Joseph.

»Wa alaikum assalam, Joseph«, antwortete sie fröhlich. »Ja, mein Tag war gut. Stell dir vor, ich habe einen Sponsor für

eure Jugendreise gefunden! Ist das nicht fantastisch?« Sie strahlte vor Freude.
»Wollt ihr nicht erstmal ins Haus kommen?«, fragte Joseph und hielt ihnen die Terrassentür auf. An der Türschwelle streifte er seine Schuhe ab und schlüpfte in ein paar Hausschuhe, die dort bereitstanden. Anna und David beeilten sich, es ihm gleichzutun. Es wäre unhöflich gewesen, das Haus mit Schuhen zu betreten. Die Gastgeber schienen großen Wert darauf zu legen, dass kein Straßenschmutz hereingetragen wurde.
Sie setzten sich in ein geschmackvoll eingerichtetes Wohnzimmer. Eine helle Sitzlandschaft mit orientalisch bestickten Kissen lud zum Verweilen ein. Die Wände waren in warmen Erdtönen gehalten. Große gerahmte Bilder hingen an allen Wänden. Auch hier sah David geschwungene Kalligrafien, die in schwarzer Tusche mit bunten Ornamenten die Bilder verzierten. An der großen Glastür, die nach draußen führte, waren auf einer langen Holzbank liebevoll gepflegte Pflanzen aufgereiht.
»Was bedeuten denn die Kalligrafien?«, fragte Anna leise.
»Es sind Verse aus dem Quran und auf manchen stehen Bittgebete, damit wir niemals vergessen, unseren Schöpfer zu lobpreisen«, antwortete Joseph freundlich.
»Möchtest du mich begleiten?«, fragte Hafsa und lächelte Anna zu.
»Ja, gern!«, sagte sie rasch und folgte ihrer Gastgeberin hinaus.
»So, mein Sohn! Jetzt erzähl mir doch mal, was dein Herz so beschwert, dass du kaum atmen kannst. Du schleppst eine

schwere Last mit dir herum. Wenn ich kann, möchte ich dir gerne helfen, sie abzulegen«.

David sah den Imam erstaunt an. »Woher weißt du, was mit mir ist?«, fragte David überrascht.

»Ich habe diesen verzweifelten, suchenden Blick schon oft gesehen bei Leuten, die aus dem Gleichgewicht gekommen sind. Möchtest du dich mir anvertrauen?«

»Mein Bruder hatte einen schweren Unfall und liegt seit einiger Zeit im Koma. Die Ärzte sagen, dass sein Gehirn zu stark beschädigt ist und nur noch sein Körper lebt. Nach dem Unfall hatte ich eine Vision. Ich sah, wie mein Bruder in unser gemeinsames Zimmer trat. Er bat mich um einen letzten Gefallen. Ich sollte mich für ihn auf die Suche nach Gott und der Wahrheit machen. Herausfinden, welche Religion ihn ins Paradies bringen kann. In den letzten zwei Wochen bin ich nach Brasilien gereist, habe dort im Dschungel erkannt, dass es einen allmächtigen Gott gibt, habe ein paar Tage als Gaststudent an der Uni Bonn Seminare und Vorlesungen über Religionen besucht und bin nun bei euch gelandet. Ich bin verwirrt. Noch immer habe ich die Antwort nicht gefunden und mir bleibt nicht mehr viel Zeit. Meinem Bruder geht es immer schlechter. Er könnte jeden Tag sterben. Wer weiß, ob ich rechtzeitig zurückkomme? Ich habe Angst!«

Joseph nahm David in den Arm und hielt ihn eine Weile. David merkte, wie sein Atem sich beruhigte und er wieder zuversichtlicher wurde. Wenn Gott ihn mit solchen Menschen zusammenbrachte, dann hatte Er sein Flehen erhört. David schöpfte wieder Hoffnung.

»Ich kenne dieses ohnmächtige Gefühl, wenn ein geliebter Mensch ganz plötzlich aus dem Leben gerissen wird. Man fühlt sich so hilflos und irgendwie schuldig!«, sagte Joseph tröstend.

Nach einer halben Stunde hörten sie die Frauen lachen. Sie kamen mit einem riesigen Tablett herein, das mit duftenden Speisen beladen war.

»Bist du so lieb und rufst die Kinder zum Essen?«, fragte Hafsa.

Joseph stand auf und ging in den Flur. Dort hing ein großer schimmernder Gong aus beschlagenem Messing. Als er ihn schlug, kamen die anderen Bewohner und deren Freunde ins Wohnzimmer.

»Das ist unsere älteste Tochter Safia und ihre Freundin Maryam«, stellte Hafsa ein Mädchen vor, das vielleicht ein oder zwei Jahre jünger war als Anna. „Unser Sohn Yunes und unsere Neffen Abdurahman und Muhammad«. David winkte ihnen etwas befangen zu. »Und die Kleine da ist unsere jüngste Tochter Fatima«. Sie war vielleicht acht Jahre alt und kam erhitzt und zerzaust von ihrem Spiel im Garten durch die Terrassentür herein. Die dunklen Haare hatten sich aus dem Zopf gelöst und an ihren Füßen klebte Erde. »Gehst du dich bitte waschen, Habibti, bevor du zum Essen kommst?!«, sagte Joseph lachend, aber sehr nachdrücklich. Das Mädchen ging hinaus und kam ein paar Minuten später ordentlich gekämmt und mit gewaschenen Händen und Füßen zurück. Sie brachte zwei kleine blonde Jungen mit, die etwa jünger waren als sie selbst. »Und das sind unsere Nachbarjungen Paul und Anton«, stellte Joseph die Blondschöpfe vor.

David staunte. Die meisten der Gäste schienen hier ein- und auszugehen. Wenn er oder Markus einen Freund mitbringen wollten, mussten sie immer ein paar Tage vorher Bescheid geben, und es hing von der Laune seiner Mutter ab, ob Gäste kommen durften.

Dies war ein offenes Haus! Mutter nannte solche Familien verächtlich Klimbim-Familien. Familien, in denen das Chaos regierte. Aber David hatte nicht den Eindruck, dass hier etwas aus dem Ruder lief. Das Haus war relativ ordentlich und Hafsa machte einen ruhigen und ausgeglichenen Eindruck, trotz oder gerade wegen der vielen Gäste.

Das Mittagessen war eine bunte Mischung aus orientalischen und deutschen Gerichten.

Es gab selbstgebackenes Vollkornbrot mit vegetarischen Aufstrichen und verschiedene mediterrane Salate neben Sauerbraten und Knödeln mit Rotkohl sowie Lammfleisch mit Okraschoten und Tomatensoße. Alles duftete köstlich und ließ David das Wasser im Mund zusammenlaufen. In letzter Zeit hatte er selten etwas Gutes gegessen.

»Das sieht aber köstlich aus«, sagte David. Hafsa lächelte.

»Setzt euch und greift zu!«, antwortete sie und wies sie an, sich zu den anderen auf den Boden zu setzen. Alle gruppierten sich um das große Tablett.

David wollte schon zugreifen, als Joseph neben ihm ein Gebet sprach.

Alle, selbst die Nachbarjungen, hielten die Hände geöffnet und sprachen das Bittgebet leise mit. Dann lächelte Joseph und nahm sich ein Stück Brot.

Nach dem Essen setzen sich die Älteren wieder ins Wohnzimmer. Die Kinder gingen in den Garten und setzten ihr Spiel fort. Nach einer Weile erinnerte sich Anna an die Nachrichten der letzten Tage, in denen von einem Terroranschlag die Rede war.

»Wie kann es in der heutigen Zeit möglich sein, dass die Leute den Islam annehmen, wenn der Islam seit seinem Anfang auf Gewalt aufgebaut hat? Vor allem, wenn er sich durch Gewalt verbreitet hat? Das sieht man heutzutage überall, wie viel Gewalt und Terror in dieser Religion stecken! Ich kann nicht verstehen, wie man diese Religion annehmen kann! «

»Das Alte Testament ist eine Schrift voller Gewalt. Moses hat genauso Kriege geführt, wie Muhammad, Friede sei mit den beiden. Warum soll die jüdische Gewalt toleriert werden und die islamische nicht? Ich könnte dir recht geben, aber das tue ich nicht, denn bevor wir sagen können, ob eine Religion gewalttätig ist, oder ob sie sich lediglich verteidigt, müssen wir den Begriff Gewalt definieren.

Man muss zwischen Gewalt und Verteidigung unterscheiden. Wenn alle Länder der Welt Armeen haben, sind sie dann deswegen gleich alle gewalttätig? Wenn eine Religion einen Verteidigungsmechanismus hat, dann ist sie nicht gewalttätig, sondern stark. Und wenn eine Religion keinen Verteidigungsmechanismus besitzt, dann ist sie nicht friedlich, sondern schwach. Eine friedliche Religion ist deshalb nur jene, die einen starken Verteidigungsmechanismus besitzt und ihren Feinden freiwillig und aus Stärke heraus vergibt. Das genau ist die islamische Lehre.

Die islamische Geschichte ist voller Beispiele, in denen die Muslime angegriffen wurden. Nachdem sie sich erfolgreich verteidigt hatten, verziehen sie ihren Feinden. Betrachten wir einmal die Einnahme der Stadt Mekka, die friedlich verlief und den Mekkanern die Wahl ließ, die Stadt unversehrt zu verlassen oder in ihren Häusern Schutz zu suchen und dort unbehelligt zu bleiben. Trotz all der Gewalt, die die Mekkaner gegenüber den Muslimen vor deren Auswanderung zeigten, hat der Gesandte, Friede sei mit ihm, ihnen verziehen. Nach dieser Lehre haben die großen islamischen Anführer wie Salahdin ihre Kriege geführt. Salahdin hat den christlichen Kämpfern nach den Kreuzzügen vergeben, obwohl sie äußerst brutal gegen die Muslime vorgegangen waren, als sie Palästina eroberten.

Solche Beispiele existieren in den Religionen am deutlichsten im Islam. Aber natürlich gab es auch verantwortungslose Herrscher, die sehr weit von den islamischen Wurzeln entfernt waren. Sie haben dem Ansehen des Islams großen Schaden zugefügt und tun es noch heute. Viele Menschen beschleicht das Gefühl, dass die Religionen falsch sein müssen, wenn Gewalt mehr oder weniger eine Rolle spielt. Sicherlich würde Gott nicht wollen, dass gläubige Menschen ungläubige töten.

Gott möchte niemanden zwingen, Ihm zu dienen. Wenn man nicht glaubt, wird man im Jenseits dafür bestraft. Er möchte, dass alle Menschen die Prüfung des freiwilligen Dienstes bestehen. Deshalb schützte Er seine Religion. Als Schutzmechanismus innerhalb jeder Religion sollen Maßnahmen wie Dialog, Verstand und Wissen die Hauptrolle spielen.

Wenn diese Maßnahmen die Feinde nicht davon abhalten, die Diener Gottes anzugreifen, ihnen die Ausübung ihrer Religion verbieten und es den Muslimen erschweren ihre Religion zu leben, ist es den Muslimen erlaubt, sich zu verteidigen. Damit sind aber keine Attentate und Terroranschläge legitimiert. Das ist etwas ganz anderes.

Wenn jemand zu dir nach Hause käme, um dich zu schlagen, dann würdest du dich vermutlich auch verteidigen. Du zwingst ihn aber nicht, zu dir zu kommen. Keiner wird zum Glauben gezwungen, aber sie dürfen die Gläubigen auch nicht belästigen oder bekämpfen«.

Anna wusste darauf keine Antwort. Sie nickte nur und sah den Imam staunend an. David musste schmunzeln. Joseph und seine Familie hatten einiges in Annas Weltsicht durcheinandergebracht.

»Am besten fragen wir den Quran, ob er Gewalt verherrlicht?«, sagte Hafsa und schlug eine Seite auf. Allah sagt im Quran 21:107 über seinen Propheten Muhammad, Friede sei mit ihm: `... und wir entsandten dich nur aus Barmherzigkeit für alle Welten´.

Die Muslime glauben, dass sie mit dem Propheten durch den Quran angesprochen sind. Dabei wird nicht bedacht, oder gar vorenthalten, dass die quranischen Verteidigungsverse stets aus dem Kontext gerissen werden. Immer war der Auslöser dieser Gewalt der Feind, der den Frieden nicht wollte.

Es gibt so viele Verse im Quran, die zum Frieden aufrufen. Wenn der Feind zum Frieden neigt, dann sollen die Muslime zum Frieden neigen, und Allah liebt die Übertreter nicht. In der Sure 2:190 steht: `Und kämpft auf Allahs Weg gegen diejenigen, die gegen euch kämpfen, doch übertretet nicht! Allah liebt nicht die Übertreter.´ Und in Sure 8:61 heißt es: `Und wenn sie sich dem Frieden zuneigen, dann neige auch du dich ihm zu, und verlasse dich auf Allah! Gewiss, Er ist ja der Allhörende und Allwissende´«. Hafsa ging genauso selbstverständlich mit dem Quran um wie ihr Mann.

»Ich weiß, dass der Islam heutzutage ganz anders in den Medien dargestellt wird. Es wird den Nichtmuslimen eingeredet, dass die Muslime jene sind, die immer ein Schwert in der Hand haben, und gegen die Ungläubigen nur kämpfen wollen. Ich stimme zu, dass es unter den Muslimen welche gibt, die zum Extremismus neigen, aber dies ist in allen Ideologien der Fall. Solche Extremisten findet man überall. Aber ist es fair, eine Religion als gewalttätig abzustempeln, nur weil manche ihrer Anhänger im Namen der Religion Kriege führen?«, fragte der Imam.

»Sicherlich nicht, eine Religion soll unabhängig von der falschen Praxis beurteilt werden!«, erwiderte David sofort.

»Du hast es auf den Punkt gebracht. Würden wir die Religionen anhand ihrer Anhänger bewerten, gäbe es keine einzige friedliche Religion auf dieser Erde. Auch das Christentum und das Judentum sind von Gewalt durchdrungen, wie in beiden Testamenten ersichtlich wird.

Die Stellen im Alten Testament, die Gewalt beinhalten, sind zahlreich. Es wird an vielen Stellen von Gottes Strafe gegenüber den Ungehorsamen und der Aufforderung zum Kampf gesprochen. Sie alle jetzt zu erwähnen würde zu weit führen. Aber ich versichere dir, dass dir jeder bibelkundige Christ einige nennen könnte.

Es gibt einen Vers, den ich besonders gewaltvoll finde. Es ist der Vers 4. Moses 31:17-18. Dort soll Moses, Friede sei mit ihm, gesagt haben: `Nun bringt alle männlichen Kinder um und ebenso alle Frauen, die schon einen Mann erkannt und mit einem Mann geschlafen haben. Aber alle weiblichen Kinder und die Frauen, die noch nicht mit einem Mann geschlafen haben, lasst für euch am Leben!´

Im Neuen Testament sind diese Stellen viel seltener, weil Jesus, Friede sei mit ihm, ja keine Armee, und dementsprechend keine Macht hatte. Aber trotzdem soll er in Lukas 12:49-51 gesagt haben: `Ich bin gekommen, um Feuer auf die Erde zu werfen. Wie froh wäre ich, es würde schon brennen! Ich muss mit einer Taufe getauft werden und ich bin sehr bedrückt, solange sie noch nicht vollzogen ist. Meint ihr, ich sei gekommen, um Frieden auf die Erde zu bringen? Nein, sage ich euch, nicht Frieden, sondern Spaltung´.

Diese Stellen zeigen, dass eine gewisse Gewalt in der Religion manchmal nötig ist, wenn die Feinde Gottes den Weg zu Gott verbieten oder in irgendeiner Weise sabotieren.

Jede Religion hat also eine friedliche und eine gewalttätige Seite. Nicht nur Moses, Friede sei mit ihm, hat Gewalt ausgeübt, auch andere Propheten haben das gemacht. Sie riefen zum Kampf oder baten Allah, ihre Völker zu vernichten.

Ein Beispiel bietet die Geschichte der Sintflut von Noah, Friede sei mit ihm, wobei, wie ihr sicher wisst, alle Ungläubigen ertranken.

Es ist also nicht auf die Religion zurückzuführen, wenn im Namen der Religion Attentate verübt werden; vielmehr sind die Urheber von Gewalt immer die Menschen.

In der Geschichte waren die Nichtmuslime gewalttätiger als die Muslime. Die beiden Weltkriege, mit 70 Millionen Toten, geben ein Zeugnis davon ab. Der russische Kommunismus brachte 30 Millionen Tote, der chinesische Kommunismus 40 Millionen Tote. Und wer hat sechs Millionen Juden ermordet? Das waren nicht die Muslime! Die Muslime haben die Juden eher als Gäste und Mitbewohner in Palästina aufgenommen, als sie aus dem Westen vertrieben wurden. Du glaubst, dass das Christentum eine friedliche Religion ist, und somit gewaltvolle Seiten des Christentums, wie die der Kreuzzüge, auf falsche Interpretation und Missbrauch der Religion zurückzuführen sind?
Warum soll dann die Gewalt mancher Muslime sofort auf dem Islam übertragen werden? Dabei muss man sicherlich nicht einseitig denken, und die Gewalt der Nichtmuslime auf die Muslime außer Betracht lassen. Wenn man eine kleine Berechnung machen würde, wie viele muslimische Zivilisten durch nichtmuslimische Armeen im letzten Jahrhundert getötet wurden, und wie viele nichtmuslimische Zivilisten durch muslimische Armeen, dann käme man zu dem für viele Menschen überraschenden Ergebnis, dass die wahren Terroristen nicht die Muslime sind«.

Plötzlich erklang im Raum eine schöne Stimme. Sie sprach dieselben Worte, die sie zuvor bereits in der Moschee gehört hatten, den Gebetsruf! Das Gespräch verstummte abrupt. Alle lauschten gebannt.
»Das ist unser Gebetsruf. Er fängt mit dem Satz \`Allahu Akbar´ an. Es bedeutet \`Allah ist größer´! Wir haben keine Glocken,

sondern preisen Allah mit unserem Gebetsruf. Gleichzeitig wissen die Gläubigen, dass es Zeit ist, sich für das Gebet vorzubereiten. Dieser Satz erinnert uns daran, dass Allah größer ist als unser Leben, unser Geschäft und alles andere, sodass wir alles stehen lassen, und wir uns Ihm zuwenden, wenn Er uns ruft.

Fünf Mal täglich lösen wir uns aus unserem Alltag und treffen unseren Herrn im Gebet. Gebete beruhigen die Seele und lassen uns entspannt und erneuert wieder in unseren Tagesablauf treten. Der Alltagsstress fällt von uns ab, man vergisst seine Probleme und genießt diesen Moment mit Allah«. Joseph strahlte, als er über das Gebet sprach.

»Entschuldigt uns bitte für einen Moment. Wir bereiten uns auf das Nachmittagsgebet vor. Wenn ihr möchtet, könnt ihr euch solange in den Garten setzen«.

Anna und David standen auf und gingen durch die Terrassentür nach draußen. Fatima und die Nachbarsjungen sprangen auf einem großen Trampolin, das in einer Ecke des Gartens neben einem Kinderschwimmbecken stand.

David lachte, als er den Kindern beim Spielen zusah. Sie wirkten so ausgelassen und fröhlich. Lang war es her, dass er so unbeschwert spielen konnte, eine kleine Ewigkeit.

Nach einer kurzen Zeit kamen Hafsa, Joseph, ihr Sohn und die Neffen nach draußen und setzten sich zu ihnen. Die Jungen balancierten ein Tablett mit Tee und Kaffee.

Anna hatte über den muslimischen Gottesbegriff nachgedacht. Dabei hatte sie das Gefühl, ihn nicht fassen zu können.

»Was genau meint ihr, wenn ihr von Allah sprecht?«, fragte David. »Ich weiß schon, dass es der arabische Name für Gott

ist, aber es fällt mir schwer, den islamischen Gottesbegriff zu verstehen«.
»Allah ist der Schöpfer aller Welten. Er ist der eine Gott, der Allmächtige, der Barmherzige und der Allwissende. Er zeugt nicht und wurde nicht gezeugt. Sein sind die schönsten Namen und Eigenschaften, der einzig perfekte Gott, Der uns das Leben gab, um uns zu prüfen. Er sandte uns Propheten mit Schriften, um uns zu Ihm zu führen. Um es dir deutlich zu machen, lassen wir doch am besten den Schöpfer selbst sprechen. Im Quran beschreibt Er sich selbst: `Allah - es gibt keinen Gott außer Ihm, dem Lebendigen und Beständigen. Ihn überkommt weder Schlummer noch Schlaf. Ihm gehört (alles), was in den Himmeln und was auf der Erde ist. Wer ist es denn, der bei Ihm Fürsprache einlegen könnte - außer mit Seiner Erlaubnis? Er weiß, was vor ihnen und was hinter ihnen liegt, sie aber umfassen nichts von Seinem Wissen – außer was Er will. Sein Thronschemel umfasst die Himmel und die Erde, und ihre Behütung beschwert Ihn nicht. Er ist der Erhabene und Allgewaltige.´
Der Name Allah gleicht dem Hebräischen Elohim. Im Prinzip sind die beiden ein Name, jedoch unterscheiden sie sich durch den Akzent in der arabischen und der hebräischen Sprache. Die Endung `im´ steht im Hebräischen für den Pluralis majestatis. Also ist Allah derselbe Gott, dem auch Jesus und Moses, Frieden sei mit ihnen, dienten. Weder Jesus noch Moses haben Gott `Gott´ genannt, sie haben ihn unter anderem Elohim genannt. Und somit ist Allah der beste Name Gottes überhaupt«, führte der Imam aus.
»Wie kommt es, dass du das Gebet zu Hause gebetet hast, ich

dachte als Imam musst du die Gebete in der Moschee leiten?«, fragte David interessiert.

»Du hast recht, aber ich habe natürlich meinen Stellvertreter. Sonst könnte ich es mir ja niemals erlauben, krank zu werden oder zu verreisen. Ich habe ihn gebeten, das heutige Nachmittagsgebet für mich zu leiten«.

Die Beiden waren beeindruckt, wie selbstverständlich sie in den großen Familienkreis mit aufgenommen wurden.

»Wir wollen eure Gastfreundschaft nicht überstrapazieren. Eine Sache gibt es aber noch, die ich gerne ansprechen möchte. Ich muss bald eine Entscheidung treffen und für mich eine Religion wählen. Was würdest du mir empfehlen? Was kann ich tun, um meine Wahl zu beschleunigen?«

»Eine amerikanische Organisation hat mich im Rahmen eines interreligiösen Dialogs zu einer Debatte mit einem alten Freund in Los Angeles eingeladen. Der Freund ist ein Priester, der sich aufgrund seines Hintergrundes mit dem Islam auskennt. Sein Vater ist Muslim. Er wird für das Christentum sprechen und ich für den Islam. Es wird über mehrere Themen debattiert. Wenn ihr Lust habt, könnt ihr mich begleiten. Eure Reisekosten übernehme ich. Es ist sehr viel angenehmer, in einer Gruppe zu verreisen! Wollt ihr mich begleiten?«, fragte Imam Joseph.

Ohne darüber weiter nachzudenken, nahm David die Einladung an.

»Ich wollte sowieso gerne mit einem christlichen Priester sprechen. Eine Debatte ist immer der beste Weg, um die Beweise auf die Probe zu stellen und die Wahrheit zu entdecken. Ich bin dabei!«, sagte David mit leuchtenden Augen.

»Was ist mit dir, Anna. Begleitest du uns?“, fragte er begeistert.
»Ich weiß nicht, ob meine Eltern einer so weiten Reise zustimmen. Wann geht der Flug?«
»Der Flug ist in vier Tagen, ihr müsst euch bis morgen entscheiden. Und für dich, David, gibt es eine Bedingung, wenn du mitgehen willst. Du bekommst während der Debatte eine Aufgabe von mir und müsstest diese erledigen, unabhängig davon, ob es dir gefällt oder nicht. Würdest du das für mich tun?«
»Was meinst du damit? Ich verstehe nicht!«, sagte er irritiert.
»Ich kann dir das jetzt nicht verraten, aber keine Angst, dir passiert dabei nichts, vertrau mir einfach!«, sagte Joseph und sah den Jungen prüfend an.
»Wenn das so ist, dann hast du hiermit mein Versprechen! Jetzt wird es aber Zeit für uns zu gehen, wir haben noch viel zu tun. Zunächst einmal müssen wir wohl beide mit unseren Eltern sprechen. Ohne ihr Einverständnis können wir nicht mitkommen«.
»Ich fahre euch in die Stadt. Sagt mir bitte morgen Bescheid, ob Anna mitreisen möchte oder nicht«.
Sie verabschiedeten sich von Hafsa und ihren Kindern und verließen gemeinsam mit Joseph das Haus.
»Ich rufe an, sobald ich etwas Näheres weiß!«, versprach David und stieg mit Anna vor dem Studentenwohnheim aus dem Auto.

Nichts hätte ihre Meinung über den Islam nachdrücklicher verändern können als dieser Besuch.

»Du hast versprochen, mich zu begleiten!«, sagte David beim Abendessen.
»Was hält dich zurück?«
»Kannst du es dir nicht denken? Meine Eltern werden ausrasten, wenn sie erfahren, mit wem wir verreisen. Mutter ist eine sehr überzeugte Jüdin! Für sie gibt es keine Alternative zum Judentum.«
»Sie muss doch mitbekommen haben, dass du anders tickst und deine Lebensweise nicht gerade mit deinen Glaubensgrundsätzen harmoniert hat«.
»Was glaubst du, warum ich hier bin? Ich musste einfach mal raus«, entschlüpfte es Anna.
David sprang auf und wählte mit fahrigen Fingern eine Nummer. Nach wenigen Sekunden angstvoller Verwunderung wurde Anna erlöst. Sie hatte schon befürchtet, er hätte die Nummer ihrer Eltern gewählt, die sie ihm vor ein paar Tagen für Notfälle aufgedrängt hatte.
»Ich bin es, David. - Wir brauchen einen Rat! Meine Freundin fürchtet sich vor der Reaktion ihrer Eltern, wenn sie erfahren, dass sie sich mit Muslimen trifft, um den Islam kennenzulernen!«
»Was könnte schlimmstenfalls passieren?“, fragte Joseph.
»Ich weiß nicht! Sie könnten mich hinauswerfen und den Kontakt abbrechen. Was mache ich dann?“, meinte Anna.
»So weit wird es nicht kommen! Mach deinen Eltern klar, dass du nur den Spuren der Religion Moses‘ folgst. Die Suche nach der Wahrheit ist für jeden anders. Außerdem, wenn sie daran glauben, dass man durch Geburt sein Leben lang an das Judentum gebunden ist, bist du – aus ihrer Sicht – doch sicher,

egal, was du auf deiner Suche findest. Mach ihnen klar, dass du dein Leben auf den Glauben ausrichten willst. Das wird sie vielleicht beruhigen«.

»Da bin ich mir nicht so sicher! Du kennst meine Mutter nicht“, murmelte Anna.

»Gibt es jemanden in deiner Familie, den du auf deine Seite ziehen kannst?«, fragte der Imam.

»Dann sprich zuerst mit ihm! Er kann dir helfen, die Mutter zu überzeugen«, schlug er vor.

»Kannst du nicht für mich fragen?«, bat Anna.

»Den ersten Schritt musst du selber machen. Wenn deine Eltern noch Fragen haben, können sie mich gerne anrufen, Anna«.

»Danke!«, flüsterte sie enttäuscht und klappte das Handy zusammen.

»Komm schon, Anna! Bringen wir es hinter uns. Gib mir dein Handy, ich wähle für dich!«, sagte David und nahm es ihr aus der Hand.

»Warte doch! Ich kann noch nicht ...« David hielt ihr das Handy ans Ohr. Anna starrte ihn mit aufgerissenen Augen an, löste die Verbindung und verließ, Worte der Erklärung ins Telefon stammelnd, Davids Zimmer.

David durchfuhr ein seltsames Gefühl. So etwas zwischen Fliegen und Bauchweh. Mit wackligen Knien streckte er sich auf dem Bett aus und genoss diesen Moment.

Nach ein paar entrückten Minuten nahm er sein Handy und rief zu Hause an.

»Wann kommst du zurück?«, war das Erste, was seine Mutter ins Telefon hauchte. Keine Zeit mehr für Höflichkeit! Ihre

Stimme - ein einziger Vorwurf - konnte nicht mehr verbergen, was die Mutter dachte.
»Ich brauche noch ein paar Tage, Mutter! Ich stehe ganz kurz vor einer Antwort!«, begann er.
»Mach doch, was du willst, Junge! Wir sehen uns dann am Grab deines Bruders. Wenn du es einrichten kannst!«, schrie sie und unterbrach die Verbindung.
Nach zehn Minuten klingelte sein Telefon. Angst, Wut, Verzweiflung; all das bevölkerte seinen Kopf, lähmte seine Argumente. Mechanisch hielt er den Hörer ans Ohr.
»Ich bin's, mein Sohn!«, sagte der Vater. »Du musst deine Mutter verstehen. Sie kann es kaum noch ertragen, in euer leeres Zimmer zu gehen. Es ist so still geworden! Ich vermisse sogar eure Streitereien«.
»Es tut mir so leid, Vater.
Glaub mir, ich muss einfach weitersuchen. Sonst war alles umsonst! Ich stehe so kurz vor einer Antwort. Ich möchte für ein paar Tage mit einem Geistlichen auf einen religiösen Kongress nach Los Angeles. Er braucht einen Helfer und hat mich eingeladen, ihn zu begleiten. Eine Freundin, die ich hier an der Uni kennengelernt habe, wird uns begleiten. Wir bekommen die Reise geschenkt.
Bitte, Vater, lass mich nur noch dieses eine Mal gehen.
Wenn ich dort mein Ziel nicht erreiche, komme ich nach Hause, versprochen!«, sagte David. Sein Brustkorb schmerzte und verlangte dringend nach frischer Luft.

»Gut, Junge! Geh nur! Was brauchst du von mir?«, fragte Vater.

»Ich faxe dir die Einverständniserklärung für die Reise. Und Vater, kommst du zum Bahnhof? Ich möchte dir jemanden vorstellen«.
»Natürlich, wenn du es möchtest. Ich bringe deine Großeltern mit. Sie vermissen dich«, erwiderte Vater und verabschiedete sich.
Anna saß ihm gegenüber. Er hatte gar nicht bemerkt, dass sie hereingekommen war.
»Du zuerst!«, sagte David schnell und betrachtete sie mit ganz anderen Augen. Sie hatte Katzenaugen. Darauf hatte er vorher nie geachtet. Sie waren jetzt vor Erregung geweitet.
»Was war das eben, David?«, fragte sie und nahm seine Hand.
»Ich dachte, du wolltest Distanz«.
»Ich weiß, was ich gesagt habe«, antwortete er grinsend.
»Erzähl schon, was sie gesagt haben!«, hastete David.
»Du zuerst! Du hast doch gerade mit deinem Vater gesprochen, oder?«, fragte Anna. »Ja, nachdem meine Mutter das Gespräch abgebrochen hat. Er ist einverstanden, sie nicht. Sie ist mir so fremd geworden. Wir verstehen uns überhaupt nicht mehr. Früher waren wir uns sehr nah«, sagte er leise zu sich.
»Ach, David, sie wird sich schon wieder beruhigen!«
»Wie lief's bei dir?«, fragte David.
»Es war leichter, als ich gedacht hatte. Mein Vater war ganz ruhig. Er hat mit Mutter gesprochen und mich dann zurückgerufen. Sie ist froh, dass ich endlich aufgewacht bin. Natürlich habe ich das Wort Islam vermieden. Sie wollen sogar zum Flughafen nach München kommen und dich kennenlernen!«
David konnte nicht warten. Er wählte sofort die Nummer des

Imams. Seine Stimme überschlug sich fast.
»Wir sind dabei! Mein Vater hat sich schon einen Vordruck zur Einverständniserklärung aus dem Internet runtergeladen. Langsam hat er Übung. Er und Annas Eltern können die Papiere ja gleich an das Reisebüro faxen. Hast du eine Nummer?«
»Wie wär es, wenn wir uns in einer Stunde am Reisebüro treffen, das gleich neben dem Hauptbahnhof liegt?«, lachte Joseph befreit.
»Klar, gern, bis gleich!«, antwortete Anna, die mithören konnte, da David sein Handy auf Mithören eingestellt hatte.
»Ich möchte Anna sprechen!“, sagte der Imam.
»Wie lief es denn bei dir? War es sehr schwer für deine Eltern?«, fragte er.
»Nein! Ich bin total überrascht, dass sie so gelassen geblieben sind. Es war eine gute Idee, erst meinen Vater zu überzeugen«, antwortete Anna.
»Dann sind wir zu dritt! Ich freue mich über eure Begleitung! Es gibt etwas, Anna, was mir auf dem Herzen liegt. Du wirst dir kein Zimmer mit David teilen, denn das ist sowohl in eurer als auch in unserer Religion verboten. Bist du einverstanden?«, fragte der Imam.
»Ja, sicher, kein Problem!«, antwortete Anna.

Im Reisebüro erfuhren sie, dass sie noch drei Tage Zeit hatten bis zum Abflug. Joseph hatte den Flug ab Frankfurt gebucht. David beschloss, die verbleibende Zeit in München zu verbringen und fragte Anna, ob sie ihn begleiten wollte.
David rief seine Eltern an und kündigte an, dass er noch am

Abend mit Anna ankommen würde. »Ich kann jetzt keine Gäste um mich haben, David. Aber quartier‘ deine Freundin doch bei den Großeltern ein. Deine Oma freut sich immer über Besuch«.
David wählte die Nummer seiner Großeltern. Großvater sagte sofort zu und verabschiedete sich bis zum Abend.
»Ich hoffe es ist dir recht. Ich habe dich gar nicht gefragt, ob du bei meinen Großeltern übernachten möchtest«.
»Klar, ich freu‘ mich schon darauf, sie kennenzulernen«.
Es dauert keine halbe Stunde und alles war für die Abreise bereit. Ein letztes Mal gingen sie den Weg zu Rhein hinunter. Ein Weg angefüllt mit Erinnerungen. Hier hatte sich ein neues Kapitel geöffnet, noch wusste keiner von beiden, wohin es sie führen würde, aber was machte das schon.
Am Abend standen die Eltern am Bahnhof. Vater sah erleichtert aus und Mutter wie ein Vogel, der sich den Flügel gebrochen hatte. Sie fuhren Anna und David zu den Großeltern. Vater gab sich große Mühe, freundlich zu sein. David umarmte ihn zum Abschied. Er legte seine ganze Dankbarkeit in diese Umarmung, froh ihn zu spüren. Der Duft seines Aftershaves haftete noch an Davids Jacke, als der Vater den Hausflur der Großeltern schon längst verlassen hatte.
Die Großeltern sahen Anna neugierig an. Aus der Küche wehte ein „Großmutter-hat-gekocht“-Duft herüber. David verband nichts mehr mit Heimat als diesen Duft.
»Jetzt erzähl‘ schon, wie war es an der Uni?«, platze der Großvater heraus und zog seinen Enkel zum durchgesessenen Sofa. Dort, wo der Großvater zum Mittagschlaf lag, war eine tiefe Kuhle. Doch Großmutter lotste David in die Küche.

„Jetzt wird erstmal gegessen. Reden könnt ihr auch später noch«, sagte sie aufgeregt. Noch nie hatte David eine Freundin zu Hause vorgestellt.
»Was genau studieren Sie?«, fragte der Großvater.
»Ich mache nächstes Jahr mein Abi, danach möchte ich gerne studieren, irgendwas Technisches«. »Anna hat auch am Probestudium teilgenommen. Wir haben im Wohnheim nebeneinander gewohnt und uns angefreundet. Sie möchte mit mir gemeinsam weitersuchen. Du weißt schon, die Suche nach Gott«.
Nach dem Essen nahm Großmutter Anna beiseite und zeigte ihr das Gästezimmer und den kleinen Balkon.
Als David raus sah, um die Stimmung zu erahnen, begegnete er Annas Blick. Sie sah entspannt aus. Großmutter hatte Tee gekocht und ihren unwiderstehlichen Napfkuchen serviert.
Davids Worte sprudelten über wie Brause. Er erzählte von den Vorlesungen, von Imam Joseph, der bevorstehenden Reise, seinen Ängsten, zu spät zu kommen. Nach diesem Redefluss brach er plötzlich ab und schaute den Großvater an.
»Was verbirgst du vor mir?«, fragte er augenzwinkernd.
»Was ist mit diesem Mädchen und dir?« »Ach so, das meinst du! Wie findest du sie?«, stammelte David.
»Sie ist ein anständiges Mädchen und scheint dich sehr zu mögen. Aber viel wichtiger ist, was du für sie empfindest!«
»Tja, ich weiß noch nicht, wie sich unsere Freundschaft entwickelt. Ich mag sie, sehr sogar.

Für mehr ist in meinem Kopf jetzt kein Platz. Es geht um Markus, um ihn und seinen Seelenfrieden«, erwiderte David.

Der Großvater umarmte seinen Enkel. »Du warst schon als kleiner Junge einzigartig und du bist es jetzt noch. Ein anderer in deinem Alter hätte seinen Bruder längst vergessen und sich lieber mit so einem hübschen Mädchen wie Anna beschäftigt. Du bist so willensstark und gibst nie auf. Deshalb zweifle ich nicht daran, dass Gott dich liebt. Und dass Er dir die Wahrheit zeigen wird«.
David erwiderte die Umarmung und drückte den Großvater an sich.
»Ich liebe dich, ich weiß nicht, was ich ohne dich machen würde!«
»Ich bin doch dein Großvater, und du bist so ein besonderer Junge, möge Gott dich segnen!«
»Was kann ich tun, um meine Mutter zu beruhigen und ihre Enttäuschung zu mindern? Vater unterstützt mich, aber sie hat unser letztes Gespräch abgebrochen!« David kniff die Augen fest zusammen. Nur nicht heulen!
»Lass dich von niemandem abhalten, nach der Wahrheit zu suchen. Wir werden schon einen Weg finden, deine Mutter zu versöhnen, wenn das alles vorbei ist!«, sagte der Großvater.
»Ich danke dir. Du weißt gar nicht, was es mir bedeutet, jemanden hinter mir zu wissen. Jetzt gehe ich aber besser nach Hause. Gleich morgen früh muss ich Markus sehen. Danach komme ich vorbei und hole Anna ab«.
»Mach dir keine Sorgen um Anna. Sie ist bei uns in guten Händen«, beruhigte der Großvater.
Wie mechanisch lief David durch die Straßen, sie waren bekannt und doch fremd. Nichts wie es gewesen war. Wird es je wieder so sein? Vertraut, sicher? Ohne sich umzusehen,

warf er sich aufs Bett und sank in einen tiefen Schlaf. Auf einem dunklen Waldpfad traf er seinen Bruder Markus. Das Ziel war unbekannt. Ein rasch herannahender weißer Punkt entpuppte sich als Pferd. Es wartete auf die Brüder, ließ sie aufsteigen. In rasantem Galopp hetzten sie durch den Wald, die Äste peitschten David ins Gesicht und hinterließen blutige Spuren. Nur ihn verletzten sie. Das Pferd fiel in Trab und scheute vor einem gleißenden Licht. Es bäumte sich auf und warf die Brüder in das weiche Moos. Sie fanden sich wieder in einem seltsamen Garten. Es war, als hätte das Pferd sie durch eine Pforte in eine andere Welt befördert. Die Blumen strömten einen zauberhaften Duft aus. Markus stand auf und folgte dem Klang eines Wasserfalls, der ihn leitete. Nur ihn, nicht David.

»Markus, warte ich komme mit, lass mich nicht allein!« Der Ältere jedoch folgte dem Ruf und achtete nicht auf seinen Bruder. David stolperte hinter ihm her, bedacht, den Anschluss zu behalten, bis Markus auf einer Bergkuppe verharrte, die Augen auf ein weißes Schloss gerichtet. Schweigend gingen sie weiter, bis sie am Schlosstor angekommen waren. Markus zog einen silbernen Schlüssel aus seiner Tasche. Auf einem Schild, das Fremden den Zutritt verwehrte, prangte in goldenen Lettern der Name seines Bruders.

»Willkommen, mein Herr! Ihr seid zu früh! Wir haben Euch erst in 10 Tagen erwartet! Noch sind wir nicht bereit, noch wird das Schloss herausgeputzt! Ich muss Euch bitten, zu gehen. Wir erwarten Eure Ankunft in 10 Tagen, haltet Euch bereit, mein Herr«, sprach die Torwache und schloss die Pforte vor ihnen.

»Markus, was soll das bedeuten?« Der Bruder setzte sich auf einen Baumstumpf und starrte auf die verschlossene Pforte. David machte einen Schritt auf Markus zu, wollte ihn berühren und verlor sich in einem dichten Nebel, der zwischen den Brüdern aufzog.

Als David erwachte, klapperte er vor Kälte mit den Zähnen. Die Decke lag auf dem Boden und kalter Schweiß rann seinen Rücken hinab. Seufzend erhob er sich, betrat das Bad neben seinem Zimmer und wusch den Traum fort. Ich würde alles geben, um zurückzukehren, Markus zu treffen, selbst wenn er nicht mit mir redet, dachte David. Was für ein seltsamer Ort! Plötzlich starrte er in den Spiegel, die Augen aufgerissen und las in seinem Gesicht die Antwort. Zehn Tage noch, das war die Frist. Ein schmales Zeitfenster, um der Wahrheit auf die Spur zu kommen.

Im Wohnzimmer saßen die Eltern und frühstückten stumm. Seine Mutter, in Schwarz gehüllt, kaute lustlos an einer Brotkante. Warum trägt sie Schwarz, ärgerte sich David. Vater blickte auf, sah den unwilligen Blick, mit dem der Junge die Mutter musterte.

»Endlich, wir dachten schon, wir würden dich gar nicht mehr zu Gesicht bekommen, du Langschläfer«, scherzte er. »Am Bahnhof konnten wir uns kaum unterhalten. Wie war deine Reise?«

»Es hat mich weitergebracht, Vater und ich habe eine Weggefährtin in Anna gefunden. Es war also nicht umsonst, nach Bonn zu gehen“, sagte er kampfbereit.

»Es fällt mir schwer, euch jetzt noch einmal zu verlassen, das musst du mir glauben Vater, aber ich muss diese Reise nach Los Angeles machen, dort, das spüre ich, endet meine Suche. Dann kehre ich zurück, versprochen!«
»Geh und tu, was du tun musst, mein Sohn, aber erwarte nicht, dass wir dich verstehen. Und mit deinen Schuldgefühlen musst du ganz allein klarkommen, wenn du nicht rechtzeitig zurückkommst, um dich von Markus zu verabschieden!«
»Ich bin mir so sicher, Markus durch meine Reisen zu helfen, Vater. Vertrau mir, bitte!«
»Es fällt mir schwer, David!", keuchte der Vater und räumte den Tisch ab. »Ich möchte dich finanziell nicht mehr unterstützen. Sieh zu, wie du selber klarkommst! «, schloss der Vater und verließ den Raum.
David folgte ihm in die Küche. »Ich bin eingeladen worden, es kostet dich gar nichts. Es wäre mir so wichtig, dass du hinter mir stehst, bitte Vater, gib mir deinen Segen!«
»Du sprichst ja schon fast wie ein Priester. Was kommt als Nächstes? Gehst du ins Kloster?«, scherzte Vater und lachte scheppernd.
»Du tust so, als gäbe es keine Wahrheit außerhalb deiner merkwürdigen Weltsicht. Als wären alle anderen Blinde und nur du sehend! Das ärgert mich, ich will nichts mehr davon hören!«
»Ich suche für mich und meinen Bruder. Leider bleibt mir keine Zeit für lange Erklärungen. Ich habe mir mehr Verständnis von Euch erhofft, Vater«, entfuhr es ihm.

»Dein Vater hat recht, Junge. Markus stirbt auf Raten und unser Jüngster ist auf dem Selbstfindungstrip und sucht nach Erfüllung und Glück", schimpfte sie. „Wir sorgen uns, unsere Familie zerbricht gerade!"

»Ich mache mir auch Sorgen, deshalb bin ich ja auf der Suche. Mein Ziel liegt schon vor mir. Fast kann ich es greifen. Ich weiß einfach, dass die Antwort auf diesem Kongress zu finden ist. Könnt ihr mir versichern, dass meine Seele nach dem Tod einfach so verschwindet, und dass ich nicht zu meinem Schöpfer zurückgehe?«

»Das kann dir keiner versichern, aber glaube an das, was du siehst, und träume nicht von ungewissen Dingen«.

»Wenn alle so denken würden wie du, Mutter, dann gäbe es keine Religionen. Willst du leugnen, dass es einen Schöpfer gibt, dem wir Dankbarkeit schulden?«, brachte David hervor.

»Es fällt mir schwer, zu glauben, dass es einen Gott gibt, wenn mein Sohn aus dem Leben gerissen wird, bevor es richtig angefangen hat. Was haben wir getan, um diese Strafe zu verdienen?«

Also ich für meinen Teil kann mich weder an meine eigene Geburt noch an meine frühe Kindheit erinnern. Es ist für mich keine Tatsache, dass ihr meine Eltern seid, ich glaube es«, bemerkte David.

»Wir bezeugen, dass du unser Sohn bist«, erwiderte die Mutter verwirrt.

»Und ich vertraue euch, ich glaube! Verstehst du, worauf ich hinaus will?«, fragte der Junge.

»Ich glaube, obwohl ich keinen Beweis habe, genauso wie ich an Gott glaube, auch wenn ich Ihn nicht sehe! So wie ich euch als meine Eltern anerkenne und liebe, so liebe ich Gott. Leugnen ist viel einfacher, als den Tatsachen ins Auge zu sehen. Man kann alles im Leben leugnen, aber was nützt es uns, wenn wir zu spät entdecken, dass das, was wir stets verleugnet haben, die Wahrheit war! Wir verlieren dabei alles, um einige Jahrzehnte zu genießen, die letztendlich in einem Moment vergangen sind, und ehe man sich versieht, findet man sich auf seinem Sterbebett in irgendeinem Krankenhaus wieder. Ist das euer Weg im Leben?«

»Lass uns aufhören, Junge. Wir laufen im Kreis! Das führt doch zu nichts, mach', was du willst!«, resignierte der Vater.

»Ich liebe Euch doch! Aber ihr steht nicht über Gott und meiner Religion. Sei mir bitte nicht böse und verzeih mir all diese Unannehmlichkeiten, Vater, aber ihr werdet mich daran nicht hindern können«, enthüllte er und ging hinaus, um seinen Bruder zu sehen.

»Wenn dich deine Suche glücklich macht, dann stehen wir dir nicht im Weg«, sagte der Vater hinterher und umarmte seinen Sohn, bevor er das Haus verließ.

»Ach Papa, ihr könnt euch gar nicht vorstellen, wie sehr ich euch liebe. Ich kann mir ein Leben ohne euch nicht vorstellen. Aber mein Weg ist ein anderer, als der eure. Das heißt aber nicht, dass ich euch weniger liebe, nur weil ich Gott den Vorzug gebe.

Im Gegenteil, ich suche die Wahrheit nicht nur wegen Markus und mir, sondern auch für euch und alle anderen Menschen, die ich liebe.

Ihr habt mir doch beigebracht, dass man das Gute nicht nur für sich einnehmen soll, sondern teilen muss. Ich suche nach

dem Guten für mich, und für jeden, der auch danach strebt«.
Vater umarmte ihn. »Du bist alt genug! Tu, was du tun musst! Aber pass auf, dass du bei deiner Suche nicht verloren gehst. Das Leben ist voller Trug und Lüge. Ich habe Angst, dass du einem Betrüger zum Opfer fällst. Pass auf dich auf!«, stammelte der Vater.
»Magst du nicht später mit deiner Freundin vorbeischauen? Wir können in ein Café gehen. Unsere Wohnung ist im Moment kein gastlicher Ort. Was hältst du davon?«, fragte der Vater und zwang sich ein Lächeln ab.
»Wie nah steht ihr Euch?«, fragte die Mutter, die dazugekommen war.
»Wir kennen uns ja erst seit paar Tagen, sie ist ganz ähnlich wie ich auf der Suche nach Gott, deshalb reisen wir gemeinsam als Weggefährten! Vielleicht wird es einmal mehr, nur nicht jetzt. Markus ist es, der meine ganze Aufmerksamkeit braucht und das jetzt. Ich würde mich freuen, wenn ihr Anna kennenlernt«.
»Gern, mein Schatz, sie macht einen netten Eindruck. Wir machen uns einen schönen Nachmittag im Englischen Garten. Seit Tagen habe ich keine Sonne mehr gesehen. Es wird Zeit, mal wieder rauszugehen«, äußerte sie, überrascht über die eigenen Worte.
»Danke, Mama, ich hab dich lieb!«, flüsterte er und stürmte los.
Das Krankenhaus dämpfte sofort sein trügerisches Hochgefühl, das er für einen winzigen Moment empfand. Markus' Brust hob und senkte sich, die Lungen gefüllt mit künstlicher Luft, das Herz belebt von einer Maschine.

»Du weißt, dass ich alles für dich tun würde. Niemals gebe ich auf!«, flüsterte er und hielt die leblose Hand. Sie war so warm und lebendig.
»Ich trete noch eine Reise an, es wird die letzte sein. Bald schon komme ich zurück und ich glaube fest daran, dass ich die Antwort finde, die du so sehnsüchtig erhoffst«, flüsterte er ihm entgegen. »Warte auf mich! Hörst du mich?«
Die Stille, die ihn umgab, legte sich bleischwer nieder.
Feuchte Spuren benetzen seine Augen, suchten sich einen Weg nach draußen. Einige Tränen tropften auf die Wange seines Bruders. Er wischte sie mit seiner Hand weg, und verließ das Sterbezimmer, einen Ort für Tote.

Die Großeltern und Anna erwarteten ihn schon sehnsüchtig.
»War es schwer für dich, deinen Bruder zu sehen?«, fragte Anna.
»Ich habe von ihm geträumt«, flüsterte er in ihr Ohr. »In zehn Tagen wird er sterben. Das ist meine Zeit! Nur noch zehn Tage!«
»Das schaffen wir, ich vertrau dir, David«.
David schaufelte das Mittagessen der Großmutter in sich hinein, ohne zu bemerken, was er da aß.
»Komm, Anna. Ich zeige dir München. Was möchtest du sehen?«, fragte er Anna nach dem Essen. »Wir müssen keine Stadttour machen. Zeig mir doch einfach deine Lieblingsplätze, irgendetwas, wo du dich wohlfühlst«, antwortete sie sanft. David nahm ihre Hand und zog sie mit.
»Na gut, wahrscheinlich hast du recht. Es gibt einen Ort, an den ich oft gegangen bin, wenn ich traurig war«.

Am Nachmittag trafen sie die Eltern. Mutter prüfte Anna mit ihren Blicken und war mit dem Ergebnis wohl zufrieden, denn sie hatte keine Fragen. Die beiden verbleibenden Tage vergingen wie im Flug und schon war es Zeit für die Reise. Der Abschied von den Eltern und Großeltern fiel David nicht leicht. Sie setzen sich in den Zug nach Frankfurt, einem verheißungsvollen Ziel entgegen.

California Dreams

Frankfurt: Chaos und Plan; Verheißung fremder Länder und gnadenlose Sicherheitskontrollen!
Mit Muslimen zu reisen, bedeutet, unter Generalverdacht zu stehen!
Auf dem Weg zum Boarding wurde Imam Joseph von den Sicherheitsbeamten hinausgewunken.
David und Anna spürten die Blicke der Mitreisenden auf sich. David konnte ihre Gedanken fast hören: Wer sind die? Ein Schläferpärchen, getarnt als harmlose Jugendliche? Terror-Komplizen des Bärtigen? Die Plätze neben ihnen blieben leer. Nach 20 Minuten war es vorbei. Der Sicherheitsbeamte entschuldigte sich für die Unannehmlichkeiten.
Endlich waren sie im Flugzeug und hatten 26 Stunden Zeit die Gedanken zu ordnen.
Die Ankunft im Land der Selfmade-Menschen war schön.
Der Organisator des christlich-islamischen Dialogs in Los Angeles empfing sie persönlich. Er fuhr sie mit einem schicken schwarzen Cadillac durch die Stadt. Willkommen in Amerika! David schaute und staunte. Alles war hell und groß. Auf die Sonne am Himmel Kaliforniens war Verlass. Nach einer Weile hielten sie vor einem Wolkenkratzer. Dreißig Stockwerke in Glas und Stein. Es war ein seltsames Gebäude. David konnte sich nicht entscheiden, ob er es außergewöhnlich schön

oder außergewöhnlich hässlich finden sollte. Jedenfalls war es außergewöhnlich. Das Gebäude teilte sich in zwei sich abstoßende Stilrichtungen. Ein moderner Glasbau neben altbackener Cowboyromantik.

»Gibt es einen Grund für diese Bauweise?«, fragte er ihren Gastgeber in holprigem Englisch.
»Vielleicht ist dem Besitzer das Geld ausgegangen, um die Renovierung zu vollenden!«, antwortete Anna.
»Dieses Hotel ist eines der modernsten Gebäude der Hollywood-Stadt und wurde ganz gezielt speziell an diesen kontrastreichen Ort der Widersprüche gebaut. Hier leben superreiche Weltstars neben Armut und Not. Der Besitzer wollte auf diese bizarre Situation aufmerksam machen und zeigen, welche Formen der amerikanische Kapitalismus hat. Ein Fingerzeig für die Reichen; eine Erinnerung an die Armut in ihrer Nachbarschaft«.
David und Anna folgten dem Imam in die Lobby. »Es ist sehr schön, die Armen nicht zu vergessen, auch wenn man ein Luxusleben führt. Daher ist es die dritte Säule des Islams, nach dem Glauben und dem Gebet, Almosen an die Armen zu geben! Alle fünf Säulen des Islams dienen der Gleichwertigkeit zwischen den Armen und den Reichen. Vor ihrem Herrn sind sie gleichwertig. Im Gebet stehen die Reichen fünf Mal am Tag neben den Armen, und wenn sie fasten, dann können die Reichen den Hunger der Armen spüren. Wenn wir die Pilgerfahrt nach Mekka durchführen, kleiden sich alle Männer in ungenähte Tücher. Der Unterschied im Vermögen verschwindet. Der Prophet Muhammad, Friede sei mit ihm,

sagte eines Tages: `Ich schwöre bei Allah, dass er kein richtiger Gläubiger ist´. Dann fragten die Gefährten: `Oh Prophet, wer ist das?´ Dann sagte er: `Wer satt schläft, während sein Nachbar Hunger hat, und er davon weiß´«.

»Du meinst, die Muslime tragen Verantwortung für die Befindlichkeit ihrer muslimischen Nachbarn?«, fragte David neugierig.

»Ich meine damit, die Muslime tragen Verantwortung für die Befindlichkeiten all ihrer Nachbarn. Im Quran in Sure 4:36 heißt es: „Und dient Allah und gesellt Ihm nichts bei. Und zu den Eltern sollt ihr gütig sein, und zu den Verwandten, den Waisen, den Armen, dem verwandten Nachbarn, dem fremden (nichtmuslimischen) Nachbarn, dem Gefährten zur Seite, dem Sohn des Weges und denen, die eure rechte Hand besitzt. Allah liebt nicht, wer eingebildet und prahlerisch ist.“ So befiehlt uns Allah Barmherzigkeit und Fürsorge im Umgang mit unseren Mitmenschen. In L.A. leben 20 Prozent der Menschen unterhalb der Armutsgrenze. Mit L.A. und Hollywood assoziiert man Glamour und Reichtum. Die Fakten sind andere. Stellt euch mal vor, diese Stadt wäre auf den Fundamenten eines aufrichtigen Glaubens gegründet, die Menschen würden sich zu Barmherzigkeit und Großzügigkeit verpflichten, wäre dann die Armutsschere so massiv? Stellt euch nun vor, die Wirtschaftslage wäre so geschwächt, dass die staatliche Unterstützung für die Armen zusammenbräche, was würde wohl in dieser Stadt passieren?«

»Anarchie und Chaos!«, erwiderte Anna.

»Ein Finanzsystem wie das islamische, wo jeder Mensch, der über einer bestimmten Einkommensgrenze Vermögen hat,

2,5 Prozent jährlich aus seinem Vermögen abgeben muss, garantiert auf der einen Seite, dass die armen Menschen ein Minimum an nötiger Versorgung bekommen, und auf der anderen Seite ist gewährleistet, dass die Geschäftsleute ihr Geld nicht bei den Banken horten und verzinsen lassen, sondern damit Geschäfte machen, um die 2,5 Prozent Abgabe nicht aus ihrem Kapital zu verlieren, sondern gewinnbringend auszugeben. Diese Methode gewährt einen dauernden Kapitalerhalt auf dem Finanzmarkt. Das kurbelt die Konjunktur an, sichert Arbeitsplätze und bietet Armen wie Reichen gute Entwicklungschancen. Und alles ohne Zinsen, die im Islam verboten sind«.

»So habe ich es noch nie betrachtet, aber da ist was dran. Ein kapitalistisches Finanzsystem, welches auf Zinsen baut, ist immer gefährdet, das geliehene oder verliehene Geld, welches real nicht existiert, zu verlieren«, platzte David heraus.

»So wird das Gefälle zwischen Arm und Reich immer größer. Im Quran in Sure 2:275 warnt uns Allah vor genau dieser Tatsache, die wir heute überall beobachten können: `Diejenigen, die Zins verschlingen, werden nicht anders aufstehen als jemand, den der Satan durch Wahnsinn hin und her schlägt. Dies (wird sein), weil sie sagten: `Verkaufen ist das gleiche wie Zinsnehmen.´ Doch hat Allah Verkaufen erlaubt und Zinsnehmen verboten.´ Das islamische Finanzsystem ist der beste Schutz vor solchen Finanzkrisen. Das ist die Weisheit Allahs, des Allwissenden«, erklärte Joseph.

»Ich habe bis jetzt noch nirgendwo gelesen, dass es ein alternatives Finanzsystem gibt. Gibt es so etwas auch in den anderen Religionen?«, fragte Anna.

»Das Judentum hat ein paar Regeln wie das Zinsverbot, jedoch kein komplettes Finanzsystem wie der Islam, welcher als einzige Religion ein komplettes göttliches Finanzsystem beinhaltet!« Imam Joseph erhob sich. »Es scheint noch eine Weile zu dauern, bis wir einchecken können. Wollt ihr etwas trinken? Wir sind lange unterwegs!«
»Bitte. Ich bin schon ganz ausgetrocknet!«, sagte Anna.
»Hört mal, ihr beiden. Ich möchte, dass ihr mir immer sagt, wenn ihr etwas braucht. Ich möchte, dass es euch gut geht. Was soll ich bestellen: Kaffee, Tee, etwas Kühles?«
»Am liebsten nur Wasser!«, bestellte Anna.
»Ich hätte gerne einen Tee!«
Joseph winkte einer Servicekraft und bestellte. David ließ seinen Blick schweifen. Als er nach Anna Ausschau hielt, die aufgestanden war, um einen Waschraum zu suchen, standen die Getränke schon auf dem kleinen Beistelltisch neben ihnen.

»Schade, dass der Westen vom islamischen Finanzsystem nicht profitiert hat, man hätte einiges besser machen können. Jetzt ist es zu spät. Mein Opa sagt immer, wenn der Karren einmal in den Dreck gefahren ist, ist es schwer ihn wieder herauszuziehen«, erzählte David.
»Glaubst du daran, dass wir weiterkommen, wenn wir aufgeben? Allah hat uns nicht nur gewarnt. Er gab uns auch eine Lösung, einen Weg aus der Krise! In Sure 2:178-179 heißt es: `Oh ihr, die ihr glaubt, fürchtet Allah, und lasst das sein, was an Zins (-geschäften) noch übrig ist, wenn ihr gläubig seid. Wenn ihr es aber nicht tut, dann lasst euch Krieg von Allah und Seinem Gesandten ansagen! Doch wenn ihr bereut, dann

steht euch euer (ausgeliehenes) Grundvermögen zu; (so) tut weder ihr Unrecht, noch wird euch Unrecht zugefügt.´

Die Lösung beinhaltet, dass jeder sein Kapital zurückbekommt, ohne jegliche Verzinsung. So wird die Verzinsung rückgängig gemacht, man weiß, wie viel Geld man genau hat, und das neue Geld darf nicht mehr verzinst werden«, erklärte Joseph.

»Das wäre doch eine Lösung, um viele Firmen vor der Insolvenz zu retten, denn sie können die ganzen Zinsen, die häufig größer als das ursprüngliche Darlehen sind, nicht bezahlen, und wenn diese Zinsen nicht mehr fällig wären, dann wäre ihre Existenz gesichert!«, meinte Anna.

»Ich habe gar nicht bemerkt, dass du zurückgekommen bist«, sagte David.

»Du warst so vertieft in deine Worte!«, Anna grinste.

David spürte, wie das Blut in seine Wangen schoss. Schon ein Blick von ihr und er verlor seine Fassung.

»Ganz so leicht, wie wir das hier erörtern, ist die Rettung des Weltfinanzmarktes natürlich nicht. Es wäre leichtgläubig zu erwarten, dass die westlichen Gesellschaften ein islamisches System übernehmen«.

»Ich hätte nicht gedacht, dass sich der Islam auch mit solchen Themen beschäftigt hat. Ich finde es beeindruckend, aber es ist doch seltsam, dass viele muslimische Länder so unterentwickelt sind. Es sollte demnach kein einziges muslimisches Land zu den Entwicklungsländern zählen. Die Tatsachen sind anders«, sprach Anna aus. »Ist das nicht ein Argument gegen das islamische Finanzsystem?«

»Das wäre richtig, wenn es Länder gäbe, die konsequent nach

islamischen Regeln regiert würden. Weder die Muslime noch ihre Länder richten sich nach islamischen Geboten und Verboten aus. Das ist die Ursache der Unterentwicklung in den muslimischen Gesellschaften. Die Geschichte beweist meine Behauptung. Der Islam hat sich zu seinen Anfängen von einer kleinen begrenzten Stadt namens Medina zur größten Macht der Welt entwickelt, und das in wenigen Jahrzehnten, auf eine Weise, wie es im Laufe der uns bekannten Geschichte in dieser Form nie wieder passiert ist«.

»War diese rasante Entwicklung des ersten islamischen Staats kein Ergebnis der vielen Kriege?«, entgegnete Anna.

»Kannst du dir vorstellen, dass ein paar tausend Leute jemals in der Lage wären, das römische oder das persische Reich durch Kriege zu bezwingen?«, fragte der Imam.

»Nein, natürlich nicht!«

»Es gibt eine Sache, die manch ein westlicher Historiker gerne verschweigt. Der erste islamische Staat wäre niemals in der Lage gewesen, sich durch Kriege gegen Weltimperien wie Rom oder Konstantinopel zu behaupten, wenn die Menschen nicht von der Gerechtigkeit und Religion dieses Staates überzeugt gewesen wären. Es war also eher eine Kombination aus perfektem Glauben, starken Gottesgesetzen sowie vielen einzigartigen moralischen Werten, die die Herzen der Menschen fremder Ländern erobert haben. Würdest du eine Armee unterstützen, die dein Land mit Gewalt besetzt, und dich und deine Eltern zwingt, eine gewaltvolle, unverständliche Religion anzunehmen?«

»Sicherlich nicht! Ich würde mit jedem Mittel gegen sie kämpfen!«, erwiderte Anna.

»Und das ist die Antwort auf deine Frage, ob sich der Islam durch Gewalt verbreitet hat. Jeder Mensch würde gegen diesen Staat kämpfen, wenn er von ihm unterdrückt worden wäre. Aber die Tatsache, dass sich immer mehr Leute für den islamischen Staat eingesetzt haben, und nicht dagegen, sodass er sich über nur wenige Generationen zur stärksten Macht der Welt entwickelte, beweist, dass der Islam nicht durch Gewalt und Unterdrückung zur Macht kam, sondern durch überzeugenden Glauben, gute Moralvorstellungen und die Liebe der Menschen zu dieser Religion. Die Stabilität des neuen Staates beweist weiterhin, dass die neuen Bürger des Landes überzeugt waren, und keine großartigen Aufstände gemacht haben. Die Menschen fanden im Islam ihre Rettung, deshalb haben sie ihn gerne angenommen.
Gerade deshalb zählt der jüdisch-amerikanische Naturwissenschaftler Michael H. Hart, in seinem im Jahr 1978 erschienenen Buch ` The 100: A Ranking of the Most Influential Persons in History ´, den Propheten Muhammad, Friede sei mit ihm, an erster Stelle unter den hundert einflussreichsten Menschen der Geschichte. Erst an dritter Stelle wird der Prophet Jesus aufgeführt. »Wahnsinn, er ist ein Jude, und zählt Muhammad zur einflussreichsten Person der Welt!«, wunderte sich Anna.
»Er ist Naturwissenschaftler und geht nach logischen Kriterien vor. Niemand wird die Wirkung des Islams auf die Weltgesellschaft übersehen können, vor allem in den Zeiten der Ummayaden und Abbasiden, als sich das islamische Kalifat zu einem der zehn größten Imperien der Weltgeschichte entwickelt hat«, beendete der Imam seine Rede und stand auf.

»Endlich! Entschuldigt bitte die Wartezeit. Eines der Zimmer wurde versehentlich doppelt belegt. Jetzt ist alles geklärt und ihr könnt eure Zimmer beziehen«, entschuldigte sich Mr. Miller, der Veranstalter des Dialogs. „Ihr habt drei Zimmer im fünften Stock«.
»Ist es nicht viel günstiger, wenn wir uns ein Doppelzimmer teilen?«, fragte David.
»Wen meinst du mit `wir´?«, antwortete Imam Joseph.
»Uns beide, dich und mich. Ich habe schon verstanden, dass Anna und ich nicht in einem Zimmer übernachten können«, entgegnete er lachend.
»Ich muss dich warnen, ich stehe in der Nacht zum Gebet auf und rezitiere Quran. Du wirst vielleicht nicht durchschlafen können!« »Kein Problem!«
»Wir können die Rezeptionistin fragen, ob wir die Zimmer tauschen können und dabei wirklich weniger zahlen«. Joseph überzeugte die Empfangsdame mit einem strahlenden Lächeln.
Sie teilte dem ungleichen Trio einen Zweizimmer-Flügel zu. Der Liftboy fuhr sie in den 25. Stock. Ein Page hatte bereits das Gepäck gebracht, als sie oben vor der Tür standen.
»Wow!«, war alles, was David entfuhr, als er die Stadt durch die riesige Glaswand erblickte.
»Es ist, als ob man die Stadt aus einem Flugzeug betrachtet«, staunte Anna und vergaß für einen Moment ihre Höhenangst. Dann wurde ihr schwindelig und sie sackte auf einen Stuhl neben der Tür.
»Sei ganz ruhig, Anna. Wir können in deinem Zimmer die Jalousien herunterlassen, wenn du dich unwohl fühlst«, beru-

higte sie Joseph und ging in das Nachbarzimmer.
»Komm schon, schließ die Augen, wenn du Angst hast, ich führe dich rüber«, sagte David und nahm ihre Hand.
Plötzlich platze Anna vor Lachen. Sie krümmte sich mit tränennassen Augen und lachte schallend und bellend. »Entschuldigt bitte!«, brüllte sie. »Es ist zu komisch!«

Die Stimmung war unbekümmert und ausgelassen. Als David Anna in ihr abgedunkeltes Zimmer geführt hatte, kehrte er zurück und schaute aus dem Fenster. »Wahnsinn, wie fantastisch ist diese Welt«.
Die blinkenden Lichter der Stadt funkelten mit den Sternen um die Wette.
»Gepriesen sei Gott, Der dem Menschen so viel Verstand gegeben hat, um die Erde aufzubauen«, bemerkte Joseph, der hinter David getreten war und seine Hand auf dessen Schulter legte. »Wenn die Menschen ihre Kenntnisse und Fähigkeiten, die sie durch Gottes Gnade erlangt haben, nur immer zu ihrem Guten einsetzen würden ...«.
Während andere Stadtteile weniger leuchteten, beherrschten die beleuchteten Wolkenkratzer mit den 24 Stunden am Tag strahlenden Werbeplakaten die Stadtmitte. Mit ihren schreienden Lichtern und grellen Versprechungen malte die Innenstadt von Los Angeles ein fragwürdiges Bild der Moderne.

Es war spät geworden und die ungleiche Reisegemeinschaft war zu erschöpft, um das Restaurant aufzusuchen.
»Sag mal, Anna, isst du koscher oder legst du nicht so viel Wert auf die jüdischen Speisegebote?«, fragte Joseph, bevor

er den Telefonhörer nahm, um etwas aufs Zimmer zu bestellen.

»Eigentlich bin ich nicht so konsequent mit unseren Speiseregeln. Wenn du etwas Vegetarisches bestellst, ist es gut«.

»Es gibt verschiedene Fast-Food-Varianten. Wollt ihr italienisch, mexikanisch oder chinesisch ungesund essen?«

»Mexikanisch«, sagten beide sofort.

Es gab Burritos und Enchiladas mit Bohnen und scharfer Salsa, Guacamole und Salate.

»In welcher Sprache wird die Debatte sein?«, fragte Anna beim Essen.

»Sie wird in Englisch geführt, aber es gibt Simultanübersetzungen ins Deutsche, Französische und Spanische. Internationale Sender und Universitäten werden eine Liveübertragung ausstrahlen«.

»Ist das große Medieninteresse an interreligiösen Dialogen normal in den USA?«, fragte David.

»Nein, die Medien haben oftmals kein Interesse daran, einen Dialog zwischen den Religionen auszustrahlen. Aber dieser hier unterscheidet sich, weil mein Debattengegner ein berühmter TV-Prediger ist«, erklärte der Imam. »In den USA ist Religion in den Medien viel präsenter als bei uns. Das beschränkt sich allerdings auf die christlichen Konfessionen und Sekten. In Deutschland haben die Medien mehr Vorbehalte in der öffentlichen Darstellung religiöser Themen«.

»Als ob die Religion das Letzte wäre, wofür man sich interessieren sollte? Wie können die Menschen an Gott glauben, wenn sie sich für die Religionen nicht interessieren?«

»Wer sich für die Religion nicht interessiert, der interessiert sich auch nicht für Gott. Die Leute halten sich für gläubig, aber wenn du nachhakst, findest du in der Regel schnell heraus, dass die meisten Christen kaum etwas über ihre Religion wissen. Sie können den wahren Weg nicht sehen, weil sie ihn nie gesucht haben. Wer wirklich zu Gott kommen will, der soll erst mal seinen Weg suchen. Ohne richtig zu suchen, kann man nichts finden. Deshalb bewundere ich dich so, David!«

»Du bewunderst mich, wofür denn?«

»Du bist nach Südamerika gereist, um ganz allein nach Gott zu suchen, danach bist du mit demselben Ziel nach Bonn gereist, und wo bist du nun? Deswegen wirst du auch fündig werden. Wer aber seinen Geist verschließt und behauptet, den richtigen Weg gefunden zu haben, obwohl er ihn nie gesucht hat, der wird sich verirren«.

»Du meinst solche Menschen wie mich!«, sagte Anna.

»Nein, mein Kind. Du suchst doch? Manche Menschen suchen alleine, andere werden durch ihre Mitmenschen zu Gott geführt. Wichtig ist doch, dass du suchst. Auch du wirst bestimmt deinen Weg finden«.

»Möge Gott mir helfen, den wahren Weg zu ihm zu finden, Amen«, sprach sie leise.

Joseph hob die geöffneten Handflächen nach oben und sprach ein weiteres Bittgebet für die beiden.

David war schon eingeschlafen, als er einen leise rezitierten Gebetsruf hörte. Es war Josephs tiefe, klangvolle Stimme.

In einer Höhle entsprang eine klare Gebirgsquelle. Joseph zog seine Schuhe aus und vollzog schweigend die Gebetswaschung. Ohne darüber nachzudenken, folgte ihm David und tat es ihm gleich. Auf einem Felsen in der Nähe saß Markus und lächelte glücklich. Er stand auf, nahm die Hand seines Bruders und führte ihn hinaus ins Freie. David sah Bergketten, die sich aneinanderreihten. In den Tälern schmiegten sich Dörfer an die Hänge. Wenn es irgendwo Frieden gab, dann war es hier und jetzt. Die Stimme trug ihn weiter und nahm ihn mit und trug ihn in eine große weiße Moschee. Die Gebetsreihen waren schon gefüllt. Tausende lauschten gebannt dem Adhan des Muezzin. Mit geschlossenen Augen wurde David ein Teil der Betenden, vollzog, angeleitet von Joseph, der den Takt des Gebetes vorgab, das Nachtgebet. Er fühlte sich sicher in der Menge, wie ein Teil eines großen Ganzen. Mit dem Friedensgruß, der das Gebet beendete, fiel er in einen tiefen Schlaf.

Leise lauschte er der Quran-Rezitation des Imams. Er öffnete die Augen und tauchte auf.

Joseph lächelte, als David zurückgekehrt war.

»Wo warst du gerade? Du siehst zufrieden aus«.

»Ich war in einer großen Moschee. Es schien mir, als passe die ganze Welt in diesen Raum. Tausende beteten, geleitet von deiner Stimme! Ich war ein Teil der Menge. Es war ein schönes Gefühl! Dann gab es einen Szenenwechsel. Wir standen in einer Gebirgshöhle, in der eine Quelle entsprang und du hast mir und meinem Bruder die Gebetswaschung gezeigt. Ich weiß nicht, ob ich mich jemals zuvor so geborgen gefühlt habe, wie in diesem Moment«, flüsterte David. In seinen Augen schwand langsam die Verwunderung. Sie wich einer Gewissheit, die gerade ihren Anfang nahm, noch nicht fassbar!

Joseph setzte sich neben den Jungen und tätschelte seinen Arm.
»Wie würdest du deinen Traum deuten, mein Junge?«
»Es ist wie ein Gedanke, der sich noch nicht gesetzt hat. Immer wenn ich ihn festhalten will, ist er schon davongeflogen. Hilf mir, ihn zu halten!«, bat David.
»Es wird dir gelingen! Schon bald. Hab Geduld!«, tröstete der Ältere.
»Das glaub' ich mittlerweile auch. Nur wird die Zeit reichen, um meinen Bruder mitzunehmen?«
»Er folgt uns, das hast du gesehen!«
»Ja!«, murmelte David und schloss die Augen.
Auch in der Nacht hörte er einen geflüsterten Adhan. David lauschte dem Gebetsruf und der Rezitation des Morgengebetes. Die Worte fanden ihren Weg und der Junge setzte seine Reise fort.
Wie ein Vogel sah er auf den prunkvoll geschmückten Kubus in Mekka herab. Er flog über die weiß gekleidete Menge der Pilger, die in einer fließenden Bewegung um die Kaaba zog. Ein Kaleidoskop aus spiralförmigen Mustern. Weiß, unterbrochen von schwarzen Flächen, eine Sinfonie der Sinne. David öffnete die Augen, als die Stimme des Imams verstummte. Er sah, wie Joseph stumm weinte. David hatte nicht den Eindruck, dass er wirklich traurig war. Es war fremdes Leid, das sich in seinen Augen spiegelte. Plötzlich stand Joseph auf, zog sich leise an und huschte aus dem Hotelzimmer. David sprang in seine Jeans, zog Schuhe und Jacke über und folgte ihm so schnell er konnte.

In der Lobby sah er noch, wie der Imam um die nächste Häuserecke verschwand. Schnell schlich er ihm nach, hielt sich im Schatten der Hauswände und sah, wie der Imam in einen 24-Stunden-Store verschwand. David hörte hinter sich ein Wortgeplänkel. Ein paar dunkelhäutige Jugendliche, vermutlich Latinos, warfen sich zotige Sprüche an den Kopf. Sie kamen näher, schon pöbelten sie David an. Er überlegte noch, ob er in den Supermarkt flüchten sollte, auch auf die Gefahr hin, von Joseph entdeckt zu werden, oder ob er lieber weglaufen sollte.

Die Hand auf seiner Schulter war die von Joseph, der mittlerweile beladen mit schweren Tüten aus dem Supermarkt gekommen war.

»Komm mit, wir reden später!«, zischte er ihm ins Ohr.

Schweigend verließen sie die gepflegten Straßen und kamen in den Teil des Viertels, der gerne vor Touristen versteckt wurde.

Vor einem schäbigen Haus hielten sie an. Die Haustür hing schief in den Angeln und ließ jeden hinein. An einer provisorischen Haustür, mehr ein Sperrholzverschlag, blieben sie stehen. Joseph zog an einer Kordel. Nach ein paar Minuten öffnete eine Frau. Sie trug einen verschossenen rosa Morgenmantel und hatte Lockenwickler in den Haaren.

»Du wartest hier!«, sagt der Imam und ließ den Jungen vor der Tür stehen.

Nach einer Stunde, kurz nach dem Sonnenaufgang, kam der Imam ohne die Tüten wieder heraus. Schweigend gingen sie zurück zum Hotel.

»Es tut mir leid!«, wisperte David.

»Mach' dir keine Gedanken. Ich bin nicht verärgert. Versprich mir, dass du dich nie wieder nachts hier draußen rumtreibst«, bat Joseph und duldete keinen Widerspruch.
»Ja, klar, ich verspreche es dir!«, beeilte sich David und folgte dem Imam aufs Zimmer.
»Zieh dich besser um!«, kicherte Joseph »schau dich nur an!« Ein Zipfel der Pyjamajacke war in die Hose gestopft, der Rest hing heraus. Die Jacke war auf links gedreht und die Haare ungekämmt. David holte sich frische Sachen aus dem Koffer und duschte vor dem Frühstück. Als er zurück ins Zimmer kam, saß eine unternehmungslustige, begeisterte Anna auf einem Stuhl direkt am Fenster. Joseph sprach beruhigend auf sie ein. Er hatte es geschafft sie trotz ihrer Höhenangst zu überreden, aus dem Fenster zu sehen und den atemberaubenden Blick zu genießen.
»Sollen wir frühstücken gehen?«, fragte Joseph. »Ich bin hungrig! In zwei Stunden muss ich beim Veranstalter des Kongresses sein, wir sollten uns beeilen!«
Im Restaurant gab es ein üppiges Buffet aus Continental- und amerikanischen Speisen.
Pan-Cake mit Ahornsirup, gebratene Eier mit Schinken und Würstchen, Toast mit Marmelade und überbackenem Käse. Alles im XXL-Format.
David nahm sich einen Kaffee und ein Croissant. Wie konnte man am Morgen nur so viel essen? Viele der amerikanischen Gäste saßen an überladenen Tischen und stopften sich voll.
»Was haltet ihr von einer Sightseeingtour, während ich mich für morgen vorbereite? Wir können an der Rezeption einen Guide bestellen oder ihr macht euch mit einem Stadtplan und

einem Reiseführer allein auf. Was ist euch lieber?«
Joseph nahm einen abgegriffenen Reiseführer und markierte einige Seiten.
»Kennst du dich in Los Angeles aus?«, fragte Anna.
»Ich bin hier geboren und aufgewachsen. Hier habe ich das Christentum kennengelernt und hier bin ich zum Islam konvertiert. Es waren viele schöne Jahre ...!«, erinnerte sich der Imam.
»Dann hast du sicher noch viele Verwandte und Freunde hier! Warum wohnst du nicht bei ihnen?«, fragte David.
»Wisst ihr, wenn man zum Islam konvertiert, stößt man auf Unverständnis und Ablehnung. Ich fühlte mich wie ein Fremder im eigenen Land. Als ich bei einer muslimischen Messe in England Hafsa kennengelernt habe, haben wir uns verliebt, noch dort geheiratet und sind in ihre Heimat nach Bonn gezogen. Ein echter Ausländer zu sein ist viel einfacher, als zum Fremden in der eigenen Heimat zu werden«, schloss Joseph und gab Anna den Reiseführer und den Stadtplan.
»Kannst du dir die Reaktionen deiner Verwandten erklären?«, unterbrach ihn David.
»Stell dir folgendes Szenario vor: In deinem Umfeld reden alle davon, dass ein schreckliches Monster umgeht. Ich gebe diesem Monster die schlimmsten Eigenschaften. Um dir zu beweisen, dass dieses Monster existiert, zeige ich dir ein paar Kratzer auf der Couch, und sage dir, dass diese Kratzer von diesem Monster stammen. Vermutlich wirst du dich von der aufgeheizten Stimmung um dich herum anstecken lassen und nicht überprüfen, ob die Behauptungen der Wahrheit entsprechen oder nicht. Wie würdest du dich verhalten, wenn

ich dir nun sage, dass das Monster im Nebenzimmer ist? Du kannst es schon durch die geschlossene Tür hören. Was würdest du da machen?«, fragte Joseph.
»Ich würde mich in Sicherheit bringen und auf meinem Weg noch viele andere warnen«, erwiderte David.
»Das würde jeder machen, unabhängig davon, ob das Monster wirklich existiert oder nicht. Mit dem Islam ist es ganz ähnlich! Die Medien zeichnen ein Schreckgespenst. Die Menschen wehren uns ab, um sich zu schützen«.
»Ich kann dich gut verstehen. Den Juden geht es ganz ähnlich! Verfremdung und die Hassprediger sind so schlimm, dass sie ein friedliches Zusammenleben unmöglich machen!«, bemerkte Anna.
»Hinter jeder Missachtung anderer stecken Ängste, die sich nicht selten in Hass und Gewalt niederschlagen. Damit diese Gefühle nicht eskalieren, und die Kluft zwischen den unterschiedlichen Religionen kleiner wird, müssen wir die Wege offen halten und miteinander reden.
Wisst ihr, warum ich immer wieder nach Los Angeles komme, den Dialog hier führe, und nicht woanders?« Joseph sah die beiden durchdringend an.
»Ich habe es noch nicht aufgegeben, meine Familie und meine ehemaligen Freunde zu erreichen und mich mit ihnen zu versöhnen. Ich bin dieser bunten, multikulturellen Gesellschaft immer noch sehr verbunden. Ich bin davon überzeugt, dass nur der faire Dialog diesen Menschen etwas bringen kann.
Lasst uns jetzt mal sehen, was euch hier interessiert?«
»Ich vertraue dir! Wenn du uns eine Tour zusammenstellst, wird es besser sein, als wenn wir auf eigene Faust suchen«,

sagte Anna.
Beim Abschied drückte der Imam David eine 500-Dollar-Note in die Hand. „Wechsel den Schein am Bankschalter des Hotels lieber und stecke dir etwas Kleingeld in die Taschen. Der Rest ist für den Notfall. Am besten trägst du eine flache Bauchtasche unter dem T-Shirt. Nimm meine! Es gibt viele Taschendiebe, die sich unter die Touristen mischen. Passt auf euch auf!«
»Mach dir keine Sorgen, uns passiert schon nichts!«, erwiderte David.
»Was möchtest du sehen?«, fragte David.
»Ich möchte an den Strand. Wir sind am Pazifik in Kalifornien! Und Hollywood: Der Walk of Fame; die Universal Studios; der Hollywood-Schriftzug! Bist du nicht neugierig?«
David lachte. »Na klar bin ich neugierig. Was haben wir? Venice Beach, Chinatown, Hollywood. Was hältst du von einem Museumsbesuch, schließlich sind wir in der Stadt der Museen!«
»Super, wenn wir dann vor Müdigkeit nicht im Museum einschlafen! Was hältst du vom Jean Paul Getty Museum, das macht einen idyllischen Eindruck?«, erwiderte Anna und hüpfte vor Aufregung auf der Stelle. »Was stehst du hier noch rum? Komm schon, David!«
An einem Computerterminal des Hotels stellten sie sich aus den Empfehlungen und Annas Wünschen einen Plan zusammen, in dem alle Wege und Verkehrsverbindungen eingezeichnet waren.
David wechselte den Geldschein und verließ mit Anna das Hotel.

»Amerika!«, rief sie. »Ich glaube erst jetzt, dass wir wirklich hier sind«.
Der Tagestrip verging wie im Traum. Als David am Abend auf seinem Bett lag und für einen Moment die Augen schloss, drehte sich alles wie bei einer Karussellfahrt. Bei jedem Stop eine andere Welt; ein anderes Gesicht dieser Stadt. Zuerst Chinatown! Er hatte das chinesische Viertel in London gesehen, aber das hier war, als wären sie in eine asiatische Metropole eingedrungen, ein anderer Kosmos! Und dann die Universal Studios: alles grell, bunt, reißerisch, XXL und die dekadente Promenade von Venice Beach. Verwöhnte Teenager verprassten das Geld ihrer Eltern mit Surfen und Parties. Und der Hollywood-Boulevard: Shops, Menschenmassen, Starkult, tausend Möglichkeiten, den Besuchern der Stadt das Geld zu entlocken. Wenigstens hatten sie für ihre Eltern Geschenke erstanden. Das Museum war fast eine Insel, in der die Geräusche der Großstadt verstummten. David war erschöpft. Wie bloß hatte Joseph in dieser Stadt seinen Weg zu Gott finden können?
Joseph kam spät. Anna und David hatten schon zu Abend gegessen und saßen bei einem Tee in der Lobby. Sie schwappten über, so voll waren sie mit neuen Eindrücken. Anna strahlte und infizierte die Männer mit ihrer überschäumenden Fröhlichkeit.
Ausgelassen betraten sie ihr Zimmer. Als Anna verschwand, um zu duschen, bat der Imam David, sich einen Moment zu setzen. Sie waren sich in den paar Tagen sehr nah gekommen.
»Ich danke dir für alles, was du mir schenkst. Deine Zeit, dein Wissen, dein Geld; ich habe noch niemanden kennengelernt,

der selbstloser ist. Es ist fast, als würde ich mit einem Vater reisen. Nicht, dass ich meinen Vater nicht zu schätzen weiß, ich liebe ihn, aber du bist für mich wie mein spiritueller Vater. Es ist mir noch nie leichtgefallen, über Gefühle zu sprechen. Ich bin mir nicht sicher, ob ich die richtigen Worte gefunden habe!«, stolperte David durch seine Sätze.

»Ich liebe dich um Allahs willen, mein Sohn!«

»Was sagst du da?«

»Es ist eine islamische Tugend, die Menschen um Allahs willen zu lieben. Er fordert uns dazu auf, um unsere Verantwortung und Barmherzigkeit füreinander zu verankern. Bei dir ist es mir sehr leicht gefallen! Du bist tatsächlich wie ein Sohn für mich, David und deshalb möchte ich dich auch um Hilfe bitten. Magst du mir bei der Debatte helfen?“, fragte der Imam.

Joseph weihte David in seine Pläne ein und sie verabredeten für den morgigen Tag eine kleine Vorstellung.

»Ich sollte auch mal duschen!«, rief David, als er Anna erblickte, stand auf und ging ins Bad.

»Magst du dich zu mir setzen, Anna?«, fragte Joseph und wies auf den Stuhl neben sich.

»Du bist so ein positiver Mensch! Deine Lebensfreude ist so besonders. Was möchtest du beruflich machen, Anna?«

»Ich weiß noch nicht! Eigentlich dachte ich, ein technisches Studium wäre das Richtige für mich. Ich war immer besonders gut in Mathe und Physik. Aber jetzt bin ich mir nicht mehr so sicher“, überlegte sie laut.

»Du solltest mit Menschen arbeiten! Du hast so ein ansteckendes Temperament und ein sehr einnehmendes Wesen!«,

gab der Imam ihr zu bedenken.
»Das hat mir noch niemand so gesagt. Meine Eltern finden, dass ich zu laut bin. Sie wünschen sich eine gehorsame Tochter, die still alle Forderungen erfüllt und alle ihre Wünsche von den Lippen abliest!«, erwiderte Anna.
»Ich wäre stolz, dich als Tochter zu haben«, sagte Joseph. »Schäme dich nicht für deine Freude, Anna. Du bist ein tolles Mädchen. Deine Eltern haben Angst, dass du den falschen Weg einschlägst. Aber statt dich zu schützen, haben sie mit ihrem Verhalten das Gegenteil erreicht. Dein Trotz und deine Enttäuschung haben dich dazu gebracht, dich in sehr fragwürdige Vergnügungen zu stürzen«, analysierte der Imam. »Lieg' ich da richtig?«, fragte er sanft.
»Treffer!«, heulte sie und lächelte durch ihren Tränenschleier.
»Ich bin erschöpft!«, sagte Anna. »Schlaf gut, ich gehe sofort ins Bett!«, verabschiedete sie sich und ging in das Nachbarzimmer.

»Es gibt einen abgeschiedenen kleinen Strand, an dem die Muslime joggen und schwimmen gehen. Habt ihr Lust auf Sport? Vor so großen Ereignissen muss ich mich richtig auspowern. Dann bin ich anschließend ruhig und gelassen. Kommt ihr mit?«, fragte Joseph.
»Na klar, ich bin dabei! Was ist mit dir David?«
»Ich habe erwartet, dass du dich den ganzen Tag zurückziehst, um dich auf die Debatte vorzubereiten!«, wunderte sich David. »Natürlich bin ich dabei!«
Nach einer abenteuerlichen Taxifahrt auf zahlreichen

Schleichwegen, die der Fahrer einschlug, um die Staus zu umgehen, kamen sie am Strand an.
Der Strand war fast menschenleer. Keine Promenade mit Restaurants und Shops lockte die Touristen und zum Surfen war der Strand wegen der geringen Wassertiefe nicht geeignet. Eine muslimische Großfamilie picknickte im Schatten einer Palme, sonst sah man nur vereinzelte Jogger.
Joseph begrüßte die Geschwister freundlich und lief los. Das war es: Freiheit! Einfach nur laufen, ungebremst dem Wind entgegen, sich fallen lassen, getragen von den Elementen; Wind, Wasser und Salz auf der Haut! David war glücklich. Das hier war Leben.
Nach ein paar Stunden mussten sie zurück, sich duschen, essen, vorzeigbar sein.
»Wo findet die Debatte eigentlich statt?«, fragte Anna.
»In einem großen Kongresscenter mit einem überdimensionierten Hörsaal. Es passen zehntausend Menschen hinein. Wir sind in Amerika«.
David staunte über die Ausmaße. Rechts und links von der Bühne befanden sich 2 riesige Monitore. Die Ledersitze waren edel und superbequem. Joseph hatte für seine Begleiter Plätze in der ersten Reihe reserviert, wo sie zwischen bekannten Persönlichkeiten beider Religionen sowie einigen Vertretern aus Politik und Wissenschaft saßen. Die Kopfhörer für die Simultanübersetzung lagen auf den Sitzen. Anna und David setzten sich und lasen das Programm. Der christliche Redner war ein Priester. Er hieß Michael und war sehr populär durch seine Fernsehpredigten. Er war ein früherer Glaubensbruder und alter Freund von Joseph. Als der Imam

sah, dass sein Freund den Hörsaal betrat, lächelte er und umarmte ihn. David wunderte sich, dass kein Argwohn zwischen den beiden stand. Sie hatten sich für zwei entgegengesetzte Wege entschieden. Wie konnten sie so entspannt miteinander umgehen?

Die Debatte

Der Moderator bat die beiden Redner, sich vorzustellen und gab einen Abriss über das Programm der nächsten beiden Tage. Am Anfang würde jeder in einem Kurzreferat seine Religion beschreiben. Anschließend sollte kontrovers über beide Religionen diskutiert werden. Morgen würde über die Bibel und den Quran als Offenbarungstexte debattiert werden.
Joseph zwinkerte Anna und David zu und betrat die Bühne. Er trug einen weißen Leinenanzug und hatte seinen Bart auf Kinnlänge gekürzt. Er machte einen weltoffenen und vertrauenswürdigen Eindruck. Bislang hatte David den Imam nur in der Moschee, im Kreise seiner Familie und hier in seiner und Annas Gesellschaft erlebt. Er war ein ganz besonderer Mensch für ihn geworden, aber jetzt sah er, dass der Imam mit seinem Charisma ganze Menschenmassen fesseln konnte. Er hatte noch kein Wort gesprochen und doch waren alle still und sahen ihn aufmerksam an.
»Im Namen Allahs, des Erbarmers, des Barmherzigen. Friede und Segen mit den Propheten Jesus, Moses und Muhammad, und mit denjenigen, die ihren Weg gehen, bis zum Jüngsten Tag.
Allah sagt sinngemäß im Quran in Sure 29:46 `Und streitet mit den Leuten der Schrift nur in bester Weise, außer denjenigen von ihnen, die Unrecht tun. Und sagt: Wir glauben

an das, was (als Offenbarung) zu uns herabgesandt worden ist, und zu euch herabgesandt worden ist; unser Gott und euer Gott ist Einer, und wir sind Ihm ergeben.´ Und in Sure 3:64 heißt es sinngemäß: `Sag: Oh Leute der Schrift, kommt her zu einem zwischen uns und euch gleichen Wort: dass wir niemandem dienen außer Allah, und Ihm nichts beigesellen, und sich nicht die einen von uns die anderen zu Herren außer Allah nehmen. Doch wenn sie sich abkehren, dann sagt: Bezeugt, dass wir (Allah) ergeben sind.´ Die Leute der Schrift, das sind Sie, verehrtes Publikum: Juden und Christen«. Er sah in den Saal.

»Verehrter Mr. Malcolm«, begrüßte er den Moderator »Lieber Michael und verehrte Zuschauer: Es ist mir eine Ehre und große Freude, heute hier zu stehen, und mit ihnen über den Glauben zu sprechen. Ich bin besonders erfreut, da ich – wie einige von Ihnen vielleicht wissen – aus L.A. komme. Es ist für mich ein ganz besonderes Ereignis in meiner Heimat, über meine Religion, den Islam, reden zu können. Ich möchte Sie alle begrüßen und mich für Ihr zahlreiches Erscheinen herzlich bedanken. Ich bin stolz auf jeden von Ihnen und hoffe, dass wir heute nicht debattieren, sondern voneinander lernen«, beendete Joseph seine Begrüßung und bekam einen tosenden Applaus.

»Islam bedeutet Hingabe zu Gott. Ein Muslim ist absolut gottergeben. Er nimmt alles an, was Allah ihm gibt, und lehnt alles ab, was Allah ihm verbietet.

Damit wir uns nicht falsch verstehen: Hingabe hat nichts zu tun mit Unterwerfung, wie es üblicherweise verstanden wird. Wir sind kritische, nachdenkende Gläubige. Muslime glauben an alles, was Allah herabgesandt hat, und lehnen all das ab, was in seinem Namen erfunden, und erlogen wurde. Unser Gott ist der Gott aller Propheten von Adam bis Muhammad, einschließlich Jesus und Moses, Friede sei mit ihnen allen. Für uns sind die Bücher Gottes zum großen Teil verloren gegangen oder verändert worden. Wir erkennen die Religionen von Moses und Jesus an und bezeichnen uns als Anhänger und Nachfolger aller Propheten. Wer einen einzigen Gesandten Gottes ablehnt, egal ob Jesus oder Muhammad, der gilt als Widersacher gegen Gott und gleicht in seiner Strafe dem Satan, der nur einen Befehl Allahs abgelehnt hat. Unser Leben verstehen wir als Prüfung, die man entweder durch Gottergebenheit besteht oder durch die man wegen Ignoranz und Stolz oder dem gedankenlosen Stillen eigener Bedürfnisse auf Kosten anderer durchrasselt.«

»Als Gottergebene erkennen wir den letzten Propheten Muhammad an, der bereits von Moses und Jesus angekündigt wurde. Unser Prophet ist der Prophet der ganzen Menschheit und nicht, wie man aufgrund falscher und nationalistischer Verhaltensweisen mancher Muslime vermuten könnte, der Prophet der Araber. Die Sendungen der Propheten Moses und Jesus richteten sich hingegen an ihr eigenes Volk. Der Quran ist eine Offenbarung ohne Grenzen. Sie richtet sich an alle Menschen in jeder Zeit, während die anderen Schriften nur vorübergehend galten, und nur ihre jeweiligen Völker angesprochen haben. Der Islam ist die göttliche, internationale Religion, die keine ethnischen Unterschiede macht.
Ich bin nicht naiv und weiß sehr wohl, dass die Verhaltens-

weisen von Muslimen nicht immer diesem Ideal entsprechen. Aber wir reden ja gerade über den Islam und nicht über die Muslime. Alle Menschen sind vor Allah gleich. Jeder Mensch kann sich mit Allah unmittelbar in Verbindung setzen, ohne menschliche Umwege und Priester. Das ist so, weil unser Herr uns näher ist als alle Vermittler dieser Welt. Allah wurde nicht gezeugt und zeugt nicht. Er hat seinen Propheten Moses als Gesetzgeber der Juden mit der Thora entsandt. Nach Moses ist die Thora verändert worden, somit wurden manche Gesetze Gottes durch Menschenhand abgesetzt. Um sie zu ermahnen, hat Allah den Propheten Jesus zu den Kindern Israels mit dem Evangelium gesandt. Jesus wurde von seinem Volk abgelehnt, bekämpft und verfolgt. Allah hob ihn empor zum Himmel und schütze ihn vor der Strafe der Oberen, indem er seinen Verräter an Jesu Stelle kreuzigen ließ. Das Gottesgesetz von Jesus bleibt, wie es schon zuvor mit der Thora geschehen war, nicht in seiner ursprünglichen Form erhalten. Gesetze wie die Möglichkeit zur Mehrehe, die Scheidungsregelungen, das Alkoholverbot, das Schweinefleischverbot, die Haarbedeckung für Frauen, das Barttragen für Männer sowie das Verbot von außerehelichen Beziehungen geraten in Vergessenheit, obwohl sie noch heute in den veränderten Schriften zu finden sind«.

Laute Zwischenrufe unterbrachen den Vortrag.

»Ich habe Verständnis für Ihren Protest. Aber lassen Sie mich bitte meinen Vortrag beenden. Wenn Sie am Ende der Veranstaltung, wenn die Diskussion mit dem Publikum stattfindet, immer noch Redebedarf haben, bin ich offen für Kritik und Auseinandersetzung«, fügte der Imam ein.

»Diese alten Gesetze wurden im Judentum und bei den Christen verändert oder fielen gänzlich heraus. Sie beweisen uns jedoch, wie Bibel und Thora mit ihren Geboten verändert wurden. Es stellt sich mir hier die Frage, inwieweit man die heutigen Religionen noch als gottgesandt bezeichnen kann, wenn Gottes Sendung bearbeitet werden darf. Aufgrund dieser andauernden Veränderungen entsandte Allah, der Erhabene, den letzten Propheten Muhammad, Allahs Segen und Frieden auf ihm, mit der letzten Schrift, dem Quran. Im Gegensatz zu den anderen Offenbarungen, verpflichtet diesmal Allah sich selbst dazu, den Quran aufzubewahren, um den Weg zu Ihm offen und unverändert zu halten.
Während das heutige Juden- und Christentum ihre Namen und Definition von Menschen bekommen und sich auf Menschen als Stifter beziehen, wurde der Name unserer Religion vom Schöpfer der Menschheit in Seiner heiligen Schrift bestätigt. Der islamische Glaube wurde am deutlichsten unter allen Religionen erklärt. In Sure 112 steht sinngemäß: `Sag: Er ist Allah, ein Einer, Allah der Überlegende, Er hat nicht gezeugt, und ist nicht gezeugt worden, und niemand ist Ihm jemals gleich.´ So klar und deutlich ist der Islam. Auf jede Frage gibt es eine klare Antwort. Nichts bleibt im Quran offen. Mit dem Islam hat Allah Seine Religion auf der Erde vervollständigt und Seine Botschaft an die Menschheit abgeschlossen. So steht es auch in Sure 5:3 sinngemäß: `Heute habe Ich euch eure Religion vervollkommnet und Meine Gunst an euch vollendet, und Ich bin mit dem Islam als Religion für euch zufrieden.´ Weder die Thora noch die Bibel sprachen von einer Vollendung der Religion Gottes, denn der Islam sollte diese

Religionen vollenden. Wer den Islam annimmt, der errettet sich, wer ihn ablehnt, der geht verloren. So steht es auch in Sure 3:85: `Wer aber als Religion etwas anderes als den Islam begehrt, so wird es von ihm nicht angenommen werden, und im Jenseits wird er zu den Verlierern gehören.´

Diese Botschaft möchte ich an Sie weitergeben, aus Liebe zu Ihnen und aus Angst vor der Strafe, die wir Menschen im nächsten Leben bekommen können.

Für mich sind das Judentum und das Christentum Vorstufen des Islams gewesen. Ihre Gesetze sind im Islam endgültig festgelegt. Wer Moses oder Jesus folgen will, der soll Muhammad folgen, Friede mit ihnen allen. Wer Muhammad nicht folgt, der hat die Religion Moses‘ und Jesu abgelehnt.

Ich bete um Frieden zwischen uns und Allah sowie Frieden zwischen uns Menschen auf der Basis der Gottergebenheit. Friede mit Ihnen und euch«.

Er verließ die Bühne. Die muslimischen Zuhörer klatschen begeistert, während die anderen im Publikum skeptisch, belustigt oder verärgert reagierten.

Der Priester war ein kleiner, gedrungener Mann. Alles an ihm war unscheinbar, sein grauer Anzug, sein schütteres Haar, seine blasse Haut: Jemand, an dem man auf der Straße vorbeilaufen würde. Anna musterte ihn verwundert. »Unterschätze ihn nicht! Du wirst dich noch wundern!«, flüsterte Joseph, als er ihren Blick sah.

»Sehr geehrter Mr. Malcolm, lieber Joseph, sehr geehrte Damen und Herren, möge Gott, der Vater, der Sohn und der Heilige Geist euch segnen und alle in den Himmel aufsteigen lassen. Es ist mir eine Freude, mit meinem früheren Glau-

bensbruder und langjährigen Freund Imam Joseph Habort über ein solch kompliziertes Thema reden zu dürfen.
Wir haben die Verse aus dem Quran gehört, die er am Anfang vorgetragen hat, wo Gott oder Allah, wie die Muslime Ihn nennen, sagt, dass Christen und Muslime denselben Gott haben! Diese Verse sind Verse außerordentlicher Schönheit, ein sprachliches Juwel, aber ich glaube nicht, dass Gott ihr Verfasser war. Im Quran selbst werden die Christen auch anders angesprochen und mit den unterschiedlichen Strafen Gottes bedroht! Wie gehen wir mit diesen unterschiedlichen Ansprachen um? Sind wir nun Brüder oder Feinde? Ist Gott, wie die Muslime Ihn verstehen, derselbe Gott, an den wir Christen glauben? Möchte Er nun Frieden oder möchte Er uns verdammen und verfluchen? Das Thema müssen wir später noch ausdiskutieren. Ich finde es nur wichtig, an dieser Stelle diesen Punkt zu erwähnen.
Meine Religion, das Christentum, ist die Religion eines allmächtigen und einzigen Gottes, Der aus Liebe die Menschen erschaffen hat, und aus Liebe Seinen Sohn oder Gesandten, wie auch immer wir die Person Jesu Christi verstehen, für diese Menschen geopfert hat. Sie ist die Religion des Friedens, der Gerechtigkeit und der Liebe. Im Johannesevangelium Vers 1:1 steht geschrieben: `Im Anfang war das Wort, und das Wort war bei Gott, und Gott war das Wort.´ In Johannes 1:14 heißt es: `Und das Wort ward Fleisch und wohnte unter uns, und wir sahen seine Herrlichkeit, eine Herrlichkeit als des eingeborenen Sohnes vom Vater, voller Gnade und Wahrheit.´ Das ist das Geheimnis Gottes, das man entdecken soll. Gott ist der Vater, der Sohn und der Heilige Geist. Alle drei

sind ein Gott. Ich weiß, dass manchen die Vorstellung schwerfällt. Wie kann es sein, dass drei Personen eins sind? Wie die Finger einer Hand zusammengehören, hat doch jeder seine eigene Funktion, und ist für das Zusammenspiel, die vollkommene Beweglichkeit der Hand, unverzichtbar. Nachdem Gott entdeckte, dass die Menschheit niemals ohne göttliche Hilfe den Weg zu Ihm findet, hat Er Seinen eigenen Sohn in die Welt geschickt und ihn geopfert, um die Erbsünde zu vergeben und die Menschen wieder zur göttlichen Gemeinschaft im Himmelreich einzulassen. Er hat uns aber zur Bedingung gemacht, an Ihn und Seinen Sohn zu glauben, und seine Opferung anzuerkennen. Wer das nicht tut, der bleibt in der Finsternis, und wird nie in den Himmel aufsteigen können. Maria gebar Jesus, der sowohl seit der Ewigkeit existiert, als auch in ihrem Leib durch den Heiligen Geist gezeugt wurde. Nicht nur die Ankunft Jesu wurde prophezeit, sondern auch seine Rückkehr. Er wird zurückkommen und die Gläubigen in das Himmelreich mitnehmen, dort wo auch Gott und die Engel sind. Dort ist die ewige Glückseligkeit, die nur durch Gottes Sohn zu erlangen ist. Wer an den Sohn Gottes als Erlöser der Menschheit glaubt, der wird errettet, und wer dies nicht tut, der wird verdammt. Der Vers in Markus 16:15-16 ist für dich, mein Freund Joseph: `Und er sprach zu ihnen: Gehet hin in alle Welt und prediget das Evangelium aller Kreatur. Und das Evangelium muss zuvor verkündigt werden unter alle Völker. Und Jesus trat zu ihnen, redete mit ihnen und sprach: Mir ist gegeben alle Gewalt im Himmel und auf Erden. Wer da glaubt und getauft wird, der wird selig werden; wer aber nicht glaubt, der wird verdammt werden.´ Und solange die

Muslime an den Sohn Gottes nicht glauben, werden sie auch nicht errettet! Das ist für die Muslime keine gute Nachricht, aber das ist die Wahrheit, die sie einsehen sollten. Lasst ab davon, Muhammad zu folgen, und folgt dem Sohn Gottes, lasst ab von eurer Schrift und folgt Gottes Wort in der Bibel. Seht ihr nicht, wie wir im Namen Jesu Kranke heilen und gesegnet werden? Zweifelt ihr trotz all dem an der Wahrheit dieses Gottes? Ich selber hatte lange Jahre Diabetes. Ich habe mich überall behandeln lassen, jedoch konnte man mir außer mit Insulin nicht helfen. Die Medizin hat keine Heilmittel, sie kann nur die Symptome lindern. Dann betete ich zu Jesus und bat ihn um Hilfe. Innerhalb eines Monats bin ich mithilfe des Sohnes geheilt worden. Glaubt an den Sohn, der sich für uns geopfert hat. Das ist euer Weg in das Himmelreich des Vaters. Ich bete zu Gott, zum Vater, zum Sohn und zum Heiligen Geist, dass Er euch durch seinen Sohn Jesus rechtleitet. Amen!“

Die christlichen Zuschauer jubelten und klatschten begeistert Beifall. Joseph blieb gelassen und ruhig. David war erschüttert. Wie kann er nur so unbeeindruckt sein?

»Habe ich nicht zuvor dasselbe mit seiner Religion gemacht?«, flüsterte Joseph und lächelte.

Nach dieser Einführung wurde die Debatte eröffnet. Beide Redner saßen sich gegenüber, der Moderator dazwischen, eine Grenze zwischen zwei Fronten.

»Danke für deine Wünsche und deine Gebete, ich bete auch für dich und alle Christen, Juden sowie alle anderen Menschen, die Wahrheit zu erkennen. Ich bete zu Allah, dem Einen, der die Gesandten herabgesandt hat, um uns zu warnen und uns das Paradies zu verheißen. Du hast mein Herz wirklich bewegen können und mich an meine früheren Tage erinnert, an denen ich ähnliche Reden gehalten habe, bei denen ich Menschen das Himmelreich versprochen habe, ohne dabei auf etwas sehr wichtiges zu achten! Wenn man von den Menschen Glauben im Namen eines Gottes oder dessen Gesandten verlangt, dann muss man diesen Glauben mit einer deutlichen Schrift belegen können. Erlaube mir, dich zu erinnern, dass dein Glaube nicht aus Gottes Schrift entnommen worden sein kann. Diese Schrift wurde von Jesus weder geschrieben noch bestätigt. Gerade in Markus 16:15-16, dem Vers, den du als Beweis für deinen Glauben gebracht hast, findet man einen Widerspruch! Hast du vergessen, dass, als Jesus euch befahl, das Evangelium zu verkünden, weder das Neue Testament noch die Evangelien zu diesem Zeitpunkt existierten? Sie wurden erst später geschrieben und zusammengestellt! Warum wurde das Neue Testament erst so spät geschrieben, wenn doch Jesus den Christen den Befehl gab, es zu verkünden? Und welchen Glauben hat Jesus von euch verlangt? Es steht nirgendwo, ihr sollt an das und das glauben, sondern an das, was Jesus euch gab. Ich möchte darauf hinweisen, dass der heutige Bibelinhalt größtenteils das ist, was im Namen Jesus verbreitet wurde, und zwar auf eine Weise, wie es den jeweiligen Kirchenobersten genehm war.

Zum Zweiten möchte ich darauf hinweisen, dass sich die Trinität nicht in der Bibel findet, obwohl sie für viele Christen in der heutigen Zeit eine große Glaubenssäule darstellt! Warum berichtet uns Jesus, Friede mit ihm, von so vielen Dingen, nur nicht von der Trinität, die interpretationsbedürftig ist? Findest du es nicht komisch, dass das Wort Gottes Gott selber nicht deutlich definieren kann, obwohl es uns zum Glauben führen soll?! Mein islamischer Glaube ist im Gegensatz dazu sehr deutlich im Quran beschrieben. Ich kann der Bibel sogar den islamischen Glauben besser entnehmen als du den christlichen Glauben, wenn wir nur die Aussagen Jesu, Friede und Heil mit ihm, betrachten, ohne die Erweiterungen der Schreiber dabei zu berücksichtigen.«

»Lieber Michael, deine Geschichte eben war sehr beeindruckend, vor allem, wie du geheilt wurdest. Jedoch scheinst du vergessen zu haben, was Jesus zu den Leuten sagte, die Wunder in seinem Namen bewirkten. Ich lese es dir vor, falls dir diese Stelle nicht bekannt ist. In Matthäus 7:22-23 heißt es: `Viele werden an jenem Tag zu mir sagen: Herr, Herr, sind wir nicht in deinem Namen als Propheten aufgetreten und haben wir nicht mit deinem Namen Dämonen ausgetrieben und mit deinem Namen viele Wunder vollbracht? Dann werde ich ihnen antworten: Ich kenne euch nicht. Weg von mir, ihr Übertreter des Gesetzes!´
Wer, glaubst du, ist da angesprochen, lieber Michael? Atheisten? Die Feinde Jesus? Sicherlich nicht, denn sie weissagen nicht im Namen Jesu. Das sind die Christen, die vom Wege Jesu abweichen, und den einen Gott in drei Stücke teilen. Vielleicht hat dich Gott geheilt, damit du zu Ihm kommst, und nicht zu Jesus. Das erklärt Jesus in dem vorherigen Vers Matthäus 7:21: `Nicht jeder, der zu mir sagt: Herr! Herr!, wird in das Himmelreich kommen, sondern nur, wer den Willen meines Vaters im Himmel erfüllt.´ Es ist der Wille Gottes und

nicht Jesu, der entscheidend ist. Deshalb wird Jesus niemandem von Nutzen sein, wenn man nicht an den einen Gott, ohne Jesus und ohne den Heiligen Geist glaubt. Dient Gott alleine, Den ihr als Vater genannt habt, und gesellt Ihm keine Kinder bei.«

»Danach hast du uns vom christlichen Glauben erzählt, aber deine Erzählung bleibt nur eine Geschichte, die du aus einem Geschichtsbuch entnommen hast, deren Autoren zum Teil unbekannt sind. Und das Problem ist, dass du die Geschichte nicht so erzählt hast, wie sie war, sondern in veränderter Form. Somit wird von einem Glauben an die Dreifaltigkeit und der damit zusammenhängenden Opferung des Gesandten erzählt, statt den Glauben an einen Gott und Seine ursprünglichen und immerwährenden Gesetze darzustellen. Die griechischen Erzählungen der Bibelschreiber werden weiterhin als Gottes Wort angenommen, obwohl Jesus niemals auf Griechisch gesprochen hat. Das ist so, als ob man die Schreiber mit Gott gleichsetzen würde!«

»Wo war der Glaube an die Personifizierung Gottes als Heiliger Geist vor Jesus, Friede mit ihm?
Warum erwähnt das Alte Testament die Trinität nicht? Kann es sein, dass allen Menschen seit Adam, Friede mit ihm, der Gedanke einer Teilung Gottes fremd war? Und ganz plötzlich, 200 Jahre nach Jesus, sollen die Menschen einen anderen Glauben aufbringen, damit sie errettet werden? Das würde ja bedeuten, dass alle Propheten vor Jesus, alle alten Völker, die ihnen im Glauben folgten, von der Errettung ausgeschlossen

wären, da sie noch nie etwas von der Trinität gehört haben, und demnach nicht daran glaubten konnten!«

»Ich habe einen chinesischen Freund, der mir immer viel vom Buddhismus erzählt. Es ist die Geschichte eines Mannes namens Buddha, der angeblich nach sieben Tagen kontinuierlichen Denkens seinen Geist verstanden hat! Ich verstehe nicht, wie es sein kann, dass die gesamte Menschheit es in Jahrtausenden nicht geschafft hat, ihren Geist zu verstehen und diesem Mann gelingt es in nur 7 Tagen!
Würdest du, lieber Michael solche eine Geschichte glauben? Man assoziiert mit Buddhismus Frieden und innere Ausgeglichenheit. Viele Menschen fühlen sich davon angezogen und das, obwohl dem Buddhismus kein Schöpfungsgedanke im Sinne eines allmächtigen, einzigen Gottes vorausgeht. Das ist der Ursprung, ohne den es kein Leben geben kann. Ohne den Schöpfer kann man den Geist nicht verstehen. Man sollte nicht jedem Erzähler glauben, sondern erst nach den logischsten und stärksten Beweisen suchen. Wenn ich nun einen Monat sitze und an meinen Geist denke und zum Ergebnis komme, dass mein Geist eine Schöpfung Gottes ist, dann wird mir kein Buddhist glauben, oder? Weil ich wahrscheinlich den Buddhisten naiv erscheinen würde. Sie würden als Allererstes Beweise für meine Aussagen verlangen. Und wenn ich ihnen von den Wundern Jesu, Moses‘ und Muhammads, Friede mit ihnen, erzählen würde, dann würden sie sagen, dass es nur Geschichten sind. Aber dennoch folgen sie Buddha, obwohl er auch nicht mehr als ein zum Helden emporgehobener Mensch ist. Und wenn ich ihnen sage, dass

es viele Prophezeiungen und wissenschaftlich belegte Wunder in den Schriften Gottes gibt, dann würden sie diese vermutlich als Lügen abtun, ohne selber einen einzigen Beweis für den Buddhismus vorlegen zu können!
Wenn dir jemand etwas erzählt, egal, ob es sich dabei um einen Buddhisten, einen Muslim oder sogar den Papst handelt, dann musst du seine Beweise prüfen. Wenn er keine Beweise bringen kann, erkennst du, dass er nicht die Wahrheit sagt.
Auch du, Michael, kannst mir keine klaren Beweise für die Trinität aus den Aussagen Gottes oder Seiner Gesandten bringen. Folglich kann ich auch nicht daran glauben.
Lass mich nun zu einem anderen Punkt kommen. Du glaubst daran, dass Jesus Gottes Sohn ist, aber lehnst es ab, dass das jüdische Volk und der Prophet Moses Götter sind, obwohl die Juden in der Bibel deutlicher als Gott bezeichnet werden als Jesus! In Johannes 10:34 steht: \`Jesus antwortete ihnen: Steht nicht geschrieben in eurem Gesetz: \`Ich habe gesagt: Ihr seid Götter´. Im 2. Buch Mose 7:1 steht: \`Der Herr sprach zu Mose: Hiermit mache ich dich für den Pharao zum Gott; dein Bruder Aaron soll dein Prophet sein.´
Das hieße also, wenn wir der Bibel Glauben schenken, dass wir den Glauben an diesen Gottesbegriff in Bezug auf Moses und das jüdische Volk annehmen müssen und nichts als gewiss verinnerlichen, was nicht in der Bibel erwähnt wird, einschließlich der Trinität. Was also führt uns ins Himmelreich? Der Glaube an etwas, was durch keine Offenbarungsschrift bewiesen werden kann oder etwas, das seit 1400 Jahren in unveränderter Form vorliegt - Der Quran, Gottes unverändertes Wort?

Hast du keine Angst davor, mein Freund, den dreigeteilten Gott, der Jesus zugeschrieben wird, anzunehmen? Wenn Jesus von seinem Volk den Glauben verlangt, ohne ein einziges Mal die Dreifaltigkeit zu erklären, was hat er dann sein ganzes Leben auf der Erde getan? Und wessen Sohn ist Jesus? Ist er der Sohn des Vaters oder des Heiligen Geistes? Denn er soll doch durch den Heiligen Geist gezeugt worden sein! Welche Funktion und Beziehung hat dann der Heilige Geist zur christlichen Gottesfamilie? Der eine ist der Vater, aber er lässt seinen Sohn zeugen durch einen Dritten, den Heiligen Geist!

Allah liebt jene Gläubigen, die ihren Glauben aus Seinem fehlerfreien Buch entnehmen, aber nicht jene, die ihren Glauben aus irgendwelchen alten Funden und Schriften entnehmen. Deshalb liebt Er die Christen, die die Prophezeiungen Moses' und Jesu anerkennen, sich nach der Offenbarung des Quran aber Gottes Gesandtem Muhammad zuwandten und ihm folgten. Diese Christen liebt Er, um sie durch ihren Glauben und ihre Taten zu erretten, und nicht durch die Opferung Seines Sohnes.«

»Du berichtest uns hier, das Christentum sei die Religion der Liebe. Prüfen wir diese Behauptung.

Das Alte Testament ist voller Gewalt und Bluttaten: Kriege, Steinigungen, Vergeltungsgesetze, Verfluchungen sowie Strafen Gottes jeglicher Art. Ich kann den Unterschied zwischen dem Gott des Alten und dem des Neuen Testaments nur so erklären, dass die beiden Bücher nicht von demselben Gott und von derselben Religion sprechen können.

Im Alten Testament steht mehr als 700 Mal geschrieben, dass Moses zu Gott sprach und Gott ihm antwortete. Und dann erzählt man uns, dass diese Bücher die Bücher Moses‘ sind! Wer hat sie aber geschrieben? Moses? Sie sind weder von Moses noch von Gott geschrieben, sondern von einem Dritten. Haben die Schreiber des Alten Testaments auch den Heiligen Geist zur Inspiration gehabt? Wer weiß, wenn jeder den Heiligen Geist bekommt, wann er will und wie er will, dann kann ja alles möglich sein. Aber wozu brauchen die Christen den Heiligen Geist, wenn sie doch den Sohn Gottes unter sich hatten?

Wollte Jesus nicht selber das Buch Gottes diktieren? Hat der Gott der Trinität im ganzen Universum nichts zu tun, außer zu uns zu kommen, und mit uns zu sprechen? Einmal schickt Er den Sohn und einmal den Heiligen Geist. Ich kann nachvollziehen, dass die früheren Menschen noch an solche Geschichten geglaubt haben, aber die heutige Menschheit, die gesehen hat, wie groß das Universum ist, sie dürfte einen solchen Glauben nicht mehr vertreten können.

Wir reden von einem Schöpfer des Alls, Der all die Galaxien erschaffen hat, sie gezwungen hat, ihrer Bahn zu folgen.

Wie kann ein solcher Gott das ganze Universum mit einem Wort erschaffen und dann so viel Mühe und Zeit brauchen, um die Menschen zu Sich zu führen? Trotzdem würde ich dir glauben, wenn es sich dabei tatsächlich um Worte des Propheten Jesus handeln würde. Aber diese Geschichte, und das wissen wir aus der Bibel, ist von Jesus nie berichtet worden, noch hat er die Menschen dazu aufgerufen, daran zu glauben. Ich muss den zahlreichen, uns unbekannten Schreibern der Bibel blind vertrauen. Kannst du dir vorstellen, dass Gott Seinen Sohn opfert, sich aber nicht einmal dafür interessiert, uns eine gute und fehlerfreie Schrift zu hinterlassen, aus der wir einen einheitlichen und klaren Glauben entnehmen können?

Ist das deiner Meinung nach der Glaube, zu dem Jesus rief? Oder rief er zum Glauben an den fehlerfreien Gott?

Jesus wird zurückkehren, um das Böse zu bekämpfen. Er wird zurückkommen, um ein Ende für diejenigen zu setzen, die gegen ihn und Gott gekämpft haben und ihn kreuzigen wollten. Er wird kommen, um ein Ende für diejenigen zu setzen, die seinen Glauben verändert haben, und in seinem Namen Lügen verbreitet haben.

Mit seinem Kommen wird die Wahrheit siegen. Das ist die Wahrheit des Islams, wo Gott immer noch Einer ist, und Jesus Sein Prophet. Das ist der Glaube, den Jesus voraussetzte, um ins Himmelreich zu gelangen.

Was ich nun von dir wissen möchte, lieber Michael: Erkläre mir bitte, warum Jesus kein einziges Mal die Dreifaltigkeit mit deutlichen Worten erklärt hat?«

Der Priester lachte und nahm kopfschüttelnd das Mikrofon in die Hand.

»Danke für deinen Vortrag! Ich wusste nicht, dass du ein so gläubiger Muslim geworden bist, und wahrscheinlich auch deswegen die Lehren der Bibel nicht mehr verstehen kannst! Wer hat gesagt, dass Jesus die Trinität nicht erklärt hat? Er hat sie schon in der Bibel erklärt, aber nicht an einer Stelle, sondern an mehreren Stellen. Hast du Matthäus 28:19 vergessen, wo Jesus nach der Auferstehung gesagt hat: `Darum geht zu allen Völkern und macht alle Menschen zu meinen Jüngern; tauft sie auf den Namen des Vaters und des Sohnes und des Heiligen Geistes´ Oder 1. Korinther 12:4-6: `Es gibt verschiedene Gnadengaben, aber nur den einen Geist. Es gibt verschiedene Dienste, aber nur den einen Herrn. Es gibt verschiedene Kräfte, die wirken, aber nur den einen Gott: Er bewirkt alles in allen.´ oder 2. Korinther 13:13: `Die Gnade Jesu Christi, des Herrn, die Liebe Gottes und die Gemeinschaft des Heiligen Geistes sei mit euch allen!´ Du glaubst, dass die Bibel Jesus nicht für Gott erklärt? Wenn es so ist, was tun dann die Verse Johannes 1:1-18, die ich anfangs in meiner Rede erwähnt habe? Oder Verse wie in Kolosser 1:15-17: `Er ist das Ebenbild des unsichtbaren Gottes, der Erstgeborene der ganzen Schöpfung. Denn in ihm wurde alles erschaffen im Himmel und auf Erden, das Sichtbare und das Unsichtbare, Throne und Herrschaften, Mächte und Gewalten; alles ist durch ihn und auf ihn hin geschaffen. Er ist vor aller Schöpfung, in ihm hat alles Bestand.´ Oder Johannes 10:30: `Ich und der Vater sind eins.´ Es gibt noch etliche Verse, wo er zu Gott gemacht wird. Vom Heiligen Geist wird auch in Versen wie Johannes 16:13 als Gott erzählt: `Wenn aber jener, der Geist der Wahrheit kommen wird, der wird euch in alle Wahrheit leiten. Denn er wird nicht von sich selber reden; sondern was er hören wird, das wird er reden, und was zukünftig ist, wird er euch verkünden.´ All diese Verse sind nicht zu leugnen. Sie beweisen, dass Jesus und der Heilige Geist Teile der Dreifaltigkeit sind! Du musst die Bibel nicht ignorieren, um die Wahrheit zu sehen. Wie soll Gott dich segnen, wenn du Seine

Schrift leugnest?
Meine Frage an dich wäre nun, wie kannst du behaupten, den islamischen Glauben aus der Bibel entnehmen zu können? Das ist sicherlich ein Witz, denn das Christentum erkennt deinen Propheten und dein Buch nicht an. Wenn du es schaffst, dann beweise mir deinen Glauben in der Bibel. Ich fordere dich hiermit heraus, das zu tun!«

Imam Joseph antwortete:
»Danke für die Herausforderung, dafür musst du mir jedoch für eine längere Zeit dein Gehör schenken, denn ich möchte gerne auf alle Punkte eingehen«.
»Nimm die Zeit, die du benötigst, solange du deine Beweise aus der Bibel entnimmst. Ich höre der Bibel gerne zu!«
»Erst einmal gehe ich auf deine Beispielzitate ein. Du hast keinen einzigen Vers gebracht, der besagt, dass Jesus Gott ist, oder ein Teil Gottes ist, geschweige denn, dass Gott aus drei Personen besteht. Auch war kein Vers dabei, der den Glauben an die Dreifaltigkeit belegt! Deine Verse sind alle interpretationsbedürftig, und von der Art des Verständnisses abhängig. Gerade deshalb hat man im Christentum einige Jahrhunderte darüber diskutiert, um dann auf die Trinität zu kommen. Denn dazu bedarf es einer ausgeprägten Fantasie. Lass uns aber die Beweise überprüfen!
Die Verse im ersten Kapitel Johannes Verse 1-2: `Am Anfang war das Wort, und das Wort war bei Gott, und Gott war das Wort. Dasselbe war im Anfang bei Gott. Alle Dinge sind durch dasselbe gemacht, und ohne dasselbe ist nichts gemacht, was gemacht ist.` Und dann Vers 14: `Und das Wort ward Fleisch

und wohnte unter uns.´ Fragen wir uns, warum die Schreiber der Bibel oder der Heilige Geist uns den Glauben in dieser Form so verstecken wollten? Sie gaben uns unklare, interpretationsbedürftige Sätze. Schon beim ersten Blick finden wir einen Widerspruch: Es heißt, `Am Anfang war das Wort´. Wenn nun, wie du behauptest, das Wort mit Jesus gleichzusetzen ist, wie kann dann der Sohn vor dem Vater existieren? Deshalb kann das Wort, das später `Fleisch´ ward, nicht der Anfang gewesen sein. Es ist auch keinesfalls glaubwürdig, dass der Sohn und der Vater gleichzeitig seit der Ewigkeit existieren. Wäre mit `das Wort´ Gott gemeint – wie kann dann Gott zu Fleisch geworden sein? Es scheint mir sehr fragwürdig, dass etwas sprachlich so Zweifelhaftes aus der Quelle des fehlerfreien Gottes stammt. Dreizehn Verse später wird gesagt, dass das Wort `Fleisch ward´ und `unter den Menschen wohnte´. Das brauche ich nicht weiter erläutern! Und wenn wir Vers 2 betrachten, bekommen wir es mit einem rätselhaften Orakel zu tun. Was ist dasselbe und wer kann dasselbe bei Gott sein, wenn Er Gott ist?

Und wenn wir uns nun fragen, wer der Autor dieser Verse ist, dann kann Jesus zumindest ausgeschlossen werden, denn er hätte von sich gesprochen.

Wer bleibt übrig? Ist der Verfasser der Vater?

Oder der mysteriöse Heilige Geist? Wer weiß? Ich selber habe noch nie einen Geist wahrnehmen können, und kann daher nicht beurteilen, wie man von einem Geist inspiriert werden kann, um solche Sätze zu formulieren.

Betrachten wir die Verse in Johannes 10:25-30, die Jesus Göttlichkeit zuschreiben. Ich erwähne den ganzen Kontext: `Jesus antwortete ihnen: Ich habe es euch gesagt, aber ihr glaubt nicht. Die Werke, die ich im Namen meines Vaters vollbringe, legen Zeugnis für mich ab; ihr aber glaubt nicht, weil ihr nicht zu meinen Schafen gehört. Meine Schafe hören auf meine Stimme; ich kenne sie und sie folgen mir. Ich gebe ihnen ewiges Leben. Sie werden niemals zugrunde gehen und niemand wird sie meiner Hand entreißen. Mein Vater, der sie mir gab, ist größer als alle und niemand kann sie der Hand meines Vaters entreißen. Ich und der Vater sind eins´.

Jesus, Friede mit ihm, versucht eindeutig die Juden von seiner Botschaft zu überzeugen und wird abgelehnt. Er sagt selber, die Wunder vollbringe er im Namen des Vaters und nicht im eigenen Namen. Der Vater hat ihm die Kraft gegeben und der Vater ist größer als alles, auch als er selbst.

Jesus schöpft seine Kraft eindeutig vom Vater und nicht aus sich selbst, deshalb sagt er nicht, niemand kann sie aus meiner Hand reißen, weil ich Gott bin! Sondern er bezieht seine Wunder und Zeichen auf den Gott, der größer als alles ist. Das ist nicht Jesus, sondern der angebliche Vater.

Die Aussage `Ich und der Vater sind eins´, ist nicht wörtlich zu verstehen. Sie ist metaphorisch zu deuten. Der Beweis ist sein Bezug der Kraft aus der göttlichen Quelle des Vaters. Wenn die beiden eins im Sinne der Gottheit wären, dann hätte sich Jesus niemals auf den Vater gestützt. Und dann sagte er `Eins´ und nicht `Einer´. Eins bedeutet, dass er und Gott vertraulich verhandeln, dieselben Interessen haben, und keinesfalls dieselbe Person sind. Jesus selbst widerlegt diesen Beweis in Johannes 17:22 als er betet: `Und ich habe ihnen die Herrlichkeit gegeben, die du mir gegeben hast; denn sie

sollen eins sein, wie wir eins sind´.
Bemerkenswert ist hier, dass er sagt: Meine Nachfolger sollen eins sein, gleich wie wir!
Also sind – wenn man eurer Beweisführung folgt – die Nachfolger Jesu auch eine Person? Das geht nicht!
Was ist mit der Taufformel `im Namen des Vaters, des Sohnes und des Heiligen Geistes´? Das ist einer der stärksten Beweise der Christen für die Dreifaltigkeit! Aber wie kannst du in diesem Vers die Einheit sehen, wenn da nicht eindeutig steht, wir sind alle nur ein Gott. Wenn man in der Regel sagt, im Namen von Person 1, Person 2 und Person 3, dann bestätigt man doch, dass diese drei unterschiedliche Personen sind, die ganz andere Charaktere haben, und deshalb getrennt voneinander erwähnt sind.
Wenn du auf einem Kongress bist, dann sagst du: `in meinem Namen, im Namen des Veranstalters und im Namen des Vortragenden´! Dann verstehen alle darunter, dass es sich hier um drei Personen handelt, die alle das gleiche Interesse haben! Die Behauptung, dass 1+1+1=1 ist, kann mathematisch und logisch jedes Schulkind widerlegen!
Ich möchte noch den Vers Johannes 16:13 anführen. Lasst uns mal ein Wort im Vers austauschen. Ersetzen wir das Wort `Geist´ durch `Prophet´ und lesen den Vers erneut. `Wenn aber jener kommt, der Prophet der Wahrheit, wird er euch in die ganze Wahrheit führen. Denn er wird nicht aus sich selbst heraus reden, sondern er wird sagen, was er hört, und euch verkünden, was kommen wird. Er wird mich verherrlichen; denn er wird von dem, was mein ist, nehmen und es euch verkünden.´ Nun frage ich dich! Du erzählst mir, dass diese Per-

son, die kommen wird, der Heilige Geist sein soll, und nicht der Prophet Muhammad? Aber da frage ich mich, ob die Aussage zum Heiligen Geist überhaupt passt? Wer ist zu euch gekommen? Der Heilige Geist, der nie gesehen wurde, und angeblich überall ist, sodass er nicht kommen braucht! Oder der Prophet Muhammad, der zu euch als Mensch gekommen ist? Wer hat euch in die Wahrheit geleitet? Der Heilige Geist, der euch keinen deutlichen Glauben und keine einheitliche Bibel hinterlassen hat, oder der Prophet Muhammad, der euch einen deutlichen Glauben, und einen einzigartigen Quran hinterlassen hat? Wer hat nicht von sich selbst geredet, sondern das gesagt, was er gehört hat? Der Heilige Geist, der nie geredet hat, sondern nur die Schreiber, jeden etwas anders, inspiriert hat, mal davon abgesehen, dass er als Gott nicht hören muss, sondern alles bereits schon weiß! Oder war das der Prophet Muhammad, der euch den fehlerfreien Quran gegeben hat, den er vom Engel Gabriel gehört hat, und ihn so weitergab, wie er ihn hörte, und wovon auch die Zukunft prophezeit wird?«

»Die Dreifaltigkeit weist viele Mängel auf. Ich erwähne hier nur einige Punkte, die meiner Meinung nach unerklärbar sind: Wie kann der menschliche Gott am Kreuz seiner Feinde sterben? Jesus spricht von seinem Gott in der Bibel, wie kann da ein Gott einen anderen Gott haben? In Lukas 22:42 heißt es: \`Doch nicht mein, sondern dein Wille geschehe.´ Oder in Matthäus 27:46: \`Und um die neunte Stunde schrie Jesus laut und sprach: Eli, Eli, lama asabthani?´ -Das heißt: Mein Gott, mein Gott, warum hast du mich verlassen?- Achte auf den Satzteil \`mein Gott´, also hat Jesus Angst, dass sein Gott ihn

verlassen hat! Wie kann es da sein, dass er selbst Gott ist? Jesus nannte sich in Matthäus 27:43, Gottes Sohn, wie kann aber Gottes Sohn gleichzeitig Gott sein? Ist er nicht der Sohn des Vaters? Oder der Sohn der ganzen Einheit? Also ist er der Sohn von sich selbst? Der Begriff `Gottes Sohn´ schließt doch seine Göttlichkeit aus!
Die Beziehung zwischen Vater, Sohn und Heiligem Geist war in den ersten Jahrhunderten nicht eindeutig definiert. Es gab jedoch schon früh Abgrenzungen zu extremen Varianten der Christologie, wie dem Adoptismus, der von der Adoption Jesu durch Gott bei der Taufe spricht, oder dem Doketismus, der besagt, dass Jesus rein göttlich war, und nur als Mensch erschien, also nicht als der geborene Gottessohn.
Und noch ein Punkt zur Jungfrau Maria. Sie wird vom Heiligen Geist geschwängert und gebärt den Sohn, der dem Heiligen Geist und dem Vater gleichwertig ist! Wie lassen sich all diese Punkte mit dem Verstand vereinbaren?«

»Wenn du mir erlaubst, möchte ich nun zu den biblischen Beweisen kommen, dass Gott nicht in drei geteilt werden kann, und dass Jesus niemals Gott war:
In Römer 3:30 findet sich eine sehr deutliche Aussage: `Es ist ein einiger Gott´, Epheser 4:6:`ein Gott und Vater unser aller, der da ist über euch allen und durch euch alle und in euch allen.´ Fällt dir auf, dass diese Beschreibung nicht zu einer menschlichen Form Gottes passt? 1. Korinther 8:6: `so haben wir doch nur einen Gott, den Vater, von welchem alle Dinge sind und wir zu ihm; und einen Herrn, Jesus Christus, durch welchen alle Dinge sind und wir durch ihn.´ Wieder wird nur

von einem Gott, dem Vater und einem Herrn Jesus gesprochen, wie jeder andere geehrter Mann mit `Herr´ angesprochen wird. Das Missverständnis der Kirche resultiert daraus, dass die Begriffe Gott und Geist missbraucht wurden. Hier werden Menschen wie Moses und die Juden als Gott bezeichnet und als Geist werden Dinge wie Weisheit, Liebe und Tod bezeichnet. Wenn die Erwähnung des Geistes eine Abbildung einer bestimmten Person bedeuten soll, dann soll man aus der Liebe auch eine Person machen. Wenn also von einem Geist Gottes in der Bibel gesprochen wird, dann ist das keine andere, trennbare Person, sondern die Mitwirkung Gottes, und hat daher mit einer Trinität nichts zu tun. Der biblisch erwähnte Geist Gottes steht in derselben Verbindung zu Gott wie der Geist des Menschen. So sagt uns die Bibel in 1. Korinther 2:11: `Denn welcher Mensch weiß, was im Menschen ist, als der Geist des Menschen, der in ihm ist? Also auch weiß niemand, was in Gott ist, als der Geist Gottes.´ Der Geist Gottes ist daher keine Person, die irgendwo unabhängig vom einen Gott auftaucht, sondern gehört der Macht Gottes an, über die wir nicht viel Wissen haben.

Wie kann Jesus Gott sein, wenn er nicht aus eigenem Willen gekommen ist, sondern wie alle anderen Propheten aus dem Willen seines Gottes? `Ich bin nicht aus dem Himmel herabgestiegen, dass ich meinen Willen tue, sondern den Willen Dessen, Der mich gesandt hat´, heißt es in Johannes 6:38: Jesus kann nichts tun ohne die Genehmigung seines Gottes, mit welchem Recht soll er da Gott gleichgesetzt werden?

`Ich kann nichts von mir selber tun. Wie ich höre, so richte ich, und mein Gericht ist recht; denn ich suche nicht meinen

Willen, sondern des Vaters Willen, der mich gesandt hat (Johannes 5:30).´ Jesus ist nur ein Gesandter Gottes, der uns eine Botschaft von Gott gebracht hat: `Ich habe dich verklärt auf Erden, und vollendet das Werk, das du mir gegeben hast, dass ich es tun sollte (Johannes 17:4).´ Oder `Nun wissen sie, dass alles, was du mir gegeben hast, sei von dir. Denn die Worte, die du mir gegeben hast, habe ich ihnen gegeben; und sie haben's angenommen, und erkannt wahrhaftig, dass sie glauben, dass du mich gesandt hast (Johannes 17:8).´

Steht der Gesandte nicht unter dem Sendenden? Wie kann Jesus dann dem Vater gleich sein?

Und lass' uns mal sehen, wie Jesus sich selbst als Gott ausgeschlossen hat. Er sagte in Johannes 1:18: `Niemand hat Gott je gesehen!´

Wie konnten ihn dann die Leute gesehen haben, wenn er doch Gott ist und Gott aber niemand je gesehen hat? In Jesaja 41:4 soll Gott gesagt haben: `Ich, Jehova, bin der Erste, und bei den Letzten bin ich derselbe.´ Er bleibt derselbe und wandelt sich nicht in einen Menschen!

Das sollte selbst dir genügen, um zu belegen, dass Gott ein Einziger ist und Jesus lediglich ein Prophet war, der wie die anderen Propheten eine Botschaft von Gott an die Menschheit überbringen sollte.

Diese Botschaft heißt: Dient dem einen Gott, folgt den Propheten, damit ihr errettet werdet.

So sagt Allah sinngemäß in Sure 4:171: `Oh Leute der Schrift, übertreibt nicht in eurer Religion, und sagt gegen Allah nur die Wahrheit aus! Jesus, der Sohn Maria, ist nur Allahs Gesandter und Sein Wort, das Er Maria entbot, und Geist von

Ihm. Darum glaubt an Allah und Seine Gesandten und sagt nicht „Drei“. Hört auf (damit), das ist besser für euch! Allah ist nur ein einziger Gott. Preis sei Ihm (und Erhaben ist Er darüber), dass Er ein Kind haben sollte! Ihm gehört (alles), was in den Himmeln und was auf der Erde ist, und Allah genügt als Sachwalter.´
Es wird nicht von einer Opferung oder Vergebung der Erbsünde gesprochen, sondern von Opferung Jesu, im Sinne seines Leidens zur Erfüllung der Botschaft Allahs«.

»Was ist mit der Kreuzigung, das Opfer Jesu Christi? Wie willst du die nun leugnen?
Die Bibel bestätigt die Kreuzigung und die Opferung Christi. Was für einen Sinn würde die Opferung haben, wenn Jesus kein Gottes-Sohn im Sinne eines Gottes wäre? Denn Gott kann uns durch einen fehlbaren Menschen nicht erretten, deshalb kommt nur der fehlerfreie Sohn infrage. In anderen Worten, wenn die Bibel von der Opferung und dem Sterben Christi am Kreuz erzählt, dann ist Jesus der Sohn Gottes. Nach deinem Glauben wurde Jesus nicht gekreuzigt. Und da kommen wir in einen großen Konflikt zwischen den beiden Religionen! Kannst du das leugnen?«, fragte der Priester. Er war aufgesprungen. Sein mildes, sanftes Erscheinungsbild hatte sich gewandelt. Er sprühte vor Zorn.

»Eins habe ich im Christentum noch nie verstanden! Wieso kann Gott uns ohne ein Opfer nicht erretten, geschweige denn, dass dieses Opfer fehlerfrei sein soll? Ist dieser Gott allmächtig, oder nicht? Wie kann ein allmächtiger Gott fehlbare

Wesen wie uns erretten? Er kann uns sicherlich erretten, und das wird Er tun, wenn wir durch den richtigen Glauben und gute Taten zu Ihm kommen. Die Opferung der einen Person für die Sünden einer anderen ist an sich ein Widerspruch gegen die Gerechtigkeit. Ich erwähne hier den Vers 21:23 aus dem fünften Buch Moses, dann können wir uns überlegen, ob der Glaube an die Kreuzigung Jesu noch zulässig ist: `Ein Gehenkter ist verflucht bei Gott.´ Die Juden sowie die früheren Christen, die noch an das Alte Testament geglaubt haben, haben aufgrund dieser Stelle nie an die Kreuzigung Jesu geglaubt. Denn sie glaubten, dass Gott niemals Seinen Gesandten kreuzigen lassen würde. Und das ist eines der Argumente, warum die Juden Jesus immer noch nicht anerkennen. Komischerweise findet man in der Bibel viel über das Leiden Jesu, aber kaum etwas über den Tode Jesu am Kreuz. Weiterhin wurde die Geschichte der Kreuzigung Jesu widersprüchlich erzählt.

Betrachten wir seine letzten Worte, die er gesagt haben soll. Laut Lukas 23:46 sagte er: `Vater, ich befehle meinen Geist in deine Hände´, jedoch sagte er laut Johannes 19:30:`Es ist vollbracht!´ So wird die Geschichte der Kreuzigung in den Evangelien unterschiedlich erzählt. Offenbar liegt das daran, dass die Jünger die Kreuzigung nie erlebt haben. Daher kommt es zu solcher Diskrepanz! Es gibt sogar Christen, die daran glauben, dass Jesus durch einen anderen ersetzt wurde. Kerinthianer und Ebioniten glaubten tatsächlich, dass Simon von Kyrene, welcher nach Lukas 23:26 half, das Kreuz nach Golgatha zu tragen, anstelle von Jesus gekreuzigt wurde. Aber das ist alles unwichtig, wenn doch Jesus selber nach

der Kreuzigung und bei der angeblichen Auferstehung seinen Jüngern erklärt, dass er nicht gestorben ist. In Lukas 24:36-43 heißt es: `Während sie noch darüber redeten, trat er selbst in ihre Mitte und sagte zu ihnen: Friede sei mit euch! Sie erschraken und hatten große Angst, denn sie meinten, einen Geist zu sehen. Da sagte er zu ihnen: Was seid ihr so bestürzt? Warum lasst ihr in eurem Herzen solche Zweifel aufkommen? Seht meine Hände und meine Füße an: Ich bin es selbst. Fasst mich doch an und begreift: Kein Geist hat Fleisch und Knochen, wie ihr es bei mir seht. Bei diesen Worten zeigte er ihnen seine Hände und Füße. Sie staunten, konnten es aber vor Freude immer noch nicht glauben. Da sagte er zu ihnen: Habt ihr etwas zu essen hier? Sie gaben ihm ein Stück gebratenen Fisch; er nahm es und aß es vor ihren Augen.´
Achte auf den Teil `er selbst´. Das heißt, er wurde nicht gekreuzigt und das war es, was er die ganze Zeit beweisen wollte?
Und was hat Jesus geantwortet, als er nach einem Wunder gefragt wurde? In Matthäus 12:38-40 steht: `Zu dieser Zeit sagten einige Schriftgelehrte und Pharisäer zu ihm: Meister, wir möchten von dir ein Zeichen sehen. Er antwortete ihnen: Diese böse und treulose Generation fordert ein Zeichen, aber es wird ihr kein anderes gegeben werden als das Zeichen des Propheten Jona. Denn wie Jona drei Tage und drei Nächte im Bauch des Fisches war, so wird auch der Menschensohn drei Tage und drei Nächte im Innern der Erde sein.´
Was war denn das Wunder des Propheten Jonas? War das nicht die Tatsache, dass er im Bauch des Walfisches lebendig geblieben ist? Oder ist er gestorben und dann auferstanden?

Er war lebendig geblieben, so wie Jesus nach ihm. Das war das Wunder des Propheten Jesus, dass er weder gekreuzigt noch getötet wurde, sondern Allah ihn geschützt hat, indem er seinen Verräter an seiner statt bestrafen ließ. Jesus jedoch stieg in den Himmel!

Allah sagt im Quran in Sure 4:157: `Und dafür, dass sie sagten: `Gewiss, wir haben den Messias Jesus, den Sohn Marias, den Gesandten Allahs getötet´ - aber sie haben ihn weder getötet noch gekreuzigt, sondern es erschien ihnen so. Und diejenigen, die sich darüber uneinig sind, befinden sich wahrlich im Zweifel darüber. Sie haben kein Wissen darüber, außer dass sie Mutmaßungen folgen. Und sie haben ihn mit Gewissheit nicht getötet.´

Das ist der Glaube, den man der Bibel entnehmen kann.

Warum soll Gott Seinen Sohn von seinen Feinden kreuzigen lassen? Haben die Feinde Gottes Ihn besiegt? Möchte Gott so besiegbar erscheinen?

Immer wieder bemerke ich diesen Widerspruch! Die Behauptung, dass Jesus als Mensch durch die Erbsünde niemals fehlerfrei war! Ist Jesus nicht der Sohn Marias? Ist Maria kein Mensch, die von der Erbsünde genauso betroffen ist wie wir? Deshalb ist seine Geburt durch Maria der größte Beweis, dass er nicht zur Vergebung der Erbsünde gelten kann!

Gott hätte ihn aus einem fehlerfreien Ursprung erschaffen müssen, wie Adam, damit er diese Aufgabe überhaupt übernehmen könnte. Und das beweist wieder meinen islamischen Glauben.

Ich könnte so weitermachen und auch die anderen islamischen Gottesgesetze in der Bibel beweisen. Aber ich gebe dir das Mikrofon wieder, und danke dir für die Zeit, die du mir geschenkt hast.«

Der Priester ergriff das Mikrofon, stand auf und schaute schweigend ins Publikum. Dann wendete er sich wieder seinem Diskussionspartner zu und lächelte gewinnend.
»Kein Problem, mein Freund, ich muss ja auch wissen und verstehen. Wir sind keine blinden Gläubigen und wollen unsere Religionen verstehen. Ich bestreite die Verse nicht, die du erwähnt hast. Es ist mir auch bekannt, dass man mit der Bibel alles beweisen kann, selbst dass die Juden Götter sind, kann man mit der Bibel beweisen. Denn alles unterliegt der menschlichen Interpretation.
Betrachten wir die diskutierten Themen einmal in ihrem biblischen Kontext. Wer kann den Kontext besser verstehen, du oder die Schreiber und die Übersetzer der Bibel? Und wenn im Alten Testament steht, dass die Gekreuzigten verflucht sind, dann heißt das nicht, dass diese Regel im neuen Bund auch gültig ist. Ich sehe auch keine Widersprüche, wenn der eine die Geschichte Jesu so erzählt und der andere etwas anderes. Das waren doch Menschen gewesen und jeder Mensch erzählt die Aspekte, die er für wichtig hält. Wenn die Schreiber der Bibel sich über die Kreuzigung und Auferstehung einigen, und sie vom Heiligen Geist inspiriert werden, dann wissen sie sicherlich mehr darüber als wir. Mag sein, dass du zum Teil mit deinen Argumenten Recht hast, aber welche Konsequenz kann das haben? Solange wir an Gott und Jesus glauben, macht es keinen Unterschied, den einen oder den anderen Beweis zu erkennen, den Glauben aus dem ei-

nen oder aus dem anderen Vers zu entnehmen. Wir bleiben Christen, egal an welche Verse wir glauben. Für uns bleiben dein Prophet und deine Religion ungültig. Ich kann immer noch nicht nachvollziehen, warum du Muslim geworden bist, obwohl du deinen angeblich richtigen Glauben aus der Bibel entnehmen kannst. Warum folgst du denn einem falschen Propheten und einem falschen Buch? Willst du die Befehle Jesu ignorieren, wo er uns doch vor falschen Propheten gewarnt hat? Hast du keine Angst, dadurch einen Widerspruch mit dem wahren Glauben an Jesus aufzubringen? Das wäre schlimm, wenn du die Warnungen vor falschen Propheten in Markus 13:22, Jeremia 23:32 und Matthäus 7:15 leugnetest. Wie kannst du da noch einem falschen Propheten folgen? Ich mache mir Sorgen, dass du als Muslim nicht in den Himmel kommst!«

Imam Joseph lachte und sagte zu seinem Freund: »Ich bin wirklich froh. Du siehst ein, dass man mit der Bibel alles beweisen kann. Ist es nun eine Stärke der Bibel oder eine Schwäche? Entsteht nicht ein endloser Widerspruch, in dem sich das Christentum bewegt?

Ich bin als Muslim gläubig; Ich glaube an Gott und zwar an den Gott, der in der Sprache Jesu `Elah´ hieß, was Allah bedeutet, der einzige Schöpfer und Allmächtige. Ich glaube an das, was Jesus als Offenbarung Allahs gesagt hat, aber nicht an das, was die Bibel-Schreiber erdacht haben. Worte, die weder göttliche Offenbarung sind noch von Jesus selbst stammen.

Ich glaube an den Gott, Der uns ohne Opfer erretten kann. Mein Gott ist der Gerechte, Der kein Wesen für die Sünden anderer Wesen bestraft. Ich glaube auch an alle wahren Gesandten Gottes, von Adam bis Muhammad und deren Himmelsbücher ohne Ausnahme. Ich glaube an Jesus als Erretter der Welt, als einen Propheten und Diener Gottes, wie er sich bezeichnet hat. In der ganzen Bibel gibt es keinen Vers, der besagt, dass nur die Christen in den Himmel kommen. Jesus hat seine Botschaft nicht nach sich benannt, dies geschah erst lange nach ihm. Schenken wir den Worten Jesu Glauben, dann bin ich ein guter Gläubiger, und verdiene mit meinem Glauben den Himmel, egal wie du das siehst.

Schenken wir der Bibel Glauben, wird jenem, der kein Muslim ist, der Himmel verwehrt. Das finden wir in Markus 16:16. Hier sagt Jesus: `Wer aber nicht glaubt, der wird verdammt werden.´

Verdammt werden diejenigen, welche den Glauben an die Prophetenaussagen verweigern. Jesus sollte die alten Botschaften erfüllen, wie in Matthäus 5:17-20 steht: `Denkt nicht, ich sei gekommen, um das Gesetz und die Propheten aufzuheben. Ich bin nicht gekommen, um aufzuheben, sondern um zu erfüllen. Amen, das sage ich euch: Bis Himmel und Erde vergehen, wird auch nicht der kleinste Buchstabe des Gesetzes vergehen, bevor nicht alles geschehen ist. Wer auch nur eines von den kleinsten Geboten aufhebt und die Menschen entsprechend lehrt, der wird im Himmelreich der Kleinste sein. Wer sie aber hält und halten lehrt, der wird groß sein im Himmelreich. Darum sage ich euch: Wenn eure Gerechtigkeit nicht weit größer ist als die der Schriftgelehrten und der Pharisäer, werdet ihr nicht in das Himmelreich kommen.´

Und was steht in der Bibel über unseren Propheten? Zuerst

mal räume ich eine Unklarheit aus dem Weg: Die Warnung vor falschen Propheten schließt richtige Propheten nicht aus. Kann ein Lehrer seinen Schüler vor einer falschen Antwort warnen, wenn es auf die Frage keine richtige Antwort gibt? Gäbe es keine richtige Antwort, hätte die Warnung vor falschen Antworten keinen Sinn. Eine ähnliche Warnung gab Muhammad, Friede mit ihm und mit allen Propheten und ihren Anhängern. Er sagte jedoch, er sei der letzte Prophet, und sein Buch sei die letzte und daher auch von Gott persönlich beschützte Schrift. Weshalb sagte Jesus nicht: `Ich rette euch mit meinem Blut; ihr sollt deshalb keinem Propheten nach mir folgen.´ Wäre dies der Fall gewesen, hätte Jesus es deutlich gemacht.«

»Im 5. Buch Moses 18:18 steht folgende Prophezeiung: `Einen Propheten wie dich will ich ihnen mitten unter ihren Brüdern erstehen lassen. Ich will ihm meine Worte in den Mund legen und er wird ihnen alles sagen, was ich ihm auftrage.´
Da teilte Gott Moses mit, dass er den Kindern Israels einen Propheten wie Moses senden wird. Er beschrieb diesen Propheten. Aber wer war damit gemeint? Konnte es Jesus sein? War Jesus Moses ähnlich? Kommt Jesus aus der Mitte der Brüder der Juden? Hat Gott seine Worte in den Mund Jesu gelegt? Wir Muslime glauben, dass diese Prophezeiung genau auf den Propheten Muhammad, Friede mit ihm, zutrifft und keinesfalls auf Jesus. Viele Aspekte rücken Muhammad als Propheten in die Nähe von Moses. Jesus ist gemäß christlicher Auffassung anbetungswürdig, Moses und Muhammad dagegen nicht. Jesus wurde unter außergewöhnlichen Umständen

geboren, und sollte auf ebenso einer Weise gestorben sein. Moses und Muhammad wurden normal geboren, und erlitten einen gewöhnlichen Tod. Jesus soll für die Sünden der Menschen gestorben sein, Moses und Muhammad keineswegs. Moses und Muhammad waren beide verheiratet und hatten Kinder, Jesus blieb kinderloser Junggeselle. Moses und Muhammad gaben ihrem Volk neue Gesetze. Sie wurden bereits zu Lebzeiten als Propheten gewürdigt – im Gegensatz zu Jesus. Jesus sollte sogar gekreuzigt werden, da sein Volk ihn nicht anerkannte; er gründete keine neue Religion. Moses und Muhammad wurden beide in der Erde begraben – nicht so Jesus.

Die Prophezeiung weissagt, dass der Prophet `aus der Mitte ihrer Brüder´ stammt. Wenn wir klären, wer die Kinder Israels sind, wissen wir auch, wer deren Brüder sind. Die Juden sind die Kinder Jakobs und Isaaks und der Bruder Isaaks ist Ismael. Die Kinder Ismaels – die Araber – sind damit auf jeden Fall die Brüder der Juden. Und wo ist die `Mitte´ der Araber? Dort, wo Abraham seine Frau Hagar und seinen Sohn Ismael angesiedelt hat. Von diesem Ort aus haben sich die Araber verbreitet. Hier gründeten sie die Stadt Mekka, wo sich die Kinder Ismaels - die Araber- verbreitet haben. Wenn die `Mitte´ einen Familienstamm bezeichnet, kann damit dann nur der arabische Stamm gemeint sein, der sich direkt an Ismael anschließt. Es sind die Haschemiten, aus denen der Prophet Muhammad hervorging. Eine Bestätigung, dass Ismael und seine Nachfahren die Brüder der Kinder Israels sind, wird im 1. Buch Moses 17:23, 16:12 und 25:18 gegeben. Dort ist zu lesen: `Und er starb vor dem Angesicht seiner Brüder.´ Mit (er)

ist Ismael gemeint, und mit (Brüder) sind die Kinder Israels gemeint.
Dem Gesandten sollen laut der Prophezeiung von 5. Moses 18:18 die Worte Gottes direkt in den Mund gegeben werden. Dies zeugt davon, dass der Prophet direkte Worte von Gott bekommen wird und diese weitergibt. Die Erklärung, dass Jesus die Worte Gottes in den Mund gelegt bekam, kann nicht stimmen, weil er doch angeblich selbst Gott war. Er muss demzufolge nichts eingegeben bekommen. Und wo sind diese Worte? Die Bibel ist von einer dritten Person geschrieben und Jesus erzählt selber von seinem Vater in eigenen Worten. Das heißt, dass es sich hierbei nicht um direkte Worte Gottes handelte. Der Fall ist beim Propheten Muhammad jedoch anders, denn er hat die direkten Worte von Gott bekommen. Im Quran gibt es viele Verse, in denen Allah Seinem Propheten Muhammad befielt: `Sag: Er ist Allah, ein Einer´ (Sure 112:1), und erklärt sich als der Herabsender der Thora und des Evangeliums in Sure 5:44: `Gewiss, Wir haben die Thora hinabgesandt, in der Rechtleitung und Licht sind, womit die Propheten, die sich (Allah) ergeben hatten, für diejenigen, die dem Judentum angehören, walten, und so auch die Leute des Herrn und die Gelehrten, nach dem, was ihnen von der Schrift Allahs anvertraut worden war und worüber sie Zeugen waren. So fürchtet nicht die Menschen, sondern fürchtet Mich. Und verkauft Meine Zeichen nicht für einen geringen Preis! Wer nicht nach dem waltet, was Allah (als Offenbarung) herabgesandt hat, das sind die Ungläubigen.´ Allah fragt weiterhin die Juden und die Christen, wie sie mit den Muslimen über Abraham und seinen Nachkommen streiten können, wenn

die Thora und das Evangelium lange nach ihm herabgesandt beziehungsweise niedergeschrieben wurden.
In Sure 3:65 heißt es: `Oh Leute der Schrift, warum streitet ihr über Abraham, wo die Thora und das Evangelium erst nach ihm (als Offenbarung) herabgesandt worden sind?´
In der Prophezeiung von 5. Moses 18:18 wird erwähnt, dass der Prophet im Namen Gottes spricht. Wer den Quran liest, dem wird auffallen, dass jedes Kapitel mit folgendem Abschnitt beginnt: `Im Namen Allahs, des Erbarmers, des Barmherzigen´. Wo findet sich Gleiches in den Schriften anderer Religionen?«

»In 5. Moses 33:2-3 spricht Moses von einem Propheten, der kommen wird: `Und er sprach: Der Herr ist vom Sinai gekommen und ist ihnen aufgegangen von Seir; er ist hervorgebrochen von dem Berge Paran, und ist gekommen mit viel tausend Heiligen; zu seiner rechten Hand ist ein feuriges Gesetz für sie. Wie hat er sein Volk so lieb! Alle seine Heiligen sind in deiner Hand; sie werden sich setzen zu deinen Füßen, und werden lernen von deinen Worten.´
Dieser Vers wird von den christlichen Theologen gerne auf Jesus bezogen, obwohl er überhaupt nicht mit ihm übereinstimmt. Jesus hatte weder ein feuriges Gesetz noch folgten ihm tausende treuer Anhänger, um von ihm zu lernen.
Der Prophet Muhammad jedoch hatte tausende von Gläubigen, die zu ihm kamen, ihn liebten, und von ihm alles lernten.
Paran, der Ort von dem in dem Vers die Sprache ist, liegt in der Wüste von Mekka, wo sich Ismael mit seiner Mutter Hagar nach deren Verstoßung niederließ. Die Bestätigung findet

man in 1. Moses 21:21. Jesus war dort nie anwesend. Die drei Berge Paran, Seir und Sinai, die hier beschrieben sind, sind die Berge der drei Propheten Moses, Jesus und Muhammad.«

»In der Bibel steht, dass der Berg Paran in Sinai ist. Das ist aber falsch, denn die dort beschriebene Wasserquelle existiert bis heute in Mekka, neben dem schwarzen Gotteshaus der Muslime, der Kaaba, wo Hagar nach Wasser suchte. Dort wo es sogar Fußabdrücke von Abraham gibt, die er während des Baus des muslimischen Gotteshauses hinterlassen hat. Diese Fußabdrücke und die Wasserquelle beweisen, dass Ismael in Mekka zurückgelassen wurde, und nicht im Sinai. Auch dass Abraham seinen Sohn Isaak opfern sollte, ist eine andere Fälschung, denn es steht in 1. Moses 22:16: `weil du solches getan hast, und hast deines einzigen Sohnes nicht verschont.´ Der erste Sohn Abrahams war Ismael und nicht Isaak, demzufolge war er damals sein einziger Sohn. Wie soll dann der geopferte Sohn Isaak sein, wenn er nie der einzige Sohn Abrahams war? Ismael und seine Mutter wurden verstoßen, nicht um sie zu bestrafen, sondern um sie zu prüfen. Und die Prüfung der beiden ging weiter, als Abraham Ismael opfern sollte. Nachdem die beiden die Prüfung von Gott bestanden hatten, wurden Ismael und seine Nachkommen gesegnet, als Belohnung für ihre Geduld und Gottesfurcht. `Und für Ismael habe ich dich auch erhört. Siehe, ich habe ihn gesegnet, und will ihn fruchtbar machen und mehren gar sehr. Zwölf Fürsten wird er zeugen, und ich will ihn zum großen Volk machen´ (1. Moses 17:20). Aus den Nachkommen Ismaels soll dann der letzte Prophet namens Muhammad kommen, der die beste Segnung der Nachkommen Ismaels darstellt. Die Bibel bestätigt weiter in 1. Moses 22:16-18: `und sprach: Ich habe bei mir selbst geschworen, spricht der Herr: weil du solches getan hast, und hast deines einzigen Sohnes nicht verschont, will ich deinen Samen segnen, und mehren will, wie die Sterne am Himmel, und wie den Sand am Ufer des Meeres; und deine Nachkommen sollen besitzen die Tore ihrer Feinde; und ich will deinen Samen machen wie den Staub auf Erden, weil du meiner Stimme gehorcht hast.´ Die Rede ist hier von dem beinahe geopferten Sohn Ismael, dessen Nachkommen wie Sterne am Himmel sind, im Sinne, dass sie sich vielfach vermehren. Christen übertragen diese Prophezeiung auf die Juden, weil sie die Opferung für Isaak erklären, was aber nicht stimmen kann. Und wenn man die Anzahl der Kinder Israels mit der Anzahl der Kinder Ismaels vergleicht, dann sind die zweihundert Millionen Araber in dieser Hinsicht eher gesegnet als die sechs Millionen Juden. Auch das beweist das Prophetentum Muhammads!«

»Die Opferung ist auf Isaak bezogen, denn gemeint ist der einzige Sohn Abrahams von Sarah und nicht von Hagar! Und das war Isaak, deshalb hat Gott mit ihm einen Bund beschlossen! Die Mutter Hagar war eine Sklavin von Sarah, deshalb hat ihn Gott nicht auserwählt, so wie es bei den Nachkommen von Sarah der Fall war. Wie sollte das Kind der Sklavin gleich dem Kind der Ehefrau sein?«, warf der Priester ein und lachte selbstgefällig.

»Wenn die Sklavin keine Schöpfung Gottes gewesen wäre, dann hätten sie und ihre Nachkommen sicherlich eine andere Stellung gehabt als ihre Herrin. Jedoch, Arroganz und der Traum der Auserwählung sollen uns nicht von der Wahrheit ablenken, sodass wir den letzten Propheten Gottes ablehnen, nur weil er von Ismael abstammt. Die Auserwählung der Kinder Israels war lediglich eine Prüfung, die wegen der Ablehnung von Jesus und Muhammad, Friede mit ihnen, nicht bestanden wurde. Die Prüfung von Ismael und seinen Nachkommen war jedoch schwieriger, sie war ein Exil und eine Opferung und wurde dennoch bestanden.
Aber was sagt Gott zu diesem alten Bund mit Abraham und zur Auserwählung? In 1. Moses 17:14 heißt es: `Und wo ein Mannsbild nicht wird beschnitten an der Vorhaut seines Fleisches, des Seele soll ausgerottet werden aus seinem Volk, darum, dass es meinen Bund unterlassen hat.´
Die Beschneidung war ein Zeichen, dem Bund Abrahams zu folgen. Welches der Kinder Israels diesen Bund bricht, der verdient laut dem Vers Bestrafung. Warum sollte die Prophezeiung der Juden noch gelten, nachdem sie Propheten wie Jesus und Muhammad abgelehnt hatten, von denen im Alten Testament prophezeit wurde. Ist das kein Bruch des Alten Bundes?«
»Da es den Rahmen unserer Veranstaltung sprengen würde, erwähne ich nur kurz weitere prophezeiende Stellen im Alten Testament, um auf die neutestamentarische Prophezeiung eingehen zu können. In Psalm 45:3-8 sowie in Psalm 72:8-17 wird der Prophet Muhammad, Friede mit ihm, sein Staat und seine Macht beschrieben. In Jesaja 9:1-5 wird die

Beleuchtung Arabiens nach der Geburt des Propheten Muhammad beschrieben. «

»Nicht nur die alten Propheten haben unseren Propheten prophezeit, auch Jesus, Friede mit ihm, hat dies getan. Bevor ich die biblischen Stellen erwähne, möchte ich einen Vers aus dem Quran an dieser Stelle rezitieren. In Sura 61:6 heißt es: `Und als Jesus, der Sohn der Maria, sagte: `Oh Kinder Israels, gewiss, ich bin Allahs Gesandter an euch, das bestätigend, was von der Tora vor mir (offenbart) war, und einen Gesandten verkündend, der nach mir kommen wird: sein Name ist Ahmad.´ Als er nun mit den klaren Beweisen zu ihnen kam, sagten sie: `Das ist deutliche Zauberei´.´ Ahmad ist einer der Namen Muhammads, genau wie Jakob gleichzeitig Israel hieß. Lass uns nun die Bestätigung dieses Verses in der Bibel suchen.«

»Fangen wir mit Matthäus 21:42-44 an, wo steht: `Jesus sprach zu ihnen: Habt ihr nie gelesen in der Schrift: `Der Stein, den die Bauleute verworfen haben, der ist zum Eckstein geworden. Von dem Herrn ist das geschehen, und es ist wunderbar vor unseren Augen?´ Darum sage ich euch: Das Reich Gottes wird von euch genommen und einem Volke gegeben werden, das seine Früchte bringt. Und wer auf diesen Stein fällt, der wird zerschellen; auf wen aber er fällt, den wird er zermalmen.´
Jedem Betrachter fällt sofort ein, dass der verworfene Stein Ismael ist und seine Nachkommen die Araber. Sie werden der Eckstein sein, da aus ihnen der letzte Prophet Muhammad

kommen wird. Das Reich Gottes wird das jüdische Volk verlassen. Ismaels Nachkommen werden laut diesem Vers bei Gott auserwählt, obwohl er verworfen worden war. Und wem wird das Reich Gottes gegeben? Nicht den Juden, sondern den Nachkommen Ismaels, den Arabern, die dadurch, dass sie dem letzten Propheten folgen, ihre Früchte an Gottesdienst aufbringen werden. Wer sich gegen diesen Stein stellt, der wird zerschellen, und das ist, was die Geschichte des Islams seit dem Propheten, Friede mit ihm, bewiesen hat. Eine deutliche Prophezeiung für den islamischen Propheten.«

»In Johannes 14:16 bittet Jesus Gott um einen neuen Gesandten: \`Und ich werde den Vater bitten und er wird euch einen anderen Beistand geben, der für immer bei euch bleiben soll.´ Die Christen erklären diesen Beistand als den Heiligen Geist, jedoch kann das wirklich stimmen? Wie könnte Jesus den Vater um etwas bitten, und wie lässt sich der Heilige Geist befehlen, wenn sie beide doch Gott sein sollen?
Oder bekommt Gott seine Befehle auch von Gott? Aber wenn derjenige, den Jesus bittet, und von dem der Heilige Geist seine Befehle bekommt, der Vater ist, dann ist er sicherlich der einzige Gott und die anderen sind nur seine Diener.
Und dann wird dabei gerne übersehen, dass der Heilige Geist angeblich bereits überall war, sogar bevor Jesus das aussprach. Er hatte nur die Bibel noch nicht inspiriert gehabt. Wie soll er dann kommen? Und wie ist er dann ewig geblieben? Wenn er da wäre, dann hätten die Christen zumindest die Fehler der Bibel korrigieren müssen!
Oder vielleicht ist der Beistand ein ganz anderer? Der neue

Gesandte Gottes, der Prophet Muhammad mit dem Quran, der bis zum Ende der Welt gültigen Offenbarung Gottes?
In Johannes 16:7-9 spricht Jesus über diesen Beistand, der nach ihm kommen soll. Er sagt: `Doch ich sage euch die Wahrheit: Es ist gut für euch, dass ich fortgehe. Denn wenn ich nicht fortgehe, wird der Beistand nicht zu euch kommen; gehe ich aber, so werde ich ihn zu euch senden. Und wenn er kommt, wird er die Welt überführen (und aufdecken), was Sünde, Gerechtigkeit und Gericht ist, um die Sünde, daß sie nicht glauben an mich´
Da fragt man sich, mit wem Jesus eigentlich redet? Mit dem Papst und den Bischöfen, deren Ämter damals gar nicht existierten, oder mit seinen Anhängern?
Sollte der Tröster der Heilige Geist oder der Geist Jesus sein, dann sollte jeder Mensch, zumindest die Christen, in der Lage sein, von diesem Geist die Gerechtigkeit zu lernen, wie Jesus in der Prophezeiung mitteilt. Und wie hat der Geist die Menschen für die Sünden bestraft? Diese Stelle weist eindeutig auf einen nächsten gesetzgebenden Propheten nach Jesus hin. Einen, der die Menschen mit Gerechtigkeit behandelt, und die Ungerechten bestraft. Wer kann damit gemeint sein, außer dem Propheten Muhammad, Friede mit ihm?«

»Die Rede über den Tröster geht weiter in den Versen 16:12-13: `Noch vieles habe ich euch zu sagen, aber ihr könnt es jetzt nicht tragen. Wenn aber jener kommt, der Geist der Wahrheit, wird er euch in die ganze Wahrheit führen. Denn er wird nicht aus sich selbst heraus reden, sondern er wird sagen, was er hört, und euch verkünden, was kommen wird.´

Ich glaube, lieber Michael, es ist nun klar, dass dieser Geist, den du für den Heiligen Geist erklärst, ein Mensch und Botschafter ist, der spricht, was er hört und kein Gott ist, wie die Christen behaupten. Der Heilige Geist hat die Menschen inspiriert. Er selbst hat nicht geredet, deshalb kann er an dieser Stelle nicht gemeint sein! Diese Beschreibung trifft auf den Propheten Muhammad zu, denn der Quran ist das Buch, das der Prophet gehört und weitergegeben hat.

In Johannes 1:20-21 wird Johannes von den Israeliten gefragt: `Und er bekannte und leugnete nicht; und er bekannte: Ich bin nicht der Christus. Und sie fragten ihn: Was denn? Bist du Elia? Er sprach: Ich bin's nicht. Bist du der Prophet? Und er antwortete: Nein!´
Es erscheint uns klar, dass die Israeliten damals auf drei Menschen warteten, auf den Messias, und das war Jesus, auf den Elia und das war Johannes der Täufer und auf einen Propheten, der Muhammad war. Die Israeliten warten immer noch auf den Propheten, obwohl er da war, und seine Botschaft vollendet hat.
Ich glaube, ich habe meine Zeit überschritten, ich gebe dir das Mikro zurück«, meinte Joseph und ging auf den Priester zu.
»Ich bitte sie nun um eine letzte Stellungnahme! Wir werden dann unsere Debatte morgen weiterführen«, schaltete sich der Moderator ein.
»Danke Joseph, für deine Irreführung. Du kannst nicht mal zwischen einem Geist und einem Propheten unterscheiden. Wenn Jesus einen Geist prophezeit, dann meint er keinen

Propheten. Diese Stellen im Alten Testament beziehen sich auf Jesus, den alle Propheten prophezeit haben. Muhammad hat keiner prophezeit. Die Bibel ist das Buch der 1000 Prophezeiungen, und wir sind es daher gewöhnt, dass jeder, der für sich Werbung machen will, irgendeine biblische Prophezeiung findet, und diese auf sich überträgt. Diese Methodik musst du ablehnen, du darfst diesem Weg nicht folgen. Ich habe keine anderen Kommentare auf deine langen Vorträge und bete zu Gott, dass Er dich zu Ihm führt. Da wir heute nicht viel Zeit haben, verschiebe ich meine Fragen lieber auf morgen. Ich wünsche allen eine angenehme Nacht und hoffe, Sie alle Morgen wohlbehalten hier wiederzusehen.«

»Ich freue mich, dass Sie dieser spannenden Debatte so lange gefolgt sind. Ich weiß nicht, wohin sie uns noch führen wird. Kommen Sie gut nach Hause und beehren Sie uns morgen wieder«.

Die Zuschauer applaudierten lange. Die beiden Kontrahenten verabschiedeten sich, so, als hätte diese Debatte gar nicht stattgefunden. Joseph sprang von der Bühne herunter und ging zu Anna und David.

»Wie fandet ihr es?«

»Ich bin durcheinander! Für mich war es die erste Erfahrung mit beiden Schriften. Ich habe mich zuvor noch nie mit der Bibel oder dem Quran auseinandergesetzt«, bemerkte Anna.

Der Imam schaut David an, wissend, mitleidig und erfreut.

»Ich kann mir vorstellen, was jetzt in dir vorgeht! Es ist schmerzhaft, wenn sich die Wahrheit offenbart und vieles, was wir zuvor als gewiss kannten, enttarnt. Man fühlt sich entwurzelt«.

»Ich bin verwundert, dass dieser Priester keine Argumente mehr hatte, um seinen Standpunkt zu festigen. Er hat seine Stellung zum Islam nicht wirklich erläutert!«, meinte David.

»Ich bin auch schon sehr gespannt, vielleicht sagt er morgen mehr, und dann kannst du dir ein klareres Bild machen. Habt ihr auch Hunger? Ich muss ganz dringend etwas essen gehen! Und vorher beten, wenn ihr mich für ein paar Minuten entschuldigt! Wir treffen uns in einer Viertelstunde am Eingang! Mögt ihr asiatisches Essen? Ich möchte euch einen alten Freund vorstellen, der in einem Restaurant arbeitet, das ganz in der Nähe liegt.«

»Dort, wo dein Freund, der Buddhist, arbeitet?«

»Ja, genau. Er ist Chinese und heißt Lin! Er wird sich freuen, wenn wir ihn besuchen. Wollt ihr mich begleiten?«

»Gern! Ich liebe asiatische Gerichte.«

»Ich würde deinen Freund gerne kennenlernen! Ich hatte noch nie Gelegenheit, mich mit einem Buddhisten zu unterhalten!«

»Dann treffen wir uns inshaallah in einer Viertelstunde.«

Buddhismus in Chinatown

Im bunten Treiben Chinatowns wirkte das schummrige kleine Restaurant wie eine schmucklose alte Schuhkiste. Die Drei traten ein und kamen in einen anderen Kosmos. Es war, als ob die Zeit hier anders tickte. Ein paar Takte langsamer als sie sollte. Sie setzten sich an einen freien Tisch und warteten auf den Kellner. Es dauerte nicht lange, bis ein alter Mann sie entdeckte. Sein ganzes Gesicht war ein breites Lächeln, eine einzige Freude des Wiedersehens. »Joseph, mein alter Freund, wie schön! Ich habe dich vermisst!«, rief der Kellner und verbeugte sich.

»Los Angeles ohne dich macht mir keinen Spaß! Ich bin so glücklich dich zu sehen, mein Freund«, entgegnete der Imam.

»Ja ja, das sagst du immer! Aber sicherlich bist hier, um ein Business zu erledigen! Du hast also endlich auf mich gehört?«, erwiderte Lin begeistert.

»Ja, mein Freund, ich habe mich für ein Geschäft mit meinem Gott entschieden!«

»Wie? Das habe ich noch nie gehört. Du hast einen Gott, mit dem man ein Geschäft machen kann?«, fragte Lin mit einer ungewöhnlich hohen Stimme.

»Mein Geschäft heißt: Heute dienen und morgen verdienen!«, antwortete Joseph.

»Dann gehe ich morgen mit dir und du zeigst mir, wie das funktioniert!«, sagte der Alte.
»Heute dienen heißt: In diesem Leben Gottesdienste verrichten, und morgen verdienen heißt: Nach dem Tod die Belohnung Gottes empfangen. Möchtest du ein solches Geschäft machen?«, fragte der Imam.
»Was erzählst du denn da, du machst dich über mich lustig, wie immer«, grinste Lin und schüttelte seinen Kopf. Der weiße, spaghettidünne Zopf wirbelte um ihn herum.
»Ich kann nicht sterben, ich bin ein Teil im Lebenszyklus von Sterben und Geborenwerden, solange, bis meine Seele endlich reif ist für die Ewigkeit. Noch ist es nicht soweit.«
»Du wirst sie anscheinend auch nie begreifen, deine Seele!«, scherzte der Imam auf eine Weise, die David irritierte. Es passte gar nicht zu dem respektvollen, freundlichen Imam, dass er mit einem Älteren so umsprang.
»Bitte, mein Freund, sag so etwas nicht. Ich möchte vom Lebenskreislauf befreit werden, und nicht noch einmal wiedergeboren werden, mit Leid und Schmerz.«
»Ich weiß, nur du schaffst es, nach dem Tode wieder zum Leben zurückzukehren. Aber du hast mir nicht erzählt, was der Ursprung deiner Seele ist?«, fragte Joseph.
»Deine Sprüche haben sich nicht geändert. Ich dachte, man sei in Deutschland zurückhaltender als hier, aber was soll ich mit dir machen, du bist mein Freund!«, sagte Lin lächelnd.
»Es macht mir immer Spaß mit dir zu reden. Wir haben Hunger und meine Freunde hier möchten in den Genuss deiner unvergleichlichen Gerichte kommen. Was kannst du uns anbieten?«

»Hast du Kinder bekommen?«, fragte Lin.

»Ja, das habe ich. Anna und David sind meine Reisegefährten, nicht meine Kinder. Sie sind Touristen«, antwortete der Imam.

Lin sprang auf. »Wie bitte, Terroristen? Soll ich die Polizei rufen? «

»Touristen nicht Terroristen! Warum trägst du dein Hörgerät nicht?«

»Ich brauche keins, ich höre sehr gut!«

»Warst du in letzter Zeit beim Ohrenarzt?«, fragte Joseph belustigt.

»Ja, schon!«, antwortete Lin.

»Hat der Arzt deine Ohren untersucht?«, fragte Joseph und schmunzelte.

»Ärzte wissen auch nicht alles!«, erwiderte Lin ausweichend.

»Du solltest es wirklich tragen!«, meinte Joseph.

»Nein, sicherlich nicht, ich bin gesund, Joseph. Siehst du nicht, wie gut ich dich höre?«

»Das stimmt, aber nur weil du weder die Grippe, noch die Watte in den Ohren hast, und weil ich lauter rede als üblich. Du musst wirklich zum Ohrenarzt!«

»Ich gehe nicht zum Arzt. «

»Was möchtest du uns denn heute zum Essen anbieten?«, fragte der Imam.

»Ich könnte euch –chow-mian-shu-cai- anbieten.«

»Das sind gebratene Nudeln mit Gemüse«, übersetzte Joseph, als er Annas Gesicht sah.

»Ich glaube, Anna möchte lieber etwas anderes essen.«

»Was anderes? Ihr könnt auch -chuanschi- haben«, überlegte Lin.
»Und was ist das?«, fragte Anna.
»Das sind Nudeln nach –Sichuan-Art.«
»Gibt es nichts anderes, außer Nudeln?«, flüsterte Anna Joseph zu.
»Wir sind hier in einer chinesischen Nudelküche.«
»Das –chow-mia-shu-cai- wird euch schmecken!«
»Seid ihr einverstanden, wenn wir der Empfehlung unseres Freundes vertrauen und das Gericht bestellen?«
David nickte und stupste Anna in die Seite.
Das Gericht mit dem unaussprechlichen Namen duftete verführerisch. David roch Zitronengras und frischen Koriander. Die Schärfe trieb ihm Tränen in die Augen.
»Meinst du, Lin erzählt mir etwas über den Buddhismus?«, fragte David leise.
»Bestimmt!«
Nach ein paar Minuten brachte Lin die Getränke und stellte eine dampfende Kanne mit einem stark riechenden Gebräu auf den Tisch. Joseph fächelte sich den Dampf zu.
»Ingwer, Zitronengras und Ginseng!«, beschrieb er. »Davon solltet ihr unbedingt etwas probieren. Es ist sehr gesund. Könntest du David etwas über den Buddhismus erzählen, mein Freund?«, wandte sich Joseph an den Alten.
Lin dachte nach und schwieg eine Weile. »Der Buddhismus geht auf Buddha zurück. Er bemühte sich, Leben und Tod, Leid und Glückseligkeit zu verstehen. Buddhismus ist eine Denkweise, die auf Verstärkung der geistigen Kräfte und die Überwindung störender Eigenschaften wie Zorn, Neid und

Selbstsucht basiert. Wir glauben an den Zusammenhang zwischen der Seele und der Glückseligkeit. Wir glauben an das Karma. Karma bedeutet, dass die anhaftenden Eigenschaften des Inneren für das Handeln des Menschen verantwortlich sind. Genau wie Ursache und Wirkung.

Hast du gute geistige Eigenschaften, vollbringst du gute Taten, sind es schlechte, vollbringst du schlechte Taten, und demzufolge hat dieses Karma beim Sterben eines Menschen eine Wirkung auf die Geburt eines anderen, und beeinflusst ihn durch die \`Reinkarnation´.

Du kannst es dir so vorstellen wie mit einer Kerze, durch die andere Kerzen entzündet werden. Weder die Kerze noch die Flamme bleiben dieselbe. Aber ohne die ursprüngliche Flamme wären die anderen nicht entzündet«, erklärte Lin.

»Aber woher stammt die erste Kerze? Und wer hat sie angezündet?«, fragte David.

»Woher soll ich das wissen! Unser Glaube basiert nicht auf einem Schöpfergott. Leben bedeutet Leiden. Jedes Lebewesen ist einem endlosen Kreislauf von Geburt und Wiedergeburt unterworfen. Unser Ziel ist es, durch ethisches Verhalten, die Kultivierung der Tugenden, die Praxis der \`Versenkung´ und die Entwicklung von Weisheit und Mitgefühl aus dem Lebenskreislauf auszutreten. Somit wird Leid und Unvollkommenheit überwunden und durch Einsicht oder Erwachen beziehungsweise Erleuchten, der Zustand von \`Nirwana´ erreicht, und das wird dann \`Erleuchtung´ genannt. Den Kern unserer Lehre bilden vier Weisheiten. Die erste besagt, dass wir wie alle leiden müssen, bis der Geist seine Natur erkennt. In der zweiten werden bestimmte Gründe aufgeführt, warum die

Natur des Geistes nicht erkannt wird. Die dritte Weisheit besagt, dass jeder die Natur des eigenen Geistes erkennen kann und die vierte erklärt, dass es unterschiedliche Mittel gibt, um diesen Weg zu beschreiten«, beendete Lin seinen Vortrag.

»Der Mensch wird also leiden, solange er sich selbst nicht erkannt hat! Und wie ist das gemeint, dass man sich selber erkennen muss? Wie kann ich mich erkennen, wenn ich durch die verschiedenen Einflüsse der unterschiedlichen Charaktere der Seelen nicht eins sein kann? Mein Geist kann zum Beispiel heute gut sein und ich vollbringe demzufolge gute Taten, und morgen ist mein Geist negativ gestimmt, und ich widme mich schlechten Dingen.
Ich kann bestimmen, wie mein Geist ist, indem ich entscheide, ob ich heute gut oder schlecht sein möchte. Das sind die so genannten freiwilligen Taten. Wie soll ich etwas erkennen, was ich selber zu bestimmen habe?
Jeder Mensch erkennt, was er selbst bestimmt hat«, haderte David. Er wollte den Chinesen nicht verärgern, aber irgendetwas an dieser Lehre war nicht stimmig.
»Wie willst du bestimmen, wer du bist, bevor du verstehst, was du sein kannst? Du musst die Natur deines Geistes erst einmal verstehen, und erst dann kannst du bestimmen und entscheiden!«, erklärte Lin lächelnd.
»Das heißt, wenn ein Mensch sich dafür entscheidet, ein Buddhist zu sein, dann hat er entschieden, seinen Geist nach buddhistischer Art zu erziehen, beziehungsweise zu erleuchten! Jeder Mensch kann aber auch nach religiöser Art seinen Geist verstehen«, antwortete David.

»Religiöse Menschen haben den Geist nie so erkannt, wie Buddha ihn erkannt hat. Er hat sieben Tage kontinuierlichen Denkens gebraucht, bis er den Geist erkennen konnte!« erklärte Lin.

»Aber die Propheten wurden viele Jahre von dem Schöpfer des Geistes belehrt. Gibt es jemanden, der den Geist besser verstehen kann als sein Schöpfer?

Wer hat nun die besseren Möglichkeiten? Buddha, der mit Gott nichts zu tun hatte, oder die Gesandten Gottes, die viel Wissen und viele Beweise und Prophezeiungen von Gott bekommen haben? Wie konnte Buddha so schnell verstehen, dass die Erkenntnis des Geistes der einzige Weg zur Glückseligkeit ist?

Dann wäre ja Glückseligkeit eine Eigenschaft, die allein dem Menschen vorbehalten ist und alle anderen Wesen müssten ewiges Leid erfahren, denn sie können niemals Buddhisten werden!

Und warum können nur Buddhisten ihren Geist erkennen und das auch nur nach dem Weg von Buddha?

Wenn ich meinen Geist im Christentum oder im Islam erkenne, dann kann ich ihn nicht erleuchten?

Ich bin der festen Überzeugung, dass es viele Menschen gibt, die ihren Geist anders erkannt haben, als Buddha das tat. Heißt das, dass sie nun folglich doch erleuchtet sind?«, fragte David erregt.

»Naja, der Weg zur Erleuchtung geht über Buddha. Er ist der Erste erleuchtete und außer durch den Buddhismus kann man nicht erleuchtet werden!«, stellte Lin fest.

»Aber wieso? Was hatte Buddha, was andere Philosophen

nicht hatten? Ist er kein Mensch gewesen? Warum ist er dann für euch heilig?«, fragte David.

»Wir ehren und lieben ihn, weil er diesen Weg zur Erleuchtung für uns gefunden hat, ein Ausweg aus dem ewigen Kreislauf des Leidens«, erwiderte der Alte. Er legte David eine Hand auf den Arm und lächelte.

Davids Unruhe steigerte sich unaufhörlich. Sein Verstand sträubte sich gegen die Worte Lins, verwarf jeden Versuch, wandelte sich in Wut.

»Warum ist sein Weg nun die einzig mögliche Erleuchtung? Warum kann man durch den Weg der Religionen keine Erleuchtung bekommen? Ich finde es seltsam, dass dieser Mann sich nie die Frage gestellt hat, woher sein Geist kommt, wenn er seine ganze Theorie auf dieser einen Sache aufbaut«

»Es ist nicht wichtig zu wissen, woher der Geist stammt. Viel wichtiger ist es zu wissen, was der Geist ist. Und um deinen Geist zu erkennen, brauchst du Methoden und Wege, sonst bist du nicht in der Lage, dies erkennen zu können!«

»Um etwas zu erkennen, muss ich doch seinen Ursprung verstehen, seine Quelle kennen! Ohne dieses Wissen kann man nicht verstehen, wie dieser Geist funktioniert, egal ob man nun sieben Tage oder tausend Jahre damit verbringt, über sein Dasein nachzudenken.« David hatte sich erhoben. Er stand nur wenige Zentimeter neben dem Alten, die zitternden Hände erhoben. Lin sah ihn erschrocken an.

»Frieden! Frieden! Lass uns das Thema wechseln, junger Freund.«

Anna stand auf, nahm die Hände ihres Freundes und führte ihn nach draußen.

»David, was ist in dich gefahren? Es sah aus, als wolltest du den alten Mann schlagen!“, rief sie schrill.
»Was? Ich? Schlagen! Wie kommst du denn darauf?«
»Entspann‘ dich. Lin ist ein Freund von Joseph! Du musst doch seinen Glauben nicht teilen«, beschwichtigte sie ihren Freund. Er spürte ihre Weichheit und gab sich für einen Augenblick ihren tröstenden Armen hin, versuchte zu vergessen und Markus für eine Sekunde aus seinen Gedanken zu verbannen.
»Können wir wieder hineingehen?«, flüsterte Anna. Ihre Stimme war ihm vertraut geworden. Es war ein schönes Gefühl. David nickte. Anna öffnete die Tür und schob ihn hinein. Josephs Augen versprachen Trost.
»Es tut mir so leid. Entschuldige, ich wollte dich nicht erschrecken, Lin!«, sagte David.
»Schon vergessen, mein Junge!«
»Gläubige können ihr Leben frei von Leid führen, egal ob sie nun arm oder krank sind, denn sie wissen, dass dieses Leid nach dem Tode belohnt wird. Manche freuen sich sogar über das Leid, weil sie an die Belohnung danach denken«, schloss Joseph an das Gespräch an, das die beiden weitergeführt hatten.
»Wie kommt es, dass ihr Buddhas Worten geglaubt habt? Welche Beweise haben seine Aussagen belegt? Die Propheten Gottes haben Wunder vollbracht, um ihre Prophetenschaft zu beweisen«, sagte Anna.
»Wir haben ihm geglaubt, weil er ein weiser und einzigartiger Mensch war«, antwortete Lin.
»Der Mensch lebt nur ein Mal. Ich habe noch nie im Leben

einen Menschen getroffen, der mir erzählt hat, dass er in einem anderen Leben ein anderer Mensch gewesen ist.
An Wiedergeburt kann ich nicht glauben, dafür reicht meine Fantasie nicht aus! Wer versichert uns, dass die Lehre Buddhas der Wahrheit entspricht? Die Psyche von den anhaftenden Eigenschaften wie Zorn, Neid und Selbstsucht zu befreien, tut der Seele immer gut. Alle Religionen bekämpfen diese Eigenschaften. Wenn man sie nun erfolgreich bekämpft hat, ist man noch lange nicht frei von Leid, denn die Angst vor dem Tode, die jeder in sich trägt, sichert jedem eine gewisse Menge an Leid, egal wie gut er ist.
Was sollen Menschen mit einer geistigen Behinderung machen? Sie können sich niemals von ihren Eigenschaften lösen! Ist ihre Bestimmung nun das ewige Leid, weil ihnen die Erkenntnisfähigkeit fehlt? Ist das gerecht?«, fragte sie den alten Chinesen. Mit einem Seitenblick erfasste sie Joseph und David. Auf ihren Gesichtern sah sie Verwunderung und Freude.
»Was staunt ihr beiden so?«, platzte sie heraus.
»Anscheinend hab ich was verpasst?«, kicherte David.
»Hm, was soll schon mit dir passieren, wenn du deinen Geist so gut von seinen schlechten Eigenschaften gereinigt hast?«, fragte sie.
»Gehen wir mal davon aus, dass es einen Schöpfer aller Dinge gibt. Er hat alle Menschen einschließlich Buddhas erschaffen. Ist der Buddhismus nicht eine Art Heidentum, wenn die gesetzgebende Rolle von Gott auf einen Menschen wie Buddha übertragen wird?«, mischte sich David in das Gespräch ein.
»Ich weiß ganz genau, von wem du diese Dinge hast!«, rief Lin

mit einem Seitenblick auf seinen alten Freund.
»Du hast Annas Frage noch nicht beantwortet. Was ist mit den Menschen, denen durch Erkrankung die Erkenntnis fehlt und was ist mit Tieren? Wie sollen Tiere diesem Lebenskreislauf entkommen? Sollen sie Buddhisten werden? Denn sonst hat ihr Leid ja kein Ende?«, erinnerte David ihn.
»Warum sollen wir uns um die Tiere sorgen, lasst uns erst einmal um die Menschheit kümmern«.
»Sie sind Teil unserer Schöpfung. Lebendige, fühlende Wesen. Wesen, die unsere Barmherzigkeit verdienen, deren Schutz und Erhaltung uns unser Schöpfer anbefohlen hat«, ergänzte der Imam.
»Wenn man die Menschen zum Guten bringen möchte, dann sollte man ihnen vermitteln, dass keine Seele von der anderen abhängig ist, und dass jeder Mensch alleine für seine Sünden verantwortlich ist. Nur so kann man Menschen die Verantwortung für ihre Taten vermitteln«.
»Kannst du uns zeigen, wie das geht? Ich meine, wie man es schafft, seine negativen Eigenschaften zu überwinden?«, fragte der Imam belustigt.
»Muss das jetzt sein?«, haspelte Lin.
»Ja, wir sind extra aus Deutschland gekommen und meine Begleiter möchten gerne sehen, wie das funktioniert«, scherzte Joseph.
»Es ist ganz einfach, man muss in sich gehen und versuchen, seinen Geist auf eine Ebene zu erheben, wo das Böse nicht herrscht«, murmelte der Alte.
»Zeig es uns!«, bat der Imam.
Lin setzte sich in eine Ecke und schloss die Augen. Er sam-

melte seine geistigen Kräfte und versuchte, sich zu konzentrieren. Joseph lächelte, stand auf und schob seinen Stuhl laut quietschend über den Boden. Lin zuckte zusammen. Dann ging zu den Toiletten, schlug eine Tür und öffnete einen Wasserhahn. Das Wasser spritzte geräuschvoll auf den Boden und hinterließ Pfützen.

»Hör sofort auf damit. Was soll das!«, schrie Lin.

»Ich wollte dir nur zeigen, dass etwas an deiner Theorie nicht stimmen kann. Wie kann dein Seelenheil so abhängig sein von äußeren Störungen?« Joseph sprang auf und klopfte Lin auf den Rücken.

»Verzeih' mir, bitte. Ich wollte dich nicht verärgern. Du bist mir so wichtig, dass ich die Hoffnung immer noch nicht aufgegeben habe, dich mit meinem Glauben zu erreichen«.

Lin hielt seine ausgestreckte Hand vor. Joseph nahm sie und schüttelte sie sanft.

»Wir müssen gehen. Es war ein langer Tag! Ich bete für dich, mein Freund!«

»Das kann ja nicht schaden«, verabschiedete sich Lin.

Die Drei verließen das Restaurant und fuhren mit dem Taxi ins Hotel.

»Ich versuche schon seit Jahren ihn davon zu überzeugen, dass Leichtgläubigkeit in die Irre führt. Er sucht nach seinem Geist und doch verschließt er ihn für Gott und Seine Botschaft«.

»Wenn man die monotheistischen Religionen ernst nimmt, kommen solche Leute für alle Ewigkeit in die Hölle, obwohl sie ihr Leben damit verbringen, gute Menschen zu sein. Sie werden einfach von anderen verführt. Ist das keine Ungerechtigkeit?«, fragte David.

»Ich gebe dir ein kleines Beispiel! Ich ermögliche dir ein Leben in Los Angeles, gebe dir eine Million Euro und lasse dir ein Jahr Zeit, dieses Geld zu verbrauchen, bis auf drei Euro, die du mir am Ende des Jahres zurückgeben sollst, als Beweis für mich, dass du die Million verdient hast. Bin ich somit barmherzig oder bösartig?«, fragte Joseph.

»Wenn du mir eine Million gibst und nur drei Euro davon zurückhaben möchtest, dann bist du sehr großzügig.«

»Ich füge noch hinzu, dass du, wenn du die drei Euro vollständig zurückzahlst, von mir so viel Geld bekommst, wie du möchtest. Aber, wenn du die drei Euro nicht komplett zurückzahlst, dann entziehe ich dir alles, was ich dir gegeben habe! Habe ich das Recht dazu oder nicht?«

»Natürlich hast du recht, zumal alles dir gehört, daher kannst du mir alles nehmen!«

»Du nimmst das Geld und verschwendest es nach Lust und Laune. Am Ende des Jahres kommst du zu mir und zahlst mir nur einen Euro zurück. Ich frage dich, wo die anderen zwei Euro sind? Du erzählst mir, dass du mit der Million Euro den Menschen geholfen hast, indem du so viel gespendet hast. Aber von den drei Euro hast du Anna und Lin jeweils einen Euro gegeben, weil sie gute Menschen waren. Was würde die Gerechtigkeit in dieser Situation bedingen?«

»Die Gerechtigkeit bedingt, dass du mir alles wegnimmst, denn ich hätte deine Bedingungen einhalten sollen«, antwortete David.

»Genau! Jeder Richter wird dir sagen, dass ich das Recht habe,

alles von dir zurückzufordern, was ich dir einst gegeben habe. Und wenn Allah uns das ganze Leben gibt und einen Verstand, um zu Ihm zu kommen und Ihm zu dienen, und Er verspricht uns eine ewige Belohnung im Paradies zu geben, und das Ganze für einen einfachen Glauben und Gottesdienst, dann ist Er berechtigt, uns alle Genüsse zu entziehen, wenn wir diesen Glauben und diesen Dienst nicht erfüllt haben.
Wenn wir also Jesus und dem Heiligen Geist zwei von den drei Euro geben würden, dann haben wir sicherlich die Bedingung Gottes nicht eingehalten, Ihm alleine zu dienen. Und wenn wir den letzten Propheten Gottes Muhammad ablehnen, dann haben wir wieder die drei Euro nicht gegeben. Das gilt für die Menschen, die geistig voll zurechnungsfähig sind. Geistig behinderte Menschen werden nicht geprüft, weil sie nicht in der Lage sind, all diese Dinge geistig zu erfassen und die Konsequenzen aus diesem Wissen zu ziehen. Und egal wie gut wir im Leben sind, sind wir für Gott ohne den richtigen Glauben schlecht.
Manche halten den Unglauben für eine Kleinigkeit, für den man vielleicht eine Strafe verdient, aber nicht die ewige Qual. Wenn wir uns aber in der Welt umschauen, dann finden wir viele Beispiele, wie kleine Fehler große Konsequenzen haben. Wenn ein Molekül in einem Gen einer einzigen Zelle bei dir von den Gesetzen Gottes abweicht, dann könntest du durch diese Zelle Krebs bekommen, und dadurch sterben. Deine Familie wird dadurch leiden, die Krankenkasse wird viel Geld für deine Therapie zahlen, das treibt die Kosten für die anderen Versicherten in die Höhe, ... Wir könnten diese Kette endlos weiterführen.

Eine Atombombe ist ein anderes Beispiel. Das ist sogar die Regel in diesem Universum: Kleinere Fehler ziehen große Konsequenzen nach sich, wenn sie das Gesetz des Schöpfers brechen. Deshalb ist ein guter Schöpfer nicht nur barmherzig und verzeiht allen, sondern Er ist auch streng und bestraft diejenigen, die unsere Welt ins Chaos stürzen, auch wenn sie uns freundlich und gut erscheinen.

Das Brechen der göttlichen Gesetze zieht nun mal große und endlose Konsequenzen mit sich. Wenn du eine Belohnung von Gott haben möchtest, dann musst du in erster Linie gut zu Ihm sein, und nicht zu den anderen Wesen. Denn Gott hat uns erschaffen, damit wir Ihm dienen, und nicht einander dienen.

Lin verweigert den Glauben an Gott. Ich habe es ihm mehrmals erklärt, aber er will von seinem falschen Pfad nicht abweichen. Er ist ein netter Mensch, hat aber leider den falschen Weg genommen«. Joseph schluchzte auf. Die Last der Wissenden wiegt schwer, denn sie kennen die Strafe für diejenigen, die den Glauben verweigern.

»Es macht mich traurig, dass er sich so verweigert. Ich kann ihn nicht erreichen! Er will einfach von solchen Gedanken abhängig bleiben. Man sollte sich nicht von irgendwelchen Geschichten beeinflussen lassen. Es gibt so viele arme Menschen auf dieser Welt, denen man gerne helfen würde, aber das geht nur, wenn sie sich helfen lassen wollen!«

Im Hotelzimmer schaffte es David gerade noch seine Schuhe abzustreifen, schon fielen ihm die Augen zu. Im Halbschlaf hörte er noch den Gebetsruf des Imams, der ihn in den Schlaf sang.

Der Morgen kam spät, zu spät! David blinzelte in den grellen Tag, erfasste die Uhr an der Zimmerwand und schreckt hoch.
»Joseph, Anna, wir haben verschlafen, wacht auf!«
Anna hielt sich schwankend am Türrahmen fest. Unter ihren Augen lagen dunkle Schatten.
»Wie viel Uhr ist es?«, murmelte Joseph, noch weit entfernt.
»Es ist neun! In einer Stunde müssen wir im Kongresszentrum sein. Los! Steh' schon auf!«
Joseph sprang aus dem Bett, griff ein paar Sachen und verschwand wortlos ins Bad. Nach zehn Minuten stand er geduscht und angezogen vor den anderen. Anna war startklar, nur David stand wie angepflockt und wartete. Joseph schüttelte ihn sanft.
»Komm schon, zieh dich an!«
»Du hast dein Gebet verpasst und nun?«, flüsterte David und sah entgeistert zu, wie der Imam seinen Gebetsteppich ausrollte und sich in Richtung Mekka aufstellte, bereit, das versäumte Gebet zu verrichten. »Allah ist barmherzig, mein Freund. Er weiß schon, dass es nicht meine Absicht war, das Gebet zu verschlafen«. Sie hetzten ins Foyer, riefen ein Taxi und stürzten im Warten einen Kaffee hinunter und aßen rasch ein Croissant. »Heute wirst du gebraucht, David. Ich verlasse mich auf dich!«, zwinkerte Joseph seinem Begleiter zu.
»Du kannst mir vertrauen!«, erwiderte David und Freude erfüllte sein Herz. Er spürte, dass es bald soweit war.
»Ich finde eure Geheimniskrämerei sehr unhöflich! Was ist los?«, fragte Anna und sah enttäuscht zu David.
»Du wirst bald sehen, worum es geht« versprach ihr David.

Die zweite Runde

Es war noch voller als am Vortag. Kaum einer der Plätze blieb leer.
Der Moderator gab eine kurze Zusammenfassung der gestrigen Debatte und reichte dann dem Priester das Mikrofon.

»Sehr geehrter Mr. Malcolm, lieber Joseph, verehrte Zuschauer, heute wollen wir uns damit beschäftigen, welches der beiden Bücher -Bibel oder Quran- das Wort Gottes darstellt.
Gestern hat uns Imam Joseph viel über die Bibel erzählt, er hat sich Mühe gegeben, zwei Dinge zu beweisen.
Zum einen wollte er uns weismachen, dass die Bibel den Islam prophezeit, und dann versuchte er zu belegen, dass die Bibel verfälscht sei.
Die Bibel, unser heiliges Buch!
Ich verstehe nicht, wie er behaupten kann, die Bibel sei verfälscht und stelle in dieser Form nicht Gottes Worte dar und gleichzeitig mit eben diesen verfälschten Worten argumentieren kann! Denn wäre die Bibel wirklich verfälscht worden, hätten ihre Prophezeiungen keinen Sinn. Stimmten die Prophezeiungen, dann wäre die Bibel das Wort Gottes, das er leugnet. Ich sehe da ein unlösbares Problem, aufgrund dessen ich den ganzen Islam anzweifeln muss.

Ich habe keinen Zweifel an der Wahrheit unserer Bibel, sie ist für mich fehlerfrei, auch wenn sie für manch andere fehlerhaft erscheint. Denn ich vertraue Gott und ich weiß, dass Er uns einen fehlerfreien Weg zu Ihm hinterlassen hat. Dieser Weg ist das Christentum, das man durch die Bibel erkennen kann. Die Bibel ist das Wort Gottes, das Er den Schreibern durch den Heiligen Geist gegeben hat. Der Heilige Geist ist Gott, und das, was die Schreiber inspiriert hat, kann nur richtig sein.
Ich verstehe nicht, wie Joseph an der Fähigkeit Gottes zweifelt, Sein Wort in alle Ewigkeit zu beschützen. Das ist ein Widerspruch mit dem Glauben und darf nicht passieren. Vor seiner Himmelfahrt hat Jesus den Jüngern den Befehl gegeben, die Bibel niederzuschreiben. So sagt er in Markus 16:15: `Und er sprach zu ihnen: Gehet hin in alle Welt und prediget das Evangelium aller Kreatur.´ Dieser Befehl hat uns verpflichtet, das Evangelium niederzuschreiben und aller Welt weiterzugeben. Somit haben die treuen Nachfolger Jesu mithilfe des Heiligen Geistes alles niederschreiben können. Die Menschen nach ihnen haben dazu beigetragen, dieses Werk an die Menschheit unverändert als Gottes Wort zu präsentieren. Die Botschaft der Bibel ist sehr einfach: Glaubt an Gott, und glaubt an die Opferung Seines Sohnes, dann wird die Gnade bei euch ankommen, und euch in den Himmel nehmen. Ich sage allen Muslimen dieser Welt: öffnet eure Herzen für die Botschaft der Bibel und seit nicht blind gegenüber ihren vielen Prophezeiungen und Vorhersagen. Sie können nicht von normalen Menschen stammen, denn sie sind von Gott. Ich bete für euch alle! Kommt zu Jesus und folgt ihm!«

Die Zuschauer waren bewegt, und jubelten dem Priester zu.

Nun hatte Imam Joseph das Wort:
»Im Namen Allahs, des Erbarmers, des Barmherzigen,
Friede und Segen mit den Propheten Muhammad, Jesus und Moses.
Allah sagt in Sure 15 Vers 9 sinngemäß: `Gewiss, Wir sind es, die Wir die Ermahnung offenbart haben, und Wir werden wahrlich ihr Hüter sein.´
Es gibt keine vergleichbaren, göttlichen Worte in einer der anderen Offenbarungsschriften! Gott hat sich selbst als Hüter über diese Schrift, Sein Wort, den Quran gestellt. Es gibt kein anderes Buch auf dieser Welt, das einem Analphabeten mündlich offenbart wurde, und trotzdem über 1400 Jahre lang mit jedem einzelnen Buchstaben unverfälscht erhalten blieb! Weder die Bibel noch die Thora sind in ihrer Urform erhalten. Hätte Allah die Christen und die Juden dazu gerufen, den Quran zu befolgen, dann wäre es irgendwie begründbar, den Islam abzulehnen. Aber, wenn Allah euch befiehlt, der Thora und dem Evangelium zu folgen, und ihr lehnt es ab, dann ist diese Sünde nicht mehr begründbar. So sagt Allah Sure 5:68 zu unserem Propheten: `Sag: Oh Leute der Schrift, ihr fußt auf nichts, bis ihr die Thora und das Evangelium und das befolgt, was zu euch (als Offenbarung) von eurem Herrn herabgesandt worden ist.´
Nun soll sich jeder fragen, ob sich die heutigen Christen und Juden nach der Thora und dem Evangelium richten? Sind die vielen abgesetzten Gesetze der beiden Bücher kein Beweis für die Veränderung dieser Religionen? Der Quran ist die rich-

tige unverfälschte und nicht fälschbare, direkte und letzte Schrift Gottes.
Wenn du mir erlaubst, möchte ich auf deine Rede kurz eingehen. Du kritisierst, dass ich mit der Bibel argumentiere, um die Wahrheit des Islams zu beweisen, obwohl ich sie für verfälscht halte. Ich argumentiere mit dem Buch, an das du glaubst, weil es dein Glaube ist. Das heißt aber nicht, dass ich daran glaube. Heute benutze ich die Bibel, um mit den Christen zu diskutieren und stelle sie den Versen des Quran gegenüber. Wichtig für mich ist heute nur das direkte, fehlerfreie Wort Gottes. Deshalb ist es nicht relevant, was ich von der Bibel halte, sondern für was du sie hältst. Wenn dein Buch dir sagt, folge dem Islam, und du tust es nicht, dann kannst du nicht mehr behaupten, deinem Buch zu folgen.
Wir glauben, dass Moses und Jesus, Friede mit Ihnen, Gottes Bücher aus dem Himmel erhalten haben, die direkte Anweisungen beinhalteten. Diese sind zum größten Teil verloren gegangen, deshalb wurde der Rest dieser Bücher in einem neuen Werk zusammengestellt, namens Bibel. Die Bibel beinhaltet also Gottes Worte, die Worte von Propheten und die Worte der Schreiber, aber es sind keinesfalls nur reine Worte Gottes.
Mit deinem Glauben an die Bibel vertraust du nicht Gott, sondern den Schreibern der Bibel. Ich empfinde es als ein Vergehen an Gott, ein fehlerhaftes Buch für das Wort Gottes zu erklären. Wer Gott vertraut, der sollte jedes fehlerhafte Buch als Gottes Wort ablehnen, und nicht das Gegenteil tun.
Die Fehler in der Bibel sind zahlreich.

Im 3. Buch Moses 11:3-6 wird erwähnt, dass der Hase ein Wiederkäuer ist, was ja nicht stimmt. Wie kannst du dir vorstellen, dass Gott im Sinne des Heiligen Geistes einen solchen Fehler macht? Dieser Fehler stammt sicherlich nicht von Gott.

Ich persönlich habe nie an der Fähigkeit Gottes gezweifelt, Sein Buch fehlerfrei und unverändert aufzubewahren. Ich kann mich nur wundern, dass der Glaube an ein Buch, welches einige Jahrhunderte nach Jesus zusammengestellt wurde, und über dessen Inhalte die Christen selber nicht einig sind, von den Christen als Gottes Wort bezeichnet wird!

Wo war dieses Buch zurzeit von Jesus, oder kurz nach ihm?

Nun komme ich zu meiner Frage an dich, Michael.

Bevor ich die Frage stelle, habe ich eine Bitte an meinen alten Freund Michael. Ein Junge möchte dich persönlich vor dieser Frage auf seine Art begrüßen, würdest du es ihm erlauben?«, fragte der Imam.

»Warum soll ich etwas dagegen haben, wenn mich jemand begrüßen möchte?«

Joseph zwinkerte David zu und winkte ihn auf die Bühne. David ging lachend mit ausgestreckter Hand auf den Priester zu. Der Geistliche fasste die Hand des Jungen, um die Begrüßung zu erwidern. Da griff der Junge den Jackenärmel und zog dem erschrockenen Priester die Jacke aus. »Was machst du denn da? Gib mir sofort meine Jacke zurück!« Er nahm den anderen Jackenärmel und versuchte seine Jacke zurückzuziehen. Schon eilten Sicherheitsleute zur Bühne, um den Priester zu schützen. David hob schnell die Hände und trat zur Seite. »Das ist eine Unverschämtheit, geben Sie mir meine Jacke zurück!« David entschuldigte sich und gab ihm die Jacke zurück.

Anna starrte ihn mit weit aufgerissenen Augen an. Manche Zuschauer lachten, während andere den Jungen feindselig musterten.

»Lieber Freund, entschuldige bitte den Jungen. Es war meine Idee, und bevor ich dir und den Zuschauern verrate, was meine Absicht dabei war, möchte ich dir eine kleine Geschichte erzählen. Dieser Junge, David, traf vor einigen Tagen auf zwei Jugendliche. Die Jacke des einen hat anscheinend dem anderen gefallen. Er holte sie sich auf die gleiche Weise, die uns David eben vorgestellt hat. Das Opfer hat sich nicht gewehrt. Ganz im Gegenteil, er fragte den Täter, ob er nicht auch noch die Hose haben wolle. Als der Täter erkannte, dass der Junge einfach ein gutmütiger Mensch war, begann er ihn zu schlagen. Da hielt ihm das Opfer noch die andere Wange hin. Der Täter wurde immer wütender und schlug auf das hilflose Opfer ein, bis es bewusstlos zu Boden glitt. Wenn unser couragierter Freund, den ich eben um diese kleine Vorstellung gebeten hatte, nicht eingegriffen hätte, wäre der Junge vielleicht zu Tode gekommen. Das war nicht auf der Straße, wo keiner ist, sondern auf einer Studentenparty. Was sagst du dazu?«, schloss der Imam und sah den Priester herausfordernd an.

»Ich finde ein solches Verhalten von beiden unakzeptabel! Niemand hat das Recht, einem anderen sein Eigentum zu entwenden».

»Das ist es, was Gerechtigkeit besagt, meine Damen und Herren! Mein Mitstreiter hat uns bescheinigt, dass man ein Recht

auf Verteidigung hat, wenn man angegriffen wird.
Das Christentum, verehrtes Publikum, vertritt diese Meinung nicht! Nach Matthäus 5:38-40 hat sich das Opfer richtig verhalten. Denn der Vers besagt ganz genau: `Ihr habt gehört, dass da gesagt ist: `Auge um Auge, Zahn um Zahn´ Ich aber sage euch, dass ihr nicht widerstreben sollt dem Übel; sondern, so dir jemand einen Streich gibt auf deine rechte Backe, dem biete die andere auch dar. Und so jemand mit dir rechten will und deinen Rock nehmen, dem lass auch den Mantel.´ Wo ist hier die Gerechtigkeit? Lieber Michael, wenn du in deinem Herzen die Bibel als Gottes Wort anerkannt hättest, dann hättest du David, genau wie der Junge, der offenbar in der Kirche gut zugehört hat, auch deine Hose anbieten sollen oder meinetwegen auch dein Hemd. Aber das hast du nicht getan. Du hast uns gezeigt, dass dieser Vers nicht praktizierbar ist.
Wie können wir dieses Gesetz verstehen? Entweder hat sich Jesus falsch ausgedrückt! Oder die Schreiber haben ihn falsch niedergeschrieben, was natürlich auf den Heiligen Geist zurückfallen würde, oder wollte Jesus die Christen zu einem schwachen Volk machen, das sich nicht verteidigt? Oder hat vielleicht dieses Gesetz mit Jesus nichts zu tun?
Oder können wir Menschen die klaren Verse der Bibel nicht verstehen, obwohl sie von Menschen niedergeschrieben wurden? Oder es gibt keinen Heiligen Geist, der die Schreiber inspiriert hat?
Suchen sie sich eine dieser Möglichkeiten aus, verehrtes Publikum.
Wie konnte Jesus ein Gesetz - sprich: Auge um Auge - absetzen, ohne es durch ein anderes zu ersetzen? Hat Jesus nicht

gewusst, dass eine Forderung zur Vergebung nicht als Gesetz gelten kann, und dass das Volk nicht nur einfache Forderungen braucht, sondern auch praktizierbare Gesetze?

Wie würde ein Richter mit einer solchen Religion richten, wenn er nicht weiß, was er mit einem Mörder machen sollte, der das Auge eines Christen beschädigt hat? Vergebung darf niemals die Form der Ungerechtigkeit annehmen.
Wenn wir uns den ersten Satz des ersten Verses genauer anschauen, dann entdecken wir, dass Jesus das Alte Testament als Gottes Wort oder göttliches Gesetz abgelehnt hat! Denn er sagt `Ihr habt gehört, dass da gesagt ist´. Er sagt nicht, dass das ein Gesetz Gottes war, oder dass das die alten Propheten wie Moses und die Schriften wie die Thora besagen.
Ich persönlich fasse diese Aussage als Erklärung Jesu auf, dass die Bücher des heutigen Alten Testaments nicht mehr als unter dem jüdischen Volk verbreitete Aussagen und Schriften unbekannter Autoren waren, die mit den Propheten nicht unbedingt etwas zu tun hatten.
Es kann sich also weder um das Wort Gottes noch um das von Jesus handeln, denn Jesus würde sich gegen die Worte und den Gesandten Gottes niemals so äußern.
Jeder sollte sich Gedanken machen, wie er diese Problematik lösen will. Weil die Zuschauer und ich den Priester bis zum Ende dieser Veranstaltung brauchen, habe ich auf weitere Spielchen, wie zum Beispiel den Gifttrinktest in Markus 16:17-18 verzichtet. Ich habe dich auch nicht auf die Wange schlagen lassen, um deinen Glauben an dein Buch zu prüfen. Ich möchte es dir nicht so schwer machen, aber du hast mich

enttäuscht, und schon beim einfachsten Glaubenstest bist du durchgefallen. Du musst mir erklären weshalb?«

Der Priester Michael stand auf und sah David mit einem milden, gönnerhaften Lächeln, das seine Augen nicht erreichte, an. »Ich verzeihe dir, mein Junge, und wenn du möchtest, gebe ich dir auch meine Hose, aber erst wenn ich zu Hause bin und nicht hier.«

Lautes Gelächter erfüllte den Hörsaal.

»Ich muss dir zustimmen, dass die Bibel manchmal Verse beinhaltet, die nicht genau praktizierbar sind. Ich weiß nicht, warum Jesus an jener Stelle die alten Gesetze abgesetzt hat, und keine neuen gegeben hat. Ich weiß auch nicht, warum er sich so ausgedrückt hat. Für mich ist aber eines klar: Im Christentum stehen an erster Stelle der Glaube, die Liebe und der Frieden! Deshalb war das Verhalten Jesu in seinem ganzen Leben bis zu seiner Kreuzigung friedlich. Er forderte uns auf, zu verzeihen und zu vergeben. Und das ist für mich ausschlaggebend. Wir müssen Gott vertrauen, weil Er uns vertraut.

Er überlässt uns die Aufgabe zu entscheiden, welche Gesetze wir für uns setzen und welche Gesetze zu uns passen. Wir können auch die Gerechtigkeit definieren, und werden sicherlich die guten Gesetze finden. Aber wir Christen finden das Gesetz `Auge um Auge´ einfach schlimm. Selbst die Juden führen dieses Gesetz nicht mehr durch, und verlangen Schadenersatz für Körperverletzung. Wenn ich einen habe, dessen Auge verletzt ist, warum soll ich daraus zwei Leiden machen? Deshalb ist das Gesetz bei uns abgesetzt! Meine Frage an dich ist, weil die Muslime noch an dieses Gesetz glauben, obwohl es von Jesus abgesetzt wurde: Hat Gott seine Meinung dann nach Jesus geändert, und das alte Gesetz Jesu wieder verändert, oder ist der Islam falsch?«

Imam Joseph unterbrach die Ausführungen seines Kontrahenten und erhob sich nun ebenfalls von seinem Sitz. Er war um einiges größer und eindrucksvoller als der kleine gedrungene Priester.

»Allah sagt sinngemäß in Sure 5:45: `Und Wir haben ihnen darin vorgeschrieben: Leben um Leben, Auge um Auge, Nase um Nase, Ohr um Ohr, Zahn um Zahn; und (auch) für Verwundungen Wiedervergeltung. Wer es aber als Almosen erlässt, für den ist es eine Sühne. Wer nicht nach dem waltet, was Allah (als Offenbarung) herabgesandt hat, das sind die Ungerechten.´ Wir verstehen das Gesetz `Auge um Auge´ als Gottesgesetz, das für Gerechtigkeit sorgt, und als die beste Maßnahme, die den Täter davon abhält das Auge des Unschuldigen zu verletzen.

Wann würde ein reicher Mann auf Gewalt gegenüber seinem Untergebenen verzichten? Dann, wenn er weiß, dass das Problem mit Geld lösbar ist, oder eher, wenn er weiß, dass er dafür mit Gewalt bestraft wird? Einen Reichen kannst du mit Geldstrafen nie davon abhalten, eine böse, gewaltvolle Tat durchzuführen. Eine Freiheitsstrafe von ein paar Jahren ist auch keine vernünftige Lösung, wenn man in diesen Jahren nur Kriminelle kennenlernt, denn dann lernt man vielleicht, beim nächsten Mal seinem Gegner gleich beide Augen zu verletzen. Allah sagt in Sure 2:179 sinngemäß: `In der Wiedervergeltung liegt Leben für euch, oh die ihr Verstand besitzt, auf dass ihr gottesfürchtig werden möget!´ Mit diesem Gesetz sind die Augen unschuldiger Menschen gerettet, und durch die Absetzung dieses Gesetzes haben mehr Unschuldige ihre Augen verloren, weil man einfach das Vertrauen in Gott verloren hat.

Nun zur Frage, ob Gott seine Meinung geändert hat! Hat Gott seine Meinung geändert, indem er das Alte Testament absetzte? Wenn ja, wo liegt dann das Problem, wenn er seine Meinung nochmals ändert? Wenn nein, dann gilt das ältere Gesetz `Auge um Auge´, und nicht was im Namen Jesu im neuen Testament steht, denn sonst wäre das Alte Testament verfälscht, aber Jesus hat dies im Neuen Testament laut eurem Glauben bestätigt! Ich überlasse dir die Auswahl. Meine Empfehlung an die Christen ist: Vertrauen ist ein Teil des Glaubens.

Vertraut auf Gott und Seine Gesetze, wenn ihr an Ihn glaubt. Glaubt nicht, dass harte Gottesgesetze falsch sind. Die islamischen Gesetze, die heutzutage oft beleidigt oder verlacht werden, sind nicht viel anders als die alttestamentarischen Gesetze, die Allah den Juden gesandt hat. Glaubt nicht, dass Jesus diese alten Gesetze abgesetzt hat, denn es steht in Matthäus 5:17: `Ihr sollt nicht wähnen, dass ich gekommen bin, das Gesetz oder die Propheten aufzulösen; ich bin nicht gekommen, aufzulösen, sondern zu erfüllen.´ Wenn er einige Sachen ändert, dann heißt es, dass alle anderen Gesetze gültig bleiben sollen, jedoch haben die Anhänger Jesu in seinem Namen viele weitere Gesetze abgesetzt.

An dieser Stelle muss ich etwas ausholen, um einen Sachverhalt besser erläutern zu können.
In Johannes 10:31-36 steht geschrieben: `Da hoben die Juden abermals Steine auf, dass sie ihn steinigten. Jesus antwortete ihnen: Viel gute Werke habe ich euch gezeigt von meinem Vater; um welches Werk unter ihnen steinigt ihr mich? Die Juden antworteten ihm und sprachen: Um des guten Werks willen steinigen wir dich nicht, sondern um der Gotteslästerung willen, und dass du ein Mensch bist, und machst dich selbst zu Gott. Jesus antwortete ihnen: Steht nicht geschrieben in eurem Gesetz: `Ich habe gesagt: Ihr seid Götter´? So er die Götter nennt, zu welchen das Wort geschah, und die Schrift kann doch nicht gebrochen werden, sprecht ihr denn zu dem, den der Vater geheiligt und in die Welt gesandt hat: `Du lästerst Gott´, darum, dass ich sage: Ich bin Gottes Sohn?´
Und im 2. Buch Moses 7:1 steht: `Der Herr sprach zu Moses: Siehe, ich habe dich zu einem Gott gesetzt für Pharao, und Aaron, dein Bruder, soll dein Prophet sein.´
Schenkt man diesen Versen Glauben, sind Moses und die Juden alle Götter! Wenn du an dieses Buch glaubst, dann müssen all diese Menschen für dich doch Götter sein! Aber das kann kein Mensch glauben, oder?
Es ist dann sicherlich eine falsche Übersetzung, und `Gott´, soll hier anders verstanden werden. Berücksichtigt man den biblischen Sprachgebrauch für das griechische Wort `Theos´ und das hebräische `Elohim´, dann kann man nur zum Schluss kommen, dass `Gott´ in der Bibel im Allgemeinen jemanden oder etwas beschreibt, der oder das in der Lage ist, andere unterzuordnen, und von eigener Macht zu überzeugen. Got-

tes Sohn ist nicht mehr als ein Mensch, der seine Macht von dem himmlischen Gott bekommt, um die Leute von seiner Botschaft zu überzeugen, und sie dem Gesetz Gottes unterzuordnen. Mit anderen Worten: ein Gesandter Gottes!

Die Bibel, die Gottes Wort und Glaubensführer sein sollte, kann nicht zwischen Gott und anderen Wesen unterscheiden. Eignet sich dieses Buch dann als Glaubensquelle überhaupt? Wir nehmen an, das liegt an der Übersetzung! Wie kann aber eine falsche Übersetzung, über tausend Jahre falsch bleiben? Wo sind all die unfehlbaren Päpste, wo sind die Propheten, wo ist der Heilige Geist? Wenn die Übersetzung von Menschenhand geschrieben wurde, dann kann sie sicherlich korrigiert werden, wenn diese einen solchen Fehler beinhaltet.

Mein Freund, hast du dich nicht gefragt, warum das Wort «Gott« in der Bibel so oft missbraucht wird? Glaubst du wirklich daran, dass der Heilige Geist den Schreibern der Bibel und den Übersetzern nicht gesagt hat, dass Gott einzigartig ist und sein Name nicht den Menschen gegeben werden darf? Ist das keine Blasphemie?

Wer sagt, die Juden seien Götter oder Moses sei ein Gott, also sterbliche Menschen mit Gott gleichsetzt, der hat den Namen Gottes beschmutzt, oder?

Steht nicht im 3. Buch Mose 24:16 folgende Strafe für solche Lästerung: `Wer des Herrn Namen lästert, der soll des Todes sterben; die ganze Gemeinde soll ihn steinigen?´. Jeder soll Antworten auf diese Fragen suchen, und sich von der Wahrheit überzeugen.

Hast du keine Angst vor Gott, wenn Er dich fragt, warum du den fehlerfreien Glauben des Qurans ablehnst und deinen

Glauben aus den Büchern der Schreiber entnimmst, die den Namen Gottes missbraucht haben?«

»Und wenn wir die Verse von Johannes 10:31-36 betrachten, dann entdecken wir, dass Jesus das Alte Testament als Gottes Wort auch hier nicht anerkannt hat. Denn er sagt: \`steht nicht geschrieben in eurem Gesetz´. Er hat nicht gesagt \`unserem Gesetz´, für ihn waren die alten Schriften wahrscheinlich eine Mischung aus göttlichen und menschlichen Gesetzen, die mit Moses nicht unbedingt etwas zu tun hatten. Und dann betrachten wir seine Aussage, dass ihn der Vater geheilt und in die Welt gesandt hat. Das passt gar nicht zu einem Gott, denn ein Gott kann nicht von einem Gott geheilt werden, weil er von sich aus heil sein sollte. Und was sagte Jesus weiterhin zu den Juden: \`Die Schrift kann doch nicht gebrochen werden!´ Damit meint er: wenn ihr an dieses Gesetz als Schrift Gottes glaubt, dann dürft ihr sie nicht brechen! Das heißt auch, dass die alten Gesetze nicht von den Christen abgesetzt werden dürfen, solange sie an sie als \`Wort Gottes´ glauben. Was sagst du dazu, Michael? Deine Antwort würde mich interessieren!«

Der Priester war eingesunken und starr. Seine milde, gönnerhafte Aura hatte ihn verlassen. Wut und Hilflosigkeit zeichneten sein Gesicht und gaben ihm etwas Abschreckendes.

»Ich gebe dir recht, es ist nicht so einfach, solche Stellen zu erklären. Ich weiß auch nicht, warum der Name \`Gott´ den Menschen gegeben wurde! Aber die Schriften sind nicht da, um sie wortwörtlich zu verstehen, sondern um den Sinn daraus zu entnehmen. Das sind menschliche Werke. Sie können nicht perfekt sein! Nun, wie man jeden Punkt erklären mag, ist eine private Angelegenheit für jeden Menschen selbst. Wir sind aber davon überzeugt, dass die Bibel das einzige Wort Gottes auf Erden ist. Der Quran hat ja auch Fehler, vielleicht nicht in diesem Umfang, aber wenn man eine Gottes-Schrift übersetzt, dann muss man mit Fehlern rechnen! Das ist normal. Und was die Anerkennung des Alten Testaments angeht, da stimme ich dir nicht zu, denn Jesus hat sich häufig in der Bibel auf das alte Gesetz bezogen, und die Ich-Form benutzt, `ich aber sage euch´. Das zeigen uns zum Beispiel die Verse des Gesetzes `Auge um Auge´. Jesus hätte niemals so was gesagt, wenn er die alten Gesetze nicht anerkannt hätte! Und wie kannst du leugnen, dass Jesus Gottes Sohn ist, wenn er das doch selber erzählt? Es stimmt zwar, dass manche Christen nicht an Jesus als Gottes Sohn im Sinne einer Gottheit glauben, sondern im Sinne eines Propheten, aber da sagt Jesus, dass der Vater ihn in die Welt gesandt hat! Was kann das anders bedeuten, als dass er Gottes Sohn war?«

Mit jedem Schlagabtausch wurde der Priester schwächer und der Imam wuchs. Die Zuschauer hielten den Atem an. Man hätte ein Stück Papier zu Boden fallen hören, so still war es.
»Damit mit dem Quran nicht dasselbe passiert wie mit der Bibel, wurde der Quran bis vor Kurzem auch nicht übersetzt. Wir glauben auch, dass der Quran nicht übersetzbar ist. Mit der Quranübersetzung wird nur der oberflächliche Sinn des arabischen Textes erklärt. Der arabische Quran ist jedoch frei von jeglichen Fehlern. Bei uns ist Gott als Gott erklärt, und die Propheten sind sehr wohl als Menschen definiert.

Das Problem der Bibel ist Folgendes: das Neue Testament ist im Original nur auf Altgriechisch geschrieben worden, obwohl Jesus Aramäisch gesprochen hat. Ist das nicht seltsam?
Auf jeden Fall reicht ein Fehler in einem Buch aus, um zu beweisen, dass dieses Buch nicht das Wort Gottes sein kann. Allein die Aussage, dass Gottes Wort ein menschliches Werk sein kann, ist ein Hinweis auf einen falschen Weg, als ob Gott uns keine eigene fehlerfreie Schrift senden kann!
Es ist eindeutig, dass das Problem nicht nur auf der falschen Übersetzung beruht, sondern ein ganz falscher Umgang mit den Schriften zugrunde liegt. Gottes Wort darf nur von Gott stammen!
Was die Schreiber im Namen Gottes geschrieben haben, ist sowieso unzulässig, und kann nicht als Gottes Wort bezeichnet werden!
In Jeremia 8:8 heißt es: \`Wie könnt ihr sagen: »Wir sind weise und haben das Gesetz des Herrn bei uns«? Ist es doch lauter Lüge, was die Schreiber daraus machen.´ Also ist es durchaus so, dass die Schreiber lügen können, und Gottes Gesetze verfälschen«, schloss der Imam seine Argumentation.

»Du sagst, dass die Schreiber Gottes Wort verfälschen können! Weißt du noch nicht, dass niemand Gottes Worte verfälschen kann? Das steht doch bei dir im Quran! Ist der Quran für dich nicht fehlerfrei? Dann erkläre mit bitte den Widerspruch, dass im Quran in Sure 18:27 steht: \`Und verlies, was dir vom Buch deines Herrn (als Offenbarung) eingegeben worden ist. Es gibt niemanden, der Seine Worte abändern könnte, und du wirst außer (bei) Ihm keine Zuflucht finden.´ Das ist ein

Widerspruch mit Sure 2:79: `Doch wehe denjenigen, die die Schrift mit ihren (eigenen) Händen schreiben und hierauf sagen: »Das ist von Allah«, um sie für einen geringen Preis zu verkaufen! Wehe ihnen wegen dessen, was ihre Hände geschrieben haben, und wehe ihnen wegen dessen, was sie verdienen.´ Bist du nicht auch der Meinung, dass das ein Widerspruch ist?«, näselte der Priester.

»Nein! Für uns steht fest, dass wenn nur ein Buchstabe in der Schrift verändert wird, diese nicht mehr als die Schrift Gottes gilt. Wir erkennen die Bibel nicht als Gottes Wort an, obwohl wir glauben, dass Teile dieser Bücher wirklich von Gott stammen. Gottes Wort ist nicht mehr Gottes Wort, wenn es menschlich bearbeitet wurde. Ich gebe dir ein Beispiel! Wenn man eine neue Bibel drucken würde und einige Verse ersetzt, dann heißt das für dich, dass diese neue Version das Wort Gottes ersetzen kann?
Oder bedeutet es, dass Gottes Worte noch unverändert geblieben sind, jedoch die neue Bibel nicht mehr Gottes Wort ist, und deshalb vernichtet werden soll?
Sicherlich, Gottes Wort wurde dadurch nicht nur verändert, sondern sogar aufgehoben. Und anstatt dass die Menschen Gottes Wort haben, haben sie nun das Wort anderer Menschen.
Im Arabischen wird Gottes Wort nicht nur für die Schriften verwendet, sondern auf Seine Befehle und Anordnungen im Allgemeinen. Als Gottes Wort wird im Quran auch Jesus genannt, der mit einem Befehl von Gott vaterlos gezeugt wurde. Die Schriften Gottes werden Gottes Worte genannt, weil sie

Seine Befehle beinhalten. Wenn Gott der Erde den Befehl gibt, sich durch ein Erdbeben zu bewegen, kann dann irgendein Mensch diesen Befehl aufhalten? Wir sind uns da bestimmt einig, dass das unmöglich ist. Aber wenn du glaubst, dass Gottes Schriften nicht zu verfälschen sind, wieso habt ihr dann unterschiedliche Versionen von der Bibel? Und wo sind die alten Worte Gottes seit Adam? Sind sie nicht verschwunden? Es ist einfach zu verstehen: Gott hat versprochen, den Quran aufzubewahren, und das ist Sein Wort, das kein Mensch verändern kann. Deshalb ist der Quran, anders als die anderen Schriften, die sowieso verschwunden waren und dann wieder auftauchten, über die Jahre heil geblieben, trotz vieler Versuche, ihn zu verändern. Das heißt, Gottes Schriften konnten verändert werden, jedoch Gottes Wort nicht.«

Der Priester trat neben seinen Widersacher, legte ihm die Hand auf die Schulter und sah ihn an.
»Es gibt circa 24.000 alte Manuskripte des Neuen Testaments, die beweisen, dass die Bibel so geblieben ist, wie sie war.
Vom Quran gibt es aber sowas nicht! Ist das kein Beweis dafür, dass die Muslime die Überlieferung des Qurans nicht beweisen können, während die Christen das können?«

Der Imam nahm die Hand seines alten Freundes in die seine.
»Und trotz der vielen Bibel-Manuskripte konnten sich die Christen auf keine Version einigen. Und diese Manuskripte gibt es in unterschiedlichen Sprachen und sie sind nicht identisch! Das ist ein weiterer Beweis, dass der Quran das einzigartige Wort Gottes ist, denn er wurde nicht durch Bücher erhal-

ten, sondern in den Herzen. Als er unter dem Kalifen Uthman verschriftlicht wurde, waren es Prophetengefährten, Zeitzeugen, die die göttlichen Worte noch selbst als Offenbarungen gehört hatten, die sie in Buchform zusammentrugen. Um diesen Qurantext vor Fälschung zu bewahren, gab es strenge Auflagen. Abschriften durften nur von dem in Medina liegenden Original gemacht werden. Jedes Exemplar wurde auf Fehler geprüft, bevor es herausgegeben wurde. Alle weiteren erhaltenen Manuskripte, die noch unter den Gefährten waren, wurden vernichtet. Das ist die Einzigartigkeit, ein Buch aufzubewahren, dessen Empfänger ein Analphabet mit vielen Feinden war, die das Buch verfälschen wollten.

Ohne viele Manuskripte ist der Quran über 1400 Jahre im Osten und im Westen einheitlich geblieben, ohne dass ein einziger Buchstabe verändert wurde. Alle Muslime, mit all ihren Untergruppen, sind sich über eine einzige Version dieses Buches einig. Eine zweite Version existierte nie. Das ist Gottes Schrift, die Allah versprochen hat zu erhalten.

Dieses Buch fand seinen Aufbewahrungsort in den Herzen der Muslime. Findest du ein anderes Buch, das von Deckel zu Deckel von Millionen Menschen auswendig gelernt wird? Sie sind es, die den Quran bis zum heutigen Tag in jener Form aufbewahren, in der ihn der Prophet, Friede mit ihm, gelesen hat, und so wie er seine Lippen beim Lesen bewegt hat, und wo er beim Lesen pausiert hat. Wir meinen mit Lesen: Rezitieren, denn wie jeder weiß, war der Prophet des Lesens unkundig! Wir haben so viele Überlieferungsketten, durch die jeder den Weg genau nachvollziehen kann, wie der Quran zu ihm gekommen ist. Solche Ketten gibt es nur für den einzigarti-

gen Quran«, antwortete der Imam und wurde mit steigender Aufregung seines Kontrahenten immer ruhiger.
Der Priester schwankte. Seine Finger krallten sich in die Schulter des Imam. Jetzt schien es, als ob er Halt suchte, an einem tief verwurzelten Baum.
»Ich stimme dir nicht zu, denn der Quran wurde nach Muhammad niedergeschrieben! Wie kannst du da behaupten, dass der Quran kein von Menschen geschriebenes Buch ist?«, schrie der Priester heiser.

»Der Quran wurde nie so niedergeschrieben, wie ich es eben ausgiebig erläutert habe. Unsere mündlichen Überlieferungswege reichen bis zum Propheten zurück und nicht bis zu Uthman. Die schriftliche Dokumentation des Qurans, in der Überlieferung des Buches, spielt nur eine untergeordnete Rolle. Denn sie erklärt die Lesearten des Qurans nicht, welche nur mündlich überliefert wurden. Nach dem Tod des Propheten sind viele Gefährten durch Kriege gefallen. Deshalb hat sich der erste Kalif Abu Bakr dazu bewegen lassen, die Schriftträger, auf denen der Quran von den Menschen niedergeschrieben wurde, zu einem Buch zusammenstellen, für den Fall, dass jene, die den Quran auswendig konnten, aussterben. Damit man eine Referenz für die mündliche Version hat. Bis zur Zeit des dritten Kalifen Uthman hat jeder den Quran so aufgeschrieben, wie er ihn auswendig lernte. Da es unter den damaligen Muslimen Heuchler gab, die bereit waren, eine neue Version des Qurans niederzuschreiben, um zu versuchen Allahs Worte zu verfälschen, hat der dritte Kalif Uthman dieses Problem dadurch gelöst, dass er alle Schriften sammeln lassen hat, in denen Quran dokumentiert war. Diese hat er dann vernichtet, damit kein Mensch später behauptete, einen anderen Quran zu haben. Somit wurde nur die nun einheitlich verfasste Dokumentation, die zur Zeit des ersten Kalifs Abu Bakr gesammelt wurde, an die anderen muslimischen Länder verschickt. Das war also keineswegs ein Niederschreiben, wie es der Fall mit der Bibel war, sondern eine Aufbewahrungsmethode und ein weiterer Schutz für dieses Buch. Allah hat Sein Buch durch diese treuen Gefährten aufbewahrt, und somit Sein Versprechen erfüllt«, erwiderte der Imam.

Zweifel schossen wie Blitze aus den Augen des Priesters.
»Ich verlasse hier den gesicherten Boden des Wissens, aber alles, was du da sagst, widerstrebt mir zutiefst. Ich kann und möchte daran nicht glauben. Du glaubst also daran, dass Gott mit Seinen Worten, die in einem Buch fälschungsfrei hinterlegt sein sollen, zu Gewalt und Terror aufgerufen hat?
Du übersiehst die friedliche Bibel im neuen Testament, und folgst einer gewaltvollen Religion, die durch Kriege verbreitet wurde, und immer wieder für Unruhen in dieser Welt sorgt. Ich werde dir ein paar Verse vortragen, die meine Aussagen bestätigen, und dann erklärst du mir bitte, wie eine solche Gewalt von Gott stammen kann? Sure 2:191: `Und tötet sie, wo immer ihr auf sie trefft, und vertreibt sie.´; oder in Sure 4:84: `So kämpfe auf Allahs Weg - du wirst nur für dich selbst verantwortlich gemacht und sporne die Gläubigen an.´; oder in Sure 8:39-40: `Und kämpft gegen sie, bis es keine Verfolgung mehr gibt und (bis) die Religion gänzlich Allahs

ist. Wenn sie jedoch aufhören, so sieht Allah wohl, was sie tun.´ Es gibt noch viele Verse, die in dieselbe Richtung gehen. Wie möchtest du uns erklären, dass der Gott des Neuen Testaments, der der Menschheit ein friedliches Leben schenkte, nun kommt und uns wieder zu Gewalt bringen will?«, warf der Priester mit seiner alten Selbstgefälligkeit ein.

»Ich habe nur darauf gewartet, dass du damit anfängst. Ein bewährtes Mittel, Menschen gegen den Islam aufzuhetzen, findest du nicht!«, meinte der Imam und lachte laut auf. »Wenn du mir erlaubst, möchte ich die Verse erneuert lesen, denn die Antwort auf deine Frage steckt in den Versen selber, nur hast du die Verse nicht bis zum Ende gelesen.
In Sure 2:190-193 heißt es: `Und kämpft auf Allahs Weg gegen diejenigen, die gegen euch kämpfen, doch übertretet nicht! Allah liebt nicht die Übertreter. Und tötet sie, wo immer ihr auf sie trefft, und vertreibt sie, von wo sie euch vertrieben haben, denn Verfolgung ist schlimmer als Töten! Kämpft jedoch nicht gegen sie bei der geschützten Gebetsstätte, bis sie dort (zuerst) gegen euch kämpfen. Wenn sie aber (dort) gegen euch kämpfen, dann tötet sie. Solcherart ist der Lohn der Ungläubigen. Wenn sie jedoch aufhören, so ist Allah allvergebend und barmherzig. Und kämpft gegen sie, bis es keine Verfolgung mehr gibt und die Religion (allein) Allahs ist. Wenn sie jedoch aufhören, dann darf es kein feindseliges Vorgehen geben, außer gegen die Ungerechten.´ Diese Verse, lieber Michael, sollte unser verehrtes Publikum doch besser auch zu hören kriegen, damit sich alle ein vollständiges Bild machen können! Die Verse beginnen mit einem Befehl zum

Kampf und dem Verbot gegen die Übertretung. Sie sprechen deutlich von einer Reaktion auf eine Gewalttat nichtmuslimischer Gegner. Das sind Verteidigungsgesetze und kein Ruf zur Gewalt.

In Sure 4:84 heißt es: `So kämpfe auf Allahs Weg - du wirst nur für dich selbst verantwortlich gemacht und sporne die Gläubigen an. Vielleicht wird Allah die Gewalt derjenigen, die ungläubig sind, zurückhalten. Allah ist stärker an Gewalt und an Bestrafung.´ Allah spricht von der Gewalt der anderen Seite, und das ist auch ein Verteidigungskampf.

In Sure 8:39-40 wird gesagt: `Und kämpft gegen sie, bis es keine Verfolgung mehr gibt und (bis) die Religion gänzlich Allahs ist. Wenn sie jedoch aufhören, so sieht Allah wohl, was sie tun. Und wenn sie sich abkehren, so wisset, dass Allah euer Schutzherr ist. Wie trefflich ist der Schutzherr, und wie trefflich ist der Helfer!´ Muslime sollen kämpfen, bis die Nichtmuslime aufhören. Womit? Mit ihrer Gewalt! Es steht mehrfach im Quran, dass Allah den Muslimen verbietet, zu übertreten und anzugreifen.

Zusätzlich zu den vorherigen Versen erwähne ich Sure 5:2: `Und der Hass, den ihr gegen (bestimmte) Leute hegt, weil sie euch von der geschützten Gebetsstätte abgehalten haben, soll euch ja nicht dazu bringen zu übertreten. Helft einander zur Güte und Gottesfurcht, aber helft einander nicht zur Sünde und feindseligem Vorgehen und fürchtet Allah! Allah ist streng im Bestrafen.´ Und in Sure 5:87 heißt es: `Oh die ihr glaubt, verbietet nicht die guten Dinge, die Allah euch erlaubt hat, und übertretet nicht! Allah liebt nicht die Übertreter.´«

»Ich kenne kein Land - und die Vereinigten Staaten sind hier keine Ausnahme, wie wir alle wissen -, das ohne ein Verteidigungsgesetz und ohne Armeen auch nur ein paar Jahre überlebt hätte. Kennst du ein solches Land? Egal, ob es christlich, jüdisch oder buddhistisch geprägt ist! Selbst Jesus, Friede mit ihm, spricht, wenn man dem Bibellaut Glauben schenkt, von Gewalt, als er in Lukas 12:49-51 sagt : `Ich bin gekommen, dass ich ein Feuer anzünde auf Erden; was wollte ich lieber, denn es brennte schon! Aber ich muss mich zuvor taufen lassen mit einer Taufe; wie ist mir so bange, bis sie vollendet werde! Meinet ihr, dass ich hergekommen bin, Frieden zu bringen auf Erden? Ich sage: Nein, sondern Zwietracht.´ Ich möchte nicht viele alttestamentarische Stellen erwähnen, die die Gewalt zurzeit von Moses, Friede mit ihm, beschreiben, denn das kennt jeder von euch, aber eine Stelle möchte ich euch nicht vorenthalten. Es handelt sich um den Vers 4. Mose 31:17-18: `So tötet nun alles, was männlich ist unter den Kindern, und alle Frauen, die nicht mehr Jungfrauen sind; aber alle Mädchen, die unberührt sind, die lasst für euch leben.´ Das Problem mancher Nichtmuslime sowie auch irregegangener Muslime ist, dass sie die Teile des Qurans bedecken, die ihren Zwecken nicht dienen.
Dies führt zu Gewalt und Terror, den die Mehrheit der Muslime rigoros ablehnt. Der Quran ist aber ein komplettes Gesetz, das sich nicht zerstückeln lässt. Wer einen einzigen Vers von ihm ablehnt, der gilt als Nichtmuslim. Deshalb darf man nie die Verse des Qurans nach Belieben trennen, und dann die Teile nehmen, die zur Gewalt rufen, und die anderen übersehen, die zum Frieden rufen: Sure 2:85: `Glaubt ihr denn an

einen Teil der Schrift und verleugnet einen anderen? Wer von euch aber solches tut, dessen Lohn ist nur Schande im diesseitigen Leben. Und am Tag der Auferstehung werden sie der schwersten Strafe zugeführt werden. Und Allah ist nicht unachtsam dessen, was ihr tut.´

Ich würde dir raten, keine Vorurteile dem Islam gegenüber zu hegen, nur weil du einen Vers oder eine Aussage des Propheten gelesen hast, sondern lerne die Religion im Ganzen. Sie beinhaltet so viel Barmherzigkeit, insbesondere gegenüber den Christen. Sie sind uns von allen Menschen am nächsten!

So kannst du in Sure 3:186 lesen: `Ihr werdet ganz gewiss in eurem Besitz und in eurer eigenen Person geprüft werden, und ihr werdet ganz gewiss von denjenigen, denen die Schrift vor euch gegeben wurde, und denen, die (Allah etwas) beigesellen, viel Beleidigendes zu hören bekommen. Doch wenn ihr standhaft und gottesfürchtig seid, so gehört dies zur Entschlossenheit (in der Handhabung) der Angelegenheiten.´ Wir, die Muslime, sollen standhaft sein, nicht sofort kämpfen, sondern erstmal zum Dialog rufen, viel ertragen und die friedlichen Wege nutzen.

Das bestätigt auch Sure 29:46: `Und streitet mit den Leuten der Schrift nur in bester Weise, außer denjenigen von ihnen, die Unrecht tun. Und sagt: `Wir glauben an das, was (als Offenbarung) zu uns herabgesandt worden ist und zu euch herabgesandt worden ist; unser Gott und euer Gott ist Einer, und wir sind Ihm ergeben.´ Und in Sure 16:125 steht: `Rufe zum Weg deines Herrn mit Weisheit und schöner Ermahnung, und streite mit ihnen in bester Weise. Gewiss, dein Herr kennt sehr wohl, wer von Seinem Weg abirrt, und Er kennt sehr wohl die Rechtgeleiteten.´

Die Geschichte zeigt strahlende Seiten dieser Religion, sie zeigt aber auch dunklere Seiten anderer Religionen, nicht vor langer Zeit hat man einen Weltkrieg geführt, wo Millionen von Menschen durch Bomben jeglicher Art, die nicht von Muslimen stammen, gelitten haben. Von den Kreuzzügen gegen die Muslime wollen wir an dieser Stelle auch sprechen. Wir dürfen nicht die Religionen für schuldig erklären, wenn eine Gruppe dieser Religion irregeht. Und das Wichtigste ist doch, dass man seine Meinung nicht anhand ungeprüfter medialer Schlagzeilen bildet, sondern direkt die Gelehrten dieser Religion befragt«, erwidert Imam Joseph.

»Wieso bringt ihr immer die Kreuzzüge und die Weltkriege ins Spiel, wenn wir deutliche Quranverse anführen, die zum Kampf rufen. Das Christentum ist trotz dieser Kriege eine friedliche Religion, sie wurde aber in einem bestimmten Zeitraum von bestimmten Menschen missbraucht. Im Neuen Testament haben wir zum Beispiel keine Gewalt.

Aber was ihr nicht leugnen könnt, ist die Unterdrückung der Frauen in eurer Gesellschaft. Muslimische Frauen werden sehr schlecht behandelt, sie werden gezwungen sich zu verschleiern, sie werden geschlagen, von ihren Männern wie Sklavinnen behandelt, zur Ehe gezwungen, und das alles im Namen des Islams.

Und nach all dem kommt irgendein Gelehrter und sagt: Der Islam behandelt die Frau gut und räumt ihr viele Rechte ein. Warum werden Frauen dann gezwungen, Kopftücher zu tragen? Manchmal sehe ich sogar Achtjährige mit einem Kopftuch in die Schule gehen. Dieses Kopftuch stellt ein Hindernis

für die Integration der Muslime in die nichtmuslimische Gesellschaft dar. Die Frauen können mit einem Kopftuch keinen guten Job finden. Wieso werden muslimische Frauen von ihren Familien unterdrückt?
Im Christentum ist alles freiwillig. Das Christentum ist die Religion, welche die Frau gut behandelt, und nicht der Islam. Man soll die Tatsachen so sehen, wie sie sind, und nicht alles verdrehen, bis man die Seite hat, die einem gefällt.
Ich hoffe, du sagst mir jetzt nicht, dass das was ich gesagt habe, nicht stimmt. Diese Situationen kennen wir alle und das kann keiner leugnen! Deshalb rate ich allen Muslimen, an das Evangelium Jesu sowie an die Bibel als das einzige Wort Gottes zu glauben, denn ohne diesen Glauben kann man nie errettet werden«, hetzte der Priester mit gerötetem Gesicht, atemlos.

Der Imam wuchs mit jedem Wort des Priesters. David wunderte sich, wie er so gelassen bleiben konnte. Er selbst rutschte unruhig auf seinem Stuhl herum. Anna musste ihn schon ein paar Mal zurückziehen, sonst wäre er aufgestanden.
»Ich danke dir, mein Freund, dass du mir auch diesen Ball so selbstgefällig zuspielst.
Gibt es unter den muslimischen Frauen eine, die auf diese Frage antworten möchte? Denn das können nur Frauen, und konvertierte Frauen ganz besonders gut, beantworten. Wenn Sie, Mr. Malcolm, erlauben und wir es technisch ermöglichen können, frage ich, ob es im Publikum eine konvertierte Schwester gibt, die bereit ist, auf die Frage zu antworten?«
Der Moderator war einverstanden: »Ja, aber das muss dann

die letzte Frage sein, denn die Zeit ist zu Ende!« Imam Joseph willigte ein: »Kein Problem, das wird dann die letzte Frage sein.«

»Ich möchte gerne auf die Frage antworten!«

»Kommst du bitte auf die Bühne, Schwester!« Anna konnte den Blick nicht von der jungen Schwester lösen. Sie sah elegant und modern aus. Ganz anders als die Bilder von schwarz verschleierten Frauen, die so gerne von den Medien gezeigt werden.

»Bis unsere Rednerin die Bühne erreicht hat, möchte ich gerne wissen, woher Michael seine Aussage nimmt, dass man ohne den Glauben an die Bibel nicht errettet werden kann? Hat das Jesus gesagt? Denn zur Zeit Jesu gab es gar keine Bibel! Und dann sprichst du vom Evangelium Jesu, da möchte ich gerne wissen, wo das Evangelium Jesu ist? Ich habe die Bibel hundert Mal gelesen, habe nur das Evangelium nach Matthäus, Markus, Lukas und Johannes gesehen, aber das Evangelium nach Jesus habe ich nie gefunden!

Jesus hätte wahrscheinlich gesagt: Glaubt nicht an das, was ich euch erzähle, sondern an das, was die Schreiber nach mir, in meinem Namen schreiben. Unter den 1000 Prophezeiungen der Bibel finden wir komischerweise keine solche Prophezeiung für die Bibel selbst!

Aber Moment, über welche Version der Bibel reden wir überhaupt? Über die römisch-katholische Douay-Version, die sieben Kapitel mehr hat als die King-James-Version, die im Jahre 1611 verfasst wurde, und auf Manuskripte, die erst 600 Jahre nach Jesus niedergeschrieben wurden, bauen? Die Autoren der Revised Standard Version (RSV) der Bibel, die auf den

Manuskripten bis 300 Jahre nach Jesus bauten, erklärten die King-James-Version für fehlerhaft. Die Unterschiede in den unterschiedlichen Versionen sind mehr als nur Fehler in der Übersetzung. Das sind komplette Verse und ganze Kapitel, die fehlen! Da muss man sich fragen, wo bleibt der inspirierende Heilige Geist?«

Das muslimische Mädchen hatte die Bühne erreicht. Imam Joseph reichte ihr sein Mikrofon und lächelte sie aufmunternd an.
»Bitte schön, Schwester, assalamu alaikum!«
»Und Friede sei mit dir, mein Bruder und mit Ihnen, verehrtes Publikum. Mein Name ist Lisa Morena. Ich bin 26 Jahre alt und seit vier Jahren Muslima. Für den Islam habe ich mich nach einer traurigen Geschichte und einer langen Suche nach der Wahrheit entschieden. Ich möchte erstmal den beiden Rednern herzlich danken für die Zeit, die Mühe und die Geduld, die sie mitgebracht haben. So soll ein Dialog zwischen zwei Religionen sein. Das Wort, und nicht das Schwert soll die Stellung nehmen, damit man die Wahrheit erkennt und bei Gott ankommt.
Um auf die Frage nach der Stellung der Frau im Islam zurückzukommen, möchte ich daran erinnern, dass das Kopftuch an sich seit Ewigkeiten ein biblischer Gottesdienst ist, und wer das Kopftuch beleidigt, denjenigen beleidigt, der das Kopftuch zur Pflicht gemacht hat. Ich hoffe, Sie wollen den Gott des Alten Testaments nicht beleidigen, oder verstehe ich das falsch? Hat Gott die jüdischen Frauen unterdrückt, als er ihnen den Schleier vorgeschrieben hat? Als Christ darf man

den Gott Moses‘ niemals beleidigen, und vor allem nicht wegen eines Gesetzes, das Jesus nie abgesetzt hat.
Ich finde es traurig, dass Menschen wie Sie einfach wiederholen, was sie in den Medien hören.
Ich muss betonen, dass die Auswahl der Wörter eine sehr große Rolle spielt. Ich gebe Ihnen ein Beispiel: Wenn Sie ihrer Tochter beibringen, vor dem Essen zu Gott zu beten, und dann lesen Sie am nächsten Tag in der Zeitung eine Nachricht, mit der Schlagzeile ‚‘Christentum, die Religion der Unterdrückung“. In dem Artikel steht, dass der Priester Michael seine Tochter dazu zwingt, Christin zu werden! Sie würden sich sicherlich sehr darüber aufregen und wohlmöglich diese Zeitschrift verklagen. Das ist genau das, was mit den Muslimen passiert. So was kann man nicht Zwang nennen, sondern Erziehung.
Und für eine gläubige Gesellschaft sollte es normal sein, den Kindern beizubringen, was Glaube ist und wie wichtig er ist, falls die Gesellschaft wirklich Gott und seine Gesetze noch anerkennt! Und das hoffe ich natürlich sehr.
Wir alle wissen, und natürlich Sie als Theologe ganz besonders, dass es immer Unterschiede zwischen Kultur und Religion gibt. Eine Kultur kann islamisch geprägt sein, aber durchaus Gewohnheiten aufweisen, die mit der Religion nichts zu tun haben. Das kennen Sie auch aus dem Christentum.
Wenn ein Glaubensbruder von Ihnen ein Kind vergewaltigt, dann heißt es nicht, die Christen wären Pädophile, sondern lediglich, dass ein Mensch eine Straftat begangen hat, für welche er als Individuum bestraft werden muss, nicht aber die ganze Religion. Das wird auf alle Glaubensgemeinschaften

übertragen, bis auf den Islam. Da wird gesagt, die Muslime sind Terroristen, die Muslime unterdrücken ihre Frauen.
Die christliche und westliche Welt hat genug Gewalt gegen Frauen ausgeübt, unter Stichworten wie Familiendrama werden diese Taten gezählt. Einer amerikanischen Studie zufolge werden 25% der Frauen im Laufe ihres Lebens Opfer mindestens eines sexuellen Übergriffs. Man ist jedoch davon überzeugt, dass die Dunkelziffer noch höher ist, dass die Anzahl also noch viel größer ist. Was das Schlagen der Frauen und der Kinder angeht, so sind die Zahlen noch höher. Wir haben sogar Mütter und Väter, die ihre Kinder töten, zerschneiden und im Kühlschrank aufbewahren. Weil sie aber ein Teil der westlichen Gesellschaft sind, werden solche Taten schnell vergessen. Wenn jedoch ein Muslim einen Fehler begeht, und die Menschen sind nun mal alle fehlerhaft, dann wird aus seinem Fehler eine riesige Tragödie gemacht, und dafür die ganze Religion verantwortlich gemacht.
Es ist auch häufig so, dass jedes Jahr ein Tag bestimmt wird, an dem die Menschen jährlich an diese Tat erinnert werden.
Sagt Jesus nicht, dass man die rechte Wange geben soll?
Ist es nicht auch seltsam, dass, wenn eine Frau ein Stück Stoff auf dem Kopf trägt, um ihrem Gott näher zu kommen, sie unterdrückt, misshandelt und in manchen Fällen sogar ermordet wird? Die tatsächliche Unterdrückung der Frauen ist, wenn man ihnen verbietet, ihre Religion zu praktizieren, und mit allen Mitteln zu verhindern sucht, mit einem Kopftuch eine normale Frau in der Gesellschaft sein zu können, die genau so viel Recht auf Bildung und einen Beruf hat, wie eine Frau, die kein Kopftuch trägt.

Das Kopftuch ist ein Teil von uns.
Wir tragen es gerne und wissen, warum wir es tragen. Der Islam hat der Frau Rechte gegeben, die sie in keiner anderen Religion bekommen hat.
Der Islam hat der Frau in Bezug auf ihre Rechte als Mensch genauso viele Rechte gegeben wie dem Mann. Im Bereich der Familienorganisation kommt hinzu, dass ihre Eigenschaften und die Eigenschaften des Mannes berücksichtigt und ihr Rechte gegeben wurden, die der Mann nicht hat, und anders herum genauso. Eine berufstätige Frau darf im Islam so viel Geld verdienen, wie sie will, und braucht keinen Cent zum Haushalt beizusteuern, wenn sie es nicht will, denn der Mann ist für die Versorgung verantwortlich.
Könnt ihr euch das vorstellen! Mein Gehalt ist für mich ganz alleine, sogar die Kleidung, die ich brauche, muss mir mein Mann kaufen. Und da es gerecht ist, dass dem, der mehr Verantwortung übernimmt, auch die Entscheidungen überlassen werden, ist der Mann in der Familie für größere Entscheidungen und für den Erhalt der Familie verantwortlich.
Ich habe ein Recht darauf, auf Erwerbstätigkeit zu verzichten und meine Freizeit zu genießen, aber ich darf genauso gut arbeiten und bin auch aufgefordert, mich zu bilden. Ich kann das Leben genießen, wie ich will, solange ich weder meinem Mann noch meiner Familie Schaden zufüge oder sie vernachlässige.
Welche Stellung hat die Frau im Christentum? Sollen wir einige Verse aufzählen?
Die Niedrigstellung der Frauen im Christentum fängt schon mit Eva an. Die Bibel macht Eva für die erste Sünde der Men-

schen verantwortlich und demzufolge zur Verführerin, während der Quran beide, Adam und Eva, zur Verantwortung zieht und sogar besagt, dass der Satan Adam eingeflüstert hat, woraufhin dann beide die Sünde begangen haben.
Und wegen dieser Erbsünde müssten alle Frauen bestraft werden, wie es im 1. Buch Moses 3:16 steht: `Und zum Weibe sprach Er: Ich will dir viel Schmerzen schaffen, wenn du schwanger wirst; du sollst mit Schmerzen Kinder gebären; und dein Verlangen soll nach deinem Manne sein, aber er soll dein Herr sein.´ Während der Quran die Frau mit dem Mann gleichwertig setzt, wie in Sure 49:13: `Oh ihr Menschen, Wir haben euch ja von einem männlichen und einem weiblichen Wesen erschaffen, und Wir haben euch zu Völkern und Stämmen gemacht, damit ihr einander kennenlernt. Gewiss, der Geehrteste von euch bei Allah ist der Gottesfürchtigste von euch. Gewiss, Allah ist Allwissend und Allkundig.´
Vielleicht sollen wir die Stellung der christlichen und jüdischen Frauen aus dem 1. Brief an Timotheus 2:8-14 entnehmen: `So will ich nun, dass die Männer beten an allen Orten und aufheben heilige Hände ohne Zorn und Zweifel. Desgleichen, dass die Weiber in zierlichem Kleide mit Scham und Zucht sich schmücken, nicht mit Zöpfen oder Gold oder Perlen oder köstlichem Gewand, sondern, wie sich's ziemt den Weibern, die da Gottseligkeit beweisen wollen, durch gute Werke. Ein Weib lerne in der Stille mit aller Untertänigkeit. Einem Weibe aber gestatte ich nicht, dass sie lehre, auch nicht, dass sie des Mannes Herr sei, sondern stille sei. Denn Adam ist am Ersten gemacht, danach Eva. Und Adam ward nicht verführt; das Weib aber ward verführt und hat die

Übertretung eingeführt´?
Der Quran ist die Schrift, die ein ganzes Kapitel nach einer Frau benannt hat, nämlich die Sure 19. Sie heißt Maryam und das ist der arabische Name von Maria, der Mutter des Propheten Jesus. Selbst in der Bibel hat Maria nicht so viel Wertschätzung wie im Quran.
Sie wird im Islam als eine der drei vollkommensten Frauen der Menschheit angesehen. Die anderen zwei sind Asia, die gläubige Frau des Pharaos, und Khadija, die erste Frau des Propheten Muhammad, Friede mit ihm.
Das weibliche Geschlecht wird in der Bibel von manchen Bibelautoren mit der Behauptung abgestuft, dass die Zeitspanne der rituellen Unreinheit bei der Geburt eines Mädchens doppelt so lang ist, wie bei der Geburt eines Jungen (3. Buch Moses 12:2-5). Und das als Widerspruch mit der Wissenschaft und als Beleidigung für das zarte Geschlecht.
Es steht weiterhin in Jesus Sirach 22:3, dass die Geburt eines Mädchens ein Verlust ist, während an anderen Stellen erwähnt wird, dass die Geburt eines Jungen und dessen Erziehung ein sehr großer Vorteil ist.
Was sagt hingegen der Quran dazu in Sure 16:58: `Wenn einem von ihnen die frohe Botschaft (von der Geburt) eines Mädchens verkündet wird, bleibt sein Gesicht finster, und er hält (seinen Grimm) zurück. Er verbirgt sich vor den Leuten wegen der schlimmen Nachricht, die ihm verkündet worden ist. Soll er es trotz der Schmach behalten oder es in die Erde stecken? Wie böse ist, was sie urteilen!´ Das ist die Verteidigung und Ehrung der Frauen durch Allah!
Und wenn im 1. Brief an die Korinther 14:34 Folgendes steht:

`Wie in allen Gemeinden der Heiligen lasset eure Weiber schweigen in der Gemeinde; denn es soll ihnen nicht zugelassen werden, dass sie reden, sondern sie sollen untertan sein, wie auch das Gesetz sagt. Wollen sie etwas lernen, so lasset sie daheim ihre Männer fragen. Es steht den Weibern übel an, in der Gemeinde zu reden´, dann darf die Frau in der jüdisch-christlichen Religion weder frei reden noch lernen. Und wenn sie lernen geht, dann hat sie Gottes Gesetze gebrochen. Also entweder unwissend bleiben oder ungläubig werden. Einen Mittelweg gibt es nicht. Wenn das keine Unterdrückung ist?! Und wahrscheinlich gilt es auch für Priester Michael nicht als Beleidigung, wenn die orthodoxen Juden bis zum heutigen Tag Gott danken, dass Er sie nicht als Frauen erschaffen hat. Sie sagen `Gesegnet sei Gott, der König der Welten, dass Er mich nicht als Frau erschuf.´
Ich weiß nicht, wie man so etwas vor seinen Frauen und Töchtern aussprechen kann!«
Der aufgebrachte Priester unterbrach die Rednerin ungehalten:
»Entschuldigen Sie bitte! Sie haben viel Unsinn gesprochen! Dies alles steht im Alten Testament, und für Christen gilt das Neue Testament!«

»Es stimmt, dass all diese Stellen aus dem Alten Testament sind, aber die Zehn Gebote sind auch alttestamentarisch, und sie gelten für die Christen als Gottes Gebote.
Aber auch im Neuen Testament steht in Matthäus 5:32 geschrieben: `Ich aber sage euch: Wer sich von seinem Weibe scheidet (es sei denn um Ehebruch), der macht, dass sie die

Ehe bricht; und wer eine Geschiedene freit, der bricht die Ehe.´ Das heißt: keine Scheidung! Es ist also für die Frau wie ein Gefängnis, wenn die Bibel dem Mann die Mehrehe nicht verbietet, aber die Frau sich nicht scheiden lassen darf! Dann geht der Mann beim kleinsten Problem eine andere Frau suchen und somit ist das Problem für ihn gelöst, aber was passiert mit der Frau? Im Islam hat die Frau das Recht, sich jederzeit scheiden zu lassen. Je nach Vereinbarung kann sie sogar Unterhalt von ihrem Mann verlangen.«

Der Moderator unterbrach sie: »Es ist spät geworden, bitte geben Sie noch einen Abschlusskommentar und dann müssen wir diese spannende Debatte leider beenden.«

Lisa Morena dankte dem Moderator und fuhr mit ihrer Rede fort.

»Man darf beim Thema Frauenrechte keine Vorurteile gegenüber dem Islam haben. Es ist ein Bruch unserer Menschenrechte, wenn jemand ohne Vollmacht im Namen der muslimischen Frauen spricht, und alleine bestimmt, ob sie unterdrückt sind oder nicht.

Sind denn alle Nonnen in der Kirche auch unterdrückt? Sollen sie nicht den Männern untergeordnet sein? Solange sie es freiwillig machen, kann man keinesfalls von Unterdrückung sprechen. Der Glaube ist freiwillig. Das steht im Quran in Sure 2:256: `Es gibt keinen Zwang im Glauben´. Warum wird uns in unseren westlichen Ländern verboten, unsere Religion zu praktizieren? Man sollte die kulturbedingten Probleme der Muslime individuell und nach Beachtung der Religion lösen, und nicht die ganze Religion missachten, und alle Muslime unter Generalverdacht stellen.

Schlägt ein Muslim seine Frau oder seine Töchter oder misshandelt sie, dann soll man ihm die Beweise aus dem Quran, dem Wort Allahs und der Sunna, dem Wort des Propheten, bringen, damit er seine Gewalttaten unterlässt. Das ist der einzige richtige Weg. Aber wenn man behauptet, der Islam unterdrücke die Frauen, dann hat man sicherlich kein Interesse an einem Zusammenleben mit den Muslimen.
Der Islam ist eine friedliche Religion und ist nicht gekommen, um gegen die Menschen zu kämpfen, sondern um ihren Glauben auf freiwilliger Basis zu korrigieren, und sie freiwillig zu Gott und zur ewigen Glückseligkeit zu führen.
Das war meine Antwort. Ich bedanke mich für die Gelegenheit, meine Meinung äußern zu dürfen.«

Imam Joseph bedankte sich bei Lisa. Die Zuschauer staunten, starrten und glotzten das junge Mädchen an, als hätten sie noch nie eine muslimische Frau gesehen.
Der Moderator stand auf, auch er war beeindruckt und noch ganz im Bann ihrer Worte.
»Liebe Zuschauer, wir haben heute viel gehört, und jeder sollte sich Gedanken machen und seine Entscheidung für sich alleine treffen. In der Regel werden Fragen an die beiden Debattenredner gestellt. Aber aufgrund des Zeitmangels werden wir heute die Kontaktdaten der Beiden verteilen, und sie können dann Ihre Fragen persönlich stellen. Wir sind froh, dass solch ein Dialog zwischen Repräsentanten der zwei größten Weltreligionen zustande gekommen ist.
Eins müssen wir alle mitnehmen: Der interreligiöse Dialog soll immer und überall offen bleiben. Jeder soll mit der ande-

ren Seite gut umgehen.
Die wahren Feinde der Gesellschaft sind nicht jene, die einen Dialog führen wollen, sondern jene, die den Dialog verweigern, und uns so von einer Gesellschaft, in der das Wissen und der Verstand vorherrschen sollten, zu einer Gesellschaft führen, in der Unterdrückung und die Gewalt vorherrschen.
Ich persönlich finde es traurig, dass sich die Medien nicht für einen wahren interreligiösen Dialog interessieren, wo jeder seine Aspekte und Beweise vorbringen kann. Sie interessieren sich lediglich für einen politischen Dialog oder für Hetzkampagnen, obwohl der wichtigste Auslöser der Konflikte nicht die politischen Unterschiede sind, sondern der Glaube, der zu diesen Unterschieden führt.
Deshalb rufe ich hier im Namen der Freiheit und im Namen aller Religionen auf, dem Dialog zwischen den Religionen mehr Beachtung zu schenken.
Das ist unsere Antwort und die einzige Option. Bei Ihnen bedanke ich mich sehr herzlich und verabschiede mich bis zur nächsten Debatte.«
Die Zuschauer applaudierten noch, als die Redner und der Moderator schon längst die Bühne verlassen hatten.
Die beiden Kontrahenten begrüßten einander sehr herzlich und jeder bat den anderen um Verzeihung, falls er unbeabsichtigt etwas Falsches gesprochen haben sollte, oder den anderen in irgendeiner Weise verletzt habe. Langsam löste sich die diskutierende Menge auf.
David verharrte regungslos auf seinem Stuhl. Erst spät bemerkte er, dass Anna nicht mehr neben ihm war.

Lisas Geschichte

Er spähte durch den Raum und fand sie neben der Bühne. Sie stand neben Lisa und unterhielt sich angeregt. Eingehakt gingen die Mädchen ins Foyer. Joseph trat hinter ihn.
»Lass sie! Lisa ist genau die Richtige, um Annas Zweifeln zu begegnen«, strahlte er, als hätte ihm gerade jemand ein größeres Geschenk gemacht.
Er zog den Jungen mit und steuerte auf die beiden Mädchen zu.
»Du hast eine starke Antwort gegeben. Respekt, ich treffe vor so vielen Leuten nie die richtigen Worte.«
»Salamu alaikum, Lisa! Hallo Anna! Deine Antwort kam aus dem Herzen. Das hat die Menschen beeindruckt. Ich bin stolz auf dich!«
»Wa alaikum assalam und danke, Imam Joseph. Ich gehe schon seit Jahren in deine Vorträge. Schön, dass wir uns mal persönlich kennenlernen!«, antwortete Lisa.
»Wie wäre es mit einer Tasse Tee oder Kaffee, habt ihr Lust? Ich habe keine Stimme mehr und muss was trinken!«, schlug Joseph vor.
Auf der Caféterrasse des Kongresscenters fanden sie einen Tisch.
David lehnte sich bequem in seinen Stuhl und schloß die Augen. Die Gespräche der anderen berieselten ihn sanft und

drangen in seine Gedanken.
»Wie kommt es, dass du Muslim bist?«, fragte Anna.
»Wenn ich früher das Wort Muslima gehört habe, hatte ich das mediale Bild einer schwarz verschleierten Frau in Burka oder Tschador vor Augen. Es hat mich abgeschreckt und mir Angst gemacht. Deshalb kam ein Kontakt mit Muslimen für mich nie infrage. So war es lange Zeit, bis mir Folgendes passierte: Ich hatte vor meiner Konvertierung einen gebildeten, gut aussehenden und sympathischen Freund. Er war wegen seiner Eltern, die beide Schauspieler waren, reich und hatte alles, was sich eine Frau von einem Mann nur wünschen kann. Wie der Prinz auf dem weißen Pferd, von dem man als junges Mädchen geträumt hat. Mein Leben war ein Traum. Es fehlte mir an nichts. Er hatte ein sehr großes Haus in einem der besten Vororte von Los Angeles, ein schickes Auto, und ich genoss alles in vollen Zügen. Eines Tages war ich auf einen Geburtstag einer meiner Freundinnen eingeladen. Diese Freundin hat drauf bestanden, dass ich meinen Freund mitbringe.
Es war nicht ungewöhnlich, deshalb dachte ich mir nichts dabei. Ich war mir seiner Liebe sehr sicher und vertraute ihm bedingungslos. Als wir bei meiner Freundin ankamen, war ich von ihrer Schönheit geblendet. Sie sah aus wie eine Braut und musste Stunden mit ihrem Make-up und ihrem Outfit verbracht haben. Es herrschte eine eigenartige Atmosphäre. Fast, als stünde ein Kampf bevor. Zumindest hatte ich das so empfunden. Mein Freund jedoch musterte sie mit einem Blick, der mich beunruhigte. Ich redete mir ein, dass es keinen Grund zur Sorge gäbe, schließlich waren wir doch

ein glückliches Paar. Nach ein paar Minuten stürmte sie auf uns zu, nahm die Hand meines Freundes und führte ihn auf die Tanzfläche. Am nächsten Tag war alles wieder vergessen. Mein Freund verhielt sich so wie immer und das Leben ging weiter, glücklich und rasant. Zwei Monate später kam ich eines Tages etwas früher nach Hause als üblich. Ich ging ins Schlafzimmer, um mich umzuziehen, und fand meine Freundin eng umschlungen in meinem Bett mit meinem Freund. Ohne mich noch einmal umzusehen, packte ich eine Reisetasche und zog zu meiner Mutter. Als ich nach zwei Wochen zurückkam, sah ich, dass er meinen Namen von der Türklingel entfernt hatte und durch ihren Namen ersetzt hatte.
Ich hatte den Boden unter meinen Füßen verloren. Das Leben war für mich sinnlos, und ich hatte den Gipfel der Hoffnungslosigkeit erreicht. Wochen der Trostlosigkeit folgten, in denen ich kaum noch etwas aß und völlig verwahrloste. Oft habe ich daran gedacht, mein Leben zu beenden. Nichts hielt mich noch in diesem Leben, bis ich eines Tages betrunken und vollgepumpt mit Schlaftabletten auf der Straße einschlief. Ein paar muslimische Studentinnen haben mich aufgelesen und zu sich gebracht. Diese Zeit war aber meine Wiedergeburt. Sie gaben mir meinen Lebenswillen wieder. Ihre Freundlichkeit und Hilfe hat mich stark beeindruckt. Tagelang sah ich ihnen bei ihren Gebeten zu, hörte, wie sie Quran lasen, und stellte tausend Fragen. Sie brachten mich dazu, mein altes Islambild komplett zu erneuern.
Wer weiß, vielleicht wäre diese Affäre zwischen meinem Freund und meiner Freundin nicht zustande gekommen, wenn alle bedeckt gewesen wären! Heute weiß ich, dass alles

so kommen musste, um mich auf den richtigen Weg zu bringen. Der Islam hat einige Schutzmechanismen, um die Ehe und die Familie zu schützen. Mein damaliges Leben war eine einzige Achterbahnfahrt. Heute wäre ich mit dieser Oberflächlichkeit nicht mehr zufrieden.«

»Du Arme, ich habe so was noch nie erlebt, aber ich kann mir vorstellen, dass es schwer ist, wenn man betrogen wird. Möge Gott dich trösten!« sagte der Imam tröstend.

»Du brauchst kein Mitleid mit mir zu haben! Ich bin jetzt eine andere und bereue nichts, durch diese Geschichte konnte ich die Augen öffnen und die Wahrheit sehen. Ich bin sehr froh darüber.«

»Die beste und ewige Liebe ist die Liebe zu Gott, sie allein leitet uns und führt uns zum Guten. Die Liebe zu einem Ehepartner oder zwischen den Menschen kann gut oder schlecht für uns sein. Unser menschliches Leben endet und ein Wiedersehen mit der geliebten Person ist ohne das Fundament der Liebe zu Gott unmöglich. Möge Allah dir ein gutes Leben im Diesseits und im Jenseits geben. Amen.«

»Ich danke dir für deine guten Wünsche. Möge Allah dich für deine Dawa-Arbeit belohnen. Es gibt eine Frage, die mich schon lange beschäftigt und auf die ich keine Antwort gefunden habe. Vielleicht kannst du sie mir beantworten!«

»Im Islam gibt es keine offenen Fragen, es wurde bereits auf alle Fragen geantwortet. Kann sein, dass du die Antwort nur noch nicht gefunden hast!«

»Was mich verwirrt sind die unterschiedlichen Meinungen zu den Eigenschaften Allahs. Beispielsweise existiert Er mit oder ohne Richtung?«

»Wenn wir uns mit unseren Fragen mit einer aufrichtigen Absicht an den Quran wenden, werden wir eine Antwort finden. Nach dem Wort Gottes kommen die Aussagen des Propheten, Friede mit ihm, als Quelle: die Sunna. Auch die Sunnaüberlieferung unterliegt sehr strengen Transkriptionsregeln und Tradentenprüfungen. Bevor ein Sunnainhalt als gesichert weitergegeben werden darf, ist er akribisch geprüft worden. So ist es fast unmöglich, Hadithe, also Aussprüche und Handlungen des Gesandten, zu fälschen. Die Sunna ist unsere zweite islamische Wissensquelle, die uns dabei behilflich ist, Antworten zu finden und eine Rechtslage einzuschätzen.

Betrachten wir nun deine Frage. Die Gruppen, die behaupten, Allah existiere ohne Richtung, beschreiben Allah auf eine philosophische Weise. Wir können Allah mit unserem Verstand niemals umfassen, wie sollen wir über Seine Richtung Bescheid wissen, ohne dass Er sie uns mitteilt? Deshalb sind solche Aussagen über Allah abzulehnen.

Das gleiche gilt für die anderen Eigenschaften Allahs, die im Quran erwähnt werden. Man darf den Allschöpfer weder verkörperlichen, noch darf man Seine Eigenschaften ablehnen, denn beide sind unzulässige Philosophien, man soll einfach nur glauben, dass Allah so ist, wie Er ist, und dass Er so aussieht, wie Er aussieht. Das reicht uns an Wissen. Denn wenn wir die koranische Beschreibung durch Philosophie leugnen, dann haben wir Gottes Wort geleugnet. Und man sollte Angst haben, am Jüngsten Tag unter den Leugnern zu sein, die Allah nie sehen werden.«

»Werden die Gläubigen Gott sehen?«, fragte David.

»Ja! Allah sagt im Quran in Sure 75:22-3: `Die einen Gesichter werden am Jüngsten Tag strahlend zu ihrem Herrn schauen.´ Es gibt Leute, die behaupten, Allah wäre unsichtbar, aber da muss man genau fragen, woher das stammt? Das steht nirgendwo im Quran und man darf über den Allmächtigen Gott nichts erzählen, was Er nicht gesagt hat, vor allem, wenn der Quran uns von Moses, Friede mit ihm, berichtet, dass er Allah gebeten hat, Ihn sehen zu können, und dann Allah zu ihm sprach, dass er es mit diesem Körper nicht schaffen würde. Das findet man im Quran in Sure 7:143. Wenn man etwas anderes behauptet, dann hat man eine andere Quelle außer dem Quran und der Sunna genommen«, schloss der Imam.

»Deine Antwort trifft es genau. Allah ist so, wie Er ist, Er ist dort, wo Er ist, Er sieht aus, wie Er aussieht. Warum sollen wir uns mit dem Thema beschäftigen?

Wie sollen wir wissen, wie der Allmächtige aussieht? Wie kommen manche darauf, Allahs Eigenschaften im Quran abzulehnen, worüber sie kein Wissen haben? Möge Allah dich belohnen, du hast mir meine Unruhe in dieser Sache genommen«.

»Das war aber keine schwierige Frage! Du musst dich noch mit deiner Religion anhand des Qurans und der Sunna auseinandersetzen, dann wirst du noch vieles verstehen. Du bist noch jung und hast Zeit. Eins musst du jedoch wissen: Im Islam gibt es viele Sekten, die der Prophet Muhammad, Friede mit ihm, prophezeit hat. Es gibt zum Beispiel welche, die behaupten, einen neuen Propheten nach Muhammad zu haben, obwohl der Prophet ausdrücklich gesagt hat, dass er der letzte Prophet ist, und nach ihm nur noch falsche kommen werden. Dazu gibt es sogar einen Quranvers, in dem steht, dass Muhammad der letzte Prophet und das Siegel aller Propheten ist, und dass der Islam vervollkommnet ist. Es gibt andere, die behaupten, dass die Religion nach Muhammad von fehlerfreien Menschen erweiterbar sei, und es gibt welche, die lehnen den Weg des Propheten ab, und folgen nur dem Quran, etc. Jeder von ihnen versucht, seinen Weg im Quran zu finden, aber muss dafür viele Verse missbrauchen und andere übersehen. Viele Muslime wissen auch nicht, wie sie mit dieser Problematik umgehen sollen«, meinte der Imam.

»Gibt es eine Methode, wie ich nie vom wahren Weg abkomme?«, fragte Lisa den Imam.

»Ja, natürlich. Die wahre Religion Allahs kann nur eine widerspruchs- und fehlerfreie Religion sein. Wenn du einem Weg folgen willst, dann musst du sicherstellen, dass dieser Weg in keiner Weise den islamischen Quellen widerspricht, und seine Inhalte aus sicheren Quellen entnommen worden sind. Wenn jemand zum Beispiel zu dir kommt und sagt, die Propheten und ihre Nachkommen wären fehlerfreie Menschen, und machen keinen einzigen Fehler im Leben, obwohl das in keiner von Gottes Schriften so steht, und du liest überall in der Geschichte des Propheten Adam, dass er die erste Sünde und den ersten Fehler der Menschheit begangen hat, dann ist das ein eindeutiger Widerspruch, der auf falschen Glauben hinweist.«

»Aber war Adam ein Prophet?«, wunderte sich David.

»Wenn ein Prophet jemand ist, der die Offenbarung und Gottesbefehle bekommt, dann ist Adam ein Prophet! Was hat es denn sonst mit dem Verbot von dem Baum zu essen auf sich?

Die Propheten sind nur fehlerfrei in dem Sinne, dass Allah ihre Fehler verhindert, kontrolliert und aufhebt, sodass sie seine Religion an die Menschheit fehlerfrei weitergeben.
In zwischenmenschlicher Hinsicht sind sie ganz normale Menschen. Dass sie die besten Menschen waren, bedeutet nicht, dass sie fehlerfrei waren. Wie kann man ihnen Fehlerfreiheit zuschreiben, wenn Allah nie davon gesprochen hat? Im wahren Glauben gibt es keine einzige offene Frage und jeder ist dafür verantwortlich, den Weg zu Gott zu suchen. Das ist unsere Prüfung im Leben, und deshalb existieren wir«, erklärte der Imam.
»Ich denke schon lange darüber nach, warum Gott so viele unterschiedliche Religionen und Sekten zulässt. Sekten existieren in jeder Religion, selbst die Juden teilen sich in Sekten. Es war mir überhaupt nicht klar, wie man dann den wahren Weg vom falschen unterscheiden kann. Du hast mir geholfen, die Dinge klarer zu sehen!«, sagte Anna. David sah sie überrascht an. Er hatte den Moment verpasst, indem sie sich für den Islam geöffnet hatte.
»Ein perfektes Leben kann es nur bei Gott geben, und zu Gott kann nur ein perfekter Weg führen. Der Verstand des Menschen hat seine Funktion darin, diesen Weg zu suchen und nicht dazu, völlig neue Wege zu erfinden. Alles in der Religion Gottes ist richtig, solange es von Gott stammt. Wenn eine Meinung aber den islamischen Quellen und dem menschlichen Verstand widerspricht, kann sie nur falsch sein.
Das Leben ist eine Chance, wer sie verpasst, der kann sie nie wieder bekommen. Der Tod hingegen ist eine Phase, wer sie erreicht, der kann sie nie wieder verlassen. Allah ist Einer,

Sein Weg ist einer, Seine Religion einzig, alle Propheten sind Seine Diener. Die Menschen sind wertvolle Diamanten, solange sie wissen, welchen Wert sie als Diener Gottes haben. Es gibt nichts Schlimmeres als einen Menschen, dem Allah Verstand und ein langes Leben gegeben hat, damit er zu Ihm kommt, und der Ihn ignoriert und somit sein Leben verliert, ohne sich seinem Herrn mit einem Schritt anzunähern. Und es gibt nichts Besseres als einen Menschen, dem Allah wenig Verstand und ein kurzes Leben gegeben hat, welches er mit der Suche nach seinem Herrn verbringt, Tag und Nacht, ohne sich zu langweilen und aufzugeben.
Wisst ihr, Kinder, was das Wichtigste in eurem Leben ist?«
»Den Weg zu finden!«, antwortete David. »Und ich werde ihn finden!«, flüsterte David.
»Du gehst bereits auf ihn zu. Bald schon kannst du ihn sehen«, sagte der Imam so leise, dass nur David es hören konnte. »Wer mit der Suche ehrlich ist, den lässt Allah nicht irregehen, und wer mit der Suche nach seiner eigenen Neigung strebt, der wird nie etwas anderes als seine Neigung finden. Möge Allah euch beschützen. Amen.«
»Schade, dass diese Reise morgen zu Ende ist!«, meinte Anna. »Ich wünschte wir könnten noch mehr Zeit mit dir verbringen, ich habe so viel gelernt«, sagte sie.
«Es ist wunderbar zu sehen, wie du aufblühst! Du hast dich innerhalb einer Woche sehr verändert. Deine Eltern werden ein ganz anderes Mädchen zurückbekommen. Hab‘ keine Angst, sie werden erfreut sein über die Veränderung.«
David betrachtete Anna mit neuen Augen. Joseph hatte recht. Sie war lebendiger geworden, ihre Ängste und Selbstzweifel

fielen von ihr ab und das, was darunter zum Vorschein kam, gefiel ihm. Eine zarte Röte färbte ihre Wangen, als sie seinen Blick auf sich spürte.

»Schade, dass wir uns erst jetzt kennengelernt haben, Lisa«, sagte Anna.

«Ich hätte euch gerne zu mir eingeladen, aber daraus wird jetzt nichts mehr!«, antwortete Lisa.

«Komm uns doch in Deutschland besuchen, du bist ja bedeckt, da brauche ich mir keine Sorgen um meinen Freund machen«, scherzte Anna und umarmte Lisa stürmisch. David zuckte zusammen. Seine Hand verkrampfte sich und die Kaffeetasse schepperte zu Boden. Wie konnte sie ihm so etwas verschweigen?

«Hast du deinen Freund zu Hause gelassen?«, fragte Lisa. Der Imam lächelte wissend und zwinkerte ihr zu. Hatte David etwas verpasst?

»Keine Angst, ich werde es dir erzählen, wenn es so weit ist.«

Die Mädchen tauschten noch ihre Telefonnummern und E-Mail-Adressen aus, dann verabschiedete sich Lisa und verließ die anderen. »Wollen wir?«, fragte Joseph und stand auf.

Das Abendessen verlief still. Jeder hing seinen Gedanken nach.

»Es gibt etwas, was du mir noch nicht erklärt hast!«, platze David heraus. Neulich nachts, als ich dir gefolgt bin und du mich vor dem Supermarkt aufgelesen hast, was hast du in dem Haus gemacht, während ich draußen auf dich gewartet habe?«, fragte David.

«Es ist eine Geschichte aus der Zeit, als ich noch Christ war. Meine Glaubensbrüder und ich haben damals in einer kleinen kirchlichen Hilfsorganisation gearbeitet, die arme Familien und Waisenkinder in der Stadt unterstützt. Das war ein einzigartiges Erlebnis. Ich liebte diese Tätigkeit so sehr. Es gab eine Familie, der ging es besonders schlecht. Sie wohnt noch immer in dem Haus, vor dem du gewartet hast. Die Wohnung, in die ich hineingegangen bin, ist erbärmlich. Aus den Wasserhähnen fließt eine rostige Brühe, die Toiletten sind meist verstopft und die Fenster sind undicht. Diese Wohnung wird von einer alleinerziehenden afroamerikanischen Mutter mit ihren fünf Kindern bewohnt. Sie ist eine sehr bibeltreue Christin. Sie lebt die Bibel Wort für Wort. Das hat mich beeindruckt, als ich noch Christ war. Ich habe diese Familie in wöchentlichen Abständen besucht und mit allem Möglichen versorgt. Die Kinder habe ich wie meine eigenen Kinder geliebt. Sie sind mir sehr ans Herz gewachsen. Aber aus irgendeinem Grund werden sie von der Hilfsorganisation oft vergessen. Ich habe mit der Mutter vereinbart, dass sie mich anruft und ich meinen damaligen Kollegen an die Familie erinnere, wenn sie wieder mal nicht da waren. Als wir in Los Angeles ankamen, hatte ich vor, sie erst nach der Debatte zu besuchen. Aber in dieser Nacht habe ich geträumt, dass die Kinder nach mir rufen und auf mich warten. Deshalb konnte ich nicht weiterschlafen und ging sofort nach dem Morgengebet zum Supermarkt einkaufen, um sie dann zu besuchen. Die Kinder schliefen, aber die Mutter hat sich sehr gefreut, weil sie nicht wusste, womit sie ihre Kinder am nächsten Morgen hätte füttern sollen. Ich habe etwas Geld in Deutschland gesammelt und es ihr gegeben. Damit zumindest die medizinische Versorgung gesichert ist.«

»Bekommt die Mutter keine Hilfe vom Staat?«, fragte Anna.
»Was sie bekommt, reicht ihr geradeмal für eine Woche, denn sie ist Diabetikerin und hat keine Krankenversicherung. Die Medikamente sind teuer und verschlingen einen Großteil der Versorgung. Ohne Unterstützung kämen diese Menschen nicht durch.«
«Wo ist denn ihr Mann?«, fragte Anna.
»Ihr Mann wurde im Irakkrieg getötet, sie kämpft nun alleine um die Kinder am Leben zu halten.«
»Die arme Frau!«, murmelte David.
»Es gibt so viele Menschen, die einfach wegen der schlechten Politik ihrer Länder leiden müssen. Was hat man nur aus den Kriegen gewonnen, außer Armut und Leid für die Menschheit? Wenn wir uns Gedanken machen vor allem um die Kinder in Kriegsländern wie Palästina, die im Krieg aufwachsen müssen, dann dreht sich mir immer wieder der Magen. Das tut mir immer leid. Sie sind unbewaffnet und tragen keine Schuld. Ihre Schulen werden geschlossen, ihre Häuser werden vernichtet, ihre Eltern werden getötet. Sie dürfen ihre Kindheit gar nicht erleben. Sie sind Kinder, aber werden von der Menschheit für ihre Unschuld bestraft. Das tut mir in der Seele weh. Möge Allah ihnen Geduld geben! Amen.«
Anna und David waren entsetzt darüber, was in den vom Krieg heimgesuchten Ländern mit den Kindern passiert. Kinder leiden zu sehen, ist eine schlimme Sache. Sie hätten gerne geholfen, aber die Frage war wie, wenn alle Wege zu diesen Kindern von den Kriegstreibern verschlossen sind? Was könnten sie tun, außer Gott um Hilfe zu bitten und zu spenden? »Möge Gott diesen Kindern helfen! Möge Gott diesen

Kindern helfen! Amen,» weinte Anna. David legte seine Hand auf ihre Schulter und hielt sich an ihr fest. Das Elend der Welt hatte ihn in einen Strudel gezogen, der ihm die Beine wegzog und ihn schwindelig machte.

Abschied auf Zeit

Die Abreise, der Rückflug, all das geschah mechanisch. Der Körper funktionierte, aber die Gedanken Davids flogen nach München und wachten im Krankenhaus neben Markus' Körper. Anna und Joseph unterhielten sich auf dem Rückflug leise, um ihn nicht zu stören. Anna überlegte noch, ob sie direkt zu ihrer Familie nach Berlin reisen oder David nach München begleiten sollte.

In Frankfurt gingen alle in die Cafeteria, um sich zu verabschieden.

»Wie hat euch unsere Reise gefallen?«, fragte Joseph.

»Ich bin als ein anderer Mensch zurückgekehrt. Ich habe viel gelernt und bin dir sehr dankbar, dass du mir diese Erfahrung ermöglicht hast!«, sagte Anna.

»Was ist mit dir, mein Sohn, bist du deiner Antwort nähergekommen?«

»Es ist, als stünde ich vor einer geschlossenen Tür. Nach langem Suchen habe ich sie endlich gefunden, jetzt muss ich sie nur noch öffnen. Die Angst zu scheitern hält mich zurück. Wenn es hier nur um mich ginge, würde ich nicht zögern, aber der Seelenfrieden meines Bruders steht auf dem Spiel. Ich bin kein Spieler.«

»Es ist kein Spiel, David. Öffne die Tür! Dein Herr wartet.«

»Ich fürchte die Reaktionen meiner Eltern. Was, wenn sie mich abweisen?«
»Du kannst deinen Glauben auch erstmal geheim halten. Der Glaube ist eine reine Verbindung zwischen dem Menschen und Gott. Es muss nicht unbedingt über die Eltern laufen. Es ist eine ganz persönliche Sache!«
»Ich weiß, aber ich mag mich nicht verstecken! Wenn ich mich für eine Religion entscheide, dann mache ich es öffentlich. Ich muss mich mit Gott in Verbindung setzen, damit Er mir hilft, eine Entscheidung zu treffen«, antwortete David.
»Möge Allah dich zum wahren Weg führen, Amen.
Eure Begleitung war ein großes Geschenk für mich, ich danke euch beiden. Wer weiß, vielleicht wiederholen wir das irgendwann noch einmal. Jetzt muss ich mich beeilen, gleich kommt mein Zug. Wenn ihr irgendwas braucht, dann meldet euch, versprecht ihr mir das?«
»Danke für alles, Imam Joseph!«

Davids Zug nach München kam eine halbe Stunde später. Anna und er standen sich schweigend gegenüber und sahen sich an.
David fühlte sich so sehr zu ihr hingezogen, dass ihn der Gedanke einer Trennung schmerzte. Und doch musste er sie jetzt abweisen, wegen Markus. Jede Ablenkung würde ihn in seiner Konzentration auf diese eine lebenswichtige Entscheidung stören.
»Anna, ich möchte dich gerne nach München mitnehmen. Aber es ist der falsche Zeitpunkt. Ich empfinde sehr viel für dich, mehr als je zuvor für ein anderes Mädchen. Wir müssen

warten. Bitte versteh‘ mich.«
Anna weinte still. Er nahm sein Taschentuch und trocknete die Tränen unbeholfen. »Es bleibt mir nicht viel Zeit bis Markus wiederkommt. Ich muss wohl meine größte Entscheidung treffen. Du hast ja gesehen, dass meine Eltern zurzeit keine Gäste verkraften. Ich verspreche dir, dass wir uns bald wiedersehen, wenn all das hinter mir liegt. Ich vermisse dich jetzt schon. Ich verspreche dir, dass wir uns bald wieder sehen«.
«Wenn du mir versprichst, mit mir in Kontakt zu bleiben, dann kann ich damit leben!«
»Ich verspreche es dir. Auch du musst für dich eine Entscheidung treffen, Anna. Und die kannst du nur ganz alleine fällen,« sagte David.
»Ich hab‘ ja Lisa, für den Fall, dass ich Fragen habe. Und Joseph!
Los jetzt! Steig ein, sonst fährt der Zug ohne dich ab«, rief sie noch und schob David in den Zug.

Zerreißprobe

Der Bahnsteig in München blieb leer für David. Es war ein einsames Gefühl, nicht abgeholt zu werden: als hätte man ihn längst vergessen. Die Mutter saß zu Hause schweigend in ihrem Sessel und blickte apathisch zur Decke, die Worte an ihren Sohn mechanisch, ohne innere Beteiligung, wie eine Aufziehpuppe, die ihren Text abspult. Erst als David nach seinem Bruder fragte, schreckte sie hoch und starrte ihn an. »Dein Bruder wäre gestern fast gestorben, er hatte einen Herzstillstand und musste reanimiert werden. Die Ärzte sagen, dass er bereits klinisch tot sei, und wir uns keinerlei Hoffnung machen sollen!«, stotterte sie.

»Das habe ich erwartet. Mutter, wir müssen uns von ihm verabschieden, es dauert nicht mehr lang, dann wird er uns für immer verlassen!«, sagte David.

»Sei still! Ich verbiete dir so etwas zu sagen, hörst du?«, schrie sie.

Auf dem Tisch sah David Medikamentenschachteln, an denen die Mutter herumfingerte.

»Mama, was nimmst du denn da?«

»Seit deiner ersten Reise kann ich ohne starke Schlafmittel nicht mehr schlafen. Und tagsüber brauche ich etwas, um meine Panik zu beruhigen«, murmelte sie.

David fiel auf einen Stuhl. Sein Puls stieg und Tränen schnürten ihm die Kehle zu. Kurz bevor seine Trauer ihn übermannte, dachte er an den Imam, hielt sich an ihm fest und lauschte seinen Worten: Wenn Gott etwas bestimmt, dann kann man das nicht mehr ändern. Die Ärzte können probieren, Markus am Leben zu halten. Doch sein Tod wird kommen, sein Zeitpunkt ist bereits festgeschrieben und niemand kann ihn hinauszögern. Wenn seine Antwort die Richtige ist, wird Markus weiterleben, in einer anderen Dimension und hoffentlich gemeinsam mit ihm, David.

Der Glaube an Gott war ein Motor, der seine Schmerzen tilgte, ihn stärkte und ihm seine Zuversicht zurückgab. Langsam erhob sich David und nahm seine Mutter in den Arm.

»Hör mal, Mutter, als du Markus geboren hast, hattest du da Einfluss, ob er ein Junge oder ein Mädchen ist?«

»Nein, natürlich nicht«, antwortete sie irritiert.

»Und hast du bestimmt, ob er die Schwangerschaft überleben wird und gesund geboren wird?«

»Solche Dinge können wir nicht beeinflussen!«

»Hast du nie daran gedacht, wer all diese Dinge festlegt?«, fragte David.

»Nein, nicht wirklich. Aber was sollen diese Fragen, David?«, antwortete die Mutter.

»Das war Gott, der alle erschaffen hat, und alles steht in Seinem Wissen geschrieben, dass Markus an diesem Tag geboren wird, und an jenem Tag sterben wird. Unser Leben ist nicht alles. Wenn Markus gläubig stirbt, dann wird er zu seinem Schöpfer zurückkehren. Er wird ihn belohnen, weil er freiwillig geglaubt hat. Und wenn Er ihn belohnt, dann wird er sich im Himmel wohler fühlen als hier auf dem Krankenbett! Es gibt keinen Grund, warum wir um ihn traurig sein sollten!«, schloss er.

»Hör auf damit. Tot ist tot. Wir hätten dir diese Reisen verbieten sollen. Du kommst zurück und bist zu einem religiösen Spinner geworden. Du bist verwirrt, Junge, das verstehe ich. Vielleicht solltest du zum Arzt gehen und dich untersuchen lassen! Kümmere dich um dein jetziges Leben, es ist besser für dich!«

»Und was ist mein jetziges Leben? Mehr als einen Moment kann ich nicht leben. Weil mein Leben einfach das ist, was ich jetzt fühle. Während das nächste Leben ewig ist. Soll ich im nächsten Leben leiden wegen eines Moments, den ich nur äußerlich genieße?

Komm doch zur Vernunft, Mutter, das Leben ist nicht da, um es grenzenlos zu genießen. Wir müssen die Zeit nutzen, um durch Gottesdienste und einen guten Charakter den Weg zu Gott zu finden, damit unser ewiges Leben ins Paradies führt. Das Paradies, Mutter. Das Paradies! Klingt das nicht verlockend?«

»Du gehst mir auf die Nerven, Junge. Ich gehe schlafen.«

Es war Mitternacht. Noch zwei Tage bis zur Verabredung mit Markus. Würde er es bis übermorgen überleben? Was, wenn er gar nicht wieder wach würde? Die Reiseanstrengungen der letzten Tage, die neuen Gedanken, die Ablehnung der Eltern lasteten schwer auf ihm. David warf sich schluchzend auf sein Bett. Als er aus dem Fenster ins Dunkel blickte, sah er ihn, Markus. »Worauf wartest du, mein Bruder? Du hast keine Zeit«, flüsterte Markus und tippte ihm auf die Schulter. Markus stand vor ihm. »Was tust du hier, Markus?« fragte

David. Markus kehrte ihm den Rücken zu. »Ich habe dir gesagt, dass ich in drei Wochen komme und mein Gepäck hole. Vertrau mir, bitte.

«Aber die Ärzte glauben, dass du klinisch tot bist!«

»Bitte Gott um Hilfe, David, hörst du mich, bitte Ihn!«

Wie ein Schatten verschwand der Bruder in der Dunkelheit, ohne sich umzusehen.

David schlief lange. Hatte er geträumt? Er wusste es nicht mehr.

Im Krankenhaus war alles wie immer. Markus' Lunge wurde durch die Beatmungsgeräte gefüllt. Der Brustkorb hob und senkte sich im Rhythmus der Maschine. Nach ein paar Stunden kam der Großvater und holte seinen Enkel ab.

»Ich muss eine Entscheidung treffen. Sofort! Ich kenne sie bereits, doch noch fehlt mir der Mut, sie auszusprechen. Morgen früh werde ich an Markus' Bett sitzen und darauf warten, dass er aufwacht!«

Der Großvater nahm David in den Arm: »Aber Junge, das ist unmöglich. Dein Vater hat mir erzählt, dass Markus klinisch tot ist«

»Ich vertraue Gott mehr als den Ärzten«.

»Obwohl ich an Gott glaube, denke ich nicht, dass er solche Tatsachen ändert!«

»Er hat die Macht, auch solche Dinge zu ändern«.

»Du hast dich bei deiner spirituellen Suche sehr verändert, mein Junge!«, sprach der Großvater und schüttelte den Kopf als wüsste er noch nicht, was er davon halten sollte.

»Was soll man deiner Meinung nach mit einer Wahrheit machen, die man zu 100 Prozent erkennt, aber noch nicht probiert hat, oder die dem eigenen Geschmack nicht passt? Soll man sie anerkennen? Oder leugnen? Und stattdessen mit einer halben Wahrheit oder gar Lüge leben, die vertraut ist?«, fragte der Junge.

»Natürlich soll man die Wahrheit anerkennen, auch wenn sie fremd erscheint. Warum fragst du?«

»Ich möchte wissen, ob mein Herz siegen soll oder mein Verstand, wenn ich mich entscheide«.

»Hast du dich denn schon für eine Religion entschieden?«, fragte der Großvater.

»Fast! Es ist so schwierig! Ich bin im Kampf zwischen Verstand und Logik, die ich im Islam besser und stärker finde, und den Gefühlen und der vertrauten Umgebung, die mich zum Christentum ziehen«.

»Wie war denn deine letzte Reise?«

»Sie war eine große Überraschung für mich. Ich habe entdeckt, dass ich die Bibel kein einziges Mal vernünftig gelesen habe. Ich habe beeindruckende Menschen kennengelernt und viel über Religionen gelernt. Mir war die Entdeckung so wichtig, dass man keine Religion anhand der praktizierenden Menschen beurteilen soll, sondern anhand ihrer ursprünglichen Lehre.

Ich schwanke nun zwischen dem Islam und dem Christentum«.

»Die Verantwortung ist groß. Markus vertraut dir, deshalb darf ich mich nicht einmischen«, sagte der Großvater etwas zu hastig.

»Ich muss den Weg bis zum Ende alleine weitergehen!«

David hatte sich Trost erhofft und ihn nicht gefunden. Stattdessen war er völlig auf sich allein gestellt, umgeben von Angst, Zweifeln und Groll. Wer könnte ihm noch helfen! Er hatte sein Bestes getan. Er hatte jede Minute ausgenutzt, um zur Wahrheit zu kommen und immer noch gab es keine Klarheit.

Der Islam war verlockend. Ein komplettes System, in dem alles geregelt zu sein schien. Im Christentum war vieles willkürlich und ungeregelt. Ein Übertritt zum Islam würde bedeuten, dass er um sich herum auf Ablehnung stoßen würde, wohingegen das Christentum in dieser Gesellschaft akzeptiert war. Niemand würde ihn deswegen angreifen. Im Christentum gibt es keine Rolle für die göttliche Gesetzgebung. Alle Gesetze sind menschlich entwickelt. Welchen Weg nun soll mir das Christentum bieten, um zu Gott zu kommen? Nur den Glauben? Den finde ich auch im Islam und im Judentum. Und der Glaube dieser Religionen ist sogar deutlicher, als der des Christentums.

Im Christentum herrscht Uneinigkeit, sogar in den fundamentalsten Dingen. Wie wird die Trinität verstanden, kann ich mit etwas leben, das mich nicht überzeugt?

Mein Herz ist mit dem Christentum vertraut und der Islam ist mir fremd.

Wo finde ich Antworten auf meine Fragen?

David wünschte sich eine Synthese aus beiden Religionen, aber das wäre nicht mehr als eine Bastelei, die ihn nur in die Irre führen könnte.

Eigentlich war die Sache schon klar und der Tag der Entscheidung war ja auch erst morgen.

Zu Hause wartete der Vater mit dem Mittagessen auf David.
»Du bist endlich zu Hause, wo du sein sollst. Ich hoffe, du hörst mit deinen Irrungen endlich auf! Es kommt mir fast so vor, als hätte man dir eine Gehirnwäsche verpasst. Ich erkenne dich gar nicht wieder«, begrüßte ihn der Vater.
»Ich habe dich in den USA vermisst, Vater«, antwortete David.
»Wenn du mich vermisst hast, warum hast du deine Reise nicht unterbrochen! Dein Bruder liegt im Sterben und du spielst Tourist, ein wirklich gutes Timing, meinst du nicht, mein Sohn?!«, zischte der Vater.
»Das war kein Spaziergang, ich war auf der Suche nach dem richtigen Glauben für mich und meinen Bruder, der richtigen Wahrheit!«
»Es gibt keine Wahrheit im Leben, alles ist relativ, und jeder nennt seinen Weg Wahrheit«, entgegnete der Vater lauter als nötig.
»Nein, Vater, es gibt eine Wahrheit. Darin bin ich mir absolut sicher. Sie erschließt sich, indem man die entscheidenden Fragen stellt. Gibt es einen Gott oder gibt es keinen? Ist Muhammad Sein Prophet oder nicht? Auf diese Fragen kann man nur mit ja oder nein antworten. Eine Antwort ist richtig, die andere falsch. Um Sicherheit zu bekommen und Gewissheit, müssen wir nach Wahrheiten suchen«, sagte David.
»Natürlich ist Muhammad kein Prophet, weil es keinen Gott gibt!«, schrie der Vater.
»Früher hat man an die Atome, Strahlung sowie die neuen Erkenntnisse in der Astronomie und Metaphysik nicht geglaubt. Die Wissenschaft entwickelt sich und damit unser

Wissen und unser Glaube. Die Geschichte der Wissenschaft zeigt uns doch, dass man die Existenz von etwas nicht ausschließen darf, wenn man das entsprechende Prüfmittel nicht hat. Warum möchtest du diese wissenschaftliche Tatsache nicht anerkennen, und damit aufhören Atheist zu sein, bis man die Nichtexistenz Gottes beweisen kann?«

»Wer von etwas spricht, der soll es beweisen, und nicht das Gegenteil. Atheismus wird wissenschaftlich bleiben, bis man Gott beweisen kann!«

»Und welcher Beweis reicht dir aus?«, fragte David.

»Irgendeiner!«

»Gott hat so viele Beweise hinterlassen. Warum erkennst du sie nicht an?«

»Welche? Ich kann sie nicht sehen. Sie sind in deinen Träumen. Ich glaube, ich suche dir in den nächsten Tagen einen Therapieplatz. Lass mich mit deinen Wahnvorstellungen in Ruhe, ich habe andere Sorgen«.

»Ich sehe klarer als jemals zuvor. Gott hat uns viele Beweise gegeben, aber wir sind blind für Wahrheiten«.

»Und die wären ...?«

»Die Propheten bewirkten mit Gottes Hilfe Wunder, sie erweckten Tote zum Leben, heilten Kranke, hielten den Lauf von Flüssen an, usw. Die alten Schriften haben die Zukunft prophezeit. Ich habe sogar einmal ein Buch über die Wunder in den heiligen Büchern Quran und Bibel gelesen, in dem steht, dass große wissenschaftliche Entdeckungen dort schon vor tausenden Jahren beschrieben wurden. Zum Beispiel steht in der Bibel und im Quran, dass sich der Himmel dehnt. Es wird im Quran sogar der Urknall beschrieben oder die Kontinentalverschiebung. Es steht vieles über die Entwicklung des Embryos im Bauch seiner Mutter, die Lichtquellen der Sonne und des Mondes, und dass sich die beiden in einer Bahn bewegen. Es wird dort von der Eiform der Erde, von der Sauerstoffreduktion in den oberen Luftzonen und der Schichtung der Ozeane berichtet. Woher konnte man das alles vor tausend Jahren wissen?«, fragte David und nahm den Arm seines Vaters.

»Diese Wunder, von denen du erzählst, sind interpretationsbedürftig. Die Gläubigen interpretieren diese Verse, wie sie wollen! Allein der Glaube, dass wir aus Adam und Eva, oder auch aus Erde erschaffen wurden, reicht aus, um die Religionen abzulehnen!«

»Wieso findest du diesen Glauben falsch? Woher kommt unsere Nahrung? Nicht aus der Erde? Was werden wir, wenn wir sterben? Nicht Erde? Dann müssten wir sicherlich auch aus Erde erschaffen worden sein. Gott zeigt uns den Beweis mit unseren Augen, aber wir lehnen ihn ab. Wie, glaubst du, sind die Menschen zum Leben gekommen? Nicht aus einem Paar? Wieso ist es ein Problem, wenn man dieses Paar Adam und Eva nennt?

Lass mich dir ein Beispiel für ein Wunder geben, über das ich in Bonn gelesen habe. Ich habe den Text aus dem Internet runtergeladen. Es geht um einen Vers im Quran.

Höre, was dort steht und beurteile es!«

»Ich brauche keine Gehirnwäsche wie du!«

»Bitte, Vater, nur einen Vers und die Erklärung dazu!«

»Oh, mein Gott. Willst du nicht verstehen, ich habe Nein gesagt!« Die beiden schrien sich mittlerweile fast an. Sie stan-

den sich gegenüber. Der Vater mit erhobenen Händen. David duckte sich und schützte seinen Körper.
»Was macht ihr da? Hört sofort damit auf!« sagte die Mutter plötzlich.
»Lass ihn doch in Ruhe, Hans. Er kann an Gott glauben und du nicht. Lass ihn lesen, was er will!«
David ging in sein Zimmer und holte seine Notizen. »Bitte, Mama, hör du mir zu, nur einen Vers: `Sehen denn diejenigen, die ungläubig sind, nicht, dass die Himmel und die Erde zusammenhängend waren! Da haben Wir sie getrennt und aus dem Wasser alles Lebendige gemacht. Wollen sie denn nicht glauben?´ Das ist aus der Sure 21:30. Der Autor des Buches, der diesen Quranvers zitiert, sagt: `Dieser Vers beinhaltet offensichtliche und versteckte Wunder. Die offensichtlichen Wunder sind der Hinweis auf die Urknalltheorie und die wissenschaftliche Tatsache, dass alles Lebendige aus Wasser gemacht ist. Die versteckten Wunder sind aber nicht weniger wichtig als die offensichtlichen. In dem Teil des Verses `Sehen denn diejenigen, die ungläubig sind´, wird prophezeit, dass die Wissenschaftler, die diese offensichtlichen Wunder entdecken werden, Nichtmuslime sind. Denn das Wort, das vom Übersetzer mit ungläubig übertragen wurde, schließt im Arabischen alle Nichtmuslime ein. Allah hätte z.B. gesagt `Sehen die Menschen nicht´ oder `Sehen die Muslime nicht´. Denn die wissenschaftlichen Mittel, die technischen Geräte, haben die westlichen Wissenschaftler entdeckt, und nicht die Muslime. Wenn wir weiterhin den Satzbau betrachten, dann merken wir, dass die Prophezeiung in Form einer Frage kommt. Wir fragen uns, wie prophezeit man in der

Regel? Man sagt in der Regel `Die Ungläubigen werden die Urknalltheorie entdecken, und sehen, dass alles aus Wasser gemacht ist´. Aber was wäre hier nach der Entdeckung der Wunder passiert? Der Vers wäre dann falsch gewesen, denn es ist Vergangenheit geworden, was im Vers für die Zukunft steht. Hätte Allah gesagt: `Die Ungläubigen werden den Urknall sehen´, dann hätte man im Quran heute einen Fehler finden können. Wir fragen uns nun, wie haben die Leute vor der Postulierung der Urknalltheorie diesen Vers verstanden? Sie haben sicherlich nicht viel verstanden. Vor der Entdeckung des Urknalls war der Vers eine Frage, auf die man keine Antwort hatte, und nach der Entdeckung des Urknalls ein weiteres Wunder. Wenn man die Prophezeiungsmethodik im Quran betrachtet, dann stellt man fest, dass die Verse solcher Prophezeiungen nicht veraltet sind, sondern immer ewige Gültigkeit haben. Es gibt einen Bibelvers, der zum Vergleich herangezogen werden kann. In Lukas 21:24 prophezeit Jesus: `Und Jerusalem wird zertreten werden von den Heiden, bis dass der Heiden Zeit erfüllt wird´. Diese Prophezeiung ist kurz nach Jesus erfüllt worden und mit ihrer Erfüllung gilt sie als Gottesbeweis. Der Vers hat aber heute keine Relevanz mehr, da er aus sprachlicher Sicht Vergangenheit geworden ist. Dieses Problem hat der ewige Quran umgegangen, weil er wortwörtlich von Allah ist, und Allahs Worte bleiben ewig richtig. Die Bibeltexte jedoch sind von Menschen verfasste Werke, die fehlerhaft sind und verändert wurden.

Wenn wir auf dem Urknallvers zurückkommen und uns fragen, welche Konsequenz diese Wunder haben, dann finden wir die Antwort im Vers: `Wollen sie denn nicht glauben?´

Mit dieser Frage sind nicht die früheren Nichtmuslime angesprochen, sondern die heutigen Nichtmuslime, welche die offensichtlichen Wunder gesehen haben, und trotzdem ungläubig geblieben sind. Allah spricht die Leser des Qurans an und fragt: `Wollen diese Ungläubigen denn nicht glauben?´ Willst du nicht glauben, Vater?«, fragte David.

»Unglaublich! Wie können Gläubige alles verdrehen! Ich möchte nichts dazu sagen, und ich warne dich, wenn du den Islam annimmst, dann wirst du von mir ausgeschlossen. Wenn du magst, sei Christ, Buddhist, oder irgendwas anderes, aber Muslim darfst du nicht werden. Ich lasse es nicht zu, dass mein Sohn ein Extremist wird!« Der Vater kochte. Bald würde er wieder explodieren.

»Glaube ist etwas, was jeder mit Gott abmachen muss«.

»Wenn es sich um den Islam handelt, dann hört bei mir die Freiheit auf!«

»Aber warum?«

»Weil Islam Unwahrheit ist!«, keifte der Vater. David wischte sich die Speicheltropfen aus dem Gesicht.

»Wie kann ein Atheist nur den Islam als Unwahrheit sehen und die anderen Religionen nicht?«

»Alle Religionen sind Lügen, aber es gibt moralisch unbedenkliche Lügen und gefährliche! Der Islam ist eine Gefahr«.

»Obwohl es so viele Beweise für seine Wahrheit gibt! Die Prophezeiungen im Quran und in den Aussagen des Propheten. Die wissenschaftlichen Wunder, wie kannst du all das leugnen?«

»Alles, nur nicht den Islam!«, knurrte er und ging Türen schlagend aus dem Zimmer.

David sah seine Mutter an. Sie hatte keine Worte und zuckte nur mit den Schultern.
Morgen war sein Termin mit Markus. Die Zeit rannte davon, schon dämmerte es. David legte sich angezogen auf sein Bett und schloss die Augen.

Ohne auf die Eltern zu warten, lief David schon kurz nach der Morgendämmerung ins Krankenhaus. Er war aufgeregt und zögerte einen Moment, bevor er an der Tür zum Arztzimmer klopfte.
Der diensthabende Arzt, ein Dr. Milowitsch, war von seinem Stuhl aufgesprungen und schaute den Jungen an, als wäre er ein Geist.
»Was machst du denn schon hier? Es ist 5 Uhr morgens!«, fragte er David.
»Wie geht es Markus?«
»Ich will ehrlich zu dir sein: es geht ihm so schlecht, dass wir nur noch darauf warten, dass uns deine Eltern die Erlaubnis erteilen, die Maschinen auszustellen«, sagte Dr. Milowitsch, ohne den Jungen anzusehen.
»Ist es möglich, dass er noch einmal aus dem Koma erwacht?«, fragte David.
»Leider nein. Sein Gehirn könnte das nicht mehr leisten.«
»Ich möchte meinen Bruder jetzt nicht allein lassen. Ist es Ihnen recht, wenn ich hier bleibe?« »Du wirst nichts für ihn tun können. Er merkt noch nicht mal, dass du da bist!«, sagte der Arzt. David trat an Markus‘ Seite und setzte sich an sein Bett.
»Du musst zurückkommen und dein Versprechen einlösen. Bitte öffne die Augen. Ich bin zu unserer Verabredung ge-

kommen«, flüsterte David und erwartete, dass jetzt etwas geschah. Die Überwachungsgeräte piepsten monoton und eindringlich. David saß am Bett seines Bruders und versank in einem Zeitloch, bis der Vater hereinkam und ihn ansprach.

»Seit wann bist du hier? Du hast mir gar nicht erzählt, dass du kommen wolltest?«, sagte der Vater.

»Ich warte seit dem frühen Morgen darauf, mich von Markus zu verabschieden!«

»Du willst immer noch nicht glauben, dass Markus tot ist, und dass deine Träume keinen Sinn haben«.

»Nein Vater, ich muss bleiben, ich kann nicht nach Hause!«

»Du kannst bis zum Nachmittag hier sitzen, aber dann kommst du heim«.

Der Vater verließ das Krankenzimmer. David sah einen alten Mann mit hängenden Schultern, der aufgegeben hatte.

Wer kann mir helfen!, dachte er.

Nach einer Weile blitzen Erinnerungen auf. Ein Traumbild, kaum fassbar. Undeutlich sah er seinen Bruder. Er fragte ihn, warum er sich immer die falschen Leute suchte, um Antworten zu finden. Es gäbe nur einen, der alle Antworten kennen würde.

»Kann man mit Gott reden?« Natürlich, er hatte es schon oft genug getan, damals im Dschungel, als er dachte, er müsste sterben, hatte er Gott um Hilfe gebeten und Er hatte ihn gehört. David hob die Hände, so, wie er es bei Joseph gesehen hatte und betete. »Oh Gott, Markus und ich sind Deine Geschöpfe! Wir brauchen Deine Hilfe. Du hast uns erschaffen. Du kannst uns erretten. Du kannst Leben nehmen und geben. Deine Barmherzigkeit und Deine Allmacht sind meine letzte

Hoffnung! Ich glaube an Dich als Gott, den keiner besiegen kann. Ich glaube an all Deine Gesandten, Deine Schriften und Deine Engel. Ich bete zu Dir und flehe Dich an, mir jetzt beizustehen. Lass meinen Bruder und mich nicht verloren gehen. Rette uns am Tag der Abrechnung und lass uns in Deinen Himmel aufsteigen. Unser Leben hat ohne Dich keinen Sinn. Oh Gott! Du bist größer als jede Erniedrigung und stärker als jede Krankheit. Ich erstrebe den richtigen Weg zu Dir. Hilf mir ihn zu finden, leite mich zu Dir. Du bist der Allmächtige, Dir ist nichts schwer. Nimm mich und lasse meinen Bruder leben. Du bist der Erretter, so errette Markus durch seinen Glauben und seine Taten. Lass ihn erwachen, damit er den richtigen Glauben annehmen kann«. David weinte und legte seinen Kopf auf die Decke seines Bruders.

Bis zum Nachmittag schlichen die Stunden dahin, plötzlich piepste ein Überwachungsmonitor. David schreckte auf.
»Was ist das?« rief David. Eine Krankenschwester stürmte mit dem Arzt herein, der David erlaubt hatte zu bleiben.
»Kammerflimmern«, rief die Schwester und zog ein Gerät ins Zimmer.
»Geh vom Bett weg, Junge!« Der Arzt versuchte, das Herz zu reanimieren. Beim zweiten Versuch klappte es. Kurz darauf standen die Eltern in der Tür. Bleich und alt.
»Geh nach Hause, David, was machst du denn noch hier?!«
»Ich gehe nicht weg von Markus«, trotze der Junge. Langsam wurde es dunkel. Die Überredungskünste seiner Mutter verpufften ungehört.
»Er hat seit heute Morgen weder gegessen noch getrunken.

Was sollen wir nur mit ihm machen?«, fragte die Mutter den Vater leise.

»Ich rufe deinen Vater, auf den wird er schon hören.«

Kurz vor Mitternacht betraten die Großeltern das Krankenzimmer und versammelten sich um das Bett des reglosen Jungen. Großvater umarmte David. »Du musst jetzt Abschied nehmen, mein Sohn. Der Tag ist vorbei; Markus ist nicht aufgewacht. Manchmal zerplatzen unsere Träume und bewahrheiten sich nicht. Wie wäre es, wenn du heute bei mir übernachtest?«

David sah auf. »Ich bin so viel gereist für Markus. Ich weiß, dass Gott die Kraft besitzt, ihm und mir zu helfen. Tut Er es nicht, dann ist mein ganzes Leben bedeutungslos. Es ist mir egal, ob ich lebe oder sterbe. Ich warte so lange bis Markus erwacht. Ihr könnt bleiben oder gehen«, antwortete David.

Der Vater verließ den Raum und fragte einen Arzt, ob ein Psychologe im Haus sei. Bald schon würde der Tag zu Ende sein, nur noch ein paar Minuten bis Mitternacht. David spürt die Blicke seiner Familie auf sich. Auf einmal geschah das Unerwartete: Markus bewegte seinen Kopf, drehte ihn langsam zu David.

»Das kann nicht wahr sein! Markus hat sich bewegt!«, schrie der Großvater auf. Vater, Mutter und der Arzt sprangen zum Bett. Markus öffnete seine Augenlider und blickte sich um. »Wo ist mein Bruder?«, sagte er leise. »Ich bin hier!«, flüsterte David.

»Hast du mein Gepäck gefunden?«, fragte der Bruder.

»Ja, ich habe es in dieser Minute gefunden«, antwortete David.

»Worauf wartest du, ich habe keine Zeit.« David sah Großvater in die Augen. Er nickte ihm zu und sah wieder zu Markus. »Dein Gott ist der Schöpfer, der Allmächtige. Er hat mich nicht als Opfer für dich angenommen, sondern will dich durch deinen Glauben und deine Taten retten. Alle Gesandten Gottes sind Seine Propheten; vor allem der Letzte, der den Menschen den wahren Weg zu Gott zeigte. Deine Religion ist die Religion der Gottergebung, der Islam. Sprich mir nach, Markus: Ich bezeuge, dass es keinen Gott gibt außer Allah, und dass Muhammad Sein Gesandter ist, ebenso wie Moses und Jesus schon vor ihm Gesandte waren. Du bist ein Muslim, Bruder, dies ist dein Weg«.

Markus bezeugte, was sein Bruder ihm vorgesprochen hatte und hielt Davids Hand.

»Ich danke dir! Ich weiß, wie schwer diese Aufgabe für dich war. Möge Gott dich dafür belohnen.

Langsam schloss er die Augen. David legte eine Hand auf seine Stirn.

»Geh, mein Bruder, geh zu deinem Herrn. Er wird dich nicht enttäuschen«.

Dann wandte er sich um und sah seine Familie an. Jeden für sich. Der Vater dreht sich herablassend weg, die Mutter heulte, der Großvater schüttelte lächelnd den Kopf. Nur die Großmutter, der in ihren wirren Gedanken alles möglich schien, nickte erfreut und lachte glucksend.

»Ich bezeuge auch, dass es keinen Gott gibt außer Allah und dass Muhammad Sein Gesandter ist.« Die ganze Familie stand fassungslos am Fußende des Bettes. Sie schnappten nach Luft, wie Fische an Land und ruderten mit den Armen, als kämpf-

ten sie gegen einen starken Wind, der ihnen das Gleichgewicht nahm. Das Pfeifen und Piepsen der Überwachungsgeräte holte sie aus ihrem Schock. Die Krankenschwester zog den Stecker und alles ward still. Schweigen! Markus' Herz stand still. Seine Reise in die andere Welt hatte bereits begonnen. Mit Tränen in den Augen verließ David das Krankenzimmer.
»Oh Allah! Du hast jedem Menschen eine Frist gegeben, damit er zu Dir findet. Wer an Dich glaubt, bevor die Frist zu Ende ist, der wird gerettet; wer stirbt, ohne Dich gefunden zu haben, der wird leiden. Oh Allah! Danke, dass du mich und Markus rechtzeitig gewarnt hast. Wir bitten Dich um Verzeihung: Vergib uns die Zeit, in der wir Dich nicht kannten! Vergib uns die Zeit, in der wir einem Menschen neben Dir dienten. Vergib uns unser sündiges Leben, das wir lebten, ohne Dich zu beachten! Hilf uns, Deinem Weg zu folgen«.
David hörte das Heulen und Schluchzen hinter sich. Wie viele Menschen sterben, ohne zu Gott gefunden zu haben? Er war glücklich für seinen Bruder, aber sein Verlust schmerzte. Er hinterließ eine Lücke in Davids Leben, die sich nicht auffüllen ließ und ihn ab und zu schmerzte. David musste an das Schloss denken und den Diener, der ihnen den Zutritt verweigert hatte. Markus durfte nun eintreten, da war sich David ganz sicher.

Verbannung

Nach der Beerdigung ließ die Trauer nach. Die Eltern weigerten sich, ihrem Sohn ein islamisches Begräbnis zu ermöglichen. David hatte deswegen den Imam angerufen. Joseph hatte ihn beruhigt. Er würde seinen Weg zu Allah gehen, auch wenn er auf christliche Weise beerdigt würde. Noch immer sprach der Vater nicht mit seinem Sohn. Die Mutter sah ihn verängstigt an und wusste nicht, wie sie ihm nun begegnen sollte. Der Großvater stand zu seinem Enkel, auch wenn er die neue Religion Davids für sich nicht in Anspruch nahm.
Nach einer Woche beschloss er noch einen letzten Versuch zu unternehmen, ein letztes Gespräch, um Frieden zu schließen und seine Familie zurückzugewinnen.
Der Vater blieb hart.
»Es interessiert mich nicht wirklich, welche Religion du annimmst. Machst du dir überhaupt keine Gedanken um uns? Was glaubst du denn, was die Leute reden? Gestern hat mich ein Kollege gefragt, ob du einen Turban tragen wirst, und ob wir nun zu Hause Bomben versteckt haben. Es war mir so peinlich!«
»Was kümmert uns das Gerede der Leute, sie reden auch ohne meine Konversion über uns. Vater, du kennst mich schon mein ganzes Leben, ich bin kein Terrorist und ich folge keiner extremen Botschaft. Du kannst die Botschaft doch

nicht an ein paar Verirrten messen. Die große Mehrheit der Muslime ist friedlich. Meine Religion ist der einfache Glaube, dass es keinen Gott gibt außer Allah, und dass Muhammad, Jesus und Moses, sowie die anderen Gesandten von Adam bis Muhammad, Friede mit ihnen allen, seine Propheten sind. Ist dieser Glaube nun so gefährlich, wie du denkst?«, fragte David.

»Wo ist dann der richtige Weg für dich? Der Atheismus, in dem man nur so dahinlebt, ohne moralische Verantwortung? Ist der Glaube an die Nichtexistenz Gottes nicht gefährlicher als der Glaube, dass man mit seinem Verhalten vorsichtig sein soll, weil Gott ihn am Ende bestrafen wird, wenn er Böses tut? Wie würdest du einen atheistischen Mörder überzeugen, dass er ein guter Mensch sein soll, wenn er gar keinen Sinn darin sieht? Wenn Einzelne zu Extremisten werden, dann muss nicht die ganze Religion verurteilt werden. Der Islam ist eine gerechte Religion, er verbietet Gewalt gegenüber Wehrlosen. Derselbe Prophet, den du für gewaltig hältst, hat seinen Anhängern verboten, im Krieg Frauen und Kinder zu töten. Der Islam verbietet, Mönche und Priester zu töten, die in ihren Gebetsstätten sitzen und Gott dienen. Es ist den Muslimen sogar verboten, den eigenen Feind inmitten des Kampfes zu töten, wenn er das islamische Glaubensbekenntnis ausspricht, auch wenn er es nur aus Angst tut. Kannst du mir einen Anführer nennen, der in seinen Kriegen all das berücksichtigt hat?«

»Wenn du diesen Weg weiterverfolgst, dann bist du nicht mehr mein Sohn. Wenn du Muslim bleibst, dann verlässt du das Haus!«, schrie der Vater und verließ das Haus.

Wie immer blieb die Mutter hilflos zurück. Was war sie ohne ihren Mann? Sie hatte nie gelernt, eigene Entscheidungen zu fällen und die ihres Mannes nie hinterfragt. Mit Tränen in den Augen sah sie ihren letzten Sohn an. Würde auch er sie verlassen?

Die Tage vergingen unspektakulär und schnell; am sechsten Tag packte David seine Sachen und verabschiedete sich von seiner Mutter und den Großeltern.
»Wo willst du hin und wie willst du für dich sorgen? Du bist noch Schüler und hast kein Einkommen!«
»Allah vergisst mich nicht, Mutter. Ich habe mich endgültig entschlossen. Ich werde euch vermissen. Wenn ihr es zulasst, komme ich euch besuchen.« Die Mutter klammerte sich an David und versuchte, ihn wieder ins Haus zu führen.
»Ich kann es nicht glauben, zuerst Markus und danach du. Es ist, als ob du mich eigenhändig umbringst, ist dir das klar, Junge?!«
»Das ist unfair. Ich wollte nicht gehen. Vater hat mich rausgeworfen. Wenn du mich brauchst, rufe mich an, ich bin für dich da!«
»Willst du dich von deinem Vater nicht verabschieden?«
»Er spricht ja nicht mit mir. Grüß ihn von mir und sag ihm, dass ich ihn lieb habe, trotz allem«, sagte er leise und schloss die Tür.

Langsam gewöhnte sich David an das neue Leben. Das Zimmer war winzig und das Geld knapp. Er lebte von seinem Sparkonto und teilte sich das Ersparte so ein, dass es für die nächsten Monate reichte. Eigentlich hatte er vorgehabt, nach dem Abi zu verreisen. Das war jetzt nicht mehr wichtig. Ganz in der Nähe gab es eine Moschee. Er ging zu den Gebetszeiten hin und lernte ein paar Geschwister kennen, die ihn zu sich nach Hause einluden und ihn aus seiner Einsamkeit holten. Wenn er seine Mutter besuchte, war der Vater nicht da. Er hätte zum Jugendamt gehen können, um seine Lage zu verbessern, aber dann hätte man sich an den Vater gewandt und ihn gezwungen, für den Unterhalt seines Sohnes aufzukommen. David liebte seinen Vater, auch wenn dieser ihn verstoßen hatte. Er wollte ihn nicht zu etwas zwingen, lieber kam er mit weniger zurecht.

In der Nacht lag David oft wach und dachte an Anna. Ihre Handynummer war gesperrt. Langsam wurde er unruhig und machte sich Sorgen. Vielleicht war ihr etwas geschehen oder ihre Eltern schirmten sie ab. Jeden Abend schloss er sie in seine Gebete mit ein und bat Allah um Rechtleitung für sie und seine Familie.

Mut und Rückkehr

Eines Nachts geschah etwas Seltsames. Es stürmte und Regen schlug an Davids Fenster und trommelte so laut, als würde nun ein Herold hereinkommen und eine Botschaft verlesen. Wie gewohnt hatte David das Licht angelassen. Plötzlich brannte die Glühbirne durch und hinterließ Dunkelheit. David stand auf und tastete sich zum Lichtschalter. Er drückte den Schalter, aber nichts geschah. Ein Blick aus dem Fenster zeigte, das im ganzen Viertel der Strom ausgefallen war. Nur ein bleicher Halbmond warf tastende Strahlen, die den Regen beleuchteten, hinab. Auf der Straße versuchte eine Frau, sich durch den Sturm zu kämpfen. Hinter ihr liefen zwei schwarze Hunde - oder waren es Wölfe? Sie versuchte, Davids Hauseingang zu erreichen, aber die Tür war verschlossen.
»Hilf mir, David!« schrie sie. Seltsam, bei diesem Sturm war es unmöglich, eine Stimme auszumachen. Als die Wölfe schon nach ihrem Mantel fassten, kam ein Mann mit einem Stock in der Hand. Er schlug nach den Tieren und versuchte sie wegzuscheuchen. Die Wölfe packten den Stock und rissen den Mann zu Boden. David stand ohnmächtig am Fenster und starrte auf die grausame Szene.
»Hilf deinem Vater, hilf ihm!«, schrie die Frau.
»Mein Vater! Ich würde doch meinen Vater erkennen«, dachte er, nahm dennoch einen Besen und ging los, um den Leu-

ten zu helfen. Bevor er die Wohnungstür öffnen konnte, klingelte es. Er öffnete die Tür, sah aber niemanden. Auf einmal war alles wieder hell. Es war ein seltsames Licht, viel zu hell! Fast wie Sonnenlicht, in das man unmittelbar hineinsah. Wer hatte geklingelt? Er ging wieder zum Fenster. Wieso war es geschlossen? Er hatte es doch geöffnet, um mit den Leuten zu reden? Auf der Straße war das Paar verschwunden. Weder Wölfe noch die Spuren eines Kampfes waren zu sehen. Alles war wohl ein Albtraum gewesen, nichts Reales. Ohne lange zu überlegen warf er eine Jacke über und verließ die Wohnung um nach seinen Eltern zu sehen.

David stand vor dem Haus seiner Eltern. Etwas versetzte ihn in Alarmbereitschaft. Er bekam eine Gänsehaut und nestelte mit zittrigen Fingern an seinem Schlüssel herum. Im ganzen Haus brannte das Licht, eine unnatürliche Helligkeit, zu hell für die düstere Stimmung seiner Bewohner. Im Inneren des Hauses boten sich ihm Chaos und Verwüstung. Ein leises, dumpfes Schluchzen drang aus dem Schlafzimmer der Eltern. Mutter lag gefesselt und geknebelt auf dem Bett und weinte einen Sturzbach auf ein Familienfoto. Sie hatten es letztes Jahr in den Ferien machen lassen. Eine glückliche Familie, das war in einem anderen Leben.

»Was ist passiert?« David sprang zu seiner Mutter und zog ihr das Klebeband von den Lippen, bevor er die Fesseln löste. Die Mutter starrte apathisch durch ihn hindurch. David schüttelte sie sanft. »Mama, antworte mir! Was ist hier los? Wo ist Vater?«

Langsam klärte sich ihr Blick und sie atmete keuchend ein.

David legte seinen Arm um sie und klopfte ihr hilflos auf die Schulter.

»Heute früh sind wir durch ein Geräusch im Erdgeschoss aufgewacht. Papa hat das Licht angeknipst und ist nach unten gegangen, um nachzusehen. Wir dachten nicht an Einbrecher. Bei den Nachbarn war in letzter Zeit mehrmals ein Siebenschläfer ins Haus eingedrungen, daher ist er ganz unbedarft nach unten gegangen. Ich stand oben an der Treppe und musste mit ansehen, wie dein Vater von den Einbrechern überwältigt wurde. Am Anfang haben sie nur 1.000 Euro verlangt. Als sie im Büro die Auszeichnungen und Diplome deines Vaters gesehen haben, sind sie dreister geworden und wollten auf einmal 10.000 Euro von uns haben. Vater hat versucht, sich rauszuschleichen und mit dem Handy die Polizei zu rufen. Sie haben ihn niedergeschlagen und gefesselt. Einer der beiden schleifte mich ins Schlafzimmer und drohte mir, uns beide zu erschießen, falls wir das Geld nicht zahlen wollten oder die Polizei einschalten würden. Ich hatte ungefähr 1.000 Euro Bargeld und etwas Schmuck im Haus und habe es ihnen gegeben.«

David führte die Mutter ins Bad und wusch ihr die Blutflecken vom Gesicht.

»Wo sind sie mit Vater hingegangen?«, fragte David.

»Sie sind im Keller. Wenn ich die Polizei hole, werden sie deinen Vater töten. Wahrscheinlich haben sie wegen des Sturms noch gar nicht bemerkt, dass jemand ins Haus gekommen ist.«

»Was sagst du, sie sind noch im Haus?«

David sprang auf und zog seine Mutter hoch.

»Komm, du schleichst dich raus und gehst zu den Nachbarn. Wenn ich in einer halben Stunde nicht zurück bin, rufst du die Polizei. Hier, nimm mein Handy.« Er schob sie zur Tür und sah, wie sie barfuß durch den Regen stolperte und bei den Nachbarn klingelte. Als die Haustür geöffnet wurde und sie eintrat, schloss er die Haustür leise und ging weiter zum Keller.

David folgte einer Eingebung, die ihn zu seinem Vater führte. Es war kein blindes Handeln, sondern so etwas wie eine Führung. David dachte an Imam Joseph. Was hatte er immer gesagt, bevor er eine Handlung begann? Bismillah. »Bismillah!«, flüsterte David und ging weiter, immer den Geräuschen nach, die durch die schwere Stahlbetontür gedämpft wurden. Sie waren im Proberaum seines Bruders, den der Vater mit Schaumstoff gedämmt hatte, damit die Musik die Nachbarn nicht störte. Als er die Hand an die Türklinke legte, hörte er einen dumpfen Schlag. Er drückte die Klinke nieder, öffnete die Tür und versteckte sich in einer dunklen Nische. Sein Vater lag auf dem Boden, einer der Männer beugte sich über ihn und schlug ihn ins Gesicht.

»Du bist Arzt und willst uns weismachen, dass ihr keine Wertsachen im Haus habt? Verkauf mich doch nicht für dumm.«

»Lassen Sie mich doch zur Bank gehen, damit ich die geforderte Summe bringen kann.«

»Ja, sicher! Und wir warten hier in aller Ruhe, bis du wieder auftauchst. Aber wir haben ja noch deine Frau. Vielleicht würde die sich über etwas Gesellschaft freuen.«

Der Vater schrie auf und krümmte sich vor Schmerzen, als der Mann ihm in den Bauch trat.

David biss sich auf die Lippen, um nicht laut aufzuschreien. Er schmeckte Blut. Er musste irgendetwas tun, jetzt, sonst war es vielleicht zu spät. Ohne zu überlegen trat David aus dem Schatten und ging auf den Mann zu, der sich über seinen Vater beugte.

»Sieh an, wir haben Besuch!«

»Was willst du hier, verschwinde, bring dich in Sicherheit, David«, rief der Vater.

»Vermutlich der Sohn des Hauses. Ist das dein Sohn, Doktor?«

»Ja!« Der Vater sah wütend zu seinem Peiniger - oder war er wütend auf David? Er konnte es nicht einschätzen. Zu weit hatten sie sich voneinander entfernt.

»Warum gehst du uns nicht das Geld holen, wenn du den Retter spielen willst, Junge!«

»Mit der EC-Karte meines Vaters kann ich nicht so viel Geld abheben und auf meinem Konto habe ich nicht so viel Geld«. Die beiden berieten sich. David zischte dem Vater auf Französisch zu, dass seine Mutter bei den Nachbarn in Sicherheit sei.

Einer der Männer sprang auf David zu und drehte ihm den Arm auf den Rücken.

»Lass das, hörst du? Hier wird deutsch gesprochen, ist das klar?!».

»Ja, klar. Ich habe meinem Vater nur gesagt, dass er jetzt losgehen soll, um das Geld zu holen. Eine alte Gewohnheit. Wir sprechen meistens Französisch miteinander», log er.

»Wir behalten dich als Pfand. Dein Vater hat eine Stunde Zeit. Wenn er uns 10.000 Euro zahlt, dann lassen wir dich frei, wenn er uns jedoch betrügt oder die Polizei ruft, dann bringen wir dich um. Jetzt geh' Alter, und bring das Geld, wenn du deinen Sohn wiedersehen willst.«

Da war sich David nicht so sicher. Der Vater wurde von dem Kleineren der beiden bis zur Haustür gebracht. David hörte, wie der sich am Kühlschrank bediente und die Toilettenspülung betätigte. »Hey, bring mir auch was mit!«, schrie der andere ihm zu.

David zuckte zusammen. Er hob die Hände und sprach ein Bittgebet.

»Oh, Allah, steh mir bei und nimm meine Angst von mir. Erfülle mein Herz mit Zuversicht und gib mir die richtigen Worte ein, um diese Männer zu beruhigen. Hilf mir, dass ich meine Eltern erreiche und nur Deiner Rechtleitung folge. Ich habe dank Deiner gnädigen Hilfe schon so viele Gefahren überstanden, schütze mich auch dieses Mal«, bat er. Nur die Lippen bewegten sich, kein Laut kam über seine Lippen.

Der Vater wartete, bis der Einbrecher die Türe verschlossen hatte, kletterte über den Gartenzaun zu den Nachbarn und klingelte Sturm.

Der Nachbar öffnete die Tür und sah den Vater an, als stünde da ein Geist vor ihm und nicht der respektable, etwas unfreundliche Arzt, der nicht immer zurückgrüßte.

»Ihre Frau ist hier. Wir wollten gerade die Polizei rufen, kommen sie bitte«. Der Nachbar ging vor und führte den Vater ins Wohnzimmer. Seine Frau saß mit Kleidern der Nachbarin auf dem Sofa. Die Nachbarin hielt ihr einen Kaffee entgegen und hatte das Telefon schon in der Hand.

»Wo ist David?«, schrie die Mutter auf.

«Im Keller mit den Einbrechern. Sie haben mir eine Stunde Zeit gegeben, um 10.000 Euro von der Bank zu holen. Schaffe ich es nicht rechtzeitig, töten sie deinen Sohn«.
«Wir müssen die Polizei rufen, sie holen ihn da schon raus, mach dir keine Sorgen!«
»Und was, wenn es zu einer Schießerei kommt und David dabei getötet wird? Geh zur Bank und hol das Geld! Wir zahlen erst und rufen dann die Polizei. Wir haben nur noch einen Sohn. Willst du ihn auch noch verlieren?«
»Du hast recht, ich gehe zur Bank und hebe die 10.000 Euro ab, damit diese Geschichte endlich ein Ende hat. Aber du gehst zu den Großeltern und bringst dich in Sicherheit. Ich kümmere mich um den Rest.«
»Nein, ich bleibe hier in Davids Nähe. Ich lasse mein Kind nicht mehr allein!«, rief sie kampflustig und funkelte ihren Mann an.
»Jetzt geh, wir verlieren kostbare Zeit«.

Der kleinere Mann kam zurück in den Keller. Flaschen schlugen aneinander. Er reichte seinem Kumpanen ein Bier und die Reste vom gestrigen Abendessen. Die Mutter hatte einen Teller mit Zellophanfolie abgedeckt. Rindersteaks mit Leipziger Allerlei und Salzkartoffeln. Der andere nahm die Flasche und den Teller. Die Männer aßen gierig.
»Wie kommt man dazu, andere Leute zu bestehlen und zu kidnappen?«, fragte David, ohne nachzudenken. »Fürchtet ihr Euch nicht davor bestraft zu werden?«
»Nein, irgendwann werden wir erwischt, die Polizei nimmt uns fest und wir gehen in den Knast. Das macht mir keine

Angst. Ich wurde schon zu oft bestraft, um Furcht zu haben. Was geht dich das eigentlich an, Söhnchen? Du hattest immer ein gemachtes Nest, eine Glucke als Mutter und etwas zu essen auf dem Teller. Ach, was quatsch ich überhaupt mit dir? Halt's Maul, klar?«.

»Klar! Nur eins noch, was ist mit der Bestrafung durch Gott? Der könnt ihr nicht entgehen?« Der Kleinere schüttelte sich vor Lachen.

»Wie bitte? Wir haben es hier mit einem Betbruder zu tun. Pass auf, was du sagst, Rik! Der predigt uns die Ohren voll«.

»Was meinen Sie mit: Ich wurde schon zu oft bestraft?«

Rik hatte es sich auf der ausgeleierten Ledercouch bequem gemacht und schloss die Augen. Der Kleinere schien sich zu langweilen.

»Ich bin nicht so behütet aufgewachsen wie du, Junge. Meine Alte ging auf dem Straßenstrich anschaffen und bezahlte davon den nächsten Schuss. Irgendwann hatte sie mich völlig vergessen. Die Polizei brachte mich in ein Kinderheim. Ich bin von einem Kinderheim ins nächste geschickt worden. Mit 12 bin ich ausgerissen und habe mich mit einer Straßengang durchgeschlagen. Zuerst Taschendiebstähle und kleinere Einbrüche, dann kamen andere Sachen«.

»Sind Sie denn nie zur Schule gegangen?«

»In welcher Welt lebst du, Junge? Was glaubst du, wie man mit Heimkindern umgeht in der Schule?

Sie haben mir die Schule ausgetrieben, diese Spießerkinder. Ich hab sie fertiggemacht, wenn sie mich ausgelacht haben. Ich habe mehr Schulen von innen gesehen, als du dir vorstellen kannst. Nachdem ich abgehauen war, gab es keine Schule mehr. Es ist nicht meine Schuld, dass ich so geworden bin, und sollte es einen Gott geben, dann hat er mich vergessen«.

»Sie haben wirklich Pech gehabt. Das tut mir leid. Ich schäme mich für meine Mitmenschen!«, sagte David.

»Sie versuchen es der Welt heimzuzahlen, dass sie Ihnen so übel mitgespielt hat. Das kann ich sogar verstehen. Aber Gewalt und Hass ist keine Lösung«.

»Wie meinst du das?«, fragte der Mann.

»Sie werden niemals Gerechtigkeit finden, wenn Sie stehlen und Leute bedrohen und immer mehr Schuld auf sich laden. Ein Unrecht wird nicht durch ein anderes aufgehoben. Das Leben ist für uns alle eine Prüfung. Der eine wird mit Armut geprüft, der andere mit Reichtum. Einer ist erfolgreich, der andere hat Pech im Leben. Entscheidend ist, was wir damit machen, mit unserer Armut oder unserem Reichtum. Sind wir gerecht, barmherzig und gottesfürchtig? Mein Vater wird gerade sehr stark geprüft. Vor ein paar Wochen ist mein Bruder gestorben, sein Lieblingssohn. Und dann muss er entdecken, dass der andere Sohn, mit dem er noch nie so viel anfangen konnte, zum Islam konvertiert ist. Sie sollen nicht durch Armut zu einem Dieb werden und mein Vater soll nicht durch sein Vermögen zu einem Geizkragen werden. Gerechtigkeit für alle gibt es nach dem Tod. Dann werden die Taten gegeneinander aufgewogen und es entscheidet sich, wer sein Leben genutzt hat für das ewige Leben danach«.

Erst sah es so aus, als hätten Davids Worte ihn bewegt. Doch dann sprang er auf schüttelte den Kopf. »Es ist gefährlich, sich mit dir zu unterhalten, hör sofort auf damit, sonst geht's dir wie deinem Vater. Gerechtigkeit muss man sich selbst verschaffen und wir sind gerade dabei«.

»Möchten Sie ungerecht behandelt werden?«, fragte David.

»Ich wurde oft genug ungerecht behandelt, und verhelfe mir nun selbst zu meinem Recht«. »Welches Recht? Geld, das Sie nie verdient haben?«

»Halt den Mund Junge, es ist nicht meine Schuld, dass ich keine Chance im Leben bekommen habe. Dein Vater hat das Geld auch nicht verdient. Sag nun kein Wort mehr, ich will nichts mehr von dir hören«.

David sah auf die Uhr. In acht Minuten würde die Frist ablaufen. Was, wenn er es nicht rechtzeitig schaffen würde? Ob er überhaupt käme? Erst vor ein paar Wochen hatte er ihn rausgeworfen und ihn aus seinem Testament gestrichen.

Was würde dann aus Anna werden? Anna, die vom Erdboden verschluckt war. Anna, um die er sich dringend kümmern musste.

Kurz vor Ablauf der Frist kam der verwundete Vater mit dem Geld von der Bank zurück. Draußen warteten seine Frau und sein Vater im Auto.

»Was machst du denn hier?«, fragte er seinen Vater.

»Es ist mein Enkel, der da unten im Keller ist«, antwortete der Großvater. »Und ich werde erst fortgehen, wenn er da rauskommt«.

»Ich habe das Geld abgehoben, ich gehe jetzt runter und gebe ihnen die geforderte Summe. Wenn David frei ist, rufen wir die Polizei.«

»Du glaubst wirklich, du könntest das hier allein durchstehen, oder? Die Polizei ist spezialisiert auf Geiselnahmen.«

Der Vater ignorierte den Rat und öffnete die Haustür. Er trat ein ins Haus, sein Haus, auf das er so stolz war und das man ihm nun einfach weggenommen hatte. Er würde es zurückbekommen, aber in welchem Zustand? Wut kochte in ihm hoch. Er stieg die Kellertreppe hinunter, mit jedem Schritt stieg sein Ärger an. Die Stahlbetontür stand offen. Man rechnete mit ihm. Sie waren bereit, sich sein Eigentum anzueignen.
»Hier ist die geforderte Summe, jetzt lassen Sie den Jungen gehen!«
»Was ist das denn?«, sagte der Große, nachdem er das Geld gezählt hatte. »10.000 für jeden von uns. Das hier reicht nicht!«
»Ihr seid nicht nur Einbrecher, sondern auch Lügner. Was soll das? Von 20.000 Euro war nie die Rede. Draußen kommt jeden Moment die Polizei, dann habt ihr gar nichts. Nehmt das Geld und verschwindet von hier!«
Der Kleinere lachte laut auf.
»Du willst uns Angst machen, obwohl wir dich und deinen Sohn in unserer Gewalt haben. Die Polizei ist jetzt dein Problem. Wimmel sie ab und beschaff' das Geld oder wir machen ein paar Schießübungen mit David hier in deinem Keller. Oder sollten wir vielleicht ins Wohnzimmer gehen, das sieht doch viel hübscher aus, wenn wir es dort machen«.
»Das ist unfair, sie sind keine Menschen, wer so etwas tut ist ein Tier«, flüsterte der Vater und ging zurück. Das Geld würde er ihnen nicht geben.
»Mach dir keine Sorgen um mich Vater. Mir wird nichts Schlimmes passieren!«
Vater drehte sich um und sah seinem Sohn in die Augen. Woher nahm der bloß dieses Vertrauen? David sah ihn an, ihn,

der sein eigenes Kind verstoßen hatte. Der Vater fand Liebe und Vertrauen. Wie konnte der Junge ihn noch lieben, nach all dem...

»Ich bringe euch das Geld!«, seufzte er.

»Diesmal sind es nur 45 Minuten, dann beginnen wir unser Spiel. Also beeil dich, Doktor!«

Im Keller beobachtete David die beiden Männer.

»Es läuft doch besser als erwartet. Ein guter Gewinn, oder?«

»Ich habe kein gutes Gefühl. Lass uns abhauen. Bei einer Schießerei mit der Polizei können wir nicht gewinnen. Wir sitzen in diesem Luxusbunker fest. Lass uns von hier verschwinden. Wir versuchen, durch den Garten zu kommen und schleppen den Jungen mit, damit uns keiner erschießt. Wenn wir hier raus sind, können wir immer noch überlegen, was wir mit ihm machen!«

David versuchte, seine Angst zu beherrschen. Er blendete das Gespräch der Männer aus und richtete seine ganze Konzentration auf seinen Schöpfer aus. »Oh Allah! Du bist der Einzige, der das Verborgene kennt. Du bist die Rettung aller Menschen. Ich bitte Dich um Rettung und Vergebung und danke Dir für Deine Barmherzigkeit. Wenn ich sterben sollte, dann lass mich nur als Dein Diener sterben. Und wenn ich weiterleben sollte, dann lass mich nur als Dein Diener leben. Lass mich nicht in die Irre gehen, nachdem Du mich rechtgeleitet hast. Ich übergebe Dir alles, keine Macht hilft mir, wenn Du mir nicht hilfst. Sei immer mit mir, lebendig und tot, frei und gefangen. Der Glaube an Dich ist meine Freiheit. Was werden sie mit mir machen? Wenn sie mich töten, dann komme ich zu Dir. Wenn sie mich quälen, dann belohnst Du mich. Lassen sie mich frei, dann diene ich Dir weiter. Mein Paradies ist mein Glaube, den ich in meinem Herzen trage. Keiner kann mir diese Freiheit rauben. Mein Herz ist voller Liebe zu Dir. Wie soll ich unglücklich sein, wenn Du mein ewiger Begleiter bist? Im Leben begleitest Du mich mit dem Glauben und der Liebe zu Dir. Im Sterben begleitest Du mich mit Deiner Befestigung. Am Jüngsten Tag begleitest Du mich mit Deiner Barmherzigkeit und Vergebung, und im Paradies begleitest Du mich mit Deiner einzigartigen Belohnung. Wen soll ich mehr lieben als Dich? Ich gebe mich Dir hin, und bin voller Hoffnung, dass Du meine Hingabe annimmst«.

David atmete befreit auf. Der Glaube stärkte ihn und schenkte ihm hier, in dieser Situation, ein höchstes Glücksgefühl.

Nach wenigen Minuten hörte David ein Martinshorn. Erst eins, dann sehr viele, die einen ohrenbetäubenden Lärm machten, der bis in den Keller drang.

Der Größere trat David in die Seite. »Steh auf, Junge!« Er zerrte ihn hoch und riss David am Arm mit sich. Die beiden schleppten den Jungen durch die Terrassentür und liefen durch den Garten, bis sie vor einer Mauer standen.

»Was ist das denn? Wer baut sich denn eine so hohe Mauer in den Garten? Wie sollen wir denn da hochkommen?«

In der Zwischenzeit hatten sich vier Polizeiautos vor dem Haus versammelt.

»Gibt es einen zweiten Eingang?«, fragte ein Kommissar den Vater.

»Sie können in den Garten, aber dort steht eine hohe Mauer,

als Sichtschutz zum Nachbargarten. Ich glaube nicht, dass Sie da rüber kommen.«
»Können Sie die beiden näher beschreiben?«, fragte ein Beamter, während sich eine Spezialeinheit durch den Nachbargarten zur Mauer pirschte und eine zweite Gruppe bereits in das Haus eingedrungen war.
»Es sind seltsame Männer, der eine ist groß und dünn, und der andere ist klein und etwas kräftiger. Sie haben beide ziemlich lange Haare und schwarze Kleidung.«
Durch den Trubel vor dem Haus waren immer mehr Nachbarn nach draußen gekommen und versammelten sich nun hinter einer Absperrung. »Macht euch keine Sorgen, es wird schon alles gut laufen, die Polizisten wissen, was sie tun!«, sagte eine Nachbarin, um die Mutter zu beruhigen.
»Hier spricht die Polizei, lassen Sie den Jungen frei, und kommen Sie mit erhobenen Händen heraus!«

»Nun müssen wir schnell über diese Mauer kommen, lass mich zuerst, dann der Junge und dann du«, sagte der Kleinere.
»Wie soll ich mit gefesselten Händen klettern?«, fragte David.
»Wir lösen dir die Fesseln, versuchst du zu fliehen, erschießen wir dich!«, drohte der Kleine.
Der Große nahm ein Messer und löste die Fesseln. »Danke, das ist viel besser. Ich kann euch jetzt auch besser helfen«, sagte David und rieb sich die schmerzenden Handgelenke. Die Fessel hatte ins Fleisch geschnitten und hinterließ eine blutige Spur. Der Kleine sah ihn ungläubig an und versuchte hochzuspringen, um die Mauer zu erklimmen. Der Große

nahm seine Hände zusammen.
»Steig in meine Hände und zieh dich hoch«, schnauzte er. Der Kleine stieg hoch, aber der Große brach unter dem Gewicht seines Kumpanen zusammen. »Mensch, du bist so schwer, ich kann dich alleine nicht heben!«
David stellte sich neben den Großen. »Wartet mal, ich helfe euch!«
Gemeinsam schafften sie es, den Dicken hochzuhieven.
»Oh, mein Gott! Es ist von der anderen Seite noch höher, es ist unmöglich runterzuspringen, ohne sich dabei zu verletzen«, sagte der Kleine, als er oben angekommen war.
»Kein Thema, dann ich springe zuerst auf die andere Seite und helfe Ihnen dann runter!« »Versuch nicht, uns reinzulegen!« David zog sich mit Leichtigkeit die Mauer hoch. Schon oft hatte er sich mit Markus einen Wettstreit geliefert, wer schneller über die Mauer kommen würde.
»Ist ja gut, ich helfe euch nur!
Ich springe nun runter und dann fange ich Sie auf.« David setzte im Garten der Nachbarn auf wie eine Katze.
»So, jetzt Sie. Setzen Sie sich auf die Mauer. Ich halte Ihre Beine und helfe Ihnen«.
David nahm die Füße des Kleinen und zog ihn von seinem Sitz, schwang ihn herum, so wie er es im Kampfsport gelernt hatte und warf ihn auf den Boden. Die Waffe war dem Einbrecher aus der Hand geglitten und lag nun im Gras. Er war mit dem Kopf gegen den Boden geschlagen und lag nun bewusstlos zu Davids Füßen. Im selben Moment hörte David, wie hinter der Mauer Polizisten den Garten stürmten.
»Keiner bewegt sich, sonst erschieße ich mich!«, brüllte der

andere Einbrecher. Die Beamten verständigten per Funk den Einsatzleiter.

»Keiner von euch soll sich bewegen, wir wollen ihn nicht erschießen, wir haben noch keine Rückmeldung über den Verbleib des Jungen bekommen. Wenn es nötig sein sollte, schießt auf das Bein!«

»Kann es sein, dass der andere Einbrecher geflüchtet ist und den Jungen mitgenommen hat?« Der Einsatzleiter ließ das Wohngebiet abriegeln.

Der Einbrecher stand an der Mauer und hielt sich die Pistole an die Schläfe.

Plötzlich knallte auf der anderen Mauerseite ein Schuss.

»Es wird Ihnen nichts passieren, wenn Sie sich ergeben!»

Der Einsatzleiter befahl abzuwarten. »Bevor er sich erschießt, setzt ihr ihn außer Gefecht. Ganz ruhig. Wartet noch einen Moment!»

Der Einbrecher zählte leise vor sich hin. »Eins, zwei, drei, vier ...«

Was kann man machen, um zu verhindern, dass sich ein Mensch selbst umbringt? »... Sechs, sieben ...« Der Große schloss die Augen. »... Acht, neun und ...« Plötzlich stürzte sich jemand über die Mauer und riss den Großen von den Beinen. David lag über ihm. Die Polizisten zogen ihn hoch und legten ihm Handschellen an. Andere kümmerten sich um den Einbrecher.

»Wer ist das denn? Der zweite Dieb oder der Junge?« fragte der Einsatzleiter, der inzwischen in den Garten gekommen war.

»Ich bin David! Ich konnte den anderen Einbrecher überwäl-

tigen, er liegt bewusstlos auf der anderen Seite der Mauer«, sagte der Junge und lächelte. »Ich kann Sie erst wieder freilassen, wenn Ihre Eltern Sie identifiziert haben!«
»Bringt die Eltern her, schnell!«, befahl der Einsatzleiter. »Ist das Ihr Sohn?«, fragte er, als die Eltern im Garten standen.
»Ja, das ist mein Sohn!«, antwortete der Vater. Ein Polizist hatte David bereits von den Handschellen befreit, sodass er seine Mutter in die Arme schließen konnte. Mittlerweile waren die Polizisten in das Nachbargrundstück gelangt. Ein Notarzt kümmerte sich um den Bewusstlosen. »Ihm geht es gut. Er ist nur durch den Schlag auf den Kopf für kurze Zeit bewusstlos geworden. Der Junge hat sehr gut geschlagen!«, rief der Notarzt dem Einsatzleiter zu. »Bringen Sie die beiden unter Bewachung und mit Handschellen ins Krankenhaus!«, befahl er und bat die Familie ins Haus, um sie dort zu befragen.
»Und du, Junge, dein Vater hat erzählt, wie du ihn gerettet hast. Dein Vater hat in den höchsten Tönen von dir gesprochen. Wir dachten, die beiden Männer hätten dich entführt, aber anscheinend kann man so jemanden wie dich nicht so einfach entführen. Eins musst du mir aber noch verraten. Woher kam der Schuss?«, fragte der Einsatzleiter.
»Ich habe geschossen. Ich wollte den Mann von seinem Selbstmord abhalten und dachte, dass ich Zeit gewinne, wenn ich schieße und ihn verwirre«.
»Du hast uns ganz schön erschreckt. Wir dachten, der andere Einbrecher hätte dich erschossen«.
»Es tut mir Leid, dass ich euch erschreckt habe«, sagte David und sah seine Mutter entschuldigend an.

»Das war eine gute Entscheidung, die uns eine mögliche Schießerei und ihre Folgen erspart hat. Du bist nicht nur treu, mutig und klug, sondern auch sehr sportlich und intelligent. Du bist ein außergewöhnlicher Junge. Respekt! Die Polizei ist für Leute wie dich genau das Richtige. Falls es für dich infrage kommt, könntest du nach dem Abitur eine Ausbildung zum gehobenen Polizeidienst bei uns machen. Ich würde mich auf einen Mitarbeiter wie dich freuen!«

»Danke, Herr Kommissar, ich schätze Ihr Angebot sehr, ich werde darüber nachdenken«.

»Ist dir eigentlich klar, dass du das Leben zweier Menschen gerettet hast, mein Junge?«, fragte der Kommissar.

»Gott hat das Leben meines Vaters und des verzweifelten Einbrechers gerettet. Ich war nur sein Werkzeug«, antwortete David und verabschiedete sich von den Beamten.

Als David mit seinen Eltern zum Hauseingang kam, um die Nachbarn zu beruhigen, liefen ihm Leute entgegen, die ihn zuvor noch nie gegrüßt hatten, und beglückwünschten ihn zu seiner neu gewonnenen Freiheit.

Als David zur Tür schaute, um nach seinen Eltern zu sehen, sah er, wie sein Vater, der sich keuchend am Türrahmen festhielt, zusammenbrach und dann bewusstlos zu Boden glitt. David spurtete los und versuchte zu verhindern, dass der Vater mit dem Kopf auf den Boden schlug, hörte aber schon den dumpfen Aufprall. Er kniete nieder und bettete den blutenden Kopf des Vaters in seinem Schoß. Die Zeit entglitt ihm.

Ein Notarzt zerrte ihn weg, zwei Sanitäter hoben den Vater auf eine Trage und brachten ihn ins Krankenhaus.

Schon wieder die gleiche Szene, nur mit anderer Besetzung.

David saß am Bett seines Vaters und er musste warten. Warten darauf, dass der Vater die Augen aufschlug und zurück ins Leben fand. Die Mutter blieb zu Hause. Nachdem man sie ein paar Stunden zur Beobachtung da behalten hatte, versuchte sie mit ihrer Schwester und einer Nachbarin das Chaos zu beseitigen, das die Einbrecher hinterlassen hatten. Ihm selbst fehlte nichts weiter. Die Abschürfungen, die die Fesseln hinterlassen hatten, spürte er kaum noch. Die Ärzte meinten, dass die Gehirnerschütterung des Vaters in ein paar Tagen auskuriert sei.

Warten. Zeit, die er allein verbrachte. Zeit für seinen Schöpfer. Zeit der Dankbarkeit.

Nach fünf Stunden öffnete der Vater seine Augen und fand seinen Sohn neben sich, der ganz versunken war in einem Buch. Ein Buch, das ihm zuwider war. Ein Buch, das dazu beigetragen hatte, dass sein Sohn den Mut gefunden hatte, ihn zu retten.

»David! Ich bin so froh dich zu sehen, mein Sohn«.

»Und ich bin froh, dass es dir besser geht. Gott sei Dank. Ich hatte Angst um dich. Wir sollten Mutter anrufen und sie beruhigen. Sie ist so verzweifelt«. David stand auf und griff nach seinem Handy.

»Warte! Kannst du mir meine Dummheit verzeihen, mein Junge? Ich war so verblendet in meiner Wut. Es tut mir so leid. Ich habe in den letzten Tagen einen ganz neuen David kennengelernt. Wenn deine neue Religion dich auf so gute Weise beeinflusst, dann kann sie nicht schlecht sein. Ich verspreche dir, in Zukunft toleranter zu sein«, beendete er seine Rede und nahm die Hand seines Sohnes, hielt sich daran fest

und fand Trost und Vergebung.
»Bitte Vater, du musst dich nicht erniedrigen. Du hast einen Fehler gemacht, aber ich vergesse nie, dass ihr mir immer gute Eltern wart, bevor unser Leben durch Markus‘ Unfall auf eine so harte Probe gestellt wurde. Das, was ich in den letzten Tagen gemacht habe, ist ein Teil meiner Religion, so wie ich sie verstehe. Ich weiß, dass du dem Islam gegenüber nicht besonders aufgeschlossen bist, aber bitte höre mir zu. Gerade habe ich folgende Quranverse aus der Sure 17:23-24 gelesen: `Und dein Herr hat bestimmt, dass ihr nur Ihm dient und zu den Eltern gütig sein sollt. Wenn nun einer von ihnen oder beide bei dir ein hohes Alter erreichen, so sag nicht zu ihnen: `Pfui!´ und fahre sie nicht an, sondern sag zu ihnen ehrerbietige Worte. Und senke für sie aus Barmherzigkeit den Flügel der Demut und sag: `Mein Herr, erbarme Dich ihrer, wie sie mich aufgezogen haben, als ich klein war.´´.
Auch das ist meine Religion, Vater, das ist der Islam«.
Der Vater lächelt seinen Sohn an.
»Das sind gute Verse. Ich verspreche dir, in Zukunft aufgeschlossener zu sein, wenn es um deine Religion geht. Würdest du uns die Freude machen und wieder nach Hause kommen, zu uns zurückziehen? So wie du bist, als Muslim«.
»Mal schauen, Vater! Ich bin mit meinem Leben gerade ganz zufrieden und überlege sogar, bald zu heiraten.«
»So früh möchtest du heiraten?!«
»Wenn ich die Richtige gefunden habe! Und es gibt ein Mädchen, das mir sehr ans Herz gewachsen ist, und um das ich mich dringend kümmern möchte«.
»Ist es Anna, die du aus Bonn mitgebracht hast? Wart ihr

nicht gemeinsam in den USA?«, fragte der Vater.
»Ja, aber sicher ist gar nichts. Es ist nur so ein Gedanke«.
»Möge dein Gott dich segnen, mein Sohn.«
»Mein Gott ist auch dein Gott, auch wenn du da anderer Meinung bist. Darf ich dich etwas fragen, Vater?«
»Sicher, nur zu!«
»Würde ein Flugzeug ohne Pilot und ohne Autopilot fliegen? Würdest du in ein solches Flugzeug einsteigen?«, fragte David.
»Nein, warum auch? Es würde sich noch nicht mal von der Stelle bewegen«.
»Wenn noch nicht einmal ein Flugzeug ohne Pilot auskommt, wie kann das ganze Universum ohne Pilot fliegen? Wie würdest du in einem solchen Universum überhaupt leben können? Es wäre zu gefährlich und man müsste sich nur auf einen Absturz vorbereiten!«
»Es ist nett von dir, dass du dich um mich bemühst, mein Sohn. Aber lass es bitte, sonst streiten wir wieder. Lass mich jetzt alleine, ich bin müde!«
»Wie du willst!«, sagte David traurig und ging nach Hause, um seiner Mutter beim Aufräumen zu helfen.
David blieb noch eine Woche in seinem Elternhaus, bis alles wieder seinen gewohnten Gang nahm und der Schrecken des Einbruchs schwächer geworden war.
Eines Tages, als David in der Küche stand und kochte, klingelte sein Handy. Er wischte sich die Hände an der Hose trocken und suchte nach seinem Handy. Es war immer dasselbe. Er konnte sich einfach nicht angewöhnen, einen festen Platz für seine Sachen einzuhalten. Er unterdrückte ein Fluchen. Der

Anrufer blieb beharrlich, führte ihn klingelnd zu seiner Hosentasche. Die Hose lag im Bad auf dem schmutzigen Wäschestapel. David nahm ab und grüßte. »Hallo?«

»Hallo, ich bin Stefanie, eine Freundin von Anna. Bist du David?«

»Ja, ich bin David! Warum ruft Anna nicht selber an? Ich habe mir Sorgen gemacht«.

»Anna braucht deine Hilfe. Ihre Familie hat sie zu Hause eingesperrt. Seit drei Wochen darf sie weder hinaus noch telefonieren!«

»Warum denn? Was ist passiert?«

»Ich weiß nicht genau, aber anscheinend hat sie ein Problem mit ihrer Familie. Seit sie aus den USA zurück ist, habe ich sie nicht mehr gesehen. Sie hat mir einen Zettel mit deiner Nummer und einer Erklärung über den Balkon gereicht und mich gebeten dir zu sagen, dass sie deine Hilfe braucht. Ich bin ihre Nachbarin«.

»Kannst du mir ihre Adresse geben?«

»Sie wohnt in Berlin-Mitte. Ich schicke dir die genaue Adresse per SMS nach dem Anruf, aber bitte beeile dich«

»Okay, ich kümmere mich darum. Vielen Dank, dass du mich angerufen hast«.

»Nichts zu danken, du hast ja meine Nummer, falls du mich brauchst, dann ruf mich an.«

»Ja, das mache ich.«

David hatte schon seit Tagen so ein seltsames Gefühl, wenn er an Anna dachte. Er nahm sein Handy und wählte die Nummer von Joseph. Gerade jetzt konnte er den Rat eines guten Freundes gebrauchen. Joseph hörte sich alles genau an und

lud David ein, ihn in Bonn zu besuchen, um gemeinsam nach Berlin zu fahren. Die Arbeit im Call-Center würde er wohl verlieren, aber was wog das schon, wenn seine Freundin ihn so dringend brauchte.
Schweren Herzens ging er zu seinem Vater und erbat das Reisegeld. Eigentlich hatte er sich vorgenommen, die Eltern nicht mehr um Geld zu bitten und sich allein durchzuschlagen. Seine Bedenken waren ganz unbegründet.
»Natürlich gebe ich dir das Geld. Betrachte es als Versöhnungsgeschenk. Geh und hilf deiner Freundin, und wenn du etwas brauchst, dann sag Bescheid!«
»Danke, Vater! Habe ich dir in letzter Zeit gesagt, wie sehr ich dich liebe?«

Bonn tat ihm gut. Vielleicht wäre es ein guter Ort für ein neues Leben, später, wenn alles geregelt war. Im Haus des Imams redete David. Er sprach von all den Dingen, die ihn bewegten und die er in seiner erzwungenen Schweigsamkeit niemandem erzählen konnte. Joseph! Wie sehr hatte er ihn vermisst. Warum hatte er sich nicht früher gemeldet?
»Ich wollte dich nicht beeinflussen. Es sollte allein deine Entscheidung bleiben. Aber jetzt sehe ich, dass du meine Hilfe gebraucht hättest. Es tut mir leid, dass ich dich allein gelassen habe, mein Bruder«.
»Hast du eine Idee, wie wir Anna helfen können? Vermutlich richten sich die Maßnahmen ihrer Eltern gegen den Islam. Wie werden sie uns aufnehmen? Werden wir überhaupt angehört?«, fragte David.
»Ich habe noch niemals so etwas erlebt! Ich glaube, wir soll-

ten versuchen, mit den Eltern zu reden und das geht nur persönlich. Du kannst heute bei uns übernachten und morgen früh fahren wir mit meinem Auto nach Berlin. Mach dir keine Sorgen. Allah hört die Hilfesuchenden. Er wird Anna nicht allein lassen!«

Annas Rettung

Nach einer anstrengenden und staugeplagten Reise standen David und der Imam vor der Wohnungstür von Annas Familie. Joseph hatte sich leger gekleidet. Helle westliche Sommerkleidung, der erste Eindruck würde alles entscheiden.
»Ich weiß, wie besorgt du bist, aber lass bitte mich reden!«.
Sie klingelten. Ein ergrauter Mittvierziger mit seriösem Anzug und einer Kippa auf dem Haar öffnete die Tür.
»Wie kann ich Ihnen helfen?«, fragte er mit einer befehlsgewohnten Stimme.
»Ich bin Joseph und das ist David, wir haben Ihre Tochter Anna vor Kurzem kennengelernt, und wollen sie kurz sprechen, wenn Sie erlauben!«
»Dann sind Sie diejenigen, die so große Unruhe in unser Haus gebracht haben.
Anna ist nicht da, sie ist nach Großbritannien zu ihrer Tante gereist, und wird nicht wieder zurückkommen«.
Imam Joseph bedankte sich beim Vater, und die beiden verließen das Haus.
»Er lügt. Ich glaube ihm nicht!« zischte David.
»Ja, ich weiß, aber wir können ihn nicht zwingen, uns in sein Haus zu lassen«, sagte Joseph und klopfte David auf die Schulter. »Komm jetzt, wir gehen zu einem befreundeten Imam. Dort können wir beten und etwas essen. Hab keine Angst, wir

werden sie mit Allahs Hilfe retten, aber ohne einen einzigen Fehler zu machen und ohne mit dem Vater in Konflikt zu geraten. Allah sagt im Quran in Sure 3:186 sinngemäß: `Ihr werdet ganz gewiss in eurem Besitz und in eurer eigenen Person geprüft werden, und ihr werdet ganz gewiss von denjenigen, denen die Schrift vor euch gegeben wurde, und denen, die (Allah etwas) beigesellen, viel Beleidigendes zu hören bekommen. Doch wenn ihr standhaft und gottesfürchtig seid, so gehört dies gewiß zur Entschlossenheit (in der Handhabung) der Angelegenheiten.´ Unser Prophet Muhammad, Friede mit ihm, hatte damals einen jüdischen Nachbarn, der immer seinen Müll vor seiner Tür ausleerte, als der Prophet das Oberhaupt der Stadt Medina war. Der Prophet hat damals diesen Müll selbst beseitigt, obwohl er der Mächtigere war. Eines Tages verließ der Prophet seine Wohnung ohne wie üblich den Müll des Nachbarn vorzufinden. Er wartete ein paar Tage und fragte einen Gefährten nach dem Juden und erfuhr, dass der Nachbar krank sei. Was glaubst du hat der Prophet getan?« »Er hat sich bestimmt gefreut, dass er keinen Müll mehr entfernen muss!«

»Aber nein. Er machte sich Sorgen um den Nachbarn und besuchte ihn, um ihn zu trösten. Der Jude ist danach zum Islam konvertiert. Das ist unser Prophet und unser Vorbild. Wir müssen von ihm lernen.«

»Ich bewundere die Toleranz des Islams und des Propheten! Wenn sie uns beschimpfen, dann sollen wir uns gedulden. Ich wünschte, die Muslime würden sich wie der Prophet verhalten. Aber was nützt es uns jetzt? Wie können wir Anna helfen?«

»Ruf doch mal bei Annas Freundin an. Vielleicht weiß die was Neues«, schlug Imam Joseph vor.
»Ja, du hast recht. Ich versuche, sie zu erreichen!«
David rief Stefanie an und kam nach zehn Minuten zurück.
»Was hat sie gesagt?«, fragte Joseph.
»Sie sagte mir, dass die Eltern von Anna ein verborgenes Zimmer haben, das nicht zu sehen ist, wenn man die Wohnung durchsucht. Es stammt noch aus der Zeit, als die Juden sich im Dritten Reich vor den Nazis verstecken mussten. Das Haus ist alt und die Familie hat das Haus nach dem Krieg gekauft. Keiner der Nachbarn traut sich die Polizei einzuschalten, aus Angst vor einer Wohnungskündigung. Deshalb hat Anna ihr meine Telefonnummer gegeben, weil sie wusste, dass die Polizei das Problem nicht lösen kann. Annas Eltern sind mächtige Personen, und haben in ihrem Bekanntenkreis viele einflussreiche Freunde, die uns gewaltigen Ärger bereiten können«.
»Möge Allah Anna helfen. Es ist also gar keine einfache Aufgabe, sie zu befreien. Ich weiß nicht, was man da machen soll, wenn die rechtlichen Wege verschlossen sind!«
»Ich bin so wütend, dass ich fast so weit bin, zu klingeln und Anna notfalls mit Gewalt zu befreien«, sagte David. »Es ist mir egal, was mit mir geschieht, Hauptsache ich kann irgendetwas tun«.
»Das lässt du schön bleiben, mein Bruder, du bist doch Muslim. Du darfst nicht ein Unrecht mit einem anderen begleichen. Denk an deine Einbrecher. Hattest du nicht etwas Ähnliches zu ihnen gesagt? Vor Allah sollst du mehr Angst haben. Aus Angst vor Ihm sollst du solche Kurzschlussreaktionen vermeiden. Allah sagt im Quran in Sure 5:8 sinngemäß: `Oh,

die ihr glaubt, seid Wahrer (der Sache) Allahs als Zeugen für die Gerechtigkeit. Und der Hass, den ihr gegen (bestimmte) Leute hegt, soll euch ja nicht dazu bringen, dass ihr nicht gerecht handelt. Handelt gerecht. Das kommt der Gottesfurcht näher. Und fürchtet Allah. Gewiss, Allah ist kundig dessen, was ihr tut.´

Annas Vater hat uns nicht ungerecht behandelt, deshalb sollen wir ihm nichts Böses antun. Es stimmt zwar, dass er seiner Tochter gegenüber unfair ist, aber wir dürfen ihn nicht aufgrund eines Verdachts angreifen. Wir sind keine Polizisten«.

»Entschuldigung, ich fühle mich so hilflos, ich möchte einfach nicht hinnehmen, dass wir tatenlos zusehen müssen, ohne ihr zu helfen«.

»Wer hat das gesagt, dass wir nichts machen können! Wir werden Anna mit Allahs Hilfe befreien, aber ohne strafbare Taten zu begehen, oder zu übertreiben«.

»Wie denn? Es gibt keinen Ausweg!«, sagte David.

»Es wird einen Ausweg geben. Hab Vertrauen und Geduld. Allah sagt im Quran in Sure 65:2-3 sinngemäß: `Und wer Allah fürchtet, dem schafft Er einen Ausweg und gewährt ihm Versorgung, von wo (aus) er damit nicht rechnet.´ Glaub an Allah und verhalte dich vernünftig, dann wird Allah uns einen Ausweg schaffen!«, beruhigte ihn der Imam.

»Du hast recht, Joseph, ich bitte Allah um Vergebung wegen meiner Gedanken. Allah wird uns sicherlich helfen.«

»Lass uns jetzt ins Hotel gehen und uns ausruhen. Morgen ist ein neuer Tag, vielleicht wissen wir morgen schon mehr.«

»Du hast recht!«

Sie mieteten sich ein Doppelzimmer in der Nähe der Mo-

schee, in der sie gebetet hatten und gingen gleich nach dem Essen schlafen.
In der Nacht hatte David etwas Seltsames erlebt. Bedrohlich brach ein schwarz gekleideter Mann in ihr Zimmer und durchsuchte ihr Gepäck. Der Mann war schwer bewaffnet. An jeder Seite hatte er Pistolen, ein Gürtel mit Munition und Handgranaten hing ihm um die Hüfte. David fürchtete sich, er zitterte und verharrte bewegungslos in seinem Bett. Der Mann durchsuchte weiter das Zimmer. Plötzlich hörte David Schreie, die durch die Tür drangen. Völlig unbeeindruckt vollendete der Mann sein Geschäft. David sah verstohlen zu Joseph. Seltsamerweise lag der Imam immer noch im Bett und schlief, als ob nichts passiert wäre. Die Polizei gab durch ein Megafon bekannt, das sich ein Terrorrist im Hotel verstecken würde und alle Hotelgäste sofort herauskommen sollten, um sich in Sicherheit zu bringen. Wahrscheinlich war dieser Terrorist der schwarz gekleidete Mann, dachte David.
Was sollte er nur tun, warum hatte Joseph gar nichts mitbekommen, und wieso hatte der Mann überhaupt keine Angst vor der Polizei!
Alles ist sehr seltsam! Irgendwie unheimlich.
Nachdem alle Bewohner das Hotel verlassen hatten, stürmte die Polizei das Hotel und schlug mit hartem Schlag an ihre Zimmertür. Sie versuchten, die Türe mit Gewalt zu öffnen. Der Mann durchsuchte weiter völlig ruhig und gelassen das Zimmer. Nach mehreren Versuchen gelang es der Polizei, die Tür aufzubrechen und das Zimmer zu betreten. Der schwarze Mann wandte sich den Polizisten zu, nahm eine Schnellfeuerwaffe und richtete sie auf die Polizisten. In diesem Moment

sprang David auf und stürzte sich auf den Mann. Er fiel hart und schlug auf den Boden auf. Das Zimmer war ruhig. Alles war normal. Nichts als ein Albtraum.

David rieb seine schmerzenden Knie und legte sich wieder ins Bett, um noch ein paar Stunden zu schlafen.

Am nächsten Tag standen die beiden zum Frühgebet auf. David konnte den Schrecken der Nacht nicht abschütteln. Beim Frühstücken kann er seine Furcht nicht mehr verbergen.

»Was ist mit dir, David? Du bist so schweigsam. Wir müssen die Eltern unter irgendeinem Vorwand nach draußen locken, wenn wir nicht hineingehen können, und zwar so, dass sie Anna mitnehmen müssen. Ein vorgetäuschter Unfall, eine beschädigte Gasleitung ... irgendeinen Trick finden, um die ganze Familie zu zwingen, das Haus zu verlassen«.

»Oder ein Einbruch mit Geiselnahme, wie bei meinen Eltern. Wir rufen die Polizei, und wenn sie eintreffen, ist der Täter längst geflohen!«, fabulierte David.

»Eine gute Idee, aber wer würde uns glauben, wenn wir das behaupten? Sie werden uns fragen, woher wir das wissen, was wir dort machen, und so weiter. Keiner wird uns glauben«, antwortete Joseph.

»Wir bitten die Nachbarn um Hilfe. Stefanie hat uns ihre Hilfe angeboten und keiner würde sie einer Falschaussage bezichtigen, wenn sie sagt, sie hätte einen Dieb gesehen!«

»Dann ruf sie an und frage, ob sie und ihre Familie uns helfen!«

Am nächsten Morgen, bevor Annas Eltern das Haus verließen, trafen sich David und Joseph mit Stefanie vor dem Haus. Sie

setzten sich ins Auto und riefen die Polizei. Stefanie weinte ins Telefon und berichtete mit ängstlicher Stimme von dem Einbrecher, der bewaffnet das Haus gestürmt hätte.
Fünfzehn Minuten später standen fünf Polizeiautos vor der Tür. Die Beamten umzingelten das Haus und klingelten an der Tür von Annas Eltern. Als der Vater die Tür öffnete, wurde ihm mitgeteilt, dass ein bewaffneter Mann sich in seinem Haus versteckt habe, und alle aufgefordert wurden, das Haus so schnell wie möglich zu verlassen. David, Joseph und Stefanie erwarteten, dass Anna das Haus mit der Familie verließ. Zu ihrer Enttäuschung kam die Familie ohne Anna aus dem Haus.
»Wo ist Anna? Warum haben sie sie nicht mitgenommen?«, wunderte sich David. »Was sind das für Eltern, die ihre Tochter mit einem Einbrecher allein zurücklassen?«
»Weißt du eigentlich, wo dieses Geheimzimmer ist?«, fragte der Imam nun Stefanie. Seine Augen leuchteten unternehmungslustig.
»Ja, sie hat es mir einmal gezeigt, als ihre Eltern zu einer Galaveranstaltung aus waren.«
»Kannst du mir beschreiben, wie ich dorthin komme?«, fragte David.
»Ja, aber wie willst du ins Haus kommen? Überall ist Polizei!«
»Das findet sich schon, sag mir, wo ich dieses Zimmer finde!«
Stefanie beschrieb ihm, wie er das Versteck finden würde.
»Was hast du vor, David?«
»Komm mit, Joseph, aber versteck dich in der Gruppe der Schaulustigen und beobachte einfach, was passiert«.
»Mache aber nichts Gefährliches!«, ermahnte ihn der Imam.

»Keine Angst!« David rannte auf einen der Beamten zu. »Ich muss den Kommissar sprechen, es geht um Leben und Tod«.
Der Polizist nahm ihn ernst, zu dringlich war seine Stimme für einen, der sich einen Scherz erlauben wollte.

»Wenn Sie möchten, biete ich Ihnen meine Hilfe an. Erst letzte Woche habe ich in München zwei Einbrecher gestellt. Es stand in der Zeitung. Vielleicht haben Sie davon gehört. Vielleicht befindet sich noch jemand im Haus? Da wär es doch gut, wenn man ohne Schusswaffengebrauch durchkäme!«
»Nein, keiner ist im Haus, das haben uns die Eltern versichert«.
»Ich bitte Sie nur um eine Viertelstunde Zeit«.
»Übrigens, die Sache mit den Dieben in München habe ich schon gehört. Bist du dieser Junge, David?«
»Ja, der bin ich! Heißt das, dass Sie mich ins Haus lassen?«
»Nein, man hat nicht immer Glück. Bringe dich in Sicherheit, und lass uns unseren Job machen«
»Gut, ich bin noch nicht achtzehn, deshalb kann ich das Haus ohne Ihre Genehmigung betreten!« Auf einmal rannte David zum Haus. Der Kommissar glaubte nicht, was er da sah. Die Polizisten versuchten, den Jungen zu stoppen. Ein Beamter stürzte ihm mit einem Hechtsprung hinterher, doch David hatte schon die Haustür erreicht und das Haus betreten. Der Kommissar beschloss, abzuwarten und erst nach ein paar Minuten das Haus zu stürmen.
Annas Eltern liefen nach vorn, gebannt und verwirrt von den Ereignissen des letzten Tages.

David nahm den Plan, den Stefanie gezeichnet hatte, und folgte der Wegbeschreibung auf dem Papier. Erst über die Treppe in den zweiten Stock, dann den rechten Gang entlang. Drei Meter hinter der Treppe hing ein Bild mit einem Rabbi. Wenn man dieses Bild zur Seite schob, befand sich dahinter ein Knopf. Er lief nach oben und fand das Bild. Jetzt drückte er den Knopf, aber nichts geschah. Nach einigen Versuchen entdeckte er, dass der Strom abgeschaltet wurde.
Er klopft die Wände des Ganges ab.
»Anna, bist du hinter der Wand?« Er hörte eine leise Stimme.
»David, endlich. Meine Eltern haben mich eingesperrt!«
»Hab keine Angst. Ich lasse dich gleich raus, aber der Knopf funktioniert nicht, der Strom ist abgestellt.
Gibt es eine andere Möglichkeit, die Tür zu öffnen?«, rief David.
»Nein, ohne Strom wirst du es nicht schaffen. Aber die Wand ist nur aus Gips. Vielleicht können wir sie gemeinsam aufbrechen?«, schlug sie vor.
»Geh ein Stück zur Seite«.
In einem kleinen Raum gleich nebenan waren einige Sportgeräte. David nahm eine Hantel und schlug damit gegen die Wand. Langsam löste sich der Putz, der Gips brach ein und David konnte Anna durch das Loch erkennen.
»Gleich habe ich es. Du bist gleich frei. Nur noch einen Augenblick ...«
Mit rhythmischen Schlägen bearbeitete David die Wand und schuf einen Durchgang. Anna reichte ihm die Hand und David half ihr, durch das Loch zu klettern.
Weinend und leichenblass stürzte sie sich in Davids Arme.

Unbeholfen tätschelte er ihren Rücken und führte sie nach unten.

»Ist ja gut, ich lass dich nicht allein. Hab‘ keine Angst! Wir müssen sofort raus hier. Die Polizei wird jeden Moment das Haus stürmen!«

»Die Polizei, warum denn?«

»Das erzähle ich dir später ganz in Ruhe«.

Unterdessen gab der Kommissar vor dem Haus den Einsatzbefehl. Die Polizisten brachten sich in Stellung. Scharfschützen umzingelten das Haus. Einige Männer gaben sich gegenseitig Deckung und näherten sich mit erhobenen Waffen dem Eingang.

Kurz bevor der Kommissar den Schießbefehl geben konnte, öffnete sich vorsichtig die Tür. David, der mit seinem Körper Anna abschirmte, schob sich durch den Türspalt und zog das Mädchen hinter sich her. Schnell wurden die Waffen der vorderen Polizisten gesenkt.

Plötzlich sprang Annas Vater aus dem Auto, stieß einen der Beamten zur Seite und entriss ihm die Pistole. Er richtete sie auf Anna und David.

Der erste Schuss traf David an der Schulter. Der Junge stürzte zu Boden. Viele Dinge passierten gleichzeitig. Anna sank schreiend neben David und warf sich über ihn. Joseph warf sich auf den Vater und schlug ihm die Waffe aus der Hand. Mehrere Polizisten überwältigten den Vater und legten ihm Handschellen an. Ein Notarzt war sofort zur Stelle und versorgte den stöhnenden Jungen. Der Kommissar ging zu David und fragte ihn nach dem Einbrecher. »Ich habe niemanden

gesehen. Er muss schon vorher geflohen sein«. Der Kommissar gab den Befehl, das Haus zu durchsuchen. Anna und David wurden ins Krankenhaus gebracht, ihr Vater verhaftet.
»Lieg ganz ruhig. Dann blutest du nicht so stark«, flüsterte Anna und hielt die Hand ihres Freundes.

David öffnete vorsichtig die Augen. Seine Schulter war fest verschnürt. Ein pochender, wellenartiger Schmerz durchfuhr seinen Körper. Die Erste, die er erblickte, war Anna. Sie sah blass aus, schien sich aber ansonsten von ihrer Gefangenschaft erholt zu haben. Sie lächelte ihn an. Es wärmte, dieses Lächeln, und entfachte eine kleine Flamme in ihm. Hinter ihr saß Joseph, er war übernächtigt und hatte dunkle Ringe um die Augen. Er hörte ein Räuspern auf der anderen Seite und drehte den Kopf. Seine Eltern standen am Fenster und unterhielten sich leise.
»Ich wollte nicht, dass du dich für mich in Gefahr bringst! Ich schäme mich für meinen Vater«. »Allah sagt sinngemäß in Sure 9:51: `Sag: Uns wird nur das treffen, was Allah für uns bestimmt hat´. Alles hat seine Bestimmung«, sagte der Imam.
»Ja, so ist es! Mein Bruder wurde von einem Auto angefahren, damit ich nach der Wahrheit suche. Ohne seinen Unfall hätte ich euch nicht kennengelernt und vielleicht niemals den rechten Weg gefunden. Ich bin froh, dass alles so gekommen ist«. »Was meinst du damit?«
»Ich meine, dass ich nur so zum Islam gefunden habe und dass ich nur so zu dir gefunden habe, Anna. Und das ich mit Gottes Hilfe auch auf diesem Weg bleibe und als Muslim sterbe!«

»Ja, mein Sohn, so ist es!«, sagte Joseph. Davids Vater sah ihn überrascht an. »Der Prophet, Friede mit ihm, sagte sinngemäß: `Ich bewundere den Gläubigen. Alles was ihm passiert, ist für ihn gut. Wenn ihm etwas Gutes passiert, dann ist er seinem Herrn dankbar und das ist gut für ihn. Und wenn ihm etwas Schlechtes passiert, dann ist er geduldig und das ist auch gut für ihn´. Der Glaube stärkt die Muslime und hilft ihnen, ihre Prüfungen im Leben zu meistern. Mit dem richtigen Glauben fühlt man sich sicher und verliert jegliche Angst im weltlichen Sinne. Deshalb bin ich davon überzeugt, dass der Glaube an Allah die beste Therapie ist«.

Davids Vater stand auf und hielt Joseph seine ausgestreckte Hand entgegen. Ein erster zaghafter Versuch, Kontakt aufzunehmen mit einer unbekannten Religion, die langsam ihren Schrecken für ihn verlor. Joseph ergriff die Hand und strahlte ihn an. Wenn der Imam lachte, war sein Gesicht wunderschön und er sah jung aus, kaum älter als David.

»Wie soll es jetzt weitergehen?«, fragte die Mutter und brach ihr Schweigen.

»Du kannst nicht mehr nach Hause, Anna. Wenn du möchtest, kannst du erstmal bei uns leben. Hafsa würde sich freuen«.

»Gern! Ich könnte nicht mehr zurück zu meiner Familie«.

»Das musst du nicht! Sag mal, Anna, wie kam es eigentlich dazu, dass deine Eltern dich eingesperrt haben?«, fragte David.

»Tja, nach unserer Reise habe ich mich mit meiner Religion gründlich auseinandergesetzt. Ich habe viel mit Lisa telefoniert. Sie hat in mir ein Verlangen ausgelöst, das mich nicht mehr zur Ruhe kommen ließ. Ich las den Quran und verglich ihn mit den Thorainhalten. Mein Vater fand den Quran und hat mich zur Rede gestellt. Es begann eine Auseinandersetzung, bei der er vor meinen Augen das Buch zerstörte. Als am nächsten Tag ein neues Exemplar auf meinem Schreibtisch lag, ist er ausgerastet. Es fiel mir auf, dass weder Moses noch Abraham noch die anderen Propheten uns befohlen haben, der jüdischen Religion zu folgen. Auch Jesus forderte seine Anhänger nicht auf, dem Christentum zu folgen. Die besondere Hervorhebung der Propheten ist ein Indiz für die Veränderung, die beide Religionen erfahren haben müssen. Der Islam nennt sich nicht nach dem Propheten, der die Offenbarung empfing. Islam bedeutet Gottergebenheit. In mir reifte immer mehr der Wunsch, den Islam anzunehmen. Ohne es zu wollen, hat mein Vater diesen Prozess noch beschleunigt. Danach habe ich mich entschieden, zum Islam zu konvertieren. Meine Eltern brachten einen Psychotherapeuten mit nach Hause, in der Hoffnung, er könne mich umstimmen. Als er ihnen sagte, dass ich an keiner psychischen Störung litt und er nichts für sie tun könne, sperrten sie mich in das Zimmer. Ich habe die ganze Zeit gewusst, dass Allah mich aus meiner Lage befreien wird. Ich wurde jeden Abend nach Einbruch der Dunkelheit für eine halbe Stunde auf den Balkon gelassen, um frische Luft zu schnappen, dabei konnte ich Stefanie die Nachricht zukommen lassen, den Rest kennt ihr«.

David sah zuerst zu Joseph und holte sich ein stilles Einverständnis. Der Imam nickte und legte ihm die Hand auf die Schulter.

»Weißt du, Anna, jetzt, wo sich alles geordnet hat, kann ich meine Gefühle für dich zulassen. Ich fühle mich zu dir hingezogen und möchte mein Leben gemeinsam mit dir verbringen. Heiratest du mich?«, fragte David und senkte seinen Blick. Seine Mutter schluchzte auf und weinte. David sah sie an und bemerkte ein Lächeln hinter den Tränen.

»Bist du dir sicher?«, fragte Anna.

»Ja, das bin ich!«

»Was bietest du mir?«, scherzte sie.

»Ich biete dir meinen Glauben und meine Liebe. Ich kann dir keinen Wohlstand bieten, jedenfalls nicht sofort!«

»Ich habe noch nicht einmal die Schahada gesprochen«.

»Machst du Witze? Wir haben doch einen Imam unter uns!«

Joseph lächelte. »Es macht mich glücklich, euch beide so zu sehen. Ich habe viele Bittgebete gemacht und sie wurden erhört. Wie alt bist du Anna?«, fragte Joseph.

»Ich werde in zwei Wochen 18!«

»Und du, David?«

»Nächste Woche!«

»Lasst uns gemeinsam nach Bonn fahren, damit Anna sich in Ruhe von den Strapazen erholen kann. Sie kann dann ohne Druck die Schahada sprechen und wir bereiten die Hochzeit vor. Deine Eltern möchten bestimmt auch etwas dazu beisteuern«.

»Das halte ich für eine gute Idee. Natürlich werden wir uns bei der Hochzeitsplanung einbringen. David ist doch unser Sohn. Ohne ihn wäre ich vermutlich nicht mehr am Leben!«, sagte der Vater und küsste David.

»Wir machen einen Termin und feiern eure Hochzeit gebührend«, meldete sich die Mutter. Sie umarmte Anna. »Ich bin froh, dass du unsere Schwiegertochter wirst. David hätte kein besseres Mädchen finden können!«

Die Rückfahrt nach Bonn verlief ruhig. Joseph schwieg, Anna schlief und David hing seinen Gedanken nach.

Er musste an all seine Weggefährten denken, die ihm seine Suche erträglich gemacht hatten, ihn gepflegt, aufgebaut, unterrichtet und geliebt hatten.

Sein Großvater, die Bewohner der Urwaldlodge, Fernanda und ihr Sohn Raul, Frau Erdmann, die alte Dame, die er bei Fernanda kennengelernt hatte, die Professoren an der Uni in Bonn, Anna, Joseph und seine Familie, die Geschwister in der Moschee, Lin, Lisa und wieder Anna und Joseph, sie alle wurden gesandt von Allah, dem Einen, der Seinem Diener David den Weg bereitet hatte.

Dankbarkeit durchfloss David, wie Blut in seinem Kreislauf. Es pulsierte Lobpreisungen und schickte Dankbarkeit an all die Menschen, die ihm beigestanden hatten, seine Launen aushalten mussten, ihm Mut gemacht hatten, ihn weitergebracht und begleitet hatten.

»Danke!«, flüsterte er leise und erinnerte sich an sein Versprechen, der alten Dame zu schreiben. Gleich morgen wollte er sein Versprechen einlösen.

Ein neues Leben

Am Abend kamen sie in Bonn an. Nach einem Abendessen in Josephs Haus gingen sie in die Moschee. Dort sprach Anna das islamische Glaubensbekenntnis. Bevor sie die Worte sprach, klopfte ihr jemand auf die Schulter. Sie blickte sich um und erkannte Lisa.

Stürmisch umarmten sich die Mädchen. Joseph hatte Lisa angerufen und ihr einen Flug gebucht. Sie wollte diesen besonderen Moment unbedingt mit Anna teilen und versprach, bis zur Hochzeit zu bleiben. Joseph bat um Ruhe und wandte sich Anna zu.

»Der Islam ist die Religion der Gottergebenheit. Wir nehmen alles an, was Allah uns sendet, und lehnen alles ab, was Er für uns ablehnt. Die Quellen unserer Religion sind der Quran und die Sunna. Der Quran ist das Wort Allahs, das Allah selber zu beschützen versprach. Er sandte es wortwörtlich über Gibriel, den Botenengel, an den letzten Gesandten Muhammad, Friede sei mit ihm. Man darf keinen einzigen Buchstaben dieser Botschaft ablehnen. Die Sunna besteht aus den Aussagen und Handlungsweisen des Propheten, Friede mit ihm. Ihm sollen wir folgen. Er ist unser Vorbild. Wir dürfen diesen Weg weder ablehnen, noch verändern. Die Inhalte unseres Glaubens sind der Glaube an Allah als einzigen Gott sowie der Glaube an Seine Engel, Bücher, Propheten, den Jüngsten Tag,

und dass alles Seiner Macht und Seinem Wissen unterliegt. Die Säulen unserer Religion sind das Glaubensbekenntnis, das Gebet, die Armenabgabe, das Fasten im Monat Ramadan und die Pilgerfahrt nach Mekka.
Bist du damit einverstanden, als eine gottergebene Muslima zu leben und zu sterben?«, fragte der Imam.
Anna schloss die Augen und hielt Lisas Hand.
»Ja, ich bin einverstanden!«, sagte sie so deutlich, dass auch der letzte in der hintersten Reihe es hören konnte.
»Dann sprich mir nach: `Ich bezeuge, dass es keinen Gott gibt außer Allah, und dass Muhammad Sein Prophet und Gesandter ist! Aschhadu al-la illaha illa Allah, wa aschhadu anna Muhammadan rasulu Allah.«
Anna wiederholte die Worte.
David spürte, dass seine Augen feucht wurden. Er schüttelte den Kopf. In den letzten Monaten hatte er lebensgefährliche Krisen überstanden, war von seiner Familie verstoßen und wieder aufgenommen worden, aber niemals in dieser Zeit musste er weinen. Jetzt konnte er sich nicht beherrschen.
Anna wollte wissen, ob sie nun ihre Namen ändern müssten.
»So, wie ihr euch wohlfühlt. Es ist immer gut, einen Namen mit einer schönen Bedeutung zu haben, aber ihr könnt auch eure Namen behalten. Es ist keine Notwendigkeit, einen islamischen Namen anzunehmen«.
»Ich möchte aber! Ich fühle mich sehr zu der Prophetentochter Fatima hingezogen. Ich möchte ihren Namen tragen«.
»Dann möchte ich `Ali genannt werden. Nach ihrem Mann, dem Cousin und Schwiegersohn des Gesandten, Friede sei mit ihm«, fiel ihr David ins Wort. Sie kicherte.

»Möge Allah dich für deine Hilfe belohnen, Imam Joseph. Du bist ein guter Freund geworden. Joseph, mein Freund und der Imam, mein Lehrer«, sagte David.
Der Imam legte ihm den Arm um die Schulter und sprach zu seiner Gemeinde.
»Noch nie zuvor hat einer von uns mehr auf sich genommen, um Allahs Weg zu finden. Ich liebe diesen Jungen um Allahs Willen wie meinen eigenen Sohn. Ich wünsche mir, dass ihr unsere neuen Geschwister mit offenen Armen empfangt und als Teil unserer Gemeinschaft begrüßt«.
David und Anna wurden von vielen Geschwistern umringt, die ihnen die Hände schüttelten, sie umarmten und sie beglückwünschten. Es gab eine kleine Feier zu Ehren der neu Konvertierten. David verabschiedete sich von Anna und Joseph und fuhr, wie er es versprochen hatte, zu seiner Familie nach München. Imam Joseph kümmerte sich gemeinsam mit Davids Vater um die Hochzeitsvorbereitungen. Das junge Paar sollte erstmal in die Einliegerwohnung in Josephs und Hafsas Haus ziehen. Die Miete war nicht sehr hoch. David und Anna würde die Schule abschließen können und wollten danach zur Uni gehen. Mit dem Kindergeld und dem monatlichen Zuschuss der Eltern würden sie mit Hilfe gelegentlicher Ferienjobs zurechtkommen.
Anna war sehr bekümmert, dass sie ohne ihre Eltern heiraten musste. Ihr Vater würde noch eine Weile im Gefängnis bleiben, obwohl David und Anna auf eine Anzeige verzichteten. Annas Mutter hatte die Hochzeitseinladung abgelehnt, ihrer Tochter aber ihren Schmuck und einen Koffer mit Kleidung hinterhergeschickt.

Vier Wochen später fand die Hochzeit in Bonn statt. Davids Eltern, Großeltern und weitere Verwandte waren gekommen.
»David hat mir von Ihnen viel erzählt, ich bin froh, dass wir uns kennenlernen«, sagte der Großvater und schüttelte Imam Joseph die Hand.
»Ihr Enkel ist ein ganz besonderer Mensch. Obwohl wir uns erst ein paar Wochen kennen, habe ich ihn in mein Herz geschlossen. Ich habe viel von ihm gelernt. Die Abenteuer, die ich mit ihm erleben durfte, haben in meinem Leben deutliche Spuren hinterlassen«, sagte Joseph gerührt.
»Vor allem die große Verantwortung, die er seinem Bruder gegenüber übernommen hat. Das war einzigartig«, bestätigte der Großvater.
»Ich bin froh, sie kennenzulernen. Denn ich bin mir sicher, dass die Familie, die einen Jungen wie David erzogen hat, ganz besonders sein muss«.
»Ich schäme mich, dass ich das Vertrauen in meinen Sohn verloren hatte«, sagte der Vater.
»Schauen Sie nach vorn und nicht zurück. Wichtig ist das, was jetzt geschieht. Wir müssen alle dafür sorgen, dass unsere Kinder den richtigen Weg finden, egal welchen Weg wir selbst wählen. Wir sollen keinen Menschen zwingen, einem Weg zu folgen von dem er nicht überzeugt ist«.

David nahm Annas Hand und zog sie nach draußen. »Was hältst du davon, wenn wir für eine halbe Stunde an den Rhein gehen, dahin, wo alles begann?«
»Im Moment sind ja alle beschäftigt, aber vielleicht sollten wir jemandem Bescheid sagen, nicht das sie alle glauben, du

wärst mit mir durchgebrannt«. Anna ging in den Schwesternbereich der Moschee und sagte Lisa, dass sie eine halbe Stunde spazieren gehen wollten. »So, alles klar, wir können losgehen!« Sie gingen schweigend nebeneinander her. Anna lachte laut vor Glück und lief immer schneller, bis sie fast rannte. David ließ sich mitziehen und folgte ihr, bis beide außer Atem waren und keuchend an der Uferpromenade standen.
»Hast du eigentlich mal darüber nachgedacht, wie du mit mir leben möchtest?«, fragte David.
«Ich bin froh, dass wir zusammen sein können. Das reicht mir fürs Erste. Ich möchte Abitur machen und am liebsten ein technisches Studium beginnen. Familie? Ja, sicher, möchte ich eine eigene Familie. Wir zwei sind schon eine Familie. Für Kinder fühle ich mich noch nicht reif genug«.
«Möchtest du keine Kinder?«, fragte David erstaunt. »David, wir sind achtzehn! Natürlich möchte ich Kinder, am liebsten mehrere, aber doch nicht jetzt. Wir müssen erst einmal beginnen zu leben«.
»Verzeihst du mir? Ich hätte mich mehr um dich mehr kümmern sollen. Ich stand so unter Druck, dass ich nichts mehr gespürt habe«.
»Du brauchst dich nicht erklären. Ich habe verstanden, was mit dir los war. Weißt du, wie sehr ich dich bewundere? Du warst bereit, dein Leben zu geben. Zuerst für Markus, dann für deinen Vater und für zuletzt für mich. Ohne dich wäre ich heute nicht hier. Mit dir bin ich glücklich, David«.
»Hattest du schon Gelegenheit, etwas über das islamische Familienbild zu lesen?«, fragte David. Anna schüttelte den Kopf. »Allah hat Liebe und Barmherzigkeit zwischen Mann

und Frau gesetzt. So sollen sie sich begegnen. Liebevoll und voller Verständnis für den anderen. Es heißt: `Sie sind Euch ein Gewand und ihr seid ihnen ein Gewand´. Wir sollen uns gegenseitig schützen, die Interessen des Partners wahren, einander respektieren, die Geheimnisse des anderen hüten und seine Schwächen verstecken. Das ist ein Heim! Ich wünsche mir, dass wir es schaffen, so ein Heim einzurichten. Ein Ort des Vertrauens und der Besinnung. Ich werde mein Bestes geben, um dich glücklich zu machen, Anna«.

»Du hast mich bereits glücklich gemacht. Es muss nur alles so bleiben, wie es ist. Wir dürfen uns nicht verlieren«, flüsterte Anna in den Wind.

»Ich liebe dich, Anna«.

»Nicht mehr als ich dich! Ich schenke dir meine Liebe. Du bist es, mit dem ich mein ganzes Leben verbringen möchte«.

»Und du bist meine Frau, die mir wichtiger ist, als ich selbst«.

»Möge Allah dich für mich beschützen!«, sagte Anna und ging zurück.

»Möge Allah uns beiden das Paradies geben, und nach dem Vorbild des Propheten leben lassen, der gesagt hat: `Der beste unter euch ist der beste zu seiner Familie und Frauen, und ich bin der beste unter euch zu meinen Frauen.´ Das war unser Prophet, und das ist unser Weg«.

Die beiden hatten nun ein festes Fundament, auf das sie ihre Familie gründeten: Die Liebe zu Allah, dem Schöpfer aller Dinge und die Liebe zu Seinem Gesandten. Sie waren Teil einer Gemeinschaft geworden, die sie umsorgte und integrierte.

Mit der Hochzeit fing für David und Anna ein neues Leben an. Sie gingen wieder zur Schule und lernten. In den Schulferien arbeiteten beide, um etwas Geld für den Hadsch zu sparen, den sie im nächsten Jahr gemeinsam machen wollten.
Anna lernte bei Hafsa kochen. Sie waren fast täglich zu Gast bei Joseph und wurden zu einem Teil seiner großen Familie.

Nachdem beide die Schule erfolgreich beendet hatten, fand David einen Minijob in einer kleinen Firma, den er neben seinem Studium gut schaffen konnte. Er studierte Medizin wie sein Vater und bekam von seiner Familie Unterhalt. Anna studierte Bioenergetik und Verfahrenstechnik. Sie fand einen bezahlten Praktikumsplatz, mit dem sie das Familieneinkommen aufbessern konnte und so kam die junge Familie gut zurecht.
Anna brauchte eine Weile, um sich an das Kopftuch zu gewöhnen. Als sie es anlegte, ging sie kaum vor die Tür, nur zur Uni oder zur Arbeit. Die Einkäufe erledigte David. Mit der Zeit wurde es leichter. Einige Schwestern aus der Moschee schafften es, sie aus dem Haus zu locken und unternahmen mit ihr kleine Ausflüge in die Umgebung. Anna merkte, dass es kaum einen Unterschied machte, ob sie ein Kopftuch trug, wichtig war, wie sie es trug. Selbstverständlich und selbstbewusst. Mit einem freundlichen und offenen Umgang mit den nichtmuslimischen Menschen.
Die beiden vergaben Annas Eltern mit der Zeit, was sie ihnen angetan hatten. Auch wenn weiterhin kein Kontakt bestand, wollten sie nicht mit Wut und Hass leben. Der Imam lehrte sie, dass die Vergebenden die Menschen seien, die von Allah

belohnt würden. In Sure 2:109 sagt Allah: `Viele von den Leuten der Schrift möchten euch, nachdem ihr den Glauben (angenommen) habt, wieder zu Ungläubigen machen, aus Missgunst von sich selbst aus, nachdem ihnen die Wahrheit klar geworden ist. Doch verzeiht und seid nachsichtig, bis Allah mit Seiner Anordnung kommt! Allah hat zu allem die Macht.´ Und in Sure 43:89 heißt es: `Übe Nachsicht mit ihnen und sag: `Friede!´ Sie werden (es noch) erfahren.´
Und so ist auch der Muslim, er verzeiht den Menschen, auch wenn sie anderer Religion sind. Er liebt sie und wünscht ihnen das Paradies, deshalb freut er sich, wenn sie den Islam annehmen, und trauert, wenn sie als Nichtmuslime sterben. Das ist die Religion der Liebe und der Gottergebung.

David und die sieben Träume/die Lehre

Es waren sieben Schlüsselträume für David, die sein Leben veränderten:

Der erste Traum

Die Suche nach der Wahrheit beginnt. Markus beauftragt seinen Bruder und initiiert die Suche und die Wandlung.

Der zweite Traum

Gibt es nur dieses Leben? Diese Frage wird hier ergründet und bringt David auf die nächsthöhere Stufe.

Der dritte Traum

David lernt, dass die Fähigkeit des Menschen, Gott und seine Macht umzufassen, begrenzt ist. Deshalb ist Gott nicht zu umfassen. Jedoch soll der Mensch Seine Zeichen sehen und sie anerkennen.

Der vierte Traum

Gibt eine Vorschau vom möglichen Eintritt ins Paradies und verstärkt in David den Wunsch, seinem Bruder diesen Traum zu erfüllen.

Der fünfte Traum

Bringt ihm bei, Gott immer zu vertrauen, das Vertrauen in Gott niemals zu verlieren.

Der sechste Traum

Zeigt ihm, dass er seiner Umgebung und seiner Familie immer treu bleiben soll, und ihnen auch dann Hilfe anbieten soll, wenn sie ihn bereits aufgegeben haben.

Der siebte Traum

Bringt ihn zu seiner Partnerin. Erst jetzt am Ende kann er seine Gefühle zu ihr zulassen. Trotz der Macht und Gewalt ihrer Eltern findet er einen Weg, sie zu befreien.

Obwohl diese Schlüsselträume einen großen Effekt auf die Suche Davids hatten, waren sie ihm nur Schlüssel und Leitfaden, wie ein Rahmen für ein Bild. David ist nicht nur seinem Bruder treu geblieben, sondern auch seiner Familie und der Gesellschaft, die seine Glaubensentscheidung und den Prozess der Wahrheitsfindung verurteilt hat.

Seine Träume führten ihn auf den Weg der Wahrheit, wurden wahr.

Sie sind Seelenerlebnisse, ein Teil unseres realistischen Lebens, den wir häufig übersehen und missachten. Sie sind innere Gespräche, in uns und mit unserer uns umgebenden unfassbaren Welt, von der wir einen Teil darstellen.

Träume als Episoden einer großen Serie, die den Titel \`Das menschliche Leben´ trägt, und eine Mischung aus Realität und Fantasie darstellt. Ob dieses \`Leben´ nun ein Traum ist, den man erst erkennt, wenn er zu Ende ist, oder ob es die Realität ist und der Traum dort anfängt, wo die Realität endet, wird David erst erfahren, wenn sein diesseitiges Leben endet und er hoffentlich seinen Bruder Markus wiedertrifft.

Friede sei mit euch!

Dr. Jürgen Weihofen

Heilung durch Regulate

Die
neue Klasse
der Naturheilmitte
hilft bei Problemen mit:
Schmerzen, Rheuma, Nervensystem,
Immunsystem, Allergien, Haut, Magen, Darm,

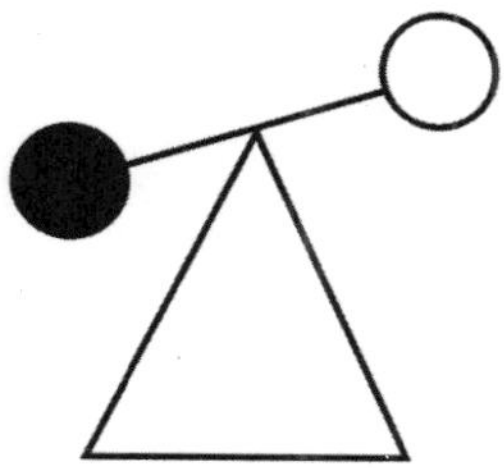

Dr. Jürgen Weihofen

Heilung durch Regulate

Die
neue Klasse
der Naturheilmittel
hilft bei Problemen mit:
Schmerzen, Rheuma, Nervensystem,
Immunsystem, Allergien, Haut, Magen, Darm

Originalausgabe

sanoform

sanoform-Verlag GmbH
Kölner Str. 33
53840 Troisdorf
Tel.: +49-2241-974126
Fax: +49-2241-72940
e-Mail: info@sanoform.de

Besuchen Sie unsere Internetseite:
www.sanoform.de

1. Auflage 2005
Dr. Jürgen Weihofen
Heilung durch Regulate

Bildnachweis Umschlag:
Design-Studio, Troisdorf

Gesamtherstellung: RMO, München
Printed in Germany 2005
ISBN 3-925502-29-7

Inhalt

Vorwort 7

Ohne Regulation gibt es kein Leben 11

Regelsysteme im menschlichen Organismus 15

Krankheit durch Regulations-Blockaden 17

Auflösung von Regulations-Blockaden 26

Eine neue Klasse von Naturheilmitteln: Regulate 27

Die Entdeckung von Dr. Hans Niedermaier: kaskadenfermentiertes Rechts-Regulat 29

Erfahrungsberichte über Heilerfolge 37

Ansätze zur Erklärung der Wirkungen

1. Enzymbausteine (Dr. Blank et. al.) 45

2. Endobionten-Theorie (Prof. Enderlein) 47

3. Antioxidative Effekte (Prof. Elstner) 51

Vorbeugen und Heilen mit kaskadenfermentiertem Regulat

Akute Anwendungen

Wunden/Verletzungen 56

Insektenstiche 57

Sonnenbrand 59

Herpes 60
Furunkel/Karbunkel/Akne 62
Durchfall/Darmerkrankungen 63
Knochenbruch 65
Weitere akute Einsatzmöglichkeiten 66

Kurmäßige Anwendungen
Neurodermitis 68
Psoriasis 70
Allergien 72
Autoimmunerkrankungen 74
Knoten/Tumore 76
Mykosen 77
Immunschwächen 79
Übergewicht 80
Diabetes 82
Herz-Kreislauf-Erkrankungen 83
Wechseljahre 86
Weitere kurmäßige Einsatzmöglichkeiten 87

Dosierungs- und Anwendungsempfehlungen 88

Checkliste für den Kauf von Regulaten 90

Bezugsquellen 91

Register 92

Vorwort

Gesundheit ist unser höchstes Gut. Menschen definieren dieses Gut aber höchstunterschiedlich. Westliche Naturheilkundler bezeichnen Gesundheit als Homöostase, was eine gewisse Konstanz des sogenannten inneren Milieus des Körpers bedeutet. Dies ist nicht mit Starrheit zu verwechseln! Innerhalb definierter Grenzen finden laufend Reaktionen statt. So wird der gesamte Organismus mit Hilfe von Regelsystemen in Balance gehalten (Regelung des Kreislaufs, der Körpertemperatur, des ph-Wertes, des Wasser- und Elektrolythaushalts, Steuerung des Hormonhaushalts).

Diese Balance kennen auch andere Systeme wie die Traditionelle Chinesische Medizin (TCM) oder das indische Ayurveda. Auch diese verstehen Gesundheit als Fliessgleichgewicht. Innerhalb des Körpers fließt die Lebensenergie Qi, getrieben von den Gegensätzen Yin und Yang. Der Organismus reagiert auf äußere Reize, die den Elementen oder Doshas zugeordnet werden und entsprechende Tendenzen schwächen oder verstärken. In jedem Fall wird der Organismus als krank definiert, der nicht (mehr) reagiert, bei dem die Regulationsfähigkeit verloren ging.

Regulation ist ein wesentliches, wenn nicht sogar das wichtigste Lebensprinzip und Voraussetzung für Gesundheit, Fitness sowie Lebensqualität. Krankheiten, insbesondere chronische Gesundheitseinschränkungen, können vermieden oder auf dem Weg zu einer grundlegenden Heilung gesunden, wenn die feinen Regulationsmechanismen unseres Körpers wieder in Balance gebracht werden. Viele Naturheilverfahren versuchen dies zu erreichen. In jüngster Zeit erregt in diesem Zusammenhang eine neue Klasse an Naturheilmitteln durch die erstaunlichen Erfolge die Aufmerksamkeit von Heilpraktikern und Naturheilärzten: die Regulate.

Regulate sind durch Mikroorganismen aufgeschlossene, fermentierte Naturmittel. Quass, Kombucha, Kefir und Teepilz zählt man dazu. Ihre lange Tradition in der Volksmedizin spricht für die Heilerfolge und hat zu modernen Weiterentwicklungen geführt, die die traditionellen Mittel in ihrer Wirkung bei weitem übertreffen. Wissenschaftliche Forschungsergebnisse belegen die Wirksamkeit einer Entdeckung von Dr. Hans Niedermaier: der Kaskadenfermentation. Ausgewählte Mazerate aus Früchten und Gemüsen werden sequenziell durch mehrere Mikroorganismenkulturen vergoren. Ihre hochmolekularen Inhaltsstoffe werden aufgeschlossen, gebundene sekundäre Stoffe freigesetzt; es entsteht ein Produkt mit völlig neuartiger Substanzkombination und enormen regulativen Eigenschaften.

Mein kleines Buch möchte das Grundprinzip der Regulate und besonders des kaskadenfermentierten Rechts-Regulats erläutern, welches seinen Namen von der enthaltenen rechtsdrehenden L(+)-Milchsäure bekommen hat. Die wissenschaftlichen Ansätze zur Erklärung der Wirkungsweisen habe ich so weit wie möglich leichtverständlich dargestellt. Im Mittelpunkt stehen Berichte über die Heilerfolge sowie ganz praktische Anleitungen zu den innerlichen und äußerlichen Anwendungen.

Ich lade Sie ganz herzlich ein, das ungeheure Potential des kaskadenfermentierten Regulats zu entdecken. Für mögliche Fehler bitte ich um Entschuldigung, über Hinweise freue ich mich ebenso wie über Zuschriften zu Erfolgen, die Sie persönlich mit Regulat erzielen konnten.

Troisdorf, September 2005

Dr. Jürgen Weihofen

Über den Autor:

Dr. Jürgen Weihofen ist Ernährungswissenschaftler und selbständig in der Ernährungsberatung tätig. Er entwickelte auf der Suche nach Heilung und Linderung insbesondere chronischer Erkrankungen die Methode F-Balance Dr. Weihofen®, ein interdisziplinärer Ansatz, der die Funktionen des menschlichen Organismus wieder in Balance bringt.

Seit 1985 veröffentlicht Dr. Weihofen Gesundheits-Ratgeber, die überwiegend im sanoform-Verlag erschienen sind. Inzwischen liegen über 20 Titel vor mit einer Gesamtauflage von weit über einer Million sowie Übersetzungen in sechs Sprachen. Dr. Weihofen ist Dozent mit den Themenschwerpunkten gesunde Ernährung, natürliches Abnehmen und Naturheilmittel. Seine Fachmeinung wird gerne eingeholt von Zeitschriften und Fernsehanstalten sowie von Unternehmen des Gesundheitssektors, die er in Produktentwicklung und Marketing berät.

Hinweis:

Dieses Buch kann bei einer behandlungsbedürftigen Krankheit den Besuch eines Arztes oder Heilpraktikers nicht ersetzen. Die Anwendung der Informationen liegt im Ermessen und in der Verantwortung des Lesers. Verlag und Autor übernehmen keine Haftung.

Ohne Regulation gibt es kein Leben

Regulation ist ein Prozess, ein Vorgang, der uns heute in der Technik eher geläufig ist als in lebenden Organismen. Jeder kennt technische Einrichtungen, die die Raumtemperatur regeln: Thermostate. Man stellt eine gewünschte Temperatur ein und macht sich wenig Gedanken darüber, wie das kleine Kästchen an der Wand oder das thermostatgesteuerte Ventil am Heizkörper es schaffen, die Raumtemperatur bei stark schwankenden Außentemperaturen mehr oder weniger konstant zu halten. Genau dies bewerkstelligt aber eine Regulation. Sie besteht aus einer Messeinrichtung, die die Raumtemperatur erfasst und einer Stelleinrichtung, die den Zufluss von Wärme erhöhen und verringern kann. Dazwischen schlägt das Herz der Regulation, quasi die „Software". Sie kann im einfachsten Fall aus einem Bimetallstreifen bestehen, der sich bei höherer Temperatur stärker verbiegt als bei niedriger. Oder aus elektronischen Schaltkreisen bis hin zu Computerprogrammen. Deren Aufgabe ist es, einen Steuerbefehl an die Stelleinrichtung zu geben, und zwar in Abhängigkeit von den gemessenen Werten.

Konkret: Steigt die Raumtemperatur über den voreingestellten Wunschwert, wird die Zufuhr an Wärme heruntergeregelt. Sinkt die Raumtemperatur unter den gewünschten Sollwert, wird die Zufuhr an Wärme erhöht. So bemüht sich die Regulationseinrichtung, den Sollwert möglichst konstant zu halten. Durch fortlaufende Messung und Einstellung findet eine Rückkopplung statt, die flexible Reaktionen auf veränderte Umweltbedingungen ermöglicht.

Die Regulation läuft nach technischer Einrichtung und Programmierung automatisch ab. Sie funktioniert in bestimmten Grenzen von uns unbemerkt. Eine Raumtemperatur-Regulation stößt nach oben und unten an ihre Grenzen, wenn es außen so kalt wird, dass ein voll aufgestelltes Ventil nicht mehr genügend Wärme herbeifördert, um die Solltemperatur zu erreichen. Oder wenn es von außen so warm wird, dass trotz ganz zugedrehtem Ventil die Raumtemperatur über den eingestellten Wunschwert hinaus ansteigt. Im ersten Fall hilft langfristig eine bessere Isolation, kurzfristig die Zufuhr weiterer Wärme, z.B. durch Heizlüfter, Heizstrahler oder eine Heizdecke. Für den zweiten Fall gibt es die Möglichkeit, eine Kühleinrichtung zu installieren, die überschüssige Wärme ableitet. Auch diese wird wiederum durch Thermostate reguliert.

Was passiert, wenn es entweder keine Regulationseinrichtung gibt, man also mit Feuer oder Ofen manuell heizen muss? Oder die Einrichtung defekt ist? Es wird unkomfortabel, unbequem und evtl. so unangenehm, dass gesundheitliche Schäden drohen wie Unterkühlung oder Überhitzung.

Unsere Wohnung ist ja quasi unsere dritte Hülle, nach Kleidung und Haut. Wir versuchen durch Auswahl einer passenden Kleidung auch eine grobe Regulation unserer Körpertemperatur. Die wichtigsten Regulationsmechanismen besitzt jedoch unser Körper selbst. Sie schaffen es meist ganz unbemerkt, unsere Körpertemperatur bei ca. 37 Grad Celsius konstant zu halten. Als Warmblüter ist unser Organismus darauf lebensnotwenig angewiesen. Eine Unterkühlung führt schnell zu gravierenden Funktionsausfällen, Absterben von Körperteilen und Kältetot. Das Ansteigen der Körpertemperatur auf bis zu ca. 40 Grad Celsius ist noch zu tolerieren und bewirkt in Form von Fieber, also vom Körper selbst regulierter Übertemperatur, sogar gewünschte positive Effekte wie schnellere und effektivere Krankheitsabwehr. Darüber hinaus wird es rasch kritisch und lebensgefährlich: Eiweiße zerfallen und funktionieren nicht mehr richtig, der Kreislauf kollabiert, die Steuerung über die Nervenbahnen versagt.

Unser Körper besitzt eine Fülle an Einrichtungen und programmierten Regelkreisen, um alleine die Körpertemperatur konstant zu halten:

- Energiegewinnung aus Kohlenhydraten, Fetten und Eiweißen
- Steuerung der Durchblutung (Herzschlag, Änderung der Aderndurchmesser)
- Energiefreisetzung durch Muskelarbeit
- Veränderung der Atmung
- Veränderung der Verdunstung (Schwitzen).

Leben ist also, wie man an diesem Beispiel schnell einsieht, ohne Regulation nicht möglich. Regulation bedeutet im weitesten Sinne die flexible Anpassung von Organismen an sich verändernde Umweltbedingungen, um das Ziel zu erreichen, den Organismus am Leben zu erhalten und ihm zu ermöglichen, sich fortzupflanzen. Regulation ist eigentlich das Grundprinzip des Lebens überhaupt. Reaktionen auf veränderte Bedingungen zeigen erst, ob es sich um einen lebendigen Organismus handelt oder um tote

Materie. Ein Stein reagiert nicht auf Temperaturänderungen. Er ist ihnen hilflos ausgesetzt und kann daran im wahrsten Sinn des Wortes zerbrechen. Wir Menschen haben dagegen wie alle lebenden Organismen Möglichkeiten, auf Temperaturveränderungen zu reagieren und damit bessere Chancen als Steine, zumindest als Gattung oder als Bestandteil der lebendigen Umwelt zu überleben. Wir „schwache" Menschen sind es, die durch Temperaturschwankungen geborstene oder verwitterte Steine an Baudenkmälern auswechseln!

Regelsysteme im menschlichen Organismus

Regulation bedeutet also Vitalität. Und das bezieht sich nicht alleine auf die Körpertemperatur. Unser Körper besitzt tausende von Regulationssystemen. Sie erfassen Messwerte und steuern über Nerven, Enzyme, Hormone und Organe. Einige Beispiele:

Magenfüllung und Höhe des Blutzuckers dienen als Messwerte, um die Nahrungszufuhr zu steuern. Wir bekommen Hunger und regulieren die Zufuhr an Kalorien, bis wir satt sind. Bei zu schnellem Essen erfolgt die Rückmeldung nicht rechtzeitig genug: Übergewicht entsteht. Gleiches passiert bei eingeschränkter Regulationsfähigkeit des Blutzuckerspiegels (zu viel Zucker im Essen, Diabetes).

Der ph-Wert des Blutes wird konstant gehalten, auch wenn durch Nahrungszufuhr und Stoffwechsel vermehrt Säuren anfallen. Ist die Regulationskapazität überschritten, werden vermehrt Säuren im Bindegewebe zwischengelagert und ausgeschieden (saurer Urin).

Die Neubildung von roten Blutkörperchen erfolgt so, dass immer ein ausreichender Transport von Sauerstoff gewährleistet ist. Fehlt allerdings Eisen, versagt dieser Regelkreis.

Der Blutdruck wird weitgehend konstant gehalten. Fehlen Kalium, Wasser oder werden die Adern durch nervliche Einflüsse zu eng gestellt, steigt der Blutdruck.

Hormone steuern den Wach-Schlaf-Rhythmus. Jet-Lag, Schichtarbeit, anregende Stoffe etc. verändern ihn und beeinträchtigen die Regulationsmöglichkeit.

Dies sind nur wenige Beispiele. Man bedenke, dass quasi alle Messwerte, die in der Medizin erfasst werden, einen „Normalwert“ haben bzw.

einen schmalen Bereich, der bei Gesunden festgestellt werden kann. Ob Blutwerte, Leberwerte, Werte im Urin etc., alle schwanken nur deshalb in einem Normalbereich, weil sie reguliert werden: Sie werden in unserem Körper ständig gemessen und gesteuert. Man ist gesund, wenn dies funktioniert. Versagt die Regulation, kommt es zu Krankheiten.

Krankheit durch Regulationsblockaden

Zeigt ein Organismus gar keine Reaktionen mehr auf Umweltreize, ist dies ein untrügliches Zeichen dafür, dass er nicht mehr lebt und zur toten Materie zurückgekehrt ist. Zwischen optimal vitalem Leben und Tod gibt es viele Zwischenstufen. Sie sind gekennzeichnet durch eingeschränkte Reaktions- bzw. Regulationsmöglichkeiten. Landläufig bezeichnen wir diese als Krankheiten. Insbesondere die altersbedingten und chronischen Krankheiten sind nichts anderes als Ergebnisse mehr oder weniger eingeschränkter Regulation:

- Der Blutzucker kann nicht mehr richtig reguliert werden: es entsteht Diabetes.
- Der Blutdruck kann nicht mehr richtig reguliert werden: es entsteht Bluthochdruck.

- Auf Stoffe wird unangemessen reagiert: es entstehen Allergien.
- Auf Angriffe von Krankheitserregern kann nicht mehr adäquat reagiert werden: es entsteht eine Schwäche des Immunsystems mit Folgen wie häufige Infekte, Pilzbefall etc..
- Auf die Angriffe von Freien Radikalen kann nicht angemessen reagiert werden: es entstehen krankhafte Veränderungen an Adern und Venen oder krankhaft wuchernde Gewebe (Tumore, Krebs).

Wie kommt es zu mangelhafter Regulation? Denken wir zurück an die Raumtemperatur-Regulation: Messeinrichtungen funktionieren nicht mehr richtig, Stellvorrichtungen versagen oder das Programm „gibt seinen Geist auf". Verschleiß, Altersmüdigkeit des Materials können Ursachen sein, aber auch Überbeanspruchung; oder es sitzt irgendwo ein Staubkorn beziehungsweise ein Elektron dazwischen, wo es nicht hingehört.

In unserem Körper ist es ähnlich. Starke Beanspruchung lässt Regulationssysteme ermüden. So nimmt man zum Beispiel an, dass durch starke Beanspruchung der Beta-Zellen in der Bauchspeicheldrüse aufgrund hohen Zuckerkonsums die Regulationsfähigkeit des Blutzuckers mit zunehmendem Alter eingeschränkt ist und der sogenannte Altersdiabetes entsteht. Oder es bilden sich Verengungen der Adern, die die Regulationsmöglichkeit des Blutdrucks einschränken.

Im Stoffwechsel, beim Immunsystem, im Nervensystem und den Energiebahnen sind es häufig auch Blockaden, die die Regulation behindern. Oft sind die feinen Regulationsabläufe der Hormone, Enzyme und Energiebahnen gestört. Das Erkennen der eigentlichen Ursachen ist hier nicht so leicht wie beim Diabetes oder der Arteriosklerose. Die Symptome deuten nicht einfach auf die Ursachen hin, denn die Regulationskreise sind vielfach miteinander verwoben und verflochten. Mit dem Messer des Chirurgen oder mit chemischen Keulen richtet man hier gar nichts aus, außer wahrscheinlich noch mehr Unheil anzurichten.

Heilkundige aller Zeiten beschäftigten sich mehr oder weniger bewusst damit, die Regulationsabläufe wieder zum gesunden Funktionieren zu bringen. Naturheilkunde, traditionelle und moderne Medizin haben einige der Ursachen erkannt, die die Regulationskreise stören:

Mangelhafte Vitalstoffversorgung

Am Beispiel der Bildung von roten Blutkörperchen wurde bereits deutlich: Fehlt ein lebenswichtiger Stoff wie Eisen, funktioniert die Regulation nicht mehr. Alle bekannten Vitamine, Mineralstoffe und Spurenelemente müssen dem Körper in ausreichendem Maße zugeführt werden, sonst versagen die Regulationen. Dabei liegt das Gewicht der Aussage darauf, dass die zugeführten Mengen individuell ausreichend sein müssen, denn der Bedarf ist bei jedem Menschen unterschiedlich. Nicht immer reicht die durchschnittliche Zufuhrempfehlung. Stress, körperliche, geistige und seelische Belastungen sowie Umweltbedingungen erhöhen den Bedarf!

Schadstoffbelastungen

Stoffe aus der Umwelt, Chemikalien in der Nahrung, in Arzneimitteln oder Wohnumwelt belasten die Entgiftungsfunktionen und blockieren Regulationsabläufe. Leber, Niere und Haut werden mit Ausscheidungsaufgaben belastet und können andere Regulationen nicht mehr optimal erfüllen. Das Bindegewebe verschlackt und versagt in den wichtigen Pufferaufgaben.

Säure-Basen-Haushalt

Zu viel Zucker, zu viel tierisches Eiweiß und zu wenig Gemüse sind die Hauptgründe für eine saure Stoffwechsellage. Sie begünstigt Verschlackung und blockiert Regulationen. Krankheiten wie Gicht und Rheuma werden gefördert.

Falsche Nahrungszusammensetzung

Wir essen nicht nur zu viel Zucker und zu viel Eiweiß, sondern auch zu viel Fett. Und zumeist die ungesunden Fette aus dem Tierreich. Das steigert die Risiken der Arteriosklerose mit den Folgen Herzinfarkt, Hirnschlag und Schaufensterkrankheit. Es fehlen die hochwertigen pflanzlichen Fettsäuren, die dies verhindern können.

Nahrungsbelastungen

Künstliche Konservierungsstoffe, Farb- und Aromastoffe in Nahrungsmitteln belasten die Entgiftungsfunktionen. Bestrahlte Lebensmittel täuschen Frische und Vitalstoffreichtum vor. Die Folgen, die gentechnisch veränderte Organismen für uns und die Ökologie, also die gesamte lebendige Umwelt haben, sind nicht abzuschätzen. Es besteht die Gefahr, dass sich Erbgut unkontrolliert auf andere Spezies ausbreitet und damit die Programmierung der Regelkreise durcheinander gerät.

Genussgifte

Alkohol und Nikotin sind Inhaltsstoffe von Genussmitteln, deren Einflüsse auf Regelkreisläufe hinlänglich bekannt sind. Alkohol enthemmt, die Menschen überschätzen sich, die Reaktionen sind verlangsamt und ungenau. Nikotin reduziert den Hunger, verengt die Adern und puscht auf. Fehlt die Zufuhr nach Gewöhnung, kommt es zu unkontrollierbaren Ausfällen der Regelsysteme in Form der Entzugserscheinungen.

Wasserzufuhr zu gering

Im wässrigen Milieu finden die meisten Stoffwechselvorgänge statt. Wird nicht regelmäßig genug Wasser getrunken, kommt es lange vor dem Verdursten zu Fehlsteuerungen. Die Ausscheidung von Stoffwechselgiften ist behindert.

Schäden an Stoffwechsel-Organen

Falsche Lebensweisen führen zu Schäden an Magen, Darm, Leber und Niere. Ursachen sind ballaststoffarme Kost, Stress, Medikamenteneinnahme, falsch zusammengesetzte, zu heiße und zu kalte Nahrung. Magenschleimhautreizungen und –entzündungen sowie Veränderungen der Darmflora haben weitreichende Auswirkungen auf unsere Regelsysteme. Die Vitalstoffaufnahme ist behindert und das Immunsystem entgleist. Allergien werden gefördert.

Immunsystem-Belastungen

Weitere Belastungen muss das Immunsystem durch eine Unzahl chemisch-synthetisch erzeugter Stoffe hinnehmen, die durch Luft, Nahrung oder Haut in unseren Körper gelangen und die unsere Stoffwechselregelungen stören oder beeinträchtigen. Stress, Krankheitserreger, Impfungen, Schadstoffe aus der Luft wie Feinstaub, Russpartikel und Ozon nehmen die Abwehr weiter in Anspruch. Eine bekannte Folge ist der Anstieg der Belastung mit Freien Radikalen, aggressiven Molekülen, die Stoffe oxidieren und damit schädigen. Sie sind dafür verantwortlich, dass Fette sich in die Adernwände einnisten und Gene so verändert werden, dass Zellen anfangen, unkontrolliert zu wachsen. Die Regulation durch Antioxidantien gerät an ihre Grenzen, Krankheiten entstehen.

Regenerationsfähigkeit

Lärm, unregelmäßige Arbeitszeiten, selbst geschaffener Freizeit-Stress lassen viele Menschen zu wenig schlafen. Es fehlt an Entspannung und Regeneration. Auch dies mündet in Krankheiten.

Strahlung, Elektro-Smog

Wir sind zunehmender Strahlenbelastung ausgesetzt. Durch Ozonlöcher in der Atmosphäre gelangen vermehrt krankmachende Strahlen von der Sonne auf unsere Haut und bis in unsere Zellen. Wir erzeugen mit Röntgen- und anderen Medizingeräten weitere Strahlenbelastungen. Dazu kommt eine Fülle an elektromagnetischer Störstrahlung durch Elektrogeräte, Netzteile, Handys, Sender, PC´s, Funknetzwerke, Funktelefone, in Zügen und Flugzeugen, durch Bauteilen in den Autos etc.. Sie stören die Regelkreise in unserem Organismus, die sich zum Teil auch feinster Ströme bedienen.

Blockaden der Energiebahnen

Aus allen diesen Gründen fließt unsere Lebensenergie nicht mehr so in den Meridianen, wie sie es in einem gesunden Menschen tut. Die

Traditionelle Medizin Chinesische (TCM) sieht Blockaden des Qi seit Jahrtausenden als Grund für die Entstehung von Krankheiten. Das bedeutet: die Regelsysteme funktionieren nicht mehr richtig. Neben den bisher aufgeführten Ursachen spielen weitere Faktoren wie krankmachende Lebensumstände im sozialen Umfeld, der Familie und der Gesellschaft eine Rolle. Viele Menschen leiden unter zunehmendem psycho-sozialen Druck und fühlen sich den steigenden Anforderungen in Beruf und Privatleben nicht mehr gewachsen. Dies führt zu geistig-seelischen Blockaden und Verkrampfungen, zu Depressionen oder Psychosen sowie über die Wechselbeziehungen von Körper, Geist und Seele letztlich zu somatischen Krankheiten.

Auflösung von Regulations-Blockaden

Ein Organismus, der nicht auf Reize reagiert, gilt in der TCM nahe dem Tode. Starrheit, Verkrampfungen und Krankheiten sind Folge von Regulationsblockaden. Eine Heilung setzt zunächst voraus, dass die oben beschriebenen blockierenden Einflüsse auf die Regulation abgestellt werden. Um auf das Beispiel der Raumtemperatur-Regelung zurück zu kommen: Sinkt die Raumtemperatur deshalb, weil ein Fremdkörper das Ventil blockiert, hilft es nicht wirklich und dauerhaft, zusätzliche Elektroheizlüfter aufzustellen. Das belastet den Geldbeutel und führt an anderer Stelle zu weiteren Problemen. Hebt man dagegen die Regulationsblockade auf, gesundet das System und funktioniert wieder.

Reparaturen sind im fein programmierten Regulationsgeflecht unseres Organismus nicht so einfach durchzuführen wie beim Raumthermostat:

Nicht alle krankmachenden Regulationsblockaden unterliegen unserem Einfluss und sind zu entfernen. Mit manchen äußeren Belastungen müssen wir versuchen zu leben.

Auch wenn viele Blockadeauslöser identifiziert und beseitigt sind, kommt es häufig nicht von allein zu einer Rückkehr zu den gesunden Regulationskreisläufen. Dazu fehlt dem geschwächten Organismus entweder Kraft und Energie oder er hat sich in einem suboptimalen Zustand bequem eingependelt, um nicht in eine Abwärtsspirale zu kommen. Es bedarf dann eines Anstoßes, um ihn wieder auf das optimale Niveau zu heben.

Heiler, die sich mit Naturheilverfahren beschäftigen und energiemedizinische Hilfsmittel einsetzen, wissen, dass oft nur eine schrittweise Annäherung an gesündere Zustände möglich ist. Oder der Körper reagiert zunächst nicht auf feine Anstöße, weil zum Beispiel zuvor noch die Folgen von Vergiftungen (oft von Amalgam) beseitigt werden müssen.

Eine neue Klasse von Naturheilmitteln: Regulate

Gefragt sind natürliche Hilfsmittel, die diesen Prozess der Rückkehr zur optimalen Regulation unterstützen, beschleunigen und oft erst ermöglichen. Man nennt diese neue Klasse der Naturheilmittel „Regulate". Sie geben milde Reize an die Regelsysteme, provozieren also kleinste Reaktionen und bringen Bewegung in starre, krankhafte Zustände.

Naturheiler nutzen sie intuitiv bereits seit Jahrhunderten oder Jahrtausenden. Sie wussten nur nicht, wie sie funktionieren und welche Aufgabe sie erfüllen. Dies wird heute langsam aber sicher immer klarer. Es handelt sich meist um Lebensmittel, die durch äußerst vitale Mikroorganismen zu Heilmitteln umgewandelt werden. Bestimmte Mikroorganismen sind den Regulationselementen in unseren Zellen sehr nahe verwandt. Ihre Heilkräfte wurden zufällig entdeckt, das Wissen darum sowie die erforderlichen Mikroorganismen wurden gehütet und in der Volksheilkunde vieler Länder weiter gegeben. Wenn man die Informationen ordnet, ergibt sich ein klares Bild mit vielen Übereinstimmungen. Und wer sie klug kombiniert, findet ein hochpotentes Naturheilmittel mit erstaunlichen Wirkungen.

Was haben Kwass, Kombucha, Brottrunk, Teepilz, Kefir moderne Milchsäuregetränke gemeinsam? Sie werden durch Mikroorganismen von Lebensmitteln zu Heilmitteln umgewandelt. Und es sind erstaunliche Heilwirkungen zu beobachten, die nur durch die Wiederherstellung von Regulationssystemen erklärt werden können. Ihre Wirkungen setzen an den Zentralstellen von Resorption, Stoffwechsel, Immunsystem und Entgiftung ein und ziehen von dort immer weitere Kreise über Bindegewebe, Blut, Lymphe bis in kranke Organe und Körperteile. Traditionelles östliches Heilwissen misst ihnen die Kraft bei, Blockaden der Lebensenergie aufzuheben,

Qi wieder zum Fließen und Yin und Yang zu einem gesunden Gleichgewicht zu bringen.

Die Entdeckung von Dr. Hans Niedermaier: kaskadenfermentiertes Rechts-Regulat

Das Wissen um die Wirkungen dieser Fermentationsmittel zieht immer weitere Kreise. Wen wundert es, dass sie im Interesse vieler Naturheilkundler stehen? Und mancher versucht, unter ihnen das beste aller Regulate zu finden.

Der Verdienst, dieses gefunden zu haben, kommt wohl Dr. Hans Niedermaier zu. Die Geschichte seiner Entdeckung ist schnell erzählt. Dr. Hans Niedermaier betrieb als Apotheker und Lebensmittelchemiker seit 1939 in der Nähe von München eine kleine Pharmaproduktionsfirma. Auf der Basis von Heilpflanzen und ihren natürlichen Wirkstoffen legte er mit dem Klassiker „Galama“ den Grundstein für den Erfolg seiner Firma. Seit Beginn der 70er Jahre des letzen Jahrhunderts beschäftigte sich Dr. Hans Niedermaier mit Fermentationsprodukten und experimentierte im eigenen Labor mit verschiedenen Ausgangsmaterialien und Mikroorganismen.

Seine These war, dass als Ausgangsmaterial doch das am geeignetsten wäre, was in unserer Nahrung zunehmend fehlt: vitalstoffreiches Gemüse, Obst, Nüsse und Keimsprossen. Er kombinierte diverse „gesunde“ Lebensmittel und Gewürze und unterzog sie auf der Suche nach dem „ultimativen“ Regulat verschiedenen Fermentationen. Seine Intuition führte ihn nach ca. 20 Jahren auf die richtige Spur: Er setzte nicht auf eine einzige Fermentation, sondern experimentierte mit stufenweisen, quasi nacheinander geschalteten, sequenziellen Prozessen, die in sich wiederum Rückkopplungen enthalten und Potenzierungen der Wirkungen zur Folge haben.

Dass seine Experimente zum Ziel führten, zeigte ein unfreiwilliges Experiment am geliebten Hund. Nachdem bereits ein Terrier elendig an einer Vergiftung zugrunde gegangen war (wahrscheinlich aufgrund von Spritzmitteln der Bauern), versuchte Dr. Niedermaier in letzter Hoffnung, ob sich durch sein stufenweise fermentiertes Regulat der Gesundheitszustand seines vom Tierarzt austherapierten Terriers verbessern ließ. Und siehe da: nach wenigen Stunden zeigte sich ein Abklingen der Vergiftungssymptome. Der Hund begann wieder zu fressen, zu saufen und gesundete vollkommen.

Durch dieses Erlebnis beflügelt testete Dr. Niedermaier sein fermentiertes Konzentrat selbst und innerhalb der Familie. Es erregte die Aufmerksamkeit des Tierarztes, und so breitete sich die Kunde des neuen „Wundermittels“ um die Jahrtausendwende rasch aus. Dr. Hans Niedermaier ließ das von ihm entwickelte Fermentationsverfahren als „Kaskadenfermentation“ patentieren und bezeichnete sein Erzeugnis, in welchem Mikroorganismen überwiegend die gesunde rechtsdrehende L(+)-Milchsäure erzeugen, als „Rechts-Regulat“.

Die Basis von Rechts-Regulat

Ausgangsbasis für die Fermentation sind Gemüse, Obst, Nüsse, Keimsprossen und Gewürze aus kontrolliert-biologischem Anbau:

Datteln: Sie sind reich an Calcium, Kalium und Vitamin B_5 sowie der wichtigen Aminosäure Tryptophan (daraus entsteht der Botenstoff Melatonin, der das Einschlafen und damit die Regeneration fördert).

Feigen: Enthalten Ballaststoffe und verdauungsfördernde Enzyme. Normalisieren die Darmtätigkeit.

Walnüsse: Ihr hochwertiges Pflanzenöl enthält außergewöhnlich viel Alpha-Linolensäure, die zusammen mit dem enthaltenen Vitamin E Arteriosklerose und damit Herz-Kreislauf-Problemen vorbeugt.

Kokosnüsse: Liefern reichlich Calcium, Eisen, Phosphor und ungesättigte Fettsäuren. Sie unterstützen damit den Knochen- und Zahnstoffwechsel, stärken Blutbildung und Abwehrkräfte.

Zitronen: Sind reich an Vitamin C, Flavonoiden und Zitronensäure. Unterstützen das Immunsystem, die gesamte Vitalität und helfen bei der Verstoffwechselung von Fett.

Sojabohnen: Sind hervorragende pflanzliche Eiweißspender, liefern außerdem Soja-Isoflavone (Pflanzen-Östrogene), die gegen Osteoporose und Wechseljahresbeschwerden helfen sowie Lecithin als Nervennahrung.

Zwiebeln: Enthalten u.a. Zink, Folsäure, ätherische Öle und Flavonoide. Besonders hervorzuheben sind die schwefelhaltigen Verbindungen.

Helfen bei Infektionen, Gefäß- und Magen-Darm-Erkrankungen.

Sellerie: Die Wurzel wirkt mit ätherischen Ölen und Terpenen antibakteriell, antimykotisch (gegen Pilze), desinfizierend für Magen, Darm, Niere, Blase. Wirkt allgemein belebend und vitalisierend.

Keimsprossen: Beim Keimprozess entwickeln sich in den Samen außerordentlich viele Vitalstoffe. Der Gehalt an Vitaminen steigt beträchtlich. Sie liefern alles, was die junge Pflanze zum Leben braucht: Eiweiß, essentielle Fettsäuren, Mineralien, Spurenelemente.

Artischocken: Der Bitterstoff Cynarin unterstützt die Leber als wichtigstes Stoffwechsel- und Entgiftungsorgan, regt den Gallefluss an, verbessert damit die Fettverdauung und senkt den Cholesterinspiegel.

Hirse: Das Getreide mit dem höchsten Gehalt an Mineralstoffen, insbesondere Silicium, Eisen, Magnesium, Kupfer und Mangan. Fördert den Stoffwechsel von Knochen, Bindegewebe, Haut, Haaren und Nägeln.

Erbsen: Liefern wie alle Hülsenfrüchte ein hochwertiges Pflanzeneiweiß sowie Nukleinsäuren, in denen die Erbinformation gespeichert ist. Unterstützen damit die Zellneubildung.

Safran: Das edle Gewürz gibt nicht nur eine schöne Farbe. Wegen seiner ätherischen Öle und Glucoside wurde es traditionell zur Linderung von Schmerzen und in der Frauenheilkunde eingesetzt.

Der Herstellprozess von Rechts-Regulat

Das Gärgut wird zerkleinert und mit Wasser und speziellen Milchsäurebakterien in einem Bioreaktor (Gärtank) angesetzt. Die Mikroorganismen beginnen nach etwa zwei Tagen im ersten Schritt der Kaskade, Kohlenhydrate und Eiweiße des Ausgangsmaterials in Milchsäure und kurze Peptid-Bausteine umzuwandeln. Bereits die erste Fermentation dauert zwei bis drei Wochen.

Milchsäure ist Bestandteil des Blutplasmas (0,09 bis 0,16 g/l). Sie wird von unserem Körper im Stoffwechsel selbst hergestellt. Es gibt zwei isomere Formen, die sich nur durch ihre räumliche Struktur unterscheiden:

Rechtsdrehende L(+)-Milchsäure:
Diese Form ist die physiologische. Nur sie wird in unserem Körper erzeugt, und nur für sie haben wir Enzyme, die sie weiter abbauen. Man nennt sie rechtsdrehend, weil sie die Schwingungsebene polarisierten Lichts (wird durch einen schmalen Schlitz geschickt und schwingt deshalb in einer Ebene), wenn es durch eine wässrige Lösung mit dieser Milchsäure fällt, nach rechts, also im Uhrzeigersinn, dreht.

Linksdrehende D(-)-Milchsäure:
Diese Form dreht polarisiertes Licht links herum und kann von unserem Körper nur mit besonderem Aufwand verstoffwechselt werden. Sie verbleibt deshalb lange im Blut und führt bei größerer Zufuhr zu Übersäuerung. Sie soll auch bei Krankheiten, insbesondere Tumoren, entstehen.

Die speziellen Milchsäurebakterien der Kaskaden-Fermentation lassen fast ausschließlich die „gesunde“, physiologische rechtsdrehende L(+)-Milchsäure entstehen.

Nach der ersten Vergärung wird ein Teil entnommen und mittels weiterer Mikroorganismen einer zweiten Fermentation unterzogen. In weiteren, langwierigen Schritten wird nach dem patentierten Verfahren so weiter verfahren. Einer Kaskade gleich spalten so die Gärungsmikroben die Inhaltsstoffe der Ausgangs-Lebensmittel immer weiter auf. Es findet eine einmalige Aufschlüsselung und eine dynamische Potenzierung der Schwingungsenergie statt. Man kann den Prozess der Kaskaden-Fermentation mit dem der Potenzierung in der Homöopathie vergleichen. Das Schütteln bewirken hier die Gärungsbläschen im Bioreaktor. Großmolekulare Strukturen werden in niedermolekulare mit hoher Bioverfügbarkeit aufgeschlüsselt, während sich der Informationsgehalt potenziert und auf das energetisch aufbereitete Wasser überträgt.

Zum Abschluss werden die in langwierigen Stufen gewonnenen Fraktionen gefiltert und wieder zusammengeführt zum endgültigen, kaskadenfermentiertem Regulat. Ein Zusatz von Konservierungsstoffen, Alkohol oder Zucker erfolgt nicht. Der hohe Gehalt an rechtsdrehender L(+)-Milchsäure konserviert das Rechts-Regulat ganz natürlich. Sie bestimmt natürlich auch den sauren Geschmack.

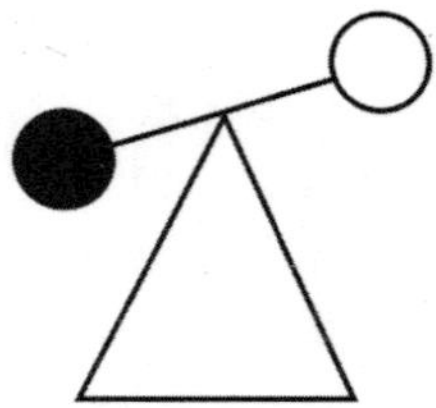

Erfahrungsberichte über Heilerfolge

(aus Zuschriften von Anwendern)

Anne T. aus M.:

Ich persönlich nehme seit Anfang Dezember 2004 regelmäßig das Rechts-Regulat und kann für mich folgende positive Veränderungen feststellen:

- seit diesem Zeitpunkt hatte ich weder Schnupfen, Erkältung – obwohl hier in der Klinik sowohl Patienten als auch alle Mitarbeiter an diesen Symptomen litten und ich mich sonst regelmäßig angesteckt habe
- seit o.a. Zeitpunkt benutze ich auch das Rechts-Regulat zur Haarpflege (1:1) und kann definitiv feststellen, dass sich mein wohl hormonbedingter Haarausfall deutlich verringerte
- seit dieser Zeit behandle ich auch Altersflecken damit (1:1). Der bisher dunkelbraune Fleck ist zum einen deutlich heller geworden und er ist nicht gewachsen, eher etwas kleiner und flacher geworden
- ich benutze es auch als Gesichtstonikum (1:1) und habe eine weniger trockene und besser durchblutete Haut.

Siglinde v. T. aus A.:

.... Nun zu der größten Herausforderung für Rechts-Regulat: Mein Zahnarzt erklärte mir, dass wir über bewussten Backenzahn eine Krone machen müssen und vorher die schon im Sommer 2004 erwähnte Paradontose-Behandlung durchführen müssen. Diese Behandlung schob ich schon 6 Monate vor mir her, da ich große Angst vor den Schmerzen hatte. Mit einer Flasche Rechts-Regulat „bewaffnet" unterzog ich mich am Donnerstag, den 17.2.2005, der Paradontosebehandlung. Ergebnis: Behandlung von 10.00 bis 12.00 Uhr. Betäubung wirkte noch bis 16.00 Uhr. Ab 16.00 Uhr spülte ich stündlich mit Rechts-Regulat. Mit Erfolg: Ab 22.00 Uhr war ich völlig wundschmerzfrei. Selbst die Schwellungen im Gesicht – die ich natürlich noch sah – waren für Außenstehende nicht zu erkennen. Die vom Zahnarzt erhaltenen Schmerztabletten benötigte ich nicht!

Günter W. aus E. (aus einem Brief an seine Ärzte):

Ihre Hilfe hat es möglich gemacht, dass ich fast ohne Schmerzen dieses Weihnachtsfest erleben kann. Das Erleben der äußerst schmerzhaften

Erkrankung Polymyalgia Rheumatica ließ mir oft Zweifel an meiner Gesundung. Ich war, wie Sie wissen, fast bewegungsunfähig und wurde im Rollstuhl auf Ihre Station gefahren.

Ich habe Ihren Rat befolgt, mein besonderes Augenmerk auf meine Zähne zu richten. Meine Zahnärztin röngte sofort die Zähne: Es ist soweit, 4 Zähne müssen raus!

Ich nehme täglich einen Esslöffel Rechts-Regulat. Es wurde für mich zum Wundermittel gegen meine Schmerzen. Meine Rheuma-Schmerzen in der Schulter und im Rücken, in Arm- und Beingelenken waren insbesondere nachts fast unerträglich. Ich füllte Rechts-Regulat, zur Hälfte mit Wasser verdünnt, in einen Zerstäuber. Den kühlenden Sprühstrahl richtete ich auf meine schmerzenden Körperstellen. Die Flüssigkeit wurde von der Haut sofort aufgenommen. Die Wirkung war verblüffend. Der kalte Sprühstrahl nahm mir in Sekundenschnelle den Schmerz. So gut wie es mir geholfen hat, könnte es auch anderen Schmerzpatienten helfen. Ich möchte Ihnen gerne als Weihnachtsgeschenk zwei Flaschen Rechts-Regulat für die Behandlung von Schmerzpatienten zur Verfügung stellen.

Hanne H.:

Ich bin 64 Jahre alt. Die ersten Symptome begannen vor etwa 15 Jahren wie ein grippaler Infekt. Weitere Symptome kamen hinzu: Schmerzen und Kribbeln in den Beinen, brennende Fußsohlen, ein „dicker" Kopf wie nach übermäßigem Alkoholgenuss, schlimme Rückenschmerzen mit Schwäche. Ich zähle hier nur die ärgsten Beschwerden der Summe der Symptome auf, die die Schulmedizin seit einigen Jahren unter dem Begriff „Fibromyalgie" zusammenfasst.

Vor etwa drei Monaten stellte mir eine Bekannte eine Flasche auf den Tisch. Der Inhalt sei ein Hammer, wie sie sich ausdrückte. Ich las die Broschüre über das Regulat und entschloss mich zu einem Versuch. Nach einer anfänglichen Verschlimmerung der Symptome ging es mir langsam, aber spürbar besser. Weniger zerschlagen und erschöpft, besserer Schlaf, schnellere Regeneration nach körperlicher Anstrengung. Nach etwa fünf Wochen begann ich, wieder querfeldein zu laufen. Ich steigerte langsam Tempo und Distanz. Die Besserung hielt an ohne Rückfall: kaum noch Muskelschmerzen, Beine schmerzfrei, kein Brennen und Kribbeln mehr, keine Empfindlichkeit der Zähne, klarer

Kopf, entschieden mehr Energie und Vitalität, zwei Stunden querfeldein mit dem Hund – ein Genuss!

Katrin G. aus D.:

Seit Jahren habe ich Probleme mit meiner Figur. Vor einigen Monaten empfahl mir meine Tante Rechts-Regulat. Ohne Probleme und ohne Hungern habe ich meinen Figurtraum von Größe 38 erreicht. Auch mein Allgemeinbefinden hat sich wesentlich gebessert. Für mich ist es ein kleines Wunder.

Renate W. aus G.:

In meiner Praxis als Fußpflegerin konnte ich wieder einmal vielen Kunden bei der Anwendung mit Rechts-Regulat helfen. Ich selbst habe bedingt durch eine Hepatitis im Kleinkindalter (1950) immer erhöhte Leberwerte und seit einigen Jahren eine vermehrte Bildung von Leberflecken, speziell am Rücken. Rechts-Regulat nehme ich seit Mai 2003 regelmäßig ein. Seit ca. Mai des Jahres sind die Leberwerte nur noch unwesentlich erhöht und die Leberflecke am Rücken sind zu 70 % weniger geworden. Ich bin sehr glücklich über diese Ergebnisse!

Sabrina B., Spanien:

..... Weiterhin behandle ich einen kleinen Jungen, 8 Jahre alt, mit starker Allergie, Atemnot, welcher schon lange mit Antihistaminika behandelt wurde und auch Cortison zum Inhalieren. Nach dem ersten Monat mit Regulat war eine starke Reaktion am ganzen Körper: Ausschlag (rot), müde. Habe dies der Mutter erklärt und sie zur Weitereinnahme animiert. Nach einem weiteren Monat geht es dem jungen Patienten so gut, dass er keine Antihistaminika mehr einnimmt und auch kein Cortison.

Gabriela H. aus S.:

Ich nehme Regulat seit mehreren Wochen und bin absolut begeistert. Nach einer Bauchoperation hatte ich Probleme, wieder zu einem normalen Stuhlgang zu finden. Mit dem Regulat hat das innerhalb von 3 Tagen wieder problemlos funktioniert. Ich bin begeistert.

Christa L. aus A.:

Eine Kollegin, die von Rechts-Regulat begeistert ist, hat mich auf dieses Produkt aufmerksam gemacht. Nach anfänglicher Skepsis habe ich angefangen, morgens und abends einen großen

Esslöffel voll zu nehmen. Nach ca. einer Woche merkte ich, dass meine depressive Stimmung, aufgrund der Wechseljahre und jahrelanger Überlastung, deutlich besser war. Seither geht es mir jeden Tag besser, ich fühle mich fit, habe wieder mehr Energie und vor allem nicht mehr so viel Angst. Mein Körper fängt an sich zu verändern: Mein Bäuchlein ist verschwunden, meine Sucht nach Zigaretten hat deutlich nachgelassen.

Ingrid S. aus P.:

Ich faste relativ regelmäßig für eine Woche. Diesmal habe ich Rechts-Regulat in meinen Fastenplan integriert (3 x täglich einen Esslöffel), und ich kann sagen, dass mir das Fasten noch nie so leicht gefallen ist. Die bei mir sonst üblichen Begleiterscheinungen wie Kreislaufschwierigkeiten, Rückenschmerzen, Lustlosigkeit, sind diesmal so gut wie überhaupt nicht aufgetreten.

Helene B. aus N.:

Mit dem Rechts-Regulat machte ich bisher beste Erfahrungen. Lange Zeit hatte ich an der rechten Außenseite des Knöchels rundherum, bis zur halben Wade hinauf, einen sehr unangenehmen Juckreiz. Dazu eine Rötung. Meine Fußpflegerin eröffnete mir, es sei ein Pilz. Hautarzt verschrieb cortisonhaltige Salbe. Keine Besserung. Da erfuhr ich von Regulat. Hiermit bestätige ich Ihnen wahrheitsgemäß, ich nahm es wie vorgeschrieben und trug diese Flüssigkeit morgens und abends auf und ließ es trocknen. Nach 3 Tagen war von der Rötung nichts mehr zu sehen. Der Juckreiz völlig verschwunden, bis heute. In der Aufregung verschwand sogar mein Tinitus ....

Ilse S. aus L.:

Mein Sohn Ralf leidet an einer Schuppenflechte an Händen und Füßen. Seit dem er Rechts-Regulat regelmäßig einnimmt, ist die Schuppenflechte viel besser geworden, an den Händen sogar verschwunden.

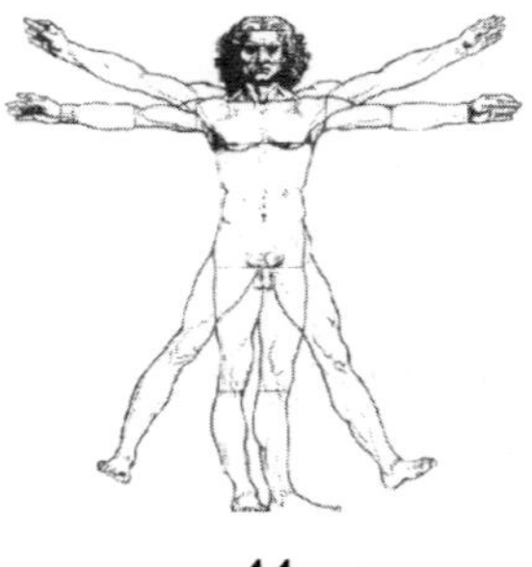

Ansätze zur Erklärung der Wirkungen von Rechts-Regulat

Enzymbausteine

Die erstaunlichen Heilerfolge durch die innerliche und äußerliche Anwendung von Regulaten lassen Therapeuten und Forscher natürlich nicht ruhen, nach den dahinter steckenden Wirkmechanismen zu forschen. Das kaskadenfermentierte Regulat steht im Mittelpunkt einer Veröffentlichung der Ärzte Dr. Karl-Heinz Blank, Dr. Axel Kohler sowie der Heilpraktiker Ekkehard Arnd Wittich Scheller, Johannes Aron Seidler und Thomas Ganswindt *(Diagnose: „Damit müssen Sie jetzt leben!“ Nein Danke! Teamdruck, Bassum 2003)*. Sie führen die Wirkungen der Regulate auf die Zufuhr aufgeschlossener Enzyme und Enzymbausteine zurück. Insbesondere das kaskadenfermentierte Regulat liefere diese für die Regulation aller Lebensvorgänge notwendigen Substanzen bzw. deren Vorstufen in einer Form, die sofort verfügbar ist. Die durch die Fermentationsprozesse abgebauten Bausteine sind im Gegensatz zu riesigen Eiweißkörpern herkömmlicher Enzympräparate leicht aufnehmbar. Das körpereigene Enzymdepot kann damit nach Bedarf aufgefüllt werden.

Dies leiste die weitgehend denaturierte, auf ausgelaugten Böden schnell gezogenen und industriell verarbeiteten Lebensmittel heute nicht mehr. Wir nehmen immer weniger Enzyme und Enzymbausteine zu uns, gleichzeitig steigt der Bedarf durch Umweltbelastungen, Stress und chronische Erkrankungen. Durch Mirkoorganismen aufgeschlossene Enzymbausteine ergänzen deshalb ideal das Defizit unserer heutigen Nahrungsmittel.

Lebensdauer und Lebensqualität des Menschen hängen direkt proportional mit der Funktionstüchtigkeit des körpereigenen Enzymsystems zusammen. Die Enzyme und Enzymbausteine des kaskadenfermentierten Regulats zeichnen sich laut Dr. Blank et. al. außerdem dadurch aus, dass sie mit Schwingungsenergie beschickt sind, die sie nach der Meßmethode Bioresonanz/Radionik mit der Beurteilung „Energetisch wirksam auf Platz 1“ belegen. Sie sind dazu geeignet, den Organismus wieder in sein Gleichgewicht (= Homöostase) zu bringen. Stoffwechselentgleisung, Übersäuerung und Ablagerung in den Gelenken oder im Gewebe (auch Fettablagerungen) werde so nachweislich entgegengearbeitet. Äußerlich wirke Regulat schmerzstillend und sei in der Lage, Heilungsprozesse zu beschleunigen.

Endobionten-Theorie Prof. Enderlein

Prof. Günther Enderlein war Zoologe und Mikrobiologe und forschte während des ersten Weltkriegs als Heeresbakteriologe in Stettin über die Entwicklung von Bakterien. Seine Monographie „Bakterien-Cyclogenie" erschien 1925 und wurde 1981 noch einmal neu aufgelegt *(Semmelweiß-Verlag, Hoya)*. Prof. Enderlein betrachtete Entwicklungsstufen von Bakterien unter dem auch heute noch gebräuchlichen Dunkelfeldmikroskop. Er beschrieb als erster die geschlechtliche Vermehrung von Bakterien nach vorausgegangener Kernverschmelzung. J. Lederberg erhielt für eben diese Beschreibung des Austauschs genetischen Materials bei Bakterien 1958 den Nobelpreis.

Nach Enderlein durchlaufen Mikroben artspezifische Zyklen (Cyclogenie) mit Phasen (Valenzen), beginnend unterhalb der Grenze der mikroskopischen Sichtbarkeit im Bereich der Viren, über Kokken und Stäbchen bis hin zu den Pilzen. Die kleinsten lebendigen Einheiten benannte Enderlein als „Endobionten“. Sie leben in verschiedenen Entwicklungsstadien mit dem Menschen zusammen. So lange sie uns nicht schaden, bezeichnet man sie heute als „Symbionten“. In gesundem Blut sind die Symbionten unter dem Dunkelfeldmikroskop als aktive, sich bewegende Einheiten im Plasma zwischen den Blutkörperchen auszumachen.

Abhängig vom Milieu (sauer, bei chronischen Erkrankungen) können sich aus den Symbionten höhere pathogene, also krankmachende Formen entwickeln. Enderlein erkannte in ihnen Auslöser von u.a. Tuberkulose, Infektanfälligkeit, Asthma, Arthrose und Krebs. Heilpraktiker wie Ekkehard Arnd Wittich Scheller sehen heute Veränderungen im Blut, die mit einem Mangel an Symbionten einhergehen, ausgelöst durch Antibiotika-Missbrauch in Medizin und Tierzucht sowie durch Schwermetallbelastungen, als Ursache für Krankheiten wie Psoriasis, Neurodermitis, Morbus Crohn, Colitis ulcerosa, Gastritis, Allergien, Rheuma, Fibromyalgie und Krebs. Scheller vertritt die Überzeugung, dass kaskadenfermentiertes Regulat in der Milieutherapie nicht fehlen sollte, denn im Dunkelfeldmikroskop konnte er im Rechts-Regulat eben die Symbionten erkennen, die im kranken Zustand im Blut fehlen.

Diese Therapieempfehlung entspricht der von Prof. Enderlein. Er benutzte nur eine andere Terminologie. Nach seinen Erkenntnissen lassen sich unter gleichzeitiger Milieutherapie die pathogenen Formen der Endobionten durch Zuführung zellenloser Primitiv-Formen in ihre nichtpathogenen Phasen zurückführen. Scheller berichtet, dass bei Enzymmangel und Enzymblockaden auffallend wenig Symbionten im Blut sichtbar sind. Nach ein bis zwei Tagen Einnahme von kaskadenfermentiertem Regulat verbessert sich nachhaltig Quantität als auch Qualität der Symbionten. Ein untrügliches Zeichen dafür, dass das Blutmilieu wieder in den gesunden Zustand reguliert wird.

Wie aktuell Enderleins Erkenntnisse sind, belegt Dr. Dr. Peter Schneider in seiner Abhandlung „Prof. Enderlein´s Forschung aus heutiger Sicht“ *(Ganzheitliche Tiermedizin Nr. 16, 2002)*: Die moderne Variante Enderlein´s Theorie ist die von Prof. Max Taylor geprägte „Serielle Endosymbiontentheorie“. Sie besagt, dass Einzeller, Pflanzen, Pilze, Tiere und Menschen aus Symbiogenesen, d.h. aus der symbiotischen

Verschmelzung verschiedener Lebensformen, entstanden sind. Genetische Untersuchungen konnten dies beweisen: Das Nucleocytoplasma, die Grundsubstanz der Zellen, ist aus Archebakterien hervorgegangen, während ein großer Teil des Eiweißstoffwechsels auf thermoacidophile Bakterien zurückgeführt werden kann. Die Sauerstoff verarbeitenden „Kraftwerke" der Zellen, die Mitochondrien, sind aus Purpur- bzw. Proteobakterien entstanden. Hugo Schanderl gelang es sogar, aus Mitochondrien die ursprünglichen symbiontischen Bakterien zurückzuzüchten.

Weitere „Mitbewohner" existieren in den Körperzellen des Menschen, die als „zellwandfreie Formen" (engl. CWD) bezeichnet werden. Ein Drittel der gesunden Menschen enthalten zum Beispiel in ihren roten Blutkörperchen genetisches Material von Bakterien der Familie der Pseudomonadenartigen. Bei anderen handelt es sich um neu entdeckte „Nano-Bakterien", die so klein sind wie Viren. Die winzigen Mitbewohner unserer Zellen haben wir bereits mit den Ursprungszellen unserer Eltern und durch die Plazenta übertragen bekommen. Schwächungen von Gewebe und Organen sowie krankmachende Milieuänderungen verwandeln sie in größere, pathogene Formen bis hin zu den schädlichen Pilzen Mucor racemosus und Aspergillus niger. Kaskadenfermentiertes Regulat verbessert das Milieu und liefert die Primitivformen der Symbionten, die in der Lage sind, die pathogenen Formen zurückzudrängen.

Antioxidative Effekte

In mehreren Untersuchungen bestimmten Prof. Dr. Erich F. Elstner und Dr. Kerstin Janisch vom Lehrstuhl für Phytopathologie der TU München sowie Dr. Susanne Hippeli die antioxidativen Eigenschaften und Wirkungsweisen von kaskadenfermentiertem Regulat. Sie halten diese Wirkungen für wichtig, weil alle Entzündungsphänomene, aber auch akute und chronische Symptome vieler Krankheiten wie Arteriosklerose, Krebs, Arthritis, Arthrose, Alzheimer, Parkinson, Makuladegeneration, grauer Star und Glaskörpertrübung auf unkontrolliert ausufernde Oxidationen zurückgehen. Deshalb sind Antioxidantien so wichtig. Pflanzen benutzen zum Schutz vor oxidativen Schäden eine Vielfalt kooperativ wirkender Schutzmoleküle wie Carotinoide, Polyphenole, Flavonoide und Terpenoide im Zusammenspiel mit Vitamin C im wässrigen und Tocopherolen (Vitamin E) im lipophilen (fettigem) Milieu.

Der Abbau großer Moleküle in der Kaskadenfermentation führt zur Freisetzung und Anreicherung von Aminosäuren und den schützenden sekundären Pflanzenstoffen. Die Inhaltsstoffanalyse erbrachte folgende Gehalte an antioxidativen Wirkstoffen in Rechts-Regulat:

Tabelle 1: Antioxidative Inhaltsstoffe von Rechts-Regulat

Gesamtphenole	3.000 µM
Polyphenole	150 µM
Gallussäure	10 µM
Catechin + Epicatechin	65 µM
Vitamin E	0,14 µM
Carotinoide	86 µg/ml
Salicin	60 µM

Die Forscher fanden keinerlei Hinweis auf lebende oder gar pathogene Keime im Regulat. Durch die Kaskaden-Fermentation und den hohen Milchsäuregehalt (ph-Wert von 3,95 – 4,0) ist das Rechts-Regulat keimfrei und unbedenklich.

Im Reagenzglas wurde eine Entzündungsreaktion modellhaft nachgestellt. Frischem Vollblut wird zu diesem Zweck ein Hefe-Zellwand-Präparat zugesetzt, welches von den weißen Blutkörperchen (Leukozyten) als „Feind“ erkannt und bekämpft wird. Bei dieser Immunreaktion entstehen reaktive Sauerstoffspezies, die sehr genau gemessen werden können. Es zeigte sich, dass Rechts-Regulat die Leukozyten zu einem gewissen Grad aktivieren, also quasi in einen „Vor-Alarmzustand“ versetzen kann. Diesen Effekt erklärt Prof. Elstner wie folgt: Zellwandhüllen der bei der Kaskadenvergärung verwendeten Mikroorganismen sind noch im Regulat vorhanden. Leukozyten in unserem Blut erkennen mit Rezeptoren auf ihrer Oberfläche diese Zellwandstrukturen und werden so aktiviert.

Der Versuch im Reagenzglas zeigte weiter: Eine höhere Zugabe an Rechts-Regulat hemmt die Entzündungsreaktion. Ihr wird quasi die Spitze genommen, indem aggressive Sauerstoffspezies abgefangen werden. Rechts-Regulat reguliert also tatsächlich Immun- und Entzündungsreaktionen.

Im lipophilen Bereich diente als Testsubstanz das LDL-Cholesterin, denn man weiß ja, dass sich überwiegend oxidierte Fette in den Arterien ablagern und diese verengen. Als Modell diente im Reagenzglas die Oxidation von LDL-Cholesterin mit Kupferionen. Bei Anwesenheit von Rechts-Regulat trat die Oxidation signifikant später ein: statt nach 120 erst nach 340 bis 676 Minuten, je nach Konzentrat des Regulatzusatzes.

Interessant ist die Kombinationswirkung mit Vitamin C. Normalerweise bewirkt Vitamin C eine minimale Verkürzung der Oxidationszeit. In Zusammenarbeit mit den Polyphenolen im Regulat zeigt sich jedoch ein Wertigkeitsgewinn des Vitamin C: LDL-Cholesterin wird noch später oxidiert.

In weiteren Modellversuchen verglichen Prof. Elstner et. al. die antioxidative Kapazität von Rechts-Regulat qualitativ mit denen von bekannt wirksamen Substanzen wie Gallussäure, die in den Gerbstoffen von Heilpflanzen weit verbreitet ist sowie von Salicylsäure, dem entzündungs- und schmerzstillenden Wirkstoff aus der Weidenrinde (Ausgangssubstanz von ASS = Acetyl-Salicyl-Säure). Rechts-Regulat zeigte in der Hälfte der Modellversuche höhere antioxidative Kapazitäten als Gallussäure. Im Vergleich mit Salicylsäure erwies Rechts-Regulat sogar eine 100- bis 1.000-fach stärkere antioxidative Kapazität.

Die Laboruntersuchungen von Prof. Elstner et. al. belegen zusammengefasst eine Wirksamkeit von kaskadenfermentiertem Regulat bei der Regulation von Entzündungs- und Immunabläufen. Geringe Abwehrbereitschaft wird verbessert, zu starke Entzündungsreaktionen aber gebremst. Das aufgeschlossene Ferment-Konzentrat enthält hoch wirksame Pflanzenwirkstoffe aus dem Sektor der sekundären Pflanzenwirkstoffe, die vor den Angriffen reaktionsaggressiver Stoffe schützen und bei überschießenden Abwehraktionen des Körpers regulierend dämpfend eingreifen. Im nüchternen Reagenzglas-Versuch lassen sich also einige der erstaunlichen Wirkungen von kaskadenfermentiertem Regulat nachvollziehen und belegen, was insbesondere jene Skeptiker überzeugt, die die Wirkungen auch von komplexen Naturmitteln an einzelnen Inhaltstoffen festmachen wollen.

Vorbeugen und Heilen mit kaskadenfermentiertem Regulat

Akute Anwendungen

Wunden/Verletzungen

Kaskadenfermentiertes Regulat ist keimfrei und kann direkt auf offene Wunden und Verletzungen aufgetragen oder aufgesprüht werden. Man verdünnt es 1:1 mit abgekochtem Wasser und bringt es mehrmals am Tag auf Wunden auf. Die Blutung lässt nach, ebenso der Schmerz. Oft verschwinden die Schmerzen augenblicklich beim ersten Auftragen von Regulat.

Die kleinen Enzymfragmente und Zellbausteine besitzen eine heilende und regenerierende Wirkung. Regulat wirkt desinfizierend und entzündungshemmend. Eine überschiessende Entzündungsreaktion wird durch das hohe antioxidative Potenzial verhindert.

Rechts-Regulat wirkt bei sämtlichen Hautproblemen: Schnittwunden, Schürfwunden, Brandwunden, Schleimhautentzündungen etc.. Die Wirkung überträgt sich in tiefere Schichten, in verletzte Gewebe bis hin zu Sehnen, Bändern, Knochen und Gelenken. Die Einnahme unterstützt den Heilungsprozess von innen. Das Immunsystem wird in seiner Arbeit reguliert, also bei der Abwehr gestärkt und vor zu starken Reaktionen bewahrt. Regeneration, Zellaufbau und Neubildung von Gewebe laufen durch die Fülle an Zellbausteinen im Regulat beschleunigt ab.

Insektenstiche

Mücken, Bremsen, Wespen und Bienen sind die Hauptverursacher von Insektenstichen. Zunächst ruft der Stich einen stechenden Schmerz hervor. Durch die in den Körper gelangten Insektengifte kommt es anschließend zu Rötung, Schwellung, Juckreiz und Schmerzen an der Einstichstelle, vor allem in Folge der Abwehrreaktion gegen die eingedrungenen Substanzen. Besonders heftig und gefährlich sind Stiche im Bereich von Lippen sowie im Rachen. Liegt keine Allergie vor, verlaufen Insektenstiche meist glimpflich und brauchen nur örtlich behandelt zu werden. Dazu tupft man Rechts-Regulat sofort unverdünnt auf die betroffene Hautpartie. Das kühlt und lindert Schmerz sowie Juckreiz spürbar. Die Schwellung fällt nicht so groß aus wie ohne Behandlung. Danach sorgt mehrmaliges tägliches

Auftragen von Rechts-Regulat, im Verhältnis 1:1 mit abgekochtem Wasser verdünnt, für ein rasches Verschwinden der Symptome. Die desinfizierende Wirkung von kaskadenfermentiertem Regulat vermeidet bakterielle Infektionen.

Bei Menschen, die auf Insektengifte allergisch reagieren, sind die Reaktionen heftiger und gehen von großflächigen Rötungen und ausgeprägten Schwellungen bis hin zu Fieber, Atemnot und Erbrechen. Es kann zu Kreislaufstörungen bis zum Kollaps kommen. Diese starken allergischen Reaktionen müssen mit Notfall-Medikamenten, die betroffene Personen immer mit sich führen sollten, bekämpft werden.

Hat man sich eine Zecke „eingefangen“, ist die Behandlung etwas aufwändiger. Die Zecke bohrt sich mit dem Kopf in die Haut ein und saugt Blut, bis sie zu einer kirschkerngroßen Blase angeschwollen ist. Sie wird mit einer Zeckenpinzette gewaltsam entfernt. In der Folge kommt es oft zu langwierigen Entzündungen. Sofortiges und nachhaltiges Auftragen von kaskadenfermentiertem Regulat, wie oben beschrieben, kann dies vermeiden.

Sonnenbrand

Hellhäutige, blonde und rothaarige Personen bekommen schneller Sonnenbrand als andere. Das Risiko steigt im Wasser, am Strand und in den Bergen sowie nach Einfall besonders ozonarmer Polarluft. Gerade im Frühjahr, wenn sich unsere Haut noch nicht genügend an die Sonneneinstrahlung gewöhnt hat, ist das Risiko eines Sonnenbrands hoch. Durch den Abbau der schützenden Ozonschicht filtert die Atmosphäre außerdem weniger der schädlichen UV-Strahlung heraus. Erste Anzeichen sind starke Hautrötung und Brennen der Haut, die zwei bis sechs Stunden nach dem Sonnenbad auftreten. Das Maximum der Wirkung ist 12 bis 24 Stunden danach zu beobachten und kann mit Blasenbildung, Fieber, Kopfschmerzen, Schüttelfrost und Kreislaufbeschwerden verbunden sein. Es kommt zu Entzündungsreaktionen wie bei einer Verbrennung bis hin zur Zerstörung der Oberhaut. Das Abstoßen der betroffenen Hautpartien kann mit quälendem Juckreiz verbunden sein.

Jeder Sonnenbrand muss als bedrohlicher Gesundheitsschaden angesehen werden, weil auch tiefer gelegene Zellen geschädigt werden. Denn UV-Licht hemmt die Immunabwehr, bildet Freie

Radikale und erzeugt Genmutationen. Spätfolgen sind vor allem die gefürchteten Hautkrebs-Formen.

Sonnenschutz ist die effektivste Vorbeugemaßnahme. Außerdem vermeidet das Auftragen von Rechts-Regulat (1:1 verdünnt) vor dem Sonnenbad Verbrennungen und führt zu schnellerer und länger anhaltender Bräunung. Tritt aus Unachtsamkeit doch einmal ein Sonnenbrand auf, hilft in leichten bis mittelschweren Fällen sofortiges Einsprühen von Rechts-Regulat in einer Verdünnung von 1:1 mit Wasser. Eintrocknen lassen und mehrmals wiederholen. Die gleiche Empfehlung gilt natürlich auch für leichte Verbrennungen anderer Ursachen. Schwere Verbrennungen gehören in die Hand des Arztes oder machen gar eine stationäre Behandlung notwendig.

Herpes

Der auch einfacher Bläschenausschlag genannte Herpes simplex tritt zumeist an Lippen, in den Mundwinkeln, in den Nasenfalten und an den Geschlechtsorganen auf. Zunächst wird ein Kribbeln bemerkt, dann folgt eine Hautrötung und anschließend treten kleine, dichtstehende Bläschen auf, die jucken und brennen. Nach ca. einer Woche trocknen sie aus und fallen ab. Ursache ist ein Virus, der sehr weit verbreitet ist. Befallene neigen zu Rückfällen, insbesondere in Zeiten der Schwächung des Abwehrsystems (Stress, andere Erkrankungen).

Das Auftragen von Rechts-Regulat (1:1 mit Wasser verdünnt, mehrmals täglich) lindert die Beschwerden und beschleunigt das Abheilen. Sekundärinfektionen werden verhindert.

Die kurmäßige Einnahme bewirkt eine Umstimmung und stärkt das Immunsystem, so dass es seltener oder gar nicht zum Ausbruch kommt.

Heftiger und großflächiger sind Infektionen mit dem Virus Herpes zoster, die landläufig als Gürtelrose bezeichnet werden. Die Ausbreitung verläuft im Bereich eines oder mehrerer Nerven und ist häufig von Nervenschmerzen und Überempfindlichkeit der Haut begleitet. Neben der ärztlichen Behandlung können äußerliche Anwendungen von kaskadenfermentiertem Regulat, 1:1 mit abgekochtem, erkalteten Wasser verdünnt, die Symptome lindern. Hilfreich sind mit dieser Flüssigkeit getränkte Leinenwickel, die aufgelegt werden.

Furunkel/Karbunkel/Akne

Furunkel sind nichts anderes als einzelne eitrige Pickel. Sie beginnen als kleiner roter Fleck, es entsteht ein zentraler Eiterpfropf. Schwellung und Juckreiz setzen ein, die Berührung ist schmerzhaft. Je nach Tiefe des Entzündungsherds kommt es entweder zum Durchbruch nach außen oder zur Auflösung nach innen.

Karbunkel bestehen aus mehreren dicht beieinander sitzenden Furunkeln mit verstärkter Eiterbildung. Ursache sind in beiden Fällen Eitererreger (Staphylokokken), die entlang einer Haarwurzel eindringen und sich in der Haut vermehren. Gefördert wird die Entstehung von Furunkeln durch mangelnde Hygiene, eng anliegende, örtlich reizende Kleidung sowie Hautveränderungen mit zu großer Talgbildung (Mitesser/Akne). Diese wiederum treten gehäuft auf bei Stoffwechsel- und Darmstörungen, versteckten Infektionsherden, Leber-, Nieren- oder Blasenerkrankungen und Allergien. Die Haut muss dann Ausscheidungsfunktionen übernehmen, die andere Organe nicht leisten können. Auf der Haut spiegeln sich außerdem Stress und Emotionen wider, da sie über intensive Verbindungen zum Vegetativum verfügt.

Abheilen beschleunigt das mehrmals tägliche Aufsprühen von Regulat. Besonders schmerzhafte Eiterungen, die nicht aufbrechen wollen, bedeckt man mit in kaskadenfermentiertem Regulat getauchte Gaze und fixiert sie mit Pflaster. Die desinfizierende Wirkung von Regulat verhindert sekundäre Infektionen. Treten Furunkel und Karbunkel regelmäßig über einen längeren Zeitraum auf, ist eine kurmäßige Einnahme von kaskadenfermentiertem Regulat anzuraten.

Durchfall/Darmerkrankungen

Anzeichen für einen beginnenden Durchfall (Diarrhoe) sind krampfartige Leibschmerzen sowie mehr als drei dünnflüssige oder breiige Stühle. Ursache der auch als Darmkatarrh bezeichneten Erkrankung sind Entzündungen der Darmschleimhaut, ausgelöst durch die Infektion mit Bakterien oder Viren, durch verdorbene Speisen, Vergiftungen (Alkohol), Nahrungsmittelvergiftungen (Salmonellen), allergische Reaktionen oder Wurmbefall. Der Flüssigkeits- und Mineralstoffverlust kann bei älteren Menschen, Säuglingen und Kleinkindern lebensbedrohliche Ausmaße annehmen. Je nach Auslöser treten

Übelkeit, Erbrechen und Darmkrämpfe mehr oder weniger dazu.

Den sogenannten Sommerdurchfall lösen meist Kolibakterien aus. In außereuropäischen Ländern kommen auch schwerere Infektionen in Betracht mit Typhus, Paratyphus, Ruhr und Cholera.

Chronisch auftretende Durchfälle haben ihre Ursache u.a. in Fäulnis und Gärung. Der Speisebrei wird nicht ordnungsgemäß verdaut, was bakterielle Zersetzungsvorgänge in unteren Darmabschnitten zur Folge hat. Neben ursächlichen Organerkrankungen (Magen, Leber, Galle, Bauchspeicheldrüse) entstehen sie durch ballaststoffarme, zucker- und eiweißreiche Kost, die die physiologischen Darmbakterien verdrängt und die Ausbreitung einer entgleisten Darmflora fördert.

Bei akutem Durchfall ist vor allem für ausreichende Flüssigkeits- und Mineralstoffzufuhr zu sorgen. Kaskadenfermentiertes Regulat, morgens und abends einen Esslöffel verdünnt eingenommen, unterstützt die Heilung. Krankmachende Keime werden verdrängt. Bei chronischen Gärungs- und Fäulnis-Dyspepsien sollte Rechts-Regulat zur Sanierung der Darmflora kurmäßig zusammen mit Silicium-Gel über einen längeren Zeitraum eingenommen werden. Die Milchsäure im Regulat schafft das Milieu für die in den Darm gehörenden Lactobacillen. Hier beweist das Regulat seine echten regulierenden Eigenschaften, denn auch bei Verstopfung, also dem gegenteiligen Symptom von Durchfall, wirkt kaskadenfermentiertes Regulat. Heilpraktiker berichten sogar über Erfolge in der Therapie von Entzündungen unterer Darmabschnitte bei Colitis ulcerosa. Auch bei Reizdarm könnten Behandlungsversuche Erfolg haben.

Knochenbruch

Durch äußere Gewalteinwirkung kann es zum Bruch von Knochen kommen, in der Fachsprache Fraktur genannt. Anzeichen sind heftiger Schmerz, Gebrauchsunfähigkeit des betroffenen Glieds, abnorme Beweglichkeit und sich bildender Bluterguss. Nach der behelfsmäßigen Unfallversorgung wird der Arzt sicherstellen, dass die gebrochenen Teile wieder in der richtigen Position zusammenwachsen, meist äußerlich durch einen Gipsverband, eine Schiene oder im

Rahmen einer Operation durch Nägel und Platten.

Der Körper heilt einen Knochenbruch selbständig durch Knochenneubildung (Kallusbildung). Dafür werden je nach betroffenem Knochen zwischen drei Wochen und mehreren Monaten benötigt, im Alter eher länger, bei jungen Menschen schneller. Rechts-Regulat unterstützt mit den enthaltenen Zellbausteinen die Kallusbildung. Zu empfehlen sind dreimal täglich ein Esslöffel. Das äußerliche, 1:1 verdünnte Einsprühen wirkt reflektorisch unterstützend.

Weitere akute Einsatzmöglichkeiten

Rechts-Regulat bewährt sich in der äußerlichen Anwendung außerdem bei folgenden akuten Gesundheitsproblemen:

- Verstauchung
- Prellung
- Zerrung
- Kopfschmerzen
- Muskelkater
- Erkältung
- Bronchitis

- ➢ Mundschleimhautentzündungen
- ➢ Rissige, entzündete Brustwarzen beim Stillen.

Daneben ist die innerliche Anwendung bei diesen akuten Problemen sinnvoll:

- ➢ Blähungen
- ➢ Erkältung
- ➢ Bronchitis.

Kaskadenfermentiertes Regulat ist also ein echtes Erste-Hilfe-Mittel und sollte deshalb in keiner Hausapotheke fehlen.

Kurmäßige Anwendungen

Insbesondere chronische Gesundheitsprobleme sind nicht durch eine kurzfristige Einnahme von Regulat zu verbessern. Meist sind die Regelvorgänge auf mehreren Ebenen aus den Fugen geraten. Das kaskadenfermentierte Regulat braucht Zeit, um mild, aber nachhaltig regulierend einzugreifen. Entsprechend ist eine kurmäßige Anwendung von mindestens sechs Wochen zu empfehlen, in der Regel von zwei bis drei Monaten bis hin zur Dauereinnahme.

Neurodermitis

Im deutschsprachigem Raum hat sich diese Bezeichnung für eine Ekzemerkrankung der Haut eingebürgert, die international als „atopische Dermatitis“ bezeichnet wird. Atopie bedeutet die anlagebedingte Bereitschaft des Körpers, gegen Stoffe aus der natürlichen Umwelt eine Überempfindlichkeit zu entwickeln. Die Dermatitis ist endogen, d.h. von innen kommend, worauf auch die deutsche Bezeichnung mit der Hervorhebung der Verbindung zum Nervensystem hinweist. Die betroffenen Hautstellen sind gerötet, entzündet und jucken. Typisch sind auch Bläschenbildung und Schuppen. Betroffene leiden unter Juckreiz-Attacken. Durch Kratzen nässt die Haut und bildet Krusten. Die übrige Haut zeigt sich gespannt und trocken, weil durch einen Enzymdefekt weniger oder gar kein Hautfett gebildet wird. Häufig sind Infektionen der Haut mit Bakterien, Viren und Pilzen zu beobachten. Parallel liegt oft ein Pilzbefall des Darms mit Candida albicans vor.

Im Säuglings- und Kleinkindalter wird die Erkrankung als Milchschorf bezeichnet, weil sie als geschuppte Rötungen mit weißlichen Krusten auftritt, die wie angetrocknete Milch aussehen. Im Kindesalter sind die am häufigsten betroffenen Hautpartien Ellenbeugen, Kniekehlen, am Nacken, an den Handgelenken, an Wangen und Kinn. Oft verschwindet Neurodermitis nach der Pubertät. Sie kann aber auch im Erwachsenenalter erstmalig ausbrechen und steht dann häufig im Zusammenhang mit Stress oder Allergien auf Hausstaub, Milben, Tierhaare, Pollen oder Nahrungsmittel.

Die Veranlagung zu Neurodermitis wird vererbt, die eigentliche Ursache für den Ausbruch ist bislang unbekannt. Therapien, die lediglich versuchen, die Symptome zu lindern, stehen im allgemeinen im Vordergrund. Zu bedenken sind mögliche Nebenwirkungen, zum Beispiel von Kortison. Sanfte Naturheilverfahren führen zwar nicht zu sofortigem Verschwinden der Beschwerden, bieten aber Chancen zu langfristigen Erfolgen. Kaskadenfermentiertes Regulat, mit abgekochtem Wasser 1:1 verdünnt, kann gegen den Juckreiz mehrmals täglich auf die Haut aufgesprüht werden. Nachts sind Auflagen mit in dieser Verdünnung getränkten Wickel sinnvoll. Regulat wirkt desinfizierend und unterdrückt den Befall mit Staphylokokken. Aloe-Vera-Gel und Silicium-Gel unterstützen die Regeneration betroffener Hautpartien.

Bei Neurodermitis ist die Regulation des Immunsystems defekt. Sanfte Anstöße, wie sie das kaskadenfermentierte Regulat bietet, helfen, die Regulation zu normalisieren. Die kurmäßige oder langfristige Dauereinnahme von Regulat, drei mal ein Esslöffel pro Tag, bringt entscheidende Fortschritte und verbessert gleichzeitig das Darmmilieu. Die Therapie sollte jedoch immer ganzheitlich angelegt sein und weitere Maßnahmen enthalten wie Verzicht auf Fleisch und Fleischerzeugnisse, Umstellung auf vegetarische Vollwertkost, Einschränkung von Zuckerverzehr, Darmsanierung, Schwermetallentgiftung, Entspannungsmethoden, Verzicht auf Woll- und Kunststoffkleidung, Verzicht auf Seife sowie normale Dusch- und Badezusätze, Hautpflege mit speziellen, hypoallergenen, harnstoffhaltigen Pflegeserien. Wer nicht nur an einer kurzfristigen Unterdrückung der Symptome interessiert ist, wird sich der Hilfe alternativer Therapieformen wie Kinesiologie und Homoöpathie bedienen.

Psoriasis

Diese meist chronische Hauterkrankung ist gekennzeichnet durch scharf begrenzte, leicht erhabene, rötliche Areale, die mit silbrig-weißen Schuppen bedeckt sind. Daher wird sie auch Schuppenflechte genannt. An den betroffenen Stellen kommt es zu einer überdurchschnittlich schnellen Hautzellenproduktion. Die Ausprägung variiert von wenigen kleinen Herden bis zu schwersten Formen, bei denen fast die gesamte Haut betroffen ist. Die Symptome treten schubweise auf, verstärkt im Herbst und Winter. Betroffene Körperstellen sind oft Knie, Ellenbogen, Bauchnabel, Kopf, Hände, Füße, Nägel.

Schuppenflechte bricht bei dafür veranlagten Personen im zweiten Lebensjahrzehnt oder nach dem 50. Lebensjahr zum ersten Mal auf. Sie ist nicht ansteckend. Eine genetische Veranlagung gilt als gesichert, sie wird als Autoimmunerkrankung angesehen. Auslöser für das erstmalige Auftreten können Infektionen oder andere Erkrankungen oder extreme Reizungen der Haut sein. In den meisten Fällen schreitet sie schubweise ausbreitend fort. Manchmal sind Gelenke betroffen und Verläufe mit rasch sich ausdehnenden Entzündungen zu beobachten

Wie bei Neurodermitis steht die lokale Behandlung betroffener Hautstellen mit speziellen Cremes und Lichttherapie im Vordergrund.

Daneben bringen Umstimmungen des Immunsystems, zum Beispiel durch vegetarische Vollwerternährung, Weglassen von Alkohol, Nikotin und Genussmitteln, oft deutliche Verbesserungen. Kaskadenfermentiertes Regulat kann in diesem Zusammenhang deutliche Erfolge erzielen durch Einsprühen mit 1:1-Verdünnung sowie durch Einnahme von zwei bis drei Esslöffeln über eine Kurdauer von mindestens drei Monaten.

Allergien

Bei Allergien zeigt das Immunsystem überschießende Reaktionen auf einzelne Substanzen. Es reagiert so, als ginge es darum, lebensbedrohliche Feinde abzuwehren. Dabei handelt es sich um ganz harmlose Stoffe, die keine Bedrohung für den Organismus darstellen wie Blütenpollen oder Hausstaub. Das Immunsystem eines Heuschnupfen-Allergikers produziert spezielle Antikörper, die bei Kontakt mit Blütenpollen die ganze Abwehr alarmieren und zu den bekannten allergischen Reaktionen führen wie Schleimhautschwellungen, Steigerung der Durchblutung, tränende und juckende Augen, Niessen,

Hautausschlag, Durchfall, Blähungen etc. bis hin zu heftigsten Reaktionen wie Asthmaanfälle oder Schock. Vermittler für die meisten Reaktionen ist der körpereigene Botenstoff Histamin, der durch einige rein symptomatisch wirkende Medikamente unterdrückt wird.

Warum das Immunsystem plötzlich harmlose Substanzen als Bedrohung einstuft und dagegen seine Abwehr mobilisiert, konnte noch nicht herausgefunden werden. Das Wort Allergie leitet sich aus dem Griechischen ab (allos = anders und ergom = Arbeit) und deutet darauf hin, dass etwas anders oder überschießend arbeitet, als es soll. Man diskutiert, ob die zunehmende Belastung mit neuen chemischen Stoffen dazu beiträgt, dass immer mehr Menschen unter Allergien leiden.

Auslöser allergischer Reaktionen können im Prinzip jegliche Stoffe sein. Besonders häufig sind es jedoch Blütenpollen, Tierhaare, Hausstaubmilben, Schimmelpilze, Insektengifte, Kosmetika, Chemikalien, Metalle und Nahrungsmittel sowie Lebensmittelzusätze.

Als Mitursache für das Entstehen von Allergien werden Veranlagung, psychosozialer Stress, gestörte Darmflora und Pilzbefall des Darms, Arzneimittelunverträglichkeiten, „keimfreie" Umwelt während des Heranwachsens und fehlendes oder zu kurzes Stillen der Säuglinge diskutiert.

Kaskadenfermentiertes Regulat lindert äußerlich die Symptome:

Regulat mit Wasser im Verhältnis 1:2 mischen, Wattepads damit tränken und auf die Augenlider legen.

Die gleiche Mischung in eine Nasensprühflasche füllen und mehrmals täglich „hochziehen".

Wenn die Bronchien betroffen sind: Regulat im Verhältnis 1:1 mehrmals täglich auf die Brust sprühen.

Innerlich sollte Regulat bei Allergien mindestens 3 Monate kurmäßig mit 2 Esslöffeln täglich zur Harmonisierung des Immunsystems und Sanierung des Darmmilieus eingenommen werden.

Autoimmunerkrankungen

Bei den Erkrankungen dieses Formenkreises löst das Abwehrsystem die Krankheit aus, indem es seine Aktivität nicht gegen Stoffe von außen richtet, sondern gegen körpereigene Substanzen.

Das kann zur Zerstörung betroffener Zellen führen, zu Entzündungsreaktionen sowie zu Blockierungen von Hormon- und Enzymaktivitäten.

Zu den Autoimmunerkrankungen rechnet man u.a. die verschiedenen rheumatischen Erkrankungen, darunter insbesondere die Polyarthritis (Gelenkentzündung) sowie Fibromyalgie (Faser-Muskel-Schmerz) und Colitis ulcerosa (entzündliche Erkrankung des Dickdarms).

Kaskadenfermentiertes Regulat kann in das Abwehrgeschehen regulierend und dämpfend eingreifen, wie die Laborversuche von Prof. Elstner gezeigt haben. Es nimmt den Entzündungsreaktionen die Spitze, indem aggressive Sauerstoffradikale abgefangen werden. Dafür können u.a. auch schwefelhaltige Inhaltsstoffe aus Zwiebel und Sellerie verantwortlich sein, von denen man vermutet, dass sie günstige Wirkungen auf überschiessende Entzündungsprozesse haben.

Man kombiniert innerliche und äußerliche Anwendungen. Innerlich ist eine Einnahme von zwei Esslöffeln täglich üblich. Zur äußerlichen Anwendung wird Regulat im Verhältnis 1:2 verdünnt mehrmals täglich auf schmerzhafte Stellen aufgetragen oder aufgesprüht. Es ist auch möglich, mit in dieser Verdünnung getauchten Leinentüchern Umschläge und Packungen zu machen, die man dreimal täglich ca. 20 Minuten mit einem Handtuch umwickelt einwirken lässt.

Knoten/Tumore

Heilpraktiker Amelung berichtet in bereits erwähnten Buch „Diagnose“ über den Fall einer Patientin mit einem Knoten in der Brust. Neben Infusionen mit kolloidalem Silber wurde einmal wöchentlich eine Colon-Hydro-Therapie mit verdünntem Regulat (10 ml auf 100 ml Wasser) durchgeführt. Kaskadenfermentiertes Regulat wurde mit dreimal einem Esslöffel eingenommen, dazu kolloidales Silber. Tagsüber wurde die Brust mit einer lymphanregenden Salbe eingerieben und nachts ein in verdünntes Regulat getränktes Tuch aufgelegt.

Nach zwei Wochen verschwanden die Schmerzen, nach drei Monaten war der Knoten verschwunden.

Heilpraktiker Scheller berichtet im selben Buch darüber, dass bei einem Patienten mit Leiomysarkom die Nebenwirkungen einer Chemotherapie durch hoch dosiertes Regulat (dreimal zwei Esslöffel) gemildert wurden. Die Tumore haben sich zurückgebildet. Er führt dies u.a. darauf zurück, dass kaskadenfermentiertes Regulat Zellen, die sich im Gärungszustand befinden (Anzeichen für Krebszellen), wieder in den Atmungstyp zurückgeführt werden können. Zur begleitenden Tumor-Behandlung sei Regulat deshalb zu empfehlen.

Mykosen

Einen Befall mit Pilzen nennt man Mykose (griechisch = Pilz). Auf Haut und Schleimhaut macht sich ein Pilzbefall durch Rötung, Entzündung, Schuppung, Juckreiz, Nässen und weiße Beläge bemerkbar. Pilze lieben es feucht-warm. Sie siedeln sich deshalb bevorzugt zwischen den Zehen (Fußpilz), auf dem Kopf, im Bart oder im Scheidenbereich an. Pilze breiten sich rasch aus und können von der Hautoberfläche in tiefere Regionen wandern.

Die Auslöser gehören zu den Faden-, Hefe- (Candida) oder Schimmelpilzen (Aspergillus). Die Infektion erfolgt über Berührung befallener Gegenstände, an denen pilzinfizierte Hautteilchen haften. Fußpilz wird gerne in Badeanstalten übertragen und innerhalb der Familie durch gemeinsame Benutzung von Fußmatten, Handtüchern oder Hausschuhen. Durch Schweiß aufgequollene, warme Haut ist besonders gefährdet, weshalb der Fußpilz im Englischen einfach „athlete´s foot“ genannt wird.

Befallen werden eher Menschen mit geschwächtem Immunsystem. Entscheidend sind auch der Zustand des befallenen Hautgebietes. Bei Verletzungen und mangelhafter Durchblutung können sekundäre Mykosen mit sonst harmlosen Pilzarten entstehen.

Pilze wie Candida albicans besiedeln auch innere Schleimhäute (Darm), können in den Körper eindringen und Blut sowie Organe befallen.

Rechts-Regulat hilft äußerlich angewendet bei der Pilzbekämpfung. Man trägt mehrmals täglich eine Verdünnung von 1:2 mit Wasser auf. Bei Scheidenpilz hilft, einen Tampon dreimal täglich mit 1:2 verdünntem Regulat getränkt für eine halbe Stunde einzuführen oder Sitzbäder in verdünntem Regulat.

Pilze im Ohr behandelt man mit in Regulat getunkten Wattestäbchen.

Wichtig bei Pilzbefall, ob äußerlich oder innerlich, ist in jedem Fall eine Einnahme von zwei mal täglich einem Esslöffel Regulat über mindestens drei Monate. Das stärkt das Immunsystem und unterstützt die Abwehr der Pilzinfektion.

Eine Darmmykose erfordert zusätzlich eine Pilz-Diät, die den krankmachenden Hefen ihre hauptsächliche Nahrung entzieht, den Zucker. Und zwar Zucker in jeglicher Form, also neben dem Haushaltszucker auch Fruchtzucker und Lebensmittel, die reichlich davon liefern wie Honig, Dicksäfte und Weißmehlerzeugnisse. Zu bevorzugen sind Lebensmittel mit viel Ballaststoffen.

Immunschwächen

Neben einem Pilzbefall sind häufige Infektionen mit Bakterien und Viren Anzeichen für ein geschwächtes Immunsystem. Wer also häufiger als andere von Erkältungskrankheiten betroffen ist, häufig entzündete Mandeln oder eine laufende Nase hat, dessen Abwehrsystem funktioniert nicht effektiv. Ursachen dafür sind vielfältig: Mangelhafte Ernährungsqualität, fehlende Vitalstoffe, veränderte Darmflora, Drogen-, Genuss- oder Arzneimittelmissbrauch, Belastungen durch Umweltgifte oder aus Zahnfüllungen, Elektrosmog, geopathische Störfelder, außerordentliche geistige oder körperliche Beanspruchung, Schlafmangel, Stress oder Beziehungsprobleme.

Die Behandlung sollte ganzheitlich und behutsam erfolgen, um nicht nur kurzfristig die Symptome oberflächlich zu kaschieren, sondern langfristig das sensible Gleichgewicht des Immunsystems wieder herzustellen. Kaskadenfermentiertes Regulat gehört zur Grundtherapie mit einer Einnahme von täglich zwei Esslöffeln. Gifte werden ausgeschwemmt, Pilzbefall bekämpft und die Enzymsteuerungen reguliert. Freie Radikale werden effektiv bekämpft und, wie die Laborversuche gezeigt haben, die Abwehrzellen des Blutes quasi in Voralarm versetzt, so dass Angriffen von Krankheitserregern besser begegnet werden kann.

Übergewicht

Das Deutsche Institut für Ernährung geht davon aus, dass fast 50 % der Bevölkerung über 40

Jahre zu viele Pfunde auf die Waage bringt. Übergewicht ist in der Regel die Folge davon, dass dem Körper mehr Energie zugeführt wird, als er verbraucht. Mit anderen Worten: wir essen zu viel und bewegen uns zu wenig. Trotz des vielen Essens bleibt oft das Gefühl zurück, nicht genug Nahrung zum Leben zu bekommen. Denn Essen ist nicht bloßes Magenfüllen. Unser Organismus verlangt nach lebendiger, vitalstoffreicher Kost, um die Leistung, die gefordert wird, erbringen zu können.

Fast Food, Schleckereien, süße und fetthaltige Snacks, zuckerhaltige Erfrischungsgetränke, Weißmehlprodukte und Konserven liefern kaum noch, was unser Körper wirklich braucht, dafür aber jede Menge an Kalorien. Übergewicht ist nicht nur ein ästhetisches Problem, sondern auch ein erheblicher Risikofaktor für die Entstehung chronischer Erkrankungen wie Arteriosklerose, Diabetes, Rheuma und Erkrankungen des Stützapparates sowie der Gelenke.

Der BMI (Body-Mass-Index) gibt einen Vergleichswert an für ein gesundes Körpergewicht. Er setzt Körpergröße und Körpergewicht ins Verhältnis. Ein BMI von mehr als 25 zeigt leichtes, ein Wert von über 30 deutliches Übergewicht an.

Die regelmäßige Einnahme von kaskadenfermentiertem Regulat reguliert auch das Körpergewicht. Es werden bis zu einem Pfund pro Woche Körpergewicht abgebaut durch einen beschleunigten Stoffwechsel, verbesserte Darmtätigkeit und eine allgemein gesteigerte Aktivität.

Diabetes

Beim Diabetes vom Typ 2, dem am häufigsten vertretenen sogenannten „Altersdiabetes", lässt meistens die Produktionskapazität der Beta-Zellen nach. Nach der Aufnahme von kurzkettigen Kohlenhydraten steht dann nicht mehr genügend Insulin zur Verfügung, und der Blutzuckerspiegel steigt über die Marke von 140 mg% hinaus bis hin zu Werten von mehreren 100 mg% an. Als weitere Ursache kommt eine geringere Empfindlichkeit der Zellen für Insulin in Frage. Die Folgeschäden eines unbehandelten Diabetes sind gravierend, denn der zu hohe Blutzuckerspiegel führt u.a. zu Defekten an Gefäßen und Nerven. Zu den häufigsten Folgen eines Diabetes zählen Schäden an Augen,

Nieren, an Herz und peripheren Blutgefäßen. Als Folgen treten Durchblutungsstörungen und Schmerzunempfindlichkeiten auf. Es entstehen leichter Wunden im Gewebe, die schlechter oder gar nicht heilen (offenes Bein).

Kaskadenfermentiertes Regulat hat den Vorteil, aus Obst und Gemüse die wichtigsten Bausteine zu liefern, während aber der enthaltene Zucker vollständig abgebaut ist. Es gibt Hinweise aus Tests mit Diabetikern, dass das Regulat die Zuckertoleranz von Diabetikern wieder verbessern kann. Möglicherweise sind dafür Inhaltsstoffe der dem Gäransatz zugesetzten Gewürze verantwortlich, denn für Zimt hat eine internationale Studie die Wirksamkeit bei Diabetes ja bereits nachgewiesen. *(Buchhinweis: Dr. Jürgen Weihofen, Zimt zähmt Zucker. Sanoform-Verlag Troisdorf 2005, ISBN 3-925502-27-0)*

Herz-Kreislauf-Erkrankungen

Gemeinsame Ursache fast aller Herz-Kreislauf-Erkrankungen ist eine Arterienverkalkung, auch Arteriosklerose genannt. Sie entsteht durch Einlagerung von Fettstoffen wie Cholesterin, Triglyceride sowie Mucopolysaccharide und Calcium in die Gefäßwände. Den Anfang bilden zumeist cholesterinreiche Lipidoproteine, die die innere Gefäßhaut durchdringen. Der Körper reagiert durch Einkapselung mit fibrinogenem Gewebe. Das Gefäß beginnt sich zu verengen, der Blutdruck steigt. Es können sich weitere Blutplättchen anlagern, die Verengung wächst weiter zu. Wenn der Blutstrom stark eingeschränkt ist, kommt es zu mangelnder Versorgung des umgebenden Gewebes oder des betroffenen Organs.

Eine Arterienverkalkung wird oft erst dann erkannt, wenn diese Folgekomplikationen auftreten. Ist das Herz betroffen, wird die Erkrankung schnell lebensbedrohend (Angina pectoris, Herzinfarkt). Gleiches gilt für Durchblutungsstörungen im Gehirn (Hirnschlag, Schlaganfall). Werden die Beine nicht mehr richtig durchblutet, spricht man von der sogenannten „Schaufensterkrankheit“ (oft durch langjähriges Rauchen mit verursacht). Das Risiko von Herz-Kreislauf-Erkrankungen steigt durch Fettstoffwechselstörungen, Nikotingenuss, Bluthochdruck, Diabetes, Übergewicht, Stress, Bewegungsmangel und falsche Ernährung mit zu viel belastenden (tierische Fette, Zucker, Kalorien) und zu wenig schützenden Inhaltsstoffen (Ballaststoffe, Vitamine, Radikalenfänger).

In einer Reihe von Untersuchungen haben Wissenschaftler festgestellt, dass Menschen mit gleich hohen Cholesterin- und LDL-Werten (das „böse“ Cholesterin) unterschiedlich starke Verkalkungen aufweisen in Abhängigkeit davon, wie gut sie mit Antioxidantien versorgt sind. Das hängt damit zusammen, dass oxidativ verändertes Cholesterin bevorzugt von den Arterienwänden aufgenommen wird. Die Fette dringen also erst dann in die Adernwände ein, wenn sie von den aggressiven Freien Radikalen vorher oxidiert worden sind.

Eine ausreichende Versorgung mit Antioxidantien schützt somit vor Herz-Kreislauf-Erkrankungen. Kaskadenfermentiertes Regulat weist nach den Labortests von Prof. Elstner ein sehr hohes antioxidatives Schutzpotential auf, insbesondere auch für LDL. Wer seine Blutgefäße effektiv schützen möchte, sollte deshalb vorbeugend regelmäßig zwei Esslöffel kaskadenfermentiertes Regulat zu sich nehmen. Dr. Blank et. al. berichten sogar über eine verbesserte Elastizität der Gefäße durch eine Regulat-Therapie, dokumentiert in signifikanter Senkung zu hohen Blutdrucks sowie Regulationen von Cholesterin und Blutfettwerten.

Wechseljahre

Wenn die Produktion der Geschlechtshormone im weiblichen Körper nachlässt, beginnen die sogenannten Wechseljahre. Die Monatsblutungen werden unregelmäßiger und bleiben endlich ganz aus. Bei zurückgehender Östrogenproduktion sendet das Gehirn verstärkt Botenstoffe aus, die die Eierstöcke anregen sollen, mehr Östrogen auszuschütten. Benachbarte Gehirnregionen geraten dadurch aus dem Gleichgewicht, die für Temperaturregulation und Gefühlswelt verantwortlich sind. Dies verursacht letztlich die bekannten Wechseljahresbeschwerden.

Kaskadenfermentiertes Regulat scheint nach Berichten von Heilpraktikern einen günstigen Einfluss auf Wechseljahresbeschwerden auszuüben. Es wird berichtet, dass sich Schlaflosigkeit, Schweißausbrüche, Hitzewallungen und Gereiztheit nach mehrwöchiger Einnahme von zwei Esslöffeln pro Tag deutlich bessern. Das Einsprühen der Brust vor dem Schlafengehen mit 1:1 verdünntem Regulat fördert besonders gut einen ruhigen Schlaf.

Weitere kurmäßige Einsatzmöglichkeiten

Nach Dr. Blank et. al. bringt bei folgenden Gesundheits- und Schönheitsproblemen eine kurmäßige äußere und innere Anwendung von kaskadenfermentiertem Regulat deutlich spürbare und sichtbare Erfolge:

- Burn-Out-Syndrom
- Nervosität
- Konzentrationsmangel
- Hyperaktive Kinder
- Tennisarm
- Haarschuppen
- Akne
- Cellulite
- Warzen
- Nagelbettentzündungen
- Zahnfleischbluten
- Paradontose
- Gastritis
- Blähungen/ Sodbrennen
- Blasenschwäche
- Krampfadern
- Hämorrhoiden
- Venenleiden
- Offenes Bein
- Wundliegen
- Schweißfüsse
- Dornwarzen
- Anwendungen in der Tiermedizin.

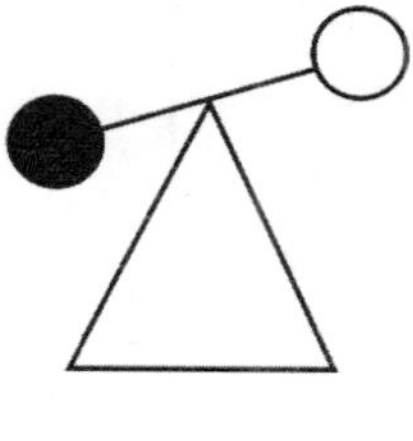

Dosierungs- und Anwendungsempfehlungen

Die normale Einnahmedosis für Erwachsene ist jeweils ein Esslöffel (= 15 Milliliter) morgens nüchtern und abends vor dem Zubettgehen. Es ist zu empfehlen, das Regulat möglichst lange im Mund zu behalten, denn dort kann bereits eine erste Aufnahme erfolgen. Wer den sauren Geschmack nicht so gut toleriert, kann das Regulat in einem halben Glas Wasser verdünnt zu sich nehmen.

Im allgemeinen ist Regulat auch für Kinder unbedenklich. Bei Kleinkindern, Schwangeren und Stillenden sollte zur Sicherheit der Arzt gefragt werden. Kinder erhalten ihrem Körpergewicht entsprechend eine verringerte Menge, aus geschmacklichen Gründen in Apfelsaft verdünnt.

Für die äußere Anwendung wird Regulat mit abgekochtem Wasser in der Regel im Verhältnis 1:1 verdünnt. Mischen Sie sich ein kleines Sprühfläschchen auf Vorrat ab.

Es ist zwar Ihr Recht, sich auch bei schwerwiegenden Gesundheitsproblemen selbst zu behandeln. Da Sie aber vielleicht nicht alle Konsequenzen abschätzen können, empfehle ich bei ernsthaften Erkrankungen den Rat von Ärzten oder Heilpraktikern einzuholen. Sprechen Sie auch ab, ob kombinierte Therapien mit kaskadenfermentiertem Regulat sinnvoll sein können.

Nach heutigem Kenntnisstand gibt es bei „normaler" Dosierung keine Nebenwirkungen von kaskadenfermentiertem Regulat. Bei therapeutisch erhöhtem Einsatz ist eine laxierende, also abführende Wirkung möglich. Die Verträglichkeit sollte besonders beobachtet werden bei Bluthochdruck und Schilddrüsenüberfunktion.

Lassen Sie sich von auftretenden Erstverschlimmerungen nicht entmutigen. Sie sind ein Zeichen dafür, dass Ihr Organismus aus der Starre gelöst wird und der Heilungsprozess beginnt. Nur wenn sich eine Verschlimmerung von Symptomen nach spätestens vier Wochen nicht bessert, reduzieren Sie zunächst die Dosis oder setzen Sie das Regulat für eine Zeit lang ganz ab. Starten Sie danach mit einer auf ein Zehntel reduzierten Dosis neu und steigern Sie jede Woche um ein Zehntel auf die Normaldosis.

Die Wahrscheinlichkeit einer Allergie auf kaskadenfermentiertes Regulat ist gering, weil die allergieauslösenden Inhaltsstoffe, meist Eiweiße, durch die Fermentationsprozesse in ihre

Bestandteile zerlegt werden. Grundsätzlich ist die Möglichkeit einer Allergie aber auf jede denkbare Substanz möglich. Sollten Sie über längere Zeiträume oder auch spontan nach den ersten Einnahmen Allergie-Symptomverschlechterungen oder Unverträglichkeitserscheinungen bemerken, setzen Sie das Regulat ab und lassen Sie durch einen Allergologen oder darauf spezialisierten Heilpraktiker bzw. Naturheilarzt eine mögliche Allergie auf Regulat austesten.

Kaskadenfermentiertes Regulat ist durch den hohen Milchsäureanteil auch nach Öffnung der Flasche einige Wochen lang haltbar. Nur vorsichtshalber ist die Aufbewahrung im Kühlschrank anzuraten. Der Geschmack ist für manchen gewöhnungsbedürftig. Er wird nicht durch Zugabe von Zucker, Alkohol, Aromen oder sonstigem verändert. Als vielseitig verwendbares Hausmittel gehört Regulat in jede Hausapotheke.

Checkliste für den Kauf von Regulaten

Zur Klasse der Regulate zählen eine Fülle an natürlichen Fermentationserzeugnissen. Die in diesem Buch beschriebenen heilenden und vorbeugende Wirkungen beziehen sich speziell auf kaskadenfermentierte Regulate, die diese Anforderungen erfüllen:

- hergestellt aus wirkstoffreichem Obst wie Datteln, Feigen, Zitronen, aus Hülsenfrüchten wie Sojabohnen und Erbsen, aus Wurzelgemüse wie Zwiebeln und Sellerie, aus Keimsprossen und Gewürzen
- Zutaten aus kontrolliert-biologischem Anbau
- in mehrstufiger, wochenlanger Kaskadenfermentation nach dem patentierten Verfahren des Entdeckers Dr. Hans Niedermaier aufwändig vergoren
- mit überwiegend physiologischer rechtsdrehender L(+)-Milchsäure.

Bezugsquellen

Kaskadenfermentierte Regulate erhalten Sie von renommierten Pharmaunternehmen, die das patentierte Verfahren von Dr. Hans Niedermaier anwenden. Sie bekommen solche Erzeugnisse in Apotheken, Reformhäusern, über Heilpraktiker, Naturheilärzte sowie Versender von Naturheilmitteln.

Register

Akne 62, 87
Allergie 42, 48, 72
Altersflecken 37
Alzheimer 51
Angina pectoris 84
Arteriosklerose 51, 84
Arthritis 51
Arthrose 48
Aspergillus niger 51, 77
Asthma 48, 73
Atemnot 42
Autoimmunerkrankungen 74
Blähungen 67, 87
Blasenschwäche 87
Blutdruck 89
Bronchitis 67
Brottrunk 8, 28
Burn-Out-Syndrom 87
Candida albicans 68, 73, 78
Carotinoide 51
Catechin 52
Cholseterin 53, 83
Collitis ulcerosa 48, 65
Darmpilz 48, 68, 73, 78
Depressionen 43
Diabetes 82
Dornwarzen 87
Durchfall 63
Endobionten 47
Entzündungen 53, 55
Enzyme 45
Erkältungen 37, 66, 79
Fasten 43
Fibromyalgie 40, 48, 75
Furunkel 62
Fußpilz 77
Gallussäure 52, 54
Gastritis 48, 87
Gelenke 46, 56
Gewebe 46
Glaskörpertrübung 51
Grauer Star 51
Haarausfall 37
Haarpflege 37
Haarschuppen 87
Hämorrhoiden 87
Hautpilz 44, 77
Hepatitis 41
Herpes 60
Herzinfarkt 84
Herz-Kreislauf-Erkrankung 83
Heuschnupfen 72
Hirnschlag 84
Homöostase 46
Hyperaktive Kinder 87
Immunschwäche 79
Infekte 48
Insektenstiche 57
Juckreiz 44
Karbunkel 62
Kefir 8, 28
Knoten 76
Kombucha 8, 28
Konzentrationsmangel 87

Kopfschmerzen 66
Krampfadern 87
Krebs 48, 51, 77
Kreislaufprobleme 43
Leberflecke 41
Leiomysarkom 76
Leukozyten 53
Makulardegeneration 51
Milchsäure 35
Mitesser 62
Morbus Crohn 48
Mucor racemosa 51
Muskelschmerzen 40, 66
Mykosen 77
Nagelbettentzündungen 87
Nervosität 88
Neurodermitis 48, 68
Offenes Bein 83, 87
Paradontose 38, 87
Parkinson 51
Pickel 62
Pilzbefal 44, 77
Polyarthritis 75
Polymyalgia Rheumatica 39
Polyphenole 51, 52
Potenzierung 36
Prellung 66
Psoriasis 44, 48, 70
Regeneration 40, 57
Reizdarm 65
Salicin 52
Schaufensterkrankheit 84
Scheidenpilz 78
Schlaf 40
Schlaganfall 84
Schleimhäute 56, 67
Schmerzen 38, 46, 56
Schnupfen 37
Schuppenflechte 44, 48, 70
Schweißfüße 87
Schwermetalle 48
Sehnen 56
Sodbrennen 87
Sonnenbrand 59
Stoffwechselentgleisung 46
Symbionten 48
Teepilz 8, 28
Tennisarm 87
Tiermedizin 87
Tocopherol 52
Tuberkulose 48
Übergewicht 41, 81
Übersäuerung 46
Venenleiden 87
Verbrennung 56, 59
Verletzung 56
Verstauchung 66
Warzen 87
Wundheilung 47, 56, 83
Wundliegen 87
Wundschmerz 38
Zähne 38, 40
Zahnfleischbluten 87
Zecken 58
Zerrung 66
Zigarettensucht 43

Dr. Jürgen Weihofen

Zimt zähmt Zucker

Die Diät-Revolution bei Diabetes und Übergewicht

Diabetiker haben zum ersten Mal die Möglichkeit, mit einem natürlichen Mittel den Zucker zu zähmen. Neueste wissenschaftliche Erkenntnisse zeigen, dass Zimt in der Lage ist, den Blutzuckerspiegel von Diabetikern des Typs 2 signifikant zu senken.

Zimt ist nicht nur eine Hoffnung für Diabetiker. Die Wirkung auf den Blutzuckerspiegel macht Zimt zu einem wirksamen Helfer für alle, die ihr Gewicht reduzieren möchten! Vom Grundsatz her sind moderne Diät-Empfehlungen für Diabetiker und Übergewichtige identisch. Bei beiden steht das Insulin im Mittelpunkt der Betrachtung. Das körpereigene Hormon kontrolliert die Verteilung und Speicherung von Energie in unserem Körper. Man weiß, dass ein niedriger Blutzuckeranstieg hilft, abzunehmen. Und genau das leistet der Zimt: das Gewürz sorgt für einen niedrigeren Blutzuckerspiegel. Wer also ein paar Pfunde los werden will, der sollte es einmal mit der Zimt-Kur probieren!

Taschenbuch, 96 Seiten
ISBN 3-925502-27-0

Lesen Sie aus dem *sanoform*-Verlag:

Dr. Jürgen Weihofen

Himalaya-Kristallsalz

- Essenz des Urmeeres

Inhaltsstoffe, Wirkprinzipien und Heilanwendungen

Kristallsalz aus dem Himalaya ist das 250 Millionen Jahre alte Erbe des Urmeeres, der Mutter allen Lebens. Es liefert die ganze Fülle der Mineralien und Spurenelemente sowie heilende Energie. Himalaya-Kristallsalz stammt aus einer Zeit, in der es noch keine Umweltverschmutzungen gab und ist so rein, wie es heute kein Lebensmittel mehr sein kann. Himalaya-Kristallsalz wird nicht nur zum Würzen, sondern erfolgreich äußerlich zur Inhalation, für Spülungen und Bäder sowie innerlich mit der Sole-Trinkkur angewendet.

Taschenbuch, 96 Seiten

ISBN 3-925502-19-X